KB148474

호메로스의
『오뒷세이아』
읽기

강대진의 고전 산책 04
호메로스의 『오뒷세이아』 읽기 (개정판)

개정판1쇄 펴냄 2020년 03월 16일
개정판2쇄 펴냄 2022년 10월 31일

지은이 강대진
펴낸이 유재건
펴낸곳 (주)그린비출판사
주소 서울시 마포구 와우산로 180, 4층
대표전화 02-702-2717 | **팩스** 02-703-0272
홈페이지 www.greenbee.co.kr
원고투고 및 문의 editor@greenbee.co.kr

편집 신효섭, 구세주, 송예진 | **디자인** 권희원, 이은솔
마케팅 육소연 | **물류유통** 유재영, 유연식 | **경영관리** 유수진

ISBN 978-89-7682-183-6 04890 | 978-89-7682-478-3 (세트)

※ 이 책은 『오뒷세이아, 모험과 귀향, 일상의 복원에 관한 서사시』(강대진 지음)의 개정판입니다.

강대진의 고전 산책 4

Homer

호메로스의 『오뒷세이아』 읽기

일러두기

1 이 책이 인용한 『오뒷세이아』의 원문은 Thomas W. Allen이 편집한 *Homeri Opera* III~IV, Oxford University Press, 1917(2판)을 저본으로 옮긴 것이다.
2 『오뒷세이아』 원전의 권과 행은 천병희가 옮긴 『오뒷세이아』(단국대학교출판부, 1996 / 숲, 2006)를 따라 표기했다.
3 희랍어 고유명사의 표기는 『오뒷세이아』 원문에 쓰인 대로 이오니아 방언 형태를 좇지 않고, 좀더 일반적인 앗티케 방언의 형태를 따랐다(예: 헤레 → 헤라, 아이데스 → 하데스). 하지만 널리 알려지지 않은 이름은 더러 이오니아 형태대로 적은 경우도 있다. 희랍어를 로마글자로 병기한 경우, 장음이 들어 있으면 모음 위에 줄표를 넣었다(예: Agamemnōn)그리고 같은 자음이 중복될 경우 둘 다 읽었다(예: Odysseus → 오뒷세우스). 그 외의 외국어 고유명사는 2002년에 국립국어원에서 펴낸 외래어 표기법을 따라 표기했다.
4 단행본에는 겹낫표(『 』)를, 희랍비극·시·단편·영화 등에는 낫표(「 」)를 사용했다.

서문

이 책은 2010년 초에 발간된 『일리아스, 영웅들의 전장에서 싹튼 운명의 서사시』와 짝을 이루는 것이다. 흔히 세계문학전집의 맨 앞 자리를 차지하는 두 작품을 소개하자는 의도로 거의 같은 시기에 두 권 분량의 글을 준비했었는데, 둘째 권은 좀더 내용을 보충하겠노라고 미뤄 놓았다가 이렇게 늦어지고 말았다.

이 책에서 소개하려는 『오뒷세이아』는 『일리아스』와 함께 호메로스가 지었다고 전해지는 작품으로, 이 두 작품이 많은 공통점을 갖고 있어서, 두 작품을 소개하는 글들도 그 첫 부분은 내용이 상당히 겹칠 수밖에 없다. 이럴 경우 학자들 사이에서는 먼저 나온 책을 보라 하고 그냥 지나가는 것이 관례이지만, 일반 독자에게 그런 요구를 하기가 쉽지 않고, 또 어쨌든 지금 이 책도 일종의 자기 완결성을 갖춰야 하기 때문에 앞의 책에서 했던 얘기를 적어도 일부는 되풀이하는 수밖에 없겠다. 이전 글을 읽으신 분들은 양해하시기 바란다.

『일리아스』를 소개한 책에서도 그랬지만, 이 책의 목표는 두 가지이다. 하나는 『오뒷세이아』라는 작품을 직접 읽을 사람들에게 읽는 방법을 가르쳐주고, 어떤 점에 주목해야 하는지 지적해 주는 것이다(그리고 더러 독자가 포기하지 않고 끝까지 작품을 읽어 나갈 방도를 적어넣기도 했는데, 지나친 개입이라고 생각하는 분이 있다면 이를 용서하시기 바란다). 다른 목표는 앞의 것과 다소간 상충하는 것으로, 당장은 작품을 직접 읽을 여유가 없는 사람들에게 작품의 전체적인 틀과 내용을 요약해 주고, 특징들을 짚어 주는 것이다. 하지만 이런 목적으로 읽는 사람들도 언젠가는 작품을 직접 읽고 즐거움을 맛보기를 기대한다.

전에도 얘기했지만, 많은 사람이, 『일리아스』와 『오뒷세이아』가 내용적으로 서로 연결되어 있다는 오해를 '상식'으로 여기고 있어서, 『일리아스』는 '1편', 『오뒷세이아』는 '2편'으로 알고, 자신이 '1편'을 읽지 못했으므로 '2편'은 읽을 자격이 없다고 흔히 생각한다. 하지만 나로서는 『오뒷세이아』를 먼저 읽는 것도 한 가지 방법이라고 생각한다. 두 작품은 내용이 연결된 것도 아니고, 『오뒷세이아』를 이해하기 위해 반드시 『일리아스』를 읽거나 그 내용을 알아야 하는 것도 아니다. 오히려 『오뒷세이아』가 등장인물도 적고 이야기 흐름도 뚜렷하여 따라가기 쉽다. 더구나 분량도 『오뒷세이아』 쪽이 20% 정도 적으니 부담도 적은 편이다.

내가 이런 '편법'을 권하는 것은 일종의 '업계의 비밀'과 관련이 있다. 아마 많은 사람이 고전 읽기에 도전했다가 실패한 경험이 있을 것이다. 고전, 혹은 이른바 '세계 명작'을 소개하는 글들을 보면 온통 좋은 말들만 나와 있고, 그것이 읽기 어렵다는 얘기는 전혀 비치지 않는다. 하지만 사실 고전은 읽기 어렵다. 독자들은 보통 고전을 상찬하는 글들에 '낚여서' 원작에 도전하지만 결국 실패하고 만다. 우리 사회에서는 뭔가를 모른다고 인정하는 것이 매우 부끄러운 일로 되어 있어서, 누구도 고전이 읽기 어렵다는 것을 말하지 않는다. 하지만 나는 바로 이 어려움을 솔직하게 인정하는 데서 시작해야 한다고 생각한다.

다시 말하지만 고전은 읽기 어렵다. 그 이유는 여러 가지이다. 우선 작품을 읽으려면 미리 알아야 하는 어떤 특성들이 있는 경우다. 『일리아스』와 『오뒷세이아』의 경우, 이것들이 입에서 입으로 전해지는 이른바 구송시(oral poetry) 시대를 지나왔으며, 운율을 맞추기 위해 특별한 장치를 이용한다는 것을 알아야 한다. 이런 점을 알면, 왜 그 서사시가 이따금 문맥을 벗어난 수식어를 고수하는지, 왜 같은 구절들을 반복적으로 사용하는지 이해할 수 있다. 또 전형적 장면들과 다양한 직유의 쓰임을 이해한다면 그런 것이 등장하는 부분을 충분히 즐길 수 있을 것이다.

다음으로 작품을 읽기 위해 미리 읽어야 하는 다른 작품이 있거나, 미리 갖춰야 하는 배경 지식이 필요한 경우다. 바로 이 점이 희랍과 로마의 고전을 중요하게 만드는데, 후대의 작품들은 이 작품들을 본받아 인용, 암시, 변형하고 있어서, 전대의 작품을 읽지 않으면 후대의 것들을 이해할 수 없다. 예를 들어 단테의 『신곡』을 읽으려는 사람이라면, 희랍과 로마의 작품들을 피해갈 길이 없다. 물론 『오뒷세이아』의 경우 이런 문제는 거의 없다. 서양 문학의 맨 앞에 놓인 작품이기 때문이다(『일리아스』의 어떤 구절을 비틀고 있는 듯 보이는 대목이 있긴 하다). 다만 신화 지식이 필요한 경우가 더러 있는데, 그런 문제에는 이 책이 도움이 될 것이다.

작품을 읽어나가는 데서 겪는 어려움과는 별도로 의미의 문제가 있다. 많은 독자들이 직접 작품을 읽으면서는, 전문가들이 칭찬한 것 같은

'좋은 점'들을 혼자 찾아내기가 또 만만치 않다. 그래서 끈기 있는 독자가 완독에 성공한 경우에도 얻은 것은 다소의 성취감뿐, 처음에 기대했던 감동이나 고전의 진가를 발견했다는 확신은 갖기 어렵다. 이 역시 도움이 필요한 대목이다. 어떤 부분이 예부터 주목 받으며 어떤 풍성한 해석을 끌어 모았는지, 그 부분의 영향이 얼마나 크고 깊은지도 설명이 있어야 하는 것이다. 그래서 나는 흔히 그냥 즐겁게 읽고 넘어가는 영웅의 모험들이 어떤 의미를 지니는지, 여러 해석들을 소개하고자 한다. 그런 해석들을 접하면서, 독자들은 왜 이 작품이 이렇게 오래 읽히고, 왜 그렇게 자주 추천되는지 이해하게 될 것이다.

인용문들은 천병희 역, 『오뒷세이아』(단국대학교출판부, 1996)를 희랍어 원문과 대조하여 조금씩 고친 것이다. 그 번역을 개선한 판본이 숲출판사에서 나오고 있으니, 작품 전체를 직접 읽을 분들은 그것을 이용하시기 바란다(다른 번역들은 모두 일본어나 영어 번역에서 다시 옮긴 것이어서 원래 내용과 차이가 나는 경우가 많고, 그 어느 것도 행수를 표시하지 않아서 인용할 수도 없고, 다른 번역과 비교할 수도 없으니, 현재로서는 제대로 된 번역은 '천병희 역'뿐이라고 알고 계시기 바란다). 단어나 구절을 인용할 때도 천병희 역의 행수로 표시하였는데, 희랍어 원문과는 한 두 행씩 차이가 나는 경우도 있으니 원문을 찾아보실 분은 이를 고려하시기 바란다.

희랍어 원전은 주로 이오니아 방언으로 되어 있어서 고유명사들의 어미가 보통 희랍 표준어 구실을 하는 앗티케 방언의 형태와 다르게 되어 있지만, 이 책에서는 인용문이 아닌 한 앗티케 형태로 썼다. 예를 들어 희랍어 원문에 '스파르테'라고 나온 것을 '스파르타'로 적었으니 양해하시기 바란다.

또 하나 양해를 청할 것이 있다. 어투에 대한 것이다. 이 책은 작품 내용에 대한 여러 가지 해석들을 되도록 다양하게 전하는 것을 목표로 삼기 때문에, 특정 해석을 강하게 내세우지 않았다. 그래서 '~일 수도 있다', '~인지도 모른다', '~인 것일까?' 등의, '확신을 주지 못하는' 표현들이 꽤 많이 사용되었다. 사실 이런 표현들이 많이 들어간 이유가 또 있으니, 평범한 독자가 작품을 대하면서 소박하게 가질 수 있는 질문들에 최대한 답해 보고자 했다는 점이다. 예를 들면 등장인물이 특정 사실을 대체 어떻게 알게 되었는지 따위의 문제들이다(이런 것은 대체로 분석론자들, 그러니까 이 작품이 여러 사람의 창작이 뒤섞인 것이라고는 입장에서 문제 삼는 것들이다). 요즘의 연구서, 주석서들은 이런 문제를 별로 심각하게 다루지 않기 때문에, (19세기 주석서 등) 옛날 문헌에서 겨우 가능한 답을 찾은 경우도 꽤 된다. 그래도 모든 문제에 대한 해결책을 얻지 못해 나 자신이 대답을 시도해 본 것도 많고, 그러다 보니 확정적이지 않은 표현이 더 많아지게 되었다. 이런 점 때문에, 저자의 태도가 너무 자신 없는 것 아니냐고 할 사람도 있겠지만, 이 책의 의도는 독자에게 다양한 선택지를 제공하자는 것이지, 저자만의 한 가지 해석을 일관되게 주장하고 입증하려는 것이 아니다. 사실 대다수 학자들도 주석서에서 그런 태도를 취하고 있다. 모든 해석은 잠정적이고, 언제든지 수정 가능한 것이기 때문이다. 그러니 학계의 관행에 비추어서도 저자의 의도를 감안해서도, '자신 없는' 어투들을 용서하시기 바란다(특히 의문형으로 제시된 해석은 '어쩌면 그럴지도 모른다'는 뜻인데, 매번 그렇게 쓰는 게 내키지 않아서 표현을 바꿔 본 것이니 그렇게 이해하시기 바란다).

혹시 고급 독자 중에, 이 책에서 '소박한 질문들'에 답한답시고 등장인물의 의도를 따지는 것을 못 마땅히 여길 분이 있을지도 모르겠다. 이것은 적절한 문제 설정이 아니기 때문이다. 등장인물은 작가가 만든 것인데, 마치 그들이 현실 속의 인물이고 이 작품 내용이 실제 있었던 일의 보고인 것처럼 다룬다면 잘못이다. 누군가의 의도를 따져본다면, 그런 장면을 만든 작가의 의도를 따지는 게 옳다. 하지만 '등장인물이 그런 식으로 말하고 행동하게 만든 시인의 의도는 무엇인가'라는 말을 짧게 줄여서 '등장인물의 의도'라고 표현하는 것은 용인될 수 있지 않을까 싶다. 이런 생략된 표현들도 양해하시기 바란다.

이 책의 내용을 조금 짧게 요약한 판으로 보고자 하는 분은 『세계와 인간을 탐구한 서사시, 오뒷세이아』(아이세움, 2009)를 보시기 바란다. 그 책은 청소년용으로 기획된 것이어서 분량이 지금 이 책의 절반에 못 미치고, 그래서 세부적 설명이 충분치는 않지만 그래도 핵심적인 내용은 모두 담고 있다고 생각한다. 그리고 지금 이 책은 『오뒷세이아』의 내용을, 겉보기와는 달리 여러 문제를 지닌 것, 다양한 해석이 가능한 것으로 다뤘기 때문에, 『오뒷세이아』 내용에 익숙하지 않은 사람이라면 좀 혼란을 느낄 수도 있게 되어 있다. 그런 분은 아이세움 판을 먼저 보시면 이야기를 좀더 매끄럽게 따라갈 수 있을 것이다.

그것마저도 읽을 시간이 없다 하는 사람이라면 『그리스 로마 서사시』(북길드, 2013)에서 『오뒷세이아』를 해설한 글을 찾아 읽는 방법이 있다. 자신이 쓴 글을 너무 광고하는 것 아닌가 생각하는 분도 있을지 모르겠는데, 이렇게 분량이 다른 글을 여럿 소개하는 다른 이유도 있다. 문제되는 것이 시간 부족이 아니라 이해의 어려움이라면, 먼저 짧은 글을 읽어서 얼른 요지를 파악하고 긴 글을 읽을 준비를 할 수 있다는 것이다.

어떤 길을 택하든, 독자께서는 얼른 준비를 갖춰 원작을 직접 읽으시길 기대한다. 어느 글에서나 나의 최종적인 주장은 같다. 작품을 직접 읽자!

2012년 5월

강대진

차례

III. 귀향자 _ 371

폴뤼페모스의 눈을 찌르는 오뒷세우스 일행 원 앗티케 크라테르 (기원전 670년 경) _ 『오뒷세이아』 9권에는 이때 폴뤼페모스가 잠들어 있었던 것으로 되어 있지만, 이 그림에서는 두 개의 시간대를 같은 공간에 표현하여, 이 외눈박이 괴물이 아직 술잔을 들고 있는 것으로 그렸다. 빈 공간이 남는 것을 싫어하는 옛 희랍인의 취향에 따라 빈 곳에는 여러 문양을 그려 넣었다. 말뚝을 박는 인물 중 맨 앞에 선 사람은 몸이 흰색으로 되어 있는데, 이것은 대개 여성화된 남성을 표현하는 방법이어서 약간의 의구심을 불러일으킨다. 동굴에 갇힌 오뒷세우스의 무력함을 이렇게 표현했을 수도 있다.

오뒷세우스 일행에게 바위를 던지는 폴뤼페모스 아르놀트 뵈클린(1827~1901) _ 동굴을 빠져나온 오뒷세우스는 자기과시욕을 참지 못하고 본명을 밝히고 만다. 폴뤼페모스는 산을 뜯어내어 그에게 던진다. 동료들은 오뒷세우스를 말리려 하지만, 그는 한 번 공격을 당하고도 다시 소리를 질러 괴물을 조롱한다. 이 일화에서 오뒷세우스는 매우 경망스럽고 무모하게 그려져 있다.

오뒷세우스에게 바람 자루를 주는 아이올로스 이자크 무아용(1614~1673) _ 바람들의 왕 아이올로스는 부드러운 서풍 하나만 남겨 놓고, 나쁜 바람은 모두 자루에 담아 오뒷세우스에게 준다. 그들은 아흐레 동안 항해하여 고향 바로 앞에까지 도착하지만, 오뒷세우스가 깜빡 잠든 사이에 동료들이 바람 자루를 연다. 거기서 폭풍이 튀어나오고, 일행은 다시 아이올로스의 섬으로 떠밀려간다. 바람들의 왕은 돌아온 그들에게 다시는 도움을 주지 않는다. 그림 중앙에 은으로 만든 끈을 이용하여 바람자루를 조이는 아이올로스가 보이고, 오뒷세우스는 바다의 존재로 장식된 배 위에 서 있다.

오뒷세우스의 선단을 공격하는 라이스트뤼고네스 인들 로마 시대 프레스코(기원전 1세기~서기 1세기)_ 에스퀼리누스 언덕 출토. 오뒷세우스 일행은 피요르드 지형과 흡사한 포구에 들렀다가 식인 거인들의 공격을 받게 된다. 그림에는 거인들이 바위와 꼬챙이로 공격하는 모습이 보이고, 그림 중앙 왼쪽에는 물에 빠진 사람들의 머리도 그려져 있다. 오뒷세우스는 여기서 11척의 배를 잃게 된다.

키르케 라이트 바커(1864~1941) _ 아름다운 여인이 환대하는 듯한 손동작을 하고 있다. 그녀는 오뒷세우스 일행에게 약 탄 음식을 주어 모두 돼지로 만든 요정 키르케이다. 전통적으로 그림 속 여성이 가슴을 드러내고 있으면 그것은 여신이라는 뜻이다. 그녀의 주변에 그려진 사자와 늑대들은 모두 약을 먹고 변한 인간인 듯하다.

키르케 알레산드로 알로리(1535~1607) _ 피렌체의 은행 건물 천장과 벽에 그려진 연작 그림의 하나이다. 맨 앞 왼쪽에 키르케가 책을 펼친 채 손에는 지팡이를 들고 앉아 있다. 그녀의 주위에는 사자와 늑대들이 있다. 그림 중간 쯤에는 자기 부하들을 구하러 오는 오뒷세우스가 보이고, 헤르메스가 그를 만나 몰뤼라는 약초를 전해 주고 있다. 멀리 뒤쪽 왼편에는 바위를 들고 공격하는 라이스트뤼고네스 인들이 보이고, 그보다 약간 오른쪽에 작게 그려진 인간들이 도망치고 있다. 바다에는 이미 배들이 모두 파괴되어 있다.

저승에서 테이레시아스를 만나는 오뒷세우스 알레산드로 알로리_ 중앙에는 오뒷세우스가 전설적인 예언자 테이레시아스와 이야기를 나누고 있다. 오른쪽에는 양을 잡아 구덩이에 피를 받고 있는 두 병사가 보인다. 혼령들은 이 피를 마시면 말을 할 수 있다. 왼쪽에는 오뒷세우스의 어머니 안티클레이아의 혼령이 다가오고 있다. 뒤쪽에는 레토를 넘본 죄로 독수리에게 간을 파먹히는 벌을 받고 있는 티튀오스가, 그리고 오른쪽 뒤편에는 돌을 굴려 올리고 있는 시쉬포스가 보인다.

오뒷세우스와 세이렌들 허버트 제임스 드레이퍼(1863~1920) _ 세이렌의 노래를 들은 오뒷세우스는 넋이 나가 눈이 뒤집혀 있다. 그가 풀어달라고 몸부림치자, 애초의 약속에 따라 동료 하나가 그를 더욱 강하게 묶고 있다. 다른 사람들은 귀를 밀랍으로 막아, 세이렌들의 노래에 전혀 동요하지 않는다. 세이렌은 보통 인간의 얼굴과 새의 몸을 가진 것으로 되어 있으나, 이 그림에서는 보통 여인들처럼, 그리고 하나는 인어처럼 그려져 있다.

카립디스와 스퀼라 알레산드로 알로리_ 오른편 앞쪽에는 엄청난 소용돌이 카립디스가 마치 문어처럼 그려져 있고, 중앙 먼 쪽에는 여섯 개의 입으로 동시에 여섯 명을 물어가는 스퀼라가 그려져 있다. 오뒷세우스 일행은 소용돌이를 피해 스퀼라가 있는 봉우리 쪽으로 붙어서 항해하고 있다. 스퀼라는 보통 여성이며 개 짖는 소리를 내는 것으로 되어 있는데, 여기서는 아예 여섯 개의 머리가 개처럼 그려졌다. 이들은 긴 목을 가진 것으로 되어 있지만, 그림에서는 공간이 좁아서인지 목이 매우 짧게 그려졌다.

칼립소의 동굴 아버지 얀 브뢰겔(1568~1625) _ 아름다운 동굴에서 오뒷세우스가 칼립소와 즐거운 한 때를 보내고 있다. 그 요정은 오뒷세우스에게 영원한 생명을 주겠다며, 자신의 남편이 되어 달라고 조른다. 그림 왼쪽 동굴 입구에서 바다 쪽을 바라보고 있는 것은 오뒷세우스로 보인다. 그림 전면 중앙에 있는 인물처럼 윗몸을 드러내고 붉은 옷감으로 하반신을 가렸다. 옛 그림에는 같은 인물이 여러 번 등장하는 기법이 자주 쓰인다.

나우시카아에게 탄원하는 오뒷세우스 피테르 라스트만(1583~1633) _ 오뒷세우스는 그림의 오른쪽에 하체를 나뭇잎으로 가린 채 무릎 꿇고 있고, 왼쪽 끝에는 나우시카아가 놀란 듯한 표정을 하고 서 있다. 시녀들 역시 놀란 듯한 동작을 하고 있다. 여성의 가슴을 드러내는 옛 방식에 따라 여인들의 상체가 대부분 노출되어 있다.

눈물을 흘리는 오뒷세우스 프란체스코 하예즈(1791~1882) _ 오뒷세우스는 신분을 밝히지 않은 채 알키노오스의 궁정에서 접대를 받고 있다. 그는, 눈 먼 가객 데모도코스가 트로이아 전쟁에 대해 노래하자, 눈물을 흘린다. 그 곁의 알키노오스가 가객의 노래를 그치게 하려는 듯한 손동작을 하고 있다.

나우시카아 프레데릭 레이튼(1830~1896) _ 뗏목이 파선되어 겨우 육지에 닿은 오뒷세우스는, 빨래하러 나온 나우시카아를 만나 도움을 받는다. 동정심과 분별력을 지닌 그녀는 매우 솔직한 성격이기도 하다. 그림은 그녀가, 오뒷세우스가 떠날 준비를 하는 것을 보고는, 고향에 가서도 자기를 잊지 말라고 당부하는 장면인 듯하다.

오뒷세우스의 귀환 핀투리키오(1454~1513) _ 왼쪽에는 페넬로페가 직물을 짜고 있고, 그녀에게로 청년 하나가 다가가며 뭔가 따지는 듯한 손동작을 하고 있다. 그 뒤에는 매를 팔에 얹은 청년이 서 있다. 페넬로페의 머리 위에는 오뒷세우스의 활과 화살통이 걸려 있고, 정면의 창 가까이 가로대 위에는 제비가 앉아 있다. 『오뒷세이아』 22권에 아테네 여신이 제비로 변신하여 서까래에 앉아 있는 장면을 이렇게 옮겨 그렸다. 오른쪽 구석의 문으로 허름한 차림의 인물이 들어서고 있는데, 거지로 변장하고 돌아온 오뒷세우스로 보인다. 하지만 그의 차림새가 본문에 나온 것처럼 험하지는 않다. '점잖음'(decorum)의 원칙에 따라 그렇게 그린 듯하다.

돌아온 오뒷세우스 니콜라 앙드르 몽쇼(1754~1837) _ 그림 중앙 왼쪽에는 막 구혼자들을 처단한 오뒷세우스가 뭔가 지시를 내리고 있다. 그 뒤에는 소치기와 돼지치기로 보이는 인물들이 서 있으며, 한 사람의 탄원을 받고 있는 청년은 텔레마코스로 보인다. 탄원자는 전령 메돈일 것이다. 그림 오른쪽에는 하녀들이 몰려와 오뒷세우스에게 탄원을 하기도 하고, 죽은 자들을 보고 애곡하기도 한다. 하녀 하나를 끌고 오는 청년 역시 텔레마코스로 보인다. 같은 사람이 두 번 등장하는 수도 있으니 별로 이상한 일은 아니다.

오뒷세우스와 페넬로페 프란체스코 프리마티치오(1504~1570) _ 오뒷세우스가 구혼자들을 모두 처단하고, 페넬로페가 그를 남편으로 받아들인 후, 둘은 잠자리에 든다. 오른쪽 구석에 실루엣으로 그려진 인물들은, 왼쪽은 여자고 오른쪽은 구부정한 모습의 남성이다. 오뒷세우스가 거지꼴로 처음 찾아왔을 때의 모습을 함께 그린 것일 수 있다.

들어가기 전에

우리가 이 책에서 살펴볼 것은 기원전 8세기의 희랍 시인 호메로스가 지었다고 하는 서사시(이야기 시), 『오뒷세이아』이다.

표기법에 대하여

우선 '오뒷세이아'라는 작품 제목에 거부감을 느낄 사람들이 있을 듯하다. 아마도 대개의 독자에게 '오디세이'가 가장 익숙한 제목일 테고, 그 다음이 '오디세이아' 정도이며, '오뒤세이아'라고 알고 있는 사람이면 매우 수준 높은 독자일 것이다. 한데 이 작품의 제목은 주인공 이름에서 파생된 것이다. '오뒷세이아'는 '오뒷세우스에 대한 시'라는 뜻이다. 주인공 이름이 '오뒷세우스'이니까 작품 제목도 '오뒷세이아'라고 하는 것이 옳다.

하지만 이렇게 얘기해 봐야 문제를 해결한 게 아니라, 조금 뒤로 미룬 것뿐이다. 이 작품의 주인공 이름으로 독자들에게 가장 익숙한 것은 '오디세우스'거나 '율리시즈'이겠기 때문이다. 이 이름들은 다 원래 희랍글자로 쓰인 것을 로마글자로 옮겨 적은 걸 다시 우리 글자로 옮긴 것이다. 하지만 그 마지막 단계에 아무 원칙도 없이 되는 대로 옮겨져, 따

르기 힘든 것들이다. 우리 주인공의 이름은 희랍글자로 Ὀδυσσεύς라고 적는다. 이것을 로마글자로 바꿔 적으면 Odysseus 또는 Odusseus가 된다. 보통 독자들이 익숙한 것은 앞의 표기법일 것이다. 그래서 우리말 표기가 '오디세우스'가 된 것이다. 한데 여기 문제가 있다. 이 표기법은 y를 '이'라고 생각하고 있기 때문이다. 하지만 희랍글자로 쓰인 것을 잘 보면, 앞에서 세번째 글자(υ)와 끝에서 두번째 글자가 같다. 희랍글자로 같은 것은 로마글자로도 같게 적어야 하므로 사실은 두번째 표기법 Odusseus가 더 일관된 것이다(사실 이렇게 적는 학자들도 많다). 물론 표기가 달라진 데는 이유가 있다. 희랍글자 윕실론(υ)은 단독적으로 쓰일 때와, 다른 모음과 어울려 이중모음이 될 때 각기 발음이 다르다. 앞의 경우에는 '위' 발음이 나고, 뒤의 경우에는 '우' 발음이 된다. 그래서 그 발음을 중시한 표기가 앞의 것이다(단독적으로 쓰인 것은 y로 적고, 이중모음으로 묶여 쓰인 것은 u로 적었다). 따라서 우리 글자로 적을 때, 발음을 중시하자면 '오뒷세우스'가 되고, 발음 신경 쓸 것 없이 글자 대 글자로 옮겨 적자면[transliteration] '오듯세우스'가 된다. 하지만 뒤의 것은 원래 발음에서 멀어진 것이어서, 나로서는 앞의 것으로 적고 싶다(영어로는 Odusseus라고 쓰는 사람이 많다면서, 왜 '오듯세우스'를 강력하게 내세우지 않는지 의아히 여길 사람이 있을지도 모르겠다. 하지만 사실 현대 영어는 글자와 발음이 완전하게 상응하지 않아서, 같은 글자도 여러 가지로 발음되고, 한 발음도 여러 글자로 나타낼 수 있다. 그러니 Odysseus라고 적는 학자나, Odusseus라고 적는 학자나 발음은 비슷하게 할 것이다).

그러면 이따금 보이는 '오뒤세우스'라는 표기법은 어떤가? 나로서

는 원래 에스(s)자(희랍글자로는 시그마 σ)가 두 개 있으니, 둘 다 살려 적는 게 옳지 않나 생각한다. 사실 이렇게 평소에 로마글자로 적는 법을 익혀 두는 게 인터넷 등에서 외국어로 된 자료를 찾아보는 데 유리하다. 물론 지나친 결벽증이라고 할 사람도 있을 것이고, 나로서는 그 정도는 양보할 수도 있겠다. 하지만, 이 책에서는 나의 원칙대로 적겠다(외국어를 적을 때 잇달아 나오는 두 개의 자음은 하나만 적는 것으로 규정되어 있으니, 그 규정을 따르는 게 옳지 않냐고 공격하는 분이 있다면, 나는 Hannibal을 어떻게들 적고 있는지 되묻고 싶다. 규정에 따라 '하니발'이라고들 적는지 말이다. 사실 '일반적 표기법'이라는 것이 그리 일관된 것이 아니다).

그러면 '율리시즈'는 무엇인가? 오뒷세우스의 이름은 전통적으로(지금 표준적 표기가 된 것 말고도) 여러 가지로 표기되어 왔는데, 그 중 하나를 로마 글자로 적은 것이 Ulixes(울릭세스)이고 그것이 변해서 영어에 들어간 이름이 Ulysses이다. 그걸 우리글자로 적은 것이 '율리시즈'다. 하지만 이것은 영어 단어를 표준으로 놓고, 그것을 발음대로 적은 것이므로 찬성할 수 없다.

다시 앞으로 돌아가자면, '오디세이'는 더 어중간한 말이다. '오뒷세이아'를 영어권에서는 Odyssey라 하는데, 이것을 발음에 따라서가 아니라, 글자 대 글자로 옮겨 적은 게 '오디세이'이다. 이 영어 단어를 서구인들이 하는 발음대로 적으면 '아더시' 비슷한 것이 된다.

그러니까 작품 제목이든 주인공 이름이든 지금 많은 사람이 익숙하게 느끼는 것들은, 때로는 영어 발음을 따르고('율리시즈'), 때로는 영어 철자를 글자 대 글자로 옮긴 것이며('오디세이'), 어떤 때는 희랍

어를 로마글자로 표기한 것 중 하나만을 옳다고 생각해서(Odysseus, Odysseia), 더구나 원래 발음을 무시하고 영어처럼 생각해서(즉, y를 '이'라고 생각해서) 글자대로 옮기는 방식으로 적으면서('오디세우스', '오디세이아') 중간 철자를 무시하기도 하는(s가 둘인데 하나만 적었음) 등, 아무 원칙도 없이 뒤섞인 것이다.

앞으로 『오뒷세이아』 내용을 소개하면서 이따금 『일리아스』와 비교할 일이 있으니, 그와 관련된 표기 문제도 여기 얘기해 두어야겠다. 보통 '트로이 전쟁을 다룬 호머의 『일리아드』'라고 알고 있는 사람이 많을 텐데, '트로이'는 영어권에서나 쓰는 말이니, 원래 이름대로 '트로이아'라고 부르는 것이 옳다. '일리아드'도 영어와 프랑스어에서 사용하는 단어이니 원래의 희랍어식으로 '일리아스'로 적는 게 옳다.(라틴어와 독일어에서도 Ilias이다.) 그 사연을 지금 여기서 자세히 설명하기는 곤란하고, '일리아스'가 가장 기본적인 주격(1격) 형태이고, '일리아드'는 소유격(2격) 형태인 Iliados에서 파생된 단어라는 것만 얘기해 두자. 작가 이름도 원래의 형태는 '호메로스'(Homeros)이고, 여기서 어미를 떼어 버리고 짧은 형으로 만든 것이 '호머'(Homer)이니, 원래의 형태를 찾아 쓰는 게 옳을 것이다.

작품과 주인공 이름은 되었다. 다음으로 문제되는 것은 '희랍'이라는 나라 이름이다. 이런 말에 실소하는 사람도 있겠지만, 나는 근래에 학생들에게서 '희랍이 아랍권에 있는 나라인 줄 알았다'는 말을 꽤 여러 차

레 들었다. 놀랍지만 이것이 현실이다. '~랍'이 무슨 돌림자인 줄 알았나 보다.

희랍은 보통 '그리스'라고들 부르는 나라다. 그럼 그냥 '그리스'라고 하지, 아랍권에 속한 나라라는 오해를 불러일으키면서까지 '이상한 이름'을 쓰는 이유는 무엇인가? 내가 '그리스'라는 말을 쓰지 않는 것은 그 말이 영어(Greece)이기 때문이다. 이 단어는 로마 사람들이 쓰던 용어 '그라이키아'(Graecia)에서 나온 것으로, 원래는 희랍 땅 중에서 이탈리아 반도에 가까운 북서부 지역을 가리키는 말이었다. 그러다가 나중에는 희랍 전체를 가리키게 되었고, 그 단어가 영어로 들어가서 '그리스'가 된 것이다. 희랍 사람들은 자기네 나라를 '헬라스'(Hellas)라고 부르는데, 그걸 비슷한 발음의 한자로 표기한 것이 '희랍'(希臘)이다. 마치 스스로 '도이칠란트'(Deutschland)라고 부르는 나라를 우리말에서 '독일'(獨逸)이라고 하는 것과 마찬가지다. 그러니 희랍을 '그리스'라고 부르자는 것은, 독일을 영어식으로 '저머니'(Germany)라고 부르자는 것이나 다름없다.

여기서 약간만 곁길로 들어갔다 나오자. 시대 구분에 대한 것이다. 희랍의 『오뒷세이아』가 서양 최초의 서사시라고 하면, 이따금 이 서사시가 나올 무렵 이미 로마도 번성하고 있었다고 생각하는 사람이 있다. 세계사에 밝은 분들은 또 실소하겠지만, 희랍과 로마의 선후 관계에 대해 전혀 모르는 사람도 없지 않다. 그래서 나는 대개 유럽 문화 전체에 끼친 희랍 문화의 영향을 강조하면서 얘기를 시작한다.

지금 세계 문화의 중심이라고 자타가 공인하는 유럽은 그 당시 캄

캄한 어둠 속에 있었다. 유럽 전체에서, 세계적 문명의 발상지인 메소포타미아에 가장 가까운 희랍 땅이 그 영향을 가장 먼저 받았고, 거기서 가장 먼저 문화가 꽃피었다. 유럽에서만 따지자면 로마가 그 다음이지만, 거기서 문화적인 것으로 꼽을 수 있는 성과가 나온 것은 아무리 올려 잡아도 기원전 3세기를 넘어갈 수가 없다. 사실 로마 문화는 희랍 전성기에 바로 뒤이은 것도 아니고, 희랍 문화의 중심지가 이집트의 알렉산드리아로 옮겨가서 200년 정도 번성한 다음에야 조금씩 피어나기 시작했던 것이다. "그럼, 프랑스, 독일, 영국은?" 거기는 기원전 1세기 중반에 카이사르가 쳐들어갈 때까지 거의 문화라고 할 것이 없었다. 희랍 전성기—알렉산드리아의 헬레니즘—로마를 거치고도 한참(한 1000년 정도) 있다가 피어난 것이 유럽 문화이다.

독서의 순서 문제

이 책에서 나는 이따금 『일리아스』에 대해서도 언급하려 한다. 그러면 독자들은 혹시 그 작품을 먼저 읽어야만 하는 게 아닌가 생각할 것이다. 그리고 '상식적으로' 생각해 봐도, 『오뒷세이아』가 트로이아 전쟁에서 돌아오는 영웅의 이야기이니, 먼저 트로이아 전쟁에 대해서 좀 알아야 할 듯도 하다. 물론 배경에 대해 많이 알고 읽으면 어떤 작품이든 이해가 더 잘 되지만, 사실은 둘 중 어느 작품으로 시작해도 상관없다. 반대로 『오뒷세이아』 내용을 알고 『일리아스』를 읽을 경우에도 『일리아스』 이해가 더 깊어진다고 주장할 수 있는 것이다. 두 작품은 모두 호메로스가 지은 것으로 전해지지만, 사실은 서로 다른 사람의 작품이라는 주장도

있고, 설령 같은 사람이 지은 것이라고 해도, 두번째 작품 『오뒷세이아』는 전혀 다른 분위기에서 새로 시작한 것이다. 양쪽에 모두 등장하는 영웅들도 사실 이름만 같지 성격이 많이 다르다. 예를 들어 우리의 주인공 '꾀 많은' 오뒷세우스는, 『일리아스』에서는 다른 영웅들처럼 전투에 능한 사람일 뿐이다. 약간 특징이 있다면 회의 때 합리적인 의견을 많이 내놓고, 사람들을 설득하고 통솔하는 데 강점이 있다는 정도일까? 또 『오뒷세이아』 마지막 부분에 보면 오뒷세우스는 대단한 명궁으로 나오는데, 『일리아스』에서 그는 전투 중에 전혀 활을 사용하지 않는다(『오뒷세이아』적 성격이 강한 10권은 예외다). 신들 사이의 관계도 두 작품에서 각각 다른데, 예를 들자면 『일리아스』에서는 이리스가 신들의 전령 역할을 하는데, 『오뒷세이아』에서는 헤르메스가 그 역할을 하고 있다. 또 『오뒷세이아』에서는 헤파이스토스의 아내가 아프로디테로 되어 있지만, 『일리아스』에서 그의 아내는 카리스이다. 그리고 나중에 다시 얘기하겠지만, 인간의 운명에 대한 입장도 두 서사시가 같지 않다. 그래서 두 작품은 어찌 보자면 서로 보충적인 짝이라 할 수 있다. 그러니, 결국에는 두 작품을 다 읽어야 하겠지만, 꼭 어느 쪽을 먼저 읽어야 한다는 순서가 있는 것은 아니다.

그래도 혹시 트로이아 전쟁을 회고하는 장면이 나오진 않을까? 물론 나온다. 하지만 우리가 알아야 할 것 중, 작품 『일리아스』와 관련된 것은 아킬레우스가 굉장히 잘 싸웠다는 것, 그와 파트로클로스가 아주 친한 사이였다는 것뿐이다. 사실은 이것도 작품 내용이라기보다는 보통 '신화'라고 알려진 것의 일부일 뿐이다. 트로이아 전쟁과 관련된 내용 중

에 『오뒷세이아』를 읽는 데 필요한 다른 것으로, 아킬레우스가 죽은 후 그가 남긴 무장을 차지하려고 경쟁하다가 실패한 아이아스가 자살했다는 것, 트로이아가 목마 작전에 의해 함락되었다는 것, 아가멤논이 트로이아에서 돌아온 직후 그의 아내와, 아내의 애인에 의해 살해되었다는 것 정도이다. 하지만 이 내용 역시 『일리아스』에 나오는 게 아니라, 지금은 사라진 다른 서사시들에 나왔었고, 나중에 희랍 비극에서 많이 이용되었던 주제들이다. 따라서 정말 철저히 준비를 갖춘 후에 『오뒷세이아』를 읽겠다면, 『일리아스』 못지않게 희랍 비극 작품들을 읽는 것도 중요하다. 하지만 그런 준비를 다 갖추자면 한이 없으니 그저 기회 닿는 대로 아무데서나 얼른 시작하라는 게 나의 충고다(물론 내가 글을 쓰고 책을 낸 순서는 『일리아스』가 먼저이니 이 책에서도 『일리아스』에 대해 언급하기는 하겠다).

기본 정보들

어디서나 쉽게 찾을 수 있는 정보들을 늘어놓는 것도 별로 내키지 않고, 이미 『일리아스』에 대한 책에서 한 번 언급한 것이어서 중복이긴 하지만, 그래도 이만한 부피의 책에서 그런 점을 빠뜨리고 지나가면 완결성이 떨어지게 되니, 몇 가지만 짚고 가자. 이 작품은 기원전 8세기 희랍 땅에서 만들어진 서사시(이야기 시)로서, 현재 남아 있는 것으로는 유럽 최초의 문학 작품이다. 작품 분량은 약 1만 2천 줄로 보통 두께의 책 한 권에 다 들어갈 정도이다. 전체는 스물네 개의 권으로 나뉘어 있으며, 전통적으로 각 권은 희랍어 소문자로 표시되어 왔다. 예를 들어 δ149라고

되어 있으면 '『오뒷세이아』 4권 149행'이란 뜻이다. (한편 『일리아스』의 각 권은 대문자로 표시하는 것이 전통이어서, 책 제목 없이도 Δ 149라고 되어 있으면 '『일리아스』 4권 149행'이란 뜻이다.)

『일리아스』와 『오뒷세이아』의 작자는 보통 호메로스라고 알려져 있지만, 이 작품들이 한 사람의 것인지, 여러 사람이 거듭 가필(加筆)한 결과인지 여전히 논쟁이 계속되고 있으며, 이 문제는 사실 해결될 가망이 없다. 바로 이것이 유명한 '호메로스 문제'(Homeric Question)라는 것이다. 『일리아스』와 『오뒷세이아』 각각이 한 시인의 작품이라고 주장하는 사람들을 단일론자(Unitarian)라 하고, 여러 사람의 작업결과라고 하는 사람들을 분석론자(Analyst)라고 하는데, 현재로서는 단일론을 따르는 학자가 다수인 듯하다(나처럼 작품의 구조構造를 강조하는 사람들은 거의가 단일론 진영에 속한다. 구조는 여러 사람의 가필로는 나오기 쉽지 않기 때문이다). 하지만 여전히 분석론을 지지하는 사람들이 있고, 이들은 자기 진영이 다수라고 주장하고 있다. 분석론을 따르자면 호메로스라는 인물은 아예 존재하지 않았거나, 그런 사람이 있었다 하더라도 전체 작품의 아주 작은 부분에만 기여했다는 게 된다.

한편 이 문제와 연관된 또 하나의 문제가 단일론 진영 내에서 분열을 일으키고 있다. 같은 시인이 『일리아스』와 『오뒷세이아』를 모두 지었는지, 아니면 두 작품은 서로 다른 두 시인의 창작인지 하는 문제이다. 이 문제 역시 해결될 가능성이 거의 없다. 같은 시인이라는 쪽은 두 작품 사이의 공통점을 강조하고, 다른 시인이라는 쪽은 차이점을 강조한다. 양쪽 진영의 논리가 너무나도 정연하다. 그래서 나도, 이쪽 논문을 읽으

면 이쪽으로 마음이 기울고, 저쪽 논문을 읽으면 또 그쪽으로 기울어, 그 사실을 스스로 부끄럽게 생각해 왔다. 하지만 세계적으로 유명한 학자의 글을 읽고 조금 용기를 얻게 되었는데, 그는 자신도 너무 자주 생각이 바뀌어서, 인쇄되는 글에 자기 생각을 밝히기가 두렵다고 했다. 그래서 나도 내 입장이 자주 바뀐다는 것을 그냥 '뻔뻔하게' 밝히기로 했다. 나중에는 또 어떻게 변할지 모르지만, 요즘 내 입장은 『일리아스』와 『오뒷세이아』를 쓴 시인이 서로 다르다고 보자는 쪽이다. 그게 꼭 옳다고 확언할 수는 없지만, 적어도 한 가지 이점은 있어서다. 그렇게 보는 게 작품 해석을 더 풍성하게 해 준다는 점이다. 예를 들면 『일리아스』에서 매우 장중한 의미를 지녔던 구절이나 단어가 『오뒷세이아』에서 아주 사소하게 쓰이는 경우, 우리는 후자가 전자를 패러디하고 있다고 볼 수 있는 것이다(물론 전통적으로 전해지는 대로, 『일리아스』는 호메로스의 젊은 시절 작품이고, 『오뒷세이아』는 만년의 작품이라고 해도 된다. 그러면 나이 든 시인은 젊은 자신을 약간 조롱하는 것일 수 있다).

『오뒷세이아』의 세 가지 주제와 세 개의 부분

나중에 계속 반복하고 강조하겠지만, 전체의 주제와 구조에 대해서도 간단히 언급하고 시작하자.

『오뒷세이아』의 내용은 상당히 널리 알려져 있다. 영화로도 여러 차례 만들어졌고, 많은 신화집들이 이 이야기를 담고 있다. 아마 중간에 사람들이 재미있어 할 모험을 담고 있어서일 것이다. 그래서 많은 사람들이 자신이 알고 있는 것이 『오뒷세이아』라는 작품 자체의 내용이라고

착각하고 있다. 보통의 독자들이 아는 내용은, 오뒷세우스가 트로이아에서 돌아오면서 여러 모험을 하고, 집에 와서 악당들을 물리쳤다는 것이다. 물론 이런 '상식'이 잘못된 것은 아니다. 이 작품은, 트로이아 전쟁에 참가했던 영웅이, 바다를 떠돌며 모험을 겪은 후 20년 만에 집에 돌아와, 자기 아내에게 구혼하면서 자기 집 재산을 먹어치우고 있는 횡포한 무리들을 처단하는 걸 주된 내용으로 한다. 간단히 줄이자면 '오뒷세우스의 모험과 복수'다. 이것이 『오뒷세이아』의 중심 주제 두 가지이다.

하지만 작품을 펼치면 독자들은, 대개는 들어보지도 못한 낯선 인물과 마주치게 된다. 바로 오뒷세우스의 아들 텔레마코스다. 그의 이야기를 읽으면서 독자들은 언제쯤에나 주인공이 등장하나 기다리는데, 이 젊은이의 '모험'은 쉽게 끝나질 않는다. 진짜 주인공이 나오려면 무려 네 권이 지나가고 5권이 되어야 한다. 오뒷세우스에게만 주목하자면 전체의 1/6을 '몸을 비틀면서' 기다려야 하는 것이다. 한데 이것만 해도 적지 않은 분량인데, 15권에 가서 그 아들의 얘기가 다시 이어진다. 그러니 이 부분 내용을 모른다면, 혹은 그 내용을 무시한다면, '신화'로서의 '오뒷세우스의 모험'은 안다고 할 수 있겠지만, 작품으로서의 『오뒷세이아』에 대해서는 사실상 제대로 아는 게 아니다. 이 첫 부분의 핵심은 텔레마코스라는 젊은이의 성장이다. 그는 아버지의 행방을 찾아 여행을 떠나고, 아버지의 모험을 축소해서 겪고, 그것을 통해 어른이 된다. 그래서 이 작품에서는 (사람들이 잘 아는) 뱃사람의 모험담과 집 떠난 이의 귀향담에 더하여, (보통 사람들이 잘 모르는) 젊은이의 성장담이 함께 다뤄지고 있으며, 이 세 가지가 『오뒷세이아』의 세 주제이다.

주제가 세 가지나 된다면 구조가 복잡해질 것 같지만 사실 그렇지도 않다. 그 세 주제가 전체를 1 대 2 대 3의 비율로 나누어 차례로 나오기 때문이다. 텔레마코스 이야기가 1~4권, 오뒷세우스의 모험이 5~12권, 오뒷세우스의 복수가 13~24권이다.

더구나 이 부분들은 세부적으로 다시 절반으로, 혹은 1:2로 나뉘는 성향을 보인다. 『일리아스』의 구조가 날짜별로 나누어 보아야 드러나는 데 비해, 『오뒷세이아』의 세 부분은 그 배경이 되는 장소가 다르기 때문에 더 매듭이 확실하고, 그만큼 눈에 더 잘 띈다. '젊은이' 텔레마코스의 성장을 보여 주는 부분(1권~4권)은 오뒷세우스의 고향인 이타케와 거기서 가까운 육지(퓔로스와 스파르타)를 배경으로 삼는다. '뱃사람' 오뒷세우스의 모험(5권~12권)은 칼륍소의 섬에서 시작되어 나우시카아의 섬으로 이어진다. '귀향자' 오뒷세우스의 이야기(13권~24권)는 당연히 그의 고향 이타케에서 펼쳐진다.

『일리아스』를 소개할 때도 했던 말이지만, 이런 얼개를 잘 파악해 두어야 읽을 때도 길을 잃지 않을 수 있고, 나중까지 전체를 잘 기억할 수 있다. 그러니 작품을 직접 읽을 분들은 미리 세 부분으로 나눠 그 경계(4권 끝과 12권 끝)에 표시를 해놓고 시작하는 게 좋을 것이다. 물론 그 세 부분 안에서도 다시 경계들이 나뉘는데, 여기에도 표시를 해 두면 좋다.

세부적인 부분들

좀더 세부를 나눠 구조를 살펴보기 위해서는 미리 내용을 조금 언급해야 하는데, 내용에 대한 자세한 분석은 뒤에서 하기로 하고, 여기에서는

필요한 만큼만 얘기하자.

우선 '텔레마키아'라 불리는 작품 첫 부분은 다시 둘로 나뉜다. 1, 2권은 텔레마코스가 고향 섬에서 여행을 준비하는 과정을, 3, 4권은 그가 육지로 건너가 차례로 아버지의 옛 동료 둘과 만나는 것을 보여 주는 것이다. 그는 네스토르가 살고 있는 퓔로스에서 종교적 의례와 귀족들이 서로를 대하는 예절을 배우고, 스파르타 메넬라오스의 궁정에서는 질서 잡힌 세련된 생활방식을 목격한다. 네스토르에게서는 트로이아 영웅들의 귀환에 대한 사실적인 보고를 듣고, 메넬라오스에게서는 기이한 바다의 모험을 듣는다. 보고 듣고 겪으며 젊은이는 성장한다. 작품 후반에서 그는 당당한 조력자로서 아버지 곁에 서게 된다.

작품의 중간은 독자들이 고대하던 모험이야기이다. 이 부분은 다소간 사실적인 모험과 좀더 환상적인 모험, 두 부분으로 나뉘어 있다. 앞부분(5~8권)은 오뒷세우스가 칼륍소의 섬을 떠나서 나우시카아의 섬에 도착하고 그 섬 사람들에게 접대를 받는 내용으로 되어 있다. 뒷부분(9~12권)은 오뒷세우스 자신이 들려주는 모험담이다. 작품의 다른 부분은 모두 시인 자신의 목소리로 3인칭으로 전해지지만, 이 모험담만은 1인칭을 취한다. 어쩌면 이것은 『일리아스』에서 며칠 사이의 이야기로써 전쟁 전체를 보여 준 기술을 변형한 것으로, 이렇게 해서 지난 10년의 이야기를 며칠 사이의 이야기에 끼워 넣을 수 있게 되었다.

방금 나우시카아의 섬에서 있었던 일을 '사실적 모험'에 넣었지만, 좀더 따져보자면 그 섬은 환상계와 현실계를 이어주는 일종의 중간지대라 할 수 있다. 그 섬 사람들의 도움으로 오뒷세우스가 고향 이타케 섬에

도착하는 데부터 귀향자 주제가 다뤄진다. 이 부분은 다시 내용상 1 : 2로 나뉘어 있는데, 앞부분(13~16권)은 늙은 거지꼴을 한 오뒷세우스가 충직한 돼지치기 에우마이오스를 찾아가고 거기서, 여행에서 돌아온 아들을 만나는 내용이다. 뒷부분(17~24권)은 오뒷세우스가 집으로 돌아가 기회를 노리다가 활쏘기 시합을 계기로 구혼자들을 처단하고, 아내와 재결합하는 내용이다.

텔레마키아의 구조적 기능

전체 구조를 다시 보자. 독자들이 가장 많이 기억하고 있는 두 주제는 '모험과 복수'이며, 이들은 각기 5~12권, 13~24권을 차지하고 있다. 한데 사실 이 두 주제는 서로 잘 붙지 않는 이질적인 것들이다. 바다에서 겪는 모험 이야기와 오랜 세월 뒤에 고향에 돌아온 사람이 자기 지위를 회복하는 이야기는 큰 상관이 없기 때문이다. 배경도 다르다. 바다에서의 모험은 사실상 현실의 세계가 아닌, 환상계에서 일어난 일이기 때문이다. 이 둘을 묶어 주는 게 텔레마키아의 기능 중 하나다. 텔레마코스 이야기는 모두 현실의 세계, 즉 그의 고향 섬과 그 건너편 육지를 배경으로 삼는다. 그래서 작품 전체의 사건배경은 차례로, '현실계(텔레마키아)-환상계(오뒷세우스의 모험)-현실계(오뒷세우스의 귀환)'의 꼴이 되고, 달리 보자면 '고향-먼 바다-고향'이다. 도식화하자면 A-B-A 꼴이다. 중간에 나오는 바다에서의 기이한 모험을, 양쪽에 놓인 현실적인 이야기들이 감싸서, 전체가 일종의 샌드위치같이 하나가 된 것이다. 세 개의 부분이 세 가지 주제를 다루기 때문에 서로 분리되는 경향이 생기는

걸, 이렇게 다시 세 부분을 하나로 묶는 장치를 써서 전체가 일관된 한 덩어리가 되게 했다.

더구나 위에서 보았듯 텔레마키아의 세부는 '고향-모험'의 꼴을 하고 있다. 한데 그 뒤의 두 큰 부분이 '바다에서의 모험과 고향에서의 복수'이니, 전체를 이어서 보면 '(고향-모험) - (모험-고향)'의 꼴이 된다. 도식화하면 A-B-B-A의 꼴이다. 한편 여기서 '모험'이라고 한 것은 고향 아닌 타지에서 일어난 일이니, 일관되게 지리적인 면에 초점을 맞춰 도식을 다시 보여도 '(고향-타지) - (타지-고향)'으로, 이 역시 A-B-B-A의 꼴이다. 그러니 텔레마키아는 전체적으로나 세부적으로나, 뒤의 두 큰 부분과 어울려 전체를 하나의 '샌드위치'로 만드는 데 기여한다.

더 세부까지 보자면 텔레마코스의 '모험'은 사실적인 것과 환상적인 것, 둘로 되어 있다. 그의 '모험'은 아버지 동료들에게서 이야기를 듣는 '간접체험'의 형태를 띠는데, 먼저 듣는 네스토르의 이야기가 사실적인 데 반해, 다음으로 메넬라오스에게 듣는 이야기는 매우 환상적이기 때문이다. 한편 오뒷세우스의 모험도 먼저 보고되는 부분(5~8권)에는 사실적인 내용이, 나중에 보고되는 부분(9~12권)에는 환상적인 내용이 나온다. 따라서 두 사람의 모험을 나란히 놓고 보면, '(사실적-환상적) - (사실적-환상적)'의 평행형(A-B-A-B)을 보인다. 이러한 리듬은 두 부분을 어떤 동질성을 지닌 것으로 만들어 주고, 그래서 서로 분리된 게 아니라 한데 묶인, 연속적인 것으로 보이게 한다. 그러니 텔레마키아는 뒤의 두 부분을 서로 묶어 주고, 자신도 그 두 부분과 긴밀하게 묶이는 특성을 지닌 것이다.

이상에서 『오뒷세이아』를 읽기 위한 예비적 지식들을 전하고, 특히 많은 요약에서 간과되는 텔레마키아가 사실은 매우 중요한 역할을 한다는 것을 강조하였다. 이제 그 중요한 텔레마키아에서부터 작품을 꼼꼼히 살펴보자.

Odyssey

Ⅰ. 텔레마키아

위에서 이미, 이 작품이 차례로 세 가지 주제, 그러니까 젊은이의 성장, 뱃사람의 모험, 집 떠난 이의 귀향을 소개한다고 말했다. 그래서 한 가지 주제로 일관한 『일리아스』보다 『오뒷세이아』의 작업이 더 어려웠으리라고 말하는 학자도 있는데 어쨌든 이 작품은 이 세 가지 주제에 따라 세 부분으로 나눠 보면 전체를 한눈에 넣기가 쉽다. 이 주제들은 서로 다른 장소들을 배경으로 다뤄지기 때문에, 지리적 배경이 달라지면 다른 내용으로 넘어갔구나 생각하면 된다. 세 가지 주제를 엮기 위해 시인은 고생했을지 모르지만, 독자로서는 그냥 흐름을 타고 닿는 곳을 둘러보기만 하면 되니, 어쩌면 이것은 『오뒷세이아』에서 항해가 많이 나오는 데 맞춰, 시인이 독자들이 마치 항해하듯이 읽을 수 있게 배려했기 때문인지도 모르겠다.

텔레마키아의 존재를 전혀 모르고서 처음부터 재미있는 바다의 모험이 나오리라고 기대하며 책을 펼친 독자는 이 부분에서 낙심할 수도 있겠지만, 이 '재미없는' 부분을 그냥 건너뛰고 모험담만 읽자 할 것이 아니라, 이 부분이 하는 역할은 무엇인지, 남모르게 숨겨진 재미들은 어떤 게 있는지 함께 찾아보자.

1권에서 4권에 이르는 '텔레마키아'의 중심적인 내용은 텔레마코스의 여행이다. 이제 막 성인이 되려는 오뒷세우스의 아들 텔레마코스가, 집 떠난 지 스무 해나 된 아버지의 행방을 찾아 육지로 떠나서, 아버지의 옛 동료들을 만나는 것이다.

이 부분은 다시 내용적·지리적으로 둘로 나뉜다. 텔레마코스가 여행을 준비하는 내용인 앞의 두 권은 이타케가 배경이고, 그의 여정을 보여 주는 뒤의 두 권은 펠로폰네소스 반도가 배경이다. 작품을 직접 읽을 사람은, 앞에 충고했던 대로 세 부분의 경계에 표시를 해 놓는 것에 더하여, 미리 이 첫 부분의 중간 경계(2권 끝)에도 표시를 해 놓고 시작하는 게 좋을 것이다. 이런 매듭들은 일종의 이정표가 되어, 긴 글을 읽는 사람에게, 긴 여행에 나선 나그네처럼 자신의 위치를 파악하고 남은 거리를 가늠하게 하며, 에너지를 배분하는 데 도움을 준다. 그리고 한 단계를 지날 때마다 독자는 작지만 성취감을 맛보면서 새 힘을 얻게 될 것이다. 대작을 단숨에 읽었다고 자랑하고 싶긴 하겠지만, 현실적으로 우리들은 중간 중간 힘을 얻어야 계속 해 나갈 수 있고, 그러기 위해서는 작은 성공들과 칭찬이 필요하다.

1권

아테네의 방문

「페넬로페와 텔레마코스」 적색상 스퀴포스(기원전 440년 경)
베틀 앞에서 페넬로페가 수심에 잠겨 있다. 텔레마코스는 막 수염이 나고 있다.

맨 첫 권에서는 이타케의 혼란스러운 상황이 소개된다. 오뒷세우스가 죽었다고 믿는 젊은이들이 그의 집으로 몰려들어, 그의 아내인 페넬로페에게 결혼을 졸라대며 그 집 재산을 먹어치우는 참이다.

서시(序詩)

하지만 이야기가 바로 시작되지 않는다. 앞에서 오뒷세우스 얘기를 읽기 전에 먼저 텔레마코스를 만나야 한다고 말했다. 그런데 그 텔레마코스를 만나는 일도 쉽지가 않다. 그보다 먼저 신들의 회의 장면을 보아야 하기 때문이다. 그리고 그 회의 앞에는 전체를 시작하는 일종

의 서론이 있다. 보통 '서시'(序詩, prooimion)라고 부르는 부분이다.

『일리아스』의 경우, 작품 전체의 첫 단어는 '분노를'이고 첫줄 마지막 단어가 '아킬레우스의'이다. 이 두 단어 '아킬레우스의 분노'가 그 작품 전체의 주제를 이룬다. 그러니까 『일리아스』는 트로이아 전쟁 전체를 다룬 것이 아니라, 그 전쟁 10년째에 있었던 아킬레우스의 분노 사건을 다룬 것이다. 그와 마찬가지로 『오뒷세이아』 전체의 첫 단어는 '남자에 대하여'이다. 『일리아스』와 『오뒷세이아』는 첫 부분의 구조가 매우 유사한데, 『일리아스』의 앞부분이 '아킬레우스의 분노'라는 말을 꾸며 주는 구절(형용사절)로 이어지듯이, 『오뒷세이아』에서는 '남자'를 꾸며 주는 구절(형용사절)이 이어진다. 여기서 그 첫 부분을 보자.

> 그 남자에 대하여 내게 말씀해 주소서, 무사 여신이여, 꾀가 많은 그 사람, 트로이아의
> 신성한 도시를 파괴한 뒤 정말 많이도 떠돌아다닌 그 사람에 대해.
> 그는 수많은 사람들의 도시들을 보았고 그들의 마음가짐을 알았으며,
> 바다에서는 자신의 영혼과 동료들의 귀향을 구하려다가 그 마음에
> 많은 고통을 당했습니다. 하지만 그렇게 원했지만 그는
> 동료들을 구하지 못했으니, 그들은 자신들의 생각 없음 때문에
> 파멸하고 말았던 것입니다. 그 어리석은 자들은 헬리오스 휘페리온의 소들을
> 잡아먹었고, 그리하여 그 신이 그들에게서 귀향의 날을 빼앗아 버렸던 것입니다.

이 일들에 대하여 아무 대목이든,
여신이여, 제우스의 따님이여, 우리에게도 이야기해 주소서!
(1권 1~10행)

이 서시는 『오뒷세이아』 내에서 유일하게 시인 자신이 자기 목소리로 얘기한 부분이다. 물론 오늘날의 우리야 작품 전체가 작가의 것이라고 생각하지만, 이 작품에서 시인은 자신이 무사 여신의 능력에 목소리만 빌려 주는 것 같은 입장을 취하고 있기 때문에, 11행부터는 무사 여신이 노래한 것이고, 그 앞까지만 시인 자신이 자기 힘으로 말한 셈이다.

한데 이 서시는 많은 문제를 안고 있다. 우선 『일리아스』의 경우와 마찬가지로 전체의 맨 첫 단어가 중요하니, 이 작품은 오뒷세우스라는 한 인물에 대해 다루는 것이다. 그런데 그 주인공의 이름은 이 부분에 나오지 않는다. 아킬레우스의 이름이 『일리아스』 첫 줄에 나오는 것과는 상당한 차이가 있다. 그의 이름은 20행(희랍어 원문에는 21행)에 가서야 나온다. 또 주인공의 아버지 이름도 나오지 않는다. 『일리아스』의 주인공에게 중요한 것은 여신과 인간 남자 사이에 태어났다는 점인 데 반해, 이 작품의 주인공에게 중요한 것은 혈통보다는 인물 됨됨이와 경험이기 때문이다.

그리고 3행을 보면 이 작품의 주제가 되는 남자는 많은 도시를 본 것으로 되어 있는데, 사실 오뒷세우스가 본 사회 중에 도시라고 할 만한 것은 라이스트뤼고네스 인들의 땅과 나우시카아가 사는 섬뿐이다.

하지만 전체적으로 여러 단계의 문명 수준을 가진 곳을 돌아다니고 있으니, 그것들도 '도시'라고 보아 준다면 이 서사시가 아주 엉뚱한 소리를 하는 것은 아니다.

더 이상한 것은 그의 동료들이 태양신의 소를 잡아먹는 바람에 귀향을 잃었다고 되어 있는 점이다. 하지만 그가 가장 많은 동료를 잃은 것은 식인 거인인 라이스트뤼고네스 인들의 땅에서다.

이 문제는 두 가지로 설명할 수 있는데, 하나는 원래 오뒷세우스의 모험이란 것이 민담의 영역에 속한 것인데, 그게 서사시로 변형되는 과정에서 이렇게 되었다는 것이다. 민담은 누구라도 큰 부담 없이 얘기할 수 있는 것이고, 주인공은 별 대단한 인물이 아니어도 상관이 없다. 따라서 그의 모험은 그저 배 한 척이면 충분하다. 하지만 이미 하나의 문학 장르로 정착된 서사시에는 그에 걸맞은 무게 있는 주인공이 필요하다. 그래서 선택된 것이 트로이아 참전 용사인 오뒷세우스다. 한데 일이 이렇게 되자 원하지 않았던 다른 장치까지 딸려오게 되었으니, 그가 이끄는 함대가 그것이다. 트로이아에 갔던 영웅들은 모두 상당한 함대를 인솔한 것으로 되어 있으니, 오뒷세우스에게도 배가 여러 척 딸려오게 된 것이다. 각 영웅이 트로이아로 배를 얼마나 이끌고 갔는지는 『일리아스』 2권의 이른바 '배들의 목록'에 나와 있고, 거기 보면 오뒷세우스 휘하의 배는 12척인 것으로 되어 있다. 그래서 『오뒷세이아』의 주인공 오뒷세우스도 거기 맞춰 배 12척을 이끌고 있다. 그러니 완성된 판본을 기준으로 보자면 배 11척이 파괴된 사건이 가장 큰 재난이라고 하는 게 온당할 것이다. 하지만 이 서사시는

문자 없이 창작된 시기를 지나왔고 정리가 덜 된 구석을 조금 갖고 있는데, 바로 이 서시가 그 '정리 안 된' 부분에 속한다는 것이다. 원래 민담에 있었던 대로 배 한 척으로 여행하는 판본의 흔적이 그냥 남아 있게 되었다는 말이다. 그렇지만 전체를 이끌고 나갈 서시에 그런 정리 안 된 부분이 남아 있다는 것은 좀 받아들이기 어렵다.

다른 설명법은, 이 작품 여러 곳에서 그의 동료들이 다수 희생되지만, 시인이 가장 강조하고 싶은 것은 마지막 단계에 태양신의 섬에서 죽은 자들이라는 것이다. 사실 상식적으로 생각해도, 이때가 그의 마지막 남은 동료들을 잃은 때이니, 이것이 가장 결정적인 희생이긴 하다. 하지만 이 희생을 강조하는 데는 시인의 어떤 의도가 있다. 우선 이 태양신의 섬 사건은 오뒷세우스의 특성 중 어쩌면 가장 중요한 것을 두드러지게 한다. 또 이 사건은 그것이 상기시키는 과거의 어떤 사건과 현재의 어떤 상태, 그리고 그것이 예고하는 미래의 사건 때문에 중요하다.

우선 오뒷세우스의 특별한 자질을 보자. 어찌 보자면 그의 능력 중 가장 중요한 것은, 어떤 일을 행하는 능력이 아니라, 하지 않는 능력, 즉 참는 능력이다. 4권에 보면, 트로이아에서 영웅들이 목마 속에 들어갔을 때 오뒷세우스의 태도가 어땠는지 메넬라오스가 회상하는 장면이 나온다. 바깥에서 각 영웅의 아내 목소리가 나자 다른 영웅들은 동요하지만 오뒷세우스는 전혀 흔들리지 않았고, 대답하려는 다른 사람의 입을 틀어막고 제재하기까지 한다. 태양신의 섬에서도 마찬가지다. 다른 사람들은 더 이상 견딜 수 없다고 느끼는 배고픔에도 그는

참는다. 우리는 그가 집에 돌아가서, 마지막 순간까지 자신의 마음을 달래 가며 참는 것을 보게 될 것이다.

어쩌면 이것은 『오뒷세이아』를 만든 시인이 『일리아스』를 의식하고 있다는 증거일 수도 있다. 『일리아스』 19권에 보면, 오뒷세우스와 아킬레우스가 약간의 의견 대립을 보이는 장면이 있다. 파트로클로스의 죽음에 분노한 아킬레우스는, 복수가 급하니 밥도 먹지 말고 나가서 싸우자고 주장한다. 하지만 오뒷세우스는 식사를 하지 않고는 병사들이 힘이 없어서 싸우지 못할 터이니 먼저 밥을 든든히 먹이자고, 합리적인 주장을 한다. 그렇게, 아무리 급해도 밥은 먹어야 한다고 주장하던 사람이, 여기서는 아무리 배가 고파도 먹으면 안 되는 게 있다고 주장하게 되었다. 반면에 아무것이나 먹던 그의 부하들은 그것 때문에 파멸한다.

이와 관련해서 이 작품에서 줄곧 강조되는 것이 있으니, 바로 먹고 마시는 문제이다. 이 작품은 거듭거듭 인물들이 먹고 마시는 모습을 보여 준다. 오뒷세우스의 집에서는 구혼자들이 흥청망청 잔치를 벌이고 있고, 텔레마코스는 여행을 하면서 식사접대를 받는다. 오뒷세우스 역시 가는 곳마다 접대를 받으며, 자기 집에 와서도 '인간을 가장 괴롭히는 것은 위장(胃臟)'이라고 너스레를 떨며 구혼자들의 잔치에 한몫 끼려 한다.

이렇게 여러 차례 등장하는 식사 장면 중 특별한 중요성을 가진 과거의 어떤 식사가 있다. 바로 아가멤논의 식사이다. 이 작품에서 아가멤논 집안에서 일어났던 일련의 사건들은 아주 중요한 참고 대상이

다. 오뒷세우스 집안 사람들은 늘 이 사건들을 되돌아보면서, 그런 사태를 피하도록, 혹은 그런 모범을 따르도록 충고 받는다. 오뒷세우스는 아가멤논 같은 죽음을 피해야 하며, 텔레마코스는 그런 일이 있을 경우 오레스테스처럼 복수를 해야 한다. 이 점은 네스토르와 메넬라오스, 저승의 아가멤논에 의해 거듭 강조된다. 이 집안에 대한 언급은 작품의 큰 세 부분에 모두 포함되어 있어서, 이 세 부분을 하나로 엮어 주는 장치로서 기능하기도 한다. 한데 이 일련의 사건에서 가장 결정적인 계기는 아가멤논의 식사였다. 트로이아에서 돌아온 아가멤논이 죽은 것은, 바로 그를 환영하여 열린 잔치의 식탁에서였기 때문이다. 보통 그는 집에 돌아와 목욕하다가 죽은 것으로 전해지고, 아이스퀼로스의 비극 「아가멤논」에서도 그것을 따랐다. 하지만 『오뒷세이아』를 만든 시인은 그런 이야기를 받아들이지 않고, 그가 식사 중에 자기 부하들과 함께 몰살당한 것으로 했다. 이렇게 하면 여러 가지 장점이 생긴다. 하나는 '아가멤논이 죽을 때, 대체 그의 부하들은 무얼 하고 있었나?'하는 소박한 의문을 해결해 주는 것이고, 다른 장점은 그를 죽인 자들의 사악함이 더욱 부각된다는 것이다. 가장 큰 호의를 전제로 한 환대의 자리에서 정반대의 일을 저질렀기 때문이다. 아가멤논은 거기서 '제물로 바쳐진 황소처럼' 죽었다. 그래서, 소를 잡아 잔치를 벌인 후에 죽은 오뒷세우스의 동료들에 대한 언급은 자동적으로, 잔치자리에서 소처럼 죽은 아가멤논을 상기시킨다.

한편 이 구절은, 이 작품에서 현재 벌어지고 있는 다른 식사를 상기시키고, 앞으로 있을 그것의 파국을 예고한다. 오뒷세우스 집안 사

람들이 가는 곳마다 듣는 또 하나의 주제는 구혼자들의 식사이다. 그래서 이것 역시 작품 전체를 하나로 묶어 주는 장치가 되는데, 지금 이 대목에서 그보다 더 중요한 것은, 이 구혼자들 역시 잔치 끝에 모두 파멸하리라는 점이다. 잔치, 또는 식사와 죽음의 연관은, 작품 맨 마지막 오뒷세우스의 복수 장면에서 분명해진다. 구혼자들 중 가장 흉악하던 두 우두머리가 죽는 장면에서 잔치가 망쳐지는 것이 유난히 강조되기 때문이다. 그 둘은 모두 식탁을 걷어차 뒤엎고, 음식을 바닥에 쏟으며 쓰러지는 것으로 되어 있다. 그동안 남의 잔치를 망쳐 온 그들은 결국 자신들이 저지른 것에 합당한 방식으로 쓰러지는 것이다.

설명이 길어졌는데, 다시 정리하자면 이렇다. 오뒷세우스의 부하들은 소를 잡아먹고 파멸했다. 구혼자들은 오뒷세우스의 집에서 소를 잡아먹으며 잔치를 벌이고 있다. 아가멤논은 집에 돌아와 식사 접대를 받다가 제물 황소처럼 죽었다. 오뒷세우스는 식사를 중시하지만 태양신의 소를 먹지 않아서 파멸을 면했다. 그는 구혼자들을 잔치 중에 처단할 것이다. 이 사건들은 논리적으로라기보다는 이미지로써 연결되어 있다. 그리고 이 잔치, 식사, 소 잡기 등은 작품 곳곳에서 되풀이 되면서 전체를 하나로 묶어 주는 역할을 한다. 그러니 서시에서 오뒷세우스의 부하들이 모두 태양신의 소를 잡아먹고 죽었다고 한 것은, 아가멤논의 죽음을 상기시키고, 구혼자들의 죽음을 예고하면서, 이 작품을 엮어나가는 데 식사 문제가 얼마나 중요한지 보여 주는 것이라 하겠다.

서시의 내용이 뒤에 나오는 이야기 내용과 딱 맞아들어가지 않는

다는 점을 설명하는 여러 이론을 다 소개하긴 힘들고, 좀더 어렵게 설명하는 다른 방법을 하나만 더 보자. 시인은 당시의 청중들이 알고 있는 여러 판본을 의식하고, 일부러 청중이 기대하는 판본과는 다른 것을 제시한다는 설명이다. 벌써 우리는 오뒷세우스가 배 한 척으로 여행하는 판본(민담)을 머릿속에 그려 보았다. 아마도 『오뒷세이아』를 처음 듣던 청중들도 이야기가 어디로 갈지 몰라, 여러 판본을 떠올리며 여러 가능한 진행 방향을 예측해 보았을 것이다. 어쩌면 오뒷세우스가 여러 도시를 보았다는 말도 그가 여러 도시를 떠돌아다니며 재산을 모았다는 다른 판본을 암시하는 것일지 모른다. 우리는 그런 판본의 흔적을, 나중에 늙은 거지로 변장한 오뒷세우스가 지어 내어 다른 사람들에게 들려주는 이야기에서 확인할 수 있다. 그러니 독자들도, 우리가 가진 판본의 내용이 당시 사람들 사이에서도 확고하게 자리 잡았었다고 생각할 게 아니라, 여러 다른 판본의 가능성을 염두에 두고 읽어 나가는 게 좋을 것이다. 그게 작품을 더 풍성하게 즐기는 방법이다.

이 서시와 관련해서 마지막으로 강조할 것은, 시인이 '아무데서나' 시작해 달라고 무사 여신에게 청하고 있다는 점이다. 이것은 『일리아스』 첫 부분에서 '아가멤논과 아킬레우스가 싸우던 때부터' 노래해 달라고 한 것과 대비되어, 『오뒷세이아』를 만든 시인의 자신감이라고 할 수도 있다. 아무데서나 이야기를 시작해도 어떤 식으로든 전체를 짜나갈 수 있다는 선언이다.

한데 무사 여신이 시인의 기원을 듣고서 이야기를 시작하는 출발점은 인간들의 세계가 아니라, 올림포스 신들의 회의장이다. 물론 서시 다음에 갑자기 신들 장면을 이어 붙이면 너무 갑작스러우니까, 서시에서 언급한 남자 오뒷세우스가 지금 어디에 있는지를 먼저 말한다. 그는 칼륍소(Kalypso)라는 요정에게 붙잡혀 있는 중이다. 나중에 보면 알겠지만, 벌써 7년째다. 하지만 그 요정이 우리 주인공에게 무슨 해코지를 하려는 건 아니고, 그저 자기 남편이 되어 달라는 것이다. 이런 사정을 다른 신들은 다 불쌍히 여기고 있지만 포세이돈만은 오뒷세우스를 미워한다는 것, 하지만 그는 지금 아이티오페스 인들에게 가서 제물을 받고 있다는 것, 다른 신들은 제우스 앞에 모여 있었다는 것으로 얘기가 이어진다.

내용은 다 요약했지만, 원문을 인용해 보자. 앞에서 잠깐 미뤄 두었던 문제를 해결할 기회다.

> …… 다른 사람들은 모두 …… 지금은 집에 와 있건마는,
> 귀향과 아내를 애타게 그리는 그 사람만은 여신들 중에서도
> 고귀한 요정 칼륍소가 자기 남편으로 삼으려고
> 자신의 속이 빈 동굴 안에 붙들어 두고 있었다.
> …… 모든 신들이 그를 불쌍히 여겼다,
> 포세이돈만 제외하고는. 그는 끊임없이 노여워했던 것이다,
> 신과 같은 오뒷세우스에게, 그가 고향 땅에 닿을 때까지.

그러나 지금 포세이돈은 저 멀리 아이티오페스인들에게 가고 없었다.(1권 11~22행)

나는 보통 『일리아스』와 『오뒷세이아』를 소개하는 글을, 독자들이 작품을 읽을 때 어려움을 느끼는 대목이 무엇인지, 그 어려움을 넘어서려면 무엇을 알아야 하는지를 다루는 것으로 시작한다. 하지만 이 책에서는 그 문제를 뒤로 미뤄 두었는데, 작품의 첫머리에 원문이 나오면 그걸 예로 삼아 설명하려는 뜻에서였다. 한데 서시에서는 그 어려움이 두드러지지 않아서, 지금 이 구절들을 기다렸다.

인용문의 밑줄 그은 구절들을 보자. 나는 위에서 내용을 요약하면서, 오뒷세우스가 요정 칼륍소에게 붙잡혀 있다고 했다. 한데 원문을 보면 그냥 '칼륍소'라고 되어 있지 않고, '여신들 중에서 고귀한 요정 칼륍소'라고 되어 있다(「반지의 제왕」이라는 영화가 나온 후로, 우리 사회에서 신과 요정을 구별하는 법이 '상식'으로 널리 퍼졌다. 요정은 오래 살긴 하지만 불멸은 아니라는 것이다. 하지만 고대 희랍에서 '요정'nymphe은 그냥 지위가 낮은 여성 신을 가리키는 말이다. 그래서 칼륍소나 키르케를 여신이라고도 하고 요정이라고도 해 놓았다). 그냥 이름만 말하지 않고 꽤 긴 소개 구절을 붙인 것이다. 물론 칼륍소란 이름이 처음 나오니까 이런 거라고 이해해 줄 수도 있다. 하지만 처음에만 그런 것이 아니다. 이 구절은 칼륍소가 나올 때마다 거의 언제나 함께 나온다(예를 들면 5권 77행). 매번 이러는 것은 왜인가? 또 그녀가 살고 있는 동굴은 '속이 빈' 것으로 되어 있다. 아니 동굴이 속이 비어 있지 않은 경우도

있단 말인가? 한데도 동굴이 나올 때마다 늘 이 수식어가 따라붙는다. 인용문 마지막 부분에는 드디어 오뒷세우스의 이름이 나오는데, 그 앞에는 '신과 같은'이란 수식어가 붙어 있다. 이 수식어는 문맥에 어울리지 않아 보인다. 바다신의 노여움 때문에 고향에 못 오고 바다 한가운데에 붙잡혀 있는 사람이 어떤 면에서 신과 같다는 말인가? 더구나 이 수식어는 앞으로도 문맥과 상관없이 계속 따라다닐 것이다. 또, 지금 여기에서는 나오지 않았지만, 『오뒷세이아』가 바다를 배경으로 하는 만큼 배들도 많이 등장하는데, 그것들의 수식어도 늘 정해진 것이 따라다닌다. 그것들은 '검고' '빠르고' '우묵하고' '균형이 잘 잡혔고' '좋은 좌석을 갖추고' 있다. 어떤 경우에는 문맥에 잘 맞지만 대개는 문맥과 아무 상관이 없다. 바다는 늘 '추수할 수 없는' 것이거나, '포도주 빛'이다.

바로 이것이 고대 서사시를 읽기 어렵게 만드는 점 중 하나인데, 옛날 학자들은 이런 현상을 두고, 희랍인이 한 번 어떤 특징을 그 사물/인물의 본질로 파악했으면 그 사물/인물을 지칭할 때마다 항상 그 특징을 함께 밝히는 거라고 설명하기도 했었다. 하지만 구송시(oral poetry) 이론이 나온 이후로, 이런 현상은 대체로 운율 때문이라고 설명된다. 이 이론의 핵심은, 호메로스의 서사시가 문자 없이 창작되어 오랜 세월 입에서 입으로 전해졌으며, 가객은 운율(장단단 육보격, dactylic hexameter)에 맞는 부분들을 외고 있다가 매 공연마다 다르게 짜서 내놓았다는 것이다. 그래서 운율만 맞으면 늘 쓰이는 구절이 생기게 되는데, 이런 것을 공식구(formula)라고 한다. 그러니까 공식

구에서 중요한 것은 내용이라기보다 운율(장단)이 된다. 실제 공식구가 나오는 구절들을 살펴보면, 앞의 이론보다는 이 구송시 이론이 '엉뚱한' 구절들을 더 잘 설명해 준다. 칼륍소의 경우 독자들은 그녀에게 '머리를 곱게 땋은'이란 수식어가 따라다니는 것도 자주 보게 될 것이다. 하지만 머리를 곱게 땋는 것이 이 여신만의 특징이라고 하기는 어렵다. 다른 여신 키르케에게도 이런 수식어가 붙기 때문이다. 사정 모르는 사람은 이런 반복적인 대목에서 짜증을 내겠지만, 독자들께서는 그 비밀을 아는 사람으로서 공식구를 반가이 만나고, 즐겁게 읽어가시기 바란다.

한편 서사시에서 반복되는 것은 특정 구절들만이 아니다. 단락들, 장면들, 소주제들도 모두 반복되면서 변형되고, 그렇게 해서 큰 구조를 이룬다. 『오뒷세이아』는 여행을 많이 다루기 때문에 손님을 맞아 접대하는 내용이 아주 자주 되풀이된다. 하지만 이렇게 반복되는 구절들은 때때로 다른 것들과는 조금 달리 짜여 있어서 미묘하게 다른 의미와 분위기를 보여 준다. 그러니 앞에 본 듯한 내용이 나오면 짜증을 낼 것이 아니라, 그 변형과 반복의 의미를 찾아보는 게 합당하다.

그리고 이렇게 즉흥적 공연의 편의를 위해 동원된 전통적 구절들이 때로는 문맥에 놀라우리만치 잘 맞아 들어가는 경우도 있는데, 『일리아스』의 맨 앞부분이 그런 예다(그 설명을 여기서 반복할 수는 없으니, 앞에 언급한 나의 책 『일리아스, 영웅들의 전장에서 싹튼 운명의 서사시』를 찾아보시기 바란다). 『오뒷세이아』 첫 부분에는 당장 효과가 드러난다기보다 좀 멀리 내다보는 구절이 등장하는데, 바로 조금 전에

지적했던 '신과 같은'이다. 지금 이 부분에서는 문맥에 잘 맞지 않는 것 같지만, 우리는 작품 후반부에 그가 거지꼴로 등장해서 사람들을 시험하고 마지막에 본 모습을 드러내는 데서, 그의 '신과 같은' 특성을 확인하게 될 것이다.

서시에서 독자들의 관심을 오뒷세우스에게 쏠리게 해놓고, 이어지는 신들의 모임 장면도 이 영웅에 대한 언급으로 시작했지만, 실상 이 신들의 모임에서 애당초 중심적 화제로 떠오른 것은 오뒷세우스의 귀향이 아니었다. 거기서 신들의 왕 제우스가 관심을 갖고 있는 것은 아가멤논 집안의 일이다. 그는, 인간들이 자기들이 잘못해서 안 좋은 일을 당하면서 노상 신들만 탓한다고 불평하고, 아이기스토스가 아가멤논을 죽였다가 나중에 아가멤논의 아들 오레스테스의 손에 죽은 것을 예로 든다.

> 아아, 인간들은 얼마나 자주 신들에게 잘못을 돌리던가!
> 그들은 재앙이 우리에게서 비롯된다고 말하지만, 사실은 그들 자신의
> 못된 짓으로 인하여 정해진 몫 이상의 고통을 당하는 것이오.
> 지금 아이기스토스만 하더라도 아트레우스의 아들이 귀향한 것을 죽이고,
> 정해진 몫을 넘어 그의 결혼한 아내를 취하지 않았던가, 그것이 자신의
> 가파른 파멸이 될 줄 알면서도 말이오. 왜냐하면 우리가
> 훌륭한 정탐꾼인 아르고스의 살해자 헤르메스를 보내서 미리 알려주

었으니까요,
오레스테스가 성년이 되면 ……복수하게 될 것이니,
그를 죽이지도 말고 그의 아내에게 구혼하지도 말라고.
하지만 헤르메스는 ……아이기스토스의 마음을 설득하지
못했고, 그래서 그자는 지금 모든 것을 전부 되갚고 말았소.
(1권 32~43행)

조금 전에 공식구에 대해 얘기했지만, 다시 한 번 확인하자면 지금 이 인용문에서도 헤르메스를 긴 공식구로 꾸몄다. 이 역시 문맥과는 상관없는 구절이다(너무 깊이 들어가는 감이 있지만, 사실은 '아르고스의 살해자'라는 것도 제대로 된 해석인지 학자들 사이에서 논의가 분분하다. 헤르메스가, 소로 변한 이오를 지키던 아르고스라는 눈 100개 괴물을 죽였다는 얘기가 있지만, 어형 분석을 해 보면 그 근거가 별로 확고하지 못하다는 것이다). 그리고 인용문 바로 앞에, 문맥에 어긋나 있기로 유명한 구절이 들어 있다. 제우스는 오레스테스의 손에 죽은 아이기스토스를 생각하고 있었는데, 그가 '나무랄 데 없는'(30행) 것으로 되어 있는 것이다. 아니, 인간들이 잘못해서 불행을 자초한 사례로 아이기스토스를 들면서 그가 흠이 없다니 무슨 말인가? 보통 학자들은, 이 구절이 원래는 모든 귀족을 꾸며주는 말이라고 본다. 귀족들은 늘 나무랄 데가 없다는 것이다. 그런데 그 구절이 운율에 맞으니까, 그냥 여기에 문맥과 상관없이 사용해 버렸다(이 구절은 어찌나 유명한지, 이 구절을 제목으로 삼는 연구서[*Blameless Aegisthus*]까지 나와 있다).

한편 이 인용문의 첫 세 줄은, 『일리아스』와 『오뒷세이아』의 도덕적 입장 차이를 보여 주는 구절로 꼽힌다. 『일리아스』는 인간 운명의 맹목성을 강조하는데, 24권에 나오는 아킬레우스의 말이 대표적인 예이다. 다른 글에도 인용했었지만 또 한 번 보자.

> 제우스의 궁전 바닥에는 두 개의 항아리가 놓여 있는데
> 하나는 악의 선물이, 다른 하나는 선의 선물이 가득 들어 있지요.
> 우레를 좋아하는 제우스께서 이 두 가지를 섞어서 주는 사람은
> 때로는 악을 만나기도 하고 때로는 선을 만나기도 하지요.
> 하나 그분께서 악의 선물만을 주는 자는 멸시의 대상이 됩니다.
> 그런 사람은 신에게서도 인간에게서도 존경을 받지 못하고
> 심한 굶주림에 쫓겨 성스러운 대지 위를 정처 없이 떠돌아다니지요.
> (『일리아스』 24권 527~533행)

즉 인간의 운명은 신들이 정해 주는 것이고, 거기에는 늘 불행이 섞여 있다는 것이다. 하지만 『오뒷세이아』 인용문은, 인간들이 자신들의 잘못으로 불행을 당한다는 생각을 보여 준다. 이 두 입장 사이에 어떤 선후 관계가 있고, 『오뒷세이아』에서 보이는 '인과응보설'이 좀더 발전된 사고방식이라고 보기보다는, 아마도 두 생각이 나란히 있었다고 보는 것이 타당할 것이다. 인간 운명의 비극성을 강조하는 『일리아스』에서는 전자가, 악인들을 징벌하는 영웅의 이야기 『오뒷세이아』에서는 후자가 강조되었다는 말이다. 혹은 선악을 판가름하기 어려운 전쟁 상황과, 좀더 안정된 전후 상황을 각기 반영하는 것일 수도 있다.

주제나 배경보다 작가의 차이에 중점을 두는 사람이라면, 각 작품을 쓴 사람이 서로 다른 두 시인이어서 이렇게 되었다고 할 것이다.

제우스의 말을 들은 아테네가 드디어 우리의 관심인 주제를 끌어낸다. 아가멤논 집안 일은 제대로 마무리되었지만, 자신은 오뒷세우스가 집으로 돌아오지 못하고 있어서 가슴이 아프다는 것이다.

> 그자는 정말 적절한 파멸을 당하여 쓰러졌습니다. ……
> 하지만 현명한 오뒷세우스 바로 그 불운한 사람 때문에 제 가슴은 타고 있습니다.(1권 46~48행)

사실 이것은 모두의 시야에서 사라져 잊혔던 영웅이 다시 우리 눈앞에 나타나는 순간이고, 『오뒷세이아』라는 대 서사시가 수면 위로 떠오르는 장엄한 순간이다. 그를 망각의 어둠으로부터 다시 불러낸 것은 바로 아테네이다. 여신이 없었더라면 영웅의 귀환도, 『오뒷세이아』라는 서사시도 없었을 것이다. 이 여신은 오뒷세우스의 진정한 후원자이다.

이러한 문제 제기에 제우스는 약간 수세적으로 변명한다. 그동안 그를 집으로 돌려보내지 못한 것은 포세이돈 때문이라고 해명한다. 여기서 포세이돈이 오뒷세우스를 미워하는 이유가 처음 소개되는데, 오뒷세우스가 포세이돈의 아들인 폴뤼페모스의 눈을 멀게 했기 때문이란다. 하지만 제우스도 이제는 오뒷세우스를 귀향시킬 때가 되었다고 생각한다. 그래서 헤르메스를 칼륍소에게 보내 신들의 결정을 알리는 한편, 아테네는 이타케로 가서 텔레마코스를 격려하고 그로 하

여금 아버지 소식을 얻으러 여행을 떠나도록 시키기로 한다.

여기까지 읽은 독자는 '거 작품 내용에 들어가기 참 어렵군' 하고 생각할지도 모르겠다. 신나는 바다의 모험을 예상하고 책을 열었더니, 낯선 인물이 중심이 되는 '재미없는' 부분이 버티고 있고, 그 속에서 어떻게 작은 재미라도 찾아보려고 마음먹었는데 이번엔 또 나중 내용과 맞지도 않는 '엉뚱한' 서시가 앞을 가로막고, 그걸 지나면 이번에는 신들이 나와서 '주제와 상관없는' 다른 얘기들을 하고 있으니 말이다. 하지만 서시에 숨겨진 많은 의미들이 있듯이 신들의 장면에도 그런 것이 있다. 이 장면은 앞으로 있을 오뒷세우스의 복수극을 도덕적으로 합리화해 주는 역할을 한다. 사실 20년째 돌아오지 않는 남자의 집에 몰려가서 그의 아내에게 결혼을 졸라대며 그 집 가축을 잡아먹은 것이 백 명 넘는 젊은이들을 한 자리에서 피범벅으로 쓰러뜨릴 합당한 사유가 된단 말인가? 이 복수극은 원래 민담에 속한 것이고, 민담들은 원래 끔찍한 복수도 천연덕스럽게 지나가기 마련이므로(그림 동화 따위의 원본들을 찾아보라), 이 서사시에서도 오뒷세우스의 복수에 대한 별다른 합리화가 없다. 하지만 이런 결과를 불러온 책임이 구혼자들 자신에게 있다는 암시가 여기저기 있어서, 어떤 학자는 이것이 시인의 마음속에 있는 불편함을 보여 준다고 해석하기도 한다. 민담이 서사시가 되자, 징벌의 수준이 적정한지 문제되기 시작했다는 말이다.

여기까지 진행된 과정은 어찌 보면 관련자들이 서로 책임을 미루는 것처럼 되어 있다. 시인은 무사 여신에게 노래를 맡긴다. 무사 여신

은 모든 일을 아테네 여신을 통해 일어나게 한다. 아테네는 제우스의 마음속에 오뒷세우스에 대한 생각을 심어 넣는다. 제우스는 다시 아테네와 헤르메스에게 일을 진행하도록 시킨다. 이 중에서 특히 아테네가 제우스에게 오뒷세우스를 상기시키는 것은 주목할 만한 점이 있다. 다들 알겠지만 아테네는 제우스의 머리에서 태어났고, 그것은 제우스가 임신 중인 지혜의 여신 메티스를 삼켰기 때문이다. 나중에 9권에서 우리는 오뒷세우스가 자신을 '아무것도 아닌 자'(outis)라고 소개하는 것을 볼 것이다. 조금 어려운 얘긴데, 희랍어에는 부정어가 두 개 있다. 생각을 부정할 때는 '메'(me)라는 부정어를 사용하고, 사실을 부정할 때는 '우'(ou)를 사용한다. 따라서 '아무것도 아닌 자'(우티스, outis)는 곧 바로 '지혜'(메티스, metis)를 상기시킨다(이 두 단어의 뒷부분을 차지하는 tis는 부정 인칭대명사 '누군가'이다). 한데 지금 제우스 뱃속에 들어간 메티스 때문에 태어난 여신이, 그 제우스의 마음속에 '우티스'인 오뒷세우스에 대한 관심을 채워 넣은 것이다. 그 '우티스'는 '메티스'를 지닌 자이다. 『오뒷세이아』의 이야기들은 이런 식으로 다른 신화들을 암시적으로 이용하고 있다.

그리고 여기서 아가멤논의 집안 얘기가 먼저 나온 것은 시인의 이야기 진행 계획과 관련이 있다. 이미 앞에서 서시에 강조된 식사 문제를 설명하면서 아가멤논의 잔치가 중요하다고 말했는데, 그것은 우리가 설명에 필요해서 끌어다 비교한 것이고, 직접 아가멤논에 대한 언급이 나온 것은 이 부분이 처음이다. 시인은 오뒷세우스의 귀향과 아가멤논의 귀향을 계속 대조한다. 그렇게 함으로써 오뒷세우스와 페

넬로페의 특성이 더 뚜렷이 드러나게 될 것이다. 따라서 이 작품에서는 어찌 보자면 세 가지 이야기 흐름이 있다. 텔레마코스의 여행이 그 하나고, 오뒷세우스의 모험과 귀향 과정이 다른 하나며, 세번째는 이 둘에게 모범 또는 반면교사가 되는 이야기로, 아가멤논 집안의 사건이다. 3권에 나오는 네스토르의 회고에 따르면, 전쟁이 끝나고 귀향할 때 아가멤논에게 가장 충실했던 사람은 오뒷세우스였다고 하니, 두 사람의 운명이 이런 식으로 긴밀하게 얽히는 것도 어쩌면 당연하다.

아테네의 방문

신들의 회의 다음에 이야기 흐름은 둘로 나뉜다. 하나는 헤르메스를 따라 오뒷세우스에게로 가는 것과, 다른 하나는 아테네를 따라 이타케로 가는 것이다. 하지만 둘 중 어느 하나를 먼저 이야기하는 수밖에 없으므로, 이야기는 우선 이타케로 이어진다.

제우스의 명을 받은 아테네 여신은 올륌포스에서 이타케로 뛰어내린다. 그때 텔레마코스는 집 앞에 앉아서 자기 아버지를 그려보고 있다. 아테네는 멘테스라는 인물로 가장하고 그 집으로 다가간다. 거기서는 구혼자들이 떠들썩하게 음식과 놀이를 즐기고 있다. 텔레마코스는 나그네를 보고 맞아들인다. 그가 혹시 아버지의 소식을 알지나 않을까 하여 그를 한쪽에서 따로 접대한다. 젊은이는 구혼자들의 방자함과 무책임함을 비난하면서, 자신의 아버지가 돌아와 이들을 응징하기를 소원하지만, 다른 한편 이미 그가 죽었으리라고 단념하고 있기도 하다. 먼저 손님을 접대하고 그 후에야 상대의 신분을 묻는 희랍

의 전통에 따라, 그는 나그네의 신분을 묻는다. 아테네는 자신이 타포스 인들을 통치하는 멘테스이며, 무쇠를 구리와 바꿔 오기 위해 항해 중이고, 자기가 여기 들른 것은 이미 오뒷세우스가 집에 돌아왔다고 들었기 때문이라 했다. 이렇게 자기를 소개하며 그는, 자신이 오뒷세우스와 예부터 친구라는 것을 입증하기 위해, 교외에 따로 농사를 지으며 살고 있는 노인 라에르테스가 그것을 증명해 줄 것이라 말한다. 여기서 라에르테스가 언급되는 것은 나중에 이 노인이 다시 등장할 것이기 때문이다. 이 작품은 나중에 등장할 인물들을 1, 2권에서 모두 등장시키고, 앞으로 이루어질 일들을 거의 다 암시해 놓고 있다. 사실 이런 수법은 이미 『일리아스』에서 큰 구조를 만드는 데 쓰였던 '되돌이 구성법'의 한 변형이다. 거기서는 1권과 24권, 2권과 23권, 3권과 22권이 서로 짝이 맞는 '주제상의 되돌이 구성'을 이용했지만, 이 작품은 '인물의 되돌이 구성'을 사용하고 있는 것이다. 또 이 노인은 말하자면 늙은 오뒷세우스로서, 이 작품 전체의 맨 첫 단어이자 이 작품의 주제인 '한 남자'의 전모를 구성하는 데 빠질 수 없는 요소이다.

멘테스-아테네는 오뒷세우스가 결코 죽지 않았다고 단언하며, 그가 돌아오지 못하는 것은 어떤 야만인들이 그를 억류하고 있기 때문일 것이라고 추정해 본다. 그리고 그런 상황이라도 그는 귀향할 방법을 궁리해 낼 것이라고 힘주어 말한다. 이렇게 아버지의 귀향을 확언한 멘테스-아테네는 다음으로 텔레마코스가 아버지를 빼닮았다는 것을 지적한다. 하지만 젊은이는 자신이 정말 오뒷세우스의 아들인지조차 의심하고 있다.

어머니께서는 내가 그분의 아들이라고 말씀하셨소. 물론 나 자신은
모르는 일이오만. 자신을 낳아 준 분을 아는 사람은 아직
아무도 없으니까요. 오오, 내가 자신의 재산에 둘러싸여 노년을 맞는
그런 축복받은 분의 아들이었더라면 좋았을 것을!(1권 215~218행)

사실 이것은 유전자 검사법이 나오기 전까지 모든 가족의 문제였다. 어머니가 아무리 확인을 해주어도 자기 아버지가 누구인지 확실히 알 사람은 없었기 때문이다. 텔레마코스는 자신이, 재산을 누리며 노년을 보내는 사람의 아들이었더라면 하고 탄식한다. 인간들 사이에 길이 남을 명성이 예정된 영웅의 아들의 것치고는 참 소박한 소원이다. 한편 지금 여기서 텔레마코스가 멘테스-아테네의 확언에도 불구하고 자신의 정체성에 의문을 표시하는 것을, 좀더 긍정적으로 해석하는 방법도 있다. 텔레마코스는 단지 왕의 아들이라는 사실에만 의존할 생각이 없다. 그는 독자적으로, 자신의 탁월함을 인정받아 통치권을 승계하고 싶다. 사실 이런 태도는 아테네 여신이 이 젊은이를 여행시키는 것과 관련이 있다. 그는 그저 혈통에 의존할 것이 아니라, 자신만의 체험을 통해 독립된 성인으로 홀로 서야 하는 것이다.

이제 나그네는 그의 집안과 앞으로 얻을 명성을 강조하면서, 지금 벌어지고 있는 것이 어떤 잔치인지 묻는다. 추렴 잔치는 아닌 듯한데, 그것이 친척들끼리의 회식인지 아니면 결혼피로연인지 하는 것이다. 여기서 멘테스-아테네가 순진한 척하면서 굳이 결혼피로연인지 묻는 것은 이 작품 전체의 진행과, 그리고 그 결말과 관련이 있다. 이

작품의 통일성을 이루는 장치로 앞에서 두 가지를 언급했다. 식사와 아가멤논의 귀향이다. 한데 또 하나 이들과 함께 거듭거듭 나타나는 주제가 결혼이다. 작품 전체는 페넬로페의 재혼 문제를 중심으로 전개된다. 이 결혼은 구혼자들이 모두 제물로 바쳐지는 '쓰라린 결혼식'으로 끝나게 될 것이다. 그런데 이 결혼이란 주제는 페넬로페뿐 아니라, 텔레마코스와 오뒷세우스의 경우에도 문제가 된다. 텔레마코스가 곧 겪게 될 여행은 그의 결혼을 위한 것 같은 분위기를 풍기며, 그가 방문하는 메넬라오스의 궁정은 이중의 결혼식을 치르고 있는 중이다. 또한 결혼은 오뒷세우스에게도 문제되는데, 작품 맨 끝의 '결혼식'이 그와 페넬로페의 옛날 결혼식의 재현이자 일종의 종교적인 제의라는 점 말고도, 이 작품이 시작되는 순간에 그가 칼륍소라는 요정에게 붙잡힌 채 일종의 결혼을 강요받고 있다는 점도 있고, 거기 더하여 무엇보다도 그가 귀향하는 도중에 들르는 스케리아에서의 사건들이 그 섬의 왕녀인 나우시카아의 결혼을 배경으로 삼고 있어서다. 거기서 오뒷세우스는 잠재적인 신랑감으로 질시도 받고 그에 걸맞은 대접도 받고, 또 직접적인 제안도 받게 될 것이다.

텔레마코스는 멘테스의 말을 받아, 다시 한 번 오뒷세우스가 아무 명성도 없이 사라져 버렸음을 강조하고, 거기에 덧붙은 다른 걱정거리로 구혼자들이 자기 재산을 탕진하고 있는 것을 슬퍼한다. 그가 보기에, 자기 어머니는 그들을 거절하지도 못하고, 결혼을 결단하여 이런 사태를 끝내지도 못하고 있다. 그는 심지어 그 구혼자들에 의해 자신이 갈가리 찢기게 되리라고 예상하고 있다. 그러자 멘테스는 오

뒷세우스가 자신을 찾아왔을 때의 모습을 상기하며, 그런 모습으로 그가 다시 돌아오기를 기원한다. 그가 기억하는 오뒷세우스는 약간 어두운 면모를 지닌 사람이다. 화살에 바를 독(毒)을 얻으러 다른 사람을 찾아갔다가 거절당하고 멘테스를 찾아왔기 때문이다. 더구나 독 주기를 거절한 사람은 신들이 두려워서 그랬다니, 화살에 독을 쓰는 것은 당시에도 말하자면 국제법 위반 같은 것이었던 모양이다. 하지만 멘테스의 아버지는 그에게 독을 주었고, 그런 그가 돌아온다면 구혼자들은 모두 '재빠른 죽음과 쓰디쓴 결혼을'(266행) 겪게 될 참이었다. 앞에서 말했지만 이것은 앞으로 23권에서 실제로 일어나게 될 일이다. 오뒷세우스는 독을 쓰지는 않지만 화살을 이용해서 구혼자들을 모두 쓰러뜨리고, 혹시 그들의 친척들이 쳐들어올지 몰라 결혼식을 가장하고 음악을 울리게 한다.

이어서 멘테스는 텔레마코스에게 구혼자들을 쫓아내기 위해 해야 할 일을 충고한다. 이 충고는 얼핏 보기에 좀 모순적인 내용을 담고 있는데, 세부는 이렇다.

> 그대는 내일 아카이아인들의 영웅들을 회의장에 소집하여……
> 구혼자들은 각자 자기 고향으로 흩어지라고 이르고,
> …… 그대는 스무 명의 뱃사람이 타는 배 한 척을 가장 훌륭한 것으로 준비하여,
> 가서 오랫동안 떠나 있는 아버지의 소식을 알아보도록 하시오.
> …… 그대는 먼저 퓔로스로 가서 고귀한 네스토르에게 물어보고,
> 그곳에서 스파르타로 금발의 메넬라오스를 찾아가시오.

…… 만일 아버지가 살아서 귀향한다는 소식을 듣게 되면,
그대는 온갖 괴로움을 당하더라도, 일 년을 더 참고 견디도록 하시오.
그러나 그분이 돌아가시고 더 이상 안 계신다는 말을 듣게 되면,
그때는 …… 그분을 위해 무덤을 지어 드리고, 격식에 맞게
후히 장사 지내드리고 나서, 어머니는 남편에게 주도록 하시오.
그러나 그대가 이런 일들을 다 행하여 마치고 나면,
그때는 마음과 생각으로 궁리해 보도록 하시오.
어떻게 하면 그대가 그대의 궁전에서 계략으로든 아니면
공개적으로든, 구혼자들을 죽일 수 있겠는지 말이오.
(1권 272~296행)

다시 요약하자면, 우선 내일 회의를 소집해서 구혼자들에게는 각자 고향으로 돌아가라 하고, 그의 어머니에게는 재혼할 마음이 있으면 친정으로 돌아가라고 하라는 것이다. 그리고 텔레마코스 자신은 배를 준비해서 퓔로스와 스파르타를 방문하라, 거기서 듣는 소식에 따라서 다음 행동을 결정하는데, 아버지가 돌아온다는 말을 들으면 일 년간 더 참고 기다릴 것이고, 그가 이미 죽었다는 소식을 확인하면 장례를 치르고 어머니는 재혼시키라는 것이다. 어머니가 이미 친정으로 돌아갔다면 재혼문제를 아들이 책임질 것까지는 없을 테니 이렇게 말한 게 좀 이상하긴 한데, 그래도 가족의 중대한 문제이니 이미 따로 살고 있더라도 아들이 새 결혼에 간여할 수는 있겠다. 따라서 여기까지 아주 큰 문제는 없는데, 그 다음 말이 좀 이상하다. 어머니를 결혼시킨 다음에는 어떻게 하면 구혼자들을 죽일 수 있을지 생각해 보

라는 것이다. 아니 멘테스의 첫번째 충고에 따르면 구혼자들은 이미 다 돌려보낸 상태가 아닌가? 설사 그게 뜻대로 되지 않았다 하더라도 페넬로페가 결혼했으면 구혼자들은 다 흩어졌을 것이고, 더 이상 골치 썩일 문제도 없을 텐데 왜 이런 조언을 하는 것일까? 아마도 멘테스는, 일단 구혼자들이 페넬로페가 결혼하기 전에도 쉽게 떠나지 않을 것이고, 그녀가 재혼한 다음에도 그들은 흩어지지 않고 계속 오뒷세우스의 재산을 먹어치우리라고 예상하는 것 같다. 그것도 아니라면 페넬로페가 결코 재혼을 하지 않으리라고 생각하고 있을 수도 있다. 사실 어떤 점에서 이 모두가 구혼자들과 페넬로페의 성향과 일치하니, 멘테스의 충고 내용이 아귀가 척척 맞아떨어지는 것은 아니지만, 그렇다고 또 모순적인 것도 아니다. 그리고 구혼자들을 죽이는 문제에 대해서는 특히 오레스테스를 모범으로 삼아 큰 명성을 얻으라고 격려하고 있다. 인간의 차원에서 아가멤논 집안 얘기가 나온 것은 여기가 처음으로, 앞으로 이 집안 얘기는 곳곳에서 등장하게 될 것이다. 전체적으로 이 긴 충고의 강조점은 페넬로페를 결혼시키는 일이나 구혼자들에게 떠나라고 요구하는 데 있지 않다. 그 요점은 텔레마코스더러 여행하고 돌아와서 구혼자들을 응징하라는 것이다. 이 일은 앞으로 그대로 이루어질 것이다.

이런 충고를 주고 나서 멘테스는 선원들이 자기를 기다릴 것이라며 떠난다. 텔레마코스는 좀더 접대하고 선물도 주고자 하지만, 멘테스는 나중에 받겠노라면서 돌아선다. 여신은 집을 떠나며 바다독수리의 모습을 취하여 자신이 신이라는 것을 드러낸다.

텔레마코스가 어머니를 비판함

텔레마코스와 낯선 손님이 이야기를 주고받는 사이에 구혼자들은 페미오스라는 가객의 노래를 듣고 있었다. 『오뒷세이아』에는 통치자들의 궁정마다 가객들이 거의 하나씩은 있는 것으로 되어 있는데, 아마도 『일리아스』나 『오뒷세이아』의 내용을 읊으면서 방랑하던 가객들도 이들과 비슷하게 행동했을 것이고, 어쩌면 호메로스도 이런 가객 중의 하나였고, 그래서 가객들의 모습을 작품 속에 많이 그려 넣은 것 같다. 이들 중에서 가장 자세하게 그려진 인물이 지금 여기 등장하는 페미오스('유명한 사람', 또는 '소문을 아는 사람'이란 뜻이다)와 나우시카아의 궁정에서 노래하는 데모도코스('백성들이 접대한다'는 뜻)이다. 나중에 보면 알겠지만 아가멤논의 궁정에도 이런 가객이 하나 있었는데, 아가멤논은 전장으로 떠나며 그에게 자기 아내 클뤼타임네스트라를 돌보도록 맡겼다. 하지만 아이기스토스가 이 왕비와 정을 통하기 위해, 귀찮은 존재인 가객을 황량한 무인도에 갖다 버려서 그는 거기서 죽은 것으로 되어 있다. 이 작품에 등장하는 궁정 중에 가객이 없는 곳은 네스토르의 집뿐이다. 메넬라오스의 집에 있는 가객은 이름은 나오지 않지만, 이중(二重) 결혼식에서 노래를 하는 것으로 그려져 있다. 이들 가객은 궁정에 속하는 것 같기는 하지만, 나우시카아 집안에서 잔치가 있을 때 가객을 불러오도록 시키는 것으로 보아 거기 상주하지는 않는 듯하다. 『일리아스』의 경우, 직업적인 가객은 등장하지 않고, 다만 아킬레우스가 혼자서 악기를 연주하면서 영웅들의 업적을 노래하는 장면이 나온다. 아마도 이것이 직업적인 가객이 등장하기

전의 상태일 것이다.

텔레마코스네 집에서 가객이 부르는 노래는, 트로이아 전쟁이 끝나고 나서 희랍군이 귀향하는 길에 아테네 여신의 분노를 사서 끔찍한 재난을 당하는 내용이다. 방금 아테네 여신이 나타나서 마지막 귀향자인 오뒷세우스를 돕겠다는 의지를 보였는데, 인간들 사이에서는 희랍군 대다수의 귀향을 막은 것이 바로 그 여신이라고 노래되고 있으니 묘한 아이러니가 있다. 더구나 시인은 서시에서, 사람들이 귀환의 길을 잃은 것은 자기들 잘못 때문이라 했고, 제우스도 인간들의 불행이 자신들의 어리석음 때문이라고 했는데 말이다.

하지만 이러한 내용의 노래를 막는 것은 신들이 아니라, 페넬로페이다. 그녀는 자기 가슴을 아프게 하는 그런 내용 말고 다른 것을 노래하라고 청한다. 그 노래가 오뒷세우스를 너무나 생각나게 한다는 것이다. 그러자 아들이 이에 맞선다. 잘못은 가인에게 있는 것이 아니라 제우스에게 있다는 것이다. 그 신은 인간들에게 마음 내키는 대로 베풀기 때문이다.

> …… 가인들에게는
> 아무 잘못이 없습니다. 잘못이라면 제우스에게 있겠지요. 그분께서는
> 고생하는 인간들 각자에게, 자기 마음 내키는 대로 베푸시니까요.
> (1권 347~9행)

이 입장은, 조금 전에 본 제우스의 주장과는 상충하고, 오히려 『일리아스』의 아킬레우스의 생각으로 돌아간 것이다. 인간의 행, 불행이

인간의 손에 달렸다는 '인과응보설'은 신들과 『오뒷세이아』 시인만(그것도 서시에서만)의 입장이지, 이 작품에 등장하는 인간들이 모두 그것에 수긍하는 것은 아니다.

이어서 텔레마코스는, 사람들은 가장 새로운 주제를 좋아하기 마련이라면서, 페넬로페도 용기를 내어 그것을 들으라고 충고한다. 오뒷세우스만이 아니라 다른 많은 사람들도 파멸했다는 것이다. 방금 아테네는, 오뒷세우스가 아직 살아 있다는 희망을 심어 주려 했지만, 이 젊은이는 혹시 자기가 너무 큰 희망을 가졌다가 나중에 실망할까 봐 미리 마음준비를 하느라고 그러는지, 아니면 구혼자들 앞에서 조심하느라 그러는 건지 어쨌든 겉으로는 아버지가 죽었다고 믿는 듯한 태도를 취한다. 아니면 그는 아테네가 여행을 제안하면서, 거기서 아버지의 죽음을 확인하게 되면 이러저러하게 행동하라고 한 것을 아버지가 죽었다는 뜻으로 받아들였는지도 모르겠다. 어쨌든 이 젊은이는 어머니를 나무라서, 여자들이 하는 일이나 돌보고 하녀들을 감독하라고 돌려보낸다. 이 집의 주인은 자신이라는 것이다. 이 말을 들은 페넬로페는 아들이 다 컸다는 걸 느끼고 한편 서러웠던지, 이층방으로 올라가서 남편을 생각하며 울다가 잠이 든다. 다소간 불효같이 되어 버렸지만 어쨌든 이것은 아테네의 격려가 처음으로 효력을 발휘한 장면이다. 그렇지만 이런 효력이 아주 오래 가지는 못한다.

한편 여기서 페넬로페가 자신의 방으로 물러나는 것은 그녀가 처한 상황을 보여 주는, 상징적 행동으로 읽을 수도 있다. 우리는 앞으로도 그녀가 집안 깊숙한 곳으로 물러나는 것을 몇 차례 보게 될 터인데,

이것은 서사시 전통에서 영웅이 세계와 단절하고 자신을 고립시키는 패턴과 일치한다. 가장 대표적인 것이 『일리아스』의 아킬레우스이다. 그런 식으로 보자면 여기서 아내는 남편이 처한 상황을 되비추는 일종의 거울이다. 현재의 혼란스런 상황은 영웅이 떠나간 데서 생겨난 것이다. 영웅의 아내도 거기에 맞춰 격절된 공간으로 자신을 숨긴다. 그녀의 초췌해진 모습은 남편의 가장(假裝)에 상응한다. 남편이 돌아와 제 모습을 드러내는 순간, 그녀 역시 자신의 '항해'에서 돌아와 원래 모습을 되찾게 될 것이다.

텔레마코스가 자신의 성장을 과시하며 어머니에게서 주도권을 빼앗는 데는 성공했지만, 실질적으로는 페넬로페의 뜻은 관철되었다. 그녀의 모습을 본 구혼자들이 저마다 자신이 그녀의 남편이 되게 해 달라고 신들께 기원하는 통에 가객의 노래가 중지되었기 때문이다. 그리고 이것은 어찌 보자면 시인이(또는 무사 여신이) 자신과 경쟁할 다른 노래꾼의 공연을 중지시킨 것이라 할 수 있다. 그 가객이 계속 노래했다면 어쩌면 오뒷세우스가 죽는 장면까지도 나왔을지 모르겠다.

텔레마코스가 회의를 예고함

이어서 텔레마코스는 구혼자들에게 계속 즐기기를 권고하는데, 그가 그들을 향해 사용하는 호칭이 자못 대담하다. 그들을 '오만하고 교만'하다고 했던 것이다. 아테네가 불어넣은 자신감의 다른 표현일 것이다. 그는 멘테스-아테네가 충고한 대로 내일 회의를 소집할 생각이라는 것을 밝힌다. 뿐만 아니라 회의에서 다룰 의제도 미리 예고하는데,

구혼자들에게 이 집에서 나가달라고 하겠다는 것이다. 그러면서 일종의 위협을 덧붙인다. 아무 보상도 없이 남의 재산을 먹어치우다가는 이 집안에서 아무 보상도 없이 파멸하게 되리라는 것이다. 우리는 이러한 경고를 나중의 복수에 대한 정당화라고 해석할 수도 있겠다. 앞의 인용문에서도, 제우스가 아이기스토스에게 헤르메스를 보내서, 아가멤논의 아내를 유혹하지도 말고 아가멤논을 죽이지도 말라고 경고했었다는 사실이 잠깐 비쳤다(35행 이하). 여기서는 신들이 직접 전령신을 보내서 경고하는 정도까지는 아니지만, 그래도 방금 신을 만난 젊은이를 통해서 경고를 보내고 있다. 한편 여기서 우리는 한 가지 재미있는 추세를 발견할 수 있는데, 이제 영웅시대가 저물어 가고 있다는 것이다. 신들의 아들, 딸, 사위가 등장하는 전 세대의 일화에는 신들의 직접 개입이 두드러진다. 하지만 이제 그 개입은 다소간 간접적인 것이 되었다. 거의 모든 신이 등장하는 『일리아스』에 비해 오뒷세이아에 등장하는 신들의 숫자가 몇 되지 않는 것도 그런 추세의 반영인 듯하다. 더구나 그 추세는 결정적인 것이다. 사실은, 이제 신들이 인간사에 어찌나 무관심한지, 되가는 대로 그냥 두었더라면 오뒷세우스도 그냥 잊혀지고 따라서 『오뒷세이아』라는 작품마저도 성립될 수 없었을 것을, 아테네 여신이 애를 써서 겨우 성사시킨 것처럼 되어 있다. 앞에 나온 신들의 회의에서도 제우스는 아가멤논의 아들을 칭찬하고 그냥 넘어가려 하지 않았던가! 신들의 왕은 어찌 보면 더는 트로이아에 갔었던 세대엔 관심이 없는 듯하다. 그 무관심을 뚫고 간신히 우리 주인공에 대한 주의를 불러일으킨 것이 아테네 여신이다. 그러니 어

쩌면 『오뒷세이아』는 되살려 낸 과거를 다루고 있는 것이다.

텔레마코스가 두 번이나 대담한 모습을 과시하는 것을 본 구혼자들은 의혹에 휩싸인다. 우선적인 반응은 빈정거리는 것이다. 텔레마코스에게는 아버지에게서 물려받은 권리가 있긴 하지만, 제우스께서는 그를 이타케의 왕으로 세우진 않으리라는 것이다.

> 텔레마코스여, 그대가 그렇게 큰소리치고 대담한 말을 하도록,
> 확실히 신들 자신이 그대에게 가르쳐 주신 것 같구려.
> 하지만 크로노스의 아드님은 그대를 바다로 둘러싸인 이타케의 왕으로 삼지는
> 않으실 것이오. 그것이 비록 아버지에게서 물려받은 그대의 권리이긴 하지만.(1권 384~7행)

이 말이 무슨 뜻인지는 사실 좀 모호한데, 대개의 학자들은 왕권이 마치 안 좋은 것인 양 꾸미면서 '그렇게 안 좋은 것을 신이 너에게 줄 리가 있겠느냐'고 위로하는 척하는 말로들 보고 있다. 이런 빈정거림에 대해 텔레마코스는 '그렇게 안 좋은 것이라도 신께서 주신다면 받겠노라'고 응수한다. 또, 하지만 그가 보기에 왕이 되는 건 그다지 나쁜 일이 아니라고 덧붙인다.

> 나는 제우스께서 주시는 것이라면, 그것도 기꺼이 받아들이겠소.
> 아니면 그대는 그것이 인간들에게 일어날 수 있는 가장 나쁜 일이라고

생각하시오? 천만에, 왕이 된다는 것은 결코 나쁜 일이 아니오.
(1권 390~2행)

그러면서 다시 예의 그 비관적인 포즈를 취한다. 이타케에 여러 다른 왕들이 있으니 그 중 하나가 최고 통치자가 되리라고, 오뒷세우스가 이미 죽었기 때문이라고. 그러면서 적어도 자기 집만큼은 자기가 주인이라고 선언하는데, 보기에 따라서는 여기서 텔레마코스의 자신감이 점차 빛을 잃어 가는 것 아닌가 할 수도 있겠다(나로서는 텔레마코스가 겉으로만 이런 모습을 꾸미고 있다고 보고 싶다. 2권 뒷부분에 여행을 위해 포도주를 챙기는 장면에서도 그는 아버지가 돌아올 날에 대비해서 가장 좋은 포도주는 남겨 두자고 말하고 있기 때문이다. 그의 전략은, 아직 자신에게 실질적인 힘이 없고 아버지가 돌아오는 게 언제가 될지 알 수 없는 상태니까, 최소한 당장 정당화가 가능한 권리만이라도 확보해 두자는 것인 듯하다).

여기서 이타케에 왕들이 여럿 있다는 말은 약간의 혼란을 불러일으킨다. 사실 이타케의 정치적 상황에는 이해되지 않는 구석이 있다. 오뒷세우스가 왕이었다면 그가 없는 동안에는 그의 아버지(그리고 어쩌면 퇴위한 왕)인 라에르테스가 대리통치하거나, 적어도 텔레마코스를 왕위계승자로 선포한 상태에서 그의 어머니가 실권을 행사하거나 하는 것이 상식일 텐데, 여기서는 페넬로페와 결혼하는 사람이 통치권을 차지하는 것처럼 되어 있다. 이 문제를 해결하는 데 도움이 될 수 있는 것이 나우시카아네 섬 상황이다. 거기서 왕인 알키노오스는 자

신의 섬에 열두 왕이 있으며, 자신은 열세 번째라고 말하고 있기 때문이다(8권 390~1행). 어떤 학자는 이런 상황이, 뮈케나이 문명이 멸망하여 아가멤논같이 엄청난 권력을 가졌던 왕들이 사라진 시대를 반영한다고 보기도 한다. 일종의 귀족들의 공동통치 시대라는 것이다. 만일 이타케의 정치상황도 그런 것이라면, 오뒷세우스 역시 여러 영향력 있는 지배자들 중에서 가장 큰 힘이 있던 사람이었고, 지금 페넬로페를 얻으려 모여든 사람들도 그녀를 통해 단독적인 지배자가 되려고 한다기보다는, '명목상 동등한' 유력자들 사이에서 가장 큰 권력을 얻으려는 것으로 해석할 수 있다.

한편 이타케의 권력 승계 방식이 모호하게 설정된 데에는 시인의 의도가 개제되었다고 해석할 수도 있다. 이런 상황이라면 텔레마코스의 여행의 의미가 더욱 심중해지기 때문이다. 단지 전 왕의 아들이라고 해서 자동적으로 그 지위를 물려받는 것이 아니다, 스스로 자격을 입증해야 그 자리를 차지할 수 있다. 이런 상황이라면 젊은이의 결단, 독자적인 행동, 체험을 통한 성장 등이 더욱 큰 의미를 지닌다. 우리는 나중에, 돌아온 오뒷세우스가 옛날의 힘을 여전히 유지하고 있음을 확인하게 될 것이다. 이것은 그가 옛 권력을 되찾는 데 필수적인 조건이다. 그렇다면 왕의 부재시, 새로운 통치자를 정할 때에도 상황은 같다고 보아야 한다. 그 자리를 원하는 젊은이라면 옛 왕만큼의 힘과 탁월함을 갖춘 것으로 스스로 입증해야 하는 것이다.

여기 텔레마코스가 구혼자들과 약간 말씨름을 하는 장면에서 구혼자들의 대표격인 두 사람이 소개되는데, 하나는 앞의 말을 했던 안

티노오스이고, 다른 하나가 그 다음에 말을 잇는 에우뤼마코스이다. 이 둘은 맨 마지막의 복수 장면에서도 특별한 조명을 받게 되는데, 지금의 이 장면은 그 장면을 위해서 등장인물을 소개하는 것이라고 해도 좋겠다. 둘 중에 에우뤼마코스는 좀더 교활하고 의심이 많은 자로서, 손님을 맞고 떠나 보낸 이후에 청년이 갑자기 대담해진 데 대해 의혹을 품는다. 그는 슬그머니 방금 왔던 손님의 신원을 묻는다. 그가 혹시 오뒷세우스에 대한 소식을 가져왔는지, 그는 왜 그렇게 급히 떠나버렸는지도. 그러자 텔레마코스는 상대가 원하는 대답을 해준다. 오뒷세우스의 귀향은 희망이 없다고. 그 사람은 타포스 출신의 멘테스라고.

그러자 구혼자들은 대단한 일이 아니라고 판단했는지, 놀이로 관심을 되돌린다. 이윽고 날이 저물어 그들이 잘 곳을 찾아 돌아가자, 텔레마코스도 잠자리에 드는데, 그의 침실을 돌봐주는 이는 에우뤼클레이아라는 노파이다. 바로 19권에서 오뒷세우스의 흉터를 발견하게 되는 그 인물인데, 지금 여기서 이 여인을 특별히 소개하는 것은 나중을 위해 준비하는 것으로 보인다. 『일리아스』에 비해서 『오뒷세이아』에는 직유도 적고, 인물소개 역시 숫자만 보자면 그리 많지가 않다. 『일리아스』에서는 전장에서 쓰러지는 인물이 많고, 그들 하나하나에게 애정을 갖고 있는 시인은 그들을 모두 하나의 개인으로 만들기 위해 특징적인 일화들을 부여하였다. 반면에 오뒷세이아에는 중요한 인물이 그다지 많지 않다. 대신 몇 안 되는 중요 인물들에게 상당한 조명을 가한다. 어떤 경우에는 그들에게 자신의 삶을 소개할 기회를 주

기도 하고, 여기 이 노파의 경우처럼 시인 자신이 그냥 소개하기도 한다. 이렇게 소개되는 인물들은 『일리아스』의 경우처럼 귀족들이 아니라 평범한, 아니 어쩌면 사회 최하층에 속한 사람들이다. 에우뤼클레이아는 소녀 적에 라에르테스가 비싼 값에 사들인 하녀인데, 그녀를 좋아하긴 했지만 아내가 질투할까봐 특별한 관계를 맺지는 않은 그런 사람이다. 이 여인은 오뒷세우스와 텔레마코스를 길러낸 유모이고, 이들에게 마치 어머니처럼 행동한다. 우리는 나중에 오뒷세우스의 저승여행 장면에서 오뒷세우스의 어머니인 안티클레이아를 만나게 될 텐데, '~클레이아'로 끝나는 비슷한 이름의 두 여인은 이승과 저승에서 서로 보충적인 어머니 역할을 하고 있다.

텔레마코스의 침실과 그가 잠자리에 드는 과정, 하녀가 밖에서 문을 잠그는 과정이 자세히 그려져 있다. 앞에서 그냥 지나왔지만, 1권에는 식사를 준비하고 상을 차리는 과정이 두 번 나와 있는데, 모든 것이 자세히 그려져 있고, 이런 묘사는 앞으로도 거듭 나오게 된다. 어떤 학자는 이런 특징을 두고, 막 암흑시대의 빈곤을 지나온 사람들이 다시 찾은 풍요함을 즐기면서, 가구와 도구들에 반영된 기술에 감탄하고 그 아름다움을 음미하는 것으로 해석하기도 한다. 『일리아스』에도 그런 상세한 묘사들이 없는 것은 아니지만, 거기서는 대개 앞으로 중요하게 사용될 물건들이 그런 집중적인 묘사를 받았었다. 하지만 『오뒷세이아』에서는 별달리 중요하게 쓰이지 않는 물건들에도 이런 묘사가 주어지고 있으니, 이 서사시는 일상의 소소한 즐거움을 좀더 민감하게 느끼는 시대를 반영하는 듯하다.

시인이 무사 여신에게 미루고, 그 여신은 아테네에게 일을 미루는 식으로 진행되어 온 이 1권은, 확실히 아테네 여신의 것이다. '남자를'로 시작한 이 첫 권은 텔레마코스가 잠자리에 누워 아테네 여신의 충고를 되새기는 데서 끝나는데, 그 마지막 단어가 '아테네가'이다.

2권

회의와 출항

「텔레마코스의 귀환」 안젤리카 카우프만(1741~1807)

텔레마코스는 유모 에우뤼클레이아에게만 알리고 여행을 떠난다. 그의 어머니는 아들의 여행 소식을 며칠 후에야 알게 된다. 그림은 텔레마코스가 무사히 돌아와 어머니와 인사하는 모습을 보여주고 있다. 그의 뒤에는 유모로 보이는 여인이 달려나오고 있다. 하지만 17권에서 텔레마코스는 이렇게 정답게 어머니에게 인사하지 않는다. 이 작품에는 인물들 사이에 상당한 긴장이 있다.

둘째 권에서는 회의를 통해 질서를 회복해 보려는 텔레마코스의 시도에 이어, 그가 멘토르라는 인물로 가장한 아테네를 동반하여 육지로 여행을 떠나는 과정이 소개된다(이 멘토르의 이름에서 요즘 꽤 쓰이는 '멘토'[후견인, 상담역]라는 용어가 나왔다).

앞에서 텔레마키아를 이루는 네 권이 주제와 장소에 있어서 두 권씩 나뉘고(고향-모험), 이런 구분이 나머지 스무 권이 두 부분으로

나뉘는 것과 내용은 같고 순서는 반대(모험-고향)임을 언급했다. 그러면 텔레마키아 내부, 즉 1~2권과 3~4권 사이의 연결이 문제인데, 물론 전체가 텔레마코스라는 인물의 연속적인 행동으로 묶여 있으니 큰 걱정을 할 필요는 없지만, 그래도 가운데의 두 권에 어떤 동일한 특징이 있어서, 그 연결이 더 확실하게 되어 있다. 어쩌면 앞뒤 두 덩어리가 끊어져 보이는 것을 염려한 시인의 배려가 아닐까 싶은데, 그것은 2권과 3권이 모두 해 뜨는 데서 시작해서 해 지는 데서 끝난다는 사실이다. 사실 권을 나눌 때는 이런 방식이 생각해 내기 가장 쉬운 것이기 때문에 어쩌면 큰 의미가 없을 수도 있지만 어쨌든 내게는 그렇게 보였다. 그 첫 부분은 이렇다.

> 이른 아침에 태어난 장밋빛 손가락을 가진 새벽의 여신이 나타나자
> 오뒷세우스의 사랑하는 아들은 침상에서 일어났다.(2권 1~2행)

이제 텔레마코스는 어제 예고했던 대로 회의장으로 향한다. 앞에서 옛 서사시들은 문자 없던 시대의 특징으로, 문맥에서 큰 역할을 하지 않는 구절들을 동반하는 경우가 있다고 말했는데, 새벽의 여신 앞에 붙는 수식어가 그 대표적인 것이다. 아침 햇살이 동쪽에서 뻗치기 시작하는 것이 옛 사람들 보기에는 장밋빛 손가락 같았던 모양이다. 이 표현은 워낙 유명한 것이어서, 기원전 7~6세기의 여성 시인 삽포(Sappho)는 '장밋빛 손가락을 가진 달님'이라는 표현으로 바꾸어 쓰기도 했다.

아름다운 샌들에 칼과 창을 갖추고서 개 두 마리를 동반한 채 회

의장에 나타난 그에게 아테네 여신은 경이로운 우아함을 쏟아 부었고, 사람마다 그 모습에 놀라움을 금치 못했다. 우리는 앞으로 어떤 인물, 특히 오뒷세우스가 이러한 일시적인 아름다움을 얻는 장면들을 만나게 될 터인데, 지금 이 장면이 시작이다. 이런 기적은 나중에 헬레니즘 시대의 시인인 로도스 출신 아폴로니오스도 『아르고 호 이야기』에서 이아손에게 사용하게 될 것이고, 로마 시대에는 베르길리우스가 『아이네이스』에서 아이네아스에게 쓸 것이다.

회의

텔레마코스가 회의장에 도착하자 원로들도 길을 비켜 주긴 했지만, 제일 먼저 발언한 사람은 이 청년이 아니라 아이귑티오스라는 노인이다. 그의 아들 하나는 오뒷세우스를 따라 전장에 갔다가 돌아오지 않았는데, 사람들은 알지 못하고 있지만 사실은 외눈박이 괴물 퀴클롭스의 동굴에서 그의 먹이가 되고 말았던 것이다. 이 노인에게는 다른 아들이 셋 더 있고, 그 중 하나는 구혼자로 오뒷세우스의 집에 가 있는데, 이 노인은 집 떠나서 실종된 아들에 대해서 여전히 슬픔을 지니고 있다. 그의 말에 따르면 이 회의는 거의 20년 만에 있는 것으로, 오뒷세우스가 떠나고 나서는 한 번도 회의가 열린 적이 없었던 것이다. 왕이 자리를 비우고 회의 한 번 없었는데 별 문제 없이 사회가 유지되었다니, 이전에 오뒷세우스가 나라의 기틀을 착실하게 다져 놓긴 했던 모양이다. 노인이, 누가 회의를 소집했는지, 소집 이유는 무엇인지 묻자, 텔레마코스가 일어나서 구혼자들의 횡포를 비난한다. 그들은 페

넬로페의 아버지인 이카리오스를 찾아갈 용기도 없으면서, 자기 집에 와서 가축을 마구 먹어치우고 있다는 것이다.

여기서 페넬로페를 재혼시킬 권리가 누구에게 있는지 조금 문제가 된다. 어떤 구절을 보면 페넬로페 자신이 결정하면 되는 것처럼 되어 있고, 다른 구절에는 여전히 친정아버지가 권한을 가지고 있는 것 같이 되어 있다. 그냥 온당하게 생각하자면, 친아버지에게 권리가 있긴 하지만, 여성 본인의 의사도 무시할 수 없는 상황 정도가 되겠다. 따라서 구혼자들이 그녀의 친정으로 찾아가서 아버지를 설득할 경우, 페넬로페 본인에게 상당한 압력이 되기는 하겠지만 그것도 아주 결정적인 요소가 되지는 않을 것이다. 그리고 오늘날에는 좀 덜해졌지만, 옛날 결혼이란 것이 일종의 거래여서 어느 한 쪽이 금품을 제공해야 하는 경우가 많았는데, 『일리아스』의 인물 소개를 보면 남자가 여자 쪽에 많은 신부값을 치렀다는 구절도 보이고, 신부 측에서 혼인하여 떠나는 신부에게 많은 재물을 주어 보내는 것도 소개되어 일관된 그림은 나오지 않는다. 하지만 전체적으로 볼 때, 기본적으로 돈을 지불하는 것은 남자 쪽이고, 신부 쪽에서 딸에게 주어 보내는 재물은 딸이 남의 집에 가서 고생하지 말라고 주는 것이지 의무는 아니라고 할 수 있겠다. 비극 작품까지 범위를 넓혀 보자면, 여자 쪽에서 상당한 돈을 지불해야 하는 것 같은 대사도 나오는데(예를 들면 에우리피데스의 「메데이아」) 우리나라에서도 지역에 따라 혼인 풍습이 조금씩 차이가 나니 뭐라고 확정해서 말하는 것은 좀 위험할 것이다. 지금 문제되는 이타케에서는 대체로 신랑 쪽이 신부 쪽에다가 값을 지불하는 것이 중

심인 듯 보인다. 우리는 18권에서 페넬로페가 구혼자들에게 결혼 선물을 요구하는 것을 보게 될 것이다.

텔레마코스는 구혼자들이, 힘이 없다고 자기를 얕보고 그런 짓을 저지르고 있다면서, 다른 이들이 그런 사태를 그냥 방관하는 것을 비난한다. 혹시 아버지에 대한 앙심 때문에 은근히 구혼자들을 부추기는 것이라면, 차라리 직접 와서 재산을 먹어치우라고. 그게 차라리 나중에 보상 받기에 더 낫다고 말한다. 하지만 아직 마음이 굳지 못한 이 청년은 도중에 울음을 터뜨리고 만다. 그러자 백성들 사이에 동정 섞인 웅성거림이 일어나는데, 이를 보고 구혼자의 두 대표 중 하나인 안티노오스가 텔레마코스를 꾸짖는다. 잘못은 페넬로페에게 있다는 것이다. 자기들이 재산을 먹어치우는 것은, 그녀가 지난 3년 동안 그들을 속였기 때문이라는 것이다.

> 잘못은 아카이아 인들 중 구혼자들에게 있지 않고,
> 그대의 어머니에게 있소. 그녀는 누구보다도 음모에
> 능하기 때문이오. 그녀가 아카이아인들의 가슴속 마음을 속인 지도,
> 어느덧 삼 년이 지나고 사 년이 다 되어 가고 있소.
> 그녀는 모든 사람에게 희망을 주고, 각자에게 약속을 하며,
> 전갈을 보내고 있소. 그러나 그녀의 마음은 다른 것을 바라고 있지요.
> 그녀는 마음속으로 한 가지 계략을 궁리해 내어,
> 자기 방에다 큼직한 베틀 하나를 차려 놓고는
> 곱고 넓은 베를 짜기 시작하더니, 느닷없이 우리들 사이에서 이렇게

말했소.

'젊은이들이여, 나의 구혼자들이여, 고귀한 오뒷세우스가 돌아가셨으니,

그대들은 나와 결혼할 마음이 급하더라도 기다려 주시오, 내가 겉옷 하나를,

…… 영웅 라에르테스를 위한 수의를 완성할 때까지.'

그리고 실제로 그녀는 낮이면 큼직한 베를 짰고,

밤이면 횃불을 곁에 두고 그것을 풀곤 했소.

이렇게 삼 년 동안을 그녀는 계략을 써서 들키지 않고 아카이아 인들을

믿게 만들었소. 그러나 사 년째가 되고, 계절이 바뀌었을 때,

마침내 모든 것을 잘 알고 있던 여인들 중 한 명이 그것을 말해 주었소. (2권 87~108행)

이것이 유명한 페넬로페의 속임수이다. 그녀는 방 안에 베틀을 차려 놓고 시아버지의 수의를 완성할 때까지 말미를 달라 해놓고는 낮에는 옷감을 짜고 밤에는 그것을 풀면서 세월을 보냈던 것이다. 사실 그런 단순한 속임수가 어떻게 3년씩이나 효력을 발휘할 수 있었는지 의문이지만, 이 역시 민담의 모티브가 그대로 유입된 것으로 설명은 되겠다. 그리고 아마도 다른 이야기 같았으면 그 수의는 남편의 것으로, 그것이 완성되는 날은 남편의 죽음이 확정되는 것일 터이다. 하지만 4년째에 어느 여인이 구혼자들에게 그 사실을 일러바쳤고, 페넬로페는 현장에서 발각되어 더 이상 속임수를 지속할 수가 없었다. 이

속임수를 일러바친 여자가 누군지는 나와 있지 않지만, 나중에 보면 이 집안 하녀들 중 일부가 구혼자들과 연애를 하고 있는 것으로 나오므로 그들 중 하나가 그랬을 것이다. 아마도 나중에 오뒷세우스에게 매우 못되게 구는 멜란토가 그랬기 쉽다. 이 여인은 아마도 결국 텔레마코스에 의해 처형되는 열두 하녀에 포함되었을 것이다. 이제 페넬로페는 강제에 못 이겨 그 수의를 완성했고 조만간 남편감을 결정해야만 하게 되었다. 그녀가 지체하는 동안 구혼자들은 계속 이 집 재산을 먹어치울 것이다.

한데 여기서 안티노오스가 페넬로페를 다른 신화상의 여인들과 비교하는 대목이 흥미롭다. 그는 누구도 그런 책략을 가진 적이 없다면서, 튀로, 알크메네, 뮈케네를 예로 든다. 뮈케네에 대해서는 알려진 바가 없지만, 앞의 두 여인은 신과 결합하여 자식을 낳은 이들이다. 그것도 속아서 그렇게 되었다. 안티노오스는 페넬로페가 자신들을 속이기보다는 속아 주기를 원했던 것일까? 한편 이 말을 하는 도중에, 나중에 시인 자신이 페넬로페를 묘사할 때 사용한 표현이 나오기도 한다. 그녀가 '모든 사람에게 희망을 주고 각자에게 약속을 하면서, 마음속으로는 다른 것을 바라고 있었다'는 말이다. 보통 이 말은 페넬로페가 겉으로는 구혼자들의 요구에 응하는 듯한 태도를 취하고 있지만, 속으로는 남편이 돌아오기를 바라고 있었다는 뜻으로 해석한다. 하지만 20세기 중반 이후 여성주의 비평이 발전하면서 고전학계에도 그 영향이 들어왔는데, 그 성과 중 하나가 페넬로페를 바라보는 시각이 달라졌다는 점이다. 그런 해석에 따르면 페넬로페는 그저 남편만을

기다리는 춘향이형 인물이 아니라, 자기 나름의 욕망이 있는 살아 있는 여자였다는 것이다. 그래서 말하자면 남자들을 적절히 '조종'하면서, 혹시 너무 일찍 결정해서 남편이 돌아왔을 때 수치를 당하는 사태를 피하면서도, 남편이 영영 돌아오지 않을 경우에 대비해서 남자들이 너무 멀어지게 문을 닫지도 않았다는 것이다. 이런 식으로 볼 경우, 안티노오스가 말한 '다른 생각'은 남자들이 전혀 짐작도 하지 못했던 여성의 욕망과 아슬아슬한 줄타기가 된다.

이 발언의 와중에 안티노오스는, 페넬로페를 친정으로 돌려보내어, 그녀와 그녀 아버지가 결정해서 구혼자 중 하나와 결혼하게 하라고 강청한다. 사실 이 회의는 어제 멘테스-아테네가 권고했던 방식으로 진행되지 않는다. 여신이 권했던 세 가지 안건 중 첫째 것, 즉 구혼자들을 떠나 보내는 것을 위해 텔레마코스가 상황을 설명하는데 다른 사람이 끼어들었기 때문이다. 그리고 아직 텔레마코스가 내놓지 못한 두번째 안건이 안티노오스 입에서 나온 것이다. 그런데 텔레마코스는 애당초 여신의 지시가 마음에 들지 않았던지, 아니면 다른 사람이 먼저 말을 꺼낸 것에 심기가 상했는지, 안티노오스의 그런 제안에 반발하고 나선다. 어머니의 의사가 가장 중요하기 때문에 자기 마음대로 그녀를 친정으로 돌려보낼 수는 없다는 것이다. 그리고 그럴 경우에 자신이 외가에 많은 보상금을 지불해야 한다고 주장하는데, 이것이 일종의 이혼이기 때문에 위자료를 내야 한다는 것인지, 아니면 페넬로페가 결혼 때 가져왔던 지참금을 변상해야 한다는 것인지는 분명하지 않다. 그리고 어머니가 억지로 떠나게 되면 복수의 여신들을 부

를 터이니, 자기는 그런 일을 감당할 수 없다는 것도 반대의 이유로 덧붙인다.

그러면서 주제는 다시 첫번째 안건으로 돌아간다. 구혼자들은 집에서 떠나라는 것이다. 그렇지 않을 경우에 보상도 없이 파멸하게 되리라는 위협이 다시 되풀이 된다. 사실 이 둘째 권에는 다른 부분에 나오는 구절들이 많이 반복되고 있어서 이 권 전체가 나중에 끼워 넣어진 것이라는 주장도 있었다. 하지만 1권에서 아테네 여신이 권고했던 회의가 어디선가는 이뤄져야 하므로, 2권 전체를 없애버릴 수는 없다. 그리고 아직 성장의 길을 꽤 가야 하는 텔레마코스의 미숙한 모습을 보여 주는 데도 이 부분의 역할이 있다. 어쨌든 텔레마코스의 이런 발언이 끝나자, 제우스는 두 마리 독수리를 보내서 그를 지지한다는 것을 분명히 한다. 마침 그 자리에는 새점에 밝은 노인이 있어서, 곧 오뒷세우스가 돌아올 것이고 구혼자들에게 큰 재앙이 닥치리라는 것을 예언한다. 이것 역시 제우스가 아이기스토스에게 보냈던 경고와 같은 성격의 것이다. 그 노인은 이미 20년 전에 오뒷세우스가 떠날 때, 그가 전우들을 다 잃고 혼자서 아무도 모르게 20년 만에 집에 돌아오리라고 예언한 바 있다. 그는 그때 했던 예언이 이제 곧 이루어지리라고 공언한다.

하지만 구혼자의 다른 대표인 에우뤼마코스가 예언자 노인에게 면박을 주고 위협한 후에, 텔레마코스에게는 다시 안티노오스가 했던 제안을 되풀이한다. 페넬로페를 친정으로 돌려보내서 결혼하도록 하라는 것이다. 한편 이런 위협 어린 제안에서 이 구혼자들의 한 특성이

드러나는데, 그들은 아무도 두려워하지 않는다는 점이다. 이들에게는 심지어 예언도 두렵지 않다. 나중에 우리는 이와 비슷한 발언을 퀴클롭스에게서 듣게 될 것이다. 오뒷세우스 일행은 퀴클롭스의 동굴에서 잔치를 벌이다가 엄청난 괴물 주인과 마주치게 되는데, 집에 돌아온 오뒷세우스는 자기 동굴에 돌아온 퀴클롭스와 비슷한 점이 있다. 하지만 이번에는 아무것도 두려워하지 않는 존재가 주인이 아니라, 그의 자리를 차지하고 분탕질하고 있는 구혼자 무리들이다.

이렇게 텔레마코스와 구혼자 대표들이 아테네가 제시했던 두 가지 안건을 놓고 옥신각신하다가, 드디어 세번째 안건이 등장한다. 텔레마코스가 자신의 여행 계획을 밝혔던 것이다. 자신에게 배를 준비해주면 스파르타와 필로스로 여행하겠다는 것이다. 그리고 그 결과에 따라서 행동하겠다면서 밝히는 내용도 어제 아테네 여신이 제시했던 대로다. 하지만 여신이 강조했던 세번째 행동지침, 즉 구혼자들을 처단하겠다는 것은 당연히 밝히지 않는다.

그러자 멘토르가 일어나서 오뒷세우스를 온화한 왕으로 회고하면서, 텔레마코스를 돕지 않는 것에 대해 다른 사람들을 비난한다. 이 사람은 오뒷세우스가 트로이아로 떠나면서 자기 집안 일을 부탁했던 사람이다. 얘기는 갑자기 맨 처음에 텔레마코스가 했던 말(시민 일반에 대한 비난)로 돌아간 셈인데, 사실 텔레마코스의 첫 발언 다음에는 두 구혼자가 나서서 그에게 반박하였으니 그를 지지하는 쪽에서는 말할 기회가 없었다. 하지만 이번에도 다른 구혼자가 그에게 면박을 준다. 레이오크리토스라는 이 인물은 그다지 두드러지지 않는데, 여기

서 지나친 발언을 한다. 오뒷세우스 자신이 돌아오더라도 자기들을 제지하지 못할 것이고 오히려 죽음을 당하리라는 것이다. 구혼자들의 생각이 이 정도라면 오뒷세우스가 그들을 모두 쳐 죽인 것도 이해 안 될 것은 아니다. 그는 회의를 파하자고 제안하면서, 설사 멘토르 등이 텔레마코스에게 준비를 해주더라도 그 젊은이는 여행을 하지 못할 것이라고 빈정대며 말을 맺는다. 아마도 텔레마코스의 심약함을 비웃는 것이리라.

아테네가 텔레마코스를 다시 격려함

회의를 마치고 텔레마코스는 바닷가 한적한 곳에서 아테네 여신께 기도한다. 『일리아스』 첫 머리에 아가멤논에게 면박을 당한 아폴론의 사제가 바닷가를 거닐며, 자신이 모시는 신께 기도한 것을 상기시키는 모습이다. 기도 내용은, 자신이 여행을 떠나려 하지만 구혼자들이 방해한다는 것이다. 그러자 아테네는 멘토르의 모습을 하고서 나타나 젊은이를 격려한다. 여신은 텔레마코스의 혈통을 강조한다. 그는 훌륭한 아버지의 아들답게 일을 잘 해낼 수 있으리라는 것이다. 서사에서 주인공과 관련해서는 전혀 강조되지 않던 혈통이 그의 아들에게서는 강조되고 있다. 멘토르-아테네는 구혼자들의 운명이 다가와 있고 그들이 하루에 한꺼번에 죽으리라고 단언한다.

사실 결말을 미리 알려주는 이런 방식은 오늘날의 독자에게는 좀 익숙하지 않은 방식이다. 오늘날 영화 관객이나 신작 소설의 독자에게 누가 그 결말을 알려준다면 그 사람은 큰 비난을 면키 어려울 것이

다. 이런 현상은, 요즘 이야기들의 재미라는 것이 대체로 반전에 의존하고 있기 때문이다. 유명한 영화감독 히치콕이, 영화가 주는 즐거움에서 놀라움(surprise)과 긴장감(suspense)을 구별하여 얘기한 적이 있는데, 거기에 맞춰 설명하자면 옛날의 이야기 방식은 놀라움보다는 일종의 긴장감에 의존하고 있다. 결말은 알지만 그것이 언제 어떻게 이뤄질지를 알지 못해서, 혹은 예고된 결말이 정말 이뤄질지, 그렇지 않을지 알지 못해서 생기는 어떤 효과이다. 또 거기 더하여 이런 방식에서는, 독자/청중이 자신이 예상하는 경로를 통해 그 결말에 닿는 것을 확인하는 재미도 있을 수 있겠다.

어쨌든 멘토르-아테네는 자신이 배를 구해서, 직접 동행하겠노라면서 젊은이를 격려한다. 텔레마코스는 그저 양식만 준비하면 될 것이다.

그가 집으로 돌아가자 구혼자들은 예전처럼 가축을 잡고 잔치를 준비하고 있다. 안티노오스는 그를 보고, 배를 마련해 줄 터이니 어서 여행을 떠나라고 빈정거린다. 두번째로 아테네를 만난 텔레마코스는 자신이 이미 어른임을 선언하고, 구혼자들에게 죽음을 가져다 주겠다고 대담하게 응수한다. 여기서 그는 자신이 배를 소유하고 있지 않기 때문에 남의 배를 빌릴 수밖에 없다고 말하는데, 이 점은 우리가 5권에서 만나게 될 오뒷세우스의 상황과 일치한다. 그는 일단 배가 없어서 칼륍소의 섬을 떠나지 못하고, 거기서 뗏목을 만들어 타고 떠난 다음에도 포세이돈의 폭풍에 그것을 잃고 결국 나우시카아네 섬 사람들이 제공한 배를 타고 돌아오게 된다.

텔레마코스는 사실 자신이 알지 못하는 목적을 위해 여행하는 것이다. 나중의 성과에 비추어 볼 때 그의 여행은 처음 생각했던 것과는 전혀 다른 것이다. 그의 여행 목적에는 적어도 세 가지 층위가 존재한다. 하나는 아테네 여신이 명시한 것으로, 텔레마코스 자신도 알고 있는 것이다. 즉 아버지의 행방을 알아보고 거기 맞춰 다음 행동을 정한다는 것이다. 다른 층위는 아마도 아테네 여신이 마음속에 갖고 있으면서 텔레마코스에게는 밝히지 않은 것으로, 이 여행을 통해 텔레마코스를 성장시킨다는 계획이다. 또 다른 층위는 아마도 시인 자신이 갖고 있는 것으로, 이 여행이 일종의 주술적 의미를 가진다는 점이다. 시인은 먼 바다 가운데 버려진 오뒷세우스를 무사히 귀환시켜야 한다. 그와 닮은 아들이 그와 거의 같은 조건 하에 고향을 떠났다가 돌아온다면, 닮은 것끼리 서로 영향을 주고받는다는 고대적인 믿음에 비추어, 이 여행의 성공은 오뒷세우스의 성공적 귀환의 전조이자, 보증이 될 수 있다. 이러한 공감(共感)주술(呪術)적 성격은, 이 젊은이가 육지에서 어떤 인물을 데리고 돌아오는 것으로 더욱 강화된다. 또한 그의 상륙지점은 아버지의 그것과 가까운 곳이 될 것이고, 그 둘은 같은 지붕 아래에서 마주치게 될 것이다(하지만 아들이 실제로 아버지를 만나 함께 돌아오는 것은 아니다. 희랍 북쪽 유고슬라비아 지역의 옛 노래들을 연구하는 학자들도 그 지역에서, 아들이 아버지를 찾아 떠나는 이야기들을 많이 수집했지만, 아들은 아버지를 만나지 못하는 것이 일반적인 패턴이다. 그 여행의 목적은 아들이 독자적인 경험을 쌓아 아버지의 수준에 이르는 것이다. 아들은 아버지를 찾으러 떠나지만, 그 자신이 '아버지가 되

어' 돌아온다).

구혼자들은 텔레마코스를 조롱하면서 자기들끼리 숙덕거리는데, 그의 여행 목적에 대한 의혹도 그들의 화제 중 하나이다. 그들은 혹시 텔레마코스가 아버지의 옛 전우들에게 가서 구원군을 이끌고 오려는 게 아닌가 의심한다. 사실적으로 따지자면 텔레마코스로서는 이런 계획을 세울 법도 한데, 이 작품에서는 이런 가능성은 전혀 검토되지 않고 있다. 이런 측면을 두고 어떤 학자는, 이제 대(大) 연합군을 이루어 해외로 원정을 떠나던 교류의 시대는 끝나고, 각자가 자기의 근거지를 지키면서 외부와 별로 소통하지 않는 단절의 시대로 접어들었다고 평가하기도 한다. 그리고 그의 여행이 혹시, 오뒷세우스가 그랬던 것처럼 독초를 구하러 가는 것이 아닌가 하는 의혹도 제기되어 흥미롭다. 하지만 일부는 그가 여행을 떠났다가 죽을 수도 있다면서 그런 일이 일어나기를 기대하는 발언을 하기도 한다.

텔레마코스의 여행 준비와 출발

텔레마코스는 집안의 창고를 지키는 에우뤼클레이아에게 부탁하여 식량을 준비한다. 그는 남들 앞에서는 여러 차례 아버지가 이미 죽었을 것이라고 말했지만, 포도주를 준비할 때, 아버지가 돌아올 날을 위해 가장 좋은 것을 남겨 두고 자기는 그 다음 것을 가져가겠다고 말한다. 그는 또 노파에게 어머니에게는 당분간 비밀로 해달라고 부탁한다. 에우뤼클레이아는 텔레마코스가 여행 중에 혹시 음모에 걸려 죽게 되지나 않을까 걱정하며, 눈물로 만류한다. 하지만 젊은이는 신의

도움과 지시가 뒤에 있다고 안심을 시키며, 자신이 떠나고 열하루나 열이틀 째에, 혹은 어머니가 자신을 찾을 경우에나 알리라고 맹세를 시킨다. 우리는 특히 이 작품에 등장하는 여성들이 그런 큰 맹세를 하는 것을 여러 차례 보게 될 것이다. 어떤 학자의 주장에 따르면 『오뒷세이아』에 등장하는 여성들은 모두 동방의 큰 여신의 모습을 조금씩이라도 나눠 갖고 있는데, 키르케와 칼륍소가 특히 그렇고, 페넬로페에게도 그런 모습이 보인다고 한다. 어쩌면 시인은 여기서 그다지 지체 높은 사람이 아닌 늙은 유모에게 그런 큰 여신의 모습을 조금이라도 부여하려 했는지도 모르겠다.

이렇게 준비를 해 놓고서 텔레마코스가 아무 일도 없는 척 구혼자들과 어울리는 사이, 아테네 여신이 텔레마코스의 모습으로 시내로 가서 배에 탈 사람들을 모으고, 노에몬이란 사람에게 빠른 배를 부탁하여 얻어 낸다. 밤이 되자 아테네 여신은 구혼자들에게 잠을 쏟아 부었고, 그들은 술을 마시던 중에 갑자기 잠이 쏟아져 거의 정신을 잃은 채로 잠자리를 찾아 떠난다. 구혼자들에게 신의 작용이 좀 약하게 나타난 꼴인데, 우리는 나중에 20권에서 좀더 강력한 이상 증세를 보게 될 것이다. 이제 아테네는 멘토르의 모습으로 텔레마코스를 찾아가 출발을 권한다. 식량을 싣고 멘토르-아테네와 텔레마코스가 배에 타자, 아테네가 서풍을 불게 했고 이들은 돛을 올려 밤바다를 쾌속으로 달려간다.

이제 작품의 세 부분 중 첫째 것의 절반이 지났고, 주인공은 고향 땅을 벗어나 타지에서 모험을 시작하려 한다. 혹시 이 책과 함께 작품

을 직접 읽고 있는 독자라면 이제 첫 이정표에 닿았을 것이다. 텔레마코스 못지않은 순항이다. 이제 텔레마코스의 모험을 두 단계로 나누어, 그와 함께 사실적 이야기와 환상적 이야기를 들어 보자.

3권

필로스, 네스토르의 땅 – 현실적 귀향담

「캇산드라를 끌어내는 작은 아이아스」 적색상 도기(기원전 370년 경)

트로이아를 함락한 희랍군은 곧 아테네의 노여움을 사서 큰 재난을 당하게 된다. 작은 아이아스가 캇산드라를 억지로 신전에서 끌어내 겁탈했기 때문이다. 더욱이 그때 그녀는 아테네의 목상을 붙잡고 있었다. 서사시는 매우 점잖은 장르이기 때문에, 네스토르도 텔레마코스에게 아테네의 분노의 원인에 대해 분명하게 언급하지 않는다. 그림 한가운데에 뻣뻣한 자세로 그려진 목상이 있고, 그것을 붙든 여인의 가슴은 드러나 있다. 희랍인들은 남성은 자주 나체로 그렸지만, 여성의 나체는 거의 그리지 않았기 때문에 어쩌다 몸이 드러나게 그려져 있으면 꼭 그 이유를 찾아보아야 한다.

3권은 세 부분으로 되어 있다. 텔레마코스 일행이 도착하고 접대 받는 장면, 그가 네스토르의 이야기를 듣는 장면, 그리고 그가 네스토르의 아들과 함께 스파르타로 떠나는 장면이다.

해가 돋았을 때 그들은 네스토르가 다스리는 퓔로스에 닿는다. 이 퓔로스의 위치가 정확히 어디인지는 아직도 좀 논란이 되고 있다.

보통은 펠로폰네소스 남서부 끝에 가까운 도시라고들 여기지만, 아무리 순풍을 타고 가더라도 밤사이에 거기까지 가기는 무리라고 보아, 좀더 북쪽에서 발견된 청동기 시대 도시를 후보로 내세우는 학자도 있다.

이들이 도착한 도시는 매우 경건하여, 우리가 보게 되는 것은 주로 종교적인 의례이다. 이들이 처음 도착했을 때도 그들은 포세이돈을 위해 큰 제사를 드리고 있었다. 백성들도 매우 정연하여, 500명씩 아홉 줄로 앉아 있었고, 각 줄마다 황소 아홉 마리씩을 준비하고 있었다. 동원된 백성이 모두 4천 5백 명이고, 희생되는 황소의 숫자는 81마리이니 정말 대단한 규모의 제사이다.

퓔로스 도착

배를 세우고 이들에게 접근할 때, 멘토르-아테네는 텔레마코스에게 자신 있게 행동하라고 격려한다. 사실 이런 격려가 필요하기도 할 것이, 작은 섬에서 무질서한 무리들만 대하고, 종교적 의례랄 것은 거의 경험해 보지 않은 젊은이가, 처음 보는 규모의 질서 있고 형식적인 의례와 세련된 귀족들을 대하면 당연히 위축될 것이기 때문이다. 하지만 텔레마코스는 자신이 아직 젊고, 연장자를 대하는 데 위축될 수밖에 없다면서, 어떤 식으로 말을 해야 하는지 도움을 청한다. 멘토르-아테네는, 말할 것은 스스로 생각할 수도 있고, 신들이 가슴속에 넣어줄 수도 있으니 걱정하지 말라고 용기를 주면서도, 일단 자신이 앞장서서 나아간다.

그곳 사람들도 손님들을 보고 맞이하는데, 가장 먼저 다가온 사람이 네스토르의 아들 페이시스트라토스이다. 앞으로 텔레마코스의 동행이 될 이 젊은이는, 그 이름이 기원전 6세기에 아테나이를 통치했던 참주와 같아서 흥미롭다. 아테나이의 통치자는 자신이 네스토르 가문 출신이라고 주장했다지만, 어떤 학자는 『오뒷세이아』가 페이시스트라토스 시대에 정비되면서 그 정비 작업에 참여한 시인이 통치자의 마음에 들기 위해서, 또는 그의 후원에 감사하여 주요 등장인물의 이름을 이렇게 만들었다고 보기도 한다. (앞에서 이 서사시가 기원전 8세기에 만들어졌다고 말했기 때문에, 6세기에야 정비가 되었다는 주장에서 모순을 느낄 독자도 있을 수 있는데, 전체적인 틀은 8세기에 다 잡혔지만 세부까지 완전히 텍스트가 고정된 것은 6세기라고 하면 별로 모순될 것도 없다. 그 전까지는 가객마다 조금씩 다르게 공연하다가, 페이시스트라토스 시대에 서사시 경연대회가 생기면서 심사용으로 기록된 텍스트가 필요하게 되었고, 그제야 텍스트가 완전히 고정되었다는 것이다. 이것은 기원전 1세기의 로마 문필가 키케로가 전해 주는 사정이다.)

페이시스트라토스는 큰 도시의 세련된 귀족 젊은이답게 예의범절을 잘 알고, 또 천성이 친절해서, 말하자면 시골에서 온 동년배를 잘 이끌어주고 있다. 그는 멘토르-아테네와 텔레마코스를 자기 아버지와 형이 앉은 상석으로 인도하고는, 같이 포세이돈에게 술을 바치기를 권고하되 먼저 연장자인 멘토르에게 잔을 건네준다. 여신에게 다른 신을 경배하도록 권하는 것이 아이러니하고, 여신으로서는 조금 당황스러울 법도 한데, 멘토르-아테네는 전혀 당황치 않고 포세이돈

에게 술을 바치고 기도한다. 1권에서 우리는 포세이돈만이 유일하게 오뒷세우스의 귀환에 반대하는 입장이란 말을 들었다. 따라서 여기서 그 오뒷세우스를 지켜 주는 여신이 말하자면 반대파를 달래는 것은 어쩌면 적절하다. 우리는 5권에서 포세이돈이 오뒷세우스의 뗏목을 보고 부숴 버리지만 그 이상의 해코지는 하지 않는 것을 보는데, 이것도 어쩌면 여기서 아테네 여신이 미리 달래 놓은 덕인지도 모르겠다.

네스토르의 귀향담

멘토르-아테네의 기도 내용은, 우선 이 제사를 드리고 있는 네스토르의 집안과 그의 백성에게 축복해 달라는 것이고, 또 자신들의 여행 목적이 이뤄지게 해달라는 것이다. 그가 기도를 마치자, 그의 모범을 따라 텔레마코스도 기도를 드린다. 그 다음엔 늘 그렇듯 식사가 이어지고, 식사 후에는 손님들의 신분을 묻는 절차가 뒤따른다. 네스토르는 그들이 무역상인지, 아니면 그냥 해적처럼 유랑하는 중인지 묻는다.

> 나그네들이여, 그대들은 누구시며, 어디에서 습한 바닷길을 항해해 오셨소?
> 그대들은 장사를 하시려는 것이오, 아니면 정처 없이
> 바다 위를 떠돌아다니시는 것이오? 마치 해적들이 다른 사람들에게
> 불행을 가져다주며, 자신의 목숨을 걸어 놓고 떠돌아다니듯이 말이오."(3권 71~4행)

여기에 표현 자체는 '해적처럼'이라고 되어 있어서 상대가 해적

인지 직접 묻는 것은 아니게 되어 있지만, 어떤 학자는 이 구절을, 당시엔 해적질도 별 흠될 것 없는 정상적인 경제활동의 일부였다는 증거로 보기도 한다. 우리는 9권에서 오뒷세우스가 트로이아를 떠나서 해적질을 하는 것을 볼 텐데, 지금의 이런 상황을 생각한다면 '아니, 우리의 주인공이 악당이라니!'하고 놀랄 필요까지는 없을 것이다.

네스토르의 질문을 받자 텔레마코스가 답한다. 조금 전까지 수줍어하던 시골 청년으로서는 좀 대담한 행동인데, 시인도 그런 점을 의식해서인지 이것은 아테네가 용기를 불어넣었기 때문이라고 설명하고 있다. 청년은 자신의 신분을 밝히고, 트로이아에서 죽은 다른 사람들의 소식은 이미 들었다면서, 자기 아버지의 죽음을 혹시 직접 보았거나, 그가 어디선가 떠돌고 있다는 소문을 들었으면 그것을 말해 달라고 청한다. 그리고 거기 덧붙여, 트로이아에서 오뒷세우스가 어떤 말과 행동을 했는지 기억하고 있다면 그것도 말해 주기를 청한다.

『일리아스』에서부터 장광설로 유명한 이 노인은 텔레마코스가 이미 들어서 알고 있다고 말한 것부터 얘기하기 시작한다. 즉, 트로이아에서 자신들이 겪은 고통과 거기서 죽은 사람들의 목록이다. 이 부분은 말하자면 『일리아스』와 『오뒷세이아』 사이를 채워 넣는 것으로, 이 두 서사시가 다루는 사건들 중간에 어떤 일이 일어났었는지 알려주는 역할을 한다. 트로이아 전쟁 전체를 다루는 다른 서사시들도 있었지만 지금은 다 사라지고 산문요약만 전해지는데, 흔히 '권역 서사시'(cyclic epic)로 불리는 이 작품들은 길이도 짧았고, 창작 시기도 『일리아스』, 『오뒷세이아』보다는 뒤인 것으로 추정되고 있다. 이 서사

시들이 남아 있어도 중간을 메워 주기는 힘이 달렸을 텐데, 『오뒷세이아』가 만들어질 때는 그것마저 없었으니, 시인이 중간에 이런 장치를 만들어 넣은 것도 이해가 된다.

노인이 꼽는 전사자 명단은 아이아스, 아킬레우스, 파트로클로스, 그리고 자신의 아들 안틸로코스로 이어진다. 앞에서도 잠깐 언급했지만 아이아스는 아킬레우스가 남긴 무장을 차지하려고 오뒷세우스와 겨루다가 패하고는 수치심에 자결하고 말았다. 파트로클로스가 죽는 장면은 이미 『일리아스』에 소개되었고, 아킬레우스의 죽음도 거기 충분히 예고되어 있었다. 그리고 그의 장례가 어떻게 치러졌는지는, 앞으로 24권에서 다시 한 번 보게 될 것이다. 사람들이 잘 알지 못하는 인물은 안틸로코스인데, 이 사람은 아버지 네스토르와 함께 트로이아에 갔던 두 아들 중 하나이다(『일리아스』에서는 꽤 여러 차례 활약을 보였고, 특히 파트로클로스가 죽었다는 소식을 아킬레우스에게 전하는 역할로 중요하다). 다른 아들인 트라쉬메데스는 살아서 돌아와 지금 이 제사에 동참하고 있다. 안틸로코스는 파트로클로스가 죽은 다음에 아킬레우스의 가장 가까운 벗이었는데, 트로이아의 동맹군으로 참전한 멤논으로부터 자기 아버지를 보호하려다가 죽었다. 그 자세한 내용은 지금은 사라진, 『아이티오피스』라는 권역서사시에 들어 있었다 한다. 안틸로코스는 지금도 저승에서 아킬레우스, 파트로클로스와 늘 함께 붙어 다니는 것으로 되어 있다.

아이아스까지 포함해서 네 영웅의 명단은 앞으로도 두 번 반복되는데, 11권의 저승여행과 24권의 '두번째 저승여행'에서다. 이런 반

복의 의미는 무엇일까? 적어도 두 가지 기능을 생각해 볼 수 있을 것 같다. 하나는 이러한 반복이 전체를 하나로 묶어 주는 장치가 된다는 점이다. 이미 앞에서 그런 기능을 하는 두 가지 장치로, 아가멤논 집안의 이야기와 식사문제를 지적했었다. 이 저승인물들의 명단 역시 그와 비슷한 역할을 하는데, 특히나 세 번 나오는 이 명단이 각각 우리가 맨 처음에 나눠 보았던 세 부분에 하나씩 배치되어 있어서 더욱 그렇다. 지금 여기 나온 것은 텔레마키아에 속하고, 두번째 것은 뱃사람 오뒷세우스의 모험에, 마지막 것은 귀향자 오뒷세우스의 이야기에 들어 있기 때문이다. 특히 이 명단이 나올 때면 늘 아가멤논이 언급되니 두 장치의 기능이 거의 같다는 게 어쩌면 당연할 것이다.

다른 기능으로는, 이 명단이 두 번의 저승 묘사에 들어 있음으로 해서, 지금의 이 여행도 일종의 저승여행이 된다는 점이다. 앞에서 나는 이 여행의 목적에 적어도 세 개의 층위가 있다고 했는데, 세번째 수준의 목적, 즉 일종의 공감주술로서의 여행이 이 해석과 들어맞는다. 말하자면 텔레마코스는 저승에 가서 자기 아버지를 다시 구해 오는 임무를 띠고 있는 것이다. 퓔로스는 저승이고 네스토르는 저승의 왕이다. 그러면 앞으로 가게 될 메넬라오스의 왕궁은 어떻게 되는가? 나는 그것 역시 일종의 저승이라고 해석한다. 네스토르의 '저승'이 좀 우울한 슬픈 저승이라면, 평화롭고 안락하지만 어딘지 탈색된 듯한 삶을 누리는 메넬라오스의 집은 '좋은 저승'이다. 우리는 비슷한 인상을 오뒷세우스가 들르는 나우시카아의 섬에서도 발견하게 될 것이다. 그곳이야말로 대표적인 '좋은 저승'이다.

그런 다음 네스토르는 텔레마코스의 요구 중 두번째 것으로 관심을 돌린다. 오뒷세우스가 트로이아에서 얼마나 현명하고 신중했는지에 대한 회고이다. 그러면서 이 노인은 텔레마코스가 언변에 있어서 자기 아버지를 닮았다는 것을 지적하는데, 그가 말 잘한다고 칭찬받기는 아마도 이것이 처음일 것이다. 당연하지만 이러한 칭찬은 젊은이의 자존감을 높이는 데 크게 기여할 것이다. 그리고 이 여행을 준비하고 실행하는 중에 텔레마코스가 만나는 사람마다 그의 혈통을 확인해 주는데, 1권의 멘테스-아테네가 그랬고, 지금의 네스토르가 그러하며, 4권에서 만나게 될 메넬라오스와 헬레네도 그럴 것이다. 이런 확인 절차를 거쳐 텔레마코스는 스스로 오뒷세우스의 아들이라는 것을 받아들이게 된다. 1권에서 자기 혈통을 의심하던 모습과는 전혀 다른 모습이다. 이것도 이 '성장여행'의 성과 중 하나이다.

마지막으로 노인은 텔레마코스의 첫번째 요구에 답하는데, 지금까지 요약한 것을 읽은 독자는 마치 텔레마코스가 '첫째, 둘째, 셋째' 하면서 세 가지 주제를 내놓고, 노인도 거기 맞춰 '첫째 것은, 셋째 것은, 그리고 둘째 것은' 하는 식으로 진행한 것 같지만, 사실은 읽으면서 단락을 잘 나눠 보지 않으면 어디서 어떤 주제가 시작되었는지 잘 알 수 없을 정도로 세 가지 주제가 매끄럽게 연결되어 있다. 이것은 옛 사람들의 이야기 연결 방식이 일종의 '연상작용'에 기초하고 있기 때문이다. 네스토르의 첫 주제는 '자신들의 고통—전사자 명단—자신들의 고통'으로 작은 '되돌이 구성'을 이루고 있다. 그 첫 부분이 끝날 때 이 노인은 자기가 그 얘기를 몇 년이라도 할 수 있다면서, 그 이유는

자기들이 트로이아에서 구 년 동안이나 온갖 계략을 사용했기 때문이라고 한다. 그러면서 지략에 있어서는 오뒷세우스를 따를 사람이 없었다고 말함으로써 다음 주제로 넘어간다. 그 다음 주제도 '오뒷세우스의 지략―텔레마코스가 아버지를 닮았음―오뒷세우스의 지혜와 신중함'으로 역시 작은 '되돌이 구성'을 이룬다. 그리고 마지막 주제로 넘어가는 고리는, '반면에 전쟁이 끝났을 때, 희랍군은 사려 깊고 올바르지 못했다'는 평가이다.

텔레마코스의 명목상의 여행 목적에 가장 잘 들어맞는 이 이야기는 나중에 '귀향'(Nostoi)이라는 제목의 별개의 서사시가 되었지만, 이것 역시 간단한 산문 요약에만 흔적을 남기고 사라져 버렸다. 노인의 긴 이야기는 '아테네의 분노'로 시작된다. 트로이아를 함락하고 돌아오는 길에 희랍군은 참혹한 일들을 겪게 되었는데, 이것은 아테네 여신의 분노 때문이라는 것이다. 여기서는 그냥 지나가고 있지만, 사실은 트로이아 함락 이야기 가운데 아주 유명한 주제로 '캇산드라 겁탈 사건'이란 것이 있다. 트로이아가 함락되어 성 안의 모든 사람이 살길을 찾던 중에, 아폴론을 섬기는 예언자 캇산드라는 신전으로 가서 아테네 여신의 상을 껴안았는데, 작은 아이아스(앞에 말한 자결한 아이아스는 보통 '큰 아이아스'로 불린다)가 그녀를 강제로 끌어내어 겁탈했다는 것이다. 그래서 이런 신성모독 행위에 분노한 아테네 여신이 폭풍을 일으켰고, 그 때문에 많은 사람이 희생되었다는 이야기다. 『일리아스』만큼은 아니지만, 그래도 귀족적 영웅 서사시의 면모를 상당 부분 유지하고 있는 이 작품에서는 그런 점잖지 못한 대목은 그냥 암시

만 하고 지나가고 있다. 아니면 당시의 청중은 모두 그 이야기를 알고 있었을 터이니 그저 암시만으로도 충분하다고 생각했을 수도 있다.

계속되는 노인의 이야기는 이렇다. '아테네 여신은 우선 아가멤논과 메넬라오스 사이에 언쟁이 생기게 했다. 그들은 관례에 어긋나게, 해 질 무렵에 회의를 소집했는데, 병사들은 승리 잔치에서 술에 취한 채로 모여들었고 거기서 의견은 둘로 나뉘고 말았다. 메넬라오스는 아테네의 징벌이 닥치기 전에 얼른 떠나자는 쪽이었고, 아가멤논은 먼저 제사를 드려 여신의 분노를 달래고서 출발하자는 의견이었다.' 나중 일을 보면 여신이 전혀 누그러지지 않았으니, 메넬라오스의 주장이 맞긴 했던 셈이다. 두 지도자의 의견처럼 전체의 의견도 양분되어 서로에게 적대감을 품은 채 밤을 보냈고, 다음날 일부는 귀향을 서두르고 일부는 거기 남게 되었다. 하지만 먼저 떠난 사람들 사이에서도 다시 의견이 엇갈렸는데, 오뒷세우스를 포함한 일부가 다시 아가멤논에게 돌아가려 한 것이다. 거기서 네스토르는 돌아서지 않고 귀향을 서둘렀는데, 그와 함께한 주요 인물 중에는 디오메데스와 메넬라오스가 포함되어 있었다. 그들은 신의 뜻을 물은 후 그 응답에 따라, 희랍 북동쪽에서부터 육지를 따라 시계 반대 방향으로 남서쪽으로 내려가는 안전한 항로를 버리고, 과감하게 에게 해를 가로지르는 경로를 택했다. 마침 바람도 그들을 도와주어서, 먼저 펠로폰네소스 동쪽이 고향인 디오메데스가, 그리고 서쪽이 고향이 네스토르가 무사히 귀국했다. 그 후 네스토르는 다른 사람들도 무사히 돌아왔다는 소식을 듣게 되는데, 북쪽에서부터 꼽자면 아킬레우스의 아들 네옵톨

레모스, 그리고 필록테테스, 크레테의 이도메네우스가 그들이다. 이들 중 네옵톨레모스는 『일리아스』에는 등장하지 않고, 필록테테스는 트로이아로 향하던 도중에 뱀에 물려 외딴 섬에 버려지기 때문에 『일리아스』에서는 '배들의 목록'에 잠깐 언급되는 것으로 그친다. 하지만 아킬레우스가 죽고 나서, 트로이아를 함락하려면 이들이 필요하다는 신탁에 따라 이들이 전장으로 불려가고 그래서 지금 이 귀향자 명단에 포함된 것이다.

네스토르는 마지막으로, 뒤에 남았던 아가멤논의 운명에 대해 개탄한다. 그는 집으로 돌아와서 아이기스토스에게 죽음을 당한 것이다. 하지만 그래도 아들이 있어서 그 죽음을 복수했다면서, 다시 텔레마코스에게로 말머리를 돌린다. 오레스테스를 본받아서 후세 사람에게 명성을 남기라는 것이다.

하지만 여기서 텔레마코스는 다시 우리에게 익숙한 비관의 포즈를 취한다. 신들은 자신과 자기 아버지에게 후세에 명성을 남길 행운을 주지 않았다는 것이다. 그러자 네스토르는 화제를 이타케의 상황으로 돌린다. 어떻게 그런 사태가 가능한지, 텔레마코스가 자진해서 복종한 것인지, 백성들이 텔레마코스를 미워하는 것인지 묻는다. 하지만 언젠가 오뒷세우스가 돌아와 그들을 응징할 수도 있다는 희망을 피력하고, 마지막으로 아테네께서 돌보아 주시기를 축원한다. 특이한 것은 네스토르가 병력을 지원해 주겠다는 제안을 하지 않는 점이다. 오뒷세우스가 많은 군사를 이끌고 돌아올지도 모른다는 가능성을 언급한 것으로 보아 실질적인 도움을 제안할 법도 한데 말이다. 그는 단

지 텔레마코스가 뜻만 있으면 백성들의 협력을 얻어 구혼자들을 제압할 수도 있으리라고 암시할 뿐이다. 어쩌면 시인은 애당초 젊은이의 성장을 위한, 그리고 상징적인 의미가 강한 이 여행이 너무 사실적인 '비즈니스 여행'이 되는 걸 원치 않았는지도 모르겠다.

노인의 마지막 축원에 대해 텔레마코스가, 신들이라도 그런 일을 이룰 수는 없다고 다시 비관의 태도를 보이자 멘토르-아테네가 끼어들어, 갑자기 대화는 두 여행자 사이의 것이 된다. 멘토르는 신들이라면 누구라도 귀향시킬 수 있다고 주장하며, 아가멤논처럼 일찍 돌아와서 죽느니 늦더라도 살아서 귀향하는 것이 더 낫다고 말한다. 죽음만큼은 신들도 어찌할 수 없는 것이기 때문이다. 우리는 여기서 『일리아스』와 『오뒷세이아』 사이의 가치관의 차이를 확인할 수 있다. 『일리아스』의 영웅들이 영원한 명성을 남기기 위해 죽음을 향해 치달았다면, 『오뒷세이아』의 인물들은 어떻게든 살아남아야 한다는 태도를 보인다. 우리는 이것을 나중에 11권에서 『일리아스』의 대표적인 영웅 아킬레우스의 입을 통해 다시 확인하게 될 것이다.

아가멤논의 죽음과 메넬라오스의 지체

하지만 텔레마코스는 여전히 오뒷세우스가 죽었을 것이라는 비관적 입장을 견지한다. 그렇지만 그는 아가멤논의 죽음이 궁금하다. 그는 어떻게 죽었는지, 그때 메넬라오스는 어디에 있었는지, 아이기스토스는 어떤 식으로 그를 죽였는지 등.

노인은 『일리아스』 초반에 나왔던 이야기 기술을 원용한 듯, 시간

적으로 역순으로 아이기스토스의 죽음에서부터 이야기를 시작한다. 그것도 '과거 사실의 반대' 가정법이다. 메넬라오스가 돌아왔을 때 그가 여전히 살아 있었더라면 그는 죽음을 당하는 것은 물론, 장례도 애곡도 받지 못하고 개와 새의 밥이 되었으리라는 것이다.

> 만약 아트레우스의 아들 금발의 메넬라오스가 트로이아에서 돌아와서,
> 아이기스토스가 아직도 궁전에 살아 있는 것을 보았더라면,
> 사태가 어떻게 되었으리라는 것은 그대도 짐작할 수 있을 것이오.
> 그랬더라면 그들은 그자의 주검 위에 봉분을 쌓지 않았을 것이고,
> 도성에서 멀리 떨어져 들판 위에 누워 있는 그자를 개들과 새들이
> 먹어치웠을 것이며, 그자를 위하여 우는 아카이아 여인은 아무도
> 없었을 것이오.(3권 255~261행)

여기서 '개와 새의 밥'을 언급한 것은 의식적으로 『일리아스』의 시작 부분을 상기시킨 것인 듯하다. 『일리아스』의 서시에서 '아킬레우스의 분노가 수많은 영웅들을 개와 새의 밥이 되게 했다'고 했기 때문이다. 이어서 네스토르는 아이기스토스의 남자답지 못함과 트로이아 전장에 갔던 영웅들의 남자다움을 비교한다. '자신들이 전쟁터에서 고생하는 사이에 이자는 편안히 지내면서 남의 아내를 유혹했다, 처음에 클뤼타임네스트라는 그런 수치스런 짓을 거절하였으나, 아이기스토스가 그녀의 보호자를 없애 버리고는 결국 그녀를 차지했다.' 여기서 제거된 그 보호자는 앞에 1권 내용을 설명할 때 언급했던 그 가

객이다. 원래의 직무를 벗어나서 엉뚱한 일을 떠맡은 이 불쌍한 인물은 외딴 섬에서 새들의 밥이 되고 말았다. 그리고 클뤼타임네스트라도 결국 아이기스토스의 유혹에 넘어가 그를 원하게 되었으니, 이것은 그녀의 자매인 헬레네가 파리스의 매력에 넘어간 것과 비슷하다. 시인은 아가멤논 집안의 치정극 전말을, 말하자면 작은 트로이아 전쟁으로 만들려 한 것 같다. 실제로 아이스퀼로스의 「아가멤논」이라는 비극을 보면, 트로이아 왕가의 재난과 아가멤논 집안의 재난이 서로 평행한 것으로 그려져 있으니, 아이스퀼로스는 『오뒷세이아』를 제대로 읽은 셈이다.

한편 메넬라오스는 에게 해를 가로질러 수니온 곶까지는 네스토르와 동행하였지만, 갑자기 그의 키잡이가 죽는 바람에 장례를 치르기 위해 지체하게 되었다. 그리고 항해를 다시 시작하여 펠로폰네소스 남동쪽 말레아 곶에 이르렀을 때, 갑작스런 폭풍을 만나 일부는 크레테로 떠밀려가서 선원들이 배를 잃고 몸만 살았고, 다섯 척은 메넬라오스와 함께 이집트에 다다른 후 그 주변을 돌며 재산을 모았던 것이다. 이렇게 메넬라오스가 다른 곳에 가 있는 사이에 아가멤논이 돌아와 살해되고, 다시 칠 년이 흘러 팔 년째에 오레스테스가 돌아와 아이기스토스와 클뤼타임네스트라를 죽였으며, 그들의 장례를 치른 날에 메넬라오스가 돌아왔던 것이다.

사실 이 부분은, 앞에서 네스토르가 여러 영웅들의 귀환을 얘기하면서 아껴 두었던 것을 내놓는 곳이다. 그는 아가멤논과 헤어져서 떠날 때 메넬라오스가 자기와 동행했다고 해놓고는, 다른 영웅들이

어떻게 되었는지는 다 보고하면서 메넬라오스만 빼놓았던 것이다. 말하자면 이야기 기술에 능통한 이 노인은 한꺼번에 모든 것을 내놓지 않고, 상대의 관심을 불러일으켜 가면서, 상대의 요구에 응해서 조금씩 내어놓는 방법을 사용하고 있다. 사실 더 따져 보자면, 이 노(老)영웅에게 이런 수법을 부여한 것도 우리의 시인인데, 여기서도 한 가지 중대한 장면은 빼놓고 그냥 지나가고 있다. 아가멤논이 정확히 어떻게 죽었는지 하는 것이다. 이 이야기는 나중에, 죽은 자 자신이 말하도록 아껴 두고 있다. 우리는 그것을 (일부는 4권에서 바다의 노인에게서 듣지만) 11권에서 아가멤논의 혼령에게서 직접 듣게 될 것이다.

메넬라오스의 귀향 도정에 대해서는 나중에 4권에서 다시 자세히 본인 입을 통해 들을 것이고, 여기 보고된 수준에서는 두 가지만 지적하면 되겠다. 하나는 메넬라오스의 키잡이가 죽은 사건이 일종의 인신희생으로서 메넬라오스가 저승 비슷한 곳을 여행하기 위한 준비가 아닌가 하는 것이다. 우리는 11권에서 오뒷세우스 일행이 저승으로 떠나기 직전 한 젊은이가 갑자기 죽는 것을 보게 되는데, 그의 죽음도 같은 의미로 해석할 수 있다. 나중에 로마 시인 베르길리우스 역시 『아이네이스』에서, 주인공 아이네아스가 저승에 가기 전에 그의 키잡이가 바다로 떨어져 죽는 것으로 꾸며 놓았다. (사실은 하나만으로 부족하다고 생각했던지 다른 젊은 나팔수의 죽음도 넣고, 저승에 다녀온 다음에는 그의 유모의 죽음까지 덧붙는 것으로 해놓았다.)

다른 지적할 점은 이집트가 지니는 이상한 특성이다. 헤로도토스의 『역사』에 따르면 헬레네가 트로이아로 간 것이 아니라 이집트에 머

물렀었고, 메넬라오스는 우연히 거기 들렀다가 헬레네를 만나서 데리고 온 것으로 되어 있다. 앞으로 4권에서 보면 알겠지만, 우리의 서사시는 그 판본을 좇지 않고 헬레네가 트로이아에 있었던 것으로 해놓긴 했다. 그렇지만 어쨌든 메넬라오스가 이집트에 들르는 것으로 꾸며서, 다른 판본을 상기하게 해놓았을 뿐 아니라, 그가 그곳에서 재산도 얻고 이상한 마약 같은 것도 얻어오고, 또 이상한 바다의 노인을 만나서 남들 모르는 일도 듣고 앞일의 예언까지 받는 것으로 해놓았으니, 그 땅은 거의 인간의 세계가 아닌 다른 차원에 속한 것 같다. 아마도 그곳은 메넬라오스 자신이 나중에 가서 살게 되는 '좋은 저승'의 다른 판본인 모양이다.

이야기를 마치면서 네스토르는, 집을 비우면 그렇게 안 좋은 일이 생기기 마련이니 텔레마코스도 너무 오래 떠돌아다니지 말라고 충고하고, 또 한편으로는 그렇지만서도 메넬라오스는 찾아가 봐야 한다고 충고한다. 그는 귀향자 중에서는 가장 늦게 돌아온 사람이기 때문이다. 여기서 이집트의 저승적인 면모가 다시 강조되는데, 그곳은 '다시 돌아오게 되리라고는 누구도 기대할 수 없는 곳'이고, '새도 일 년 안에 건널 수 없는' 큰 바다 저편이라는 것이다.

> 그는 최근에야 낯선 나라에서, 즉 일단 폭풍에 의하여
> 그토록 큰 바다로 떠밀리게 되면, 그곳에서
> 다시 돌아오게 되리라고는 아무도 마음속으로 기대할 수 없는,
> 그런 사람들의 나라에서 돌아왔기 때문이오. 사실 그 바다는

크고 무서워서, 새들도 일 년 안에는 건널 수가 없지요.
(3권 318~322행)

이런 얘기는 물론, 지리에 밝지 않은 노인의 과장이라 하고 그냥 지나갈 수도 있겠지만, 이집트로 가게 된 전후 사정이나 거기서 메넬라오스가 겪은 일들과 함께 생각한다면 이 표현들을 좀더 상징적인 것으로 읽어 주는 게 옳을 것이다.

말을 마치면서 노인은, 텔레마코스가 육로로 스파르타를 방문하겠다면 마차와 말을 내어주고 아들을 동행시켜 주겠노라고 제안한다. 이에 대해서 젊은이가 뭐라고 답을 하기도 전에 멘토르-아테네가 나서서, 이미 날이 저물고 있으니 신들께 술을 바치고 그만 자러 가자고 한다.

여기서 네스토르가 마차를 권한 것은 사실 기이한 일이다. 퓔로스가, 앞에 말한 두 군데 후보 중에 어디에 위치했든 간에, 그 해안 지역에서 펠로폰네소스 중남부 내륙의 스파르타까지 마차를 이용해서 가는 것은 그다지 좋은 선택이 아니기 때문이다. 그 중간에는 높이 2천 미터 이상 되는 산들이 가로막고 있다. 그러니 가장 좋은 방법은 배를 타고 좀더 남쪽으로 내려가서 동쪽으로 방향을 돌려 진행하다가 반도 남단 중간의 어딘가에, 아마도 메넬라오스가 트로이아에서 귀환할 때 이용했던 항구에 배를 세우고, 거기서부터 육로로 가는 것이다. 하지만 네스토르는 배를 이용할 가능성은 단 한 줄로 스쳐지나가는 반면, 다른 선택지인 육로에 대해서는 세 줄이나 배정하여 훨씬 크게

강조하고 있다. 산을 직접 넘지 않고 좀 돌아서 가는 길도 있긴 하겠지만, 그래도 도로가 제대로 발달하지 않았던 그 옛날에 그냥 말 타고 가는 것도 아니고 마차를 이용하라니 무리한 주문이다. 물론 당시의 마차(diphros)라면 길이 없거나 다소 경사가 있어도 달릴 수 있기는 할 것이다. 그것은 우리가 서부극에서 보는 것처럼 바퀴가 넷 달리고 상당히 덩치가 큰, 그리고 걸터앉을 자리가 있는 장거리용 탈것이 아니라, 바퀴가 둘이고 두 사람이 나란히 서서 타는 2인승이다. 따라서 가볍고 작다는 점에서는 험한 지형에 유리하지만, 그것을 이틀씩이나 서서 타는 것은 매우 피곤한 노릇이고, 때로는 그것마저 갈 수 없는 비탈도 있을 것이다. 어쨌든 여기서 마차는 합리적인 선택이 아니다. 다만 이런 수단이 서사시의 장엄함에 걸맞은 위광을 부여하는 효과는 있겠다.

그런데 3권 끝부분과 15권 전반을 보면, 이런 현실을 아는지 모르는지 마차는 너무나도 평온하고 빠르게 달려 아무 문제없이 목적지에 가 닿는다. 이 기이한 선택과 놀라운 속도는 대체 무엇인가? 물론 시인이 펠로폰네소스의 지리에 어두웠다고 해버리면 그만이지만 그보다는, 이 기이한 여행 방법이 이 여행을 저승여행 비슷한 것으로 만들어 준다고 보는 쪽이 더 나을 것이다. 여러 민담에서 저승여행에는 늘 범상치 않은 수단들이 동원되는데, 보통 이용되는 것이 배이기 때문에, 여기서는 오히려 배가 더 적합한 상황에 배 아닌 다른 것이 선택된 게 아닌가 하는 것이다.

텔레마코스가 네스토르의 집에 머묾

제사를 정리하는 의식을 마치고나자, 텔레마코스와 멘토르-아테네는 다시 배로 돌아가려 하지만, 네스토르는 그들을 만류한다. 자기 집에 잠자리를 마련해 주겠다는 것이다. 그러자 멘토르는, 자기가 젊은이들을 인솔해 왔기 때문에 그대로 다른 데로 갈 수는 없으며, 다음날 다른 지역에 가서 처리할 일도 있다고 핑계를 대면서, 텔레마코스 혼자만 네스토르의 집에 머물고 다음날 스파르타로 떠나라고 권한다. 이제 우리는 한동안 텔레마코스가 여신의 수행 없이 여행하는 것을 볼 터인데, 이것은 오뒷세우스가 환상계를 방황하는 동안 아테네의 도움을 받지 못한 것과 일치한다. 오뒷세우스의 환상계 여행에서 그 영웅이 혼자 힘으로 성장하듯이, 이 젊은이도 일종의 환상세계를 여행하면서 혼자 힘으로 그 과정을 지나가야 할 것이다.

말을 마치고 여신은 1권에서 그랬듯이 바다독수리처럼 날아갔고, 네스토르는 그것을 보고 상대가 아테네 여신이었음을 알아차린다. 그는 자신과 가족을 위해 아테네 여신께 암송아지 한 마리를 바치겠다고 서원한다. 여기서 특이한 것은 이 노인이 가족들을 거론하면서 특히 자기 아내를 언급한 점이다.

> 여주인이시여, 자비로우소서, 그리고 나에게 훌륭한 명성을 내려 주소서,
> 나 자신과 나의 아들들과 나의 존경스런 아내에게.(3권 380~1행)

이 서사시에서 여성들은 특별한 지위를 누리고 있는데, 이런 점

을 중시한 어떤 학자는 『오뒷세이아』가 여성 시인의 작품이라고 주장하기도 했었다. 물론 그 주장을 그대로 받아들이는 학자는 많지 않지만, 모두가 그것을 타당한 면이 있는 주장이라고 보고 있다.

옛 희랍에서는 손님이 오면 집 안에 잠자리를 만들어 주지 않고, 주랑에다 재우는 풍습이 있는데, 텔레마코스 역시 주랑에서 자게 된다. 이것이 특별히 푸대접이 아닌 것은 네스토르의 아들 페이시스트라토스가 그 곁에서 같이 잤다는 데서 알 수 있다. 다음날 아침이 밝자 네스토르는 집 앞에 놓인 돌에 앉아, 어제 아테네 여신께 약속했던 암송아지 희생을 준비한다. 그가 앉은 돌은 조상 대대로 일종의 권위의 상징으로 이용해 온 자리로, 이 기회에 그의 아버지 넬레우스와 그의 아들들이 소개된다. 하나하나 이름이 기록된 그들은 모두 여섯이나 된다. 2권의 이타케 회의장에서 자식이 여전히 셋이나 있는 노인이 전장에 갔다가 실종된 아들에 대해 여전히 슬퍼하고 있는 것처럼, 네스토르 역시 남은 자식이 여섯이나 되는데도 전쟁터에서 죽은 한 아들에 대해 그렇게 슬퍼했던 것이다. 이 서사시가, 살아남는 것의 중요성을 은근히 강조하는 대목이다.

노인은 자식들을 보내서 암송아지를 끌어오게 하고, 금세공사를 불러오게 하는 한편, 텔레마코스의 배에서 그의 동행자들을 모두 데려오도록 한다. 우리는 『아이네이스』에서도 디도가 아이네아스의 일행을 모두 불러오게 하는 장면을 보는데, 아마도 이 장면의 모방일 것이다.

그 다음은 네스토르의 지시가 실행되는 과정을 자세히 묘사해 두

었다. 사람들이 모이고, 송아지가 끌려오고, 세공사가 여러 도구를 갖추고 와서 송아지의 뿔을 금박으로 싸고, 소 잡을 준비를 하고, 보리를 뿌리고 소의 머리터럭을 잘라 불에 던지고 마침내 소를 쓰러뜨린다. 소가 쓰러지자 여성들이 환성을 올린다. 특히 그 앞에 네스토르의 아내 에우뤼디케가 서 있다. '넓은 정의'(또는 '널리 다스림')라는 뜻의 이름은 저승 여왕의 이름으로 걸맞고, 이는 저승을 방문했던 오르페우스의 아내 이름이기도 하다. 그리고 우리는 나중에 22권에서 오뒷세우스의 집에서 구혼자들이 모두 쓰러졌을 때, 에우뤼클레이아가 역시 환성을 지르려 하는 것을 보게 될 것이다(네스토르의 아내가 클뤼메노스의 딸이니, 에우뤼클레이아는 네스토르의 아내와 장인 이름을 합친 형태[에우뤼+클레이아]이다. 우연이라면 좀 이상한 우연이다).

소를 잡은 다음, 그것을 해체하고, 나누어 굽고 태워 바치고 나눠 먹는 과정은 여기저기서 반복되는 구절들로 되어 있다. 우리가 만나는 사례 중 맨 처음 것은, 『일리아스』 1권에서 아폴론을 달래기 위해 오뒷세우스가 주관하는 제사장면이다.

그 사이 텔레마코스는 네스토르의 막내딸인 폴뤼카스테가 목욕을 시켜 주고 있다.

> 그 동안 텔레마코스는 넬레우스의 아들 네스토르의 막내딸인
> 아름다운 폴뤼카스테가 목욕을 시켜 주었다.
> 그녀가 목욕을 다 시켜 주고 나서 올리브기름을 듬뿍 바른 후
> 그에게 훌륭한 겉옷과 웃옷을 입혀 주자,

그는 불사의 신들과 같은 모습으로 욕조에서 나왔다.
(3권 464~468행)

젊은 여성이 손님의 목욕 시중을 드는 것은 우리 보기엔 좀 이상한 풍습이지만, 『오뒷세이아』에는 자주 등장하는 장면이다. 어쩌면 먼 데서 찾아온 귀족 젊은이와 그를 접대하는 집안의 처녀 사이에 정분이 나게 하려는 장치인지도 모르겠다. 이 여행은 텔레마코스에게 일종의 성인식 역할을 하고 있는데, 여기서 그는 약화된 결혼식을 치르고 있는 것으로 볼 수도 있다. '결혼'이 지나친 해석이라면, 적어도 많은 성인식에서 중요한 의례로 되어 있는 목욕에 상당한 의미를 부여할 수는 있을 것이다. 이 목욕은 이 작품에 여러 차례 등장하는 것 중 첫번째 것이다.

목욕을 마친 텔레마코스가 합류하자 식사가 시작되고, 그것이 끝나자 네스토르의 지시에 따라 말과 마차, 식량이 준비되고 페이시스트라토스와 텔레마코스는 스파르타로 떠난다. 앞에서 이미 퓔로스와 스파르타 사이에는 큰 산들이 가로막고 있다고 말했는데, 여기서 그들의 마차는 들판을 향해 나는 듯이 달리는 것으로 되어 있다.

그가 채찍질하며 말들을 앞으로 몰자, 말들도 마다하지 않고
들판을 향하여 나는 듯이 달렸고, 퓔로스의 가파른 도시를 떠났다.
(3권 484~5행)

이 여행이 일종의 저승여행이라고 볼 수 있는 다른 근거가 있으

니, 도중에 두 번(487, 497행)이나 '해가 지고 길이란 길은 모두 어둠에 싸였다'는 구절이 나온다는 점이다. 이 구절은 11권 초반에 오뒷세우스가 저승으로 향하는 대목에서 나오는 것이다. 이미 배를 이용하여 밤바다를 건너온 젊은이는 이제 동료 하나와 함께 2차적인 저승여행길에 접어든 것이다. 우리는 저승여행에 친우가 동행하는 다른 사례들을 알고 있다. 누구나 쉽게 떠올릴 수 있는 예로 테세우스와 페이리토오스를 들 수 있다. 저승여행이 두 단계로 나뉜 경우도 떠올릴 수 있는데, 미노타우로스를 처치하러 떠났을 때의 테세우스가 수평, 수직 두 단계의 여행을 했으며, 우트나피쉬팀을 방문한 후, 젊음을 주는 약을 찾아 바다 속으로 내려간 길가메쉬의 경우도 마찬가지이다.

4권

스파르타, 메넬라오스의 궁전 – 환상적 모험

「칼을 떨어뜨리는 메넬라오스」 종 모양 크라테르(기원전 440년 경)
트로이아가 함락될 때, 메넬라오스는 헬레네를 찾아 죽이려 했다. 그러나 그녀는 제단으로 달아나며 일부러 옷이 흘러내리게 했고, 그녀의 몸을 본 메넬라오스는 다시 사랑에 빠져, 그녀를 다시 집으로 데려다 함께 살았다고 한다. 그림 오른쪽에 달아나는 헬레네의 몸이 드러나 있고, 그것을 본 메넬라오스가 놀라서 칼을 떨어뜨리고 있다.

4권은 크게 두 부분으로 나뉜다. 전반에 스파르타 장면, 후반에 이타케 장면이다. 스파르타 장면은 다시 두 개의 큰 대화 장면으로 나뉜다. 앞부분에는 트로이아에서 있었던 일들이, 후반부에는 귀환 도중에 있었던 일들이 언급된다.

젊은 손님들의 도착

앞 장에서, 두 도시 사이를 마차로 주파하기가 어렵다고 했는데, 시인도 혹시 자신이 스파르타 주변 지리를 모르는 걸로 보일까봐 그랬는

지 그곳을 '산들로 둘러싸여 우묵한' 곳으로 그리긴 했다. 그들이 도착했을 때, 메넬라오스의 집에서는 두 개의 결혼식이 동시에 진행되고 있었다. 메넬라오스와 헬레네 사이에 난 딸 헤르미오네를 아킬레우스의 아들 네옵톨레모스에게 보내고, 동시에 메넬라오스가 여종에게서 낳은 아들 메가펜테스를 위해 처녀를 데려오는 날이었던 것이다. 그래서 집에서 잔치가 벌어지고, 가인과 곡예사들이 공연을 펼치고 있었다.

하지만 이 결혼식은 곧 잊히고 만다. 앞으로는 전혀 결혼 얘기가 나오지 않기 때문이다. 고대의 학자들 중에는 이 부분이 후대에 덧붙여진 것이라고 본 사람도 있었고, 현대의 학자 중 어떤 이는 이 결혼식에 두 젊은이가 나타난 것에 주인 내외가 뭔가 마음이 편치 않아서, 되도록 젊은이들을 이 결혼 장면으로부터 멀리 떼어 놓으려 했기 때문이라고 설명하기도 했다. 하지만 나로서는 그보다 이 결혼이 이 작품 전체의 분위기를 맞추기 위해 거의 임시변통으로 꾸며진 것이라고 보고 싶다. 먼저 이 젊은이들의 등장이 왜 '불편한' 것인지 살펴보자. 헤르미오네는 원래 아가멤논의 아들 오레스테스에게 주어지기로 되어 있었다는 판본이 많이 있다(에우리피데스의 비극 「안드로마케」가 그런 판본을 바탕에 깔고 있다). 그랬던 것이 전쟁의 와중에 계획이 달라져서 혼인 상대가 네옵톨레모스로 바뀐 것이다. 메넬라오스가 네옵톨레모스를 참전시키기 위해 그 결혼을 대가로 내걸었을 가능성이 있는데, 정확한 경위는 알려져 있지 않다. 『오뒷세이아』 시인은 그냥 이렇게 말할 뿐이다.

그는 딸을 대열의 돌파자 아킬레우스의 아들에게 보내고 있었으니,
트로이아에서 그가 먼저 딸을 주기로 머리를 끄덕여
약속했고, 신들이 두 사람의 결혼을 이루어 주었기 때문이다.
(4권 5~7행)

어쨌든 조카 오레스테스가 자기 어머니를 이미 살해하고 장례를 치르던 날 고국에 도착한 메넬라오스로서는 그 조카와 만나지 못했을 가능성도 크고, 낯모르는 귀족 젊은이가 결혼식장에 나타났다는 것이 불안할 수 있다. 그 젊은이가 오레스테스라서 자신의 권리를 주장하면 일이 고약해지기 때문이다. 더구나 그 조카는 메넬라오스가 뒤늦게 귀향한 것에 대해 안 좋은 감정을 갖고 있을 수도 있지 않은가! 메넬라오스가 일부러 귀국을 지체하여 자기 집안을 망쳤다고 '오해'해서 말이다. 그리고 듣자니 그 조카는 자기 사촌인 퓔라데스와 늘 같이 다닌다는데, 이 젊은이들도 둘이 함께 오지 않았던가! 또 설사 그가 자기 조카가 아니라 해도, 옛날 파리스의 헬레네 납치 사건을 생각한다면 이제 막 결혼하려는 처녀 근처에 어떤 귀족 젊은이가 나타났다는 사실 자체가 걱정거리일 수 있다. 그래서 다른 손님을 접대하는 일은 제쳐두고, 이 두 젊은이의 신분을 알아내기 위해 부부가 달려왔다는 것이다. 물론 요즘 식으로 하자면 그냥 누구냐고 물으면 되겠지만, 앞에서 말했던 것처럼 식사접대가 끝나기 전에 상대의 신분을 묻는 것은 희랍에서 예의가 아니었으니, 그들이 결혼식 자체를 잊을 만큼 이 일에 골몰하는 것도 이해 안 될 바는 아니다.

하지만 이왕 이중의 결혼식을 배경으로 삼았으면, 적어도 딸을 전송한다든지, 며느리나 사돈의 인사를 받는다든지, 다른 손님들을 배려하여 이것저것 지시를 한다든지 하는 장면이 한두 줄이라도 끼어드는 게 정상인데, 그런 것은 전혀 없고, 마치 두 부부만 사는 조용한 집에 온 것처럼 되어 있으니 앞에 말한 결혼식이 정말 있기는 했던 것인지 의심이 생길 법도 하다. 나는 앞에서 이 작품이, 세 개의 큰 부분에서 모두 결혼식을 배경 삼고 있다고 했었는데, 메넬라오스 집의 결혼식도 그런 배경 중 하나이다. 텔레마코스를 '작은 오뒷세우스'로 보는 해석의 기조를 유지하자면, 여기서 텔레마코스 자신의 결혼이 거론되는 게 옳겠지만 그들의 혼인 얘기가 오고갔다는 판본도 없고, 애당초 텔레마코스의 여행 목적이 다른 것이니만치 다른 결혼으로 대체한 셈이다. 더구나 이 이중의 결혼식은 '좋은 저승'의 분위기를 풍기는 다른 도시를 상기시킨다. 나중에 볼 오뒷세우스의 여행에서 오뒷세우스가 닿는 곳 가운데는 바람들의 왕 아이올로스의 섬이 있다. 그는 남들과 교류할 것 없이, 자신의 아들들을 자기 딸들과 결혼시키고 날마다 잔치를 벌이며 지낸다. 이 섬 역시, 이 작품에 등장하는 3대 '좋은 저승'의 하나라고 할 수 있는데, 그 아이올로스의 섬은 신들이 사는 곳이니까 남매가 결혼해도 상관없지만, 이 메넬라오스의 집은 적어도 인간의 사회이므로 서로 결혼하는 데까지 가지는 못하고, 남매가 각각 다른 짝을 찾아 결혼하는 것으로 되지 않았나 싶다. 그러니까 텔레마코스는 '약화된' 저승여행을 하는 중이고, 메넬라오스의 집은 '약화된' 낙원인 것이다.

메넬라오스의 집이 보여 주는 '좋은 저승'의 면모 중 하나는 그 집에 가득한 빛이다. 텔레마코스는 그 집에 당도하여 그의 집이 온통 "햇빛이나 달빛 같은 광채가 가득 차" 있는 것을 발견한다.

> 마차는 환히 빛나는 현관 벽에다 기대 놓았으며,
> 그들 자신은 신에 걸맞을 집 안으로 안내했다. 그러자 이들은
> 제우스께서 양육하신 왕의 집을 둘러보고는 놀라움을 금치 못했다.
> 영광스런 메넬라오스의 지붕 높다란 집에는 온통
> 햇빛이나 달빛 같은 광채가 가득 차 있었기 때문이다.(4권 42~6행)

우리는 같은 구절을, 오뒷세우스가 나우시카아의 집에 도착하는 장면(7권 85행)에서 만날 수 있다. 하지만 7권에서는 그 주변의 아름다운 정원묘사가 한참 계속되고, 집 자체의 장식도 좀더 상세히 소개되는 데 반해, 여기서 메넬라오스 궁전의 외부 묘사는 이것으로 끝이다. 텔레마코스의 여행이 짧은 만큼 그가 가는 곳의 묘사도 좀 간소하게 줄어들었다.

첫번째 대화 – 메넬라오스의 현실적인 방랑

두 젊은이는 메넬라오스의 집으로 안내되어 목욕하고 식사하고, 늘 하는 대로의 손님 접대 과정을 거친다. 메넬라오스는 식사가 끝나면 젊은이들의 신분을 묻겠노라고 미리 예고하지만, 사실 식사가 끝나고도 그는 얼른 묻지를 못한다. 오히려 그 전에 말을 시작하는 것은 텔레마코스이다. 그는 친구를 향하여 이 궁전을 칭찬하면서 그것을 제

우스의 궁전에 비긴다. 그 말을 엿들은 메넬라오스는, 그런 비교는 당치 않은 것이라며 끼어든다. 인간 중에서라도 자기 정도의 재산을 가진 자는 있을 거라고, 사실 자신은 큰 고생 끝에 이 재산들을 싣고 돌아왔노라고. 그의 이야기는 자신의 방황담으로 이어지는데, 텔레마코스가 이 집에서 듣는 이야기는 대충 세 도막으로 되어 있고, 지금의 이 '현실적인 귀향담'이 그 첫 도막이다. 그가 읊는 이국 지명들의 목록은 그다지 정연한 것은 아닌데, 크레테에서 동쪽으로 가서 근동지역의 해안을 따라 남쪽으로 내려가서 이집트에 닿은 후 다시 서쪽으로 진행한 모양이다. 퀴프로스, 포이니케(페니키아), 시돈, 아이귑토스(이집트), 리뷔에(리비아) 등이 그에 입에 오른 지명이다. 우리는 나중에 오뒷세우스가 꾸며 낸 이야기 속에서 그 비슷한 방랑지 목록을 듣게 될 것이다. 그리고 이 귀향담은 나중에 나올 것에 비하면 '현실적'이지만 네스토르에게 들은 것과 비교하자면 훨씬 '환상적인' 것이어서, 가령 리뷔에의 묘사를 보자면 그 땅은 '새끼양이 날 때부터 뿔이 나 있고' '암양이 일 년에 세 번씩 새끼를 낳는' 곳으로 소개된다.

거기서 메넬라오스의 이야기는 아가멤논의 살해로 돌아간다. 그런 땅으로 다니면서 자기가 재산을 모으는 사이에 아이기스토스가 클뤼타임네스트라와 밀통하여 자기 형을 죽였다는 것이다. 그래서 그는 자기의 재산이 그다지 즐겁지 않다. 형의 죽음 외에도 그를 슬프게 하는 것은 트로이아에서 그가 잃은 동료들이다. 특히나 그를 괴롭히는 것은 오뒷세우스의 생사를 모른다는 사실이다. 이 대목에서 메넬라오스는 오뒷세우스의 아버지와 아내, 그리고 아들 텔레마코스의 이름까

지 거명한다. 이 부분을 심각하게 읽는 학자들은, 메넬라오스가 처음에는 이 젊은이들이 오레스테스 일행이 아닌가 의심하여, 먼저 아가멤논 이야기를 꺼내서 눈치를 보고, 그 이름에 그다지 큰 반응이 없으니까, 다음으로 오뒷세우스 이름을 꺼내서 혹시 그의 아들 일행이 아닌가 떠보고 있다는 식으로 해석한다. 사실 이 작품에서 한 명의 화자가 말을 시작하면 그 말이 끝날 때까지 다른 사람들의 반응이 그려지지 않기 때문에, 우리로서는 듣는 사람들의 반응이 어땠는지를 그저 상상만 할 뿐이고, 이런 해석이 과한 것인지 어떤지 결정하기가 쉽지 않다. 나로서는 이 작품 전체가 아가멤논 집안 이야기와 오뒷세우스 집안 이야기를 병행, 비교하고 있기 때문에 그렇게까지 심하게 읽지 않아도 된다고 생각하지만, 이렇게 읽으면 그냥 건성으로 얼른 지나가는 것보다는 내용에 더 주목하게 되니 어쨌든 좋은 점이 있는 해석이다.

상대가 오뒷세우스의 아들인지의 여부도 메넬라오스로서는 걱정이 없지 않은데, 이미 우리는 앞에 등장한 두 노인이 벌써 오래 전에 전장에서 죽은 아들 때문에 슬퍼하는 것을 보았다. 아버지들이 아들에 대해 슬퍼한다면, 아버지를 잃은 아들도 그럴 수 있으니, 주요 지휘관 중 유일하게 귀향을 잃은 오뒷세우스의 아들이 나타나서 자기 아버지의 죽음을 보상하라고 요구하기라도 하면 그로서는 난처하겠기 때문이다. 더구나 자기는 아내도 찾고, 재산도 엄청나게 모아 와서 행복을 누리고 있으니 말이다(물론 정말로 메넬라오스가 오뒷세우스를 걱정했을 수도 있다. 『일리아스』에서 메넬라오스는 성품이 온화한 사람으로,

많은 영웅들이 자기 때문에 이국땅에 와서 고생하는 것을 늘 미안하게 여기는 걸로 그려져 있다. 그리고 다른 판본들에서도 오뒷세우스는 늘 메넬라오스 형제와 가깝게 지내며 그들을 위해 여러 궂은일을 수행하는 것으로 되어 있다. 더구나 네스토르의 증언에 따르면, 귀향할 때에도 오뒷세우스가 처음에는 메넬라오스와 동행하다가, 도중에 배를 돌려 다시 아가멤논에게 돌아갔고 그 후에 실종되었기 때문에, 그렇게 특별한 인물의 안위가 계속 마음에 걸린다는 건 그다지 이상한 일이 아니다). 그래서 상대가 누군지 노골적으로 묻지도 못하고 있는데, 순진한 젊은이는 아버지의 이름을 듣고는 외투로 얼굴을 가리고 눈물을 흘린다. 그냥 울어도 상관없을 텐데 굳이 얼굴을 가린 것은, 이제 곧 그의 아버지 오뒷세우스가 같은 포즈를 취할 것이기 때문이다. 우리는 나우시카아의 섬에서 오뒷세우스가 가객의 노래를 듣다가 눈물을 흘리는 장면을 두 번이나 보게 될 터인데, 지금 이 장면이 그 장면들과 같음으로써 두 사람의 여행이 더욱 비슷한 것이 된다.

헬레네의 등장

젊은이가 우는 것을 보고 메넬라오스가 그냥 바로 상대의 신분을 물을 것인지, 아니면 좀더 시험해 볼 것인지 결정하지 못하는 사이에 헬레네가 들어온다.

> 이런 일들을 그가 마음 속으로 곰곰이 생각하고 있는 동안,
> 헬레네가 황금 화살의 아르테미스와도 같이

지붕이 높다란 향기로운 방에서 나왔다.
…… 퓔로는 은으로 만든 바구니 하나를 가져왔는데,
이것은 집 안에 엄청난 재물이 쌓여 있는 아이귑토스의 테바이에
살고 있던 폴뤼보스의 아내 알칸드레가 그녀에게 준 것이었다.
…… 헬레네에게 더없이 아름다운 선물들을 주었으니,
금으로 만든 물레가락 하나와 밑에 바퀴가 달린 은제 바구니 하나를
주었던 것이다. 한데 그것의 가장자리는 황금으로 마감되어 있었다.(4권 120~132행)

특이한 것은 여기서 헬레네가 아르테미스에 비유되고 있다는 사실이다. 아니, 온갖 연애사건에 연루된 헬레네를, 어쩌자고 거의 남성 혐오증을 가졌다 할 완강한 처녀신에다 비긴단 말인가? 앞에 말했듯이 작품에 등장하는 여성들은 모두 근동에서 유래한 무서운 여신들의 면모를 지니고 있는데, 이 헬레네 역시 마찬가지이고, 그래서 근동 여신의 면모를 강하게 갖고 있는 아르테미스에게 비유된 것이 아닐까 싶다. 아르테미스도 여러 지역에서 여러 모습으로 섬겨지니 일괄적으로 말하기 곤란하지만, 근동의 큰 어머니 여신의 면모를 가장 잘 보여주는 것은 '에페소스의 아르테미스'로 불리는 신이다. 희랍에서 아르테미스는 일반적으로 토지의 생산력과는 잘 연관되지 않는데, 이 이오니아 도시에서는 가슴에 젖이 주렁주렁 달린 신상을 모셔 놓고 아르테미스라는 이름으로 섬기고 있다. 물론 이 대목에서 헬레네의 생산력이 강조되지는 않고, 그저 그녀가 금으로 된 꼬챙이를 가졌다는

사실만 강조된다. 아르테미스 역시 금으로 된 화살을 지닌 존재이니 어쨌든 공통점은 있는 셈이다. 여기 등장하는 헬레네의 '꼬챙이'란 실을 잣는 도구로서, 양털뭉치에서 뽑아 낸 양털을 꼬아 가면서 실로 만들어 감는 물레가락이다. 은과 금으로 만들어진 이 도구 일습은 이집트에서 선물로 받아 온 것이다.

어쨌든 헬레네가 낙원의 여신같이 들어와 앉자마자, 주도권은 그녀에게 넘어간다. 그녀는 이제까지 자기 남편이 이리저리 말을 돌리며 거의 확실한 정도까지 추측해 온 것을 거의 폭로라고 해도 좋을 정도로 단도직입적으로 터뜨려 버린다. 앞에 있는 젊은이가 아무래도 오뒷세우스의 아들인 것 같다고 말이다.

> 내 말하지만 여기 이분이 마음이 너그러운 오뒷세우스의
> 아들을 닮은 것만큼, 그렇게 닮은 사람을 나는, 여자든 남자든
> 일찍이 본 적이 없어요. 보고 있자니, 그저 놀라울 따름이어요.
> 텔레마코스 말이어요. 그 사람은 그를 갓난아이로 집에 두고
> 떠났었지요.(4권 141~5행)

그러자 메넬라오스도 얼른 동의한다. 그의 손과 발, 눈빛과 머리털이 오뒷세우스와 똑같다는 것이다(우리는 오뒷세우스가 집에 돌아갔을 때 유모와 페넬로페가 거의 같은 말을 하는 것을 보게 될 것이다).

> 부인, 내 생각도 지금 그대의 생각과 같소.
> 그의 두 발도, 그의 두 손도 이러했고,

그리고 눈빛도, 머리도, 그 위의 머리털도 이러했지요.
(4권 148~150행)

여기서 메넬라오스의 반응이 따로 묘사되어 있지는 않지만, 어떤 학자는 그가 약간 화가 났을 것으로 읽는다. 자신이 기껏 공들여 이리저리 탐색해 놓고 거의 결론을 내리려는 찰나에 부인이 끼어들어 모든 조심성을 무효로 만들어 버리는 동시에, 자신의 안목이 남편보다 낫다는 걸 과시했기 때문이다. 그래서 남편도 지지 않고, 자기가 몰라서 가만히 있었던 게 아님을 선포하고, 그 근거들을 나열했다는 것이다. 부부 사이의 경쟁은 잠시 후에 다시 보기로 하고, 우선 여기서 부자간의 유사성이 우리와는 다른 기준에 의지하고 있는 것이 흥미롭다. 우리 같으면 얼굴이 닮았다는 걸 제일 먼저 꼽았을 텐데, 손, 발, 머리털이라니! (원문에는 '머리와 머리털'이라고 되어 있지만, 이것은 '이어일상'hendiadys이라는 표현법이다. '머리카락'이라고 할 것을 '머리와 그것의 터럭'으로 표현한 것이다.) 어쨌든 이 부분이 비극 시인 아이스퀼로스에게 영향을 준 것은 분명하다. 그의 작품 '오레스테이아 3부작'에서, 어려서 집 떠났다가 청년이 되어 돌아온 오레스테스를 그의 누이가 알아보는 장면에, 머리털과 발자국이 증거로 등장하는 것이다. 이 집안의 골육상잔에 대한 다른 이야기들에도 보면, 죽은 아이들의 손발과 머리가 신분을 확인하는 데 동원되고 있으니, 어쩌면 옛 희랍에는 귀족 집안은 모두 특징적인 손발과 머리(또는 머리카락)를 지녔다는 관념이 있었는지도 모르겠다.

부부가 이렇게 젊은 방문자의 신분을 놓고 설왕설래하는 사이에, 당사자인 텔레마코스는 우느라 정신이 없어서 그런지, 그의 동료 페이시스트라토스가 나서서 대답한다. 이 방문자는 오뒷세우스의 아들이 맞는데, 신중하게 상대의 마음을 헤아려서 슬픈 이야기를 먼저 꺼내지 않았다는 것이다. 그 말을 들은 메넬라오스는 얼른 자신과 오뒷세우스 사이의 우정과, 그가 돌아왔다면 자신이 그를 어떻게 대접했을지를 과장적으로 그려 보인다. 오뒷세우스가 돌아왔다면 이타케의 모든 주민과 함께 이주하도록 초청해서는, 이웃 도시 하나를 비우고 거기 살게 했으리라는 것이다. 작은 지역을 다스리는 친구를 높이기 위해 온 백성을 함께 이주시키고, 그들에게 살 곳을 주기 위해 한 도시의 주민을 다 쫓아내겠다니 아무래도 과장이 심하다(우리는 『일리아스』 9권에서도 아가멤논이 만일 아킬레우스가 다시 전투에 참가하면 여러 도시를 주겠다고 약속하는 것을 볼 수 있다. 하지만 그 도시들은 메넬라오스와 네스토르가 다스리는 지역 사이에 위치해 있어서, 누구보다도 그 두 왕이 권리를 가진 곳인데, 아가멤논은 자기 권력을 과장하느라 그런 식으로 말했던 것으로 보인다. 정치가들은 어디서나 약간씩 과장하는 버릇이 있는 모양이다).

메넬라오스는, 오뒷세우스가 고향에 돌아와서, 자기가 그를 곁에 두고 교유하며 즐겼더라면 좋았을 텐데 그러지 못했다고 한탄하고, 이 말을 신호로 해서 그 자리에 있던 모든 사람이 눈물에 빠진다. 모두가 서로 다른 이유로 울었을 것이지만 다른 사람의 이유는 소개되지 않고, 페이시스트라토스가 운 이유만 소개된다. 그의 눈물은, 본 적도

없는 형 안틸로코스를 위한 것이다. 파트로클로스가 죽고 나서 아킬레우스와 가장 가까웠다고 전해지는 이 인물은 『일리아스』에서보다는 그 후의 사건을 다룬 다른 서사시에서 더 중요한 인물이다. 그가 이 작품에서 여러 차례 언급되는 것은 이 작품이 『일리아스』 이후에 일어난 사건들을 정리해 주는 역할을 하기 때문이기도 하다. 앞에서 네스토르의 이야기 속에, 트로이아 함락에 중요한 역할을 했지만 『일리아스』에는 나오지 않는 네옵톨레모스와 필록테테스가 등장했던 것도 마찬가지이다.

두번째 대화 — 트로이아의 오뒷세우스

메넬라오스는 페이시스트라토스를 위로하면서 식사를 계속하길 권한다. 방금 우리는 한참 식사가 진행되어 손님들이 거의 배가 찼을 때 텔레마코스가 얘기를 시작했던 걸 기억하는데, 여기서 다시 식사가 새로이 시작되니 좀 기이한 일이다. 하지만 『일리아스』 24권에서 아킬레우스가 방금 식사를 마치고도 헥토르의 아버지인 프리아모스가 들어오자 그를 접대하기 위해 다시 식사를 하는 걸 보면, 식사는 그저 사람들의 만남이 새로운 국면에 접어들었다는 표시로 보아야 할 것이다. 아니면 영웅시대 인물들은 먹성이 정말 좋아서, 금방 배불리 먹고도 돌아서서 다시 그만큼 먹을 수 있었던 걸까? 어쨌든 먹는 것을 중시하는 이 서사시는 거듭거듭 주인공들이 먹는 장면을 보여 준다.

식사가 재개되자 헬레네는 다시 마녀 같은 모습을 보여 준다. 그들의 술에 모든 슬픔을 잊게 하는 약을 섞었던 것이다. 그 약은 그녀가

이집트의 어떤 부인에게서 얻은 것으로, 그 효과는 실로 엄청나서 그걸 먹은 사람은 눈앞에서 부모형제나 자식이 죽어도 전혀 슬퍼하지 않을 정도라고 한다(손님 접대에 사용하기엔 약효가 좀 과한데, 여기가 일종의 '저승'이므로 이런 과장은 용인되어야 할 것이다).

> 그때 제우스의 딸 헬레네는 다른 것을 생각해 내어,
> 지체 없이 그들이 마시고 있는 포도주에다 약을, 고통과 노여움을
> 달래고 모든 불행을 잊게 해주는 약을 집어넣었다.
> 그 약이 술 섞는 동이에서 섞이게 되면, 누구든지 그것을 한 모금이라도
> 마시는 자는, 설사 그의 부모가 죽는다 하더라도,
> 그리고 사람들이 그의 앞에서 그의 형제나 사랑하는 아들을
> 청동으로 죽이고, 그래서 그가 그것을 자기 눈으로 본다 하더라도,
> 그날은 그의 뺨에서 눈물이 흘러내리지 않는다.
> …… 이것들은 아이귑토스에서 톤의 아내 폴뤼담나가 그녀에게 준 것이었다.
> 그곳에서는 곡식을 가져다주는 대지가 수많은 약초를 기르고 있었는데
> 많은 이로운 것들과 많은 해로운 것들이 뒤섞여 있었다.
> (4권 219~230행)

이 약을 먹은 후에 메넬라오스 부부는 일종의 이야기 대결을 펼치게 되는데, 그런 약을 먹은 이후라, 과연 이것이 악의를 숨긴 것인지

여부는 가리기 어렵다. 이 부분이 다루는 것은 사실상 텔레마코스가 네스토르에게서 듣기 원했던, 자기 아버지의 말과 행동이다.

먼저 헬레네가 트로이아에서 있었던 일화를 소개하며 오뒷세우스의 참을성과 용기를 칭찬한다. 그가 스스로 매질하여 몸을 상하게 하고는 거지꼴로 트로이아에 침투하여 그 사정을 정탐했다는 것이다.

> 그분은 자신의 몸에 흉측하게 매질을 한 다음, 하인인 양,
> 어깨에 험한 누더기를 걸치고는,
> 적군의 길이 넓은 도시로 들어갔는데, ……
> 아무도 그분을 알아보지 못했어요. 오직 나만이 그분을 있는 그대로
> 알아보고는 질문을 계속했지만, 그분은 교묘히 피했어요.
> 이윽고 내가 그분을 목욕시켜 주고 올리브기름을 발라 주고서,
> 옷을 입혀 주며, 강력한 맹세를 하자 ……
> 그제야 그분은 아카이아 인들의 모든 계획을 내게 말해 주었지요.
> 그리고 그분은 날이 긴 청동으로 많은 트로이아 인들을 죽이고 나서,
> 아르고스 인들에게로 돌아갔고, 많은 정보를 가져다 주었지요.
> (4권 244~258행)

하지만 표면적으로는 오뒷세우스를 칭찬한다고 하면서, 사실 이야기의 더 많은 부분은 자기가 그를 어떻게 알아보고, 어떻게 대접하였는지를 과시하는 데 할애되었다. 구조적으로 보자면 이 회고의 내용은, 이 작품 후반에 오뒷세우스가 거지꼴로 자기 집에 잠입한 사건과 상응한다. 그의 목욕에 해당되는 발씻기 장면도 나중에 나올 것이

고, '큰 맹세'에 해당되는 유모의 약속도 나올 것이다. 따라서 기억력 좋고 이런 기법에 익숙한 청중이라면, 오뒷세우스가 거지꼴로 집에 나타나는 순간, 이 일화를 기억하면서 앞으로 어떤 결과가 있을지를 예상했을 것이다. 한편 헬레네의 성품이라는 면에서 보면, 대체 이 여자가 희랍군에게 이롭게 행동한 것인지 어떤지 알 수가 없게 되어 있다. 흉한 꼴이어서 아무도 알아보지 못하는 사람을 깨끗이 씻겨서 어쩌자는 것인가? 자신의 안목을 과시하려고 오뒷세우스를 위험에 빠뜨렸다는 것 아닌가? 그렇다고 트로이아 인들을 대하는 그녀의 태도가 찬성할 만한 것인지도 문제이다. 이어지는 구절들을 보면, 오뒷세우스가 많은 트로이아 인을 죽이고 귀환하자, 트로이아 진영에서는 수많은 여자들이 가족의 죽음을 슬퍼했는데 그녀는 오히려 속으로 기뻐했다고 하니, 그게 과연 10년 이상을 함께 지낸 사람들에게 가질 법한 감정인가 하는 것이다. 물론 좋게 해석해 주는 방법도 있다. 오뒷세우스를 목욕시킨 것은 일시적으로 몰래 접대하기 위해서이고, 그의 신분을 알아본 다음에는 다시 거지로 변장시켜 내보냈을 것이고, 트로이아 여인들을 동정하지 않았다고 말하는 것은 지금 그 얘기를 듣고 있는 사람들의 심정을 헤아려서 그렇게 말한 것일 뿐 실제로 당시에는 그렇지 않았을 수도 있다. 이런 해석과 관련해서도 우리가 생각해 볼 점이 있으니, 우선 작품의 의미는 그 자체로 있다기보다는 독자가 채워 넣고 해석하는 순간에야 완성된다는 것이고, 또 이 작품과 관련해서 여러 층위의 청중이 있어서, 작품 내의 청중과 작품 밖에 있는 우리를 구별해야 한다는 점이다. 사실은 작품 밖의 청중도 둘로 나눌

수 있어서, 이 작품이 시연되던 당시의, 시인이 직접 고려하고 있는 청중이 있고, 그 범위 바깥에 있는 우리를 나눌 수 있다. 이렇게 여러 층위를 나누어 시인이(또는 무사 여신이나, 작중 인물이) 누구를 겨냥해서 이런저런 얘기를 하는지 주목한다면 작품을 좀더 깊이 있게 읽을 수 있을 것이다.

헬레네가 말을 마치자, 메넬라오스가 그 말을 칭찬하며 자기 얘기를 시작한다. 일단 시작은 칭찬이지만, 그의 얘기 전체를 볼 때 과연 그게 정말 전체를 칭찬한 것인지 의심이 간다. 일단 메넬라오스의 이야기를 들어 보자.

> 우리들 아르고스 인들의 모든 장수들이, 트로이아 인들에게 죽음과 운명을
> 가져다주려고, 그 속에 들어가 있던 반들반들 깎은 목마에서
> 그 강력한 사나이가 행하고 견뎌 낸 것은 또 어떠했던가!
> 그런데 바로 그때 그대가 그리로 왔지요. ……
> 그리고 신과 같은 데이포보스가 그대와 동행하고 있었소.
> 세 번이나 그대는 속이 빈 매복처를 만지고 돌면서
> 다나오스 인들의 장수들의 이름을 소리 높이 불렀고,
> 모든 아르고스 인들의 아내들의 음성을 흉내 냈소.
> …… 우리 두 사람은 벌떡 일어나 밖으로 나가거나,
> 안에서 당장 대답하고 싶어 했으나,
> 오뒷세우스는 우리의 열망에도 불구하고 우리를 제지하고 붙잡았소.

> ……오직 안티클로스만이 그대에게 대답하려고
> 했소. 그러나 오뒷세우스가 힘센 두 손으로 그의 입을
> 꼭 막아, 전 아카이아 인들을 구했소. (4권 271~288행)

요지는, 오뒷세우스같이 참을성 많은 사람은 없다는 것이다. 자신들이 목마 속에 들어가 있을 때, 헬레네가 (파리스가 죽은 다음에 새로 얻은) 남편인 데이포보스와 함께 와서 바깥을 돌면서 안에 있을 것으로 짐작되는 영웅들의 아내 목소리를 흉내 내어 영웅들을 불렀는데, 다들 동요하고 대답하려는 사람까지도 있었지만 오뒷세우스가 그의 입을 막고 그럼으로써 전체를 구해 냈다는 것이다. 이 일화는 겉으로는 오뒷세우스의 자질을 칭찬하는 것처럼 되어 있지만, 결국 앞에 나온 헬레네의 회고의 주요 내용을 반박하려는 의도를 품은 것으로 보인다. 즉, 헬레네 자신의 주장과는 달리, 그녀는 자기를 고향으로 데려갈 희랍군을 돕기보다는 오히려 그들을 큰 위험에 빠뜨렸었다는 것, 그리고 파리스가 죽자마자 금방 다른 남자를 남편으로 얻었다는 것이다. 한편, 앞에서 제안했던 대로 청중의 층위를 나눠 보자면, 작품 바깥의 우리에게는 헬레네의 마녀 같은 측면이 더 중요하다. 그녀는 원하는 어떤 사람의 목소리든 흉내 낼 수 있는 것이다. 사실 오뒷세우스도 이런 면모를 보이는 여성들을 여러 차례 만나게 되는데, 헬레네가 이런 측면을 보임으로 해서 텔레마코스의 여행은 더욱 오뒷세우스의 것을 닮아간다.

이 작품은 한 화자의 말이 끝나고 나면, 우리가 기대하는 대로 듣

는 사람의 반응을 보여 주는 게 아니라, 바로 다른 사람이 말을 잇는 것으로 되어 있다. 그래서 그 사람의 반응은 우리가 추측해야만 하는데, 메넬라오스의 얘기 전체에 비추어 볼 때 앞서 메넬라오스가 헬레네에게 찬동을 표한 것은 그녀의 얘기 일부에 대해서뿐이라고 생각해야 할 것이다. 보통은 그녀의 얘기 속에서 오뒷세우스의 성품이 칭찬된 것에 찬성한 것으로들 보고 있지만, 어떤 학자는 그녀가 사실은 자기가 고향으로 돌아오기를 원했고, 아무 흠도 없는 남편을 떠난 걸 후회했다고 한 걸 두고, 메넬라오스가 마지막 부분에 대해서만 찬성한 것으로 보기도 한다. 즉, 자신이 정말 아무 흠도 없고 누구에게도 뒤지지 않는다는 점이다.

이미 즐거움을 주는 일종의 '마약'을 먹고 있는 상태이긴 하지만, 아내가 자신의 재능과 충정을 과시한 것에 대해, 남편이 '재능이야 얼마든지 인정해서 당신이 말하지 않은 것까지도 더해 줄 수 있지만, 당신의 속마음만큼은 그리 좋게 보아줄 수 없다'는 식으로 면박을 준 셈이니 대화 분위기가 냉각되는 것은 당연한 일이다. 부부가 이렇게 은근한 공방을 주고받는 참에 텔레마코스가 끼어든다. 그는 다른 부분은 듣지 못한 것처럼, 자기가 그런 훌륭한 아버지를 잃어서 더욱 슬프다면서, 이제 그만 잠자리에 들었으면 한다고 말한다. 여기에도 텔레마코스의 속마음에 대해서는 아무 묘사가 없는데, 우리가 채워 넣어 주자면 그는 주인 부부의 숨겨진 다툼에 당황하여 얼른 상황을 무마하고자, 다른 제안을 했다고 해야 할 것이다. 호메로스의 수식어들은 대개 구송시 시대에 운율을 맞추기 위해 넣어진 것이기 때문에 문맥

과 상관없는 경우가 많지만, 여기서는 텔레마코스에게 붙은 수식어가 아주 절묘하게 들어맞고 있으니, 그는 이 대목에서 '현명한' 젊은이라고 불리고 있는 것이다. 그는 벌써 눈치 빠르게 분위기를 감지하고 부부 사이를 조정하고 있다!

텔레마코스의 청에 헬레네는 두 말 않고 하녀들에게 명하여 잠자리를 준비하게 하고, 곧 모두가 잠자리에 든다(젊은이들의 자리는 이번에도 주랑이니, 요즘식으로 하자면 베란다, 또는 발코니이다). 이와 같이 헬레네가 여인들의 영역으로 물러나고, 앞으로 한동안 등장하지 않는 것을 두고, 메넬라오스의 반박이 주효해서 그런 것으로 읽는 학자도 있다. 이런 식으로 보자면 『오뒷세이아』가 여성들에게 큰 몫을 주고 있다는 주장은 약간 밀리게 된다. 하지만 나중에 15권에서 다시 헬레네의 '반격'이 있으니 기대하시라.

세번째 대화 — 메넬라오스의 환상적 모험

아침이 되자 메넬라오스는 텔레마코스가 있는 곳으로 가서 여행 목적을 묻는다. 엊저녁에 실컷 먹고 자서 그런지 아침 식사 얘기는 전혀 없다. 그리고 마치 지금 처음 만나는 것처럼 묻는 품이, 어제는 서로 본 적이 없는 것 같다. 어쩌면 이 부분은 옛 방랑가객이 시간이 없을 때, 우리가 방금 다룬 부분을 건너뛰고 첫 식사 장면에 뒤이어 붙여 공연하던 부분일 수도 있다. 시간이 많으면 지금 우리가 갖고 있는 것처럼 전체를 다 공연하고, 시간이 부족하면 일부를 건너뛰는데, 지금 이 부분이 그렇게 나뉘는 부분 중 하나가 아닌가 하는 것이다.

사실 텔레마코스의 용건은 어제 페이시스트라토스가 이미 말한 바 있다. 그는 지금 아버지가 없어서 재앙을 막아 줄 사람이 없고, 그래서 아버지의 옛 동료가 어떤 말이나 행동을 권고해 줄까 해서 찾아왔다는 말이다. 하지만 지금 메넬라오스는 텔레마코스 본인에게 용건을 직접 듣고자 한다. 그래서 텔레마코스는 어제 친구가 요약해서 말한 것을 다시 자세히 말한다. 자기 어머니의 구혼자들이 집안 재산을 먹어치우고 있으니, 혹시 오뒷세우스가 죽는 것을 직접 보았거나, 그가 죽었다는 소식을 어디선가 들었다면 알려 달라는 것이다. 거기에 덧붙여서, 오뒷세우스가 말이나 행동을 약속하고 이룬 적이 있다면 그것도 말해 달라고 하는데, 이것은 사실 어제 저녁에 이미 다뤄진 주제이다.

메넬라오스의 첫 반응은 페넬로페의 구혼자들에 대한 것이다. 그들은 어리석게 행동하는 것이며 오뒷세우스가 돌아오면 큰 재난을 당하리라는 것이다.

> 아아, 스스로 그런 겁쟁이인 주제에 그자들이 감히
> 대담무쌍한 분의 잠자리에 눕기를 바라다니!
> 마치 암사슴이, 갓 태어나서 아직도 어미 젖을 먹는 새끼를
> 강력한 사자의 은신처에 뉘어놓고는,
> 산기슭과 풀이 무성한 골짜기에 풀을 뜯으러
> 나가고 나면, 사자가 제 잠자리로 돌아와서,
> 어미와 새끼 둘 모두에게 치욕적인 운명을 안겨다 줄 때와도 같이,

꼭 그처럼 오뒷세우스는 그자들에게 치욕적인 운명을 안겨다 줄 것
이오.
…… 그러면 그들은 모두 신속한 운명과 쓰디쓴 결혼을 맞게 될 텐
데.(4권 333~340, 346행)

메넬라오스는 이들이 '신속한 운명과 쓰디쓴 결혼'을 맞을 것이라고 예견하는데, 그들이 언젠가 '쓰디쓴 결혼'을 맛보리라는 것은 이미 1권에서 멘테스-아테네도 언급한 바 있고, 우리는 그 예언이 이루어져서 작품 마지막에 오뒷세우스의 '결혼식'이 이루어지고 이들이 그 예식의 '제물'로 바쳐지는 것을 보게 될 것이다. 한데 여기서 메넬라오스가 구혼자들의 행동을 어리석은 어미 사슴의 행동과 비기는 대목이 꽤 흥미를 끈다. 앞에서도 말했지만 『오뒷세이아』에는 『일리아스』에 비해 직유가 그리 많이 나오지 않는데, 지금 여기 소개된 것이 긴 직유로서는 처음 등장하는 것이다. 어미 사슴이 멋모르고 새끼를 사자의 보금자리에 놓아 두고 다른 데로 풀을 뜯으러 갔다가, 사자가 돌아오는 바람에 새끼와 자기 목숨까지 잃게 된다는 내용이다. 구혼자들의 행동은 이 어미 사슴의 행동 같다는 것인데, 사실 그들이 자식을 위험에 처하게 한 것은 아니니 이 직유는 세부까지 모두 맞아들어 가지는 않는다. 이렇게, 문자 없이 창작된 서사시의 직유는 후대에 글자로 창작된 작품들의 직유와는 달리 세부까지 모두 들어맞는 것이 아니란 점은 여러 학자들이 지적하는 것이다. 오히려, 이따금 긴 직유의 세부가 너무 자세히 그려지다 보니, 원래 의도했던 것과는 상반된

분위기로 끝나는 경우도 있는데, 지금 소개된 이 직유 역시 마찬가지이다. 메넬라오스가 이 직유를 사용한 의도는 구혼자들의 어리석음을 보여 주자는 것이지만, 청중의 동정심은 희생된 새끼 사슴과, 새끼를 잃고 자신도 죽게 되는 어미에게로 향하기 때문에, 애당초 비유를 끌어온 사람의 의도와는 거의 상반된 결과를 낳은 셈이다. 현대의 청중 중 일부도 어쩌면 작품 맨 마지막의 오뒷세우스의 복수 장면에서 희생자들을 향해 그런 동정심을 느낄지도 모르겠다.

이어 메넬라오스는 텔레마코스가 마지막으로 청한 것과 유사한 주제로 방향을 돌린다. 오뒷세우스는 전에 레스보스에서 그곳 왕의 도전을 받고 레슬링 시합을 벌여 제압했다는 것이다. 그때와 같은 모습으로 그가 돌아오면 구혼자들은 재난을 면치 못할 것이다. 1권에서도 우리는 멘테스-아테네가 구혼자들의 행태를 보고, 옛날 오뒷세우스가 자기 집에 찾아왔을 때의 모습을 상기하며 그런 모습으로 그가 돌아오면 구혼자들이 도망치느라고 정신이 없을 거라고 얘기하는 장면이 있는데, 이런 화법은, 어찌 보자면 이 작품 맨 앞에 주제로 내세워진 '한 남자' 오뒷세우스의 전모를 재구성하는 방편 중 하나라 할 것이다.

다음으로, 메넬라오스가 거짓 없이 사실을 말하겠노라고 약속하고 시작하는 긴 이야기는 어떤 환상세계의 일이다. 이미 앞에서, 그가 표착했던 이집트에 이승 아닌 다른 세계의 면모가 있다고 했는데, 지금부터 펼쳐지는 이야기의 무대는 그 이집트에서도 하루 뱃길만큼 떨어진 섬이다. 그 섬의 이름은 파로스로 되어 있는데, 세계의 불가사의

로 알려졌던 거대한 등대로 유명한 섬(Pharos)과 이름이 같지만, 실제로 후자는 나일강 삼각주에서 겨우 1.5km정도 떨어진 것이어서, 여기 나온 사건이 바로 그 섬에서 일어난 일이라고 보기는 어렵고, 그냥 이름만 비슷하게 갖다 붙인 모양이다. 여기에 나오는 파로스는 이집트에서 강한 바람을 타고도 하루 정도 가야 닿는 것으로 되어 있기 때문이다.

> 아이귑토스의 맞은편, 큰 파도가 치는 바다 한가운데에
> 섬이 하나 있는데, 사람들은 그 섬을 파로스라고 부르지요.
> 그 섬은 요란한 바람이 뒤에서 불어 주기만 하면,
> 속이 빈 배를 타고 하루 만에 갈 수 있는 거리에 있소.
> 그 섬에는 정박하기 좋은 포구가 하나 있어, 사람들은 검은 물을
> 길어 담고 나면, 그곳에서 바다로 균형 잡힌 배들을 끌어내리곤 하지요.(4권 354~9행)

이 일화는 왠지 오뒷세우스의 이야기 속에 나오는 내용을 이리저리 뜯어 맞춘 듯, 다소 익숙한 요소들로 구성되어 있다. 그 섬에는 좋은 포구가 있으며, 식수를 조달할 수 있는 샘이 포구 가까이에 있다. 이런 묘사는 오뒷세우스 일행이 폴뤼페모스를 만나기 직전 상륙했던 '염소 섬'과 유사하다. 이는 식민할 땅을 찾아 지중해 연안을 뒤지고 다녔던 희랍인들의 경험, 또는 희망이 반영된 것이리라.

한편 메넬라오스 일행은 이 파로스 섬에서 스무 날 동안 발이 묶이는데, 바람이 불지 않아 배를 띄울 수가 없었기 때문이다. 그래서 식

량까지 떨어질 위기에 처하여 모두가 낚시로 물고기를 낚으려 애를 쓰고 있다. 이 상황은 오뒷세우스 일행이 태양신의 섬에서 처하게 될 상황이다. 메넬라오스는 혹시 오뒷세우스가 들려주는 이야기를 알고 있어서 그걸 자기 식으로 다시 구성한 것일까?

태양신의 섬에서 오뒷세우스는 혼자 기도를 드리다가 잠이 들고, 그 사이에 부하들이 돌이킬 수 없는 잘못을 저지르지만 메넬라오스는 그보다는 운이 좋았다. 역시 제우스의 사위이기 때문일까? 바닷가를 혼자 방황하는 그를 여신 하나가 측은히 여겨 그에게 충고를 해준 것이다. 나중에 우리는 칼륍소의 섬을 떠난 오뒷세우스 역시 어떤 여신의 도움을 받는 걸 보게 될 텐데, 두 여신은 이름까지 비슷하다. 메넬라오스를 도운 여신의 이름이 에이도테아(Eidothea, '많은 형태를 가진 여신', 또는 '지식을 가진 여신')인데, 오뒷세우스를 돕게 되는 여신은 레우코테아(Leukothea, '흰빛의 여신', 5권 333행)이기 때문이다. 에이도테아는 자기 아버지인 프로테우스를 배반하고 인간을 돕는다. 감당할 수 없는 괴물 따위를 만나서 궁지에 처한 영웅을 그 존재의 친족인 여성(어머니나 딸)이 돕는 이야기는 동화에서 흔히 볼 수 있다. 이 일화에서도 여신은 자기 아버지의 비밀을 가르쳐 준다. 그 '바다의 노인'(신이니까 제대로 하자면 '노인'老人이 아니라 '노신'老神이지만, 그냥 이렇게 부르겠다)은 물개들을 사랑해서 한낮이면 빈 동굴 안에서 물개들과 함께 잠을 자는 버릇이 있는데, 몰래 숨어 있다가 그 노인을 붙잡아 앞으로 갈 길과 여기서 빠져나갈 방도를 물으라는 것이다. 그리고 원한다면, 메넬라오스가 돌아가지 못하고 있는 사이에 고향에서 일어난

일도 들을 수 있으리라는 것이다. 하지만 메넬라오스는, 자기가 한낱 인간으로서 어떻게 바다 신을 제압하겠느냐고 걱정한다. 그러자 여신은 메넬라오스가 부하 세 명과 함께 오면 자신이 도움을 줄 터인데, 노인을 붙잡았을 때 여러 모습으로 변하더라도 놓지 말고 끝까지 잡고 있으면 노인이 모든 사실을 알려 주리라고 말한다.

다음날 메넬라오스가 가장 신임하는 부하 세 명과 함께 바닷가를 거닐며 기도하고 있는데, 여신이 물개 가죽 넉 장을 들고 바다에서 나온다. 일행은 방금 벗긴 그 가죽을 쓰고 모래밭에 파놓은 구덩이에 들어가 누웠지만 악취를 견딜 수가 없다. 그러자 여신은 향기로운 암브로시아를 가져다가 그들의 콧구멍 밑에 놓아 냄새를 쫓아 준다. 메넬라오스의 이 모험을 오뒷세우스의 저승여행과 비교하자면, 이들이 얻은 가죽은 방금 잡은 물개의 것이고, 그 물개들은 저승여행을 위해 바쳐진 희생물들이다. 그리고 그 가죽에 싸인 일행은 말하자면 '죽은' 것이다. 학자에 따라서는 어떤 옛 종족이 죽은 사람을 가죽으로 싸서 묻는 관습을 찾아다가 비교하기도 한다. 그리고 이들의 코에 갖다 댄 향료도, 어떤 종족의 장례풍습에서 죽은 자의 콧구멍을 향료로 막는 것과 비교하는 학자가 있다. 『일리아스』에서도, 죽은 파트로클로스의 코에 암브로시아와 넥타르를 넣어 '방부처리'하는 과정이 있었다(19권 38행).

이들이 이런 준비를 갖추고 매복해 있을 때, 바다의 노인이 와서는 물개들을 헤아려보고 그들 가운데서 잠이 든다. 다음 순간 메넬라오스 일행이 함성을 지르며 달려들어 노인을 붙잡고 놓아주지 않는

다. 노인은 여신이 말했던 대로 여러 모습으로 변한다. 일반적으로 물의 신들이 이런 능력을 갖고 있는데, 물이 담기는 그릇의 모양에 따라 모습을 바꾸기 때문에 이런 믿음이 생긴 것 같다. 그가 변화한 모습은 차례로, 사자, 범, 표범, 멧돼지(혹은 '물돼지'=하마), 그리고 물, 나무였다. 에이도테아는 그가 불[火]로도 변하리라고 예언했었는데, 노인은 어찌된 영문인지 아무 위협도 되지 않는 나무로 변했다. 노인이 정신이 없어서 작전상 실수한 것일 수도 있고, 어쩌면 시인이 문맥과 상관없이 모든 종류의 변화 유형을 다 동원하려다가 이렇게 되었을 수도 있다. 그리고 물로 변했을 때 어떻게 그걸 꽉 붙잡고 있었는지는 알 길이 없는데, 여신이 미리 그가 물로도 변할 거라고 예고했으니 메넬라오스 일행이 미리 준비하고 있다가, 노인이 물로 변하는 순간 물개 가죽으로 받쳐서 밖으로 흘러나가지 못하게 막았을지도 모르겠다.

마침내 노인은 항복하고 메넬라오스가 원하는 것이 무엇인지 묻는다. 사실 그 전에 누가 이런 것을 조언했는지 묻지만, 메넬라오스는 직접 답하지 않고 상대가 다 알고 있으리라고 비켜 지나간다. 그 노인이 과연 모든 것을 다 아는지는 사실 의문이다. 그는 오뒷세우스 일행이 매복해 있다는 것도 눈치 채지 못하지 않았던가! 우리는 비슷한 모순을 나우시카아의 섬에서도 보게 될 것이다.

메넬라오스가 요구하는 것은 두 가지이다. 첫째는 어떤 신이 자기의 출항을 방해하는지 하는 것이고, 둘째는 어떻게 하면 바다로 나갈 수 있는지 하는 것이다. 얼핏 보기에 두 가지 문제가 있는 것 같지만, 사실은 그들이 길을 잃은 것은 아니고 그저 바람이 불지 않아서 배

를 띄우지 못한 것이니, 사실 문제는 하나뿐이다. 어떤 신이 방해하는지 알아내어 그 신을 달래면 될 일이다. 나로서는, 여기서 바다로 나갈 길을 묻는 데에는 혹시 다른 판본이 섞여 들어가지 않았나 하는 의심이 드는데, 『아르고 호 이야기』에 나오는 영웅들이 북아프리카의 해안에서 바다로 나갈 길을 찾지 못해 곤경에 빠진 일이 있기 때문이다. 물론 우리에게 전해진 아르고 호의 모험담으로 가장 유명한 것은 헬레니즘 시대에 문자로 창작한 것이지만, 나중에 키르케의 이야기에서 볼 수 있듯이 이미 『오뒷세이아』가 만들어질 때 아르고 호의 이야기도 널리 알려져 있었으므로, 호메로스 시대에 그것이 서사시로 노래되고 있었을 가능성도 배제할 수 없다. 그래서 그런 판본에까지 쓰일 수 있는 공식구가 지금 이 장면에 그대로 쓰인 게 아닐까 하는 것이다(물리적인 통로를 몰라서 묻는 것인지, 그보다 넓은 의미의 출항할 길[방법]을 몰라서 묻는 것인지 모호한 구절이다).

노인은, 메넬라오스의 잘못은 제우스와 다른 신들께 제사를 드리지 않고 출항한 데 있으며, 그들이 이집트로 돌아가서 헤카톰베를 바치지 않으면 귀향은 불가능하다고 말한다. 메넬라오스는 다시 이집트까지 돌아가야 한다는 말에 좌절하는데, 사실은 이것도 좀 이상하다. 순풍을 받아 하루 길 거리에 있는 땅으로 돌아가는 게 무어 그리 어려운 일이라고 이러는가? 혹시 그는 이집트에서 현지 세력의 추격을 따돌리고 겨우 여기까지 도주했던 것일까?(에우리피데스의 비극 「헬레네」에 그런 판본이 보존되어 있다.)

에이도테아는, 메넬라오스가 원한다면, 고향에서 일어난 일을 물

으라고 했지만, 그는 다음으로 자신의 전우들이 어떻게 되었는지를 묻는다. 노인은, 그런 것은 알아보았자 슬픔만 더할 것이라고 경고하면서도 상대가 원하는 것을 알려 준다. 우선 그는 귀향 도중에 죽은 사람은 둘뿐이고, 산 채로 바다 어딘가에 붙잡혀 있는 사람이 하나 있다고 운을 뗀다. 사실 죽은 두 사람 중 하나는 메넬라오스의 형인 아가멤논이지만 노인은 그 이야기를 잠시 뒤로 미룬다. 노인은 메넬라오스의 주의를 집중시키기 위해, 그리고 시인은 우리를 주목하게 하기 위해 이런 이야기 기술을 쓴 셈이다. 죽은 자 중 하나는 작은 아이아스다. 앞에서도 말했지만, 트로이아가 함락될 때 캇산드라를 겁탈해서 희랍군 전체를 위험에 처하게 했던 이 인물은 희랍 본토 근처까지 왔다가 배가 파선되긴 했으나, 그래도 육지에 닿기는 했었다. 하지만 그는 자신이 신들의 뜻을 거스르며 목숨을 건졌노라고 자랑하다가, 그가 앉았던 바위를 포세이돈이 깨버리는 바람에 바다로 떨어져 거기서 죽었다.

죽은 사람 중 두번째는 바로 아가멤논이다. 하지만 노인은 얘기를 그렇게 시작하지 않는다. '한편 그대의 형은'하면서 이야기를 시작해서, 지금 죽은 사람에 대해 얘기하는 건지 산 사람에 대해 얘기하는 건지 불분명하게 되어 있다. 아가멤논은 헤라의 도움으로 고향 근처까지 왔으나, 말레아 곶에서 폭풍을 만나 아이기스토스가 다스리는 지역의 맨 끝 부분으로 밀려갔다. 하지만 그래도 다시 바람이 바뀌어 고향에 닿았는데, 아이기스토스가 일 년 전부터 배치해 둔 파수꾼이 그를 보고 주인에게 알렸고, 아이기스토스는 부하 스무 명을 매복

시키는 한편 잔치를 준비하여 아가멤논을 초청한다. 그래서 아가멤논 일행은 잔치 도중에 모두 죽게 되는데, 그래도 오랜 전투로 단련된 사람들이어서인지 그냥 죽지 않고 끝까지 저항하여 아이기스토스의 부하 전부를 죽이고 자기들도 전부 죽었다. 사실 이것은 호기심 많은 텔레마코스가 네스토르에게 듣고자 했던 것인데, 그 노인은 사건 현장에 있지 않아서 이런 얘기를 몰랐던지 자세히 들려주질 않았었다. 그래서 진작 텔레마코스가 제기했던 의문이 이제야 '모든 것을 아는' 바다의 노인을 통해 전해진 것이고, 시인은 우리에게 이제야 잃어버린 이야기의 고리를 찾아 맞출 수 있게 허락한 것이다. 물론 좀더 자세한 '식탁 전투' 장면은 11권에서 아가멤논 자신이 전하게 될 것이다. 그리고 돌아오자마자 죽은 그로서는 아이기스토스가 파수꾼을 배치했었는지 어쨌는지 알 길이 없으니, 이 얘기는 여기서 다른 존재의 입으로 듣는 게 더 그럴싸하다. 그리고 아가멤논이 고향에 닿기까지의 사정도, 네스토르가 빠뜨리고 지나온 것이다. 그 노인은 함대가 둘로 나뉘는 대목까지만 알고, 그걸 전했을 뿐이었다. 또한 이 대목은 에이도테아 여신이 메넬라오스에게 알아보라고 권했던 '고향 소식'에 해당되는 것이기도 하다. 메넬라오스는 좀더 폭 넓은 질문을 던져서 더 넓은 지식을 얻은 셈이다. 한편 바람이 한 번 아가멤논을 아이기스토스의 지역으로 몰아갔다가, 다시 자기 지역 쪽으로 불었다는 보고는, 청중을 긴장시키는 장치라고 보아야 할 것이다. 청중으로서는, 아가멤논이 상륙하여 곧장 아이기스토스의 집을 찾아갔다가 죽는 식으로 이야기가 진행될 것인지, 아니면 나중에 따로 초대를 받아 갔다가 죽는

식으로 될 것인지 몰라 긴장감을 갖고 들었을 것이다.

여기까지 들은 메넬라오스는 모래밭에서 뒹굴며 형의 죽음을 애곡한다. 그러자 노인은 그러지 말고 되도록 빨리 고향으로 가라고 권한다. 조금 더 지체하면 오레스테스가 한 발 앞서 와서 아이기스토스를 죽이고, 그는 장례잔치나 마주치게 될 것이라고 말이다. 하지만 결국 메넬라오스는 오레스테스가 복수한 후에야 고향에 돌아가게 된다.

'호기심 많은' 메넬라오스는 앞서 바다의 노인이 바다에 붙잡혀 있다고 한 사람이 누구인지도 알기를 원한다. 그가 오늘 텔레마코스를 만나서 할 말이 있는 것도 이 호기심 때문이다. 노인의 말에 따르면 요정에 의해 바다 한가운데의 섬에 붙잡혀 있는 것은 바로 오뒷세우스이다. 그는 배도 없고 그를 실어다 줄 전우들도 없어서 거기 잡힌 채 눈물로 날을 보내고 있다. 하지만 바다의 노인은 오뒷세우스 이야기를 길게 해주지 않는다. 그는 그보다 메넬라오스의 앞날에 대해 전하는 데 더 관심이 있는 듯하다. 나쁜 소식보다 좋은 소식을 전하는 게 더 기뻐서일까? 메넬라오스는 죽음을 맛보지 않을 것이고 엘뤼시온 들판(프랑스 파리의 '샹젤리제'[Champs Elysées]가 바로 이 엘뤼시온 들판[라틴어로 campus elysium]을 자기네 식으로 읽은 것이다)과 대지의 끝에서 살게 될 것인데, 그곳에는 눈도 비도 내리지 않고 폭풍도 없으며 부드러운 서풍으로 늘 시원한 곳이다.

> 그대는 불사의 신들이 엘뤼시온 들판과 대지의 끝으로
> 데려다 주실 것인즉, 그곳은 금발의 라다만튀스가 있는 곳으로서

사람들이 살기에 가장 편한 곳이지요.
그곳에는 눈도, 심한 폭풍도, 비도 없고,
언제나 오케아노스가 맑게 불어오는 서풍의 입김을
내보내어 사람들을 식혀 주게 하지요.(4권 563~8행)

이런 곳에 살게 된 것은 그가 잘나서라기보다는 부인을, 아니 장인을 잘 얻었기 때문이다. 그는 제우스의 사위로서 그 덕을 단단히 보게 되었다. 사실 이것은 다른 서사시들이 즐겨 다루던 주제인데, 『일리아스』가 그것을 배제하여 현재는 주류가 아니게 된 것이다. 『일리아스』 이외의 판본들에 의하면 아킬레우스도 이와 비슷한 낙원에서 사는 것으로 되어 있었다. 하지만 언젠가 죽어야만 하는 인간의 운명을 정면으로 바라보는 『일리아스』는 이런 평범한 소망을 피해 갔다. 그런 주제가 『오뒷세이아』에 다시 나타난 것은 아마 이 서사시가 좀더 민담의 세계에 가깝기 때문이고, 저 높은 영웅들의 수준에서 내려와 좀더 일상적인 보통 사람의 세계로 다가섰기 때문일 것이다.

다음날 메넬라오스는 이집트로 돌아가서 신들께 제사를 바치고 아가멤논을 위해 무덤을 쌓았으며 순풍을 타고 고향으로 향했다. 하지만 그는 자신이 언제 도착했는지는 말하지 않고 얘기를 마친다. 바다 노인의 말대로 서둘렀다면 그는 아이기스토스에게 보복을 할 수 있었을 텐데, 어쩌다가 조카 혼자 그 큰일을 치르게 된 것일까? 메넬라오스는 혹시 귀찮은 일을 조카가 처리하도록 일부러 시간을 지체했던 걸까? 사실 앞에서 우리는 두 번이나 오레스테스가 텔레마코스

의 모범으로 제시된 걸 보았다. 멘테스-아테네도 그랬고, 네스토르 역시 그랬다. 하지만 메넬라오스의 입에서 그 조카의 이름이 나온 것은 바다 노인의 말을 전할 때 한 번뿐이다. 네스토르도 그랬지만, 옛 전우를 위해 도시 하나를 통째로 비울 수도 있다고 공언하는 이 '큰 왕'은 어려움에 처한 동료의 아들에게 군대를 보내 돕겠다는 제안조차 하지 않는다. 정말로 이제는 교류의 시대가 지나고 은둔의 시대가 도래한 것일까? 아니면 메넬라오스는 이미 절반쯤 엘뤼시온에 가서 살고 있는 것일까? 이유가 무엇이든 메넬라오스는 자신의 평화를 깨뜨릴 생각이 없다. 어쩌면 그는 벌써 '좋은 저승'에 살고 있는, 어쩌면 절반쯤 죽은 존재인지도 모른다(저승에 다녀온 사람이 광기에 빠지거나 불행하게 되는 것은 흔히 있는 일이다. 헤라클레스와 테세우스가 그 대표적인 예이다).

말을 마치면서 메넬라오스는 열하루고 열이틀이고 거기 머물라고 말한다. 그러면 자기가 말 세 필과 아름다운 마차 한 대, 그리고 아름다운 술잔을 하나 주겠노라고 약속한다. 하지만 텔레마코스는 두 제안을 모두 사양한다. 자기로서는 일 년이라도 즐겁게 이야기를 듣고 있겠지만, 퓔로스에 두고 온 자기 동료들은 벌써 짜증을 내고 있을 터이니 더 이상 머물기가 곤란하다, 그리고 선물로 주겠다는 말[馬]은 이타케에 목초지가 없어서 기르기 곤란하다. 그 말을 듣고 메넬라오스는 선물을 다른 것으로 바꾸어 제안한다. 자신이 시돈에서 얻어온 술 섞는 동이를 주겠다는 것이다. 금과 은으로 만든 이 귀물은 헤파이스토스의 작품이다(고대에 선물들은 이렇게 서로 주고받는 과정을 통

해 먼 곳까지 전해지곤 했는데, 대표적인 사례가 『일리아스』 10권에서 오뒷세우스가 정탐 나갈 때 빌려 쓰는 돼지 이빨 투구이다. 그것은 오뒷세우스의 외할아버지 손을 한 번 거쳐서 다른 곳을 돌다가 다시 오뒷세우스의 머리에 얹히게 된다). 그리고 텔레마코스가 빨리 집으로 돌아가야겠다고 말한 것은, 메넬라오스의 이야기 속에서 바다의 노인이 경고한 것을 심각하게 받아들였기 때문인 듯하다. 고향에서 자기를 필요로 하는 일이 생겼을지도 모른다는 것이다. 메넬라오스는 아무 말 없이 지나갔지만, 그는 사실 바다 노인의 충고에 따르지 않아 집안에 더 큰 불행이 닥치게 했다. 메넬라오스가 제 시간에 돌아왔더라면 아들이 어머니를 죽이는 사태는 벌어지지 않았을 것 아닌가! 그래서 젊은 텔레마코스는 이 유약하고 안일한 주인을 본받고 싶은 마음이 전혀 없다. 그가 더 머물라는 제안을 사양하는 대목에 다시 '현명한'이란 수식어가 붙어 있다. 여기서 다시 한 번 공식구가 '의미 있게' 쓰이고 있는 것이다.

이렇게 주객이 아침도 거르고 이야기를 주고받는 사이에 다른 잔치손님들이 들어오고 어제부터 진행되던 잔치가 재개된다. 이 잔치는 텔레마코스의 도착 이후에 완전히 망각되었다가 이제 텔레마코스가 망각될 차례가 되니 다시 등장한 것이다.

이타케의 상황 – 구혼자들의 음모와 페넬로페의 절망

여기서 이야기는 이타케로 돌아간다. 우리는 15권에 가서야 다시 텔레마코스에게로 돌아오게 되는데, 그때 그는 잠을 자는 중이다. 가장

편하게 해석하자면 텔레마코스가 방금 선언한 것처럼 얼른 떠나질 못하고 하루나, 혹은 며칠을 더 머물렀고, 그러던 중 어느 날의 잠자리로 이야기가 연결되는 것일 수도 있다. 그렇지만 이 서사시가 오랜 세월 발전해 온 것이란 점을 생각하면, 원래 좀 짧은 판본에서는 텔레마코스는 어제 식사 후에 잠자리에 드는 걸로 그냥 제쳐졌다가 15권에야 그 '긴 잠'에서 깨어났을 수도 있다. 그렇게 본다면 방금 우리가 들은 메넬라오스의 모험담은 나중에 만들어져 확장판에 들어간 것인데, 15권에는 원래의 판본이 다 정리되지 않은 채로 흔적을 남긴 것이 된다. 어쩌면 원래 있던 텔레마코스의 여행이 너무 내용이 부족하다고 본 어떤 시인이 메넬라오스의 이야기를 확장하여 지금처럼 만들고, 다른 부분은 원래대로 그냥 남겨 둔 것일지도 모르겠다(4권은 3권보다 훨씬 길어서, 3권이 약 500행인데 반해 4권은 약 850행이다. 사실은 4권이 『오뒷세이아』 내에서 제일 긴데, 권마다 분량을 고르게 맞춰야 하는 것은 아니지만, 다른 권에 비해 여기서 이야기가 확장된 것은 확실하다).

이제 곧 등장할 오뒷세우스까지 생각하면 이야기는 벌써 세 갈래로 갈라진 셈인데, 이 부분부터는 구혼자들의 행동과 페넬로페의 행동이 번갈아 나오기 때문에, 어찌 보면 이야기가 네 갈래라고 해도 좋겠다. 요즘의 영화에 빗대서 말하자면, 가까운 거리에 있는 상반된 입장의 무리를 한 컷씩 번갈아 가며 보여 주는 형국이다.

우선 구혼자들의 장면이다. 그들은 텔레마코스가 여행을 떠난 것을 전혀 모르고 전처럼 놀이를 즐기고 있는데, 텔레마코스에게 배를 빌려 준 사람이 들어와 그 젊은이의 일정을 묻는다. 지금 자기가 배를

써야 하는 일이 생겼는데, 텔레마코스가 돌아오지 않아 곤란하단 말이다. 이 배주인의 이름은 노에몬(Noemon)이고, 그의 아버지는 프로니오스(Phronios)인데 두 사람의 이름이 모두 희랍어로 '생각한다', '지각 있다'는 뜻이다. 하지만 이런 생각 없는 발설로 구혼자들이 텔레마코스의 여행을 눈치 채고, 그를 죽일 계획을 꾸미게 되니, '노에몬'이란 이름은 어쩌면 아이러니로 사용된 것인지도 모르겠다. 아니면 구혼자들의 악의적인 음모로 해서 오뒷세우스의 복수가 더욱 정당한 것이 되니, 이거야말로 한 단계 건너뛴 현명함이라고 해야 할까?

이제까지 텔레마코스가 주변 어딘가에 있다고만 생각하던 구혼자들은 깜짝 놀란다. 더구나 텔레마코스는 아주 뛰어난 젊은이들과 동행했으며, 멘토르가 함께 갔다는 것이다. 여기서 노에몬은 한 가지 기이한 일을 보고하는데, 퓔로스로 떠난 멘토르를 그가 어제 새벽에 이타케에서 보았다는 점이다. 앞에서부터 이야기를 들은 우리는 배를 타고 떠난 멘토르는 아테네 여신이고, 노에몬이 보았다는 멘토르는 이타케를 떠난 적이 없는 진짜 멘토르라는 걸 알지만, 그걸 알 턱이 없는 등장인물로서는 기이하게 여기는 게 당연하다. 물론 인간인 멘토르가 정말로 함께 갔다 해도, 퓔로스에 도착한 후 하루 자고 바로 이타케로 돌아오는 건 불가능하지 않지만, 그를 싣고 간 배는 여전히 퓔로스에 머물러 있으니 사람들로서는 대체 이게 어찌 된 일인지 이해할 수 없을 것이다. 어쨌든 구혼자들은 텔레마코스의 대담한 행동에 놀라고 분개하여 대책을 세운다. 그가 돌아올 길목에 매복했다가 그를 죽이자는 것이다.

그 다음은 페넬로페의 장면이다. 그녀는 메돈이라는 전령에게서 사건의 진행을 역순으로 듣게 된다. 그녀는 먼저 구혼자들의 음모를 전해 듣고, 그제서야 아들이 여행 떠난 것을 알았던 것이다. 아들의 행동을 전해 들은 페넬로페는 절망에 빠진다. 그녀는 주변 사람들이 자기에게 전혀 귀띔도 해주지 않은 것에 대해 원망하고, 돌리오스 노인을 불러 라에르테스에게 그 소식을 전하려 한다. 그 노인이 혹시 어떤 계략을 짜거나, 백성들에게 호소해서 구혼자들을 막을 수 있을지 모른다는 것이다. 하지만 이때 오뒷세우스와 텔레마코스의 유모인 에우뤼클레이아가 나선다. 자신이 텔레마코스에게 식량을 챙겨 주었으며, 그가 열이틀째가 되거나 어머니가 자기를 찾기 전에는 여행 떠난 것을 알리지 말라고 부탁하면서 큰 맹세를 시켰다고 말한다. 그녀는 공연한 일로 노인을 괴롭히지 말자면서, 대신 아테네에게 기도하기를 권한다.

다시 구혼자들의 장면. 늙은 유모의 충고에 따라 페넬로페가 기도하는 사이, 구혼자들은, 페넬로페가 자기 아들이 곧 죽을 것도 모르고 지금 결혼을 준비 중일 거라고 떠들어 대다가, 애초의 계획대로 매복조를 바다로 보내기로 한다. 1권에서부터 여러 차례 나온, 그리고 이 작품의 마지막에 실현될 '결혼과 죽음의 결합'이 이 대목에 다시 등장했다. 이 작품에서 장비와 인원을 제대로 갖추고 출항하는 장면은 세 번 나오는데, 그 중에 두 번은 같은 구절로 그려져 있다. 텔레마코스를 노리고 떠나는 구혼자들의 모습은, 오뒷세우스를 고향으로 실어가기 위해 나우시카아의 섬 사람들이 준비하는 것과 거의 같은 구절

로 되어 있다. 바다를 배경으로 하는 이 작품에서 식사 장면만큼은 아니더라도 상당히 여러 차례 반복될 만한 장면이다.

> 그들은 맨 먼저 배를 깊은 바닷물로 끌어내린 다음,
> 검은 배 안에 돛대와 돛을 싣고,
> 노들을 모두 질서정연하게 가죽끈으로
> 고정하고 나서, 흰 돛을 달아 올렸다.
> 그러자 기세 높은 시종들이 그들을 위하여 무구들을 가져왔다.
> 배가 바닷가 물 위에 뜨자, 그들은 닻을 내리고, 자신들도 내렸다.
> 그곳에서 그들은 저녁을 먹고, 저녁이 되기를 기다렸다.
> (4권 780~6행)

다시 페넬로페 장면. 그녀는 이층방에 누워 식음을 전폐하고 자식을 걱정하고 있다. 그런데 여기서 놀랍게도 이 무기력한 여인이 사자에 비유되고 있다. 하지만 사냥꾼의 무리에 둘러싸여 겁에 질린 사자다.

> 사람들이 자기를 에워싸고 음흉한 원을 그릴 때,
> 사자가 사람들의 무리 속에서 겁에 질려 생각하게 될
> 온갖 것을 곰곰이 생각하고 있던 그녀에게, 마침내 고통 없는 잠이 찾아왔다.(4권 791~3행)

이 비유가 완전히 엉뚱하다 할 수 없는 것이, 결국은 그녀 때문에 수많은 사람이 희생되기 때문이다. 사자의 분노가 폭발했다고나 할

까. 우리는 이미 메넬라오스의 개탄에서, 오뒷세우스의 집이 사자의 잠자리에 비유되는 것을 보았다. 그러니 그곳을 지키는 여인이 암사자에 비유되는 것은 어쩌면 당연하다.

고심하던 그녀에게 고통 없는 잠이 찾아오고, 아테네 여신은 페넬로페의 자매인 이프티메의 모습을 만들어 비몽사몽간에 그녀 앞에 나타나게 한다. 그 환영(幻影)은, 신들의 도움으로 아들이 무사히 돌아오리라고 전한다. 그의 곁에는 아테네 여신이 믿음직한 보호자로 함께하고 있다는 것이다. 지금 이 소식을 전하는 것도 여신이 시켰기 때문이라고, 이 친절한 환영은 말하자면 '해몽'까지 해준다. 그러자 페넬로페는 그녀에게 오뒷세우스의 생사를 묻지만, 환영의 친절은 거기까지뿐이다. 그녀는 확실치 않은 것은 말하지 않겠다며 사라진다. 그 순간 페넬로페는 잠에서 깨어 일어나는데, 그녀는 남편에 대해서는 여전히 불확실한 상태에 머물러 있지만, 적어도 걱정 한 가지는 덜고서 마음이 가벼워진다.

텔레마키아 전체를 마감하는 마지막 장면은 구혼자들에게 배당되어 있다. 그들 중 일부가 텔레마코스를 노리고, 이타케로 오가는 길목에 있는 작은 섬의 포구에서 대기하는 장면이 이 첫 부분의 끝이다. 우리는 세 줄기로(텔레마코스가 퓔로스에 남겨 두고 떠난 동료들까지 계산하면 네 줄기로) 갈라진 텔레마키아의 인물들을 15권에 가서야 다시 보게 될 것이다.

앞으로 15권에 다시 텔레마코스가 나오기는 하겠지만, 독자적 단위로서 텔레마키아는 여기가 끝이다. 나중에는 아들의 이야기가 아

버지의 이야기 속으로 합류되고 마니, 독자적 단위로서의 기능에 대해서는 여기서 언급해 두는 게 좋겠다.

이 부분의 구조적 기능에 대해서는 이미 언급한 바 있으니, 이 부분의 주제에 대해서만 생각해 보자. 시인은 왜 굳이 아버지의 모험과 귀향 이야기에 아들의 성장담을 함께 묶은 것일까? 우리는 그 답을 작품 전체의 주제와 연관해서 찾아야 할 것이다. 앞에도 말했듯 이 서사시 전체의 첫 단어는 '남자에 대하여'이다. 그러니까 이 작품은 한 인간의 전 생애를 보여 주려는 것이다. 중심 이야기에는 장년의 영웅이 나온다. 하지만 그것만으로는 부족하다. 그래서 시인은 우리에게 '청년 오뒷세우스'와 '노인 오뒷세우스' 역시 소개한다. 주인공의 아들과 아버지가 다른 나이대의 오뒷세우스를 보여 주는 격이다. 그러면 '어린 오뒷세우스'도 있는가? 있다. 저 유명한 흉터발견 장면(19권)이 소개하는 것이 그의 유년기이다. 우리는 그 부분에서 오뒷세우스가 어떻게 태어나서 이름을 얻고, 어떻게 그의 특징적인 외적 표지를 얻게 되었는지 알 수 있다.

다시 정리하자면 텔레마키아는 젊은이의 성장이라는 『오뒷세이아』의 주제 중 하나를 다루면서, 이 서사시가 문제 삼는 한 인간의 젊은 시절을 보여 주어 인생의 여러 시기 중 하나를 채우고, 또 아들이 아버지가 겪은 모험을 조금 약화된 형태로 경험하면서 아버지와 거의 같은 수준으로 자라나는 것을 보여 준다. 구조적으로는, 뒤에 나올 두 큰 부분의 짝이 되는 작은 부분들('고향-모험', 그리고 '사실적 모험-환상적 모험')로 구성되어, 전체를 하나로 묶어 주는 역할을 한다.

Odyssey

II. 뱃사람의 모험담

❧

이제 작품을 직접 읽으려는 독자에게 최대의 걸림돌이 되는 부분은 지나왔다. 하지만 앞에서 얘기한 것처럼 아직도 '신밧드의 모험' 같은 기이한 얘기까지는 한참 멀다. 그런 이야기를 들으려면 아직도 네 권이나 더 읽어 나가야 한다. '뱃사람의 모험담'을 이루는 여덟 개의 권에서 전반부 네 권은 상당히 현실적인 모험에 할애된다. 후반부 네 권이 널리 알려진 환상적 모험담이다. 그리고 곧 보겠지만 '현실적인 모험'도 두 부분으로 나눠지는데, 앞의 두 권(제 5, 6권)은 사람 자취 없는 먼 바다와 한적한 바닷가에서 일어나는 것이고, 뒤의 두 권(제 7, 8권)은 나우시카아네 섬의 중심, 그러니까 인간 사회(또는 그 비슷한 곳)에서 일어나는 것이다.

그러니 작품을 직접 읽을 분은 8권이 끝나는 곳에, 더 세밀하게 나눌 분은 6권 끝에 미리 표시를 해두는 것이 목표를 정하고 확인하는 데 좋을 것이다.

❧

5권

칼륍소의 섬을 떠나다

「오뒷세우스와 칼륍소」 뵈클린
칼륍소는 오뒷세우스에게 영원한 생명을 주겠다고 하지만, 오뒷세우스는 날마다 바닷가로 나가 고향을 그린다.

오뒷세우스가 등장하는 첫 대목은 새벽으로 시작한다. 『일리아스』에서도 자주 그러긴 했지만, 『오뒷세이아』에서는 새로운 권이 새로운 날로 시작되는 경우가 더 많이 보인다. 우리가 조금 전까지 살펴본 '텔레마키아'에서만도 세 번이나 새로운 권이 새벽으로 시작했었다. 그리고 한 권이 끝날 때는 등장인물들이 잠자리에 드는 경우가 많다. 어찌 보면 좀 단조롭기도 하고 별 기교라 할 게 없는 방식으로 보이겠지만, 사실 이것은 시간의 연결을 흐리는 수단이기도 하다. 인물들이 여러 군데 나뉘어 있고, 그 인물들이 저마다 잠드는 것으로 매 장면이 끝난다면, 그 다음에 그려지는 새벽은 대체 어느 인물이 잠드는 어느 저녁

에 연결된 것인가? (『일리아스』에도 비슷한 문제가 있는데, 병력이 여러 군데로 분산되어 전투가 치러지는 가운데, 매 장면이 엄청난 함성으로 끝난다. 그러다가 어떤 인물이 엄청난 함성을 듣는 장면이 나오면 대체 이 함성이 앞에 여러 번 나온 것 중 어느 것인지 알 수 없게 된다. 하지만 이것은 동시적인 사건들이 마치 연속적인 것처럼 그려지는 서사시의 기법을 숨기는 장치이다.)

신들의 회의

이런 시간적 혼동과 연관된 다른 특징이 이 첫 대목에 있다. 이 5권은 많은 독자를 혼란시키게 되어 있는데, 전체를 여는 첫 장면이 어디서 본 것 같이 되어 있어서다. 바로 1권에서 본 신들의 회의이다. 제우스를 중심으로 신들이 회의장에 모여 앉자, 아테네 여신은 오뒷세우스의 귀향 문제를 제기한다.

> 아버지 제우스시여, 그리고 그대들 영원히 존재하는 축복받은 다른 신들이여,
> 앞으로는 홀을 가진 어떤 왕도 상냥하거나 온화한 태도를 취하지 말고,
> 올바른 마음씨도 갖지 말게 하십시오.
> 아니, 오히려 그가 까다롭게 굴고 횡포를 부리게 하십시오.
> 신과 같은 오뒷세우스는 그들에게 온화한 아버지였건만 그가 통치하던 백성들 중에 그를 기억하는 사람은 아무도 없으니 말입니다.
> 그는 심한 고통을 당하며 섬에, 즉 그를 억지로

붙들고 있는 요정 칼륍소의 집에 누워 있습니다.
그리고 그는 고향 땅에 돌아갈 수가 없습니다.
그에게는 노를 갖춘 배들도 없고,
바다의 넓은 등 위로 그를 데려다 줄 전우들도 없기 때문입니다.
이제는 또 그들이 그의 사랑하는 아들을, 집으로 돌아올 때,
죽이려 하고 있는데, 그는 아버지의 소식을 좇아,
신성한 퓔로스와 고귀한 라케다이몬에 갔습니다. (5권 7~20행)

다시 정리하자면 요지는 이렇다. '오뒷세우스는 요정에게 잡혀 많은 고통을 겪고 있는데, 그의 백성들은 그를 전혀 기억도 하지 않는다. 그런 식이라면 왕들이 백성에게 잘 대해 줄 필요가 없다. 그는 배도 전우도 없기 때문에 칼륍소에게 억류되어 있는데, 그의 백성들은 오히려 그의 아들을 죽이려 하고 있으며, 그 아들은 지금 퓔로스와 스파르타에 가 있다.' 마지막 문장에만 주목하면 지금 이 장면은 우리가 이제까지 본 장면들에 바로 이어지는 것 같다. 하지만 이 회의의 결과로 칼륍소에게 헤르메스가 파견되니, 그건 좀 이상하다. 이미 1권에서 헤르메스가 파견되지 않았던가? 그렇지만 이것이 서사시 시인의 이야기 방식이니 우리로서는 받아들이는 수밖에 없다. 그 방식에 따르자면 모든 사건은 서로 연속적인 것처럼 제시되어야 한다. '이곳에서 이러저러한 일이 일어나는 동안 다른 곳에서는 어떠어떠한 일이 일어나고 있었다'는 식의 이야기 진행은 사용되지 않는다. 그러니까 요즘 식으로 하자면, 이 회의 장면은 생략하고, '한편 제우스의 명을 받은 헤르메스는 칼륍소의 섬을 향해 날아갔다' 하는 식으로, 그러니까

우리가 4권 끝에서 본 장면에서 다시 시간을 거슬러 최소한 6일 전으로 돌아가야 하는데, 이 작품에서는 마치 7일째인 것처럼 얘기가 진행되고 있는 것이다. 내가 방금 '최소한'이라고 말한 것은 텔레마코스가 퓔로스에서 스파르타까지 가는 데 며칠이 걸렸는지 불분명해서다. 그 여행 중에 두 번 밤을 맞는 것으로 나와 있기 때문에 보통 2박 3일이 걸린 것으로 생각하지만, 이 작품에서 전체적인 날수 계산이 이상하게 되기 때문에 확신을 할 수가 없다. 그 이상한 날수에 대해서는 잠시 후에 오뒷세우스가 스케리아에 도착한 다음에, 그리고 텔레마코스가 집으로 돌아가는 장면에서 살펴보기로 하자.

그리고 이 장면이 원래는 1권의 회의를 되풀이하는 것이지만, 작품 시작 후 7일째에 다시 회의가 있는 것 같은 형식을 취하고 있어서인지, 첫 회의와는 조금 다르게 짜여 있다. 우선 첫 회의는, 제우스가 인간들이 신들을 탓하는 걸 개탄하고 아가멤논 집안 이야기를 하는 것으로 시작되지만, 여기는 그런 장치가 없다. 이 회의는 단지 헤르메스가 올륌포스에서 떠나는 장면을 넣기 위해서 설정된 것이어서, 작품 전체의 배경이 될 '도덕적 시각' 같은 건 다시 넣지 않아도 되기 때문이다. 그래서 1권에서는 아테네가 제우스에게, 오뒷세우스가 신들에게 제물도 많이 바쳤는데, 왜 그를 그렇게 미워하는지 따지는 것으로 되어 있지만, 여기서는 오뒷세우스가 백성들을 그렇게 아꼈건만 백성들은 그를 기억하지 않는다는 식으로 불만이 설정되어 있다.

어쨌든 제우스는 마치 자신이 비난을 받은 것처럼 반응한다.

내 딸이여, 어떠한 말이 네 이[齒]의 울타리를 벗어났느냐!
이러한 계획은 너 자신이 생각해 내지 않았더냐,
오뒷세우스가 돌아와서 그자들에게 복수한다는 것을?
텔레마코스는 네가 솜씨 있게 호송하도록 하여라. 네게는 그럴
능력이 있으니까. 그러면 그는 아무 탈 없이 자기 고향 땅에 닿게 될
것이고,
구혼자들은 헛수고만 하고 배를 타고 돌아가게 될 것이다.
(5권 22~27행)

재미있는 것은 이 말 속에 작품 전체의 설계도 같은 게 발견된다는 점이다(사실은 『일리아스』에서도 작품 전체의 진행방향이 제우스의 말을 통해서 조금씩 드러나고 나중에 그대로 실현되는 현상이 발견된다). 제우스는 아테네의 불평이 합당치 않다고 나무라면서, 오뒷세우스가 돌아와서 그자들에게 복수를 한다는 계획을 아테네 자신이 세운 게 아니냐고 반문한다. 이 말로 해서 우리는, 오뒷세우스가 무사히 귀환하여 구혼자들에게 복수를 하리라는 걸 알게 된다. 이 작품의 세 부분 중 이미 한 부분이 지나가고, 둘째 부분이 시작되는 시점에, 그 둘째 부분('뱃사람의 모험담')이 주인공의 귀환으로 끝나고, 그 다음 부분('집 떠난 이의 귀향담')이 주인공의 복수로 끝나리라고 예고한 셈이다. 요즘 식으로 말하자면 결말을 미리 알려 주는 '스포일러'에 해당되는 것이지만, 이는 옛 이야기 방식이 '깜짝 반전'보다는 이미 예상하고 있는 일이 언제 어떻게 이루어지나에 중점을 두는, 말하자면 '서스펜스' 중심이기 때문이다.

아테네가 제기한 주제는 두 가지로서, 오뒷세우스와 텔레마코스 각각의 귀환이다. 위에서 제우스가 아테네에게 반박하는 말을 들으면, 모든 일은 아테네 자신이 계획한 것이니 그녀가 모든 걸 다 알아서 결말지어야 한다는 것 같지만, 제우스는 더 따지지 않고 일의 한 몫을 헤르메스에게 맡긴다. 할 일 두 가지 중 텔레마코스의 귀환은 아테네가 알아서 잘 처리하라면서, 오뒷세우스 문제는 헤르메스에게 맡긴 것이다.

> 헤르메스여, 너는 …… 머리를 곱게 땋은 요정에게 우리의 확고한 결정을,
> 즉 참을성 많은 오뒷세우스의 귀향을 알려 주도록 하여라, 그는 귀향하게 되리라고.
> 하지만 그는 신들과 필멸의 인간들의 호송은 받지 못할 것이다.
> 아니, 오히려 그는 잘 묶은 뗏목을 타고, 고생을 하며,
> 스무 날 만에 기름진 스케리아에, 신들과 가까운 친족간인
> 파이아케스 인들의 땅에 닿게 될 것이다.
> 그러면 그들은 그를 진심으로 신처럼 떠받들 것이고,
> 배에 태워 사랑하는 고향 땅으로 호송해 줄 것이다.
> 그리고 그들은 그에게 청동과 황금과 옷을 넉넉히 줄 것인데,
> …… 그렇게 그는 가족들을 만나 보고, 지붕이 높은 집과
> 자기 고향 땅에 닿도록 정해져 있느니라. (5권 29~42행)

이 명령에 따라 전령 신이 칼립소에게로 떠나게 되고 전체 이야

기는 1권 앞부분과 연결된다. 한데 그것만이 아니다. 제우스는 오뒷세우스가 어떻게 될지, 그러니까 전체의 둘째 부분이 어떻게 끝날지를 다시 한 번 자세히 예고한다. 오뒷세우스는 뗏목을 타고 스무 날 만에 스케리아에 도착할 것이고, 그곳 사람들은 선물을 주어 그를 고향으로 데려갈 것이란 말이다. 매 순간 예상치 않은 사건 진행에 놀라는 걸 즐거움으로 삼는 현대의 독자라면 조금 김이 빠질지도 모르겠다. 또한 여기서 스무 날이라고 한 것도 주목할 만하다. 뒤에 보면 오뒷세우스의 뗏목이 파선되는 것은 출발 후 열여드레 째이기 때문이다. 그 다음에는 그는 육지를 향해 계속 헤엄치게 되는데, 제우스는 벌써 거기 소요되는 이틀까지도 계산에 넣어 예고한 셈이다.

헤르메스가 칼륍소를 방문하다

『일리아스』와 『오뒷세이아』의 차이 중 하나는, 신들의 전령이 서로 다르게 설정되어 있다는 점이다. 『일리아스』에서 신들의 뜻을 전하는 것은 늘 이리스인데, 『오뒷세이아』에서는 그 역할이 헤르메스에게 주어져 있다. 어떤 등장인물이 중요한 일을 하러 나설 때는 늘 그 준비과정과 목적지까지의 여정이 자세히 그려지는 서사시의 전통에 따라, 헤르메스도 여러 준비를 갖추고 먼 바닷길을 지나 칼륍소의 섬에 도착한다.

　나중에 보면 알겠지만 오뒷세우스는 그 섬에 칠 년이나 잡혀 있는 중이다(하필 7년이란 세월이 선택된 것은, 아들이 성년에 도달하기까지 기다려야 하기 때문일 것이다). 칼륍소(Kalypso)는 아틀라스의 딸로

서, '바다의 배꼽'에 위치한 오귀기아라는 섬에 살고 있다. 그녀의 이름에는 '감추다'(kalypto)라는 단어의 어근이 들어 있다. 그 이름에 걸맞게 그녀는 오뒷세우스를 사람들의 눈으로부터 감추고 있다. 그녀가 사는 섬이 어디인지는 알 길이 없고, 사실상 현실의 공간이 아니기 때문에 위치를 따지는 것도 좀 우습지만, 그래도 방향은 대체로 서쪽인 것으로 여겨지고 있다. 이곳은, 뒤에 보면 알겠지만, 오뒷세우스가 카륍디스에서부터 아흐레 동안 떠밀려 가서 도착했다니, 현실 공간에서 아흐레 거리에 있는 환상의 세계에서 다시 아흐레 거리만큼 떨어진 곳인 셈이다. 나중에 오뒷세우스가 뗏목을 타고 열여드레 항해해서야 나우시카아네 섬 가까이에 당도하는 것을 보면, 이 아틀라스의 딸은 아마도 자기 아버지처럼 세상의 서쪽 끝에 사는 듯하다. (그래서 동쪽에는 태양신의 딸 키르케가, 서쪽에는 아틀라스의 딸 칼륍소가 자리 잡은 모양새가 된다.)

외부인이 어떤 장소에 도착하면 거의 언제나 그 장소의 모습이 그려지는데, 우리는 그런 것을 이미 텔레마코스가 메넬라오스의 집에 도착하는 장면에서 한 번 보았다. 헤르메스가 보는 칼륍소의 집도 메넬라오스의 집처럼 낙원의 어떤 특징을 지니고 있다. 묘사는 바깥에서부터 진행되지 않고 먼저 칼륍소가 살고 있는 동굴에서 시작된다. 이는 헤르메스가 만나러 간 중심인물이 칼륍소이기 때문일 것이다. 서사시는 언제나 '사태 한 가운데'로 들어간다. 그래서 먼저 중심인물에 가장 가까운 부분이 묘사되고 여유가 생기면 다른 부분도 그리는 방식이다.

화로에는 불이 활활 타고 있었고, 잘게 쪼갠 삼나무와 향나무 장작이
타는 향기로운 냄새가 섬 전체에 멀리까지 퍼졌다.
그녀는 안에서 고운 목소리로 노래를 불렀고,
베틀 앞을 오락가락하며 황금 북으로 베를 짜고 있었다.
동굴 주위에는 오리나무, 백양나무, 냄새가 좋은 삼나무 같은
나무들이 울창하게 자라고 있는 숲이 있었는데,
그 속에는 …… 날개 긴 새들이 둥지를 틀고 있었다.
그곳 속이 빈 동굴 둘레에는 포도나무 덩굴이 무성하게
뻗어 있어, 거기에는 포도송이들이 주렁주렁 달려 있었다.
그리고 맑은 물의 샘 네 개가 나란히 흐르고 있었는데,
이것들은 서로 가까운 곳에서 솟아나서, 제각기 다른 방향으로
흘러가고 있었다. 그리고 전체가 제비꽃과 샐러리가 만발한 부드러운
풀밭으로 둘러싸여 있어, 불사의 신이라도 그곳에 와서
보게 되면, 감탄하고 마음속으로 기뻐하지 않을 수 없었다.
신들의 사자인 아르고스의 살해자는 그곳에 서서 감탄을 금치 못했다.(5권 59~75행)

칼륍소의 동굴에는 화로에 불이 피워져 있고, 거기 타고 있는 장작의 향기가 온 섬에 퍼져 있다. 그녀는 이 작품에 나오는 '무서운' 여신들이 늘 그렇듯 베틀 앞을 오가며 황금 북으로 베를 짜고 있다. 주변에는 나무가 울창한 숲이 있고, 온갖 새들이 거기 둥지를 틀고 있다. 동굴 주변에는 포도덩굴이 무성하여 포도송이가 주렁주렁 달렸다. 또 맑은 샘 네 개가 나란히 솟아 서로 다른 방향으로 흘러가고 있다. 주변

에는 꽃이 만발한 풀밭이 있어서 헤르메스마저 감탄을 금치 못한다. 하지만 여신이 인간의 음식을 먹지 않아서인지 먹을 수 있는 열매를 맺는 식물은 포도뿐이다.

이 섬은 독자적으로 완결된 하나의 세계이다. 특히 서로 다른 방향으로, 아마도 네 방향으로 흐르는 네 개의 샘이 그 완결성의 상징이다. 이런 네 방향은 때로 사람으로 표현되기도 하는데, 우리는 이미 바다의 노인 프로테우스를 잡기 위해 매복했던 네 사람을 보았고, 키르케의 집에서는 네 하녀를 만나게 될 터이다. 이런 완결된 세계에는 항상 어떤 요소(element)적인 특징이 있는데, 우리는 여기서도 불과 물, 향기와 소리를 만났다.

여신이 헤르메스를 만나는 순간에 오뒷세우스는 바닷가에 나가 있다. 그는 늘 그곳에서 고향을 그리며 슬퍼하고 있다. 사실 시인의 입장에서 보자면, 헤르메스가 도착했을 때 오뒷세우스가 그 자리에 없는 게 여러 모로 편리하다. 오뒷세우스가 그 자리에 있었으면 그가 신을 눈으로 직접 볼 수 있는지 없는지가 문제될 것이고, 또 왜 그 신이 왔는지 다 알게 될 터이니, 헤르메스가 떠난 다음에 이어지는 장면이 불가능하게 된다. 그러면 칼륍소와 오뒷세우스 사이에 그동안 어떤 일이 있었는지는 그저 객관적 보고로만 전해지지 우리 앞에 직접 보여질 길이 없게 되고, 오뒷세우스의 성격의 특성도 드러나기 힘들게 될 것이다.

아마도 여신은 헤르메스의 방문 목적을 짐작하고 있겠지만, 다시 그것을 묻는다. 하지만 헤르메스가 대답하기 전에, 희랍의 접대 예절

에 따라 먼저 그에게 식사를 제공한다. 식사를 마친 헤르메스는 자신이 제우스의 명에 따라 거기 왔으며, 오뒷세우스를 돌려보내라는 것이 그 요지임을 밝힌다. 하지만 여기서 오뒷세우스의 이름은 나오지 않고, 그의 행적을 자세히 소개하여 그게 누군지 여신 자신이 맞추어야 하는 문제처럼 제시된다.

> 그분께서 말씀하시길, 그대 곁에는 구 년 동안 프리아모스의 도시를
> 둘러싸고 싸우다가 십 년 만에 그 도시를 함락하고 귀향길에 오른
> 그 남자들 중에서 어느 누구보다도 가장 비참한 한 남자가
> 있다고 하셨소. 그들은 귀향하며 아테네에게 죄를 지었고,
> 그래서 여신이 그들에게 사악한 바람과 긴 파도를 일으켰던 것이오.
> 그리하여 그의 다른 훌륭한 전우들은 다 죽고,
> 그는 바람과 파도가 이리로 날라다 주었던 것이오.
> 그런데 이제 제우스께서는 그를 되도록 빨리 보내주라는 분부십니다.(5권 105~112행)

그러니까 오뒷세우스는 '십 년 만에 트로이아를 함락하고 귀향길에 올랐으나, 동료들이 아테네에게 죄를 지어 여신이 그들에게 바람과 파도를 보냈고, 그래서 그의 전우들이 다 죽어 혼자 여기에 도착한' 사내인 것이다. 이 부분은 트로이아 전쟁과 현재 상황 사이에 어떤 일이 있었는지 요약해서 전해 주는 역할을 한다. 이제 작품의 세 부분 중 두번째 단계에 들어섰으므로, 이런 요약이 필요하기도 하다. 첫 부분에서 네스토르와 메넬라오스가 해준 이야기를 듣지 못한 청중이라 해

도 지금 이 요약을 들으면 전체 이야기를 따라가는 데 별 무리가 없었을 것이다.

한데 여기서 우리는 오뒷세우스의 현재 상태에 아테네 여신이 일정 부분 책임이 있음을 알게 된다. 물론 앞서 네스토르의 회고 속에서도 아테네의 분노가 언급되었다. 하지만 그것을 오뒷세우스의 현상태와 연결시킨 것은 여기가 처음이다. 그러니 어쩌면 위에 소개한 제우스의 반론의 숨은 뜻은, 오뒷세우스가 집에 돌아가도록 하는 것만이 아테네의 계획이 아니라, 그가 집에 가지 못한 것도 그녀의 뜻이라는 것이었던 듯하다. 아테네는 칼륍소를 이용해 오뒷세우스를 붙잡아 두었다가, 정해진 시간이 흐른 후에 그를 고향으로 보내려 했던 것일까?

한편 이 구절은, 서시에서 오뒷세우스의 동료들이 자신들의 어리석음 때문에 죽었다고 한 것과는 상충한다. 헤르메스의 주장에 따르면, 그들은 아테네의 분노 때문에 죽은 것이다. 물론 그들이 여신의 분노를 산 것은 어리석게 행동했기 때문이라고 설명할 수는 있다. 하지만 어쨌든 매 상황마다, 등장인물들은 그 맥락이 요구하는 대로 표현과 주장을 바꾸고 있다는 것도 사실이다.

헤르메스는 오뒷세우스가 집으로 돌아가는 것이 그의 운명이라고 덧붙이는데, 앞에서 제우스도 그런 말을 했었다. 만일 이 운명이 신들의 뜻보다 더 강한 것이라면, 그것이 신들을 이용해서 오뒷세우스를 잡아두기도 하고 이제 돌려보내기도 하는 셈이다. 물론 제우스의 뜻이 더 강하냐, 운명이 더 강하냐 하는 문제는 해결될 수 없다. 제우스의 뜻은 늘 운명과 일치하기 때문이다.

헤르메스의 말을 들은 칼립소는 남성 신들을 원망한다. 자기들은 늘 인간 여자와 즐기면서, 여신들이 인간 남자를 사랑하면 그것을 질투하여 훼방한다는 것이다. 그래서 여신의 애인이 된 남자들은 모두 불행을 당했다. 하지만 누구도 제우스의 계획을 거스를 수는 없으니 자기도 보내 주려 한다. 이렇게 양보하면서도 칼립소는 한 가지 핑계를 댄다. 오뒷세우스에게는 배도 없고, 그를 데려다 줄 전우들도 없다는 것이다. 하지만 그래도 자기는 진심으로 그에게 조언을 해주겠노라고 약속한다. 헤르메스는 약속을 이행할 것을 촉구하고는 떠나간다. 이제 여행 목적이 달성되었으므로 그는 그대로 잊히고, 그가 어떻게 돌아갔는지는 그려지지 않는다.

칼립소와 오뒷세우스의 마지막 대화

하지만 여신은 오뒷세우스를 그냥 보내지 않는다. 헤르메스가 다녀간 것은 언급하지 않고, 마지막으로 그를 시험한 것이다. 그녀는, 언제나처럼 바닷가에서 눈물을 흘리고 있는 오뒷세우스를 찾아, 자신이 그를 돌려보내겠다고 선언한다. 오뒷세우스가 뗏목을 짜면, 음식과 옷을 챙겨 주겠다는 것이다. 하지만 그가 집에 닿을지 여부는 자기보다 강한 다른 신들의 뜻에 달려 있다고 조건을 달아, 오뒷세우스의 귀향 성공이 불분명한 것처럼 말한다.

하지만 오뒷세우스는 뭔가 다른 꿍꿍이가 있는 게 아닐까 의심한다. 망망대해를 뗏목으로 건너라니 이 무슨 무모한 제안인가! 그는 여신에게 큰 맹세를 요구한다. 이미 텔레마코스가 유모 에우뤼클레이아

에게 요구했던 것과 마찬가지다. 이런 조심성을 대하여, 여신은 그럴 줄 알았다는 듯 미소 지으며 그를 쓰다듬고, 그의 특성을 거의 칭찬하면서 요구대로 맹세한다(『오뒷세이아』에 나오는 여신들은 은근한 스킨십이 있다).

그리고 이들은 다시 동굴로 돌아와서 함께 식사를 한다. 그 후로도 며칠을 더 거기에서 지냈으니 다른 식사도 있었겠지만 그것들은 묘사되지 않았으니, 지금 우리가 보는 이 장면이 그 커플의 마지막 식사이다(『일리아스』 6권에서 헥토르와 안드로마케가 헤어지는 장면이나 마찬가지이다. 그 후로도 헥토르는 집에 돌아가서 잠을 잤겠지만, 다시는 부부가 함께 있는 장면이 나오지 않으니 우리가 보는 것이 마지막 이별 장면이다). 오뒷세우스는 조금 전까지 헤르메스가 앉았던 자리에 앉는다. 여신은 신들의 음식을 먹고, 오뒷세우스는 인간들의 음식을 먹는다. 오뒷세우스가 지금 신과 같은 지위에 있기는 하지만 그것은 임시적인 일이고, 그는 먹는 것부터 그 자리의 진정한 주인과는 다르다는 뜻일까?

식사를 마치자 칼륍소는 마지막으로 오뒷세우스의 마음을 떠본다. 그가 고향에 닿기 전에 겪을 고통을 안다면, 그는 거기 머물러 그녀의 남편이 되기를 선택할 거라고 말이다. 사실 우리가 그 후의 일을 보면, 오뒷세우스의 뗏목이 부서지고, 며칠 동안 바다에서 헤엄치며 사투를 벌여야 하는 과정이 있긴 하다. 그렇지만 그게 몇 년을 기다려온 귀향을 포기할 만큼 그렇게 큰 고난인지 의심스럽다. 물론 그러다 정말 죽을 수도 있다면, 여기 이대로 머무는 게 그나마 나을 것이

다. 하지만 그는 결국 고향에 돌아가게 될 운명이라고 다른 신들이 선언하지 않았던가! 어쨌든 칼륍소는 앞길의 위험을 과장하여 말하고, 그의 선택에 영향을 줄 다른 근거를 제시한다. 자신은 몸매와 외모에 있어 인간 여자들보다 훨씬 낫다는 것이다. 사실 이것은 좀 약한 논거이다. 처음에는 오뒷세우스도 여신의 아름다움에 마음이 끌렸을지 모르겠지만, 그는 이미 여신에게 매력을 느끼지 못한다(153~5행). 매력의 유효기간은 어쩌면 외모와 큰 연관이 없을지도 모른다. 하지만 그는 우선 여신의 자존심을 부추기며 기분을 풀어 준다. 자기 아내가 그녀보다 외모도 처지고, 또 결국 늙으리라는 것을 인정한 것이다. 그리고 자신은 이미 많은 고통을 참았으니 이번에도, 설사 난파를 당한다 하더라도 참고 견디겠노라고 말한다. 호메로스의 많은 대화들이 그렇듯이 이 커플의 마지막 대화도 되돌이 구성으로 되어 있다(고통-미모 : 미모-고통).

항해 준비

아침이 되자 여신과 오뒷세우스는 새로운 일을 시작할 채비를 한다. 사건의 새로운 단계에 들어설 때마다 등장인물들은 옷을 잘 챙겨 입는 것으로 되어 있는데, 이 둘도 그렇다. 여신은 오뒷세우스에게 도끼와 자귀, 송곳을 주어 스스로 뗏목을 만들게 한다. 그러니까 여신은 문명의 도구를 숨김으로써 이 남자를 붙잡아두었던 셈이다.

오뒷세우스가 뗏목을 만드는 과정은 상당히 자세히 묘사되어 있다. 먼저 나무 스무 그루를 베어 곁가지를 치고 곧게 깎는다. 나무에

구멍을 뚫어 이어붙이고, 나무못과 꺾쇠로 강화한다. 측벽을 세우고 늑재 위에 긴 널빤지를 댄다. 돛대를 세우고 활대를 만들고 키를 붙인다. 마지막으로 파도를 막기 위해 버들가지 울타리를 둘러치고 바닥에는 나뭇잎을 깐다. 어떤가? 아무 생각 없이 읽으면 뭔가 멋진 일이 벌어지고 있는 것 같다. 하지만 이상하지 않은가? 솜씨 좋고 영리한 주인공이 보통의 것보다는 훨씬 성능이 개선된 '개량 뗏목'을 만들어서, 돛대나 키 같은 것까지 갖추는 것은 이해가 된다고 하자. 그런지만 측벽이니, 늑재니 하는 것들은 다 무엇이고, 긴 널빤지의 용도는 무엇이란 말인가? 사실은 이게 뗏목을 만드는 과정이 아니라, 배를 짓는 과정이어서 그렇다. 그리고 각 단어가 무엇을 가리키는지는 사실 좀 불분명하다. 뗏목을 짓는 데에 배 묶을 때 사용되는 용어들을 쓴 것은, 그 표현들이 아마도 아르고 호 이야기를 다룬 서사시에 이미 사용되어서이기 쉽다. 그러면 긴 널빤지의 용도는 무엇이냐고? 우묵한 뱃바닥에 물이 고였을 때 바닥에 놓아둔 짐이 젖을까봐 깔아 둔 짐받이다. 어쨌든 이 이상한 '뗏목'에 칼륍소가 준 천으로 돛을 만들어 붙이고 줄들을 다 달자, 출항 준비는 끝났다. 이 모든 일을 하는 데 겨우 나흘이 소요되었다. 정말 대단한 일꾼이다.

어떤 학자는 지금 여기 뗏목을 짓는 과정이 자세히 묘사된 것을 두고, 시인이 자기 작품을 만드는 과정을 이렇게 그린 거라고 해석하기도 한다. 특히 나무들에 구멍을 뚫어 이어 붙였다는 말은, 판재들에 구멍을 뚫고 끈을 꿰어서 서로 엮는 전통적인 조선술을 묘사한 것으로, '기워 엮은 배'(sewn boat)를 만드는 과정이라는 것이다. 『일리아

스』 1권에 보면 아가멤논이 자기 군대를 시험하면서 하는 말이, 이미 전쟁이 오래고 배들의 밧줄이 삭아가고 있는데 트로이아는 함락될 기미가 없으니, 그만 떠나자는 것이다. 거기 나온 밧줄은 보통 배의 돛줄, 닻줄 따위를 가리키는 것으로 생각하지만, 이것이 배의 널빤지들을 서로 연결하는 끈이란 해석도 가능하다. 비슷한 것으로, 베르길리우스의 『아이네이스』에 나오는 저승의 배가 이런 '기워 엮은 배'(cumba sutilis)로 되어 있다. 하지만 서사시에서 배를 가리키는 말이 늘 일정한 것은 아니어서, '못을 많이 사용한'(polygomphos)이란 말도 수식어로 자주 등장하는데, 이것은 나무못을 사용해서 서로 연결하거나, 연결되는 두 목재의 한쪽에는 촉(장부)을 만들고 다른 쪽에는 촉에 맞는 구멍(장부구멍)을 만들어 서로 끼워 잇는 결구(結構)법을 가리키는 말이다. 어쨌든 이 두 가지 모두 희랍 서사시의 즉흥적 구성법과 어울린다. 가객은 공연마다 자기 노래의 구절들을 풀어헤쳤다가 다시 조립하기 때문이다. 이런 해석에 따르면 오뒷세우스는 목수이면서 동시에 가객이다. 그의 배는 그의 노래이고, 이것은 언제든 묶였다 풀어질 수 있는 것이다. 이렇게 보면, 5권 끝에서 그의 뗏목이 파선되는 장면이 더욱 의미 깊게 된다. 그는 이제 사람들 앞에서 긴 노래를 지어 보일 것이다. 그 전에 그의 노래는 우선 풀어헤쳐져야 한다. 그 과정을 물리적으로 보여 준 것이 바로 파선 장면이다.

칼륍소는 칠 년을 같이 산 이 남자를 마지막으로 목욕시켜 좋은 옷을 입히고 식량을 갖춰 떠나보낸다. 아마도 작별할 때 소회(所懷)를 길게 나눴겠지만, 시인은 우리에게 그런 감상적인 장면을 허용하지

않는다. 서사시에는 거의 모든 장면이 준비와 실행, 두 단계로 구성되어 있어서, 실행의 순간이 되면 일들이 가차 없이 진행된다. 오뒷세우스가 떠날 시간이 되자 여신은 순풍을 보내고, 남자는 기뻐하며 떠나간다. 영웅들이 여자와 관계하면 늘 자식이 생기고, 신들이 이성과 접할 경우에도 마찬가지이니, 이 영웅과 여신 사이에도 자식이 태어났을 가능성이 크고, 또 다른 전승들도 그들 사이의 아들에 대해 전하고 있지만, 이 서사시에는 아무 얘기가 없다. 시인은 텔레마코스를 오뒷세우스의 유일한 아들로 만들고, 그럼으로써 그를 죽이려는 구혼자들의 음모를 더욱 큰 죄로 만들려는 듯하다.

오뒷세우스의 항해와 파선

앞에서 칼륍소가 세계의 서쪽에 살고 있으리라고 말했는데, 그 근거 중 하나가 오뒷세우스의 항해 과정이다. 그는 칼륍소의 조언에 따라 큰곰자리를 계속 왼쪽에 두고 항해했던 것이다. 세차운동 때문에 별자리가 조금씩 달라지고 시대에 따라 차이가 있긴 하지만, 큰곰자리는 역사시대에 늘 북쪽 하늘에 있어 왔으니 그것을 왼쪽에 두고 가면 대체로 동쪽을 향해 가리라는 것은 분명하다. 한편 여기에 플레이아데스와 목동자리까지 언급되는데, 이들은 방향보다는 어떤 계절을 가리키기 위한 것인 듯하다. 그래서 어떤 학자는 이 별자리들로 보아 오뒷세우스가 떠난 계절은 겨울이라고 주장한다. 이런 해석에는 이점도 있고 난점도 있는데, 그 난점은 그럭저럭 해결할 길이 있다. 이점이란, 이렇게 보면 오뒷세우스의 귀환이 새 봄의 도래와 맞춰진다는 것

이다. 그러면 그의 복수극을 해석하는 데 아주 편리하다. 반면에 난점이란, 이때가 헤시오도스도 항해를 만류했던 폭풍의 계절이라는 점이다. 물론 우리의 주인공은 고향 보기를 칠 년이나 기다려 왔고, 신들이 그렇게 결정해서 여신이 맹세까지 했다면 아무리 바람 거친 계절이라도 떠나는 게 이상할 건 없다. 사실 오뒷세우스가 칼륍소의 속셈을 의심했던 데는 이런 계절 탓도 있었을 것이다. 한편 이 계절이라면 포세이돈이 폭풍을 보내는 것이 상당히 자연스러워진다. 물론 오뒷세우스가 잡혀 있던 공간은 현실의 공간이 아니기 때문에, 우리 세계의 계절과 기후가 적용되지 않는다고 하면 모든 논의는 다 허사가 된다. 하지만 공연 상황에서 가객은 청중의 지식을 이용하는 것이 당연하므로, 적어도 그가 여기서 겨울의 이미지를 동원하여 그 효과를 이용하고 있다고 보는 게 옳을 것이다.

칼륍소의 섬을 떠난 지 열여드레째에 오뒷세우스는 드디어 파이아케스 인들의 땅을 발견한다. 하지만 그 순간 그는 포세이돈의 눈에 띄어 대폭풍을 만나게 된다. 그가 파도와 싸우는 광경이 자못 실감나게 그려져 있다.

> …… 큰 파도가 무섭게 돌진해 오더니,
> 그를 위에서 내리덮쳤고, 그의 뗏목을 홱 돌려 버렸다.
> 그는 뗏목에서 멀리 나가 떨어졌고, 두 손에서
> 키를 놓쳤다. 한데 뒤섞인 바람들의
> 무시무시한 돌풍이 닥쳐와 돛대의 한가운데를 꺾어 버리자,

돛과 활대가 멀리 바다 위에 떨어지고 말았다.
한참 동안 파도는 그를 물 밑에 붙들고 있었고,
그는 돌진해 오는 큰 파도 밑에서 재빨리 떠오를 수가 없었으니,
고귀한 칼륍소가 그에게 준 옷들이 그를 무겁게 했던 것이다.
한참 뒤에야 그는 위로 떠올라 쓰디쓴 바닷물을 입에서
뱉어 냈고, 물은 그의 머리에서 줄줄 흘러내렸다.
그러나 그는 몹시 지쳐 있었음에도, 뗏목을 잊지 않고
파도 속에서 내달아 그것을 잡더니,
그것의 한가운데에 앉았고, 그리하여 죽음의 실현을 피했다.
그러자 큰 파도가 흐름을 따라 그를 이리저리 날랐다.
…… 때로는 남풍이 북풍에게 그것을 나르라고 내던지는가 하면,
때로는 동풍이 서풍에게 그것을 추격하라고 양보했다.
(5권 313~332행)

1권 앞부분에 보면 이 포세이돈이 오뒷세우스의 귀향을 방해하는 것으로 나오지만, 실제로 그가 직접 '방해공작'을 펼친 것은 이 뗏목 파선 사건뿐이다. 이 신이 오뒷세우스를 미워하는 이유(폴뤼페모스의 실명)는 이미 1권에 소개되었고, 그 신 역시 오뒷세우스가 파이아케스 인들의 땅에 도착하여 그 동안 겪어 온 고난을 벗어나게 되어 있다는 것을 알고 있다. 그는 이제 오뒷세우스에게 마지막 재앙을 부여하는데, 신으로서 운명을 잘 알고 있느니만큼 이것이 오뒷세우스의 죽음까지 의도한 건 아니겠다. 한편 오뒷세우스는 이 폭풍을 제우스가 일으킨 것으로 생각하여, 자기가 여기서 죽음을 당하리라고 애

통해한다. 작품 첫 부분에서 제우스는, 인간들이 자신들의 잘못 때문에 화를 당하면서 신들을 탓한다고 개탄하는데, 아닌 게 아니라 그 후에 등장하는 인물들은 모두 신들이 보낸 운명을 비난한다. 한편 이 부분에 나오는 오뒷세우스의 탄식은, 죽음에 대한 희랍인의 의식을 보여 주는 것으로 유명하다. 자기가 차라리 전장에서 죽었더라면 장례도 받았을 것이고, 자기의 명성이 널리 퍼졌을 것이란 말이다. 희랍 사람에게 가장 두려운 형태의 죽음은 바로 바다에서, 아무도 보지 못하는 데서 죽는 것이고, 장례도 받지 못하는 것이다. 우리는 지금 이 폭풍 장면을 베르길리우스가 빌려다가 자신의 작품 『아이네이스』 1권 첫 머리에 사용한 것을 볼 수 있다. 그의 주인공 역시, 차라리 조국을 지키다가 죽었더라면 좋았으리라고 탄식하고 있다.

오뒷세우스가 벌이는 사투도 자세하게 묘사되었다. 폭풍에 돛대는 부서지고 오뒷세우스는 바다로 나가떨어진다. 옷이 물에 젖어 떠오르기가 쉽지 않았지만, 그는 다시 뗏목 쪽으로 접근해서 그 위로 올라탄다. 정신없이 이리저리 몰리면서도 뗏목을 포기하지 않던 그에게 도움을 준 것은 바다의 여신 레우코테아이다. 이 여신은 4권에서 메넬라오스에게 도움을 주었던 바다의 여신 에이도테아와 유사한 데가 있다. 레우코테아는 바닷새의 모습으로 나타나 뗏목 귀퉁이에 앉아, 그가 재난을 당한 것이 포세이돈의 노여움 때문임을 가르쳐 주고, 그렇지만 그가 죽음에 이르지는 않으리라고 예언한다(19권에 보면 오뒷세우스의 이름 뜻이 '분노'와 관련 있는 것으로 소개되는데, 여기에서 이미 그가 '분노의 대상'으로 그려지고 있어 그의 이름 뜻이 얼핏 암시되고 있

다). 여신은 오뒷세우스에게 옷을 벗어 버리고 뗏목을 떠나 헤엄쳐서 육지로 향하라고 권고한다. 거기서 그가 구출되는 것이 그의 운명이라고. 그러면서 자신의 머리띠를 풀어 주고 그것을 매라고 충고한다. 그것이 있으면 고통이나 죽음을 피할 수 있을 것이라고, 뭍에 닿으면 그것을 바다로 돌려보내라고. 그렇게 말하고 여신은 새의 모습을 하고서 파도 속으로 사라져 버린다. 여기 영웅에게 구원의 수단으로 주어진 머리띠에서 성적인 의미를 읽는 학자도 있다. 여성이 남자를 위해 띠를 풀었다는 것은 성적인 암시가 있다는 말이다. 그리고 이것은 구원의 수단에 자주 등장하는 특성이라고 한다. 우리는 앞으로 오뒷세우스가 나우시카아와 만나는 장면에서 성적인 암시들을 많이 보게 될 것이다.

하지만 의심 많은 오뒷세우스는 여신의 충고를 즉각 이행하진 않는다. 사실 그것도 이해가 되는데, 이 여신이 자기 신분을 밝힌 건 아니지만 그녀는 원래 인간으로서 바다에 투신한 다음에 신으로 변한 존재이기 때문이다(그녀는 원래 카드모스의 딸로 이름은 이노였다. 그녀의 운명에 대해 여러 판본이 있지만, 어린 디오뉘소스를 길러주었다가 헤라의 미움을 사서 광기에 빠지고, 그래서 바다로 뛰어들었다는 것이 가장 일반적인 판본이다). 익사를 면하기 위해 '익사자'가 준 충고를 따르라니! 그는 어쨌든 뗏목이 부서지기 전까지는 그 위에 앉아 버티기로 작정한다. 하지만 곧 예상했던 사태가 닥치고, 오뒷세우스는 결국 여신이 충고한 대로 행동하는 수밖에 없게 된다. 이 모든 재앙을 일으킨 포세이돈은 그때까지 현장에서 눈을 떼지 않았던지, 그가 바닷물 속으

로 잠수해 들어가는 것을 보고 앞으로도 실컷 고생하라고 저주를 퍼붓고는 떠나간다. 메넬라오스가 프로테우스를 잡았을 때에도 드러났지만, '모든 것을 안다'던 신들의 능력은 어찌 보면 과장된 것이다. 올륌포스 신들 가운데 적어도 서열 3위 안에 드는 신이 작은 여신의 책동을 알아채지 못했으니 말이다. 그리고 포세이돈이 떠나자 아테네 여신은 곧 바람과 파도를 잠잠하게 한다. 오뒷세우스가 칼륍소의 섬에 있을 때는 전혀 도움이 되지 않던 여신이, 영웅이 인간들의 땅에 가까워지자 이제 영향력을 발휘하기 시작한다. 그가 환상의 세계를 점차 벗어나고 있기 때문일 것이다.

하지만 육지가 워낙 멀리 떨어져 있었기 때문에 오뒷세우스는 이틀 밤낮을 계속 헤엄치는 수밖에 없었다. 앞으로 다른 이야기에도 나오겠지만, 이 영웅은 거의 모든 운동에 능한 것으로 되어 있다. 현대에 태어났더라면 5종경기나 3종경기의 우승자가 되지 않았을까 싶다. 저체온증도 없었던지 그가 헤엄치며 버티기를 사흘째 계속하고 있을 때, 그는 육지가 가까이 있는 것을 보게 된다. 한 가지 이상한 것은 이 무렵이 되어서야 바람과 파도가 그치는 것으로 되어 있다는 점이다. 아니, 아테네 여신이 바람과 파도를 그치게 한 것은 이틀 전이 아니었던가? 여신의 힘이 그 정도밖에 안 된단 말인가? 어떤 학자는, 여신이 바람과 파도를 그치게 하는 장면이 나중에 끼어들어간 것이라 보고, 그 부분은 삭제하자고 주장한다. 그 부분을 그냥 둔 채로 조정을 하자면, 아테네 여신은 전체 바다를 조용하게 한 것이 아니라 오뒷세우스가 위험하지 않을 정도까지만 파도를 약화시킨 것이라고 할 수도 있

겠다. 어쨌든 독자들은, 이따금 서로 모순되는 구절들이 전해지고 있어서, 학자들 간에도 그 부분을 그냥 두어야 하는지 아니면 지워 버려야 하는지 논쟁이 있다는 걸 알아 두시기 바란다.

육지를 발견한 오뒷세우스는 매우 기뻐하는데, 이 부분에서 유명한 '뒤집힌 직유'가 나온다.

> 마치 자식들에게 아버지의 생명이 반갑게 나타날 때처럼,
> — 어떤 신이 그를 험하게 공격한 까닭에, 그는
> 병으로 시들어 가며 오랫동안 심한 고통에 시달리고 있었으나,
> 반갑게도 신들이 그를 불행에서 풀어 주었던 것이다 —
> 꼭 그렇게 오뒷세우스에게 육지와 숲이 반가운 모습을 드러냈다.(5권 394~8행)

여기서 오뒷세우스의 기쁨은, 마치 아버지가 병고에 시달리다가 신들의 도움으로 회복되자 자식들이 기뻐하는 것과 같다고 되어 있다. 이 직유는 한편으로는 오뒷세우스의 처지와 연관이 있으면서도, 다른 편으로는 오뒷세우스의 처지를 반대로 그려 놓은 '뒤집힌 직유'이다. 오뒷세우스는 이제 가족에게 살아서 돌아갈 수 있게 되었다. 따라서 그의 가족은 죽은 줄 알았던 가장이 살아 돌아오는 기쁨을 맞게 될 것이다. 여기까지는 이 직유가 현재의 사태와 맞는 면이 있다. 한데 지금 이 기쁨은 그의 가족이 느끼는 것이 아니라, 오뒷세우스 자신이 느끼는 것이다. 주인공이 느낄 감정을 묘사하면서, 그것을 주인공을 보는 사람들이 느낄 감정에 비기다니! 이런 점에서는 일이 거꾸로 되

었다. 그래서 직유가 완전히 빗나간 건 아니지만, 어떤 점에서 '뒤집어진' 것이다.

이런 '뒤집힌 직유'가 『오뒷세이아』에 자주 등장하는 것은, 이 작품이 젊은이의 성장을 다루는 것이기 때문에 적절하다는 설명도 있다. 어린이의 영역에서 어른의 영역으로 들어서는 젊은이는 그 지위가 불안정하고, 그 단계를 잘 밟아서 무사히 새로운 영역에 적응할지 아니면 그게 실패하고 말지 모르는 불확실한 상황에 있으며, 그런 단계에 속한 젊은이가 중요하게 등장하는 이 작품에 이런 불확실성의 직유가 나오는 게 옳다는 설명이다. 하지만 이 부분에서 젊은이는 잊힌 지 좀 되었고, 당장은 장년의 영웅이 우리의 관심사이다. 그런 관점에서 보자면 이 직유가 새로운 단계로 나아가는 오뒷세우스의 상황을 보여 주는 것이라고 해석할 수 있을 것 같다. 텔레마코스뿐 아니라 오뒷세우스 역시 일종의 성장과 신분 변화를 겪는데, 지금 이 시점이 말하자면 새 단계로 진입하는 중요한 문턱이란 말이다. 그리고 그의 변화는 곧 그의 고향땅의 변화로 이어질 것이다.

하지만 오뒷세우스의 상륙이 금방 실현되는 것은 아니다. 육지 가까이 다가간 그가 발견한 것은 바위벼랑과 암초들뿐이다. 상륙하려면 그는 계속 헤엄치면서 평평한 해안을 찾는 수밖에 없는데, 설상가상으로 이때 큰 파도가 들이닥쳐 그를 바위투성이 해안으로 실어 간다. 오뒷세우스는 거기 휩쓸리지 않기 위해 큰 바위에 달라붙어 그 파도가 지나가길 기다린다. 그는 파도가 다시 바다로 밀려갈 때 거기 휩쓸려 손의 살갗도 벗겨지고 물속으로 가라앉기도 하지만, 계속 옆으

로 헤엄쳐 나아가 마침내 적당한 상륙지점을 발견한다. 우리는 이 부근부터 아테네 여신의 이름이 점점 더 자주 나오는 것을 보게 되는데, 사실은 오뒷세우스가 바위에 매달려 파도를 피할 꾀를 낸 것도 이 여신이 그런 생각을 넣어 주었기 때문이다. 우리는 앞으로 여신 자신이 그의 앞에 직접 나타나서 돕는 것까지 보게 될 것이다.

드디어 육지에 오르다

오뒷세우스는 드디어 강이 바다로 흘러드는 지점을 발견하게 된다. 그는 강의 신에게 자신을 도와달라고 기원하고, 강의 신은 거기 호응하여 흐름을 멈춘다. 육지에 닿은 그는 처음엔 기진맥진해서 누워 있다가, 정신을 차리자 여신의 머리띠를 풀어 강물에 실어 바다로 보낸다. 이제까지 우리가 잊고 있었던 장치이다. 그러니 오뒷세우스가 살아난 것은, 포세이돈이라는 큰 신 하나에 대항해서 아테네, 레우코테아, 강물 신까지 세 신이 도움을 주어서 겨우 이뤄 낸 일이고, 그냥 한 가지 위험만 이긴 것이 아니라 여러 단계로, 그야말로 파상(波狀)적으로 몰려오는 위험들을 차례로 물리친 결과인 것이다.

다시 강물에서 나와 땅에 입을 맞춘 후, 그는 어디서 쉴 것인지 고민한다. 그냥 노천에서 밤을 보내자니, 서리와 찬 이슬 때문에 걱정이 된다. 이틀 이상 물속에서 보낸 이 강건한 남자는 이제야 저체온증이 걱정되나 보다. 그렇다고 숲속 덤불에서 자다가 잘못하면 야수의 밥이 될 수 있으니, 그것도 문제다. 그래도 후자가 더 낫다고 생각하여 숲속으로 들어가다가 그는 아주 적절한 은신처를 만난다. 두 그루 나

무, 야생 올리브와 보통의 올리브가 뒤얽혀 자라난 것을 발견한 것이다. 그는 그 밑으로 기어들어가, 쌓여 있는 나뭇잎을 뒤집어쓰고 잠이 든다. 그곳은 너무나 가지가 빽빽해서 비도 바람도 햇빛도 들어올 수 없을 정도이다. 거기서 그는 마치, 이웃도 없이 먼 시골에 사는 사람이 혹시나 꺼뜨릴세라 재 속에 꼭꼭 묻어 둔 불씨처럼 그렇게 묻혀 잔다. 나는 개인적으로 이 구절이, 문학사상 가장 아름다운 직유, 가장 상징적인 장면이 아닐까 생각한다.

> 마치 어떤 사람이 근처에 이웃이라고는 없는 가장 멀리 떨어진
> 시골에서, 검은 잿더미 밑에다 타고 있는 나무들을 감추고 있어,
> 불씨를 보존하게 되고, 다른 데서는 불을 가져올 필요가 없을 때와도
> 같이,
> 꼭 그처럼 오뒷세우스는 나뭇잎으로 자기 몸을 덮었다.
> (5권 488~490행)

오뒷세우스는 중요한 순간마다 잠이 드는 것으로 되어 있는데, 이번 경우는 그 이미지가 매우 복합적이다. 우선 우리는 여기에서 무덤과 죽음의 이미지를 발견할 수 있다. 비도 바람도 햇빛도 들어오지 못하는 곳이라니, 바로 무덤이 아닌가! 어떤 학자는 올리브 잎을 이용해서 장례를 치르는 풍습을 가진 옛 종족을 찾아 내기도 한다. 재 속에 묻혔다는 것도 무덤의 이미지를 갖기는 마찬가지이다. 주인공은 모든 가능성을 소진한 재들 가운데, 마치 자신이 재가 된 듯이 누워 있다.

하지만 그는 불씨이고, 그래서 언제든지 다시 살아날 희망을 간직하고 있다. 그래서 이 안식처는, 씨가 들어 있는 방, 자궁의 이미지를 갖는다(여기 '불씨'라고 옮겨진 것은 완전히 직역이다. 오늘날 '정자'精子라는 뜻이 된 단어 sperma가 여기 쓰였다). 나중에 소개될 것처럼 '아무것도 아닌' 존재가 되고 '죽은 자'가 되어 저승 입구에 닿았던, 그리고 몇 년 동안 '숨기는 여신'에 의해 모든 이의 시야에서 사라졌던 영웅이, 이제 인간의 세계로 복귀하기 전에 그 동안의 경험을 시각적으로 다시 보여 주는 것이 지금 이 장면의 의미이다. 우리는 곧 그가 돌연 '재 속에서' 솟아나 여러 사람 앞에 모습을 드러내는 것을 보게 될 것이다.

그를 밑에 숨기고 있는 이중(二重)의 나무는 이 새로운 단계에 걸맞다. 절반은 야생이고, 절반은 인간이 기른 것인 그 나무는 이 영웅이 도착한 스케리아의 성격을 잘 보여 준다. 그는 이제 반쯤은 문명적이고, 반쯤은 야만적인(혹은 적어도 인간계가 아닌) 곳에 발을 들여놓은 것이다. 또한 바닷가에 서 있는 올리브 나무는, 바다 신 포세이돈의 영역에서 올리브의 여신 아테네가 구해 낸 영웅을 숨기기에도 아주 맞춤하다. 우리는 아테나이 도시의 수호신 자리를 놓고 이 두 신이 경쟁했다는, 그래서 각각 소금샘물과 올리브 나무를 도시에 선물로 주었다는 옛 이야기를 알고 있다. 아테네가 영웅을 바다에서 구출한 사건은 그 옛 경쟁의 재연인 듯도 보인다. 이런 해석이 너무 심한 비약으로 보일 수도 있겠지만, 근거가 전혀 없지는 않다. 잠시 후에 우리는 아테네 여신이 오뒷세우스를 나우시카아의 집으로 안내해 놓고 나서, 그

곳을 떠나 아테나이 도시로 들어가는 것을 보게 되기 때문이다. 그리고 이런 구절은, 앞에서 페이시스트라토스를 처음 소개하면서도 얘기했듯, 『오뒷세이아』가 정리되는 과정에서 아테나이가 중요한 역할을 했다는 보고에 신빙성을 더해 준다.

6권

나우시카아를 만나다

「나우시카아에게 다가가는 오뒷세우스」 암포라(불치 출토, 기원전 5세기)

올리브나무 밑에서 잠자던 오뒷세우스는 여인들의 비명소리를 듣고 깨어난다. 그는 나뭇가지로 몸을 가리고 나우시카아에게 다가가 탄원한다. 아테네 여신이 둘 사이에 서 있는 것으로 그려졌다.

나우시카아의 꿈

방금 아테네 여신이 아테나이 도시로 들어가는 대목을 미리 언급했지만, 이야기 순서로 보자면 그녀가 떠나기까지 아직 좀 기다려야 한다. 우선 영웅이 깨어났을 때 그를 도와줄 사람을 준비해 두어야 하기 때문이다. 그 목적을 위해 아테네 여신이 찾아가는 사람은 이 섬의 왕녀인 나우시카아이다.

하지만 아테네가 처녀의 침실로 가는 사이에 이곳 사람들의 역사

가 소개된다. 오뒷세우스가 막 도착한 이 섬의 주민들은 파이아케스 사람들로 불리고, 그 섬 자체는 스케리아라는 이름을 갖고 있다. 사실 이 나라 사람들은 이곳에 정주한 지 겨우 한 세대밖에 되지 않았다. 그들은 이전엔 퀴클롭스들 가까이에 살았는데, 그들이 자주 약탈을 하는 바람에 이곳으로 이주했고, 이주민을 이끌었던 왕은 이미 죽었으며 그의 아들 알키노오스가 지금 다스리고 있다.

아테네 여신은 자고 있는 나우시카아의 머리맡에 그녀의 친구 모습을 하고 서서, 내일 빨래하러 나가라고 말한다. 그녀의 결혼식이 가까이 다가왔으니, 그녀 자신의 옷과 그녀를 수행할 사람들의 옷도 준비해야 한다는 것이다. 벌써 많은 남자들이 그녀에게 구혼하고 있기 때문이다. 나우시카아는 아테네가 넣어 준 이 꿈으로 해서 바닷가 근처로 빨래 하러 가게 되는데, 왕의 딸이 이렇게 직접 빨래터에 나가는 것을 시대 상황으로 설명하는 학자가 있다. 호메로스가 그린 시대까지만 해도 나라들이 크지 않고 왕의 재산과 권력이란 것도 그리 대단한 게 아니어서, 왕의 아들들은 가축을 돌보고 왕의 아내는 길쌈을 하고, 왕의 딸은 이렇게 빨래를 해야 했다는 것이다. 재미있는 설명이다. 하지만 그보다 중요한 것은 그 빨래가 결혼과 연관되었다는 점일 듯하다. 사실 좀더 큰 나라라 해도, 활발한 왕녀라면 자신의 결혼식에 쓰일 옷들을 준비하는 과정에 개입하여 하녀들을 감독하는 게 그리 이상하지 않을 것이다.

아침에 깨어난 나우시카아는 아버지에게 부탁해 노새가 끄는 사륜마차를 얻어 낸다. 먼 빨래터로 빨래하러 가겠노라고 표면적인 목

적은 사실대로 말했으나, 아테네 여신이 일깨운 더 깊은 뜻은 밝히지 않는다. 즉 예복들을 깨끗이 정비하는 것이 자신의 결혼식을 위해서라고 하지 않고, 아버지가 회의하러 갈 때나, 아직 총각인 오빠들이 무도장에 갈 때 깨끗한 옷을 입히고 싶어서라고 둘러댄 것이다. 하지만 알키노오스는 딸의 의도가 무엇인지 알고서 그녀가 원하는 대로 수레를 준비시키고, 어머니는 딸과 하녀들이 먹을 음식을 준비해 준다.

물가에서 영웅이 처녀를 만나다

이제 우리는 바닷가에서 영웅을 구조하는 여성이라는 동화적 모티브와 마주칠 준비가 되었다. 하지만 거의 2박 3일간 헤엄친 영웅은 좀더 자며 휴식을 취해야 한다. 그래서 처녀들이 빨랫감을 내리고 그것을 빨아 널고, 목욕하고 점심 먹고 공놀이하는 과정이 꽤 길게 묘사된다. 한데 여기서 나우시카아가 시녀들과 함께 공놀이하는 장면이 전체적인 결혼의 분위기와 잘 맞지 않게 되어 있다. 우선 그녀의 아름다움은, 아르테미스가 요정들과 함께 사냥하고 어우러져 놀 때 이들 가운데서 돋보이는 것에 비유되고 있다.

> 마치 활의 여신 아르테미스가 높은 타위게토스든,
> 에뤼만토스든, 산들을 쏘다니며,
> 멧돼지들과 날랜 사슴들을 사냥하기를 즐기고,
> 아이기스를 가진 제우스의 딸들인, 들에 사는 요정들이
> 그녀와 어우러져 놀 때, 그녀가 머리와 이마만큼 그들 모두보다

더 커서, 쉽게 알아볼 수 있기에, 레토가 마음속으로 기뻐하듯이
…… 꼭 그처럼 미혼의 처녀는 시녀들 사이에서 돋보였다.
(6권 102~9행)

우리는 텔레마코스가 헬레네를 만나는 장면에서도, 헬레네가 아르테미스에 비유된 것을 보았는데, 거기서는 두 존재가 황금의 살을 가진 것으로 이미지가 연결되어 있었다. 한데 여기서는 왜 이런 직유를 사용하는 것일까? 전체적으로 나우시카아의 결혼식 분위기가 강하게 깔려 있는 이 스케리아 일화에서 조금 기이하게도 오뒷세우스에게 결핍되어 있는 것이 성적인 욕구이다. 일반적으로 물가나 우물가에서 영웅이 어떤 여성을 만나면 그것은 대개 성적인 결합으로 이어지게 되어 있다. 그런데 보통 기회를 놓치지 않는 다른 영웅들과 비교할 때, 오뒷세우스는 오히려 성적인 연관을 거의 회피하는 모습을 보인다. 물론 그의 상황을 생각할 때 이것은 쉽게 이해할 수 있다. 그는 지금 낯선 땅에 맨몸으로 도착했다. 그는 이곳 유력자들의 도움을 받아야만 고향으로 돌아갈 수 있다. 따라서 유력자의 자녀임이 분명한 처자와 너무 깊은 관계가 되어 의혹을 받아서도 안 되고, 그녀의 호의를 잃을 정도로 멀리해서도 안 된다. 더구나 너무 깊이 얽히게 되면 결혼으로 묶여 아예 고향으로 가지 못할 수도 있다. 따라서 이 처녀는 꼭 필요하면서도 너무 가까워지면 안 되는 사람이다. 그녀는 아예 성(性)에 관심이 없는 아르테미스 같은 존재인 게 차라리 낫겠다. 물론 이 직유는 오뒷세우스 자신의 뜻과는 상관없이 시인이 만들어 넣은 것이

다. 하지만 우리는 곧 영웅 자신의 입에서 같은 비유가 나오는 걸 보게 될 것이다. 이 직유는 영웅과 어떤 여성의 만남이라는 패턴에 익숙하던 옛 청중에게 마음 준비를 시키기 위한 것일 수 있다. 공연히 헛된 기대는 하지 말라고.

자, 이제 충분히 시간이 흘러 옷들도 다 말랐다. 노새들에 멍에도 얹었고, 마른 옷들도 다 개켰다. 그래도 한쪽에서는 여전히 공놀이가 이어지고 있었던 것일까? 공주는 한 시녀에게 공을 던졌고, 그것이 깊은 소용돌이에 떨어져 버렸다. 그래서 여인들이 모두 비명을 지르고, 그 소리에 거의 24시간 만에 오뒷세우스가 잠에서 깨어난다. 그는 이것이 요정들의 소리인지 사람의 소리인지, 후자라면 이곳 사람들은 친절할지 아니면 못된 자들일지 걱정하며 덤불 밖으로 나선다.

> …… 고귀한 오뒷세우스는 덤불 밑에서 기어나와,
> 억센 손으로 우거진 숲에서 잎이 많이 달린 나뭇가지 하나를
> 꺾었으니, 그는 그것을 몸에 둘러 살을 가릴 참이었다.
> 그러고 나서 그는 마치 산에서 자란 사자처럼 걸어갔다.
> 사자는 제 힘을 믿고는, 비바람을 맞으며 나아간다.
> 그의 두 눈은 타오른다. 그것은 소 떼나 양 떼나,
> 들판을 헤매는 사슴 떼를 뒤쫓는다. 그것은 또 튼튼히 짜인 양 우리로 들어가서
> 양 떼를 공격하니, 그의 배가 그렇게 하도록 그에게 명령하는 것이다.
> 꼭 그처럼 오뒷세우스도 알몸임에도 머리를 곱게 땋은 소녀들과

섞여들고 싶었으니, 필요가 그에게 닥쳐왔기 때문이다.

(6권 127~136행)

영웅이 칠 년 만에 인간들과 마주치는 이 장면은 한편으로는 성적 이미지가, 다른 편으론 사냥의 이미지가 섞인 다소 기묘한 것이다. 잎이 많은 나뭇가지 하나를 꺾어 몸을 가리고 여자들에게 다가가는 그는 배고픈 사자에 비유된다. 그리고 이 여인들을 만나 보려는 그의 의도는 '섞이고' 싶은 것으로 표현되어 있다. 한데 이 '섞인다'는 말은 희랍어에서도 우리말에서나 마찬가지로 성적인 의미를 지니고 있다.

그가 초췌하고 험한 모습으로 나타나자 다른 처녀들은 모두 비명을 지르며 달아났지만, 나우시카아는 놀라지 않고 그대로 서 있다. 오뒷세우스는 전통적인 탄원 방식대로 그녀의 무릎을 잡고 도움을 청해야 할지, 아니면 멀찍이 서서 그냥 말로 부탁할지 잠시 생각하다가 후자를 택한다. 사실 외딴 곳에서 남자가 여자의 몸에 손을 대는 것은 오해를 불러일으킬 소지가 있다. 오뒷세우스는 상대의 외모를 칭찬하는 것으로 시작한다. 그녀를 아르테미스에 비긴 것이다.

만일 그대가 넓은 하늘에 사시는 여신들 가운데 한 분이라면,

나는 그대를 외모와 키와 몸매에 있어서 누구보다도,

위대한 제우스의 딸 아르테미스에 견주고 싶소.(6권 150~2행)

그리고 그런 훌륭한 딸을 둔 가족의 복을 치하하고, 그녀를 데려갈 남편의 행복을 칭송한다. 그러면서도 자신이 어떤 사람인지 은근

히 드러내기를 잊지 않는다. 그녀를, 자신이 언젠가 델로스에 갔을 때 본 종려나무에 비긴 것이다. 자기가 아폴론의 성지를 일부러 찾아갈 만큼 경건한 사람이라는 것을 암시하면서, 그때는 자기에게도 많은 부하가 있었노라고 한탄하듯 옛 지위를 또 암시한다. 그러고는 자기가 스무 날 만에 바다를 벗어났으며, 옷이 필요하고 도시로 가는 길 안내가 필요하다는 것을 밝힌다. 그러면서 마지막으로 다시 한 번 처녀의 마음속에 있는 은밀한 기대를 자극하는데, 신들이 그녀에게 한마음이 될 남편을 허락하시길 기원한 것이다. 사실은 아테네 여신이 바로 그 욕망을 일깨웠기 때문에 나우시카아가 바닷가에 나오게 되었는데 말이다. 그리고 그녀를 아르테미스에 비긴 것은 자신이 그녀를 구애의 대상으로 보지 않는다는 의미일 수도 있다. 더구나 오뒷세우스 자신이 의식할 리야 없지만, 조금 전에 시인이 그를 사자에 비유했기 때문에 그가 그녀를 '짐승들의 여주인'인 아르테미스에게 비기는 순간, 그는 그녀의 권위를 인정한다는 뜻도 들어갈 수 있다. 성적인 이미지와 사냥의 이미지는 계속되고 있다.

한편 여기 오뒷세우스가 나우시카아를 칭찬하기 위해 끌어들인 '종려나무'는 앞으로, 5권 마지막에 쓰인 이미지와 7권의 사건을 이어줄 중요한 고리가 될 것이다. 이 식물의 이름이, 불 속에 뛰어들어 타죽은 후 다시 태어난다는 불사조 '피닉스'(phoinix)와 같은 철자를 사용하기 때문이다. 우리는 오뒷세우스가 말하자면 재 속에 묻히는 것을 보았다. 앞으로 그는 아레테에게 탄원하면서 갑자기 재 속에서 '솟아날' 것이다. 이 두 이미지 사이를 연결해 주는 것이 바로 재에서 다

시 태어나는 새 '피닉스'이다.

오뒷세우스의 탄원을 들은 나우시카아는 상대에 대한 자신의 인상을 솔직하게 밝힌다. 사실 이렇게 솔직하고 꾸밈없는 인물도 드물기 때문에 고대부터 많은 독자들이, 이 처녀 얘기가 그다지 많지 않은 것을 아쉬워해 왔다. 그녀가 보기에 그는 나쁜 사람도 어리석은 사람도 아닌 듯하다. 그러면서 그녀는 그의 불행을 은근히 위로한다. 제우스는 내키는 대로 사람들에게 행복을 내려준다고 말이다. 1권 초반부터 인간들의 불행은 그들 탓이라고 주장해 온 제우스의 입장에서는 억울할 대목이다. 다음으로 이곳 사람들과 자기 이름을 소개한다. 그런 다음 시녀들을 부른다. 자기들은 바다 가운데 사는 데다가 신들의 사랑을 받기 때문에 적이 쳐들어 올 리도 없으며, 모든 나그네는 제우스께서 보낸 것이니 도와야 한다는 것이다. 한데 여기서 자기들이 바다 한가운데서 누구와도 친교를 갖지 않고 살고 있다는 표현은 다시 성적인 의미를 가질 수 있다. 누구도 그들과 '섞이지' 않는다고 되어 있기 때문이다. 그런데 여기서 '누구도'가 또 문제다. 우리는 잠시 후에 오뒷세우스가 폴뤼페모스를 속인 이야기를 듣게 될 텐데, 거기서 오뒷세우스는 자신을 '아무것도 아닌 자'(outis)로 소개할 것이다. 한데 이 outis란 단어가, 방금 나우시카아가 언급한 '누구도'(oude tis) 속에 들어 있다(de는 접미사이다). 이렇게 보면 분위기가 미묘해진다. 누구와도 섞이지 않는 그들과, '아무것도 아닌'(outis) 오뒷세우스가 '섞이기' 시작했기 때문이다.

사실 방금 본 장면은 민담에 자주 등장하는 모티브를 담고 있다.

많은 독자들이 이렇게 시작하는 동화를 기억할 것이다. '어떤 공주님이 금 공을 높이높이 던지며 놀고 있었습니다. 그러다가 그 공이 깊은 소용돌이에 빠져 버렸습니다. 공주님이 울고 있는데, 어디선가 목소리가 들렸습니다.' 바로 「개구리 왕자」이다. 그 동화에 등장하는 모든 요소가 여기에 다시 동원되고 있다. 공주, 공, 소용돌이, 물에서 나온 초라한 남성. 이런 모티브는 현대에도 자주 이용되고 있다. 「아바타」(Avatar)라는 영화를 보신 분들은 남자 주인공이 판도라 행성의 나비족 왕녀와 처음 마주치는 장면을 다시 확인하시기 바란다.

자, 이제 고대의 접대법에 따라 여자들이 나그네를 목욕시킬 때가 되었다. 하지만 오뒷세우스는 그녀들을 멀리 있게 하고 혼자 몸을 씻는다. 그는 여기서 성적으로 연루될 사건을 만들지 않아야 한다는 걸 느끼고 있었던 모양이다. 그가 목욕을 마치고 나오자 아테네 여신은 그를 원래보다 더 크고 체격 좋은 모습으로 만든다. 그리고 그에게 우아함을 쏟아 부어 처녀를 매혹한다. 앞으로도 여러 차례 나올 구절이다.

> 제우스에게서 태어난 아테네가 그를
> 더 크고 더 듬직하게 보이게 했고, 그의 머리에서는
> 고수머리가 마치 히아신스 꽃처럼 흘러내리게 했다.
> 마치 어떤 솜씨 좋은 사람이 은에다 금을 입힐 때와도 같이
> …… 꼭 그처럼 여신은 그의 머리와 어깨에 우아함을 쏟아 부었다.
> (6권 229~235행)

이 솔직한 처녀는 자기 시녀들에게 저 남자가 자기 남편이 되어 머물러 살았으면 좋겠다고 소망을 밝힌다.

> 저런 남자가 내 남편이라고 불리며, 이곳에 살고 있고,
> 또 이곳에 계속 머물러 있기를 원한다면 좋으련만!(6권 244~5행)

도시로 들어가는 길

나우시카아는 오뒷세우스에게 남은 음식으로 간단한 식사를 대접한다. 그가 식사를 마치자, 일행은 도시로 떠난다. 하지만 나우시카아는 오뒷세우스에게 도시 근처까지만 동행하고, 도시가 아주 가까워지면 아테네의 원림에서 지체하다가 따로 들어오라고 말한다. 그곳 사람들 중에는 오만한 자들도 있는데, 이들이 멋진 그의 모습을 보면 자기가 어디선가 신랑감을 구해 오는 것으로 알고 그녀를 비난할 것이고, 아직 결혼도 하지 않은 처녀가 낯선 남자와 어울리는 것을 가족도 좋지 않게 생각하리라는 것이다. 그러면서 나우시카아는 오뒷세우스가 자기 마음에 든다는 것을 직접적으로나 간접적으로나 드러내 보인다. 그녀가 보건대 그는 어리석지 않은 사람인 듯하다, 사람들은 그를 잘 생겼다고 말할 것이다, 그가 그녀를 아내로 삼기 위해 하늘에서 내려온 신이라고 여길지도 모른다. 이런 발언 가운데 다시 저 성적인 표현 '섞이다'가 쓰였다. '남자들과 어울리다'라고 옮겨진 구절(andrasi misgetai)이 그것이다.

나우시카아가 길을 가르쳐 주는 와중에 이 도시의 모습이 소개된

다. 그것은 나중에 오뒷세우스 자신의 눈으로 확인하게 되는데, 한편으로 아주 이상적인 식민도시같이 되어 있으면서, 어떤 점에서는 공식적으로 내세워지는 그 도시 사람들의 성향이나 상황과는 모순되게 되어 있다. 우선 그 도시는 높은 탑을 갖추고 성벽으로 둘러져 있다고 되어 있는데, 우리는 앞에서 나우시카아가 자기들에게는 적이 없다고 한 걸 기억한다. 적도 없다면서 대체 왜 그렇게 철저히 방비를 해놓았단 말인가? 나중에 오뒷세우스의 눈으로 직접 확인한 바에 따르면, 성벽들은 길고 높으며 그 위에는 말뚝들까지 박혀 있다. 물론 이건 그냥 구송시에서 도시를 묘사할 때 늘 쓰는 공식구들을 사용하다 보니 그렇게 된 거라 하고 넘어갈 수도 있다. 하지만 어떤 학자는, 이 파이아케스 인들의 존재 자체가 사실은 『오뒷세이아』 시인의 발명으로, 중간중간 모순적인 대목들이 나오는 것이 그 흔적이라고 보기도 한다. 일부러 모순되게 만들어서 이 부분은 자신이 만들어 낸 것이란 표시를 남겨 두었다고나 할까?

어쨌든 도시 양쪽에는 아름다운 항구가 있는데, 그 입구는 좁으며, 배들은 정선(停船)장으로 끌어올려져 있고, 포세이돈 신전과 회의장이 갖춰져 있고, 그것은 땅에 박힌 거대한 돌덩이로 튼튼하게 지어진 것이다. 그곳 사람들은 활과 화살에는 관심이 없고, 돛대와 노와 배에만 관심이 있다. 그리고 길가에 아테네 여신의 아름다운 원림(園林)이 있다. 그 안에서는 샘이 솟고 전체는 풀밭으로 둘러져 있다(이는 '무서운 여신'들의 전형적인 배경이고, 아닌 게 아니라 다음 권에서 아테네는 '무서운 여신'으로 불린다. 7권40행). 그 곁에는 왕실 소유지와 비옥

한 경작지가 있다. 이것은 한편으로 '좋은 저승'을 이루는 요소들의 일부이고, 또 한편 식민할 곳을 찾아 지중해 연안을 뒤지고 다니던 희랍인들이 이상적인 정착지로 그리던 것이다. 그런데 이런 묘사를 보고 있노라면 『일리아스』 19권에 나오는 아킬레우스의 방패 속 그림이 떠오른다. 말하자면 지금 오뒷세우스는 아킬레우스의 방패 속으로 들어가 있는 형국이다. 『일리아스』의 시인이 전쟁의 혼란 속에서 그저 그려 보기만 하던 평화의 정경을, 『오뒷세이아』의 시인은 직접 사건의 배경으로 삼은 셈이다.

이 작품 내에서 주인공이 새로운 땅에 도착하는 것으로는 이번이 처음인데, 우리는 앞으로 여러 차례 이런 도착을 보게 될 것이다. 그때마다 시인과 그의 주인공은 그 땅이 식민하기에 얼마나 좋은 곳인지 보여 준다. 학자에 따라서는 이런 태도에서 기원전 8세기 희랍인의 경험을 발견하고, 이것이 작품 전개에 리듬을 제공한다고 보기도 한다. 즉 지중해 곳곳에서 식민 활동을 했던 경험이 여기 반영되어, 주인공의 모험에도 그것이 보이며, 거기서 쌓은 경험을 바탕으로 주인공이 자기 고향을 '재(再)식민화'한다는 것이다. 이런 시각은 상당히 유용한 해석 도구로 쓰일 수 있으므로, 앞으로 다른 모험들도 그런 관점에서 설명해 보겠다.

이제 나우시카아는 오뒷세우스가 나중에 자기 집에 찾아왔을 때 할 일을 일러준다. 화롯가에 앉아 실을 잣고 있는 자기 어머니 아레테(Arete)에게 탄원하라는 것이다. 이 여인의 이름은 '탄원(ara, 또는 are)을 받는 여자'라는 뜻일 수 있으니, 이러한 충고는 적절한 면이 있다.

한데 문제는 그 효과이다. 우리는 다음 권에서 오뒷세우스가 나우시카아의 충고대로 행동하는 것을 본다. 하지만 왕비는 그 탄원에 대해 아무 말도 하지 않고, 나중에도 어떤 특별한 결정을 내리거나 남자들에게 권고를 하지도 않는다. 오히려 모든 것은 알키노오스 왕이나, 다른 남성 지도자의 뜻에 따라 결정된다. 그러면 아레테는 그저 가만히 있으면서도 남자들을 조종할 수 있는 것일까? 사실 이 아레테의 모습에서 모권제의 흔적을 찾으려는 학자들도 있다. 사실 과묵한 그녀에게는 어떤 날카로운 점이 있다. 그녀는 나중에 조용한 때를 기다려 오뒷세우스에게 묻는다, 어떻게 그런 옷을 입고 있는지. 많은 것을 함축한 질문이다. 이런 점을 두고, 『오뒷세이아』에서 여자들은 항상 남자들보다 민감하고 그들을 앞질러 많은 것을 알아챈다고 보는 학자도 있다. 하지만 근래에 나온 다른 의견에 따르면, 이 작품에서 여성들은 남성을 앞지르려 하지만 결국 원래 여성의 영역인 곳으로 물러나게 된다고도 한다. 한데 뒤의 해석을 따를 경우, 그렇다면 나우시카아는 왜 오뒷세우스에게 자기 어머니에게 탄원하라고 권했는가 하는 문제가 생긴다. 결국 중요한 결정을 하는 것은 남자들인데, 왜 여성에게 먼저 부탁을 하도록 했냐는 것이다. 혹시 나우시카아는 자신이 발견한 멋진 남자를 자기 어머니에게 보내서 그가 자기 짝이 되게끔 도와달라는 뜻이었을까? 그가 입은 옷은 아레테가 지은 것이니 금방 알아볼 것이고, 왕비는 그를 보낸 딸의 의사를 알아챌 것이다. 이런 해석의 한 가지 문제점은, 그럴 경우 나우시카아가 오뒷세우스에게 약속한 게 사실상 거짓말이 된다는 점이다. 그녀는 오뒷세우스가 아레테의 호의

를 얻어야 귀향의 희망을 가질 수 있다고 했다. 하지만 방금 본 해석을 따르면 오뒷세우스가 사윗감으로 왕비의 호의를 얻는 순간, 그의 귀향은 무산될 수도 있다. 그러면 나우시카아는 겉보기와는 달리 나름대로 딴생각을 품은 영악한 처녀인가? 사실은 그것도 불가능하지 않다. 보통은 편하게 읽고 지나가는 스케리아에서의 일화를 상당히 긴장된 것으로 읽는 독법들이 있기 때문이다. 이곳 사람들은 보통 생각하는 것처럼 나른하고 순진한 사람들이 아니란 말이다. 물론 분명한 것은 아니고 이것도 그저 해석일 뿐이다. 하지만 적어도 에리히 아우얼바하가 그의 유명한 책 『미메시스』에서 주장했던 것은 맞지 않는 듯하다. 그는 호메로스의 세계는 모든 곳에 조명이 비치고 멀리까지도 뚜렷이 보이는 세계라고 했지만, 스케리아를 보면 거의 모든 것이 흐릿해 보인다. 혹시 뚜렷하게 보인다면 그건 겉보기뿐이다.

앞에서는 그냥 지나왔지만, 처녀가 아버지에게 빨래하러 가겠노라고 허락을 구하는 장면에서도 비슷한 문제가 있었다. 나우시카아는 부끄러워서 결혼에 대해서는 말하지 않았다. 하지만 그의 아버지는 '모든 것을 알고'(6권 67행) 대답했다고 되어 있다. 대체 '모든 것'이란 무엇인가? 딸이 결혼 준비를 한다는 것인가, 아니면 딸이 결혼에 대한 꿈을 꾸었다는 것인가? 알았다면 어떻게 알았단 말인가? 물론 그 집안에서 딸의 혼사를 생각하는 중이고, 딸이 외출을 청할 때 아버지는 그것이 혼사 준비라는 걸 짐작했다고 보면 된다. 하지만 이것은 우리가 채워넣어 준 것이고, 여기에는 그저 몇 단어뿐이니 또렷한 것과는 거리가 멀다. 스케리아라는 장소와 거기서의 사건이 전적으로 시인의

발명이라고 보는 학자들은 이 '흐릿함', 또는 '모순됨'이 시인이 남긴 자기만의 표식이라고 본다. '이것은 내 작품이다'라는 인장(印章)이라고. 이런 해석을 독자가 꼭 따를 필요는 없지만 그런 시각도 있다는 것을 기억하는 게 좋겠다.

보통 순수한 것으로 되어 있지만, 어쩌면 나름대로 앙큼한 처녀일지도 모르는 우리의 나우시카아는, 그래도 어쨌든 사려 깊은 인물인 것은 틀림없다. 그녀는 노새들을 몰아가면서도 시녀와 오뒷세우스가 잘 따라올 수 있도록 속도를 조절한다. 작가도 자기의 등장인물을 좋아하는 정도가 다를 수 있는데, 나는 시인이 자신이 창조한 나우시카아를 좋아한다고 믿는다.

아테네의 원림에 이르자 일행은 오뒷세우스를 남겨 두고 도시로 들어가고, 오뒷세우스는 거기 혼자 남아 조금 지체하면서 아테네 여신에게 도움을 청한다. 자기가 파이아케스 인들에게 동정과 호의를 받을 수 있게 해 달라는 것이다.

이제 오뒷세우스는 먼 바다와 한적한 바닷가를 떠나 인간들의 세계로 한 발 더 가까이 간다. 작품에 표시를 해놓고 읽고 있는 독자라면, 오뒷세우스의 '현실적인 모험'의 한가운데에 표시해 두었던 작은 이정표에 도착했을 것이다. 다음 목표는, '현실적 모험'에서 '환상적 모험'으로 넘어가는 곳인 8권 끝의 표지이다.

7권

오뒷세우스가 알키노오스의 집에 도착하다

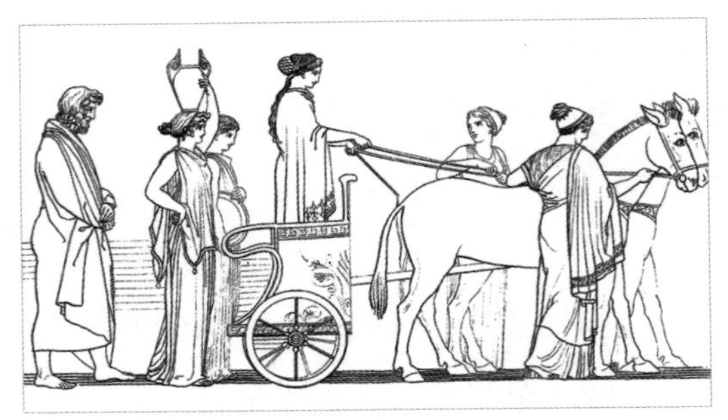

「도시로 들어가는 나우시카아와 오뒷세우스」 존 플랙스먼(1755~1826)

나우시카아는 오뒷세우스를 데리고 도시로 돌아간다. 그녀는 사려 깊게 마차의 속도를 조절하여, 함께 가는 시녀들과 오뒷세우스가 뒤처지지 않게 한다.

왕궁으로 가는 길

잠시 후에 오뒷세우스는 나우시카아의 뒤를 따라 도시로 들어간다. 하지만 그 전에 우리는 나우시카아가 집에 도착해서 짐을 정리하고 시녀의 보살핌을 받는 장면을 보게 된다. 그런데 여기서 다시 우리는 어떤 모순을 발견한다. 왕녀를 돌보는 노파는 다른 지역에서 온 사람으로 그 섬 사람들이 그녀를 알키노오스를 위한 명예의 선물로 뽑았던 것이다. 익숙하지 않은 사람이라면 그냥 지나갈 대목이지만, 사실은 이 '명예의 선물'이란 것은 전리품을 얻었을 때 다른 것들은 공평하게 배분하고 나서, 특별한 공을 세웠거나 신분이 높은 사람에게 특별하게 덧붙여 주는 가외의 선물이다. 그러니 이 노파가 그런 선물이 되

었다는 것은 스케리아 사람들이 어딘가로 쳐들어가서 약탈을 해왔다는 뜻이 된다. 물론 이것도 그냥 어떤 시녀를 소개하는 데 늘 쓰이는 공식구가 아무 생각 없이 들어간 것일 수도 있고, '명예의 선물'이란 말이 좀 넓은 의미로, 군사적인 뜻 없이 쓰였을 수도 있다. 하지만 달리 보자면 이 섬사람들은 평화를 사랑한다는 공식적인 입장 뒤에 어떤 호전성을 숨기고 있을 가능성이 있다.

물론 이런 모든 해석은 지나치게 민감한 것인지도 모른다. 사실 이 작품에는 도처에 모순적인 내용들이 깔려 있다. 나중에 다시 따져 보겠지만 가장 대표적인 것이 시간의 문제이다. 지금 벌어지고 있는 일들에 소요된 전체 시간도 그렇고, 또 계절의 문제도 있다. 우리는 방금 오뒷세우스가 강에서 목욕하는 것을 보았다. 그리고 그 전에 처녀들도 거기서 목욕을 했다. 텔레마코스의 여행에서도 젊은이들이 난방에 크게 신경 쓰지 않고 옥외에서 자는 것을 보았다. 하지만 바다에서 막 상륙했을 때 오뒷세우스는 밤 사이의 추위를 걱정하고, 지금 나우시카아가 집에 돌아오자 노파가 그녀를 위해 불을 피워 준다. 대체 지금은 추운 계절인가, 아니면 더운 계절인가? 물론 낮에는 비교적 덥지만 밤에는 선선한 계절이라고 할 수도 있다. 젊은이들이 따로 난방을 하지 않은 것은 깔고 덮은 것이 워낙 따뜻한 것들이어서라고 하면 말이 된다. 그리고 불이야 열대지방 사람들도 노상 피우고 사는 것이니, 별 대단한 것이 아닐 수도 있다. 하지만 오뒷세우스가 고향에 도착하여 돼지치기를 찾아갔을 때 외투를 얻어 입는 것을 보면 상당히 추운 계절이라고 생각할 근거도 있다. 그러면 다른 세계는 지금 추운 철인

데, 혹시 나우시카아의 섬이 반쯤 환상계에 속한 곳이라 여기만 이런 모순이 있다고 보아야 하는 걸까? 그것도 가능성이 있다. 어쨌든 우리가 꼼꼼히 따질 때 모순이라고 할 수 있는 점들이 이 작품 전체에 넓게 퍼져 있으니, 스케리아 묘사에서 보이는 모순들에 너무 집착하지 말자는 주장도 있을 수 있다. 하지만 작품을 세심하게 읽으면 읽을수록 그 의미를 풍성하게 찾아낼 수 있으니, 그런 시각도 있다는 걸 알아 두는 게 좋겠다. 너무 여러 가능성을 제시해서 대체 어떤 주장이 옳은 것인지 모르겠다는 분도 있을 텐데 나의 입장은, 모순을 많이 찾아내는 쪽에 점수를 더 주자는 것이다.

자, 이제 알키노오스의 궁전을 향해 떠난 오뒷세우스에게로 돌아가자. 그러면 다시 어떤 불편한 점과 마주치게 된다. 아테네 여신이 오뒷세우스를 걱정하여 그를 짙은 안개로 감싼 것이다. 우리를 불편하게 하는 것은 안개를 사용했다는 사실이 아니라, 그 이유이다. 그곳 사람들 중 누가 그를 보고 조롱하거나 용무를 물을까봐 그랬다는 말이다. 이곳 사람들은 평화롭고 나그네를 환대하는 사람들이 아닌 모양이다. 여신은 이런 장치로도 마음이 놓이지 않았던지, 물 긷는 소녀의 모습으로 그를 안내하기까지 한다. 그녀는 알키노오스의 집을 묻는 오뒷세우스에게 다시 경고한다. 길은 자신이 가르쳐 줄 터이니, 누구에게도 말을 건네지 말라고. 이곳 사람들은 낯선 이를 싫어하기 때문이다.

나우시카아가 묘사했던 대로의 항구와 회의장과 성벽들을 감탄하며 지나쳐서, 오뒷세우스와 소녀는 왕궁 가까이 다다른다. 소녀-아

테네는, 안에 들어가면 왕들이 잔치를 벌이고 있을 터이니 용기를 내라고 격려한다. 그러면서 이 왕가의 역사를 요약해서 들려주는데, 그 시점이 미묘하다. 이제 곧 그 도시와 왕가가 잊힐 것이기 때문이다. 말하자면 『일리아스』의 시인이 트로이아 함락을 목전에 두고 갑자기 그 도시의 역사를 요약하고, 전쟁이 시작되기 전을 상기하고, 전쟁의 발단이 된 파리스의 판정을 암시하는 것과 마찬가지이다. 물론 이 도시의 운명이 어떻게 되는지는 확실치 않다. 나로서는 사랑스런 나우시카아의 도시가 무사하길 원하지만 다른 해석들도 있다. 이 문제에 대해서는 13권 해설에서 다시 얘기하자.

알키노오스 집안의 간추린 역사는 소녀-아테네가 오뒷세우스에게, 아레테에게 탄원하라고 권하는 데서 시작된다. 지금 다스리는 알키노오스의 아버지는 나우시토오스고, 그의 어머니는 페리보이아인데, 그녀는 거인족의 왕 에우뤼메돈의 딸이다, 페리보이아는 포세이돈과 동침하여 나우시토오스를 낳았고, 그에게서 두 아들이 태어났는데, 그 중 하나가 아레테를 낳았다. 한데 나우시토오스의 다른 아들인 알키노오스가 이 조카딸과 결혼하였던 것이다(우리에게는 삼촌과 조카딸이 결혼하는 것이 낯설지만, 이것은 고대에 집안의 재산이 흩어지지 않게 하는 방편으로 제법 자주 발견되는 결혼형태이다). 그러니까 알키노오스는 포세이돈의 손자이면서, 거인족의 외증손자이다. 그의 조카딸이자 아내인 아레테는 누구보다 존경 받는 여인으로, 알키노오스 자신도 그녀를 매우 존중하고, 백성들은 마치 여신인 양 그녀를 우러러본다. 그녀는 분별력이 뛰어나고 남자들 사이의 분쟁을 해결해 준

다. 이러니 이 왕비의 모습에서 모권제의 흔적을 찾는 학자가 있는 것도 당연하다.

소녀-아테네는 다시 한 번, 아레테의 호의를 얻어야지 오뒷세우스에게 귀향의 희망이 있다고 강조하고 사라진다. 이 충고는 이미 나우시카아가 했던 것인데, 우리는 앞에서 나우시카아에게 다른 뜻이 있을지도 모른다는 해석을 보았었다. 그러면 아테네가 같은 충고를 하는 것은 무슨 의도인가? 앞에서 생각해 본 나우시카아 '음모설'은 지나친 것인가? 그 해석을 변호해 주자면, 여기서 우리는 여신과 나우시카아가 서로 다른 의도를 갖고 있다고 볼 수도 있다. 둘 다 왕비가 가진 영향력에 중점을 두고는 있지만, 여신은 오뒷세우스를 귀향시키기 위해서고, 나우시카아는 어머니가 딸의 마음을 헤아려 이 멋진 남자를 잡아 두는 쪽으로 영향을 끼쳐 주길 기대했다는 것이다. 하지만 결국 결정은 남성들에 의해 이루어지니, 나우시카아의 충고든 아테네의 충고든 별 효과가 없을 듯도 하다. 그렇다면 아레테에게 탄원하라는 아테네의 충고에서, 핵심은 왕비의 권위라기보다 그녀가 앉아 있는 화롯가라는 자리일 수 있다. 왕비의 자리는 늘 그곳이므로, 안개에 싸여 누구의 눈에도 띄지 않고 갑자기 나타난 오뒷세우스가 그녀에게 탄원하는 순간 그는 재 속에서 솟아난 사람이 된다. 그것은 타버린 재에서 피닉스가 솟구치는 순간이기도 하니, 오뒷세우스가 잠드는 순간을 그린 직유의 이미지가, 오뒷세우스의 자기 소개 속에 나오는 종려나무와 연결되어, 상징이 현실이 되는 놀라운 순간이다. 어떤 의미에서 아레테는 재 속에 죽은 듯 묻힌 영웅을 되살리는 여신의 역할을 하

고 있다(우리는 데메테르가 자기에게 맡겨진 아기를 불 속에 넣었다가 꺼냈다는 이야기를 알고 있다).

이미 우리는 이 도시의 환경이 이상적인 식민시 같은 것을 보았다. 그런 이상적인 모습은 알키노오스의 궁전에서도 발견된다.

> 고매한 알키노오스의 지붕이 높다란 집에는 온통
> 햇빛이나 달빛 같은 광채가 가득 차 있었기 때문이다.
> 문턱에서 맨 안쪽에 이르기까지, 여기저기 청동 담들이 쳐져 있었고,
> 그 담들 주위의 돌림띠 장식은 검푸른 법랑으로 되어 있었다.
> 황금 문들이 튼튼하게 지은 이 집을 안에서 잠그게 되어 있었는데,
> 청동 문턱 위에는 은으로 된 문설주들이 서 있었고,
> 그 위의 상인방은 은으로 되어 있었으며, 문고리는 황금으로 되어 있었다.
> 그 양쪽에는 황금으로 만든 개들과 은으로 만든 개들이 서 있었는데,
> 고매한 알키노오스의 집을 지키도록, 헤파이스토스가
> 교묘한 재주로 만든 이 개들은
> 영원히 죽지도 늙지도 않게 되어 있었다.(7권 84~94행)

지붕 높은 이 집의 문은 황금이고 문설주는 은이다. 인방도 은이고, 문고리는 금이다. 문 양쪽에는 금과 은으로 만든 개들이 서 있다. 그래서 그런지 집에는 '온통 햇빛이나 달빛 같은 광채가 가득하다'. 이 구절은 어디서 본 듯하다. 그렇다. 텔레마코스가 메넬라오스의 집에서 받았던 인상이다. 두 집이 같은 구절로 그려져 있다. 앞에서 나는

메넬라오스의 궁전이 '좋은 저승'의 면모를 지니고 있다고 했었다. 하지만 그 집은 그다지 자세히 그려지지 않아서, 진짜로 '좋은 저승'의 모습을 확인하려면 알키노오스의 집을 보아야 한다.

좀더 살펴보자. 앞에 말한 개들은 일종의 로봇인 듯하다. 헤파이스토스가 만든 이것들은 죽지도 않고 늙지도 않는다고 한다. 『일리아스』에는 이 대장장이 신이 만든 인조인간까지 등장하니, 여기에 로봇이 나오는 것도 이상할 건 없다. 그 다음은 실내가 어떻게 되어 있는지 그려진다. 말하자면 카메라가 안으로 들어가는 격이랄까? 집 안에는 벽을 따라 의자들이 놓여 있고, 그 위에는 훌륭한 깔개들이 펴져 있다. 횃불걸이도 특이하게 되어 있다. 황금으로 된 소년들이 대좌 위에 서 있고, 그 손에 횃불을 들고 있다. 이런 정경은 많은 이야기에서 환상의 공간에 들어간 주인공들이 발견하는 것이다. 장 콕토가 만든 영화 「미녀와 야수」의 앞 부분이 그 대표적인 사례이다.

하지만 계속 더 깊은 곳으로 들어가지 않고, '카메라'는 다시 바깥으로 나온다. 안마당에 훌륭한 과수원이 조성되어 있다. 칼륍소의 정원과 달리 나무들이 모두 유실수(有實樹)다.

> 그곳에는 배나무, 석류나무, 탐스런 열매가 달린 사과나무,
> 달콤한 무화과나무, 번성하는 올리브나무 같은
> 키 큰 나무들이 풍성하게 자라고 있었다.
> 이들 나무들의 열매는, 겨울이고 여름이고 일 년 내내,
> 사라지거나 떠나가는 일이 없으니, 늘 그치지 않고 불어오는 서풍이

어떤 것들을 자라나게 하고, 어떤 것들은 익게 하기 때문이다.
그리하여 배는 배 위에서 익어 가고, 사과는 사과 위에서,
포도송이는 포도송이 위에서, 그리고 무화과는 무화과 위에서 익어 간다.
…… 온갖 채소들이 자라며 일 년 내내 반짝인다.
그리고 그 안에는 두 개의 샘이 솟아, 그 중 하나는 정원 전체로
갈라져 나가고, 다른 하나는 맞은편에 있는 안마당의 문턱 밑으로
흘러, 지붕이 높다란 집 쪽으로 흐르니, 바로 여기서 시민들이 물을 퍼 간다.
…… 그곳에 서서 참을성 많은 고귀한 오뒷세우스는 감탄을 금치 못했다. (7권 114~133행)

이 나무들은 철이 따로 없이 한쪽에선 꽃이 피고 다른 쪽에서 열매가 익고 있다. 특별히 계절을 따르지 않기는 포도나무들도 마찬가지인데, 희랍문화권에서 포도가 중요해서인지 이 나무에 대해서는 여러 단계가 다 자세히 그려져 있다. 어떤 것은 꽃이 막 지기 시작하고, 어떤 것은 포도알이 검어지고 있으며, 한쪽에선 수확, 건조, 압착이 이뤄지고 있다. 포도밭 바깥에는 늘 푸른 채소밭이 있고, 거기 샘이 두 개 있어서, 하나는 정원 전체로 실개천이 되어 흘러가고, 다른 것은 대문 밑으로 흘러 나가 시민들이 이용할 수 있게 되어 있다.

학자들은 보통 이 아름답고 편안한 나라를, 사람들이 상상하는 '좋은 저승'이라고 해석한다. 바다에서 가족을 잃은 사람들이, 자신의 실종된 가족이 그런 곳에 살고 있기를 바라는 바로 그런 장소라는 것

이다. 앞에서 계절 문제가 잠깐 나왔는데, 나무들이 늘 꽃이 피고 동시에 열매를 맺는 걸 보니 아무래도 이곳에는 계절이 따로 없는 것 같다. 물론, 우리가 사는 세계보다 온화하긴 해도, 약간의 변동이 있는 건 생각할 수 있다. 나무들이 특별한 것이라면 약간의 변동 정도는 무시하고 계속 결실을 맺을 수 있을 테니 말이다.

그러면 이곳을 그냥 살기 좋은 땅이라고 하지, 굳이 저승이라고 하는 이유는 무엇인가? 우선 그저 좋은 것들만 있으니 '제우스께서 항상 좋은 것과 나쁜 것을 섞어서 주는' 이승과는 다르다. 그리고 한 가지 전통적인 저승의 모습을 보이는 것이, 청동이다. 이 궁전은 문턱도, 담도 청동으로 되어 있다. 헤시오도스가 타르타로스에 있는 감옥을 그린 것과 같다. 물론 여기서는 그 담들에 검푸른 법랑으로 된 장식들이 얹혀 있어, 견고함과 그것이 주는 두려움보다는 호화로움이 강조되어 있다. 좀 약하기는 하지만 다른 저승의 면모를 찾자면, 앞에 나왔던 나우시카아의 늙은 시녀의 이름이 있다. 앞에서는 그냥 지나왔지만, 그녀의 이름은 에우뤼메두사(Eurymedousa)이다. 저승을 방문했던 오르페우스의 아내 이름이 에우뤼디케(Eurydike)인데, 어떤 학자는 그 이름이 저승 여왕의 기능과 관련이 있다고 해석한다. '널리(eury) 정의(dike)를 펼친다'는 뜻으로 볼 수 있기 때문이다. 한편 '메두사'라는 이름도 원래 '다스린다(medomai)'는 뜻으로, 큰 여신의 이름일 수 있고, 우리는 앞으로 오뒷세우스가 그 메두사를 두려워하여 얼른 저승에서 떠나는 것을 보게 될 것이다. 그러니 이 두 이름을 합친 존재가 머물고 있는 집이 저승의 분위기를 띠고 있는 것은 그리 이상

하지 않다.

우리는 이제까지 두 번 멋진 집을 보고, 방문자가 감탄하는 것도 두 번 보았는데, 이 세번째 집이 그것들보다 훨씬 더 근사하게 그려졌고, 이번 방문자 역시 감탄을 금치 못한다. 칼륍소의 섬이 네 개의 샘으로 해서 어떤 전체성을 갖췄다면, 여기서는 두 개의 샘이 그 역할을 한다. 둘이란 숫자는 양 극단을 대표할 수 있기 때문에, 전체성의 상징으로 자주 쓰인다. 네 개에 비해서 조금 섭섭한가? 아닌 게 아니라, 뭔가 허전한 구석이 없지 않다. 이 땅의 산물 중에는, 우리에게 필요한 먹을거리 중 중요한 것이 빠져 있다. 『일리아스』에 나오는 아킬레우스의 방패와 비교해 보면 그 부족한 게 드러난다. 바로 목초지와 곡식밭이다. 우리는 이것들을 퀴클롭스의 땅과 그 부근에서 발견할 것이다. 어떤 학자들은 원래 가까이에 살았던 퀴클롭스들과 파이아케스 인들이 서로 보충적인 존재라고 생각한다. 다른 것은 나중에 보겠지만 우선 토지의 산물들만 보아도 수긍이 가는 해석이다.

재에서 솟아난 사나이

집 안에서는 파이아케스 인들의 지도자들이 모임을 마치고 막 헤르메스에게 헌주(獻酒)를 하는 중이다. 오뒷세우스가 안개에 싸인 채 집 안으로 들어가 아레테의 무릎을 잡는 순간, 그를 둘러쌌던 안개가 걷힌다. 주위 사람들이 모두 놀라는 가운데, 오뒷세우스는 아레테에게 탄원한다. 그녀의 이름을 부르고, 아버지 이름을 댄다.

아레테여, 신과 같은 렉세노르의 따님이여!(7권 146행)

이어서 그곳에 있는 모든 사람의 복을 빌면서, 자신을 고향으로 보내 달라 부탁한다. 갑작스런 사태에 놀랐던지 아레테는 말이 없다. 이 사람은 갑자기 어디서 나타난 것인가? 그는 왕비의 아버지 이름은 어떻게 알아서 부칭(父稱)으로 그녀를 부른 것일까? 탄원의 말을 마친 오뒷세우스는 재 가운데 앉아서 왕비의 답을 기다린다. 재 가운데 앉은 것은 겸손의 표시이지만, 우리는 이미 그가 재 속의 불씨처럼 잠드는 것을 보았기 때문에, 이 장면을 그가 잠드는 장면에 이어붙이면 마치 그가 재에서 솟아난 것 같은 인상을 받게 된다.

대답은 왕비도 왕도 아닌, 다른 원로 에케네오스에게서 나온다. 나그네를 그런 상태로 그냥 두는 것은 옳지 않으니 얼른 접대하고, 자신들은 탄원자들을 돕는 제우스께 헌주하자는 것이다. 그제야 정신이 돌아온 듯, 알키노오스는 자기 곁에 앉았던 아들 라오다마스를 일어나게 하고 그 자리에 나그네를 앉힌다. 다음은 오뒷세우스의 식사 장면이다. 그가 나우시카아의 접대를 받고 나서 한 일이라고는, 바닷가에서부터 아마도 아주 멀진 않은 길을 걸어온 후 아테네의 숲에 잠시 머물다가 도시로 들어온 것밖에 없는데, 다시 식사가 이어진다. 물론 이런 상황이 실제로 있다 하더라도, 오뒷세우스로서는 자기가 식사한 지 얼마 되지 않는다고 사양할 수는 없었을 것이다. 하지만 여기 이 장면은 손님이 도착하면 으레 나오는 전형적인 장면이기 때문에 되풀이 되는 것이라 보아야 할 것이다. 『일리아스』에서 아킬레우스도 금방 식

사를 마쳤지만, 프리아모스를 맞아 곧 다시 식사를 하지 않았던가! 오뒷세우스가 다시 식사 장면을 연출하는 동안, 먼저부터 있던 사람들은 제우스께 술을 바친다. 그 후에 알키노오스는, 내일 다른 원로들까지 모아 나그네를 호송하는 문제를 논의하자고 제안한다. 그러면서 일종의 보증과 예언을 덧붙인다. 이 나그네는 고향에 닿기까지 재앙이나 고통을 당하지 않으리라는 것이다, 물론 고향에서는 운명이 정한 것을 다 겪게 되겠지만. 또 왕은 오뒷세우스가 신이 아닐까 하는 의구심도 슬쩍 비친다. 그가 신이라면, 신들은 자신들을 향해 뭔가 꾸미시는 것이라고. 그러면서 자기들은 신들과 가까워서 신들이 늘 모습을 감추지 않고 공개적으로 자신들과 교제했다고 말한다. 이 마지막 주장은 우리가 이 작품에서 확인하는 것과 사뭇 다르다. 신들이 원래의 모습으로 방문했다는 것은 어쩌면 이전에만 있었던 일이거나, 아니면 그들의 착각, 또는 과장일 수 있다. 조금 전에 아테네 여신이 물 긷는 소녀의 모습으로 이 부근에 나타났던 것은 오뒷세우스 보라고 그랬던 거라 해도, 우리는 곧 아테네 여신이 공개적으로가 아니라 인간의 모습을 가장하여 모두 앞에 나타나고, 파이아케스 인들은 그걸 전혀 눈치 채지 못하는 걸 보게 될 것이다.

그러면서 알키노오스는 퀴클롭스들과 거인족들도 자기들과 마찬가지로 신들과 가깝다고 하는데, 이들은 이미 이 종족의 친척으로 소개되었다. 퀴클롭스 중 하나인 폴뤼페모스는 포세이돈의 아들로서, 알키노오스의 아저씨뻘이고, 알키노오스의 할머니는 거인족 왕의 딸이었다. 이러한 혈족관계는 나중에 오뒷세우스가 들려주는 폴뤼페모

스 이야기의 한 배경이 된다.

그 말을 들은 오뒷세우스는 우선 자신이 신이 아니라는 것을 밝힌다. 오히려 자신은 인간들 중에 고통을 가장 심하게 겪은 사람과 비슷하다고 주장한다. 그러면서 그는 자기가 지금 매우 배고프며 식사에 전념하고 싶다고 덧붙인다. 여기서 오뒷세우스는 일부러 자신을 낮추는 것으로 보이는데, 그러면서도 자기가 고향에 큰 재산과 지붕 높은 집과 하인들을 갖고 있다는 걸 암시할 기회를 놓치지 않는다.

국왕 부부와의 대화

아레테의 발언 기회는 모든 손님들이 돌아갔을 때이다. 지도자들이 모두 헌주하고 돌아가고 자리가 정리되자, 이 조용한 안주인은 오뒷세우스의 옷에 대해 질문한다. 나그네가 입고 있는 훌륭한 옷들은 그녀가 직접 만든 것이기 때문이다. 그녀는 그가 누구고 어디서 왔으며, 그 옷은 누구에게서 얻었는지 묻는다. 바다에서 막 도착한 사람이 그런 옷을 입고 있을 리 없다는 것이다. 사실 이것은 오뒷세우스에게 위험스런 순간일 수도 있다. 안주인은 자기 딸이 그 옷을 챙겨서 바닷가에 나간 것을 알고 있다. 한데 낯선 사람이 그 옷을 입고 나타났으니, 바닷가에서 자기 딸과 만났다는 것이고, 그 와중에 무슨 나쁜 일이 있었을 수도 있다. 물론 딸이 귀가한 것은 알고 있을 터이니, 큰 위해를 끼치지는 않았겠지만 건장한 남자가 결혼을 앞둔 처녀와 만났다는 건 뭔가 의심의 소지가 있다.

오뒷세우스는 상대의 의구심을 헤아린 듯 신중하게 대답한다. 서

사시에 나오는 많은 대화들이 되돌이 구성으로 되어 있지만, 이 장면에서 오뒷세우스의 대답은 그냥 평행형으로, 상대가 질문한 순서에 따라 답하는 것으로 되어 있다. 하지만 첫 질문, 즉 그가 누구인지에 대해서는 대답하지 않고, 어디서 왔는지 하는 질문으로 나아간다. 그는 가능한 데까지 신분을 숨기고, 상대가 먼저 자기 신분을 알아 주기를 원했던 듯하다.

오뒷세우스의 대답은 우리가 5권부터 보았던 내용의 요약에다, 그 전에 일어난 일을 간략히 덧붙인 것이다(작중 화자들이 독자들이 알고 있는 것보다 조금씩 앞에서 이야기를 시작하는 것은 『일리아스』에서도 자주 보이는 기법이다). 그는 배가 파선되어 동료들을 다 잃고, 용골 위에 앉아 아흐레 동안 떠돌다가 열흘째에 무서운 여신 칼륍소가 사는 오귀기아에 닿았고, 거기서 칠 년 동안 잡혀 있다가, 팔 년째에 풀려났다. 그녀는 뗏목에 식량과 의복을 준비해 그를 떠나보냈는데, 그 후 열여드레째에 육지를 보는 순간 다시 뗏목이 파선되어 헤엄쳐서 육지에 닿았다. 덤불 속에서 나뭇잎을 덮고 자다가 다음날 저녁 무렵에 깨어났다. 45행 정도 되는 이 요약은 우리가 다 아는 내용이라서 다소 지루하다. 하지만 옛날 방랑 가객이 대중 앞에서 공연할 때는, 중간중간 이런 요약이 들어가는 게 좋았을 것이다. 나중에 온 사람도 이야기를 따라갈 수 있도록 배려해야 하기 때문이다.

그 다음은 나우시카아와의 만남을 보고할 차례인데, 여기서 오뒷세우스는 상대의 마음에 들도록 칭찬을 섞어 전한다. 그는 왕가의 따님이 시녀들과 놀이하는 것을 발견하였는데, 그녀는 마치 여신과 같

았다. 자신이 그녀에게 탄원하자, 그녀는 젊은이들에게서는 보기 힘든 현명함으로 그를 대했다. 그에게 먹을 것을 주고 목욕을 시키고 옷을 주었던 것이다.

첫 질문을 던진 것은 안주인이지만, 대화를 이어가는 것은 왕이다. 오뒷세우스의 말을 들은 알키노오스는 자기 딸이 별로 현명하게 행동하지 못했다고 겸양을 보인다. 탄원을 받고도 나그네를 직접 집으로 인도하지 않았기 때문이다. 그러자 오뒷세우스는 거짓을 지어 나우시카아를 두둔한다. 그녀는 자신에게 동행을 제안했지만, 자신이 부끄럽기도 하고, 혹시 그녀 아버지의 노여움을 살지 모른다는 두려움도 있어서 사양했다는 것이다. 이 부분을 보면 주인과 손님은 서로 매우 예의를 차리고 있는 것 같은 인상을 주는데, 사실은 이 대화에서도 일종의 탐색전이 펼쳐지고 있다고 보는 해석도 있다. 나우시카아의 행동을 탓하는 알키노오스의 말은, '그렇다면 당신은 왜 우리 딸과 함께 오지 않았느냐?'는 질문을 우회적으로 한 것이고, 왕의 노여움이 두려웠다는 대답은 '당신은 혹시 나의 등장이 마음에 들지 않는가?'라는 질문일 수 있다는 것이다.

이어지는 알키노오스의 대답은 확실히 자신의 '가능적 분노'에 대한 언급으로 시작된다. 그 분노의 가능성을 부인하는 것이긴 하지만. 자신은 화를 잘 내지 않으며 절제를 중시한다. 그리고 오뒷세우스 같이 훌륭한 사람이 자기 사위가 되어 머물렀으면 싶다.

아버지 제우스와 아테네와 아폴론이여, 그대같이 훌륭한 사람이

나와 생각이 같아 이곳에 머물며, 내 딸을 아내로 삼고
내 사위라 불렸으면 좋으련만! (7권 311~3행)

여기 잠깐 등장한 '오뒷세우스의 결혼' 주제는 동화적 모티브로 익숙한 것이지만, 금방 주변으로 밀려난다. 알키노오스가 이어서 오뒷세우스를 호송하는 문제를 길게 언급하기 때문이다. 자기들은 나그네를 본인의 뜻을 거슬러서 붙잡아 두지 않으며, 내일 당장 그를 보내주겠다는 것이다. 오뒷세우스는 그냥 배에서 자고 있으면 고향에 닿을 것이다, 자신들은 라다만튀스가 티튀오스를 만나러 갈 때 그를 에우보이아까지도 데려갔었다, 그러고도 당일로 돌아왔을 정도로 배가 좋고, 선원들도 훌륭하다.

여기서 알키노오스가 얼른 화제를 돌린 것에 대해서는 두 가지 해석이 있다. 하나는 혹시나 상대가 자기 말을 어떤 압력으로 받아들일까봐, 혹은 결혼 제안을 하면서 상대의 기색을 살피고 상대가 별로 적극적으로 나오지 않으니까 무안해서, 얼른 다른 얘기를 꺼내 그것을 길게 늘였다는 것이다. 이것은 왕의 말을 액면에 가깝게 받아들이는 것이다. 다른 해석은 왕을 좀더 음험하게 보는 것이다. 사실 그는 오뒷세우스가 자기 사위가 되어 머무는 것은 전혀 원치 않으며, 오히려 그가 얼른 떠나버렸으면 하고 바란다는 것이다. 그래서 나그네가 혹할 정도로 좋은 배와 선원, 그리고 내일이라는 확정된 날짜를 제시했다는 것이다. 나중에 주고받는 말들을 보면 알키노오스가 그리 녹록한 인물은 아니라는 게 분명하지만, 이 단계에서 우리는 되도록 그

왕을 좀더 친절하고 마음이 열린 사람으로 보고 싶기는 하다.

알키노오스의 제안이 진심이라면 이것은 오뒷세우스에게 또 하나의 유혹이다. 바다를 떠돌다 온 신분 없는 사람에게 이 제안은 안정된 사회 질서에 편입되게 해주는, 그의 정체성을 분명하게 해주고 든든한 토대를 부여하는 것이기 때문이다. 하지만 이것은 함정이기도 하다. 이 제안을 받아들인다면 그는 독립된 개인이 아니라, 왕의 사위, 공주의 남편으로 불리고 거기에 맞는 역할만 하게 될 것이다. 그가 이 제안을 암묵적으로 거절함으로써, 그는 다소 불안정하고 유동적인 신분인 손님 지위에 머물면서 그 상태에서 대접을 받게 된다. 오뒷세우스에게 차례로 부여되는 지위가 바로, 인류 사회가 외부인을 대하는 태도의 발전과정을 보여 준다는 해석도 있다. '탄원자 - 신랑감 - 친구인 손님'이 그것으로, 점차 가족에 편입된 존재나 친척 관계를 이루지 않으면서도 교류를 지속하는 대상으로, 좀더 객관적인 존재가 되어 간다는 것이다.

다시 알키노오스의 발언으로 돌아가서, 그가 희랍 본토의 바로 동쪽에 위치한 에우보이아를 두고 거기가 마치 세상의 끝이기라도 한 듯이 말하는 것은 조금 우습다. 물론 거기까지 갔다가 하루 안에 돌아왔다면 요즘 배의 속도로도 매우 빠른 쪽이다. 스케리아의 위치가 어디인지는 분명치 않지만, 나중 사람들이 생각했던 것처럼 희랍 반도 중서부 앞바다에 있다고 해도, U자를 그리면서 펠로폰네소스 반도를 돌아 남쪽과 동쪽, 북쪽으로 올라갔다가 그 길을 다시 와야 하니 말이다. 어쨌든 이 사람들은 그보다 훨씬 동쪽에 있는 트로이아에 대해서

는 직접 지식이 없을 게 분명하다. 한편 여기서, 보통 저승의 심판자로 되어 있는 라다만튀스가, 저승에서 벌 받는 큰 죄인의 대표라고 할 수 있는 티튀오스를 방문했다는 구절이 눈길을 끈다. 앞에서도 말했지만 스케리아를 묘사하는 구절들은 서로 모순되는 것이 많은데, 지금 이 구절도 그런 것으로 볼 수 있겠다.

어쨌든 오뒷세우스는 알키노오스의 확언에 기뻐하며, 그에게 명성이 있기를 기원한다. 이 기원을 보면, 오뒷세우스는 트로이아를 함락한 영웅으로서 자의식을 상당히 갖고 있었던 것 같다. 자신의 귀향을 도와주면 그것은 파이아케스 사람들의 명성에도 도움이 되리라는 것이다. 아닌 게 아니라 이들은 오뒷세우스를 접대하고 호송함으로써 인류의 문학사에 길이 남게 되었다.

8권

오뒷세우스가 파이아케스 인들에게 접대를 받다

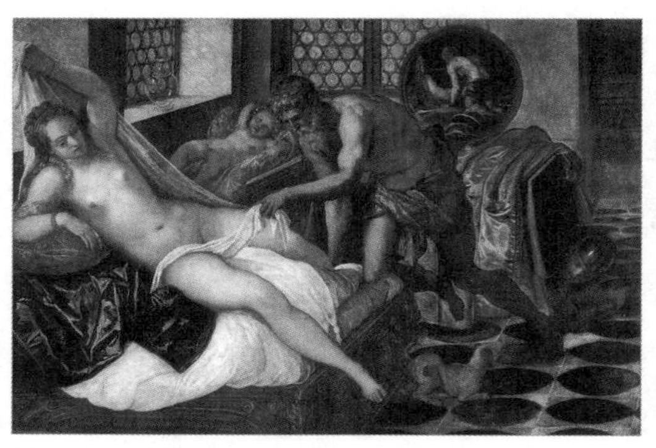

「아프로디테를 의심하는 헤파이스토스」 틴토레토(1518~1594)

알키노오스는 오뒷세우스를 접대하기 위해 잔치를 벌이고, 눈 먼 가객 데모도코스를 불러온다. 그는 아레스와 아프로디테가 바람피우다 헤파이스토스에게 붙잡힌 사건을 노래한다. 이 그림에서는 노인으로 그려진 헤파이스토스가 의심을 품고 집을 점검하고 있다. 에로스는 창가에서 딴청을 부리는데, 개가 침대 밑에 숨은 아레스를 향해 짖어 그를 당황케 하고 있다.

『오뒷세이아』의 많은 권들이 그러하듯이 이 권도 아침이 오는 것으로 시작한다. 7권은, 국왕 부부와 대담을 마친 오뒷세우스가 잠자리에 드는 것으로 끝났었다.

『일리아스』에 비해 『오뒷세이아』는 권의 구분이 훨씬 뚜렷하다. 전자가 겨우 나흘간 벌어진 전투를 약 스무 개의 권에서 펼치고 있는 데 반해, 후자는 훨씬 많은 날짜에다 여러 사건을 비교적 고르게 배분해 놓았기 때문이다. 그래서 여기까지 이르도록 한 권이 밤으로 끝나

지 않은 경우는 6권뿐이었다. 거기서는 오뒷세우스가 도시의 경계에 있는 아테네의 숲에서 머무는 동안 나우시카아가 돌아가는 데서 권이 나뉘었다. 그렇지만 이 경우도 장소의 변화가 권 나누기의 근거로 쓰인 셈이니 그 구분이 어색하진 않다.

파이아케스 인들의 회의

어제 알키노오스가 제안했던 대로, 파이아케스 인들 가운데 유력한 자들이 회의장으로 모여든다. 아침이 오고 회의가 시작되기 때문에 8권의 첫머리는 2권(텔레마코스가 소집한 회의)의 첫머리와 거의 같은 구절들로 되어 있다. 그리고 3권 끝부분에도 텔레마코스가 네스토르의 집에서 밤을 보내고 아침에 그 집안이 아테네께 제사를 드리기 때문에 그 부분 역시 비슷한 구절들로 묘사되어 있다. 이렇게 어디선가 본 듯한 장면들도 짜인 것이 『오뒷세이아』의 특징이다. 아테네 여신은 2권에서 그랬던 것처럼 스스로 전령의 모습을 하고 돌아다니면서 사람들을 회의장으로 불러 모은다. 그녀는 특히 오뒷세우스의 외모를 칭찬하여, 그가 불사의 신들과 같다는 걸 강조한다. 실제로 사람들이 도착했을 때 여신은 그의 모습을 우아하고 장대하게 바꿔 놓는다.

> …… 많은 사람들이 라에르테스의 현명한 아들을 보고는
> 놀라움을 금치 못했으니, 아테네가
> 그의 머리와 두 어깨 위에 경이로운 우아함을 쏟아 붓고,
> 그를 더 크고 더 듬직하게 보이게 했던 것이다.

이는 그가 전 파이아케스 인들에게서 사랑 받을 만하고 두렵고 존경스럽게
되며, 또한 파이아케스 인들이 오뒷세우스를 시험할 때
수많은 경기들을 잘 치를 수 있게 하려는 것이었다. (8권 17~23행)

여신의 의도는, 그가 나우시카아를 처음 만나 목욕하고 나올 때처럼, 그의 모습으로 사람들을 매혹하자는 것이다. 그리고 이것은, 그로 하여금 이 섬 사람들이 부과하는 경기를 잘 치르게 하려는 목적 때문이기도 하다.

알키노오스는, 낯선 이가 신분은 밝히지 않았지만 호송을 간청하니 얼른 보내주자고 하면서, 배를 준비하고 선원 쉰 두 명을 선발하자고 제안한다. 겨우 한 명을 실어 보내기 위해서 선원을 이렇게 많이 쓰는 것은 별로 효율적이지 않은 듯도 한데, 이 구절 역시 아르고 호 이야기의 서사시 공식구를 그대로 옮긴 것일 수 있다. 아르고 호는 인간이 처음 만든 배라고도 하는데, 처음 만든 배는 그저 한 명이나 탈 수 있는 통나무배이기 쉬우니, 그렇게까지 비현실적인 주장을 하기보다는 50명이 노를 젓는 배로서는 처음이라는 쪽이 더 그럴싸하다. 노 젓는 사람이 50명이면 선원이 52명이라고 해도 이상할 것이 없다. 관리자가 두 명 정도는 필요할 테니까. 물론 이 사람들이 다 필요해서라기보다는 일종의 의전절차로서 극도의 환대를 표현한 것이라는 설명도 있다. 그보다 작은 규모는 텔레마코스의 경우처럼 수행원 20명으로 표현된다.

알키노오스의 잔치와 데모도코스의 노래

알키노오스는 동시에, 오뒷세우스를 호송할 사람들을 위해 식사를 접대하고, 오뒷세우스 자신을 위해서는 잔치를 베풀겠다고 선언한다. 그리고 이 잔치를 위해 특별한 준비를 하는데, 바로 가인 데모도코스를 부른 것이다. 『오뒷세이아』에는 가객들이 많이 나오는데, 가장 많이 등장하는 것은 지금 부름을 받은 데모도코스이다. 호메로스가 어쩌면 자화상으로 그려 넣은 것일 수도 있는 이 인물은, 오뒷세우스가 신분을 밝히고 자기 이야기를 들려 줄 기회를 제공한다. 호메로스가 장님이라고 알려진 것은 이 데모도코스가 장님이기 때문일 것이다.

데모도코스가 무사 여신의 영감을 받아 처음 한 노래의 주제는 오뒷세우스와 아킬레우스 사이의 말다툼이다. 둘이 다투자 아가멤논은 그걸 보고 기뻐했다는데, 그 이유는 분명히 나오지 않고 그저 델포이의 신탁이 그걸 예언해 두었다고만 했다. 아마도 이런 말다툼이 생기면 그건 곧 트로이아가 함락되리라는 징조라고 예언되었던 모양이다. 이 다툼의 내용이 무엇인지는 학자마다 달리 추측하는데, 트로이아를 힘으로 공격할 것인가 계략을 쓸 것인가가 쟁점이었다는 주장은 이미 고대주석에 나온 것이고, 이건 그냥 『일리아스』 19권에 아킬레우스가 식사도 하지 말고 빨리 전투를 재개하자고 한 것에 대해 오뒷세우스가 반대의 뜻을 밝힌 게 변형된 거라는 주장도 있다. 어쨌든 『오뒷세이아』 시인은 여기서 『일리아스』 맨 앞에 나오는 아킬레우스와 아가멤논의 다툼과 유사하지만, 그것처럼 나쁜 결과를 가져오지는 않은 다른 다툼을 소개함으로써 『일리아스』를 넘어서려고 한 듯하다.

한데 이 노래를 듣던 오뒷세우스는 눈물을 흘린다. 하지만 눈물을 남에게 보이기가 부끄러워서 겉옷으로 머리를 가리고 있다가, 가인이 노래를 쉬면 신께 헌주를 하고, 다시 노래가 시작되면 또 머리를 가리곤 했다. 그런 식으로 다른 이들의 주의를 피했지만 곁에 앉은 알키노오스만은 그것을 알아차리고, 여흥 방식을 바꾸자고 제안한다. 나그네가 집으로 돌아갔을 때, 이곳 사람들이 얼마나 뛰어난지 남들에게 얘기해 주도록, 운동 경기들을 보여 주자는 것이다. 그가 제안한 종목은 권투, 레슬링, 멀리뛰기, 달리기이다. 『일리아스』 23권을 축소한 듯한 이 운동회에 여러 뛰어난 젊은이들이 출전하고 고르게 우승을 나눠 갖는다.

그러다 알키노오스의 아들 라오다마스가 동료들 사이에서 제안해서, 오뒷세우스에게도 참여를 권유하게 된다. 그에게 말을 건네는 것도 라오다마스다.

> 나그네 어르신, 그대도 이리로 나와서 경기에서 자신을
> 시험해 보시지요. 만약 그대도 어떤 경기를 배우셨다면 말입니다.
> (8권 145~6행)

우리가 읽기엔 그다지 모욕적이지 않은 듯한 이 권고를 오뒷세우스는 조롱으로 받아들인다. 학자들은 보통, 손님에게 도전하는 것이 예법에 어긋나기 때문이라고 설명한다. 특히 오뒷세우스같이 바다에서 지친 사람에게라면 더욱 그렇다고. 하지만 어쩌면 그 이상일 수도

있다. 라오다마스로서는 오뒷세우스에게 약간 반감을 품었을 수 있기 때문이다. 이 나그네는 갑자기 어디선가 자기 옷, 또는 그의 형제의 옷을 입고 나타나서, 자기의 자리에 앉았다, 그리고 그의 집에서는 그를 사위로 맞아들이자는 얘기가 오갔다, 과연 그가 그럴 자격이 있는지 확인하고 싶다. 애당초 동료들 사이에서 오뒷세우스에게도 운동을 시켜 보자고 제안한 것도 바로 라오다마스가 아니었던가! 오뒷세우스는 매우 예민한 사람으로서 그런 미묘한 기류를 느꼈을 수 있다. 혹은 오뒷세우스는 젊은이가 자신을 너무 노인 대하듯 하는 것에 심기가 상했을 수도 있는데, 상대가 그를 부를 때 쓴 호칭 '어르신'은, 『일리아스』 24권에서 젊은이로 가장한 헤르메스가 백발의 노인 프리아모스를 부를 때 쓰던 것(pater, 아버님)이다. 어쨌든 오뒷세우스는 자기가 귀향을 궁리하느라 마음이 편치 않다면서 경기를 사양한다.

그러자 서열 2위격인 젊은이 에우뤼알로스가 그를 비난한다. 그가 보기에 오뒷세우스는 경기에 능한 사람 같지 않고, 무역상 같다고 말이다. 그 말을 들은 오뒷세우스는 욱하여 일어난다. 자신이 바다에서 고생을 겪었지만 그런 모욕을 당하였으니, 아니 나설 수 없다는 것이다. 그는 파이아케스 인들이 평소에 던지던 것보다 훨씬 무거운 원반을 집어 빙빙 돌리다가 던지고, 돌원반이 날아가는 소리를 듣고 사람들은 엎드린다. 원반은 다른 사람들의 것이 떨어진 곳보다 훨씬 먼 곳에 떨어지고, 아테네가 사람 모습을 취하여 그 착지점을 표시하고서 누구 것보다 멀리 나갔다고 확인해 준다(아테네 여신은 아침 나절에는 회의를 소집하는 전령의 모습을 취하더니, 여기서는 또 경기 진행자 모

습을 취했다. 하지만 파이아케스 사람들은 그걸 알아차리지 못한 모양이니, 신들이 자기들 사이에는 공개적으로 모습을 드러낸다던 알키노오스의 주장은 사실 그다지 옳지 않다).

원반던지기의 성공에 힘입은 오뒷세우스는 의기양양하여 다른 종목의 도전도 거절하지 않겠다고 선언한다. 하지만 그는 왕의 아들인 라오다마스와만은 겨루지 않겠다고 미리 밝히는데, 그가 자기를 환대해 준 집의 주인이기 때문이다. 지위가 불안정한 나그네로서 오뒷세우스는 자기 처지를 잘 알고 조심스럽게 행동하고 있다. 그리고 이런 유보는, 주인으로서 손님에게 도전했던 라오다마스의 실례를 은근히 지적하는 효과도 있다. 이어서 그는 자기가 자신 있는 종목들을 나열한다. 제일 먼저 언급하는 것은 활이다. 그는 살아 있는 사람 중에서는 필록테테스만 자기를 앞설 것이고, 죽은 사람 중에는 헤라클레스와 에우뤼토스가 자기보다 나았던 것으로 꼽았다. 자신의 활 솜씨가 현재 세계 2위, 역대 4위라는 것이다. 다음으로 과시하는 것은 창던지기 솜씨이다. 그러니까 방금 알키노오스가 자랑하고 젊은이들이 선보인 것은 피해 가면서, 이곳 사람들이 잘 못할 것 같은 전쟁기술들을 자랑한 셈이다. 그러면서 다시 파이아케스 사람들이 자랑하는 종목으로 돌아간다. 달리기만큼은, 자기가 파도 속에서 몸이 상해서 다리 힘이 없기 때문에 혹시 질지도 모르겠다고 말한다. 사실 이것은 좀 우스운 농담이다. 『일리아스』 23권의 파트로클로스 장례식 경기에서 달리기에 우승한 것은 바로 오뒷세우스였기 때문이다. 또 에우뤼알로스라는 인물도 어쩌면 농담으로 들어간 것일 수 있는데, 어떤 이야기

에 따르면 오뒷세우스가 에우힙페라는 여인에게서 낳은 아들이 같은 이름을 갖고 있었고, 이 에우뤼알로스는 자기 아버지 오뒷세우스를 모르고서 죽인 것으로 되어 있다. 그러니 『오뒷세이아』의 시인은 다른 판본에서 자기 아버지 오뒷세우스를 죽이는 아들이었던 인물을, 여기서는 조금 약하게 손님 오뒷세우스를 모욕하는 토박이 젊은이로 바꾼 셈이다. 물론 『일리아스』 23권에도 다른 에우뤼알로스가 있어서 권투 시합에 나갔다가 말하자면 KO 패를 당하는 장면이 있다.

지금 여기 나오는 운동경기 장면이 『일리아스』 23권과 유사하다는 것은 앞에서 지적했는데, 이런 식으로 앞선 시대의 장면들을 끌어다 쓰는 것은 서사시의 전통이 되었다. 베르길리우스의 『아이네이스』 5권은 거의 전체가 파트로클로스 장례식 경기를 본받고 있다. 물론 이번에는 희랍 영웅이 아니라, 아이네아스의 아버지 앙키세스를 기리기 위한 것이다. 한데 『오뒷세이아』 시인이 『일리아스』의 등장인물을 빌려다가 약간의 농담을 한 것을 본받았는지, 베르길리우스는 다시 다른 에우뤼알로스를 운동 경기에 기용한다. 이 미남 청년은 달리기 경기에서 친우의 도움을 받아 운 좋게 우승한다. 어쨌든 이렇게 로마 시대에 가서 좀더 진중한 목적으로 다시 사용될 경기 장면을, 우리의 시인은 좀더 가벼운 목적으로 길이도 약간 줄여서 사용했다.

뜻밖에 젊은이들이 나그네에게 도전하는 바람에, 자기들의 운동능력이 해외로 널리 알려지기를 원하던 왕의 의도가 무너지고 공연히 손님께 무례만 범하고 말았으므로, 모두들 아무 말 못하고 침묵을 지키는데 알키노오스가 나서서 사태를 수습한다. 그는 자신들이 더 자

신 있는 다른 분야를 제시한다. 사실은 자기들이 권투나 레슬링에 뛰어난 것은 아니며 운동 경기 중에서는 달리기에 능하고, 또 배를 다루는 데 뛰어나며, 잔치, 악기, 춤, 옷 갈아입기, 따뜻한 목욕과 잠자리에 능하다는 것이다. 그러면서 마지막에 다시 한 번 항해와 달리기, 춤과 노래를 강조하는 것을 보면 이것이 그들의 '주 종목'인 모양이다. 사실 옷 모양내기나 목욕 같은 것은 그저 자기들이 즐기고 관심을 쏟는 것이지 남과 겨룰 것은 아니다. 그리고 '잠자리'라는 것이 무엇인지는 약간 해석이 엇갈린다. 옷 갈아입기나 목욕과 유사한 종류의 것으로 보자면, 편안한 잠자리에 신경을 쓴다는 뜻이 될 테고, 춤과 노래에 연결시키면 어쩌면 성적인 관심이나 능력일 수도 있다. 대개는 둘 다 포함된 것으로들 생각한다. 그리고 그것이 '늦잠자기'라는 재미있는 해석도 있다. 여기서 알키노오스는 앞에 했던 말을 슬그머니 취소하고, 오뒷세우스가 자신 없다고 한 것에 자기들이 강점이 있다고 주장하고, 보기보다 힘 좋은 이 나그네가 자신 있어 할 듯한 격투기 종목도 슬그머니 뺐다. 그러면서도 자기들의 강점을 기억하고 고향에서도 늘 얘기하라니, 이 왕도 외부의 평판에 신경을 쓰기는 하는 모양이다.

왕은 나그네에게 춤 시범을 보이기 위해 가객의 악기를 준비시키고, 무도장을 정리한 다음 젊은이들을 춤추게 한다. 젊은이들은 가객을 에워싸고 현란하게 발을 놀리며 춤을 춘다. 이 장면은 마치 『일리아스』 18권에 묘사된 아킬레우스의 방패 속 한 장면 같다. 다이달로스가 아리아드네를 위해 만들어 준 무도장에서 젊은이들이 가객의 반주에 맞춰 춤을 추는 장면 말이다. 이 장면으로 해서 오뒷세우스는 마

치 아킬레우스의 방패 속으로 들어간 것 같이 되었다. 물론 이것은 환상계(또는 적어도 '중간계')에서 일어난 일이니 현실과 좀 다르기는 하다. 그렇게 본다면 오뒷세우스는, 그림 속에 들어갔다 나왔다는 옛 이야기 속의 인물과 비슷한 경험을 한 셈이다. (『요재지이』聊齋誌異에 그런 이야기畵壁가 실려 있다.)

데모도코스의 두번째 노래

젊은이들이 춤을 추는 가운데 노래 가사가 제대로 전달될 수 있을지 모르겠지만, 가객은 여기서 세계적으로 유명하게 된 주제를 노래한다. 바로 아레스와 아프로디테가 바람을 피운 이야기이다.

> 가인은 수금을 연주하며, 아레스와 고운 화관의 아프로디테의
> 사랑에 관하여, 이들이 처음에 어떻게 헤파이스토스의 집에서
> 몰래 몸을 섞었는지, 훌륭하게 노래하기 시작했다.
> …… 그러나 당장 헤파이스토스에게 헬리오스가 알리러
> 갔으니, 그들이 사랑으로 몸 섞는 것을 그가 보았던 것이다.
> 헤파이스토스는 이 마음 아픈 소식을 전해 듣고는,
> 마음속 깊이 재앙을 짜맞추며, 대장간으로 가서,
> …… 부술 수도 풀 수도 없는 사슬들을 두드려 만들었다.
> …… 이런 덫을 준비해 가지고,
> 자신의 침상이 놓여 있는 방으로 달려가서,
> 침대기둥들 주위에다 온통 사슬들을 드리웠다.

또 천장에서도 많은 사슬들이 아래로 드리워져 있었는데,

거미줄처럼 섬세해서 아무도, 축복받은 신이라도, 그것을

볼 수 없었다. 그만큼 교묘히 그것들은 만들어졌던 것이다.

그는 침상 주위에다 온통 올가미를 드리우고 나서,

튼튼하게 지은 도시 렘노스로 가는 척했으니, ……

그러나 아레스는 …… 헤파이스토스가 멀리 떠나가는 것을 보고는,

고운 화관의 퀴테레이아와의 사랑을 열망하며,

이름난 헤파이스토스의 집으로 향하여 갔다.

…… 그녀의 손을 꼭 잡고 부르며 이렇게 말했다.

"자, 사랑하는 이여, 침상으로 가서 누워 즐깁시다."

…… 그리하여 그들 둘은 침상으로 가서 누웠다. 그러나 그들

주위에는 매우 영리한 헤파이스토스의 교묘한 사슬들이

드리워져서, 그들은 사지를 움직일 수도, 들 수도 없었다.

…… 그때 유명한 절름발이 신이 …… 되돌아서서 그들에게로 다가 갔으니,

…… 그는 마음에 괴로움을 품고 집에 가서

문간에 섰고, 사나운 노여움이 그를 사로잡았다.

그는 무시무시하게 고함을 지르며 모든 신들에게 외쳤다.

"아버지 제우스와 영원히 존재하는 다른 행복한 신들이여,

이리로 오셔서, 이 우습고도 꼴사나운 짓들을 보십시오."

(8권 266~307행)

처음 이들의 행위를 알아채고 헤파이스토스에게 알린 것은 태양신 헬리오스다. 태양은 하늘의 눈이어서 모든 걸 볼 수 있었던 것이다. 분노한 헤파이스토스는, 너무나 섬세하여 눈에 보이지 않으면서도 끊어지지 않는 사슬을 만들어 침대 주위에 설치해 놓고는 다른 곳으로 가는 척 집을 떠났다. 그러자 아레스가 기회를 놓치지 않고 그 집으로 찾아들어 다시 사랑을 나누려 했고, 결국 저 솜씨 좋은 장인이 설치해 놓은 장치에 걸리고 말았다. 뒤에 보면 여신들이 부끄러워서 구경을 오지 못했다니 둘 다 나체로 잡힌 것 같고, 두 신이 침상에 완전히 누운 다음에 작동하는 장치였던 것으로 보인다.

어쨌든 이번에도 다시 헬리오스가 헤파이스토스에게 계략이 성공했음을 알리고, 대장간 신은 돌아와서 복수한다. 하지만 우리가 일상에서 이따금 보는 종류의, 무슨 험한 일이 벌어진 것은 아니고, 제우스와 다른 신들을 거기로 불렀을 뿐이다. 헤파이스토스는 이런 일이 벌어진 것이 못난 자신의 용모 탓이라면서, 그렇게 낳아 주신 부모님을 탓하고, 아프로디테의 아버지는 자기가 지불한 구혼 선물을 모두 환불해야 한다고 주장한다. 이 마지막 주장은 좀 우스운 것이다. 자기 아버지가 곧 아프로디테의 아버지이기 때문이다(헤시오도스의 『신들의 계보』에는 아프로디테가 바다의 거품에서 태어난 것으로 되어 있지만, 『일리아스』의 시인은 그녀가 제우스와 디오네에게서 태어난 것으로 해놓았다. 『오뒷세이아』는 『일리아스』와 조금 다른 신화 체계를 따르지만 이에 대해 별 특별한 언급이 없으니, 여기서도 아프로디테의 아버지는 제우스인 것으로 생각하는 게 온당할 것이다). 물론 아버지라도 여러 아들 중

하나에게 특히 아름다운 딸을 배필로 준다면 특별한 대가를 요구할 수는 있겠다. 헤파이스토스는 신들이 사용하는 아름다운 기물들을 만들어 준 것으로 되어 있으니, 그런 종류의 선물을 특별히 제우스께 더 바치고서 아프로디테를 얻었는지도 모르겠다.

신들은 이 재미있는 사태를 당하여 모두 몰려들어 구경하고 웃어 댔다. 한쪽에서는, 다리를 저는 헤파이스토스가 발 빠른 아레스를 잡은 것에 감탄하고, 아레스가 벌금을 물어야 한다고 수군대는가 하면, 다른 쪽에서는 저런 수치를 당한다 해도 아프로디테와 사랑을 나눌 것인지 하는 논의가 일어난다. 이 문제에 대한 헤르메스의 답도 아주 유명한 것인데, 자신은 그보다 세 배, 혹은 그 이상의 사슬에 묶인다 하더라도 아프로디테 곁에 눕고 싶다는 것이다. 이런 농담 때문인지, 어떤 판본에 따르면 헤르메스와 아프로디테가 사랑을 나눠 그 사이에서 헤름아프로디토스라는 아이가 태어난 것으로 되어 있다(헬레니즘 시대에 만들어진 이야기로 보인다).

하지만 점잖은 포세이돈이 나서서, 벌금을 받고 그들을 풀어주도록 헤파이스토스에게 청하고 달래서 결국 그렇게 된다. 이 과정에서, 아레스가 풀려나면 과연 벌금을 지불할 것인지 의심하는 대장간 신에게 바다 신은, 당사자들이 내지 않으면 자기가 대신이라도 내겠노라고 보증하고 나선다. 도대체 신들이 돈은 가져다 뭣에 쓰려는지 궁금증이 생기는 대목이다. 사실은 아레스도 아프로디테에게 많은 선물을 주면서 접근했다니, 신들도 돈이나 선물에 넘어가는 모양이다. 윗세대 신에게 거역하기가 어려워서 헤파이스토스가 포세이돈의 제안에

따르자, 두 당사자는 얼른 자기들의 성역으로 도망쳐 버린다. 아레스는 트라케로, 아프로디테는 퀴프로스로 간 것이다. 아프로디테는 거기서 목욕하고 기름을 바르고 아름다운 옷을 입는 것으로 되어 있으니, 『일리아스』 5권에서 부상당한 아레스가 금방 치료 받고 위신을 회복하는 것과 비슷하게 되어 있다. 결국 불멸의 신들에게는 모든 것이 장난이기 때문이다.

한데 좀 이상한 것은 이 노래에 대한 오뒷세우스의 반응이다. 우리 같으면 혹시 자기 아내도 그렇게 다른 남자의 품에 든 것이 아닌가 걱정할 것 같은데, 그는 오히려 그것을 듣고 마음이 즐거웠단다. 아마도 그는 남편이 오쟁이 진 것보다, 보복에 성공했다는 것에 초점을 맞춘 듯하다. 하지만 처음부터 아내가 정숙하다면 더 좋지 않을까 싶다(물론 여기서 정숙함이 문제가 아니라는 학자들도 있다. 여성주의 진영에서 나온 해석으로 앞에서도 잠깐 언급했는데, 페넬로페도 나름대로 욕구를 지닌 존재로서 그저 남편에게만 목을 매고 있는 것이 아니라, 자기 주변의 남자들을 적당히 조절하면서 떠나지도 못하게 하고 그렇다고 결정적인 것을 허락하지도 않았다는 것이다).

오뒷세우스 선물을 받다

데모도코스의 노래에 뒤이어, 알키노오스의 명에 따라 그의 두 아들이 나와 공을 높이 던지고 받으며 춤을 추고 다른 젊은이들이 서서 박자를 맞췄다. 그 춤 솜씨에 오뒷세우스가 감탄하자, 기분이 좋아진 왕은 그에게 엄청난 선물을 주자고 제안한다. 자신을 포함해서 열 세 명

의 지도자들이 각기 겉옷 한 벌과 웃옷 한 벌, 그리고 황금 한 탈란톤씩을 즉시 가져다주고, 오뒷세우스의 기분을 상하게 했던 에우뤼알로스도 그에게 선물을 주라는 것이다. 지도자들은 모두 선물을 가져오도록 사람을 보내고, 젊은 에우뤼알로스는 은(銀) 손잡이가 있는 청동칼과 상아로 된 칼집을 화해의 선물로 준다. 오뒷세우스 역시 화해의 뜻으로 그것을 받으며, 상대에게 복을 빈다. 그가 물질적 풍요를 누리게 되어, 앞으로 이 선물 준 것을 아쉬워하게 되지 않았으면 한다는 것이다.

전령들이 선물을 가져오자, 알키노오스의 아들들은 그것을 어머니 아레테 곁에 쌓는다. 아레테는 오뒷세우스의 귀향을 위해 겉으로 드러나는 결정을 내리지는 않았지만, 아마도 상당한 권위를 가진 듯하다. 한편 알키노오스는 오뒷세우스가 선물들을 담을 수 있도록 아름다운 궤짝 하나를 준비시키고, 자기가 맡은 몫 외에도 아름다운 황금 잔 하나를 더 선물로 준다. 집에서 신들께 헌주할 때마다 자기를 기억하라는 것이다. 아레테는 궤짝을 가져다가 오뒷세우스가 받은 선물들을 넣어주는데, 그 다음에 왕비가 주는 충고가 학자들 사이에 꽤 주목을 받고 있다. 얼른 매듭을 만들어서, 그가 항해 도중에 잠들더라도 누가 재물을 훔치지 못하게 하라는 것이다. 그러면 이 왕비는 자기들의 백성에서 선발된 선원들을 믿지 못한다는 말인가? 물론 어디나 나쁜 사람은 있기 마련이고, 아테네 여신도 이 섬 사람들의 적의를 피하도록 여러 조치를 해주었다. 하지만 어쩌면, 꼭 특별한 위험이 있어서라기보다는 그냥 일반적으로 조심하라는 뜻일 수도 있고, 또 어쩌면

그냥 시인의 시대에 귀한 물건을 봉할 때 하던 관행이 여기에 섞여 들어간 것일 수도 있다. 앞에 그려진 포세이돈과 헤파이스토스의 협상 과정을 보면, 호메로스 시대에 벌써 사람들의 금전적인 관심과 조심성이 대단했던 듯하니, 이러는 게 이상할 것도 없다. 어쨌든 오뒷세우스는 왕비의 충고대로, 키르케에게 배운 교묘한 매듭으로 궤짝을 봉한다.

나우시카아와 작별하다

잔치에 앞서 오뒷세우스는 따뜻한 물에 목욕을 하게 되는데, 이것은 그가 다시 문명 세계로 진입했다는 징표라 하겠다. 그가 온수 목욕을 했던 것은 20여 일 전 칼륍소에게서 떠날 때가 마지막이었다. 그러니까 여기 저기 고립된 문명 세계가 있고 그 사이는 모두 원시적 자연의 영역인데, 그 고립된 거점들에 닿을 때마다 반복되는 것이 목욕이다. 그가 목욕을 마치고 나오자, 나우시카아가 그를 맞이한다. 지난번처럼 이번에도 그를 보고 감탄을 금치 못한다. 이번에는 특별히 여신이 오뒷세우스에게 우아함을 부여하지 않았는데, 이날 아침에 부어 준 아름다움이 적어도 하루는 지속되는 모양이다.

왕녀가 그에게 건네는 말은 거의 작별인사처럼 되어 있다. 자기가 그의 목숨을 구해 주었으니 그가 고향에 가더라도 이따금 자기를 생각해 달라는 것이다. 나우시카아는 아마도 오뒷세우스가 자기 짝이 되는 걸 포기한 모양이다. 아니면 짐짓 포기한 척하면서 오뒷세우스의 결단을 촉구하는 것일까? 그에 대한 오뒷세우스의 대답은, 어쩌면

남아 있을 처녀의 희망을 좌절시키는 것이다. 그는, 제우스께서 자기에게 귀향을 허락하시길 기원하면서, 고향에 돌아가서도 신에게 하듯 나우시카아에게 기도하겠다고 약속한다. 이 미묘한 대화는 나중에 헬레니즘 서사시 『아르고 호 이야기』에서 이아손과 메데이아의 미묘한 줄다리기에 모델이 될 것이다.

한데 나우시카아는 왜 벌써 작별을 고하는 것일까? 독자들은 아직 오뒷세우스의 긴 이야기가 남아 있다는 것을 알고 있다. 그러니 그의 출발은 다음날 저녁에나 이루어질 것이다. 하지만 출발 준비는 벌써 다 되어 있고, 이 시점에서 작중 인물이 볼 때 오뒷세우스는 곧 떠날 것 같다. 따라서 이쯤에서 인사를 해두는 것이 옳을 것이다. 그리고 우리는 다른 작별의 예들도 알고 있다. 이미 『일리아스』에서 안드로마케와 헥토르의 '작별'이 6권에서 이루어지고, 오뒷세우스와 칼륍소의 작별도 그런 식이었다. 앞으로 키르케와 오뒷세우스가 헤어지는 장면도 보게 될 텐데, 고전 작품들에서 작별인사는 물리적으로 마지막 보는 순간이 아니라 그 전에 놓여 있다. 따라서 소매를 잡고 놓지 못하는 메별(袂別) 장면 같은 것은 연출되지 않는다. 고전 속의 인물들은 '쿨하다'고나 할까? (『일리아스』 6권의 안드로마케는 예외이다. 그녀의 남편은 곧 죽을 테니까.)

데모도코스의 세번째 노래

다시 잔치가 이어지고, 이번에는 오뒷세우스가 상당히 능동적으로 움직인다. 운동경기에서 자신의 능력을 과시하고 많은 선물을 받고 나

니, 자신감이 회복된 모양이다. 그는 가객에게 자기 몫의 고깃덩이를 건네주고, 자신이 원하는 주제를 노래해 달라고 청한다. 그가 듣고자 하는 노래는 트로이아의 목마에 대한 것이다. 그러면서 그는 자기가 그 주제에 대해 잘 알고 있음을 내비친다. 그는 목마 작전을 주도한 사람이 오뒷세우스라는 것까지 자기 입으로 밝힌다. 그의 제안을 들은 사람들은 그가 적어도 트로이아 전쟁에 참전했었으며, 오뒷세우스와 가까이 아는 사이였다는 것까지는 짐작했을 것이다.

가객은 희랍군 함선들이 목마를 남겨 두고 출항한 데서 노래를 시작한다. 목마는 이미 트로이아 성채 안으로 끌려와서 회의장에 놓여 있고, 트로이아 인들은 그 목마를 어떻게 할 것인지 의논하고 있다. 세 가지 선택지가 논의되고 있었는데, 그 중 둘은 목마 안에 숨어 있는 희랍군들에게 공포스러운 것이었다. 우선 도끼로 찍어버리자는 제안. 이건 그래도 좀 나은 쪽이다. 목마 속 전사들은 비록 소수지만 최후의 저항을 해볼 기회는 있을 것이다. 다음으로 절벽으로 끌어다 밀어버리자는 제안. 이건 최악이다. 안에 있는 자들은 꼼짝없이 죽게 될 것이다. 혹시 끌려가는 사이에 문을 열고 뛰쳐나와 마지막 시도를 할지는 모르겠지만. 하지만 트로이아의 운명은 이미 정해진 것이어서, 사람들은 그것을 그대로 거기 두는 쪽을 택하고 말았다. 신께 바치는 헌물인 동시에, 승리의 기념물이 되게 하자는 것이었다.

가객은 뒤이어, 어떻게 목마 속의 전사들이 나와서 도시를 파괴했는지를 노래한다. 먼저 성문으로 달려가서 그것을 열고, 이미 돌아와 밖에 대기하고 있던 동료들을 안으로 끌어들였다는 것은 언급되지

않는다. 혹시 소수 정예가 트로이아를 함락했다는 판본을 따르는 것인지도 모르겠다. 『일리아스』에서도, 중요한 것은 귀족 영웅들의 개별 전투이지 전체적인 전략은 아니니, 여기서도 그런 측면은 그냥 무시된 것일 수 있다. 가객이 노래한 바에 따르면 오뒷세우스는 메넬라오스와 함께 데이포보스의 집에 가서 격렬한 전투를 치렀지만 결국 아테네의 도움으로 승리했다고 한다. 여기 언급된 데이포보스는 파리스가 죽고 나서 헬레네의 남편이 된 사람으로, 이미 4권에서 메넬라오스의 이야기 속에 등장했었다. 헬레네와 함께 목마 주위를 돌며, 그녀로 하여금 목마 속에 있는 영웅들의 아내 목소리를 흉내 내어 부르도록 부추긴 사람이다. 『오뒷세이아』는, 『일리아스』에 그려진 사건들과 지금 『오뒷세이아』에 나오는 이야기들 사이에 어떤 일이 있었는지를 채워 넣는 데 상당한 공을 들이고 있다. 이런 부분들은 나중에 '권역 서사시'라는 것들이 생겨나도록 자극했을 것이다.

이 노래를 듣고 오뒷세우스는 조금 실망했을 수도 있다. 자기가 오뒷세우스의 이름까지 대면서 자신을 이야기의 중심인물로 만들려고 애를 썼는데, 그의 가장 큰 기여라고 할 수 있는 목마 계략은 확실하게 강조되지 않고, 겨우 메넬라오스와 함께 그의 바람난 부인을 되찾으러 간 것만 그려졌기 때문이다. 그래도 다른 영웅들의 이름은 나오지 않는데 오뒷세우스는 세 번이나 거명되니, 가객으로서도 신청자의 뜻을 헤아려 상당히 성의 표시를 한 셈이다. 하지만 여기서 오뒷세우스는 아레스와 같은 것으로 묘사되니, 가객이 약간 농담을 얹은 것으로 볼 수도 있다. 전사가 아레스에 비유되는 것은 자주 있는 일이지

만, 데모도코스의 두번째 노래에서 아레스가 창피를 당한 게 조금 전이니, 잇달아 두 노래를 듣는 청중에게는 오뒷세우스에게 붙은 수식어가 약간 우스워 보였겠기 때문이다. 더구나 '바람둥이' 아레스처럼 그려진 그가, 오쟁이 진 남편의 대표격인 메넬라오스의 동행이라니! 거의 오월동주(吳越同舟)의 형국이다. 이 작품은 언어와 노래의 힘을 여러 차례 강조하는데, 시인은 여기서 자기의 분신이라고 할 수 있는 가객이 작품 주인공까지도 이기는 것으로 만들어 버렸다.

오뒷세우스 신분을 밝히라는 요구를 받다

가객의 노래를 듣던 오뒷세우스는 다시 눈물을 흘린다. 이번에도 다른 사람들은 알아채지 못했다니 아마 지난번처럼 겉옷으로 얼굴을 가린 모양이다. 한데 여기서 오뒷세우스가 눈물 흘리는 장면을 묘사한 직유가 다시 '뒤집혀'있다. 그는 마치 도시를 지키다가 전사한 남편의 시신을 앞에 두고 여자가 우는 것처럼 그렇게 울었다고 되어 있다.

> …… 그때 오뒷세우스는
> 마음이 녹아내렸고, 눈물이 눈꺼풀 밑 두 볼을 적셨다,
> 마치 어떤 여인이 사랑하는 남편을 얼싸안고 울듯이,
> 도시와 자식들에게서 저 무자비한 날을
> 물리치다가 자신의 도시와 백성들 앞에서 쓰러진 남편을.
> …… 꼭 그처럼 애절하게 오뒷세우스의 눈썹 밑에서 눈물이 쏟아졌다. (8권 521~525행, 531행)

아니, 도시를 지키는 남자들을 죽이고 여자들에게 눈물을 흘리도록 만든 건 오히려 오뒷세우스 아닌가? 방금 가객이 노래한 내용도 그런 것이 아니었나? 현실 속의 남자는 직유 속에서 여자가 되어 있고, 가해자는 피해자가 되어 있다. 이런 직유는 우리로 하여금 이 작품 전체를 제의적인 것으로, 질서가 뒤집어졌다가 다시 제자리를 찾는 과정으로 해석하게 이끌어간다.

지난번에도 오뒷세우스가 우는 걸 눈치 채고 다른 여흥거리를 제안했던 왕은, 이번에도 손님의 눈물을 알아채고 노래를 그치게 한다. 자기들로서는 그를 즐겁게 하려고 최선을 다하는데 상대는 오히려 슬퍼하고 있으니 의아할 법도 하다. 왕은 나그네에게 세 가지를 요구한다. 신분을 밝힐 것, 어디를 떠돌다 여기 도착했는지 밝힐 것, 트로이아 이야기를 들으면 눈물을 흘리는 이유를 밝힐 것. 사실 첫째 질문은 어제 저녁에 아레테가 했던 것이다. 그때 오뒷세우스는 슬그머니 화제를 바꾸고 그냥 지나갔는데, 이제 여기서까지 요구를 무시하면 그는 제 생각만 하는 예의 없는 사람으로 몰릴 판이다. 두 번이나 눈물을 보였으니, 어떤 학자는 오뒷세우스가 이런 질문을 유도한 것 아닌가 의혹을 품기도 한다. 사실 그가, 오뒷세우스가 등장하는 내용의 노래를 청할 때는 벌써 이런 사태를 예측했을 것이다. 말하자면 이제 그가 목마에서 나올 때가 되었다고나 할까? 그는 데모도코스의 첫 노래를 들으면서 자기의 명성이 여기까지 퍼졌음을 알았겠지만, 그때는 아직 자기를 드러낼 준비가 되어 있지 않았다. 그러다가 운동경기에서 탁월한 솜씨를 보이고 큰 선물로 융숭한 대접을 받고 나니, 이제는 자신

이 그 전설적인 영웅이라는 것을 밝혀도 되겠다고 생각했을 것이다.

그리고 알키노오스로서는 결국 오뒷세우스의 신분을 물어볼 수밖에 없다. 그를 고향으로 데려가려면 그 고향이 어디인지 알아야 하기 때문이다. 하지만 그 다음에 나오는 왕의 발언은 사실상 그의 질문의 긴요성을 깎아먹는 것이다. 자기네 배는 사람의 생각을 알아서 저절로 그리로 향한다는 것이다. 그러니 승객이 말을 하지 않아도 그의 목적지로 알아서 찾아갈 테고, 항해가 제대로 이루어지는 것만 생각한다면 선원들이나 그들의 왕이 지명까지 알 필요는 없을 것이다. 그래도 현실적으로 왕으로서 자기 배와 선원들이 지금 어디로 갈 건지는 알고 있어야 할 테니, 왕의 요구가 아주 의미 없는 것은 아니다.

왕은 자기네 배의 성능을 자랑하면서 한 가지 걱정스러운 예언을 덧붙인다. 자기네가 누구나 안전하게 호송해 주고 있어서 포세이돈이 화를 내고 있으며, 언젠가는 그 신이 배를 부수어 버리고 그들의 도시를 산으로 둘러싸 버리리라는 것이다. 이 예언은, 지금부터 나올 오뒷세우스의 이야기 앞뒤에서 일종의 '되돌이 구성'을 이룬다. 지금 여기 예언이 나오고, 오뒷세우스의 이야기가 네 권 동안 계속된 후에, 이 예언이 실현되기 때문이다.

왕의 두번째 요구, 즉 오뒷세우스가 어디를 떠돌아 다녔는지 이야기하라는 것은, 앞으로 이어질 오뒷세우스의 모험담에 대해 거의 서시(序詩) 역할을 한다.

자, 그대는 내게 이 점에 대하여 솔직히 말씀해 주시오.

그대는 어떤 곳을 떠돌아다녔고, 어떤 나라들과 인간들에게 갔었는지,
인간들 자신과 그들의 살기 좋은 도시들에 관해 말씀해 주시오,
또 얼마나 많은 자들이 가혹하고 야만적이고 의롭지 못했으며, 어떤
자들이
손님에게 친절하고 신을 두려워하는 마음씨를 가지고 있었는지도.
(8권 572~576행)

우리는『오뒷세이아』전체 맨 앞에 이와 유사한 서시가 있었던 것을 기억한다. 거기서 시인은 무사 여신에게, 여러 도시를 돌아다니고 사람들의 마음(noos)을 알았던 남자에 대해 노래해 달라고 청했다. 여기서도 왕은 오뒷세우스에게, 돌아다닌 도시들과 그곳의 사람들에 대해, 그리고 그들의 마음씨(noos)에 대해 이야기해 달라고 청한다.

세번째 요구는 그가 트로이아와 어떤 관련이 있는지, 혹시 가까운 사람이 거기서 죽었는지 얘기하라는 것이다. 특히 전우(hetairos)들을 잃었으면 그걸 말하라고 하는데, 이 역시 서시에 나왔던 것이다. 오뒷세우스는 전우(hetairos)들의 목숨을 구하려 애를 썼으나, 그들은 어리석은 행동으로 모두 죽어 버렸다고 말이다. 더구나 이 부분에 노래라는 단어도 나온다. 신들이 인간에게 불행을 보내는 것은 앞으로 노랫거리(aoide)가 있게 하려는 것이라고. 이제 오뒷세우스는 자신의 방랑과 전우들을 잃은 과정을 '노래할'(aeidein) 준비가 되었다.

직접 작품을 읽고 있는 독자라면 오뒷세우스의 '현실적 모험'과 '환상적 모험'의 경계라고 표시해 놓은 곳에 도착했을 것이다. 물론 아직 오뒷세우스가 집에 도착하지 않았으므로, 그 '현실적인 모험'이 완

전히 끝난 것은 아니다. 그렇지만 그 경계 표시가 아주 잘못된 것은 아니다. 우선 그 다음에 '환상적 모험'이 시작되니 이 지점이 어떤 경계라는 것은 분명하고, 또 '환상적 모험'이 끝나면 곧장 영웅의 귀향이 그려지니 사실상 그의 '현실적 모험'도 거의 끝이 난 셈이다. 이제 다음 이정표는 12권 끝이다. 여기서 다시 중간 표시를 하나 만들자면, 10권 끝이 되겠다. 저승여행 전과 후로 나누는 것이다.

앞에서 전체의 구조 얘기를 하면서 이 부분이 오뒷세우스의 '환상적인 모험'(9~12권)이라고 했었다. 이 이야기는 영웅이 알키노오스의 궁정에 머물면서 다른 이들에게 들려 주는 것이다. 『오뒷세이아』의 다른 부분은 모두 시인 자신의 목소리로 3인칭으로 전해지다가, 이렇게 1인칭을 취함으로써 생기는 장점이 있는데, 그것은 지난 10년의 이야기를 며칠 사이의 이야기에 끼워 넣을 수 있다는 점, 또 기이한 내용들을 시인이 '입증'의 책임을 지지 않고 전할 수 있다는 점이다. 그리고 모든 이야기에는 화자의 입장이 들어가기 때문에, 우리는 여기서 오뒷세우스가 자기 부하들을 잃은 것에 대해 그 책임을 부하들 자신에게 돌리려고 애쓰는 것을 발견할 것이다. 또 자신이 얼마나 계략에 능한지 과시하는 기미를 찾을 수도 있을 것이다. 하지만 시인 자신이 서시에서 오뒷세우스의 책임을 면해 주는 쪽으로 전체 방향을 정해 놓았고, 그에게 계략이 많다는 수식어도 붙여 놓았으니, 여기 보이는 오뒷세우스의 주장이 꼭 시인의 뜻과 무관한 것이라고는 할 수 없을 것이다. 계속 작품의 내용을 따라가 보자.

9권

키코네스, 로토파고이, 폴뤼페모스

「폴뤼페모스의 눈을 찌르는 오뒷세우스」 라코니아 퀼릭스(기원전 550년 경)

이 그림에는 세 가지 시간대가 동시에 표현되어 있어서, 폴뤼페모스는 아직 사람의 다리를 들고 있으며, 오뒷세우스는 그의 입에 잔을 갖다 대면서 동시에 그의 눈을 찌르고 있다. 맨 위에 그려진 뱀은 '그들은 마치 뱀이 물듯이 날카롭게 찔렀다'는 뜻의 직유인 것으로 보인다. 맨 밑의 먹이 먹는 물고기 역시 일종의 직유로, 폴뤼페모스가 포도주를 마치 물고기가 미끼 물듯 받아먹었다는 뜻인 듯하다.

오뒷세우스는 먼저 자기 이름과 고향을 밝힌다.

이제 먼저 내 이름을 말씀 드리겠소. 그대들도 그것을 알도록,

그리고 내가 무자비한 날에서 벗어나게 된다면, 비록 멀리 떨어진 집에서

산다 하더라도, 여전히 그대들의 손님으로 남아 있도록 말이오.

나는 라에르테스의 아들 오뒷세우스요. 나는 온갖 책략들로

사람들에게 존경 받고 있고, 내 명성은 하늘에 닿았소.
(9권 16~20행)

인용문 마지막 두 줄은 우리가 볼 때는 자화자찬이지만, 서사시가 공식구들로 이루어진 것을 생각하면 별로 탓할 것도 없다. 여기 자기 소개에 사용된 구절들은 모두 공식구에 가까운 것이기 때문이다. 그리고 사실 오뒷세우스로서도 자기 신분과 특성에 자부심을 갖고 있는 것 같기도 하다. 그 역시 알키노오스처럼, 자기 떠난 다음에도 이곳에서 길이 기억되기를 기대하고 있다.

그는 이어서 자기 고향과 그 주변을 설명한다. 자기 고향은 멀리서도 잘 보이는 섬 이타케로, 거기는 네리톤이라는 산이 솟아 있고, 주변에는 둘리키온, 사메, 자퀸토스 섬이 있다는 것이다. 한데 여기 나오는 섬들이 현재의 어떤 섬인지가 분명치 않은 게 문제이다. 현재 희랍 반도의 서쪽에 있는 섬들 중에 이 이름을 그대로 유지하고 있는 것은 없다. 학자들 사이에 얼추 합의된 것은 자퀸토스가 현재의 잔테(Zante)라는 것뿐이다. 이타케(Ithake) 자체는 티아키(Thiaki) 섬인 것으로 많이들 믿고 있지만, 이타케가 '서쪽으로 맨 위쪽에' 자리 잡고 있다고 되어 있는 반면에 티아키는 다른 섬들로 둘러싸여 안쪽에 있다. 그것의 서쪽에 케팔레니아가, 그리고 서북쪽에 레우카스라는 섬이 놓여 있는데, 그 중 전자가 오뒷세우스의 고향 이타케라고 믿는 학자도 있다. 이런 불일치 때문에 어떤 학자는, 『오뒷세이아』를 만든 시인이 이오니아 출신으로서 자기 고향에서 먼 서쪽 지역을 잘 알지 못

했다고 해석하기도 한다. 어쩌면 시인에게는 먼 땅 어딘가 영웅의 고향 섬이 있다는 것만 중요하지, 나머지는 그다지 관심 없었는지도 모른다. 트로이아를 발굴했던 쉴리이만도 티아키를 발굴했지만 별 성과를 거두지 못했는데, 이것은 아마도 어떤 역사적 사건에 기초를 두고 만들어 낸 『일리아스』에 비해 『오뒷세이아』가 기본적으로 민담에서 서사시로 변형된 것이기 때문이리라. 민담의 주인공이 무슨 현실적인 유적을 남겼겠는가?

오뒷세우스는 자기 고향이 바위투성이 섬이지만 자기로서는 고향이 그립다면서, 슬쩍 이전에 자기를 남편으로 삼아 더 좋은 땅에 잡아두려 했던 요정들을 거론한다. 이것은 바닷가에서 나우시카아가 잠깐 비쳤던, 그리고 도착 첫 밤에 알키노오스가 제안했던 결혼에 대한 오뒷세우스의 입장 표명이기도 하다. 여신들까지 거절한 사람이니 더는 결혼 얘기를 꺼내지 말라고. 이제 첫 질문에 대한 답은 됐다. 오뒷세우스는 두번째 질문으로 넘어가면서, 그 대답 가운데에 저승 이야기를 넣어서 세번째 질문, 즉 트로이아에서 잃어버린 전우들에 대해도 답하게 될 것이다. 물론 귀향 길에 잃은 전우들에 대해서는 모험담 가운데 얘기하겠지만.

이스마로스에서의 해적질

우리는 이미 3권에서 네스토르의 회고를 들었기 때문에, 오뒷세우스가 귀환 초기에 방향을 되돌려 아가멤논에게로 돌아갔다는 사실을 알고 있다. 한데 어찌 된 일인지 오뒷세우스의 이야기에는 다른 함선들

은 다 어디 갔는지, 자기네만 따로 있는 것처럼 되어 있다. 우리는 어쩌면 아이스퀼로스의 비극 「아가멤논」에서 그 사정을 보충해 넣어야 할지 모르겠다. 즉, 폭풍을 만나 모두가 흩어지게 되었다는 것이다.

어쨌든 오뒷세우스 일행이 트로이아를 떠나 제일 먼저 했던 일은 트라케 지방, 이스마로스라는 도시에서의 해적질이다. 앞에서, 이 부분에 나오는 오뒷세우스의 모험이 환상의 세계에서 이루어진 것이라고 했지만, 아직 그의 일행은 지리적 위치를 확정할 수 있는 현실 세계에 있다. 어쨌든 그는 트로이아에서 현실의 전쟁을 치른 영웅으로 되어 있다. 그가 약탈하는 이스마로스는 트로이아를 지원하던 도시이다. 혹시 유명한 영웅이 '불법적인' 행동을 하는 것에 충격 받을 독자가 있을지도 모르겠는데, 해적질은 당시 여러 경제 활동 중의 하나일 뿐이어서 특별히 비난의 대상이 되지 않았다. 사실상 트로이아 전쟁 때 희랍군이 오랜 기간 큰 군대를 먹인 것도 이런 식의 약탈에 힘입은 것이다. 그리고 약간 도덕적인 유보가 있긴 하지만, 텔레마코스를 처음 본 네스토르도 그에게 혹시 해적이 아닌지, 마치 그것이 하나의 직업인 양 물은 바 있지 않은가? (3권 73행.)

나중에 보면 알겠지만 이 해적질 이야기는, 14권에서 거지 모습을 한 오뒷세우스가 돼지치기 에우마이오스에게 들려주는 이야기와 비슷하다. 일행은 처음에는 기습으로 성공을 거둔다. 노략물을 분배한 다음에, 오뒷세우스는 얼른 도망치자고 하지만 부하들은 말을 듣지 않고 잔치를 벌인다. 그러다가, 달아났던 키코네스 인들이 내륙에서 지원군을 불러오고, 이들의 기습에 그들은 큰 피해를 입고 퇴각하

게 된다. 그 지원군에 맞서서 오뒷세우스 일행이 배 곁에서 싸우는 장면은 마치 『일리아스』의 한 장면처럼 되어 있다.

> 그리하여 그들은 이른 아침에, 마치 제 철을 만나 피어나는 잎들이나
> 꽃들과도 같이 무수히 몰려왔고, 그때 우리가 수많은 고통을 당하도록,
> 제우스의 사악한 운명이 불운한 우리들 옆으로 다가섰소.
> 양군은 날랜 배들 옆에서 대열을 이루고 싸웠고,
> 청동 날이 박힌 창들을 서로가 서로를 향하여 내던졌소.
> 신성한 날이 점점 자라나는 아침 나절에는,
> 비록 그들의 수가 많았지만, 우리는 버티며 그들을 막아냈소.
> 그러나 해가 기울어져 소의 멍에를 풀 때가 되자,
> 키코네스 인들이 아카이아 인들을 제압하여 밀어내니,
> 배마다 훌륭한 정강이받이를 댄 전우들이 여섯 명씩 죽었소.
> (9권 51~60행)

앞에서도 우리는 『일리아스』의 운동경기 장면이 작은 규모로 모방되는 것을 보았는데, 이 장면에서도 일종의 패러디로 『일리아스』의 전투 장면을 동원하고 있다. 우리는 앞으로 구혼자들과 전투, 그리고 구혼자 친척들과의 전투에서 비슷한 작은 패러디를 보게 될 것이다.

한데 여기 이 해적질을 묘사하면서 오뒷세우스가 하나 빼놓은 것이 있다. 그는 여기서 굉장히 좋은 포도주를 얻고 나중에 그것을 이용하여 폴뤼페모스의 동굴에서 벗어나게 되는데, 그것이 여기서 언급되지 않았다. 사실 이것은 서사시의 전통에 속하는 기법이기도 하다. 서

사시에서는 때때로 어떤 물건이 필요하게 될 때까지는 그 물건이 있다는 것도 언급하지 않다가, '아, 그런데 말이야, 이런 게 있었어' 하듯이 불쑥 꺼내는 경우가 있다. 그러니까 이 포도주도 나중에 쓰이게 될 때까지 내력이 소개되지 않은 게 이상할 것은 없다. 그리고 이 해적질은 어쩌면, 그 포도주의 출처를 궁금해 하는 사람이 있을지 몰라서, 미리 끼워 넣은 것일 수도 있다.

하지만 여기서 오뒷세우스가 포도주 얘기를 하지 않은 것에 대해 의혹을 품는 학자도 있다. 혹시 그의 일행이 기습을 당한 것이 그 포도주 때문이었던 게 아니냐는 것이다. 오뒷세우스는 얘기를 뒤로 미뤄 놨지만 지금 설명에 필요하니, 그냥 여기서 그 술의 출처를 얘기하자. 이 포도주는 원래 그 지역의 제사장인 마론의 집안 것이었다. 오뒷세우스가 해적질의 와중에 그의 가족을 특별히 보호해 주었더니, 그가 고맙다고 그 귀한 술을 내어 준 것이다. 이 술은 어찌나 좋은 것인지, 약 20 대 1의 비율로 물과 섞어도 그 맛과 향이 매우 뛰어났다고 한다(희랍인은 보통 술과 물을 섞어 마셨는데, 헤시오도스의 『일들과 날들』에 보면 술과 물의 비율이 1 대 3이 되는 걸 추천하고 있다).

> 그들이 꿀처럼 달콤한 불그레한 그 포도주를 마실 때면,
> 그는 그것을 한 잔 가득 채워 스무 홉의 물에다 붓곤 했소.
> 그러면 술 섞는 동이에서 신기하고 달콤한 향기가 올라왔소.
> (9권 208~210행)

나중의 퀴클롭스 사건만 보자면, 이 선물은 고마운 행동에 대한

고마운 보답으로 미담(美談)기사 감이지만, 혹시 이 술을 마시다가 오뒷세우스 일행이 반격을 당한 것이라면 이것은 사실상 그들 죽으라고 제사장이 준 것이다. 더구나 그 술의 양이 배 한 척당 한 동이씩 돌아갈 수 있게끔, 열두 동이였으니 말이다. 물론 열둘은 그냥 전형적인 숫자이고, 이 작품이 태양신 신화와 연결되게끔 열둘이란 숫자를 자주 쓰니, 꼭 배의 숫자를 겨냥해서 그만큼 주었다고 하는 것은 너무 의심이 심한 것일 수 있다. 어쨌든 이 대목에서 오뒷세우스가 말하자면 어리석은 지휘관으로, 상대의 '독약 전술'에 넘어가서 부하들을 잃었을지도 모른다는 의혹이 있음을 짚어 두고 가자. 그리고 그가, 배 한 척당 여섯 명씩 희생되었다고 말한 것도 약간 '숫자 줄이기'의 의혹이 있다. 그냥 72명이 희생되었다고 하면 그 숫자가 너무 크게 보이기 때문이다. 옛날 구구단도 보급되기 전에, 한 척당 여섯이라면 전체 희생이 얼마나 되는지 청중이 잘 모르고 그냥 넘어갈 수도 있을 것이다. 한편 오뒷세우스가 이 사건을 회고하면서 사용한 표현을 근거로, 그가 책임을 부하들에게 떠넘기고 있다고 보는 입장도 있다. 그가 자기 부하들을 가리켜 '큰 바보들'(mega nepioi, 9권 44행)이라 한 대목이다. 하지만 이것은 서시에서 시인 자신도 썼던 말(1권 7행)이니, 이것만으로는 오뒷세우스를 의심하기에 좀 무리가 있다.

로토스 먹는 사람들

그들은 적의 추격을 따돌리고 한숨 돌리자, 죽은 이들을 애도하고 항해를 계속한다. 하지만 곧 폭풍을 만나는데, 이것도 두 단계로 되어 있

다. 처음 만난 것은 아직 현실 세계의 것으로, 그들은 뭍에 올라 기력을 회복한 다음 다시 항해를 시작한다. 하지만 그들이 펠로폰네소스 동남단의 악명 높은 말레아 곶을 지나고 있을 때 또 다시 심한 폭풍이 닥쳐오고, 아흐레 동안이나 떠밀려간 끝에 그들은 어딘지 모를 곳에 닿는다. 사실 이들은 깨닫지 못하고 있었지만, 이로써 그들은 환상계로 들어간 것이다. 여기 폭풍이 두 단계로 설정된 것은, 오뒷세우스가 귀향할 때 두 단계의 항해를 하는 것에 상응한다. 또 그것은 청중이 너무 갑자기 환상의 세계로 뛰어들지 않도록, 말하자면 진입을 늦추는 장치일 수 있다. 한편 이 폭풍들은 전체 이야기의 진실성을 강조하기 위한 장치일 수도 있는데, 트라케에서 펠로폰네소스까지 올 때 폭풍을 한 차례밖에 안 만난다는 것은 어쩌면 당시로서는 비현실적인 것으로 여겨질 수도 있겠기 때문이다.

오뒷세우스 일행이 환상계에서 처음 겪는 모험은 로토스 먹는 사람들을 만난 것이다. 이들은 별달리 해를 끼치는 존재는 아니지만, 그들이 주는 로토스라는 열매를 먹은 사람은 집도 동료도 다 잊고 그냥 거기 계속 머물고 싶어진다.

로토파고이 족은 우리 전우들에게 파멸을 궁리하는 것이
아니라, 로토스를 먹으라고 주었소. 그리하여
그들 중에 꿀처럼 달콤한 로토스를 먹은 자는
소식을 전해 주거나 귀향하려고 하기는커녕,
귀향을 잊어버리고 그곳에서 로토스를 먹으며

로토파고이 족 사이에 머물고 싶어 했소.(9권 92~7행)

오뒷세우스의 정탐꾼들도 그것을 먹고는 집으로 돌아가지 않으려 해서, 다른 사람들이 억지로 배로 끌어오는 것으로 되어 있다. 이 열매는 아무래도 마약 성분을 함유하고 있는 것 같은데, 이게 어떤 식물인지는 분명치 않다. '로토파고이'(Lotophagoi)라는 이름을 가진 종족이 헤로도토스의 『역사』(4권 177장 이하)에도 소개되어 있지만, 북아프리카 해안의 서쪽 지역에 사는 이 종족은 대추야자 비슷한 열매만 먹는다고 기록되어 있을 뿐, 그것이 별 이상한 효과를 보이는 것으로 나와 있진 않다. '로토스'라는 말은 대체로 '연꽃'이란 뜻으로 쓰이고 있어서, 이 사람들은 '연밥(또는 연실) 먹는 사람들'로 옮겨지기도 하는데, 연꽃 열매 중에 식용으로 쓰이는 것을 조사한 학자가 있다. 그에 따르면, 식용 연밥이 세 종류 있지만 그중에 환각 효과를 지닌 것은 없다고 한다. 그러니 여기 나온 로토스는 현실에서 발견되는 어떤 열매라기보다는, 환상의 세계에 들어간 사람이 거기서 어떤 음식을 먹고 다시는 돌아가지 못하게 되었다는 민담의 개념이 반영된 것이라 하겠다. 우리는 페르세포네가 저승에서 석류 씨앗을 먹고서, 완전히는 지상으로 돌아가지 못하게 되었다는 이야기를 알고 있다.

한편 오뒷세우스가 겪는 모험을 세 가지로 나누는 학자가 있는데, 그는 직접적 폭력, 성적 유혹에 더하여 무책임의 유혹을 꼽으며, 로토스가 바로 이 마지막 부류의 것이라 해석한다. 이 해석을 따르자면 고단한 현실을 잊고 싶은 사람들의 소망이 여기 투영된 셈이다. 그리

고 이 위험이 모험들의 맨 앞에 놓인 것은, 귀향 의지를 상실하는 것이 위험 중에서 가장 무서운 것이기 때문이라는 의미 부여도 있다. 이 땅의 몽환적인 분위기와 로토스를 먹은 사람들의 몽롱한 상태는 19세기 영국 시인 테니슨(Lord Alfred Tennyson)이 「로토스 먹는 사람들」(The Lotos-Eaters)이라는 시에 잘 표현해 놓았다.

퀴클롭스들의 땅에 가다

오뒷세우스의 모험을 이루는 이야기들은 그 길이가 고르지 않아서, 어떤 것은 자세히, 어떤 것은 간략하게 다뤄진다. '로토스 먹는 사람들' 다음의 모험은 퀴클롭스인 폴뤼페모스 이야기인데, 여러 모험 중에서 저승여행 다음으로 자세히 묘사되어 있다. 골자만 얘기하자면 동굴 속에서 외눈박이 괴물을 만나 눈을 찌르고 도망쳤다는 것이다. 그 괴물의 이름이 어디에는 퀴클롭스로 되어 있고, 어디에는 폴뤼페모스로 되어 있어서 혼란스러워하는 사람도 있을 수 있는데, 퀴클롭스('둥근 눈')는 외눈박이 괴물 종족의 이름이고 폴뤼페모스('유명한 자')는 그 중 하나의 개인 이름이다.

퀴클롭스들의 나라에 닿는 과정은 또 다른 관문을 통과하는 것처럼 되어 있다. 앞에서 환상계로 들어서는 데 이미 두 단계를 거친 것처럼 말했지만, 텔레마코스의 여행이나, 오뒷세우스 자신이 환상계를 떠날 때 거친 과정을 생각해 보면, 앞서 통과한 관문에는 한 가지 특성이 빠져 있었다. 바로 어둠이라는 요소이다. 텔레마코스가 육지로 떠날 때도, 메넬라오스의 땅으로 갈 때도 밤이 중요한 요소로 등장했고,

오뒷세우스 역시 나우시카아의 섬에 도착해서 곧바로 밤을 맞아 잠이 들었고, 그 섬을 떠나 이타케로 갈 때도 밤 항해를 거치며 잠들 것이다. 오뒷세우스가 로토스 먹는 사람들의 땅을 떠나 본격적인 환상계로 진입할 때도 역시 어두운 밤이다. 앞에서 빠졌던 요소를 지금 보충하는 셈이다.

하지만 얘기 자체는 그들이 도착하는 장면으로 시작되지 않는다. 대체 그런 걸 어떻게 알았는지, 오뒷세우스의 이야기는 퀴클롭스들의 풍습과 그 땅의 기후, 지형 등 '인문지리적' 사실들을 펼쳐 놓는 것으로 시작되기 때문이다. 한데 그들을 묘사하는 첫 형용사가 바로 구혼자들에게 붙었던 것이다. 즉 그들은 '오만불손하고 무법'하다는 것이다. 이런 공통점을 강조하는 학자는, 오뒷세우스가 이들과 마주친 경험을 바탕으로, 비슷한 무리들이 차지한 고향 땅을 회복한다고 해석한다. 식민개척자로서의 경험이 고향을 재(再) 식민화하는 데 도움이 된다는 것이다.

땅 주인들의 성질은 이렇게 흉포했지만 환경은 거의 낙원처럼 되어 있다. 신들이 이들에게 호의를 베풀어서, 노력하지 않아도 땅에서 밀, 보리, 포도가 저절로 자란다. 그들은 회의장도, 법규도 없이 살고 있으며, 산꼭대기 동굴에 살면서 각자 자기 가족을 다스리고 서로 상관하지 않는다.

한데 오뒷세우스는 이 땅에 바로 도착한 것이 아니라, 그 앞에 있는 작은 섬에 먼저 닿았다. 그들이 도착하는 장면은 뒤로 미루고, 먼저 그 섬의 묘사가 나온다. '퀴클롭스의 나라에서 멀지도 가깝지도 않은

곳에 야트막한 섬이 하나 있는데, 이 섬 역시 낙원에 가깝다. 철따라 나지 않는 것이 없고, 포도도 잘 자라며, 바다 가까이에 물기 많은 부드러운 풀밭이 있고, 땅은 기름지고 쟁기질하기 좋게 평평하다. (바닷가의 물기 많은 초원은 희랍인들이 생각한 낙원의 대표적 특징이다.) 그래서 잘만 가꾸면 훌륭한 경작지가 되었을 텐데, 그 섬엔 사람이 살지 않고 야생 염소들만이 그곳을 차지하고 있다. 퀴클롭스들이 배를 만들 줄 모르기 때문이다.' 지금 이 땅은 황금시대를 재현하는 것처럼 되어 있는데, 황금시대의 특징 중 하나는 배가 없다는 점이다.

다음으로는 포구가 묘사된다. 해양민족이라 할 희랍 사람들의 관심사이다. '그 섬에는 좋은 포구가 있어서, 배가 닿으면 묶어 둘 필요조차 없다. 포구 안쪽에는 맑은 샘물이 솟아나는 동굴이 있고, 그 주위에는 백양나무들이 자라고 있다.' 우리는 이미 칼륍소의 섬과 나우시카의 섬이 그 비슷한 모습인 것을 보았는데, 오뒷세우스의 이야기 속에서도 앞으로 키르케의 집 주위가 이와 유사한 것을 보게 될 것이다.

여기 이렇게 퀴클롭스들의 주위 환경이 자세히 묘사된 것을 두고 어떤 학자는, 오뒷세우스가 (지금 이야기를 듣고 있는) 파이아케스 인들을 놀리기 위해서 꾸며 댄 것이라고 보기도 한다. 그들은 퀴클롭스들이 겁나서 세상의 끝까지 도망쳐 와 살고 있는데, 사실은 그렇게까지 멀리 가지 않아도 퀴클롭스들이 닿을 수 없는 좋은 땅이 있었다는 것이다. 이 땅의 모습이 완전히 꾸며 낸 것이라면 정말 조롱의 의도가 있을 수도 있겠다. 하지만 이런 가상의 지리를 꾸며 내는 것은 좀 어렵지 않나 싶다. 파이아케스 인들은 항해에 능한 자들이니, 섬이라면 어

디든 잘 알고 있기 쉽다. 오히려 오뒷세우스가 여기서 퀴클롭스들의 주변 상황을 자세히 언급하는 것은 자기 얘기가 거짓이 아니라는 것을 입증하려는 의도에서가 아닌가 생각된다. 배로 닿을 수 있는 곳이면 어디나 잘 아는 파이아케스 인들에게 지리적 정확성을 근거로 이야기 자체도 진짜인 것으로 보이도록 말이다.

오뒷세우스 일행이 염소 섬에 닿는 장면에는 어둠과 무(無)가 강조되어 있다.

> 그리로 우리는 배를 타고 갔고, 어떤 신이 캄캄한 밤을 헤치고 우리를
> 인도하셨지요. 무엇을 볼 수 있을 만한 빛이라고는 전혀 없었으니까요.
> 배들은 짙은 안개에 싸여 있었고, 하늘에는 달도
> 빛을 비추지 않고, 구름 속에 갇혀 있었기 때문이오.
> 그때 자기 눈으로 그 섬을 본 사람은 아무도 없었고,
> 우리는 훌륭한 갑판으로 덮인 배들을 뭍에다 대기 전에는,
> 큰 파도들이 육지로 굴러가는 것도 보지 못했소.(9권 142~148행)

그들이 섬에 닿은 것은 빛이 전혀 없는 캄캄한 밤중이었다. 짙은 안개가 주위를 둘렀고 달도 구름에 가려 있었다. 섬에 닿기 전에는 그것을 본 사람도, 수심이 얕아져서 파도가 구르듯 달리는 걸 본 사람도 없었다. 사실 이것은 암초에 부딪히기 좋은 여건인데, 왜 굳이 이런 악조건 하에 항해를 강행했는지 알 수 없다. 혹시 큰 바다에서 정박지를 채 찾기도 전에 밤이 닥친 것일까? 너무나 밤, 어둠, '아무도 ~하지 못함' 등이 강조되어서, 어떤 학자는 이것이 이 일화에서 '아무것도 아

닌 자'(Outis)가 등장하는 배경이라고 해석하기도 한다. 하지만 이 밤바다 여행은 사실적인 것이라기보다는, 앞에서 말한 것처럼 상징적인 의미와 구조적 역할 때문에 들어간 것으로 보는 게 좋겠다. 즉 이것은 본격적인 환상계로의 진입이고, 다른 인물들이 다른 차원에 들고 나는 장면에 상응하는 것이다.

배가 육지에 닿자, 이들은 내려서 잠을 잔다. 나우시카아의 섬에 닿은 오뒷세우스도 그랬고, 앞으로 오뒷세우스가 이타케에 닿을 때도 그럴 것이다. 날이 밝자 이들은 염소 떼를 만나 사냥하고 그것으로 포식한다. 어찌나 많이 잡았는지 배 한 척당 아홉 마리씩 돌아가고, 오뒷세우스 몫으로 따로 열 마리가 남겨졌다는 것이다. 흥미로운 것은 여기서 처음으로 오뒷세우스 일행의 배가 열두 척이라는 게 밝혀진다는 점이다. 그러면 사냥한 야생염소의 숫자가 약간 문제되는데, 마지막에 오뒷세우스의 몫이란 게 개인의 몫이라면 전체는 118마리가 된다. 반면에 '나 혼자에게만'이란 말을 '나의 배를 위해서는'으로 생각하면 109마리가 된다. 문학사에 기록된 최초의 '씨 말리기' 사냥인데, 이 숫자는 오뒷세우스의 집에서 죽게 되는 108명의 구혼자에 가까운 수로 맞춰진 것일 가능성이 있다. 전자로 해석하면 배들의 몫이 된 108마리는 구혼자들의 숫자이고, 오뒷세우스 자신의 몫으로 돌아간 10마리는 따로 처형되는 하녀 열두 명에 가깝다. 후자로 생각해서 잡힌 짐승 숫자가 109마리라면 구혼자 숫자와 비슷하다. 어느 쪽으로 하든지 딱 맞아들지는 않는다(구혼자들에다가 그들의 시종들 숫자를 더한 것은 116명이니 이 숫자도 그 언저리에 있다). 사실적으로 생각하자면 배 한

척에 돌아간 짐승 숫자가 아홉인데, 아무리 지도자라지만 개인이 혼자서 열 마리를 챙긴다는 건 좀 지나치지 않나 싶다.

일행은 잔치를 마치고 나서야 퀴클롭스들의 땅을 발견한 것 같다. 이 땅은 섬인지 아니면 육지의 일부인지 불분명하게 되어 있는데, 어쨌든 이들은 처음에는 염소 섬 자체를 탐험하느라고 주변을 둘러보지 않았던 모양이다. 이들이 그 땅을 건너다보았을 때, 연기가 보이고 거기 사는 자들의 소리와 짐승들의 소리가 들렸다 한다. 이들이 그 땅을 탐험하는 것은 다음날이다. 오뒷세우스는 선단을 전부 데려가지 않고, 자기가 탄 배만 데려가기로 한다. 이렇게 선단 전체가 아니라 배 한 척만 탐험에 나서는 것은 현실적이기도 하고, 동화적이기도 하다. 현실적이라는 것은 이 모험이 염탐의 성격이 강하기 때문이다. 동화적이라는 것은 이것이 원래의 민담에 알맞은 꼴이기 때문이다. 『오뒷세이아』는 보통 민담에서 발전한 서사시로 알려져 있는데, 특히 이 뱃사람의 모험 부분은 '신드바드의 모험'처럼 배 한 척이면 될 것이다. 그런데 주인공이 트로이아 전쟁의 영웅으로 설정되다 보니 쓸데없는 선단이 함께 딸려와 버렸다. 이 선단은 되도록 뒤에 남아 줬으면 좋겠다. 그래서 여기서는 일단 염탐하러 일부만 떠나는 것처럼 꾸몄다. 만일 선단 전체가 함께 간다면 퀴클롭스들과 대충돌이 일어날 테고, 그러면 사건은 『일리아스』에서 흔히 보던 군중 전투가 될 것이다. 그렇게 되면 시인은 공연히 『일리아스』의 시인과 경쟁해야 한다. 이것은 피하고 싶다. 그러니 이야기의 기원에 비추어 보나, 시인의 전략에 비추어 보나 한 척만 떠나가는 게 좋겠다.

여기서 오뒷세우스에게 모험을 시킨 것은 그의 호기심이다. 그는 가서 거기 사는 자들이 어떠한지 시험해 보겠노라고 한다. 오만하고 야만적인지, 아니면 손님에게 친절하고 신을 두려워하는지 하는 것이다. 여기서 오뒷세우스는 아직 선물을 주고받는 데 익숙한 영웅시대의 인물로 행동하고 있다. 그는 서시에서 강조된 대로 '모든 사람의 마음을 알아' 보기는 하지만, 이 모험에서 크게 덴 후로 자기 고향에 도착하여 새 국면을 맞기 전에는 그 누구도 호기심 때문에 시험하려 하진 않을 것이다.

폴뤼페모스의 동굴로 들어가다

오뒷세우스가 퀴클롭스의 땅에 도착하는 장면은 별로 사실적으로 되어 있지 않다. 오뒷세우스 자신이 관찰한 것처럼 전해지고는 있지만, 처음 염소 섬에 도착할 때처럼 '인문지리적'인 배경이 섞여 나오기 때문이다. 그 땅 가까이에 다가갔을 때 오뒷세우스는 바닷가에 월계수로 덮인 높직한 동굴을 본다. '높직한'이란 말은 입구가 높이까지 뚫렸다는 뜻이거나, 동굴 내부가 천장이 높다는 뜻일 것이다. 그 다음 말은 관찰에 의한 것이 아니다. 그곳에서는 양, 염소 떼가 잠을 잔단다. 또 그 다음 묘사는 멀리서 본 것이 아니다. 주위에는 땅에 박힌 돌과 전나무, 참나무로 담장이 쳐져 있었단다. 그 후엔 자기들이 그 시점에는 아직 보지 못한 외눈박이 괴물에 대한 묘사이다. 그는 엄청나게 덩치가 큰 사내로서 다른 퀴클롭스들과 어울리지 않고 혼자 사는데, 성품까지도 아주 못됐다는 것이다.

여기서 오뒷세우스가 멀리서부터 다가가면서 본 동굴을 묘사하는 방식은 우리가 폼페이 벽화 등에서 관찰하는 다(多)시점 화법과 유사한 데가 있다. 대상에 접근할 당시에 멀리서 관찰한 사실과 가까이 가서 본 것, 나중에 알게 된 여러 정황이 뒤섞인 것이다. 또한 나중에야 알게 되는 사실들이 여기서 미리 소개되는 것은 옛 이야기 방식이 반전보다는 기대와 긴장에 강조점을 두기 때문이기도 하다. 하지만 '반전'에 가까운 것도 없지는 않다. 폴뤼페모스가 외눈박이라는 사실이 여기서 언급되지 않았던 것이다. 물론 당시 청중은 헤시오도스의 시에 나온, 또는 그 비슷한 이야기들을 알고 있었을 것이고, 퀴클롭스(이름 뜻은 '둥근 눈')의 신체적 특징에 대해서는 말하지 않아도 다 알고 있었을 수 있다.

한편 여기 나온 묘사가 앞의 설명과 좀 안 맞는다고 불평하는 학자도 있다. '퀴클롭스들은 남과 상관없이 살고 있다더니, 나중에 보면 이들은 폴뤼페모스가 비명을 지르자 달려오기 때문이다. 하지만 그들이 '남과 상관없이 산다'는 건, 남의 눈을 신경 쓰지 않고 남이 정해준 규칙을 따르지 않고 산다는 뜻일 수 있다. 그러니까 이들이 남의 이목을 신경 쓰지 않는다는 것뿐이지, 서로 돕지도 않는다는 건 아닌 모양이다. 그리고 다른 퀴클롭스들은 산꼭대기에 사는 것으로 되어 있는데, 이 폴뤼페모스는 그 땅의 끝자락 바다 가까이에 사는 것을 보니, 퀴클롭스들 중에서도 좀 특이한 존재인 듯하다.

배를 세운 오뒷세우스는 여기서도 동료들을 다 데려가지 않고 열두 명만 뽑아 데리고 나서면서, 나머지는 바닷가에서 배를 지키도록

한다. 열둘이라는 특징적인 숫자의 반복이다. 특히 그들이 가장 훌륭한 자들이었다니, 어쩌면 희생을 드리러 가는 것과 유사한 꼴이다. 그는 포도주를 챙겨간다. 앞에서 우리가 이미 다뤘지만, 작품 내에서는 여기 처음 언급되는 이스마로스 제사장 마론의 포도주다. 그는 이 술과 양식을 챙겨갔는데, 그 이유가 힘이 엄청나고 무법한 사내를 만나리라고 예감해서란다. 물론 큰 동굴에 누가 살고 있다면 덩치 큰 적일 수 있고, 오래 버티고 싸울 일이 생길 수도 있으니 식량이 필요할 것이다. 하지만 여기서 예감을 강조하는 건, 오뒷세우스가 좀 자기선전을 하는 것 같기도 하다. 사실 누구라도 그렇게 좋은 포도주를 갖고 있다면 낯선 땅에서 교역을 위해 들고 갈 수 있으니, 예감 따윈 별로 필요치 않다.

동굴에 닿아서 보니 주인은 외출 중이다. 안으로 들어가니 바구니마다 치즈가, 그릇마다 유장(乳漿 : 우유에서 치즈를 만들고 남은 액체)이 그득하고, 우리에는 새끼 양, 새끼 염소들이 나이대별로 분류되어 들어차 있다. 동료들은 그것들을 가지고 데리고 얼른 떠나자고 애원하지만, 오뒷세우스는 주인을 만나 교제하고 선물 교환하기를 원한다. 주인을 기다리며 그들은 제물도 바치고 치즈도 먹고 시간을 보낸다. 마침내 주인이 들어오는데, 오뒷세우스는 그의 엄청난 체구를 직접 묘사하지 않고 그가 짊어지고 온 엄청난 장작더미로써 간접 묘사한다.

…… 그러자 그가 엄청난 무게의 마른 장작을

가지고 왔는데, 그것은 저녁을 짓는 데 쓰려는 것이었소.
그가 그것을 동굴 안에 내던지자 쿵하는 소리가 났고,
그러자 우리는 겁이 나서 동굴 맨 안쪽으로 급히 달아났소.
(9권 233~6행)

일행은 겁을 먹고 구석으로 피한다. 처음에 주인은 낯선 자들이 들어온 것을 눈치 채지 못한 모양이다. 늘 하는 자질구레한 일들을 처리한다. 사실 주인 없는 집에서 불을 피우고 제물까지 바쳤으면 뭔가 낌새를 채는 것이 당연하건만 덩치 큰 주인은 좀 무디다. 아니면 평소에 폴뤼페모스가 어떻게 사는지 보여 주기 위해 이런 장면을 넣었을 수도 있겠다. 또한 그가 주위에 누가 있는지 모르고 일에 골몰하는 데서, 이들의 덩치 차이가 어느 정도인지 보여 주는 효과도 생긴다.

자, 폴뤼페모스가 집안을 정리하는 꼼꼼한 모습을 보자. 먼저 자기가 돌보는 가축들 중에서 암컷들은 동굴로 몰아들이고, 수컷들은 마당 깊은 곳에 모아 둔다. 그 다음 일이 오뒷세우스 일행에게 재난스러운 것이다. 그는 동굴 안으로 들어와서는 엄청난 돌을 굴려 입구를 막는다. 그 돌이 어찌나 큰지를, 오뒷세우스는 이상한 비유를 동원해서 설명한다. 네 바퀴 수레 스물두 대라도 그것을 땅에서 들어 올릴 수 없으리라는 것이다. 이 작품에 나오는 다른 숫자들에 대해서는 태양신 숭배와 관련해서 설명하려는 시도들이 많지만, 여기 나온 스물둘은 전통적인 과장의 하나로 보아야 할 것이다(『일리아스』에서 아이아스가 휘두르는 장대가 스물두 자[15권 678행]이고, 아킬레우스가 상으로

내놓은 솥이 스물두 말 들이[23권 264행]라는 묘사를 찾을 수 있다).

이게 과장이라는 건 쉽게 계산해 낼 수 있다. 마차 하나가 버틸 수 있는 무게를 1톤이라고 하면, 바위는 22톤 이상 되는 것이다. 보통 사람은 기껏해야 자기 몸무게 정도를 들 수 있으니 폴뤼페모스의 몸무게가 22톤 정도 된다고 해야 하는데, 이런 존재는 공룡처럼 생기지 않는 한, 제 몸무게를 지탱할 수도 없을 것이다. 역도 선수처럼 자기 몸무게의 2.5배 정도까지 든다고 하더라도 8톤 이상의 몸무게를 가져야 하니, 코끼리처럼 생기지 않는 한 이런 몸무게를 버틸 수가 없다. 사실 폴뤼페모스의 키 역시 보통 사람의 세 배 정도 되기도 힘든데, 보통 사람의 신체 비율을 유지하면서 키가 세 배가 되면 몸무게는 27배로 늘어나기 때문이다. 그 무게를 버티는 뼈의 단면적은 보통 사람에 비해 겨우 9배가 되니, 뼈의 단위 면적이 받는 압력은 보통 사람의 세 배가 된다. 말하자면 자기 몸무게에다 그것의 두 배 정도가 더 얹힌 것과 다름없다. 자기만한 사람 둘을 업고 다니는 셈이다. 잠깐이 아니라면 기동하기도 힘들지 않을까 싶다. 사실 키가 보통 사람의 두 배여도 자기만한 사람 하나 업고 다니는 꼴이니, 큰 힘을 쓰기 힘들다. 그러니 폴뤼페모스는 기껏해야 보통 사람 키의 한 배 반이나 될 것이고, 몸무게는 보통 사람의 세 배 반 정도, 들 수 있는 무게도 그 정도일 것이다. 역도선수급의 힘을 낸다면 보통 사람의 8.5배 정도(0.8~1톤)까지 들 수 있겠다. 그것만 해도 엄청난 힘이지만, 그래봐야 마차 한 대나, 많이 잡아 줘도 두 대면 감당할 수 있는 정도의 무게다. 그러니 스물두 대는 확실히 과장이다. 물론 폴뤼페모스의 뼈와 근육은 특수한 물질, 특수

한 조직으로 되어 있다고 하면 이 모든 논의는 허사가 된다.

어쨌든 폴뤼페모스는 장정 열 명의 힘으로도 도저히 움직일 수 없을 것같이 무거운 돌로 입구를 막고는, 그 덩치에 어울리지 않게 세심하게 집안일을 한다. 암양과 암염소의 젖을 짜고, 새끼들을 저마다 제 어미 젖 밑에 가져다 놓아 주고(기억력도 좋다), 짜놓은 젖의 절반은 어느새 응고시켜 바구니에 담고, 나머지는 저녁에 먹으려고 그릇 속에 두었다. 그 많은 양을 하루에 들이키다니 먹성도 대단하다(희랍인들은 우유를 마시지 않았기 때문에, 이렇게 우유를 그냥 마시는 것은 야만의 표시라고도 한다). 그런 다음에는 새로 불을 피운다. 옛 사람들이 하는 방식대로 했다면 아마 잘 보관해 둔 불씨에 쏘시개를 얹었을 것이다.

폴뤼페모스와 대면하다 — 문명과 야만

불을 크게 피워서 실내가 더 밝아졌기 때문일까? 폴뤼페모스는 그제야 구석에 숨어 있는 사람들을 발견하고는 누군지 묻는다. 표현은 네스토르가 텔레마코스 일행에게 했던 것과 똑같다. 같은 상황이면 같은 표현이 사용되는 서사시의 기법대로이다. 이렇게 표현은 같지만, 절차는 완전히 무시되어 있다. 희랍에서 이런 질문은, 먼저 접대를 하고 나서 하는 것이다. 그리고 자신이 접대한 손님에게 해코지를 하는 것은 제우스의 법을 어기는 것이다. 이 무지막지한 거인이 관례를 무시하고 던진 질문에, 오뒷세우스는 세 가지 점을 앞세우며 답한다. 자기들은 트로이아 참전용사들이라는 것, 자기들이 이리 온 것은 제우

스의 뜻이라는 것, 그리고 자기들은 명성 높은 아가멤논의 백성이라는 것이다. 온 세상이 알고 있을 대 지휘관을 따라, 온 세상이 알 만한 전역에 참여했다는 걸 과시하면서, 은근히 제우스를 들먹이며 법도를 강조한 것이다. 하지만 말하면서 상대의 표정을 보았던지, 중간에 어조가 약간 달라진다. 오뒷세우스는 손님의 권리를 강조하며 자기들을 탄원자로 규정하고, 폴뤼페모스에게 신들을, 특히 나그네와 손님을 보호하는 제우스를 두려워하라고 촉구한 것이다.

하지만 폴뤼페모스는 상대가 한 말의 앞부분은 아예 무시하고, 신들을 두려워하라는 촉구에만 민감하게 반응한다. 자기들은 신들을 아랑곳하지 않는데, 그 이유는 자기들이 더 강하기 때문이란다. 그리고 제우스 때문에 하고 싶은 일을 자제하지는 않겠단다. 그러면서도 이 괴물은 제법 교활하다. 자기가 이들을 어떻게 대할지 분명히 보여주기 전에, 배는 어디에 세워두었는지 물은 것이다. 배를 만들 줄은 모르지만 배가 무엇인지는 아는 모양이다. 하지만 그보다 더 교활한 오뒷세우스는 자기 배가 곶에 부딪혀 부서졌다고 대답한다. 그러자 폴뤼페모스는 갑자기 벌떡 일어서더니, 일행 중 둘을 잡아 바닥에 때려서 죽이고 토막 내어 먹는다. 뼈까지 다 먹어치우고는, 짜놓은 젖을 한 배 가득 마시고 그대로 잠이 든다. 아마 문명 밖에 사는 이 야만인은, 힘없는 작은 인간들이 칼이라는 뾰족한 쇠붙이를 갖고 다닌다는 걸 모르는 모양이다.

이 상황에서 오뒷세우스가 처음 생각한 방안은 칼로 폴리페모스를 죽이는 것이다. 사실 그건 쉬운 일이다. 아무리 덩치가 큰 괴물이라

도 잠든 상태에서 급소를 찔리면 별 도리가 없을 터이니까. 하지만 오뒷세우스는 첫 선택지를 실행할 수가 없다. 그럴 경우 입구의 돌을 치울 길이 없어서다. 그래서 일행은 하릴없이 괴물의 처분만을 기다리며 밤을 보낸다. 다음날 아침 폴뤼페모스는 다시 꼼꼼하게 집안일을 하고, 다시 두 명을 같은 방식으로 죽여 식사하고 가축들을 몰고 나간다. 그의 엄청난 힘을 강조하기 위해서인지, 오뒷세우스는 그가 힘들이지 않고 입구의 돌을 치웠다고 보고한다. 바깥으로 나가서는 다시 쉽게 문을 닫는데, 여기서 폴뤼페모스 쪽에서 보자면 약간 불길한 직유가 쓰였다.

> 식사를 마치자, 그는 그 큰 문돌을 힘들이지 않고 치우더니,
> 살찐 작은 가축들을 동굴 밖으로 몰아냈소. 그러고 나서 그는
> 마치 화살통에 뚜껑을 닫듯이, 그것을 제자리에 도로 덮어놓았소.
> (9권 312~314행)

그는 마치 '화살통 뚜껑을 닫듯이' 바위문을 닫았다. 그러면 그 안에 든 자들은 화살인 셈이니, 무기에 대해 모르는 이 거인에게는 숨은 위험이다. 잠시 후에 보면 알겠지만 문명과 야만이 충돌하는 이 부분에는 문명사회의 기술에서 빌려 온 표현들이 많이 쓰인다.

동굴 안에 갇힌 일행은 그 안에서 거대한 올리브나무 장대를 발견한다. 돛대로 쓸 수 있을 만큼 큰 그 장대는 폴뤼페모스가 가지고 다니려고 준비해 둔 것이다. 오뒷세우스는 그것을 사람 키 정도 되는 길이만큼 잘라내어, 부하들에게 뾰족하게 다듬도록 시킨다. 그런 다음

그 나무창 끝을 불에 그슬려서 단단하게 만들고 그것을 똥더미 속에 감춘다.

사실 간밤에 칼로 괴물을 찌를 생각까지 했었으니, 일단 눈을 찌르자는 발상이 떠오르면 그걸 실행할 무기로는 칼을 떠올리는 것이 당연한데, 이렇게 힘들여 새로운 무기를 만드는 건 무슨 이유에서인가? 혹시 칼로는 충분히 깊게 찌르기가 어렵다고 생각한 걸까? 아니면 칼로 찌르려면 너무 가까이 가야 하니 잡히기도 쉽다고 생각했을까? 물론 등장인물 오뒷세우스의 입장에서는 이런 생각을 했을 수도 있겠다. 하지만 앞에서 했던 것처럼 층위를 나눠, 오뒷세우스의 입장 말고 시인의 입장을 고려하자면, 다른 설명을 할 수도 있다. 시인은 지금 이 사건을 문명과 야만을 대비하는 계기로 삼으려는 것 같다. 한데 그러자면 칼이란 도구는 폴뤼페모스의 야만 상태에 비해 지나치게 문명적인 것이다. 그렇게 크게 수준차가 나는 도구를 쓰기보다는 폴뤼페모스의 것보다 아주 조금 진보한 정도의 도구를 쓰면서도, 결정적인 승리를 얻어내는 게 효과적이다. 11권에 다시 한 번 강조되지만 오뒷세우스는 힘으로 이름 높은 아이아스를 꾀로써 이기고, 아킬레우스의 무장을 차지한 사람이다. 이번에도 그는 꾀로써 폴뤼페모스의 힘을 이길 텐데, 그 꾀라는 것이 작은 발상의 차이라면 더 좋겠다. 그러자면 기술 발전의 역사에서 아주 초기에 나타난 단순한 무기를 쓰는 게 좋겠다. 폴뤼페모스의 지팡이, 또는 몽둥이가 될 수도 있는 것에 약간의 손질을 가하여, 그의 공격력을 약화시키고, 나아가 그 힘을 이용해서 돌문을 열자는 것이다. 물론 발생적으로 언제나 적용되는 설명

을 할 수도 있다. 이 이야기는 아주 오랜 것이어서 인류가 처음 나무창을 발명했을 때부터 있었던 것이라고 말이다. 하지만 그런 이야기를 여기 차용한 시인은 어떤 고려를 했기 쉽고, 그 고려는 방금 말한 것이기 쉽다.

그러면 똥더미 속에 창을 숨긴 이유는 무엇인가? 가축들이 동굴 안에 있으니 똥이 있는 것은 당연하고, 어쩌면 이 깔끔한 괴물이 집안을 너무나 잘 정돈해 두어서 거기 밖에는 숨길 데가 없었을 수도 있다. 하지만 가축들이 있다면 짚북데기 따위도 있을 것이고, 그 밑에 숨기는 것으로 설정할 수도 있지 않은가? 시인이 여기서 굳이 똥더미를 동원한 이유는 무엇인가? 여기서 우리는 비슷한 똥더미가 등장하는 다른 장면을 떠올릴 수 있다. 17권에서 드디어 오뒷세우스가 20년 만에 자기 집에 도착하는 순간이다. 그는 궁전 앞에 쌓인 똥더미를 발견하고, 그 위에 늙은 개 아르고스가 버려진 듯 누워 있는 것을 본다. 개치고는 놀랍게 장수한 그 충견은 아무도 알아보지 못하는 모습으로 돌아온 주인을 반기느라 꼬리를 치다 힘이 다해 죽는다. 이 감동적인 장면에 대해서는 나중에 자세히 다루기로 하고, 일단 여기서 우리가 먼저 주목할 것은 왜 오뒷세우스 궁전 앞에 똥더미가 있느냐 하는 것이다. 우선 사실적인 차원에서 옛날 아직 귀족들이 도회에 모여살기보다 시골에 거주할 때는, 왕의 집이라고 해도 규모가 큰 농가 정도일 테니 그 앞에 가축 똥더미가 있다고 해도 그다지 이상할 것은 없다. 하지만 똥더미가 거기 있는 것은 시인이 그렇게 설정했기 때문이다. 그 이유는 무엇인가? 금방 떠오르는 것은, 지저분한 데 버려져 죽어 가

는 개가 오뒷세우스 자신의 상태를 보여 준다는 점이다. 그것은 죽음과 무의 수준까지 갔다가 돌아온 영웅의 현상태의 표현이다. 한편 우리는 중세 유럽의 관례들을 동원해서 다른 의미들을 찾아낼 수도 있다. 즉 그 똥더미가 어떤 권리의 상징일 수 있다는 점이다. 중세 유럽에서는 남의 땅에 내 가축이 배설물을 떨어뜨리면, 내가 그 땅 주인에게 배상해야 한다는 관례가 있었다. 아마도 그 배설물은 일종의 권리 주장이고, 따라서 땅주인의 권리를 침해한 게 되기 때문일 것이다. 개의 죽음도 비슷한 관례와 연관시킬 수 있다. 어떤 사람이 어떤 지역에 들어가서 자기 개가 죽을 때까지 살았으면, 그 땅은 그의 소유로 보아야 한다는 관례다. 이것을 원용하면, 오뒷세우스 집 앞의 똥더미나 그 위에서 죽은 개는 이 집이 오뒷세우스의 것이라는 사실을 확인하는 상징일 수 있다. 그러면 폴뤼페모스의 똥더미는? 이것 역시 이 동굴에 대한 폴뤼페모스의 권리 표현일 수 있지만, 그보다는 이 똥더미 때문에 이 동굴과 오뒷세우스의 집이 서로 연관된다는 게 중요하겠다. 집에 돌아간 오뒷세우스는 동굴에 돌아온 폴뤼페모스와 거의 같은 입장이다. 나중에 오뒷세우스는 자기 집에서 폴뤼페모스의 동굴을 떠올린다. 어쩌면 거기서 그는 자기가 폴뤼페모스 같은 꼴을 당할지도 모른다고 생각했을 수도 있다. 많은 것이 '뒤집혀' 있지만 이 동굴 장면은 오뒷세우스에게 어떤 경고를 주는 것이 된다. 한편 이렇게 반복적으로 등장하는 똥더미는 작품의 통일성에도 도움이 된다. 서로 다른 부분에 비슷한 장면이 나옴으로 해서, 그 부분들이 그냥 병렬되는 게 아니라 하나의 단일체를 이루기 때문이다.

그리고 나중에 오뒷세우스가 이 나무창을 사용하는 방법 역시, 그 창이 작품구성상의 목적과 연관되었음을 보여 준다. 오뒷세우스는 그것으로 폴뤼페모스의 눈을 찌르기 전에 다시 불에 달구는데, 그냥 불에 올려놓는 것이 아니라 잿더미에 묻어서 불을 붙이는 것으로 되어 있다. 그리고 그 올리브나무 장대는 아직 푸른 것인데도 불이 붙어 뜨거워진다. 자, 여기 재와 올리브나무가 나왔다. 어디선 본 듯한 짝이다. 바로 오뒷세우스가 스케리아 해안에 도착해서 잠들 때였다. 그는 올리브나무 아래에서 재 속에 묻힌 불씨처럼 자다가, 갑자기 아레테의 화덕에서 '솟아'났었다. 우리는 앞으로 오뒷세우스의 집에서도 화덕과 올리브나무를 발견할 것이다. 엄밀하게는 아니지만 이 장면들은 반복되는 이미지들로 연결되어 있다. 올리브나무 아래 재 속에 묻힌 영웅, 똥 속에 묻힌 올리브나무 창, 재 속에 묻히는 올리브나무 창끝, 똥더미에 (거의) 파묻힌 개, 화덕 곁의 올리브나무.

무기를 감춘 오뒷세우스는 부하들에게 제비를 뽑도록 시킨다. 누가 그 나무창을 괴물의 눈에 박을 것인지 결정하라는 것이다. 제비를 뽑은 결과 네 명이 선발되었고, 그들은 그렇지 않아도 오뒷세우스 자신이 선택하고 싶었던 자들이라 한다. 사실 이 제비뽑기는 좀 우스워 보인다. 부하 열둘을 데리고 동굴에 들어왔는데, 이미 네 명이 괴물의 먹이가 되었다. 그래서 여덟 명이 남았는데, 창으로 눈찌르기가 뭐 대단한 일이라고 거기서 네 명 뽑는 데 제비까지 동원한단 말인가? 더구나 이날 저녁에도 둘이 괴물의 먹이가 되는데, 미리 뽑아 놓은 사람이 죽으면 어쩔 것인가? 아마도 원래 이 제비뽑기는 다음번에 괴물의 먹

이가 될 사람을 선택하는 과정이었을 것이다. 원래 민담의 잔인한 내용이 서사시로 바뀌면서, 좀 부드럽고 약간 영웅적인 색깔을 띤 것으로 변화한 셈이다.

괴물의 눈을 찌르다

그날 저녁의 상황은 전날과 약간 달라진다. 웬일인지 오늘은 폴뤼페모스가 가축들을 전부 동굴 안으로 들여놓은 것이다. 혹시 오뒷세우스의 일행이 밖에 더 있어서, 밤사이 그것들을 훔쳐 낼까봐 조심하느라 그런 것일까? 어쨌든 이런 상황은 오뒷세우스 일행이 밖으로 도망칠 기회를 준다. 괴물은 다시 늘 하던 대로 꼼꼼하게 집안일을 한다. 일이 끝나자 지난번과 같은 식사다. 이제 일행은 오뒷세우스를 포함해서 일곱으로 줄어들었다. 그때 오뒷세우스가 나선다. 그는 마론의 포도주를 권하면서, 자기들을 보내달라고 다시 한 번 청한다. 하지만 이제 괴물이 배가 불러 더는 죽이지 않으리라고 생각해서인지, 사용하는 단어들이 사뭇 대담하다. 당신의 광란은 더 이상 참아 줄 수 없다, 당신 행동은 도리에 어긋난 것이다 등등.

폴뤼페모스는 원체 남의 말에는 귀를 기울이지 않는 게 버릇인지 오뒷세우스의 표현은 전혀 문제 삼지 않고, 포도주를 받아 마시고는 기분이 좋아져 그것을 칭찬하며 다시 청한다. 그러면서 그에게 이름을 묻는다. 접대 선물을 주겠다는 것이다. 오뒷세우스는 먼저 연거푸 술을 먹여 취하게 만들고, 그 후에야 비로소 자기소개를 한다. 하지만 첫 대면 때와는 다른 전략을 사용한다. 진담이 통하지 않는 이 괴물에

게 엉뚱한 이름을 꾸며댄 것이다. 자신이 '아무것도 아닌 자'(outis)라는 것이다. 염소섬에 도착할 때부터 강조된 '없음', '~아님'의 결정판이다. 이 이름을 들은 폴뤼페모스는 오뒷세우스에게 약속했던 접대선물을 제시한다. '아무 것도 아닌 자'를 맨 마지막에 먹겠다는 것이다. 괴물은 나름대로 이것이 괜찮은 농담이라고 여긴 모양이다.

그러고는 그대로 드러누워 잠들고 만다. 그가 마신 술은 맛과 향이 좋은 만큼 다른 술보다 강한 것이기도 했는지, 아니면 폴뤼페모스의 잔이 너무 큰 것이었던지 그는 자다가 먹은 것을 토하고 만다. 문학사상 최초의 음주구토 사건이다. 오뒷세우스는 낮 동안 준비해 둔 뾰족한 말뚝을 끌어낸다. 그냥 사용하는 것도 아니고, 재에 묻어 말뚝 끝에 불을 붙인다. 동료들을 격려하며 괴물의 눈에 박아 넣고 돌린다. 그 돌리는 모습은 회전 송곳을 사용하는 것처럼 그려졌다.

마치 어떤 사람이 송곳으로 선재에다 구멍을 뚫고,
그의 동료들은 밑에서 가죽끈의 양끝을 잡고는 송곳을 돌려대면
송곳이 계속해서 돌아갈 때와도 같이(9권 384~6행)

그러자 눈에서 피가 흘러나오고, 말하자면 눈알이 익고 눈까풀과 눈썹이 타는데, 그 장면은 대장장이가 달군 쇠를 찬물에 담그는 것에 비유되고 있다.

마치 대장장이가 도끼나 큰 자귀를 담금질하기 위하여
…… 찬물에 담그면, 슛슛 소리가 요란하게 날 때와도 같이,

꼭 그처럼 그의 눈은 올리브나무 말뚝 주위에서 쉿쉿 소리를 냈소.

(9권 391~4행)

문명과 야만의 대결에, 비유들까지 문명기술과 관련된 것이 동원된 셈이다. 어떤 학자는 특히 여기서 배를 만들 때 쓰는 기술이 비유로 이용된 데 주목한다. 오뒷세우스는 배를 만드는 사람이고, 그 기술은 그를 식민 개척자이자 상인으로 만들었다. 그는 지금 배를 만들 줄 모르는 '야만인'을 상대로 배 만드는 기술을 이용하여 싸우고 있다. 식민 개척자들이 미지의 땅에 대해 갖는 두 가지 극단적 환상, 즉 황금시대와 식인종이 폴뤼페모스에게 결합된 채 나타났고, 지금 제압되는 중이다.

괴물은 비명을 지르고, 일행은 구석으로 피한다. 다른 퀴클롭스들과 떨어져 사는 걸 좋아하는 폴뤼페모스지만, 도움이 필요하자 다른 퀴클롭스들을 소리쳐 부른다. 동료들이 달려온다. 오뒷세우스 일행에게는 다행스럽게도 문은 열어젖히지 않고 밖에서, 누가 그를 괴롭히는지 묻는다. 그는 자기를 괴롭히는 것은 '아무것도 아닌 자'이며, 힘이 아니라 꾀로 그랬다고 대답한다. 이것이 힘과 꾀의 대결이라는 것을 이제야 파악한 모양이다. 그의 동료들은 아무도 그를 해코지하지 않았다는 뜻으로 알아듣고, 그러면 그 병은 제우스께서 보낸 것이니 아버지 포세이돈께 기도나 하라며 돌아가 버린다.

동료들의 도움을 받을 수 없게 된 폴뤼페모스는 다시 나름대로 꾀를 짜낸다. 아직 날이 밝지도 않았는데 동굴 문을 열고 오뒷세우스

일행이 나가기를 기대하며 그 앞을 지키는 것이다. 이제 싸움은 꾀와 꾀의 대결 양상이다. 오뒷세우스는 버들가지 끈을 이용해서 숫양들을 세 마리씩 묶어서 부하들을 가운데 양에 매달려 나가게 만든다. 자기는 가장 훌륭한 숫양에 매달려 나가는데, 이 양을 다른 양과 함께 묶었다는 말이 없는 것으로 보아 그냥 그 한 마리에 매달린 모양이다. 이렇게 보면 탈출한 사람 숫자는 일곱이고, 동원된 양의 숫자는 모두 19마리가 된다.(3×6 + 1=19) 이 숫자는 전통적으로 음력을 양력과 맞추는 방법인 19년 7윤법에 어울린다. 19년 동안 윤달을 7번 넣으면 양력과 음력이 맞아 들어가는 것이다. 이런 숫자를 중시하는 사람들은 이 모험이 태양의 회귀와 관련이 있다고 해석하기도 한다.

(양력과 음력은 우리가 대충 계산해도 맞출 수 있다. 양력은 일 년이 365일 남짓하지만, 음력은 한 달이 29.5일 정도라서 일 년이 354일이다. 따라서 한 해에 11일 정도씩 음력이 앞서 가게 되는데, 그 차이를 19년 동안 모으면 209일이고 이것은 음력으로 7개월에 가깝다. 따라서 음력으로 2, 3년에 한 번씩 윤달을 끼워 넣어 그 해를 열세 달로 만들면 양력과 음력이 엇비슷하게 진행될 수 있으며, 19년에 도합 일곱 번 윤달을 넣으면[도합 210일] 20년째에는 양력과 음력이 다시 같이 출발할 수 있다. 물론 좀 더 정확한 수치를 사용하면 약간 달라진다.)

일행은 양들과 함께 밖으로 나갈 준비를 마쳤지만, 날이 밝을 때까지는 짐승들이 나가지 않은 모양이다. 날이 밝아서야 양들은 밖으로 달려 나갔고, 폴뤼페모스는 혹시 그 중에 오뒷세우스 일행이 섞여 나갈까 하여 손으로 짐승들의 등을 쓸어 본다.

오뒷세우스는 맨 나중에 대장 수컷 밑에 매달려 나가는데, 그 양이 평소와 달리 느릿느릿 나가자, 폴뤼페모스는 그것도 주인의 고통을 슬퍼하는 것으로 여기며, 그 양이 말을 할 줄 안다면 그 쓸데없는 '아무것도 아닌' 존재가 숨은 곳을 가르쳐 줄 텐데 하면서 한탄한다. 폴뤼페모스가 동물과 교감하는 이 장면이, 나중에 오뒷세우스가 집에 돌아갔을 때, 아무도 그를 알아보지 못하는데 오직 늙은 개만이 그를 알아보고 꼬리를 흔들다 죽는 장면과 유사한 점이 있다는 것은 앞에 언급했다.

동굴에서 조금 떨어진 곳에 도착하자, 일행은 묶인 줄을 풀고 짐승들을 몰아 도망친다. 배를 띄워 육지에서 웬만큼 떨어지게 되자, 오뒷세우스는 소리쳐 폴뤼페모스를 조롱한다. 그가 해친 자들은 사실 약한 자가 아니라 매우 강한 자들이며, 그는 손님에게 해코지를 했기 때문에 제우스와 다른 신들의 징벌을 받았다는 것이다. 그러자 폴뤼페모스는 산봉우리를 뜯어내어 소리 나는 방향으로 던진다. 한데 그 힘이 얼마나 센지, 그 바위는 배를 넘어서 더 멀리 바다 쪽으로 떨어졌고 배는 육지 쪽으로 밀려갔다. 오뒷세우스는 부하들을 독려하여 바다 쪽으로 배를 다시 몰았고, 먼젓번의 두 배만큼 떨어졌을 때 다시 폴뤼페모스를 조롱한다. 아직도 정신을 못 차렸는지, 부하들이 만류하는데도 상대에게 자신의 이름까지 밝힌 것이다. 그 이름을 들은 폴뤼페모스는 예전에 들었던 예언을 기억해 내고 한탄한다. 그는 벌써 오래 전에 텔레모스라는 예언자에게서, 자기가 오뒷세우스에게 시력을 잃게 되리라는 말을 들은 적이 있다. 하지만 그는, 그 적이 덩치가 크

고 순수한 사내일 줄 알고 방심하고 있다가, 전혀 상대도 되지 않는다고 생각했던 하찮은 존재에게 당한 것이다. 그는 이제 새로 알게 된 이름을 부르며 오뒷세우스를 손님으로 초대한다. 자기가 정말로 접대 선물을 주고, 아버지 포세이돈에게 부탁해서 그를 집으로 보내주겠다는 것이다. 사실 이것은 또 하나의 속임수로서, 외눈박이 괴물의 눈을 찌르고 도망친 다른 사람의 이야기 중에는 그 괴물의 선물을 받았다가 곤욕을 치른 사례도 있다. 의심 많은 오뒷세우스는 그 속임수에 넘어가지 않고, 폴뤼페모스가 치료도 받지 못하고 저승으로 꺼져 버리기를 기원한다. 그러자 폴뤼페모스도 자기 아버지 포세이돈에게 오뒷세우스를 벌하기를 기원한다. 그가 집으로 돌아가는 것이 운명이라면 전우를 다 잃고 남의 배를 타고서 비참하게 돌아가고, 고향에서도 고통을 당하게 해달라는 것이다. 포세이돈은 그 기도를 들었고, 우리가 앞에서 본 신의 분노와 앙심은 바로 이 기도 때문이었다.

폴뤼페모스는 마지막 공격으로 다시 바위를 들어 배 쪽으로 던지는데, 오뒷세우스 일행이 너무나 멀리 떨어져 있어서 그 바위는 오히려 그 배를 바다 쪽으로 더 멀리 보내는 효과밖에는 없었다. 그래서 일행은 그 바위가 일으킨 파도를 타고서 염소 섬까지 가서 닿게 된다. 그들은 거기서 대기하던 동료들과 합류하여, 잡아온 양들을 나누고 제우스께 제물을 바친다. 하지만 벌써 포세이돈의 부탁을 받았는지 제우스는 그 제물을 거절하고 오뒷세우스 일행을 향하여 파멸을 계획한다. 다음날 새벽 일행은 다른 곳으로 떠난다.

폴뤼페모스 모험의 의미

이 이야기에 쓰인 '아무 것도 아닌 자' 속임수는, 그냥 속임수라기보다는, 완전히 무장해제된 채 동굴 속에 갇힌 영웅의 무력감과 자괴감을 표현하는 것이라는 해석이 있다. 옛 사람들은 영웅들의 행적에는 한 번씩 그런 위기가 있는 걸 정상으로 생각했던 것 같다. 우리는 튀폰과의 대결에서 패한 제우스가 온몸의 건이 모두 끊긴 채 동굴 속에 갇혔었다는 이야기를 알고 있다. 다른 해석으로는, 오뒷세우스의 일련의 모험은 자기정체성을 확보하기 위한 투쟁인데, 그 시작점이 바로 여기라는 것이다. 그는 아무것도 아닌 상태에서 시작해서 한 나라의 왕으로 자신을 회복해 가게 된다.

또 하나 중요한 점은 이 사건이 그의 모험 초기에 놓여서, 앞으로 있을 그의 성격 변화에 하나의 기준점으로 작용한다는 것이다. 오뒷세이아의 모험들을 설명하는 이론 중 하나가 '성장소설'(Bildungsroman)론이다. 주인공이 여러 모험을 겪으면서 점차 성숙한 인간으로 변해 간다는 것인데, 이 해석에 가장 잘 맞는 것이 바로 이 폴뤼페모스 사건이다. 그 사건이 있기까지 오뒷세우스는 매우 호기심이 많고 무모한 사람이었다. 하지만 그 이후로 그는 점차 조심성 있는 사람으로 변해 간다. 여기서도 별로 진실을 밝히진 않았지만, 이후에는 더 심해져서 그가 고향에 돌아간 시점에는 마지막 순간까지 거의 진실은 발설하지 않게 된다. 말하자면 학습효과라고나 할까? 그가 큰 희생을 치르고 얻은 이런 조심성은 적들이 우글거리는 집에서 그를 구해 주게 될 것이다.

이와 연관된 설명으로, 오뒷세우스의 이 모험이 어린아이가 상상 속에서 만들어 낸 이야기라고 보는 학자도 있다. 아이들은 자기들이 집에 갇혀 있는 동안 어른들이 밖에 나가서 뭘 하는지 궁금해 하고, 제한된 지식의 범위 안에서 자기들 나름의 상상으로 모험을 꾸며 낸다는 것이다. 그래서 상상 속에서 어떤 동굴에 도착하니, 거기 보물과 그것을 지키는 괴물이 있다고. 그런데 아이들의 보물이란 무엇인가? 치즈, 우유, 유장 따위, 바로 오뒷세우스 일행이 동굴에서 발견한 것들이다. 퀴클롭스가 들어와 집안을 정리하고는 젖을 짜서 혼자서 꿀꺽꿀꺽 들이킨다. 구석에 숨은 '어린 것'들은 침을 삼키며 부러워한다. 이런 해석의 연장선상에서 보자면 나중에 동굴을 빠져나온 오뒷세우스가 굳이 자기 이름을 밝힌 것은 어린아이의 과시욕이 된다. 그대로 받아들이기는 곤란하지만, 그래도 이런 종류의 괴물 이야기들이 애당초 어떻게 발생하게 되었는지에 대한 설명으로는 상당히 그럴싸하다.

또한 이 모험은 식민 개척자가 당할 수 있는 일의 한 극단을 보여준다. 다른 극단에는 낯선 이를 환대하는 파이아케스 인들이 있다. 이 둘은, 이 작품이 이야기 진행의 수단으로 삼고 있는 손님 접대의 스펙트럼에서 양 극단을 차지하기도 한다. 우리는 다른 '도시'들이 이 둘 사이 어딘가에 놓이는 걸 보게 될 것이다.

10권

아이올로스, 라이스트뤼고네스, 키르케

「키르케」 워터하우스 (1849~1917)

부하들을 구하기 위해 찾아온 오뒷세우스에게 키르케가 약 탄 술잔을 건네고 있다. 왼손에 든 지팡이는 오뒷세우스의 부하들을 돼지로 만들 때 쓴 것이다. 그림 오른쪽 아래에 돼지 한 마리가 누워 있고, 키르케의 왼팔 아래에는 오뒷세우스가 칼을 뽑으려는 자세로 거울에 비쳤다.

오뒷세우스, 귀향의 기회를 눈앞에서 놓치다

일행이 다음으로 닿은 곳은 바람들의 왕 아이올로스가 사는 섬이었다. 그는 떠다니는 섬에 살고 있는데, 그 섬은 청동 성벽으로 둘려 있다니 거의 항공모함 같은 것이다. 하지만 또 미끄러운 암벽이 솟아 있다니, 그냥 배 모양은 아니고 그래도 보통 섬과 비슷하긴 한 모양이다.

그에게는 아들 여섯, 딸 여섯이 있는데, 그들을 서로 결혼시키고 날마다 잔치를 하면서 자족적으로 행복하게 지내고 있었다. 어려움 없이 날마다 잔치를 즐기며 산다는 점에서 이곳도 사람들이 선망하는 일종의 '좋은 저승'이라 할 수 있겠다.

오뒷세우스 일행은 거기서 한 달 동안 접대를 받는데, 아이올로스는 호기심이 많은지 트로이아 전쟁 얘기며 귀향 과정에서 겪은 얘기를 꼬치꼬치 물어서 듣는다. 그 섬에서 오뒷세우스는 다른 왕궁의 가객들처럼 일종의 『일리아스』도 들려주고, 귀향담도 들려주고 한 셈이다. 오뒷세우스가 떠나려 하자, 왕은 그에게 쇠가죽으로 만든 자루 하나를 준다. 일행을 고향으로 실어다 줄 부드러운 서풍 하나만 빼 놓고, 거기에 모든 나쁜 바람들을 가두었던 것이다. 그것을 가지고 오뒷세우스 일행은 고향으로 향한다. 하지만 아흐레 동안 밤낮으로 항해하여 열흘째에 고향땅의 화톳불이 보일 정도가 되었을 때, 오뒷세우스는 그만 깜빡 잠이 든다. 고향에 얼른 도착하고 싶어서 며칠 동안 계속 돛줄을 직접 조작했기 때문이다. 정황으로 봐서, 오뒷세우스는 아흐레 동안 전혀 잠을 자지 않은 모양이다. 지휘관이 잠들자 부하들은 자루를 열어 본다. 다들 빈손으로 돌아가는데 오뒷세우스만 선물을 얻어 가는 것으로 생각했던 것이다. 하지만 속에 금은보화가 가득할 것으로 생각했던 가죽 부대에서 온갖 바람들이 튀어 나오고, 그들은 다시 아이올로스의 섬으로 휩쓸려 간다.

잠에서 깬 오뒷세우스는 순간적으로 자살까지 생각하지만, 마음을 돌려먹고 사태 수습에 나선다. 다시 아이올로스를 찾아간다. 바람

들의 왕은 처음에는 되돌아온 이들의 모습을 보고서 깜짝 놀라고, 사정을 듣고는 냉담해진다. 일이 이렇게 된 것을 보면 오뒷세우스가 신들의 미움을 받고 있음에 틀림없고, 자기는 그런 사람을 도와줄 수 없다는 것이다. 아마도 이것이 오뒷세우스가 자살까지 생각했던 이유일 텐데, 아이올로스가 완벽한 귀향 수단을 안겨주었는데 그걸 가지고도 고향에 닿는 데 실패했기 때문이다. 바람들의 왕의 노여움 때문인지 이제는 바람 한 점 불지 않는다. 오뒷세우스 일행은 노 저어 고생스레 항해를 계속했다. 이들은 모르고 있었지만, 사실 이것이 그들이 고향에 돌아갈 유일한 기회였다. 이 기회를 놓침으로써 이들은 한 사람만 빼고는 모두 도중에 죽게 된다.

한데 여기 한 가지 이상한 점이 있다. 폭풍을 만난 배들이 모두 함께 아이올로스의 섬으로 돌아갔다는 점이다. 메넬라오스의 경우도 그랬고, 폭풍을 만난 함대라면 사방으로 배가 흩어지기 마련인데, 어떻게 이들은 '질서 정연하게' 같은 곳으로 돌아갔을까? 그 답은, 애당초 이 이야기는 배 한 척의 모험 이야기였다는 것이다. 한데 민담이 서사시로 바뀌는 과정에서 여러 척의 모험으로 변형되었고, 이렇게 잘 맞지 않는 대목이 생기고 만 것이다. 말하자면 모험의 주인공으로, 배 여러 척을 거느린 트로이아의 영웅을 영입한 데서 생긴 '부작용'이다. 오뒷세우스의 부하들이 자기들은 모두 빈손으로 돌아간다고 한 것도 마찬가지로 설명된다. 트로이아에서 돌아오는 참전자들이라면 당연히 전리품들을 두둑이 챙겼어야 옳은데, 원래 민담의 흔적이 이들을 그냥 평범한 뱃사람들처럼 만들어 버린 것이다. 그리고 여기 벌써 오뒷

세우스는 남을 믿지 않는 사람이 되어 있다. 그는 자루 속에 무엇이 들어 있는지, 자기가 왜 돛을 조작하는지도 부하들에게 말해 주지 않는다. 어쩌면 그는 폴뤼페모스의 동굴을 나오면서 벌써 다른 사람이 되어 버린 듯하다.

식인 거인들에게 배 11척을 잃다

그 다음 기항지까지 엿새 동안 항해하여, 이레째에 그들은 텔레퓔로스라는 곳에 도착한다. 오뒷세우스가 그 지역을 설명하는 방식도 퀴클롭스의 땅을 설명할 때와 비슷하여, 먼저 '인문지리적인' 설명이 주어진다. 하지만 그래도 이상할 게 없는 것이 오뒷세우스는 나중에 무엇이든지 알고 있는 키르케와 칼륍소를 만나 오랜 시간 같이 살게 되기 때문이다. 궁금한 것이 있으면 그는 이 요정들에게 물어서 지식을 보충했을 수 있다.

어쨌든 이들이 도착한 도시를 세운 사람은 라모스고, 종족 이름은 라이스트뤼고네스이다. 이들이 사는 곳은 신기하게도 북극권 해안의 특징을 갖추고 있다.

우선 이 지역에서는 '낮과 밤의 길이 서로 가깝다.'(10권 86행) 이 말이 무슨 뜻인지는 분명히 나와 있지 않지만, 아무래도 백야(白夜)현상을 지칭하는 것 같다. 한 목자가 가축떼를 몰고 집으로 들어가는 시간에 다른 목자는 몰고 나간다고 되어 있으니, 밤이 없이 온 종일 밝은 모양이다. 그래서 잠 없는 사람은 한 번은 소를 치고 한 번은 양을 쳐서 이중으로 품삯을 벌 수 있다고 한다. 물론 북극권이라면 소나 양을

치기엔 여름에라도 곤란하겠지만, 순록을 치는 사람이라면 이럴 수도 있을 것이다. 게다가 우리가 피오르드(fjord) 해안의 특성으로 알고 있는 모습들이 보인다.

> 우리는 그곳에 있는 이름난 포구로 들어갔는데,
> 양쪽으로 가파른 암벽이 빈틈없이 둘러싸고 있고,
> 돌출한 곶들이 서로 마주보며 포구의 통로 쪽에
> 우뚝 솟아 있어, 입구는 좁다랗소.
> …… 그 안에는 크든 작든 파도가 부풀어 오르는 일이 없었고,
> 온통 눈부신 고요함만 있었기 때문이오.(10권 87~94행)

바닷가까지 벼랑이 와 있고, 양쪽에서 튀어나온 곶으로 이루어진 좁은 입구를 통과하면 그 안에 널찍하고 파도 없는 좋은 포구가 있다. 게다가 농사지은 흔적은 찾기 어려운 반면 나무를 베어 나르는 길이 닦여 있다니, 그것도 극지방의 모습에 가까운 것이다. 예부터 북해 연안에서 지중해까지 호박(琥珀)이 수출되던 수송로가 있었는데, 아마 이 '호박길'을 통해 북극권의 사정이 전해졌던 모양이다.

오뒷세우스는 정탐꾼 세 명을 보내 거기 어떤 사람들이 사는지 알아보게 한다. 그들은 샘가에 물 길러 나온 소녀 하나를 만나는데, 마침 그녀는 그곳 왕인 안티파테스의 딸이다. 그녀가 가리키는 대로 왕의 집으로 찾아간 그들은 혐오스럽게 생긴 거인 여자와 마주친다. 딸을 만났을 때 어땠는지는 별 보고가 없는 것으로 보아 그 딸은 특별히 큰 덩치가 아니었던 모양이다. 거인 여자는 지체 없이 자기 남편을 부

르고, 그는 회의장에서 달려와 오뒷세우스의 부하 하나를 잡고는 점심거리로 삼는다.

그녀는 산봉우리만큼이나 덩치가 컸고, 보기에 혐오스러웠소.
지체 없이 그녀는 회의장에서 그녀의 남편인 이름난 안티파테스를
불러왔고, 그자는 내 전우들에게 참혹한 파멸을 꾀했소.
그자는 즉시 그들 중에 한 명을 움켜쥐더니, 점심 준비를 했소.
(10권 113~6행)

나머지 둘이 달아나는 사이에 안티파테스는 소리를 질러 다른 거인들을 불러 모으고, 함께 배를 공격한다. 그들은 엄청난 바위덩이를 던져 배를 부순다. 물고기 잡는 꼬챙이로 선원들을 꿰어 식사거리로 가져간다. 다른 배들은 다 여기서 파괴되는데, 오뒷세우스는 배를 맨 바깥쪽에 묶어 두어서 그나마 도망칠 수 있었다.

이 이야기에는 민담의 요소와 나중에 도입된 문명적 요소가 복합되어 있다. 샘가에서 소녀를 만난 점이나, 찾아간 집의 주인이 마침 없다든지, 주인이 왔는데 식인귀여서 도망쳐야만 했다든지 하는 것은 모두 민담에 자주 등장하는 요소들이다. 하지만 이 식인거인들은 왕도 있고, 모여서 회의도 하고, 길도 잘 닦아 놓았다. 한편 여기 등장하는 샘의 이름이 『아르고 호 이야기』에 등장하는 것으로 보아 호메로스 이전에 있던 아르고 호의 모험담이 변형되어 들어간 게 아닌가 하는 학자들도 있다.

이 부분은 전체적으로 묘사는 자세하지만 이야기 자체는 매우 축

약되어 있다. 몇 줄 사이에 거인이 회의장에서 달려와 바로 식사 준비를 하고, 또 배를 부수자마자 사람을 잡아서 식사거리로 가져가는 것으로 되어 있으니 말이다. 이런 축약성을 보이는 것은, 이 이야기가 기본적으로 폴뤼페모스 모험과 같은 종류의 것으로, 식인 거인과의 만남을 다루고 있어서다. 두 번이나 같은 부류의 얘기를 하자니 하나는 좀 압축해서 들려줄 수밖에 없게 된 것이다. 하지만 그래도 아예 이야기를 빼버리지 않고 그대로 둔 데는 이유가 있다. 이 사건을 통해서 그동안 '쓸데없이' 따라다니던 짐을 없앨 수 있기 때문이다. 앞에 말했던 것처럼 오뒷세우스의 모험에는 그렇게까지 많은 배가 필요하지 않은데, 주인공이 트로이아의 영웅으로 설정되다 보니 배까지 함께 딸려 왔었다. 이제 배가 한 척만 남았으니 앞으로의 모험은 좀더 민담의 뱃사람 이야기에 맞게 진행될 것이다. 그리고 여기서도 오뒷세우스가 아무 말 없이 자기 배만 바깥쪽에 매어 놓은 것에 대해 의혹을 품는 학자가 있다. 그는 이제 더 이상 부하들을 믿지 않는 모양이다. 어찌 보면 이것은 오뒷세우스가 점점 『오뒷세이아』적인 모습으로 변해 가는 과정이라 할 것이다. 그는 점점 『일리아스』에 그려진 것과는 다른 인물이 되어 간다.

키르케의 집에서 일행의 절반이 돼지로 변하다

라이스트뤼고네스 인들의 땅을 떠나 닿은 곳은 키르케의 섬이다. 여기까지는 얼마나 걸렸는지 나와 있지 않아 거리를 추정하기가 곤란한데, 키르케의 섬은 세계의 동쪽에 있는 것으로 생각되니(12권 3~4행),

어쩌면 시인은 오뒷세우스 일행이 유럽 서북쪽의 북극권에서 더 북쪽으로 돌아 동쪽 오케아노스에 있는 그 섬으로 간 걸로 꾸미려 했을 수도 있다. 물론 이 모든 사건은 환상의 세계에서 일어난 것으로 보아야 하므로 현실의 지리를 생각하면 곤란하다. 그리고 호메로스 이전에는 키르케의 섬이 지중해 서쪽에 있는 걸로 여겨졌다고 보는 학자들도 있다.

키르케의 섬에 도착하는 장면도 역시 '인문지리적' 지식을 앞세워 묘사되어 있다. 섬의 이름은 '아이아이아'(Aiaia)인데, 이것은 태양신의 아들 아이에테스가 사는 땅의 이름이 '아이아'(Aia)인 것과 상응한다. 거기 사는 '무서운 여신' 키르케는 아이에테스의 친누이이다. 오뒷세우스 일행이 그곳에 도착하는 장면은 염소 섬에 도착하는 것과 비슷하다. '어떤 신이 그들을 인도해서' '소리 없이' 도착한 것이다. 고단한 항해에 곧장 뒤이어 대참사를 겪어서 그런지, 그들은 모두 기진맥진한 상태이다. 이틀 밤낮을 해변에 쓰러져 쉰다. 셋째 날에 오뒷세우스는 언덕에 올라가 주위를 살피고 숲 위로 연기가 솟는 것을 발견한다. 배로 돌아오는 길에 그는 거대한 사슴 한 마리를 잡고, 그것으로 잔치를 하며 그날을 보낸다. 이 장면은 베르길리우스가 『아이네이스』 1권에 거의 그대로 옮겨 썼다.

다음날 오뒷세우스는 회의를 소집한다. 자기들이 닿은 곳은 망망대해 한가운데의 섬이며 방향도 가늠할 수 없다는 것, 그리고 자신이 연기를 보았다는 것을 밝힌다. 부하들은 다시 라이스트뤼고네스 인들 같은 괴물들을 만날까봐 두려워 눈물을 흘린다. 오뒷세우스는 이제

사람이 적어졌으니 좀더 신중하게 행동하겠다고 생각했는지, 전체 인원을 둘로 나눠 역할을 분담한다. 절반은 자신이 직접 지휘하고, 다른 절반은 에우륄로코스에게 지휘하도록 맡긴다. 이제까지 오뒷세우스의 일행은 개별적인 이름이 전혀 나오지 않았는데, 앞으로도 이 '부지휘관'을 빼고는 자기 이름을 걸고 행동하는 사람이 거의 나오지 않을 것이다. 그러고는 제비를 뽑아 어느 쪽이 정탐을 나갈지 정한다. 에우륄로코스 쪽이 정탐을 가는 것으로 정해진다. 임무를 맡은 사람들은 죽으러 가는 것처럼 울면서 떠난다.

이제야 오뒷세우스 일행이 몇 명 정도인지 대충 숫자가 정해지는데, 정탐조가 에우륄로코스를 제외하고 22명이라고 나오기 때문이다. 일행을 반반으로 나눴다니까, 해변에 남은 사람은 오뒷세우스를 포함해서 23명이기가 쉽다. 물론 전체가 홀수라면 '대기조'는 22명이거나 24명일 수도 있다. 그동안 희생된 숫자는 키코네스 약탈 때 여섯, 폴뤼페모스의 동굴에서 여섯, 그리고 라이스트뤼고네스의 땅에서 아마도 1명이니, 트로이아에서 떠날 때 오뒷세우스와 같은 배에 탔던 사람은 59명이거나 거기서 한 명 정도 많거나 적거나일 것이다.

그 다음에 일어난 일은 오뒷세우스 자신도 나중에 들은 것이겠지만, 자신이 직접 관찰하는 것처럼 서술되어 있다.

> 그들은 숲 우거진 계곡의, 전망 좋은 장소에서
> 반들반들 깍은 돌로 지은 키르케의 궁전을 발견했소.
> 궁전 주위에는 산에 사는 늑대와 사자들이 돌아다니고 있었는데,

그것들을 그녀는 나쁜 약을 주어 마법에 걸리게 했던 것이오.
그것들은 사람에게 달려들지 않고,
일어서더니 긴 꼬리를 흔들며 주위에서 아양을 떨었소.
…… 그들이 머리를 곱게 땋은 여신의 현관에 들어섰을 때,
안에서 키르케가 고운 목소리로 노래하는 소리를 들었으니,
그녀는 불멸의 거대한 베틀 앞을, 여신들이 이룬 것이
그러하듯, 곱고 우아한 빼어난 베 앞을 오가고 있었던 것이오.
(10권 210~223행)

정탐꾼들은 계곡들이 만나는 전망 좋은 곳에서 돌로 지어진 키르케의 궁전을 보게 된다. 그 주변에는 사자, 늑대 같은 짐승들이 어슬렁대고 있었다. 일행은 겁을 먹지만 이들은 사람을 보고 덤벼들지 않고 오히려 꼬리를 쳤다. 오뒷세우스는, 키르케가 이 짐승들에게 약을 써서 마법에 걸리게 한 것이라고만 해서, 이것들이 원래 짐승인지 아니면 원래는 사람이었는지 좀 불분명하게 해 놓았다. 뒤에 일어난 일로 보아 아무래도 후자 같은데, 어쨌든 이렇게 많은 짐승을 거느리고 있는 것은 '짐승들의 여주인'인 '무서운 여신'에게 잘 어울린다. 안에서는 여자가 길쌈하며 노래를 부르고 있다. 정탐꾼들은 문간에서 여자를 부른다.

그러자 여자가 나와서 이들을 안으로 불러들인다. 일행이 들어가자 키르케는 이들에게 음료를 대접한다. 하지만 거기에는 마법의 약이 들어 있었고, 그것을 받아 마시는 순간 그들은 고향을 잊는다. 마치

로토스와 같은 효과다. 그러자 키르케는 지팡이로 그들을 때리고 돼지우리로 몰아넣는다. 그들은 외모가 돼지처럼 변한 채로 거기 갇히게 되는데, 이들이 돼지로 변한 것이 약의 힘 때문인지 지팡이 때문인지는 좀 논란이 되고 있다. 대개의 학자들은 이 사건이 두 단계로 되어 있어서, 약을 먹자 기억을 일부 잃고, 지팡이에 닿자 돼지로 변했다고 생각한다. 반면에 이런 해석에 반대하는 학자들은, 희랍에는 유럽 다른 지역의 마녀들 것 같은 지팡이는 등장하지 않으며, 여기 등장하는 키르케도 메데이아처럼 약을 잘 아는 존재일 뿐이라고 주장한다. 하지만 뒤에 아테네 여신도 지팡이로 오뒷세우스를 건드려서 늙은 거지로 만들고, 다시 건장한 장년으로 돌려놓고 하는 걸 보면 아무래도 지팡이의 효력을 인정해야 할 것 같다.

어쨌든 여신은 이들을 조롱하느라고 그러는지 돼지 먹이를 던져주고는 가버린다. 이 사건이 주는 공포는 희생자들이 여전히 분별력은 지니고 있다는 점에서 비롯된다. 말하자면 괴물로 변하면서 그걸 의식해야 하는 것이다. 이렇게 이전의 의식을 지닌 채로 다른 존재로 변하는 이야기는 로마 시대에 오비디우스가 즐겨 쓰게 될 것이고, 아풀레이우스의 『황금당나귀』에 이르러서는 그렇게 변화한 주인공의 모험담까지 등장할 것이다.

오뒷세우스가 부하들을 구출하다

한데 이 정탐조가 다 함께 들어가서 모두 변을 당했으면 대체 무슨 일이 일어났는지 오뒷세우스도 우리도 알 수 없었겠지만, 한 사람이 이

상한 낌새를 채고 밖에 남았으니, 바로 정탐 지휘를 맡은 에우륄로코스였다. 그는 밖에서 기다리다가 동료들이 영 나오지 않자 뭔가 변고가 생겼음을 알고, 배로 돌아간다. 소식을 들은 오뒷세우스가 그를 앞세우고 부하들을 구하러 나서지만, 겁에 질린 에우륄로코스는 함께 가기를 거부하고, 오히려 그냥 도망쳐 버리자고 우긴다. 오뒷세우스는 그를 배 곁에 남겨 두고 혼자 길을 나선다. 다른 부하들의 반응이 어땠는지는 언급되지 않는데, 아마도 에우륄로코스의 의견에 찬동하여 오뒷세우스를 따라 나서지 않았던 모양이다.

오뒷세우스는 키르케의 집에 도착하기 직전에 젊은이 모습의 헤르메스를 만나게 된다. 그 신이 자기 신분을 밝히지도 않았는데 오뒷세우스가 그가 헤르메스라는 걸 어떻게 알았는지는 밝혀져 있지 않다(물론 우리에게는 '만병통치약'이 있다. 나중에 키르케나, 칼륍소가 가르쳐 주었다고 하면 해결되기 때문이다). 헤르메스는 그의 전우들이 모두 돼지가 되었다는 걸 알려 주고, 그에게 몰뤼라는 약초를 주면서 그것이 키르케의 음식에 들어 있는 마법의 힘을 막아 주리라고 말한다. 이 약초는 검은 뿌리에 우유 같은 꽃이 있었다니, 아무래도 음식에 넣어서 같이 먹으라는 것 같은데, 그냥 그대로 잊혀져 앞으로는 나오지도 않기 때문에 실제로 어떻게 사용되었는지는 분명치 않다. 학자들은 보통 그것이 일종의 부적같이 그냥 지니고만 있어도 효과가 있는 것으로 보고 있다. 더구나 그 약초는 헤르메스가 그 자리에서 뽑아서 주는 것으로 되어 있으니, 혹시 신이 그것을 즉석에서 솟아나게 했는지도 모를 일이다. 그리고 '몰뤼'라는 이름은 신들이 사용하는 것으로 되어

있고, 인간들이 부르는 이름은 무엇인지 나오지 않는다. 아마도 전적으로 신들의 세계에 속한 식물로 상정된 모양이다. 서사시에는 이따금 신들이 부르는 이름과 인간 사이에 쓰이는 이름이 다른 경우가 소개되는데, 어떤 학자들은 신들의 이름은 새로 도착한 인도-유럽어족의 이름이고, 인간 사이의 이름은 그 이전에 살던 민족의 이름이 아닌가 생각하기도 한다. 여기 나온 약초가 마늘과 비슷하다는 지적도 있다. 마늘 역시 흡혈귀에 대한 방어책으로 사용되었었다. 물론 이것이 '이성'이나 '교육'을 상징한다는 설명도 고대부터 있었다.

키르케의 '공격'이 두 단계로 되어 있으므로, 헤르메스는 다음 단계의 '방어술'도 가르쳐 준다. 키르케가 지팡이로 건드리려 하면 칼을 뽑아 위협하라는 것이다. 그러면 그녀가 동침하자고 제안할 터인데, 그것을 거절하지 말라고 한다. 그래야 부하들을 풀어 주고 오뒷세우스 자신도 환대를 받을 수 있단다. 다만 그녀에게 큰 맹세를 시켜서, 그가 무장을 내려놓았을 때 그를 '쓸모없고 비겁한' 자로 만들지 않겠다고 확약을 받으란다. 키르케 정도의 능력이면 칼도 두려워하지 않을 것 같지만, 나중에 보면 이 충고가 효력을 발휘하니, 여기에는 칼에도 어떤 마법적 능력이 있다는 옛 관념이 투영된 듯하다. 우리는 비슷한 사례를 11권 저승 장면에서 보게 될 것이다. 샤먼 전통에서도 칼이 거울, 방울과 더불어 세 가지 신기(神器)에 속하는 것으로 되어 있으니, 아주 낯선 관념도 아니다.

충고를 마친 헤르메스는 떠나간다. 섬 위를 지나 높은 올림포스로 갔다니, 아무래도 그냥 날아서 간 모양이다. 그것을 보고서 오뒷세

우스가 그가 헤르메스라는 걸 알았을 수도 있겠다. 오뒷세우스는 다시 키르케의 집으로 다가가는데, 여기서 그의 가슴이 매우 두근거리는 것으로 되어 있다. 앞에서는 언급하지 않고 그냥 지나쳤는데, 이 구절은 4권에서 메넬라오스가 프로테우스를 만나는 장면의 앞뒤에 나왔었다. 메넬라오스의 모험이 '환상적'이라는 것은 그 모험의 내용으로 봐도 분명하지만, 이렇게 다른 '환상적 모험'에 나온 구절이 사용되어 그런 성격이 더욱 분명하게 부각된다.

그 다음의 사건 전개는, 앞에 정탐꾼들에게 일어났던 상황을 인칭만 3인칭에서 1인칭으로 바꾼 것이다. 오뒷세우스가 밖에서 부른다. 키르케가 그를 안으로 들인다. 그를 자리에 앉히고 약 탄 음료를 내놓는다. 오뒷세우스가 마시지만 마법이 통하지 않는다. 키르케는 그를 지팡이로 치며 돼지우리로 몰아가려 한다. 여기서 전과 약간 달라지는데, 키르케가 오뒷세우스에게 '돼지우리로 가서 동료들에게 합류하라'고 명령했던 것이다. 학자들은 이것이 일종의 주문(呪文)이라고 해석한다.

하지만 오뒷세우스는 칼을 뽑아들고 키르케를 위협한다. 그녀는 겁을 먹고 울면서 그의 무릎을 잡고 탄원의 자세를 취한다. 그가 누구인지 묻는다, 혹시 오뒷세우스는 아닌지. 언젠가 오뒷세우스가 거기로 오리라고 이미 헤르메스가 여러 차례 예고해 두었던 것이다. 그러면서 동침을 제안한다. 오뒷세우스는 헤르메스가 가르쳐 준 대로 상대에게서 맹세를 받아내고 같이 잠자리에 든다.

그 사이에 네 명의 하녀가 손님 접대를 위해 준비한다. 이들은 샘

과 숲, 강에서 태어난 요정들이다. 하지만 이들의 준비 과정 역시, 우리가 벌써 여러 차례 본 것과 비슷하다. 의자를 정리하고 식탁을 차리고 술을 섞고 목욕물을 데운다. 오뒷세우스는 문명세계의 징표인 온수 목욕을 마치고 좋은 옷을 입고서 식탁 앞에 앉는다. 하지만 그는 시무룩한 채 음식에 손을 대지 않는다. 키르케는 혹시 그가 무슨 음모를 두려워하나 싶어, 이미 자신이 큰 맹세를 했다는 것을 상기시킨다. 오뒷세우스는 전우들이 풀려나는 것을 보기 전에는 먹지 않겠노라 선언한다. 문학사상 두번째의 단식 투쟁이다(최초는 아킬레우스다). 그러자 키르케는 지팡이를 들고 돼지우리로 가서 부하들을 몰아내고, 그들의 몸에 약을 발라 모두 사람으로 돌려 놓는다. 그러자 그들은 전보다 더 크고 젊고 준수해지고, 이제 오뒷세우스를 알아보게 된다. 아마 먼저 먹은 약의 효과는 알던 사람도 잊게 하는 것이었던 모양이다. 그리고 돼지에서 사람으로 변하는 과정은 사람에서 돼지로 변하던 과정과 대칭되게 그려지지 않았다. 앞에서는 약과 지팡이가 단계적으로 쓰였는데, 여기서는 지팡이는 별 역할을 하지 않고 다른 약 한 가지만으로 기억과 모습이 모두 회복되었다. 원래 돼지로 변할 때도 지팡이는 별 역할을 하지 않았다는 주장이 힘을 얻는 대목이다. 하지만 오뒷세우스를 변화시키려 할 때도 지팡이가 동원된 것으로 보아, 역시 '두 단계 변화설'이 맞을 것 같다.

오뒷세우스 일행이 키르케의 집에 머물다

오뒷세우스와 부하들은 반갑고 서러워서 부둥키고 눈물을 흘린다. 그

들은 키르케의 권고에 따라 배를 끌어올려 동굴 속에 넣어 두고, 남아 있던 동료들까지 데려다가 거기서 일 년간 축제 같은 세월을 보낸다. 여기서 이상한 것은 바닷가에 가서 다른 사람들을 데려오도록 부하를 보내는 게 아니라, 오뒷세우스 자신이 직접 갔다는 점이다. 혹시 아랫사람의 말은 믿지 않을까봐 그랬던 것일까? 아니면 돼지로 변했던 부하들은 너무 힘이 빠져서 음식으로 보충을 해야만 해서였을까? 그보다는 아마도 에우륄로코스와의 대립 장면을 보여 주기 위해서일 것이다. 오뒷세우스가 해변으로 돌아가자, 거기 있던 부하들은 모두 울음을 터뜨린다. 지휘관은 사정을 설명하여 그들을 달래고서, 모두 함께 키르케의 집으로 가자고 설득한다. 하지만 이 '부지휘관'이 반발한다. 갑자기 폴뤼페모스 사건을 떠올리며, 그때도 지도자가 무모하고 '어리석어서' 자기들이 재앙을 당했었고 이번에도 그렇게 되리라고 주장한 것이다. 이것은 말하자면 시인이 서시에서 했던 주장에 대한 반박이다. 서시에는 부하들이 '어리석어서' 귀향을 잃었다고 되어 있지만, 에우륄로코스는 반대로 지휘관의 어리석음이 부하들을 죽였다고 주장한다. 사실적으로 생각하자면, 나중에 오뒷세우스가 고향에 혼자 돌아가면 이런 공격을 받을 가능성이 높다. 헤로도토스의 『역사』에도 일행을 모두 잃고 혼자 살아 돌아온 사람이 실종자의 가족들에게 추궁 당하고 결국 살해된 사건이 기록되어 있다. 또 작품 속에서 지금 이야기를 듣고 있는 파이아케스 인들 사이에도 그런 책임론이 형성되어 있을 수 있다. 그러니 이쯤에서 그걸 반박해 두는 게 시인에게도 주인공에게도 좋을 것이다. 그리고 이것이 바로, 오뒷세우스 자신이 키르

케 사건을 묘사하는 첫머리에서 자신의 조심성과 헌신적 태도를 강조했던 이유일 것이다.

에우륄로코스의 비난에 분노한 오뒷세우스는 그를 칼로 베어 버리고 싶은 충동에 사로잡히지만, 동료들이 타협책을 내놓는다. 에우륄로코스가 거기 머물기를 원한다면 배나 지키라고 놓아 두자는 것이다. 이 장면은 『일리아스』 1권에서 아킬레우스가 아가멤논을 베어 버릴까 말까 고심하는 장면과 유사하게 되어 있다. 그리고 필요한 순간이 되었을 때에야 모든 정보를 내놓는 서사시의 한 기법에 따라, 에우륄로코스가 사실은 오뒷세우스의 가까운 친척이라는 사실이 이제야 나온다.

하지만 그들이 모두 해변을 떠나자 에우륄로코스도 결국 일행을 따라오는데, 오뒷세우스의 질책이 두려워서 그랬다고 설명되어 있지만, 한편으론 혼자 남겨지는 것이 더 두려웠을 것이다. 결과를 놓고 보자면, 그는 1년이나 혼자 바닷가에 머물러 있어야 했을 터이니 말이다. 그리고 이 논쟁은 오뒷세우스의 마지막 모험을 준비하는 것이기도 하다. 여기서 에우륄로코스의 '반란'은 실패하고 말지만 태양신의 섬에서는 성공할 것이고, 그의 선동에 넘어간 동료들은 그 때문에 모두 파멸하게 될 것이다. 오뒷세우스의 동료들 가운데 가장 뚜렷하게 그려진 이 인물은, 오뒷세우스가 부하들의 죽음에 책임이 없다는 걸 보여 주기 위해 동원된 셈이다.

키르케의 집에서 도착해 보니, 일시적으로 짐승이 되었던 부하들은 그 사이 목욕하고 좋은 옷을 입고 잔치를 벌이는 중이다. 하지만 새

로 온 동료들이 합류하자 다시 눈물바다가 된다. 이 일화에서 벌써 세 차례나 등장한 눈물은, 키르케의 집이 말하자면 저승의 입구라는 점과 관련이 있을 수도 있다. 그들은 이제 곧 진짜 저승으로 가게 될 것이다.

이 일화에 등장하는 많은 요소들이 민담에서 끌어온 것들이다. 마법의 약, 마법의 지팡이, 마법에 대항하는 다른 마법, 마법 대결에 등장하는 조력자 등. 하지만 여기는 두 가지 이야기가 섞여 있고, 약간 어색한 연결부위도 드러난다. 오뒷세우스가 두번째 식사에서 시무룩한 모습을 보인 것이 그런 부분이다. 그는 부하들이 여전히 돼지 모습을 하고 있어서 그런 거라고 설명했지만, 조금 전에는 같은 상황 하에서도 여자와 잠자리에 들지 않았던가! 정말 부하들이 걱정이 된다면 동침 전에 부하들을 원래 모습으로 돌려 놓거나, 그게 남녀 사이의 분위기를 망칠 듯하다면 적어도 원상회복의 약속은 받을 수 있지 않았을까? 학자들은 남자들을 해치는 마녀들에 두 가지 부류가 있다고 설명한다. 하나는 남자를 만나는 즉시 죽이거나 짐승으로 만드는 유형으로서, 키르케가 오뒷세우스의 부하들과 처음 마주쳤을 때 보인 모습이다. 다른 하나는 싫증이 날 때까지 남자를 데리고 살다가 나중에야 처치하는 유형으로, 오뒷세우스를 돼지로 만드는 데 실패했을 때의 키르케가 거기 속한다. 따라서 키르케가 동침을 청한 것은 또 하나의 계략일 수 있고, 오뒷세우스가 키르케에게서 큰 맹세를 시킨 것은 거기에 제대로 대응한 것이었다. 그냥 여신의 유혹에 넘어가면 '쓸모없고 비겁한' 존재가 될 수도 있다는 것은 남성성을 상실할 가능성이

있다는 뜻이다. 여성 신과 결합한 인간 남성이 변을 당한 이야기들은 바로 이런 위험을 보여 주는 것이다.

처음에 오뒷세우스의 부하들을 모두 돼지로 만들었지만, 나중에는 그들을 대접하게 되는 키르케는 이 서사시에 등장하는 여성들의 특징을 잘 보여 준다. 해를 끼칠 위력과 위험이 있기는 하지만 일단 제압되고 나면 도움이 되는 존재들로, 어떤 학자는 그들의 모습에서 근동의 『길가메쉬 서사시』 등에 등장하는 무서운 여신의 모습을 보기도 한다.

키르케, 저승여행을 명하다

한데 일 년이 되도록 오뒷세우스는 떠날 생각을 하지 않는다. 이제는 오히려 부하들이 그를 재촉한다. 키르케가 주는 음식에 로토스와 비슷한 효력이 있는 것으로 되어 있으니, 오뒷세우스도 은연 중 그 영향을 받았는지 모르겠다(오뒷세우스가 사실은 집에 가고 싶지 않았다는 이야기를 만드는 현대의 창작자들은, 아무래도 여기서 그런 발상을 얻은 것 같다. 장 뤽 고다르의 영화 「경멸」에, 그런 내용의 영화를 만드는 감독이 등장한다). 하지만 부하들의 말을 듣고 정신이 들었던지, 그날 저녁 오뒷세우스는 키르케의 무릎을 잡고 전에 약속했던 대로 집으로 보내달라고 탄원한다. 사실 이런 약속은 나온 적이 없지만, 이것은 일종의 '점프 컷'으로, 이 구절에 비추어 키르케가 약속을 했었다고 거꾸로 추정할 수도 있다. 또 적어도 키르케가 그들을 자기 집으로 초대하여 접대하였으므로, 이것은 그들과 손님-주인 관계를 맺겠다는 뜻이고, 거기

에 나중에 집으로 보내 주겠다는 의미가 들어 있다고 볼 수도 있다.

이 작품에 등장하는 여성들은 매우 '쿨'해서, 울고불고 매달리지 않는 특징을 보이는데, 이 키르케 역시 오뒷세우스를 잡지 않는다. 아마도 영웅을 붙잡아 두려 애쓰는 역할은 칼륍소에게 분담되어 있기 때문인 듯하다. 하지만 키르케는 그들이 고향으로 떠나기 전에 먼저 저승에 가서 테이레시아스의 혼백을 만나 예언을 들어야 한다고 말한다. 약간 우스운 것은 오뒷세우스의 반응이다. 맥이 빠지면서 더 이상 살고 싶은 생각이 없어졌다는 것이다.

> 이렇게 그녀가 말하자, 나는 그만 맥이 빠지고 말았소.
> 나는 침상 위에 앉아서 울었고, 더 이상 살아서
> 햇빛을 보고 싶은 마음이 내키지 않았소.(10권 496~8행)

저승에 가라는 것 때문에 기가 막혀서 살고 싶은 생각이 사라졌다니, 피하고 싶은 것을 오히려 추구하는 꼴이다. 이 구절은 메넬라오스가 프로테우스에게서 아가멤논의 죽음을 전해 들었을 때도 쓰였었는데, 아마도 메넬라오스도 일종의 '저승여행' 중이었기 때문일 것이다. 그리고 오뒷세우스는 이런 반응으로써 사실상 저승여행을 준비하는 셈이다.

충격을 겨우 떨쳐 버린 오뒷세우스는 현실적인 난점을 지적한다. 아무도 배로 저승에 다녀온 사람이 없으니 누가 길잡이가 될 것인지 하는 것이다. 키르케는 그저 돛을 펴고 배에 앉아 있으면 북풍이 그들을 날라다 주리라고 말한다. 북풍을 받으면 갈 수 있다고 했으니, 저

승이 남쪽에 있는가 보다 생각하기 쉬운데, 일반적으로 저승의 입구는 서쪽에 있는 것으로 알려져 있다. 그래서 학자들은 현재 오뒷세우스 일행이, 원반 모양으로 생긴 세상의 동쪽에 있다고 본다. 그래서 북풍을 받으면 일단 세상을 두루 도는 오케아노스의 흐름을 타고서 시계방향으로 남쪽으로 갔다가, 거기서 계속 같은 방향으로 돌아 서쪽으로 가게 될 것이다. 이들이 저승에서 돌아오는 대목을 보면, 키르케가 사는 섬은 해 뜨는 지역, 세상의 동쪽에 놓여 있는 게 확실하다. 사실 태양신의 딸로서 합당한 자리를 차지하고 있다. 그러고 보면 이들은 애당초 저승여행하기 좋은 곳을 찾아왔던 셈이다.

키르케는 그들이 상륙할 지점을 묘사하고, 거기서 할 일을 지시한다.

> 그대는 배로 오케아노스를 건너, 야트막한 해안과
> 페르세포네의 원림들, 그러니까 키 큰 백양나무들과
> 익기도 전에 열매가 떨어지고 마는 버드나무들이 서 있는 곳에 닿거든,
> 그곳 깊이 소용돌이치는 오케아노스 가에서 배를 육지로 몰도록 하세요.
> 그러고 나서 그대 자신은 하데스의 곰팡내 나는 집으로 가세요.
> 그곳에는 퓌리플레게톤 강과, 스튁스 강물의 지류인
> 코퀴토스 강이 있는데, 둘 다 아케론으로 흘러들지요.
> 그곳에는 또 바위가 하나 있고, 요란한 두 강의 합수점이 있어요.
> 영웅이여, 그대는 내가 시키는 대로 그 가까이 다가서서,

사방 한 완척씩 구덩이를 하나 파세요.(10권 508~517행)

이 구절들은 다음 권에서 그대로 반복되는데, 요즘 같으면 뒤에 나온 것은 그냥 '앞에 나온 대로 실행되었다' 하는 식으로 넘어갔을 텐데, 서사시에서는 똑같은 구절이 지시할 때 한 번, 뒤에 실행될 때 또 한 번 나온다. 상륙 지점은 전체적인 그림보다는, 부분부터 세밀하게 그려진다. 그곳에는 저승을 상징하는 백양나무, 버드나무들이 있다. 아케론으로 흘러드는 두 강이 만나고 거기 바위가 있다. 과연 이 정도로 길을 제대로 찾을까 싶지만, 아무것도 없던 황막한 지역에서 갑자기 숲을 만나고 그 근처에서 두 개의 강이 만나는 게 보이면 그다지 어려울 것도 없겠다.

다음으로 키르케는 거기서 할 일을 가르친다. 여기서 키르케가 명하는 것은 대부분 11권에 그대로 실행되지만, 그렇지 않은 부분도 있다. 키르케는 세 단계로 제사와 기원을 드리라고 하지만, 그것이 11권에서는 그대로 이루어지지 않는 것이다. 키르케의 지시를 보면, 첫 단계는 우선 땅을 파고 액체로 된 제물(꿀우유, 포도주, 물, 보릿가루)들을 바치고, 사자(死者)들에게 서원하라는 것이다. 이타케로 돌아가면 제물을 드리고, 특히 테이레시아스에게는 새까만 수컷 짐승을 바치겠다는 내용이다. 다음 단계로 숫양 한 마리와 검은 암양 한 마리를 잡는다(저승의 존재들에게는 검은 짐승을 바치는 것이 관례이다). 그러면 혼백들이 찾아올 텐데, 그때는 세번째 단계로 잡아 놓은 제물들을 완전히 태우고, 하데스와 페르세포네에게 기도하도록 부하들에게 시킨다.

하지만 이런 제사가 진행되는 동안 오뒷세우스는 칼을 빼어들고 앉아 다른 혼령들이 피에 가까이 가지 못하게 해야 한다. 테이레시아스에게 우선권이 있다. 여기서는 아직 드러나지 않지만, 혼령들은 피를 마셔야 말을 할 수 있다. 그리고 저승의 존재들이 칼을 두려워한다는 사실도 흥미롭다. 앞에서 키르케가 칼을 두려워하는 데서 잠깐 설명했지만, 이것은 우리네 무당이 굿할 때 칼을 사용하는 것과 관련이 있겠다. 오뒷세우스가 예언자 테이레시아스에게 물을 것은 집에 돌아갈 방법이다. 어떻게 바다를 건너 귀향할지 하는 것이다. 하지만 나중에 듣게 되는 테이레시아스의 말은 기대와는 상당히 거리가 있는 내용이다. 집에 닿을 방도보다는 그 후에 어떤 일을 해야 하는지에 중점이 놓이기 때문이다.

사실 고향 가는 방법에 대해서는 키르케 자신도 잘 알고 있다. 그러니 우리는 텔레마코스의 여행에서처럼 이 여행에서도, 여러 관련자의 여러 의도를 층위를 나눠서 보아야 할 것이다. 우선 오뒷세우스에게는, 현실적으로 어떻게 하면 집에 돌아갈지를 알려는 게 목적이다. 키르케의 의도는 무엇이었을까? 가장 쉽게 떠오르는 것은 '호기심'이다. 나중에 그녀가 저승의 사정을 꼬치꼬치 캐묻기 때문이다. 사실 불사의 존재인 여신으로서는 저승에 갈 일이 없으니 호기심을 가질 수도 있고, 이승의 모든 지식을 갖고 있으므로 저승의 것까지 채워서 말하자면 지식을 완결시키고 싶을 수 있다. 하지만 '호기심'은 너무 약한 근거 같다. 혹시 여신은 오뒷세우스가 앞으로 고향에 닿기 전에 겪을 고생과, 그 후에 치러야 하는 여행에 대한 예언을 듣고서 질려서 귀향

을 포기하고 섬에 남을지도 모른다고 기대했던 것일까? 그러면 그녀의 여행 권유는 칼립소의 마지막 시험과 같은 성격의 것이 된다. 한편 우리는 시인의 의도도 생각해 볼 수 있다. 앞으로 수많은 영웅들의 저승여행의 '원조'가 될 이 여행은 어떤 의미가 있을까? 많은 이야기에서 영웅들이 저승을 여행하는 것은, 이것이 아마도 모든 통과의례의 대표여서일 것이다. 통과의례는 한 상태에서 다른 상태로 나아가는 위험스런 순간을 무사히 지나게 해주는 예식이다. 여기서 오뒷세우스는 말하자면 새로운 단계로 진입하기 위해 이전의 존재를 '죽이고' 있다. 많은 통과의례들이, 이전에 속해 있던 집단과의 격리와, 그 이후의 재통합 과정을 포함한다. 그 격리기간에 이전 것이 '죽고' 새 존재가 생겨난다. 인류학적 보고에 따르면 어떤 부족에서는, 새 단계에 들어선 사람은 일정기간 죽은 자로 취급된다 하는데, 우리는 바로 오뒷세우스가 모든 사람에 의해 죽은 자로 간주되는 것을 보게 될 것이다. 한데 오뒷세우스는 그냥 평범한 개인이 아니라 한 나라의 왕이므로, 이런 과정을 거쳐 일어난 '변형'이 그 자신에게 한정되지 않고 그의 집과 왕국에까지 미치게 된다. 우리는 작품 마지막에 말하자면 '우주적 재생'을 보게 될 것이다(이미 헤라클레스와 테세우스도 거쳤던 이런 저승여행은 그 후 모든 영웅들이 꼭 겪어야 하는 것으로 자리 잡는다. 이것은 '하계 여행'katabasis이란 이름으로 그 이후 거의 모든 서사시에 등장하는 요소가 되는데, 『아이네이스』 6권이 아주 유명하고, 단테의 『신곡』은 아예 작품 전체가 그것을 주제로 삼았다).

지시를 마친 키르케는 오뒷세우스에게 옷을 갖춰 주고, 자신도 의상을 걸쳐 입는다. 새로운 단계로 들어설 때마다 인물들이 하는 행동이다. 오뒷세우스는 부하들을 깨워 떠나자고 한다. 이 대목에서 오뒷세우스는 잠깐 엘페노르라는 젊은이의 죽음을 언급한다. 그는 일행 중에서 가장 젊은 사람으로 별로 용감하진 않은 자였다, 그는 술에 취한 채 시원한 데를 찾아 지붕 위에서 자고 있었다, 그는 동료들이 출발준비를 하는 소리를 듣고 급히 따라나서다가 그만 추락하여 목이 부러지고 그대로 죽었다. 여기서는 오뒷세우스 일행이 엘페노르의 죽음을 알았는지 몰랐는지 나오지 않는데, 뒤에 11권을 보면 그 사고를 알긴 했지만 워낙 급하게 떠나느라 장례를 치르지 못했다는 설명이 나온다. 사실 이 사람은, 메넬라오스가 이집트로 가기 직전에 죽은, 그의 키잡이와 같은 역할을 한다. 즉 저승여행을 위해서 바쳐진 일종의 희생인 것이다.

길을 가는 도중에 오뒷세우스는 부하들에게 자기들이 지금 고향으로 가는 게 아니라, 테이레시아스를 만나러 저승으로 가는 거라고 밝힌다. 그러자 그들은 모두 주저앉아 울지만 결국 그를 따라 나선다. 사실 이 대목에서 부하들이 크게 반발하고 그 여행을 거부할 수도 있었을 텐데, 그냥 물러선 이유가 무엇인지는 분명치 않다. 아마도 키르케가 지시했다는 걸 전해 듣고, 또 자기들의 지휘관이 그 말을 따르는 것을 보고, 이 둘의 권위를 인정해서 그랬기 쉽다. 그들은 바닷가에 도착하여, 여신이 자기들을 앞질러 제물로 쓸 양 두 마리를 배에 가져다

둔 것을 발견한다. 트로이아 전쟁의 영웅들이 (목마 속에 들어가는 것처럼) 험한 일도 직접 하듯, 『오뒷세이아』의 등장인물들도 꽤 험한 일을 아랫사람 시키지 않고 직접 행하는 것으로 되어 있다. 오뒷세우스는 여신이 자기들 눈에 띄지 않고 옆을 지나쳐 갔다는 것을 강조하는데, 학자에 따라서는 이런 얘기를, 파이아케스 사람들이 자기들에게는 신들이 늘 공공연하게 나타난다고 주장하는 걸 빈정거리는 것으로 해석하기도 한다. 어쨌든 여신이 이런 능력을 보임으로써, 오뒷세우스의 부하들에게 어쩌면 아직까지 남아 있을 수도 있는 반발심을 없애는 데는 도움이 되었겠다.

여기까지 오뒷세우스의 '환상적 모험'의 절반이 지나갔다. 작품에 표시를 해놓고 읽는 분이라면, 또 하나의 작은 이정표에 도달했을 것이다. 이제 시작될 '환상적 모험'의 후반부는 12권 끝까지이다.

11권

저승을 방문하다

「테이레시아스와 이야기를 나누는 오뒷세우스」

화분형 크라테르(기원전 4세기)

오른쪽에 칼을 뽑아든 오뒷세우스가 앉아 있고, 그의 다리 밑에는 방금 도살한 두 마리 양의 머리가 보인다. 왼쪽 아래 구석에서 테이레시아스의 혼령이 나와서 그와 이야기를 나누고 있다. 노인의 머리와 수염은 흰색이다. 본문에는 이렇게 머리만 나와서 이야기하는 것이 아니라, 전신을 드러내고 그에게 다가오는 것으로 되어 있는데, 이 그림은 '죽은 자에게 묻는 점술'(nekyomanteia)의 관행을 반영한 듯하다.

일행은 울면서 배에 오른다. 그러자 키르케가 순풍을 보내 준다. 일행은 특별히 할 일이 없다. 그저 바람에 돛을 맡기고 그냥 있으면 된다. 밤이 되었을 때 그들은 오케아노스의 끝 부분(peirata)에 닿는다.* 오케아노스는 세계를 두루 도는 강이니 시작도 끝도 없을 텐데, '끝 부분'이라니 좀 이상하다. 하지만 출발점을 기준으로 '다다르기에 시간

이 가장 많이 소요되는 곳' 정도로 이해하면, 안 될 것도 없다.

> 이들 작은 가축들을 싣고 우리 자신도
> 굵은 눈물을 흘리며 비통한 마음으로 배에 올랐소.
> 그러자 인간의 음성을 가진 무서운 여신인, 머리를 곱게 땋은 키르케가
> 우리를 위하여 이물이 검은 배의 뒤쪽에서 돛을 부풀리는
> 순풍을, 훌륭한 동료를 보내 주었소.
> …… 이윽고 해가 지고 길이란 길은 모두 어둠에 싸였소.
> 그때 배가 깊이 소용돌이치는 오케아노스의 끝부분에 닿았소.
> (11권 4~13행)

여기서 밤을 묘사하는 구절은 바다여행에는 어울리지 않게 '모든 길(거리)이 어둠에 싸이'는 것으로 되어 있다. 이미 텔레마코스의 여행에서 등장했던 구절이다. 그리고 앞에서 이 여행이 세계의 동쪽에서 서쪽으로 가는 것이라고 했는데, 하루에 거기까지 갔다니 배가 엄청난 속도로 달렸거나, 아니면 당시 세계의 범위가 그렇게 크지 않은 걸로 추정되었나 보다. 거기에는 항상 어둠에 싸여 있는 땅이 있는데, 놀

---

* 천병희 역에는 "경계에 닿았다"라고 되어 있지만, 원을 그리며 도는 강의 '경계'라는 것이 무엇인지 분명치 않다. 양쪽 강안(江岸)을 가리킨다면 너무 범위가 넓어진다. 시계 방향으로 돌아갈 때 오른쪽 강안은 우리가 살고 있는 육지일 텐데, 정확한 지점이 정해지지 않고 온 세계의 가장자리가 다 포함된다. 한편 왼쪽 강안도 그만큼의 범위라서 위치 확정이 안 되는 데다가, 대체 그 강안을 이루는 것은 무엇인지도 분명치 않다. 또 다른 땅인지 아니면 아이테르인지, 전자라면 그것의 바깥 경계는 무엇인지…… 외국 번역들도 '경계'(bounds, Grenzen, bornes 등)로 옮긴 것이 많은데, 여기서는 다른 해석을 좇았다.

랍게도 거기도 사람이 사는 것처럼 되어 있다. 이들은 킴메리오이라고 불리는 사람들이다. 물론 오뒷세우스 일행이 이들을 만난 것은 아니고 그냥 이들의 땅이란 것만 나온다. '그럼, 오뒷세우스가 그 이름을 어떻게 알았냐'고 한다면, 전에 말한 '만병통치약' 키르케와 칼륍소가 있다. 현실적으로 설명하자면 시인은 극지방의 겨울에 대해 들은 적이 있는 모양이다. 시인이 백야에 대해 알고 있다면 그 반대 현상에 대해 아는 것도 이상할 건 없다. 나중에 헤로도토스는 흑해 북쪽 아조프해 이웃에 사는 킴메리오이 족에 대해 기록했는데(4권 11장), 이들 역시 겨울이 길고 어둠이 짙은 지역에 산다는 공통점을 보인다.

일행은 거기서 상륙하여 키르케가 가르쳐 준 장소까지 육로로 행군한다. 하지만 10권에 예고된 것처럼 페르세포네의 원림을 보았다고는 되어 있지 않다. 그 후에 행해진 것은 키르케의 지시대로다. 페리메데스와 에우륄로코스가 제물들을 붙들고 있는 동안, 오뒷세우스가 땅을 파고 제주(祭酒)를 바치고, 사자들에게 기원하고 선물을 약속하고, 특히 테이레시아스에게 검은 짐승 제물을 약속한다. 희생제물의 목을 베어 피가 흐르자, 혼령들이 나타난다. 오뒷세우스 일행이 저승 안으로 깊이 들어가는 것은 아니고, 이렇게 저승의 존재들이 입구까지 나와서 보게 되는 것이다.

앞으로 오뒷세우스가 보게 되는 인물들은 네 부류로 나눌 수 있다. 우선 개인적인 인연이 있는 사람들이다. 그의 젊은 부하, 어머니, 그리고 이 여행의 본래 목적인 테이레시아스이다. 그 다음은 유명한 옛 여성들이고, 다음이 트로이아에 함께 갔던 이들, 마지막이 저승에

벌 받는 존재들이다. 이 만남들은, 중간에 잠깐 쉬는 시간이 들어가서, 전반부 두 개, 후반부 두 개로 나뉘어 배치되어 있다.

엘페노르의 혼령과 만나다

그들은 혼령들 중에서 먼저 젊은 여자, 남자들을 본다. 이어 노인들, 아마도 사랑의 상처를 입은 것 같은 소녀들이 보인다(베르길리우스는 『아이네이스』 6권에서 이것을 흉내 내어, 사랑 때문에 죽은 사람들은 아예 다른 구역에 머무는 것으로 꾸미게 된다). 그리고 전장에서 죽은 자들이 다가오는데, 그들은 여전히 피 묻은 무구를 갖추고 있는 것으로 되어 있다. 저승의 존재들이, 죽을 때의 모습 그대로라는 생각은 그때도 있었나보다(하지만 뒤에 나오는 인물들은 이렇지 않은 듯하다. 『일리아스』 23권에 아킬레우스 앞에 나타난 파트로클로스의 혼령은 생전의 모습을 하고 있었다). 그들을 보자 오뒷세우스는 두려움에 사로잡히지만, 부하들에게 잡아 놓은 제물을 태워 바치면서 하데스와 페르세포네에게 기도하도록 시킨다. 그 동안 자신은 칼을 빼어들고 혼령들이 다가들지 못하도록 지킨다.

하지만 무리 가운데서 그들에게 가까이 다가온 이가 있었으니, 오뒷세우스 일행이 키르케의 집을 떠나올 때 지붕에서 떨어져서 죽은 젊은이 엘페노르이다. 이들은 그를 격식에 맞춰 매장하질 못하고 왔다. 오뒷세우스는 그가 먼저 도착한 것에 놀라 말을 건다. 엘페노르는 자기가 어쩌다가 죽게 되었는지 설명한다. 우리가 다 아는 추락 사고가 그 내용이다. 그는 오뒷세우스의 아내와 아버지, 그리고 아들의

이름으로 그에게 애원한다. 아이아이아로 돌아가게 되면 부디 장례를 치러 달라는 것이다. 여기서 엘페노르는 오뒷세우스의 어머니를 생략하고 있는데, 오뒷세우스는 그것을 눈치 채지 못한 것 같다. 엘페노르는 『일리아스』식 장례를 원한다. 무구를 시신과 함께 태운 후, 바닷가에 봉분을 만들어 달라는 것이다. 한 가지 특이한 점은 그 무덤 위에 자신의 노를 꽂아 달라는 것이고, 그 목적은 후대 사람들이 자기 이야기를 알 수 있게 하자는 것이다. 별 대단치 않은 전사였던 그는 한편 전쟁영웅 같은 장례를 원하면서도, 자기의 주된 역할이 노꾼이라고 생각했던 모양이다. 이 장례 방식은 앞으로 수없이 나올 영화 장면들, 무사의 무덤에 칼을, 군인의 무덤에 총을 꽂는 장면의 원조이다. 그리고 땅에 노를 꽂는 행위는 잠시 후에 테이레시아스의 예언 속에 다시 나올 것이다. 엘페노르는 오뒷세우스가 할 행동을 앞지르고 있다. 오뒷세우스는 그의 소원을 들어 주겠다고 약속하는데, 사실 이 장면은 약간 의문을 일으킬 수 있다. 잠시 후에 보면 혼령들은 피를 먹어야만 말을 할 수 있는 것으로 되어 있는데, 이 젊은이는 피도 마시지 않고 어떻게 말을 하는 것인지? 그 이유를 추정하기란 어렵지 않다. 엘페노르는 죽은 지 얼마 안 된 사람이라는 점이다. 결국 같은 것이지만, 그의 시신이 아직 화장되지 않은 상태라서 그렇다는 설명도 있다. 장례를 제대로 받지 못하면 저승에 들어갈 수가 없는데, 그는 완전히 저승에 들어가지 않은 상태인데도 저승의 사정을 꽤 알고 있으니, 입구에서 서성이면서 약간은 얻어 들은 게 있는 모양이다.

테이레시아스에게 예언을 듣다

그 다음으로 다가온 이는 오뒷세우스가 전혀 예상치 못했던 인물, 그의 어머니 안티클레이아였다. 하지만 오뒷세우스는 정(情)보다는 목표를 중시하는 현실적인 인간이었나보다. 자신이 테이레시아스를 만나러 온 것이니만치, 어머니의 혼령 역시 피에 다가오지 못하게 막는다. 어머니가 테이레시아스 다음에 등장하지 않고 여기 미리 나타나서 자기 차례를 기다리는 것은 한편으로 오뒷세우스의 성격을 보여주고, 다른 한편으로 시인이 독자들의 관심을 불러일으키는 수단이 된다.

그러는 와중에 드디어 테이레시아스 등장이다. 그는 피를 마시기도 전에 말을 할 수 있다. 이미 10권에서 키르케가 그 사람만이 저승에서도 분별력을 지니고 있다고 한 바 있다. 그는 오뒷세우스를 알아보고 거기까지 찾아온 이유를 물으며, 자신에게 피를 마시도록 허락하라 요구한다. 말을 하기 위해 꼭 피가 필요한 것은 아니지만, 그래도 힘을 좀 보충하기는 해야 하는 모양이다.

고대 사회의 '유명인사'였던 이 예언자에 대해 잘 모르는 분들을 위해 소개하자면, 이 사람은 소포클레스의 「오이디푸스 왕」에 등장하는데, 오이디푸스가 아버지를 죽이고 어머니와 결혼했다는 사실을 알면서도 그걸 발설하지 않으려다 오이디푸스와 다투게 되는 사람이다. 소포클레스의 다른 비극 「안티고네」에서는 크레온의 고집이 파멸을 가져올 거라고 경고하는 역으로 등장한다. 그 작품들에서 그는 눈이 먼 것으로 되어 있는데, 여기서는 특별히 그런 언급은 없다. 길잡이도

없이 그냥 등장하고 당장 오뒷세우스를 알아보는 것으로 되어 있다. 사람이 죽으면 오히려 평등해지는 모양이다.

피를 마신 예언자는, 다시 물을 것도 없이 오뒷세우스의 용건을 알고 있다. 하지만 그의 첫 마디는 오뒷세우스의 희망을 깨뜨리는 것이다. 포세이돈이 폴뤼페모스 사건에 앙심을 품고 그의 귀향을 어렵게 만들고 있다는 것이다. 하지만 그래도 고향에 닿기는 할 것이라고 한다. 한데 이것도 조건이 있다. 트리나키아에 다다랐을 때 태양신의 소들을 건드리지 말아야 한다는 것이다. 만일 이 조건을 어기면 오뒷세우스는 배와 전우들을 잃을 것이며, 혹시 혼자 재난을 벗어나더라도 남의 배를 타고 돌아가게 될 것이고, 집에 가서 고통을 당하리라는 것이다. 그때 오만한 자들이 모여서 그의 아내에게 구혼하고 오뒷세우스의 재산을 먹어치우리라는 것이다. 사실 이 예언은 오뒷세우스의 귀향보다 8년 정도 전에 있었던 것이다. 페넬로페가 구혼자들을 3년 동안 속였다니까, 구혼자들이 몰려들기 4, 5년 전이다. 오뒷세우스가 동료들을 잃고 칼륍소에게 잡혀 있게 되지만 않았더라면 구혼자들은 몰려들지 않았을 것이고, 『오뒷세이아』 내용의 2/3는 없었을 것이다.

테이레시아스의 예언은 계속된다. 오뒷세우스는 집에 도착하면 구혼자들의 악행을 응징하게 될 것이고, 그들을 죽인 뒤에 다시 떠나게 될 것이다. 태양신의 소를 건드리지 않으면 무사히 고향에 닿을 것처럼 말했지만, 그 경우보다 두번째 경우를 더 자세히 얘기하는 걸 보니, 예언자는 결국 『오뒷세이아』에 나오는 것 같은 상황이 닥치리라는 걸 알고 있던 것 같다. 오뒷세우스의 두번째 여행은 내륙으로, 바다에

대해 전혀 알지 못하는 종족을 만날 때까지 가는 것이다.

> 그대는 손에 맞는 노 하나를 들고, 바다를 전혀 모를 뿐더러
> 소금 섞인 음식을 먹지 않는 사람들에게
> 이를 때까지 길을 가도록 하시오.
> …… 마침내 어떤 다른 길손이 그대와 마주쳐, 그대더러
> 탄탄한 어깨 위에 곡식 까부르는 키를 메고 있다고 말하거든,
> 그때 그대는 손에 잘 맞는 노를 땅에다 박고, 포세이돈 왕에게
> 훌륭한 제물들을, 즉 숫양 한 마리와, 수소 한 마리와,
> 암퇘지에 올라타는 수퇘지 한 마리를 제물로 바치도록 하시오.
> 그러고 나서 그대는 집으로 돌아가, 넓은 하늘에 사는
> 모든 불사의 신들께 순서대로 신성한 헤카톰베를
> 바치도록 하시오. 그리고 그대 자신에게는 더없이 부드러운 죽음이
> 바다 밖으로부터 와서, 안락한 노령에 지친 그대를
> 죽이게 될 것이고, 백성들은 그대를 둘러싸고 행복하게
> 살게 될 것이오.(11권 121~137행)

그는 노를 하나 지니고 가야 하는데, 우연히 길에서 만난 사람이 왜 키를 가지고 가냐고 물으면 그것이 그의 여행을 끝내라는 징표이다. 그러면 그는 포세이돈에게 짐승들을 수컷으로 한 가지씩 바치고 돌아올 수 있다. 숫양, 수소, 수퇘지가 그 지정된 제물이다. 집에 돌아오면 다시 모든 신들께 헤카톰베(백 마리 희생을 바치는 제사)를 드려야 한다. 그러면 그는 백성들을 잘 다스리며 안락하게 살다가 노령에

이르러 바다로부터 오는 부드러운 죽음을 맞이하게 될 것이다.

보통 이 마지막 구절은 오뒷세우스와 키르케 사이에 태어난 아들 텔레고노스가 아버지를 찾아왔다가, 그를 알아보지 못하고 물고기 뼈로 만든 창으로 찔러 죽인 사건을 가리키는 것으로 해석한다. 하지만 『오뒷세이아』에서는 키르케의 아들에 대해서는 전혀 언급하지 않기 때문에 정말로 그런 죽음을 염두에 둔 것인지는 확실치 않다. 앞에서도 잠깐 언급했지만, 오뒷세우스가 다른 곳에서 낳은 아들 에우뤼알로스가 그를 죽인다는 판본도 있다. 하지만 이런 죽음은 그다지 '부드럽'지 않으니, 과연 이게 맞는 해석인지 의문이 있다.

여기 이 예언은 어떤 점에서 『일리아스』를 본받은 것이라 할 수 있다. 『일리아스』에서 아킬레우스의 죽음을 예고하는 것처럼, 여기서도 작품 한도 내에서 다룰 수 없는 저 너머의 사건을 예고하고 있기 때문이다. 한편 이 예언은 두 서사시의 이상을 대조적으로 보여 주는 것이기도 하다. 『일리아스』가 불멸의 명성을 위해 죽음으로 돌진한다면, 『오뒷세이아』는 살아서 고향으로 돌아와 유복한 통치자로 안온하게 삶을 마치는 걸 이상처럼 제시하고 있기 때문이다. 『일리아스』에서는 명성과 귀향이 상호배타적인 것이지만, 『오뒷세이아』에서는 오히려 이 둘이 함께 가는 것이다. 아니, 오뒷세우스의 명성을 이루는 것은 바로 그의 귀향이다.

사실은 처음 오뒷세우스가 방문 목적으로 잡은 것, 즉 어떻게 하면 고향에 닿을지, 어떤 길로 가야 하는지는 나오지도 않았는데, 그는 자신이 왜 왔는지를 잊었는지, 그의 인생 후반 얘기만 듣고 만족하

는 모양이다. 그는 예언자에게 다른 것을 묻는다. 자기 어머니의 혼령이 자기를 마주 보지도 못하고 말도 걸지 못하니, 어떻게 하면 자기 어머니께 자신의 존재를 알릴 수 있냐는 것이다. 그러니까 키르케는 오뒷세우스에게 피의 효용이 무엇인지도 제대로 가르쳐 주지 않고, 거기서 어머니를 만나리라는 것도 예고하지 않은 것이다. 테이레시아스는, 혼령 중 누구에게나 오뒷세우스가 원하는 대로 피를 마시게 하면, 그가 말을 하리라고 가르쳐 주고 떠나간다.

오뒷세우스가 어머니와 만나다

어머니의 혼령은 아들을 알아보지 못하고 눈치를 보고 있다가, 오뒷세우스가 막지 않으니까 다가와 피를 마시고는 그를 알아보게 된다. 죽음이란 곧 망각인 셈이다. 어머니는 아들을 보고 놀란다. 그가 산 채로 그림자들의 나라에 와 있기 때문이다. 그녀는 이어서 오뒷세우스가 트로이아에서 오는 길인지, 아직 고향에 닿지 못한 것인지 묻는다. 아마도 오뒷세우스 일행이 여전히 무구를 갖추고 있는 걸 보고 이러는 모양이다.

오뒷세우스는 자기가 아직 고향에 닿지 못했다고 답하고, 고향에 두고 온 사람들에 대해 묻는다.

> 자, 이 점에 대하여 제게 솔직히 말씀해 주십시오.
> 사람을 길게 뉘는 죽음의 어떤 운명이 어머니를 제압하였습니까?
> 오래 끄는 병이었습니까? 아니면 활의 여신 아르테미스가

부드러운 화살을 갖고 찾아와서 어머니를 죽였습니까?
아버지와, 제가 남겨 두고 온 아들에 관해서도 말씀해 주십시오.
제 명예로운 지위는 아직 그들에게 남아 있습니까, 아니면 이미 어떤
다른
사람이 그것을 차지하고 있고, 사람들은 제가 돌아오지 않을 것이라고
말합니까? 그리고 제 결혼한 아내의 계획과 의도에 대해서도
말씀해 주십시오. 그녀는 아들 옆에 머물며 모든 것을 굳건히 지키고
있습니까, 아니면 어떤 뛰어난 아카이아 인이 벌써 그녀와 결혼했습
니까? (11권 170~9행)

질문 순서는 어머니, 아버지, 아들, 자신의 지위, 그리고 마지막이 아내이다. 어머니가 어떻게 죽었는지, 아버지와 아들은 여전히 지위를 유지하고 있는지, 아내는 여전히 결혼하지 않고 있는지 등. 이런 질문을 한 것은 지금 이 이야기를 하는 시점에 이미 7년 이상 전이었는데, 그때 벌써 오뒷세우스는 아내의 결혼을 걱정하고 있었으니, 페넬로페의 기다림은 참으로 긴 것이라 하겠다.

어머니의 대답은 서사시의 긴 대화들이 자주 그렇듯이 '되돌이 구성'으로 되어 있다. 질문된 요소들을 역순으로 대답한 것이다. 아내–지위–아들–아버지–어머니 자신의 순이다.

그녀는 정말 참을성 있는 마음으로 네 궁전에 머물러 있다.
…… 네 아름답고 명예로운 지위는 아직은 다른 사람이 차지하지 않았다.

텔레마코스는 편안히 제 영지를 지키며, 재판관이면 당연히
참가해야 하는 공평한 회식에서 성찬을 즐기고 있다.
…… 네 아버지는 그곳 시골에 머물며 도시에는 내려가시지 않는다.
…… 네가 돌아오기를 열망하면서 말이다. 게다가 그이에게는 벌써
힘겨운 노령이 다가오고 있다. 나도 그렇게 해서 죽어 내 운명을 맞았
단다.
…… 영광스런 오뒷세우스여, 너와 네 조언들과 네 상냥함에 대한
그리움이 내게서 꿀처럼 달콤한 목숨을 빼앗아 갔단다.
(11권 181~203행)

대답은 우선 페넬로페에 대한 것으로 시작한다. 아내는 슬퍼하면서도 여전히 그를 기다리고 있다. 오뒷세우스의 지위는 여전히 유지되고 있으며, 텔레마코스는 재판도 하고 잔치를 즐기고 있다(열세 살 정도의 소년이 재판이라니 좀 안 맞는 듯도 한데, 사실 여기서 시인은 슬쩍 현재의 상황에 맞춰 정보를 '조정'하고 있다. 이런 조정은 독자들로 하여금, 앞으로 펼쳐질 사건들에 대해 마음 준비를 하게 한다). 늙은 아버지는 시골에서 마치 빈곤한 사람처럼 살고 있으며 아들이 돌아오기만 기다리고 있다. 안티클레이아 자신은 병이나 사고 때문이 아니라, 아들에 대한 그리움 때문에 죽었다. 이 마지막 말은 무슨 뜻인지 확실치 않은데, 고대에는 그녀가 혹시 자살한 것이 아닌가 하는 해석도 있었지만, 요즘에는 대체로 그녀가 낙심해서 일종의 화병으로 죽었다고들 본다. 이 구절은 소포클레스가 「오이디푸스 왕」에 끌어다가 쓴 바 있다. 오이디푸스가 자기 '아버지' 폴뤼보스가 죽었다는 소식을 듣고 보인 반

응이 그것이다. '나는 아버지의 죽음에 책임이 없다, 아버지께서 나에 대한 그리움 때문에 돌아가셨다는 정도라면 모를까.'

오뒷세우스는 어머니의 혼령을 붙잡으려 한다. 하지만 세 번이나 시도했음에도 매번 실패한다. 혼령은 그림자처럼, 꿈처럼 손에서 빠져나간다. 그가 실패한 포옹을 서러워하자, 어머니는 불이 육체를 태워 버린 후 혼백이 꿈처럼 날아가 배회하는 게 인간의 운명이라며, 아들에게 얼른 빛으로 돌아가 아내에게 모든 것을 얘기해 주라고 이른다. 아마도 이 집은 고부간에 사이가 좋았던 모양이다. 산 자가 죽은 자의 혼령을 껴안으려다 실패하는 장면은 이미 『일리아스』에서 아킬레우스와 파트로클로스의 혼령 사이에 한 번 등장했었고, 앞으로 베르길리우스의 『아이네이스』에서도 두 번 등장하게 될 것이다. 한 번은 주인공이 아내를, 또 한 번은 아버지를 만났을 때다. 그리고 사후에 혼백이 어찌 되는지에 대한 언급은, 『아이네이스』에서 퓌타고라스 학파와 플라톤의 윤회설을 받아들여 ('신화적 저승', '도덕적 저승'에 더하여) '철학적 저승'이라는 판본으로 크게 확장될 것이다.

옛날의 유명한 여인들과의 만남

이 저승여행은 표면적인 이유만 놓고 보자면 '사자에게 물어보기'(necromanteia)라는 전통적인 점술(占術)의 변형이라고 할 수 있다. 한데 죽은 자의 혼령을 이승으로 불러올려서 묻는 게 아니라 직접 저승에 가서 듣는 것으로 꾸몄기 때문에, 저승을 이루는 일반적 요소들도 함께 소개된다. 저승에 가면 벌써 거기 가 있는 사람들을 보기 마련

이니, 당장의 관심과는 큰 관련이 없는 일종의 '관광목록'이 형성될 수 밖에 없다. 여기 나오는 '여인들의 목록'이 그 일부이다. 하지만 그쪽에서 볼 때는 방문객이 오히려 '관람'의 대상이 될 수 있으니, 페르세포네가 이 여인들을 보냈다는 구절이 그런 인상을 더 강하게 만든다. 이 부분은 보통, 헤시오도스가 대표로 되어 있는 보이오티아 계열의 영향을 받은 것으로 여겨지고 있다. 헤시오도스는 「여인들의 목록」이라는 시를 썼지만, 지금은 많이 훼손되어 일부만 전해지고 있다. 여기 등장하는 여인들 대부분이 보이오티아 지역 출신이다.

오뒷세우스는 여인들에게 차례로 피를 마시게 하고, 그들은 자기 얘기를 들려준다. 맨 첫 여자는 살모네우스의 딸 튀로이다. 그녀는 에니페우스 강에 반했으나, 포세이돈이 그 강 신의 모습을 하고 그녀와 동침하여 펠리아스와 넬레우스를 낳았다. 펠리아스는 이아손에게 황금양털을 찾아오라고 한 이올코스의 왕이고, 넬레우스는 퓔로스의 왕으로 네스토르의 아버지가 된다. 튀로는 그 후 다른 남자와 결혼하여 다른 자식들도 낳는데, 가장 유명한 사람이 이아손의 아버지가 되는 아이손과, 알케스티스의 시아버지가 되는 페레스이다.

두번째 여자는 아소포스의 딸 안티오페이다. 그녀는 제우스와 결합하여 암피온과 제토스를 낳는다. 이들은 일곱 개의 문을 가진 테바이 성을 쌓은 것으로 유명하다. 다음으로는 헤라클레스를 낳은 알크메네, 그리고 헤라클레스의 아내가 된 메가라이다. 그 다음은 희랍 문학사에서 아주 중요한 인물인데, 오이디푸스(여기는 오이디포데스라는 이름으로 소개된다)의 어머니이자 아내가 된 에피카스테이다. 이 불

행한 여인은 소포클레스의 「오이디푸스 왕」에는 이오카스테라는 이름으로 등장하는데, 여기 요약된 이야기 줄거리는 소포클레스의 것과는 조금 다르다. 소포클레스에서는 아이가 넷 정도 태어난 다음에 진실이 드러나는 것으로 되어 있지만, 여기서는 그녀가 아들과 결혼한 직후에 신들이 사실을 알려 준 것으로 되어 있기 때문이다. 하지만 그녀가 목을 매어 자살한 것은 동일하다. 오이디푸스가 어떻게 되었는지는 여기 나오지 않는데, 『일리아스』 23권에 보면, 그의 장례식에서 운동경기가 베풀어졌고 사람들이 거기 출전하여 겨뤘다니, 아마도 상당히 오래 통치하며 살다가 전장에서 죽은 모양이다. 물론 『오뒷세이아』의 시인이 『일리아스』의 판본을 따랐는지는 확실치 않다.

그 다음은 넬레우스의 아내가 된 클로리스이다. 그녀는 네스토르와 그의 형제들을 낳고, 딸로는 페로를 낳았다. 페로에게는 많은 구혼자들이 몰려들었고 멜람푸스의 형제인 비아스도 그 중 하나였는데, 예언 능력을 가진 멜람푸스가 그를 도와서 페로를 얻게 해준다. 하지만 여기서는 자세한 얘기가 나오지 않고, 마치 모든 내용을 알고 있는 청중을 상대하는 것처럼 암시적으로만 언급된다.

다음은, 튄다레오스의 아내였지만 백조 모습의 제우스와 결합했던 레다이다. 그녀의 두 딸이 이 작품에서 언급되고 있지만, 오뒷세우스는 『오뒷세이아』를 읽지 않아서 그런지, 딸들은 언급하지 않고 그녀가 낳은 영광스런 쌍둥이 아들 카스토르와 폴뤼데우케스만 언급한다. 특이한 것이 이들이 제우스의 아들이 아니라 튄다레오스의 아들로 소개된다는 점이다. 이들은 보통 둘이 함께 하루는 땅 밑에 있고, 하루는

살아서 올륌포스에 있는 걸로 되어 있는데, 여기서는 둘이 번갈아서 하루씩 삶을 누리는 걸로 되어 있다. 하나가 살아 있는 동안 다른 하나는 저승에 있으니, 이들은 어쩌면 영영 만나지 못하게 되었는지도 모르겠다.

여기까지는 대체로 윗세대에서 아래로 내려오는 것으로 되어 있는데, 그 다음은 갑자기 시대가 좀 위로 올라가는 느낌이다. 이피메데이아라는 여인인데, 그녀는 포세이돈과 결합하여 두 거인 아들, 오토스와 에피알테스를 낳는다. 이들은 산 위에 다른 산을 덧쌓아서 하늘에 오르겠다고 공언했으나, 아직 청년일 때 아폴론의 화살에 죽었다.

얘기가 너무 길어진다고 생각해서 그런지, 그 다음부터는 갑자기 한 줄에 세 명씩 소개가 된다. 우선 아테나이와 크레테에 관련된 여자들이다. 파이드라, 프로크리스, 아리아드네. 그 중 아리아드네가 가장 길게 소개된다. 그녀는 미노타우로스를 죽이러 크레테에 온 테세우스를 따라 나섰으나, 아테나이에 닿지 못하고 디아 섬에서 아르테미스에게 죽은 걸로 소개된다(보통 그녀는 낙소스 섬에 버려졌으나 디오뉘소스의 아내가 되는 걸로 알려져 있다). 파이드라는 아리아드네의 자매로 나중에 테세우스의 후처가 되었고, 그의 아들 힙폴뤼토스를 사랑하게 되는 비운의 여성이다. 프로크리스는 아테나이 출신으로, 크레테를 방문하여 일시적으로 미노스와 살았던 것으로 되어 있다.

그 다음 세 명은 오늘날은 별로 유명하지 않게 된 마이라, 클뤼메네, 그리고 에리퓔레로서 마지막 사람만 한 줄 더 설명을 받는다. 그녀는 목걸이에 매수되어 자기 남편을 전쟁터에 나가 죽게 만들었는데,

그 불행한 남편은 테바이를 공격하러 나선 일곱 영웅 중 하나였던 암피아라오스다.

여기까지 얘기된 여인들은 대체로 훌륭한 자식을 두어서 그 이름이 길이 남게 된 이들이다. 『오뒷세이아』의 시인이 여성들을 높인다는 일반적인 평가에 잘 맞는 내용이다. 하지만 뒤로 가면 흉악한 자식을 둔 여자들이 섞여 나오고, 바람피운 여자, 남편을 팔아넘긴 여자까지 등장하니, 전체적으로 좋게 시작해 나쁘게 끝난 셈이다. 더구나 대부분의 여자들이 신에게 속아서 몸을 허락했다니, 혹시 이 여인들을 보고 오뒷세우스가 집에 있는 아내를 걱정하게 되었을지도 모르겠다.

중간 휴식

이 대목에서 갑자기 오뒷세우스는 이야기를 중단하고 싶다는 의사를 표현한다. 자기가 거기서 본 여자들을 다 열거할 수도 없고, 또 잠자리에 들 시간이기 때문이란다. 하지만 청중은 전혀 그럴 생각이 없다. 이들은 그의 이야기에 매혹되어 모두 조용히 듣고 있었던 것이다. 이 부분의 표현이 아름답다.

> 이렇게 그가 말하자, 그들은 모두 말없이 잠자코 있었으니,
> 그늘진 홀에서 그들은 그의 이야기에 매혹되었던 것이다.
> (11권 333~4행)

사람들을 매료하는 문학의 힘, 이야기의 힘을 보여 주는 간결하고도 인상적인 구절이다. 여기서 왕비 아레테가 나선다. 준수하고 지

혜로운 이 손님에게 더 많은 선물을 주자는 것이다. 다시 남성들이 그녀의 제안을 비튼다. 연장자인 에케네오스가 가로막은 것이다, 그녀의 말이 맞긴 하지만, 그래도 결정권은 알키노오스에게 있다고.

하여 알키노오스가 결정을 내린다, 손님은 내일까지는 머물라고, 선물과 호송을 확실하게 약속한다고. 오뒷세우스는 그런 조건이라면 일 년이라도 머물겠노라고 호응한다. 그는 배를 짓고 허물듯, 노래를 흩고 또 깁는 사람이고, 노래의 배에 상품을 실어 이득을 얻을 줄 아는 사람이다. 알키노오스는 그가 사기꾼처럼 거짓말을 하는 게 아니라, 마치 가인처럼 우아하고 지혜롭고 솜씨 있게 이야기했다고 칭찬하며 다음 주제로 이끌어 간다. 저승에서, 트로이아에 함께 갔던 전우들도 만났는지 물은 것이다. 그러면서 자기는 새벽까지라도 이야기를 들을 수 있단다.

오뒷세우스는, 밤이 기니 이야기할 시간도 충분하고 잘 시간도 있다면서, 나중에 죽은 전우들의 이야기는 좀 뒤로 미루고, 트로이아를 벗어났지만 사악한 여자의 손에 걸려 죽은 사람에게서 시작하겠다고 한다. 바로 클뤼타임네스트라에게 죽은 아가멤논 이야기이다. 이 이야기는 사악한 여자들의 목록에 뒤이어 나오기 맞춤한 주제이고, 텔레마키아에 등장했던 주제가 다시 나옴으로 해서 전체가 하나로 묶이는 효과도 낳고 있다. 하지만 여기서 오뒷세우스가 귀향 중에 잃은 자기 부하들을 만났단 말을 하지 않고 지나가는 것이, 자신의 책임을 드러내지 않으려는 의도에서라고 보는 학자도 있다.

죽은 전우들과의 만남

여인들이 흩어지자, 아가멤논의 혼령이 부하들을 이끌고 찾아온다. 오뒷세우스는 그에게 어쩌다가 죽게 되었는지를 묻는다. 바다에서 폭풍을 만났는지, 아니면 약탈 중에나, 도시를 공격하다가 죽었는지. 이것이 남자가 죽는 '정상적인' 방식이다. 하지만 아가멤논은 '정상적이지' 않은 방식으로 죽었다. 그는 자신이, 그의 아내와 내통한 아이기스토스에게 죽었다고 답하면서, 현장에 있었던 사람 아니면 알 수 없는 정보를 전한다.

> 아이기스토스가 내 잔혹한 아내와 결탁하여 내게
> 죽음과 운명을 가져다 주었소. 그자는 나를 자기 집으로 초대하여
> 잔치를 베풀어 주더니, 마치 구유 위에서 황소를 죽이듯이, 나를 죽였소.
> 꼭 그처럼 나는 가장 비참하게 죽었고, 내 주위에서는
> 다른 전우들이 잇따라 살해되었소. 마치 어떤 부유하고
> 권세 있는 사람의 집에서, 결혼 잔치 때나 추렴 잔치 때나,
> 집안 간의 풍성한 회식 때 잡는 흰 엄니의 돼지들처럼 말이오.
> …… 우리가 술 섞는 동이들과 잔뜩 차린 식탁들 주위에 쓰러져 누워 있고,
> 바닥에는 온통 피가 내를 이루고 있는 그 광경을 보았더라면,
> 그대는 마음이 더없이 참담했을 것이오.(11권 409~420행)

아이기스토스는 그를 잔치에 초대해 놓고는 식사 중에, 구유 위

에서 황소 죽이듯 죽였고, 그의 주위에서는 전우들이 잔치 때 돼지들 도살되듯 살해되었다. 특히 여기서 잔치에 손님을 초대해 놓고 주살한 것은 희랍인의 눈에 더없이 큰 죄악으로 비쳤을 것이다. 여기 동원된 이미지들은 나중에, 손님-주인 간의 예법을 무시한 구혼자들이 징벌되는 장면에 다시 쓰이게 될 것이다. 그득한 잔치상, 끔찍한 학살, 소와 돼지의 희생 이미지 등. 나중에 두드러질 결혼의 이미지도 여기 사용되었는데, 아가멤논이 데려왔던 '신부' 캇산드라도 거기서 죽었기 때문이다. 그녀를 죽인 것은 클뤼타임네스트라 자신으로 되어 있다. 이 여인은 나중에 아이스퀼로스의 「아가멤논」에서 보여 줄 강인하고 잔혹한 모습을 벌써 선취하고 있다. 아마도 아이스퀼로스가 이 구절을 제대로 읽은 모양이다. 그녀는 자기 남편이 죽었는데도 눈도 감겨주지 않았다. 오뒷세우스는, 저승의 아가멤논이 자기 아내에게 퍼부은 욕설을 10행 넘게 직접 화법으로 전하고 있는데, 혹시 집에서 자기를 기다리는 아내에 대한 불안감을 그런 식으로 표현한 것인지도 모르겠다.

오뒷세우스는, 아가멤논이 전에는 자신들과 함께 헬레네 때문에 고통을 당하고, 집에 돌아가서는 클뤼타임네스트라의 덫에 걸린 걸 안타까워한다. 그러자 아가멤논은 오뒷세우스에게 절대로 여자를 믿지 말라고 충고하고, 집에 돌아가더라도 아내에게 모든 것을 다 알려주지 말라고 당부한다. 그러면서도 페넬로페는 사려 깊고 현명하니 예외가 되리라고 확언한다. 아가멤논은 오뒷세우스가 훌륭하게 성장한 아들을 만나볼 것을 부러워하며, 자기가 아들 얼굴을 보기도 전에

살해된 것을 다시 한탄한다. 그러다가 약간 모순되게 다시 한 번, 여자를 믿지 말라는 충고로 돌아간다. 고향에 배를 댈 때, 아무도 모르게 몰래 하라는 것이다(이 구절은, 고대에도 그랬고 현대에도 학자들 사이에 지우자는 의견이 많지만, 앞으로 이루어질 일의 예고라는 점에서 그대로 두자는 쪽 주장이 더 나아 보인다). 그러면서 혹시 자기 아들 소식을 듣지 못했는지 묻는다. 그는 저승에서 오레스테스를 보지 못했으니, 아직은 아들이 죽지 않았다는 것만 알고 있다. 이때는 아가멤논이 살해된 지 3년 정도 된 시점이니 아직 오레스테스가 복수를 하지는 않았을 것이고, 아직은 퀼라데스의 집에서 자라는 중이었겠다. 1권 신들의 회의와, 3권 네스토르의 전언에서 강조되었던 이 집안 이야기는 앞으로도 두 번(13권 아테네의 경고, 24권 두번째 저승담)이나 더 나와서, 전체를 묶어 주는 연결쇠 역할을 하면서, 오뒷세우스의 귀향에 일종의 배경 역할을 할 것이다. 특히 여기서 아들에 대한 언급이 나온 것은 텔레마키아와 연결되어 역시 전체를 묶어 주는 요소이다.

오뒷세우스가 아가멤논에게 아무 새 소식도 전해 주지 못하고 슬퍼하는 사이에, 아킬레우스 일행이 그에게 다가온다. 아킬레우스는 생전에 절친했던 파트로클로스와 안틸로코스를 동반하고 있다. 아킬레우스는 오뒷세우스를 보자 깜짝 놀라며 그의 대담함을 칭찬하고, 거기 온 이유를 묻는다. 그가 오뒷세우스를 부르는 첫마디는 여러 수식어를 써서 한 줄을 채우고 있다. 오뒷세우스 역시 부칭을 포함해서 한 줄을 채워 대답하며, 그를 칭송한다.

제우스의 후손인, 라에르테스의 아들이여, 계책에 능한 오뒷세우스여!(11권 473행)
펠레우스의 아들 아킬레우스여, 아카이아 인들 중에서 가장 강력한 자여!(11권 478행)

흡사 외교사절들의 만남을 보는 것 같다. 하지만 오뒷세우스의 말은 약간 위로의 색깔을 띠고 있다. 아킬레우스는 이전에나 이후로나 누구보다 행복하다, 전에는 희랍군들이 그를 신같이 공경했고, 지금은 그가 죽은 자들 가운데서 강력하게 통치하고 있기 때문이다, 그러니 아킬레우스는 죽었다고 슬퍼할 필요가 없다 등등. 사실 이 대목은 『일리아스』의 이상에 맞서는 새로운 이상을 보여 주기 위한 것이다. 오뒷세우스의 칭찬과 위로에 대한 아킬레우스의 대답이 그것을 보여 준다.

죽음에 대해 나를 위로하려 들지 마시오, 영광스런 오뒷세우스여.
나는 이미 죽은 모든 사자들을 통치하느니,
차라리 시골에서 머슴이 되어
농토도 없고 가산도 많지 않은 다른 사람 밑에서 품팔이를 하고 싶소.
(11권 488~491행)

저승의 왕이라도, 살아 있는 가난한 집 머슴보다 못하다는 것이다. 영원한 명성을 위하여 죽음을 선택하던 『일리아스』의 전사들과는 너무나도 다른 생각이다. 게다가, 만일 저승에서도 이승의 위계가 그

대로 인정된다면, 아킬레우스는 거기서도 아가멤논과 갈등을 빚고 있을 것 아닌가!

당장 아킬레우스의 걱정거리는 아가멤논의 경우와 비슷하다. 아들의 소식이 궁금한 것이다. 우리는 이미 네스토르에게서 그의 아들이 무사히 귀향했다는 걸 들었는데, 저승에는 영웅들의 귀환 이후로 새로운 사망자가 도착하지 않은 모양이다. 지금 이 질문은 이미 7년 전에 있었던 것인데, 우리는 텔레마키아에서 그의 아들이 메넬라오스의 딸과 결혼하는 걸 보았다. 독자들은, 7년 전에 아킬레우스가 몰랐던 것뿐만 아니라, 현재에 오뒷세우스가 아직 모르는 소식까지 알고 있는 셈이다. 아킬레우스의 걱정은 한 가지가 더 있다. 늙으신 아버지 소식이다. 우리는 이런 걱정들을 오뒷세우스가 자기 어머니의 혼령에게 했던 질문에서부터 보아 왔는데, 아킬레우스도 같은 질문을 하니 사람들에게 걱정거리는 공통인 모양이다. 그는, 자기 아버지가 늙었다고 얕보고 누가 그를 몰아내려 할 경우, 자신이 도와드리고 싶은데 그럴 길이 없다고 슬퍼한다. 손상된 명예 앞에서, 부당하게 주어진 운명 앞에서 화산처럼 폭발하던 『일리아스』의 영웅들은 이제, 이렇게 온건하고 인간적이고 스케일 작은 생활인들이 되었다.

오뒷세우스의 대답은, 이런 대화에서 자주 그렇듯이 역순으로 되어 있다. 펠레우스 노인에 대해서는 아는 게 없고, 아들에 대해서는 할 말이 꽤 있다. 자기가 그를 트로이아로 데려갔기 때문이다. 그는 회의에서 말도 잘하고, 전장에서도 용감해서 적들을 무수히 쓰러뜨렸으며, 목마에 들어갔을 때도 전혀 떨지 않았고, 트로이아를 함락한 후에

무사히 고향으로 떠났다. 이렇게 네옵톨레모스의 소식을 전하면서, 오뒷세우스는 슬쩍 자신이 목마를 열고 닫는 책임을 맡았다는 사실을 과시한다. 어쩌면 가인 데모도코스가 오뒷세우스의 요구를 무시하고 지나간 것에 대한 보충이고 반박이다.

아킬레우스는 아들의 소식에 기뻐하며 떠나간다. 그 후에 다른 혼령들은 저마다 자기 걱정거리를 묻는데, 한 사람만 다가오지 않는다. 아킬레우스의 무구를 두고 오뒷세우스와 겨루다가 패하여 자결한 아이아스다. 그 판결이 어떻게 이뤄졌는지는 판본마다 다르지만, 여기서는 트로이아 인들과 아테네 여신에 의해 이뤄진 것처럼 되어 있다(하지만 '트로이아 인들'이 여자들인지 남자들인지에 대해서는 학자들의 의견이 엇갈린다. '여자들'로 하면, 희랍군이 몰래 정탐꾼을 보내서, 그들이 오뒷세우스와 아이아스 중 누구를 더 무서워하는지 엿듣게 했다는 판본을 따른 것이 될 테고, '남자들'로 하면, 트로이아 군 포로들에게 누가 더 두려운지 투표하게 했다는 판본을 따르는 게 될 것이다). 어쨌든 아이아스는 아직도 앙심을 품고 다가오지 않는다. 일관된 기조에서 설명하자면, 아이아스의 혼령은 피를 마시고 나서 오뒷세우스를 알아보고 뒤로 물러섰다고 해야 할 것이다. 하지만 아킬레우스 주위에 그와 친하던 이들의 혼령이 늘 같이 다니고 거기 아이아스도 끼어 있었다니, 저승의 존재들도 서로 알아보고 의사소통을 한다고 생각해야 할 것이다. 그렇다면 아이아스는 아킬레우스에게 들어서, 지금 와 있는 것이 오뒷세우스라는 사실을 알고 멀리 할 수도 있겠다. 오뒷세우스는 그를 달래려 애쓴다. 아이아스가 죽어서 희랍군이 매우 슬퍼했으며, 이

모든 일은 제우스가 희랍군을 미워해서 보낸 일이라고. 하지만 아이아스는 대화를 원하는 오뒷세우스에게 등을 돌리고 가버린다. 이 장면은 『아이네이스』에서 아이네아스와 디도가 저승에서 마주치는 장면의 모델이 된다.

유명한 옛날 남성들을 만나다

한데 다음 구절에 약간의 모순이 있다. 오뒷세우스는, 자기가 조금 더 관심을 기울였으면 아이아스와 서로 얘기를 나눌 기회가 있었을 텐데도 자기가 다른 혼령들을 보고 싶어서 관심을 돌린 것처럼 전하고 있기 때문이다. 많은 학자들은 이 구절이, 그 다음에 나오는 '저승의 관광목록'과 함께 나중에 덧붙여진 것으로 보고 있지만, 이런 식으로 다음 단락으로 넘어가는 경우가 많으니 크게 신경 쓸 모순은 아니라는 입장도 있다. 하지만 다음의 내용은 저승 깊숙이 들어가야만 볼 수 있는 것이니, 어쩌면 이 부분은 정말 나중에 덧붙은 것인지도 모르겠다. 물론 이 부분이 있는 것이 '휴식 시간' 앞뒤의 균형을 위해서는 좋다. '개인적인 만남—역사적 여성들—휴식—개인적인 만남—역사적 남성들'의 순서가 되기 때문이다.

이 대목에서 소개되는 인물은 몇몇을 빼면 대개 저승에서 벌 받는 존재들이다. 기독교가 널리 퍼지기까지 저승에서 영혼들이 벌을 받는다는 개념은 그다지 대중적이지 않았다. 저승이 괴로운 것은, 거기 있는 존재들이 아무 힘없이 그냥 떠돌아다니고 있다는 점에서다. 벌을 받으려면 상당한 거물이어야 한다.

오뒷세우스가 먼저 본 것은 저승의 재판관인 미노스이다. 하지만 그가 사자들에게 어떤 처분을 내리는지는 밝혀져 있지 않다. 다음은 거인 사냥꾼 오리온이다. 그는 여전히 짐승들을 쫓고 있는데 그것들은 그가 이승에서 죽인 야수들이라니, 아마도 사냥감 역시 사냥꾼처럼 그저 혼령인 모양이다. 오늘날에도 사후에 영혼이 살아남는다고 믿는 사람들이 있지만, 그런 사람들도 짐승은 영혼이 없어서 저승에 가지 않는 것으로 여기는 경우가 많은데, 여기서는 짐승들도 저승에 가 있으니 이채롭다. 그 다음은 저승에서 벌 받는 존재들이다. 레토를 겁탈하려다 붙잡혀 독수리에게 간을 파 먹히고 있는 티튀오스, 목까지 물에 잠겨 있지만 그걸 마실 수 없고, 바로 가까이에 과일이 달려 있지만 그것도 먹을 수 없는 탄탈로스, 영원히 돌을 언덕 위로 굴려 올려야 하는 시쉬포스 등. 카뮈를 매혹했던 시쉬포스의 모습을 보자.

> 그는 두 손으로 거대한 돌덩어리를 밀어 올리고 있었소.
> 그는 두 손과 두 발로 버티며,
> 그 돌덩어리를 산등성이를 향해 위로 계속 밀쳐 갔지만, 그가
> 꼭대기 너머로 던져 버리려 할 때면, 그 무게가 그를 뒤로 밀어내는 것이었소.
> 그러면 그 뻔뻔스런 돌덩어리는 도로 들판으로 굴러내렸고,
> 그러면 그는 또 기를 쓰며 밀었소. 그의 사지에서는 땀이
> 쏟아져 내렸고, 그의 머리 위로는 먼지가 솟아올랐소.
> (11권 594~600행)

다음에 그가 본 인물은 희랍 최대의 영웅인 헤라클레스다. 이미 아킬레우스를 동원해서 삶이 죽음보다 낫다는 걸 입증했던 오뒷세우스는 이 대목에서, 그 아킬레우스가 모델로 삼았던 헤라클레스까지 동원하여 자기를 높인다(『일리아스』에서 아킬레우스는 죽음의 운명을 받아들이면서, 헤라클레스도 죽음을 받아들였다는 것을 모범으로 놓는다. 그가 23권에서 관대하고 공정한 왕의 모습을 보이는 것 역시, 헤라클레스가 에우뤼스테우스 밑에서 노역했던 것을 기억한 결과인 듯하다. 자신도 아가멤논 밑에 있지만, 주어진 여건 하에서 최선을 다해 모범을 보이자는 태도이다). 한데 헤라클레스는 대개 헤베와 결혼하여 올림포스에 살고 있는 것으로 되어 있으므로, 약간의 설명이 주어진다. 그의 본체는 신들 가운데 살고 있으며, 저승에 있는 것은 그의 환영이라는 것이다. 어쨌든 헤라클레스는 여전히 무시무시하게 활을 겨누고 있는 모습이어서 사자들도 비명을 지르며 멀리 달아나는데, 이 영웅이 오뒷세우스를 알아보고 말을 건다(역시 일관되게 하자면 헤라클레스도 피를 마셨다고 해야 한다. 하지만 그는 트로이아 전쟁 한 세대 전에 살았던 인물로 되어 있으니, 오뒷세우스를 어떻게 알아보았는지 알 길이 없다. 거기로 오는 길에 다른 혼령에게 들었다면 모를까). 그는 자기가 이승에서 자기보다 훨씬 못한 인물 아래 종속되어 많은 고생을 했고 케르베로스를 잡으러 저승까지 왔었다며, 오뒷세우스도 그런 고생을 하고 있다고 동정하고는 다시 하데스로 돌아가 버린다. 주고받은 이야기만 보자면 사실 좀 싱거운 사건이고 헤라클레스 역시 좀 싱거운 인물처럼 되어 있다. 하지만 그는 여기 등장하는 인물 시리즈의 클라이맥스로 보아야

할 것이다. 그의 말로 해서 오뒷세우스는 고대 세계 최고의 영웅인 헤라클레스와 동급이 된 셈이다. 오뒷세우스는 테세우스나 페이리토오스 같은 유명인사들을 더 보고 싶어 하지만, 죽은 자들이 너무 많이 몰려들자, 혹시 페르세포네가 고르고의 머리를 보낼까봐 겁이 나서 그곳을 떠나게 된다.

12권

세이레네스, 스퀼라, 태양신의 섬, 카륍디스

「**세이렌의 노래를 듣는 오뒷세우스**」 적색상 스탐노스(기원전 450년 경)
돛대에 몸을 묶고 세이렌의 노래를 듣는 오뒷세우스는 어떻게 해서든 지식을 얻어 내려는 인간의 자세를 보여 준다. 뱃머리에는 불운을 쫓아내기 위한 눈이 그려져 있고, 배 뒤쪽에는 두 개의 큰 노처럼 생긴 키가 보인다. 오뒷세우스는 넋이 나가 고개가 뒤로 젖혀졌다. 원래 작품 속 세이렌은 숫자는 둘이고 바닷가 풀밭에 사는 것으로 되어 있지만, 여기는 숫자가 셋이고, 바위 벼랑에 사는 것으로 그려졌다. 세이렌 중 하나는 노래의 마법이 통하지 않자 죽어 바다로 떨어지고 있다.

11권과 12권 사이는 일종의 '점프 컷'으로 되어 있다. 11권 끝에서 우리는 오뒷세우스 일행의 배가 저승을 떠나 오케아노스를 따라가고 있는 것을 보는데, 12권 첫 줄에서 그들은 벌써 세계를 반 바퀴 돌아 키르케의 섬 근처에 와 있고, 오케아노스를 떠나 다시 (아마도) 지중해의 동쪽 입구로 들어서는 것처럼 되어 있다. 우리는 여기서 비로소 아이아이아의 위치에 대해 약간 알게 된다. 그곳은 새벽의 여신의 집과 무도장이 있고, 해가 뜨는 곳이다. 바닷가에 도착하자, 일행은 키르케의

집으로 가지 않고 바닷가에서 잔다. 아마 늦은 시간에, 어쩌면 밤에 도착한 모양이다. 돌아오는 길이 어땠는지에 대해선 아무 언급도 없고, 걸린 시간도 도착한 시각도 알 수 없지만, 많은 이야기들에서 저승에서 돌아오는 길은 가는 길과 다르니, 이들도 갈 때와는 달리 원반 모양의 세계를 북쪽으로 돌아서 왔을 것이고, 도착한 시간은 밤이기 쉽다.

다음날 아침이 되자, 일부가 여신의 집으로 간다. 오뒷세우스는 엘페노르의 당부를 잊지 않았다. 그의 시신을 날라다가 장사 지내고, 무덤을 만들어 노를 꽂는다. 그러자 곧 키르케와 시녀들이 음식을 준비해 가지고 바닷가로 나온다. 키르케는 그들이 죽음을 한 번 겪고 돌아온 것을 치하하고, 일단 온종일 음식을 즐긴 후 다음날이 밝는 대로 떠나라고 한다. 길은 자신이 가르쳐 줄 터이니, 불행을 당하지 않으리라는 것이다.

키르케에게 앞길에 대해 듣다

날이 저물어 모두들 잠자리에 들자, 키르케는 오뒷세우스에게 저승의 사정을 묻는다. 어쩌면 이것이 키르케가 오뒷세우스를 저승에 '파견' 했던 이유 중 하나일지도 모른다. 그것을 다 들은 그녀는 오뒷세우스에게 앞길에 놓인 위험들을 미리 가르쳐 준다. 저승 갈 때와 비슷하게, 여기서 그녀가 얘기해 준 것들은, 나중에 실제로 일어날 때 다시 한 번 거의 같은 구절로 반복된다. 요즘 기준으로 보자면 이것도 스포일러에 해당되는 것이지만, 옛 사람들이 즐거움을 찾던 방법은 요즘과 다르다고 앞에 말했다. 그리고 오뒷세우스의 서술 방식이 키르케를 만

난 다음부터는 조금 달라졌다는 점도 주목하는 게 좋겠다. 그 이전 모험들은 모두 처음부터 '인문지리적' 지식들을 섞어서 설명하곤 했는데, 그 이후의 모험들은 먼저 키르케가 가르쳐 주는 장면이 나오고 나중에 그것이 그대로 실행되는 것으로 되어 있다. 그러니 아무래도 오뒷세우스가 직접 알 수는 없을 것 같은 보충적인 지식들은 거의가 키르케에게서 나왔다고 보는 게 좋겠다. 그녀를 만나기 전에 있었던 사건들을 묘사할 때는 나중에 그녀에게 얻은 지식을 함께 섞어서 전하고, 그녀를 만난 다음의 사건들은 자기가 겪은 순서대로, 먼저 '사전교육' 과정을, 다음으로 그 일이 진짜로 일어난 상황을 전하는 것이다.

오뒷세우스가 앞으로 마주칠 위험 중 첫 번 것은, 노래로 사람들을 홀리는 세이렌들이다. 이들은 일반적으로 숫자가 셋이며, 가슴까지는 여자고 다른 부분은 새로 되어 있는 존재로서 자주 바위 위에 있는 것으로 그려지지만, 여기서는 이들의 숫자가 둘이라는 것과 여성이라는 것만 나와 있고, 꽃이 핀 들판에 사는 것으로 되어 있다.

> 세이렌들이 풀밭에 앉아 낭랑한 노랫소리로 호리고 있지요.
> 그들 주위 해변은 온통 썩어가는 남자들의 뼈들로
> 덮여 있고, 뼈 둘레에서는 살갗이 오그라들고 있지요.(12권 44~6행)

이들 주변에 사람의 뼈가 쌓여 있긴 하지만, 살이 붙은 채로 말라가고 있다 하니, 이 세이렌들은 사람을 죽게는 하지만 잡아먹진 않는 모양이다. 키르케는 세이렌의 목소리를 듣는 사람은 살아 돌아갈 수가 없다며, 모두가 귀를 밀랍으로 막아 위험을 사전에 차단하라고 권

한다. 하지만 혹시 오뒷세우스만이라도 듣고 싶다면 돛대에 몸을 묶고서 노래를 들으라고 한다. 다만 그가 풀어달라고 몸부림을 치면 더 꽁꽁 묶도록, 미리 부하들에게 지시해 놓으라는 것이다.

그 다음의 행로에서는 오뒷세우스 자신이 선택을 해야 한다. 한쪽에는 '플랑크타이'('떠다닌다'는 뜻)라는 바위가 있다. 한데 이것은 신들이 부르는 이름이다. 오뒷세우스를 보호해 주었던 '몰뤼'의 경우와 마찬가지로, 인간들이 부르는 이름이 무엇인지는 나오지 않았는데, 혹시 '쉼플레가데스'(부딪치는 바위)가 인간들 사이의 이름이란 걸 전제하는 게 아닌가 하는 추측도 있다. 아닌 게 아니라 이 바위의 설명은 좀 여러 가지가 뒤섞인 것이다. 우선 바다 가운데 독립적으로 있는 바위와 육지의 바닷가 벼랑 사이의 혼란이 있다. 키르케의 묘사를 인용해 보자.

> 한쪽에는 윗부분이 툭 튀어나온 바위들이 있는데,
> 검푸른 눈을 가진 암피트리테의 큰 파도가 그것들을 향하여 노호하지요.
> 이 바위들을 축복받은 신들은 플랑크타이 바위라고 부르지요.
> 그 옆으로는 날짐승조차도 아니, 아버지 제우스께 암브로시아를
> 날라다 주는 겁많은 비둘기조차도 통과할 수 없어요.
> 가파른 바위가 언제나 그들 중 한 마리를 잡아가 버리지요.
> …… 그리로 갔다가 그 옆을 빠져나간 인간들의 배는 아직 한 척도 없으며,

배들의 널빤지들과 남자들의 시신들만이 뒤죽박죽이 되어
바다의 파도와 불의 폭풍에 실려가게 되지요.
바다를 항해하는 모든 배들 가운데 단 한 척만이, 모든 사람들이 칭송하는
아르고 호만이 아이에테스에게서 돌아가는 길에, 그 옆을 통과했지요.
그 배도 파도가 거대한 바위들에 내동댕이쳤을 것이나,
헤라가 이아손을 사랑하여, 그 옆을 통과하게 해주었던 거여요."
(12권 59~72행)

이름은 '떠다닌다'는 뜻이지만, 묘사를 보면 그냥 바닷가의 바위 벼랑 주변에서 큰 파도가 몰아치는 것 같다. 더구나 그 곁으로 새가 지나가지 못한다는 것은 무슨 뜻인가? 이것은 아르고 호가 지나갔다는 '부딪치는 바위'의 묘사가 아닌가? 게다가 '불의 폭풍'을 또 무엇인가? 화산에 대한 언급이 아닌가? 그러니 우리는 여기에 세 가지 개념이 섞여 있다고 보아야 할 것이다. 즉 떠다니는 바위, 양쪽에서 부딪쳐 오는 바위(혹은 바위 벼랑), 주변에 큰 파도가 일고 불을 뿜는 바위 벼랑. 앞의 두 개는 아무래도 빙산 때문에 생긴 개념이기 쉽다. 앞에서 극지방의 현상들이 나왔으니, 시인이 빙산에 대해 들은 적이 있다 해도 이상할 건 없다. '부딪치는 바위'는 달리 '푸른 빛 바위'(Kyaneai)라고 하는데, 이것 역시 빙산의 묘사에 어울린다. 그리고 마지막 것은 아마도 바닷가에, 혹은 섬에 있는 화산일 것 같다. 많은 사람들이 이 '떠다니는 바위'가 있는 곳으로 이탈리아 남서부의 군도를 생각하는데, 거기 스

트롬볼리(Stromboli)같이 격렬한 화산들이 있으니 꽤 그럴싸하다. 그 바위 부근에서 격렬하게 일어난다는 파도는 지진 해일로 생각하면 잘 맞아 들어간다. 그리고 이 대목은 아르고 호에 대한 서사시가 호메로스 이전에 있었다는 암시가 들어 있어서 많은 학자들이 주목하는 곳이기도 하다.

다른 쪽에는 다시 다른 선택지가 있다. 두 개의 바위 봉우리 사이로 뱃길이 나있다. 봉우리 하나는 구름까지 닿도록 높고, 매끈한 바위로 되어 있다. 그 중간에 화살도 닿지 않을 만큼 높은 곳에 서쪽으로 입구가 난 동굴이 있어서, 거기에 열두 개의 다리, 여섯 개의 긴 목을 가진 괴물이 산다. 그것은 하체는 동굴 속에 둔 채로 다리만 밖으로 내놓고 있다가 먹을거리가 지나가면 이가 석 줄로 박힌 입으로 물어들인다. 이 괴물의 이름은 스퀼라로서, 약간 우습게도 강아지 짖는 것 같은 소리를 낸단다. 그 곁으로 뱃사람이 무사히 지난 적이 없는데, 스퀼라가 튀어나와 여섯 개의 입으로 여섯 명을 동시에 물어갔기 때문이란다. 이 스퀼라에는 여러 동물의 특징이 섞여 있는데, 머리가 여럿이라는 것은 아무래도 빨판이 달린 다리 여럿을 휘두르는 대왕오징어 따위에서 온 것이고, 이가 석 줄이라는 것은 상어 따위에서 온 게 아닌가 싶다.

한편 스퀼라의 봉우리에서 화살로 맞힐 만한 거리에 좀 낮은 다른 봉우리가 있는데, 거기 무화과나무가 나있고, 그 밑에는 하루에 세 번씩 물을 빨아들이고 내뱉는 무서운 소용돌이가 자리 잡고 있다. 그 이름은 카륍디스로서 특히 물을 빨아들일 때 위험하다. 앞에서 키르

케는 마치 오뒷세우스가 두 길 중 하나를 선택할 수 있는 것처럼 말했지만, 두번째 길이 기정사실인 듯, 두번째 선택지에서 카륍디스냐 스퀼라냐만 문제인 것처럼 진행한다. 이렇게 두 번이나 선택을 해야 하는 걸로 나오고 첫 선택지가 곧 무시된 것에 대해, 학자들은 『오뒷세이아』 시인이 아르고 호 이야기를 능가하려고 이렇게 꾸몄다고 설명한다. 그냥 위험스러운 통로를 지나가기만 하는 게 아니라, 우선 두 가지 위험 중에 선택을 해야 하는 걸로 만들었는데, 그 '선택'이라는 개념이 전체의 짜임에 영향을 주었다는 것이다. 그러니까 새로 고안해낸 카륍디스와 스퀼라 사이의 선택 문제가, '떠다니는 바위'와 '카륍디스 + 스퀼라' 사이에 선택을 먼저 해야 하는 것으로까지 발전했다는 말이다.

키르케는, 카륍디스가 너무 위험하니 스퀼라 쪽으로 붙어서 항해하라고 권한다. 소용돌이에 휘말려 모두 죽는 것보다는 여섯 명만을 희생시키는 쪽이 그래도 낫기 때문이다. 사실 이것은 정말 어쩔 수 없는 선택이다. 그래서 두 가지 나쁜 일 중에 하나를 선택해야만 할 때, 이러지도 저러지도 못하는 상황을 두고 '카륍디스와 스퀼라 사이에 있다'라는 표현을 쓴다.

우리가 생각하기엔, 이들이 망망대해를 항해하는 중이니 첫번째고 두번째고 선택할 것 없이 그냥 멀찍이 돌아서 가면 되지 않나 싶지만, 아무래도 이 부근에는 뭔가 육지가 가로막고 있어서 좁은 수로를 통과해야 하는 모양이다. 아니면 바다의 다른 부분은 모두 배가 지나가기엔 너무 얕거나 암초가 산재해 있어서, 특정한 행로로만 갈 수 있

는지도 모르겠다. 그리고 여기서 높이나 거리를 측정하는 데 자꾸 활 얘기가 나오는 것은, 후반부에서 활이 중요하게 쓰이기 때문에 미리 분위기를 조성하는 것으로 보아야겠다. 물론 스퀼라의 경우에는 활로 대항해 봐야 별 수 없다는 암시일 수도 있다.

오뒷세우스는, 카륍디스를 피하면서도 스퀼라를 물리칠 길은 없는지 묻는다. 하지만 키르케는, 그 괴물이 불사의 존재이기 때문에 막을 방도가 없다고 말한다. 싸워보겠다고 지체하면 두번째 공격을 당할 수도 있으니 얼른 도망치는 게 상책이라고 충고하고, 그나마 피해를 최소화할 수 있는 방안을 제시한다. 스퀼라의 어머니인 크라타이이스를 부르면, 그녀가 막아 주어 스퀼라가 두 번은 공격하지 않게 되리라는 것이다. 하지만 나중에 보면 오뒷세우스는 이 충고를 잊고 달리 행동한다. 이렇게 예고된 행동이 실제로 이루어지는지 살피는 것도, 옛 사람들이 즐거움을 찾던 방법 중 하나라 하겠다.

마지막으로 키르케는 트리나키아 섬에 대해 경고한다. 그곳에는 태양신의 소떼가 일곱이고, 양떼도 같은 만큼 있다. 각 무리는 쉰 마리씩으로 구성되어 있는데, 이것들은 새끼도 낳지 않고 죽지도 않는 것들이다. 이 무리들은 태양신의 두 딸이 지키고 있다. 오뒷세우스 일행이 이것들을 건드리지 않으면 귀향할 수 있지만, 해친다면 오뒷세우스는 배와 동료들을 잃을 것이고 그 자신은 파멸을 면한다 하더라도 혼자서 비참하게 귀향하게 될 것이다. 우리는 키르케의 충고와 테이레시아스의 예언이 서로 보충적인 것을 볼 수 있다. 키르케의 경고가 끝나는 곳은 테이레시아스의 예언이 시작되는 지점이다. 그 둘이 겹

치는 곳은 바로 태양신의 섬 트리나키아고, 그런 만큼 이 섬에서 조심해야 한다는 점이 크게 강조된 셈이다. 물론 둘의 말이 완전히 일치해서, 키르케가 테이레시아스의 말을 그대로 반복한 것은 아니다. 태양신의 가축 숫자나 그것을 지키는 딸들에 대한 언급은 여기 처음 나온 것이다. 가축의 숫자는 350이니, 한 해의 날수에 가깝고, 이 서사시를 태양신 숭배와 연결시키려는 사람들이 근거로 삼는 것이다. 하지만 이 숫자는 오히려 태음력으로 일 년에 가까우니, 태양력과 태음력의 주기적 일치에 연결시키는 게 더 나아 보인다.

세이렌 곁을 지나다

오뒷세우스와 키르케가 이런 얘기를 주고받는 사이에 아침이 되었다. 그러고 보니 오뒷세우스는 키르케와의 마지막 밤을 얘기로 지새우고 만 셈이다. 이제 떠날 시간이다. 칼륍소의 경우처럼 이번에도 아쉬운 눈물의 작별 같은 것은 없다. 키르케는 섬 안으로 돌아가고, 오뒷세우스는 동료들을 재촉하여 출항한다. 키르케는 순풍을 보내 항해를 돕는다.

항해 도중에 오뒷세우스는 키르케에게서 얻은 정보를 동료들 앞에 내놓는다. 물론 전부는 아니고 부하들이 소화해 낼 수 있는 정도까지만이다. 키르케가 세이렌의 목소리와 그들의 꽃핀 초원을 피하라고 했으며, 자신만 그 목소리를 들으라고 했다는 것이다. 후자는 키르케가 오뒷세우스에게 '선택 사항'으로 내 놓은 것이지만, 그는 그게 마치 여신의 명령인 것처럼 전하고 있다.

세이렌들 가까이 이르자, 바람이 그치고 바다도 잔잔해졌다. 이 세이렌은 무풍지대의 위험을 형상화한 것이라는 해석도 있다. 일행은 돛을 내려 간수하고 노를 저어 나아간다. 오뒷세우스는 밀랍을 떼어 동료들의 귀를 막고, 자신은 돛대에 묶인다. 배가 가까이 가자, 세이렌들은 노래를 부르기 시작한다. 그들은 지금 지나가는 자가 누구인지 알고 이름을 부른다.

> 자, 이리 오셔요, 칭찬을 많이 듣는 오뒷세우스여, 아카이아 인들의 위대한
> 영광이여, 이곳에 배를 세우고, 우리 둘의 목소리를 듣도록 하셔요.
> 우리 입에서 나오는 감미롭게 울리는 목소리를 듣기 전에,
> 검은 배를 타고 이 옆을 지나간 사람은 아직 아무도 없어요.
> 그러면 그 사람은 즐기고 나서 더 많은 것을 알아 가지고 돌아가게 되지요.
> 우리는 넓은 트로이아에서 아르고스 인들과 트로이아 인들이
> 신들의 뜻에 따라 겪었던 모든 것을 알고 있으며,
> 풍요한 대지 위에서 일어나는 것은 무엇이든 다 알고 있으니까요.
> (12권 184~191행)

이들은, 자기들의 노래를 듣지 않고 그냥 지나간 사람은 없었다고, 듣는 사람은 이전보다 더 많은 지식을 지니고 돌아갈 것이라고 유혹한다. 그러면서 자기들이 트로이아에서 있었던 모든 일을 알고 있으며, 나아가 땅 위에서 일어나는 것은 무엇이건 안다고 공언한다. 그

말이 사실이라면, 키르케가 오뒷세우스에게 충고한 것도 알고 있을 터이다. 사실 이들은 예술이 가진 파괴적인 측면을 보여 주는 존재라고 할 수 있는데, 어떤 학자는 다른 방향에서, 이것을 죽음의 유혹이라고 해석하기도 한다. 죽은 사람은 산 사람보다 지식이 많기 마련이니, 더 많은 지식을 약속하는 것은 곧 죽음을 약속하는 거라고. 하지만 방금 우리는 저승의 존재들도 별로 아는 게 없다는 사실을 확인했다(구약성서의 「창세기」에서도 지식을 약속하는 나무 열매가 가져온 것은 결국 죽음이었다). 한편 이들이 자신들의 지식을 뽐내며 대표로 내세우는 내용이 트로이아 전쟁에 대한 것이므로, 이 장면은 『일리아스』 전통과 『오뒷세이아』의 대결을 보여 준다고 하는 학자도 있다. 여기서 오뒷세우스가 전쟁 서사시의 전통에 사로잡히면, 새로운 서사시의 고유성은 사라질 것이다. 또 이와는 약간 다른 측면에서, 세이렌들이 고정된 자리에 정착한 존재인 데 반해, 오뒷세우스는 배 위에 있다는 것을 강조하는 학자도 있다. 그의 이동 가능성, 유연성이 서사시 시인의, 그리고 지금 이 이야기를 전하는 '가객' 오뒷세우스의 즉흥적 노래 짓기의 특성을 보여 준다는 것이다. 다양한 해석을 불러일으키는 유명한 장면이다.

달콤한 노래를 들은 오뒷세우스가 풀어달라고 발버둥을 치자, 미리 약속된 바에 따라 그의 동료 둘이 일어나서 밧줄을 더욱 단단히 맨다. 소박하게 생각하면 위험을 차단하면서 호기심도 만족시킬 수 있는 좋은 방법이건만, 이렇게 돛대에 묶인 오뒷세우스는 『계몽의 변증법』이란 유명한 책의 저자들에 의해서, 거의 '삐뚤어진 계몽'의 상징

으로 사용되었다. 자기를 보존하면서 이 세계를 지배하겠다는 욕망이 자기를 결박하고 결국 폭력적인 결과를 가져오게 되는데, 이 장면이 그 단초를 보여 준다는 것이다. 그게 맞는 해석인지도 모르겠지만, 대부분의 독자는 귀를 막고 그냥 지나가기보다 이렇게라도 노래를 듣고 싶을 것이다. 우리는 모두 계몽주의의 자식들인 모양이다. 한편 스피노자는 『국가론』(또는 『정치론』)에서 이 일화를 끌어다 일종의 시민불복종 이론의 근거로 삼았다. 오뒷세우스의 부하들이, 결박을 풀라는 지휘관의 명을 어긴 것은, 왕이 미쳐서 내리는 명령에는 복종할 필요가 없기 때문이라는 것이다.

다른 전거에 따르면, 오뒷세우스가 노래를 듣고도 무사히 통과하자 이 세이렌들은 바다로 떨어져 죽었다고 하는데, 그런 결말이 좀더 오래된 판본인지에 대해 논란이 있다. 사실 이것은 마법이 한 번 통하지 않으면 그 마법의 소유자는 다시는 그걸 사용할 수 없다는 개념이다. 오이디푸스가 수수께끼를 풀자 높은 데서 떨어져 죽었다는 스핑크스 이야기나, 아르고 호가 통과하자 멈춰 버렸다는 '부딪치는 바위' 같은 게 그런 예이다. 하지만 아르고 호도 이 세이렌들 앞을 지나갔고 그때는 오르페우스가 음악으로 대항했다는 전승이 있으니, 앞의 논리대로 하자면 세이렌들은 그때 벌써 죽었어야만 했다.

세이렌 이야기의 기원에 대하여 인류학적 접근을 시도한 학자도 있는데, 그가 중심적으로 내세우는 개념은 '화물 숭배'(cargo cult)라는 것이다. 이 개념은 특히 2차 세계대전 직후 태평양 지역에서 관찰된 현상을 설명하는 데 많이 동원된 것이다. 전쟁이 끝난 후 남태평양

부족들을 방문한 서구인들은 놀라운 광경을 목도한다. 원주민들이 항만 비슷한 것을 만들고 활주로 비슷한 것을 닦아 놓고는, 칡넝쿨 따위로 전선 비슷한 것을 늘어뜨리고, 깡통을 두드려 일종의 '헤드셋'을 만들어 쓰고는 누군가와 교신을 시도하고 있는 것이다. 나중에야 이들이, 전쟁 때 그곳에 왔었던 외국 군대의 영향을 받았다는 사실이 밝혀졌다. 이들은 원래 모든 좋은 것은 조상들이 보내 준다는 믿음을 갖고 있었다. 한데 전쟁이 그 지역으로 번지자 어디선가 군인들이 나타나고, 그들이 항구와 비행장을 건설하자, 또 어디선가 배와 비행기가 와서는 여러 물자를 꾸역꾸역 쏟아냈다. 그래서 이 지역의 원시 부족들은 그것이 조상들이 보낸 선물이라고 확신하고, 군대가 떠난 이후에 자신들도 그들이 썼던 방식으로 조상들과 교신을 시도한 것이다. 조상들에게 제의를 바쳐 화물이 오기를 구하는 이런 행위를 '화물 숭배'라 부른다(화물을 직접 숭배하는 것은 아니니 달리 옮겼으면 좋겠는데, '화물 기원 제의' 정도로 해야 할지 모르겠다. 예전에는 '유령 화물'이란 번역어도 쓰였었다).

이 개념을 세이렌들과 연결시키는 학자의 설명 방식은 이렇다. '조상을 숭배하는 원시부족의 지역으로 이따금 지나다니는 상선이 사고로 파선하여, 물자들이 해안으로 떠밀려 온다. 이것에 재미를 본 원시 부족은, 나중에는 아예 배가 지나갈 때마다 바닷가에 제물을 차려 놓고 음악까지 연주하며 조상들께 도움을 청한다. 그 제물 중에는 아름다운 여인들도 포함되어 있다. 그래서 아름다운 여인과 음악, 파선이 연결되면서, 최종적으로 노래로 뱃사람을 유혹하여 죽게 하는 여

성이라는 개념이 생겨난다.' 이렇게 보자면 바다 괴물에게 먹잇감이 되도록 바닷가에 묶였다는 안드로메다나 헤시오네의 이야기도, 화물 숭배에서 세이렌 개념으로 연결되는 중간 고리가 되겠다. 한 가지 문제점은 지중해 연안에서는 뚜렷하게 화물 숭배 전통이 발견되지 않는다는 것이다. 그래서 이런 설명을 하는 학자는, 근동 상인들이 드나들던 동아프리카 지역에서 이 개념이 생겨나서, 지중해 쪽으로 전해진 것이 아닌가 추정하고 있다. 하지만 노래로 뱃사람, 또는 어부를 죽게 하는 요정의 이야기는 다른 데도 있으니 꼭 이 설명이 맞는다고 장담할 수는 없겠다(가장 유명한 로렐라이 전설은 19세기에 인위적으로 만들어진 것이니 그렇다 치더라도, 드보르작의 오페라로 유명한 루살카Rusalka 등 다른 예가 얼마든지 있다). 어쨌든 이런 주장의 근거를 미술작품에서도 찾을 수 있는데, 세이렌을 묘사한 것 중 여인들이 악기를 연주하는 비교적 흔한 장면 말고도, 그 연주자들이 남성으로 그려진 것도 있다고 한다. 나로서는 아직까지는 직접 그런 자료를 본 적이 없는데, 혹시 그 남성 연주자들 곁에 제물로 보이는 여성이 있고, 지나가는 배까지 그려져 있다면 꽤 확실한 증거가 될 것이다.

카륍디스와 스퀼라 사이로 지나가다

세이렌들에게서 멀어져서 귀마개를 빼고 오뒷세우스를 풀어 주자, 곧 다음 장애물이 나타난다. 앞에서 키르케는 '떠다니는 섬' 쪽을 선택해야 할지도 모른다고 했는데, 그쪽은 아예 언급도 없으니 아무래도 시인은 처음부터 이 방향을 생각하고 있었나 보다. 그들이 먼저 발견한

것은 엄청난 물보라와 파도였다. 소리까지 엄청나서, 오뒷세우스의 동료들은 모두 노를 놓치고 망연자실한다. 이번에도 오뒷세우스는 키르케에게서 얻은 지식을 '가공하여' 전한다. 이 위험은 퀴클롭스 때보다 더 큰 건 아니라고, 그때처럼 이번에도 자신의 조언에 따라 벗어날 수 있다고, 언젠가는 이 일도 추억이 될 것이라고. 키르케의 집을 앞에 두고 에우륄로코스는 퀴클롭스 사건을 오뒷세우스의 무모함의 예로 꼽았었는데, 일 년이 지난 다음에도 오뒷세우스는 그 말을 기억하고 있었던 모양이다. 그는 그 사건을 자신의 업적처럼 내세우고 있다. 그는 부하들에게 노를 젓도록 격려하고, 키잡이에게는 카륍디스의 물보라를 피해서 스퀼라의 바위 벼랑 쪽으로 붙어서 가라 한다. 물론 거기 다른 위험이 있다는 건 밝히지 않는다. 여기서 오뒷세우스가 폴뤼페모스의 동굴을 예로 든 것은 곧 여섯 명이 희생될 것이기 때문일지도 모른다. 그는 자기도 모르게 위험한 정보를 일부 누설한 셈이다.

하지만 여기서 그는 키르케의 경고를 잊고서 무구를 갖추어 그 괴물과 싸우려 한다. 그는 배의 맨 앞쪽에 서서 괴물이 어디 있는지 벼랑 곳곳을 눈길로 더듬지만, 눈이 지칠 때까지 살펴도 아무것도 발견하지 못한다. 이제 주된 관심은 카륍디스에게로 향한다. 그때는 마침 이 소용돌이가 물을 빨아들이는 참인데, 오뒷세우스는 어떻게 알았는지 그것이 물을 뿜어낼 때의 모습을 먼저 묘사한다. 물론 그는 나중에 다시 이곳을 지나가면서 두 가지 현상을 다 목격하게 되니, 나중에 본 것을 여기 섞어 넣었을 수도 있다. 아니면 멀찍이서 다가갈 때는 물을 뿜어내다가 가까이 갔을 때 물을 빨아들이기 시작했다고 보아야 할지

도 모르겠다. 어쨌든 물을 뿜을 때는 가마솥 끓듯 바닥부터 물이 치솟으며 두 바위 봉우리 꼭대기까지 높이 닿고, 물을 빨아들일 때는 바닥의 모래까지 드러내 보인다. 이 무시무시한 광경에 정신이 팔려 있는 사이에 스퀼라가 들이닥친다.

> 우리는 파멸을 두려워하며 그쪽을 바라보고 있었소.
> 한데 그 사이 스퀼라가 나의 우묵한 배에서
> 여섯 명을 채어 가니, 그들은 손과 힘에서 가장 뛰어난 자들이었소.
> …… 나는 어느새 허공에 높이 매달린 전우들의 손발을
> 보았소. 그들은 괴로워서 크게 비명을 지르며
> 내 이름을 불렀소. 그러나 그것도 그때가 마지막이었소.
> …… 그곳 동굴 입구에서 그녀는 비명을 지르는 그들을 먹어치웠고,
> 그들은 무서운 사투를 벌이며, 나를 향하여 손을 내밀었소.
> 그것은 내가 바다에서 길을 찾으며 고통스레 겪은 모든 일 가운데
> 눈으로 본 가장 참혹한 광경이었소.(12권 244~259행)

눈앞에서 부하들이 낚여 가면서 구해 달라고 자기 이름을 불러도, 그들이 동굴 입구에서 산 채로 먹히는 걸 보면서도 도와줄 길이 없다. 오뒷세우스는 이 장면이 자기가 본 것 중 가장 참혹한 광경이었다고 말하는데, 대부분의 독자에게도 그럴 것이다. 하지만 그가 스퀼라의 어머니를 불렀다는 말이 없는데도, 두번째 공격은 일어나지 않은 모양이다. 이때쯤엔 오뒷세우스도 정신을 차리고 얼른 배를 몰아 도망쳤는지 모르겠다.

이 카륍디스와 스퀼라는 나중에 시칠리아와 이탈리아 본토 사이의 양쪽 절벽으로 알려졌으나 이것은 합리적으로 설명한 것이고, 『오뒷세이아』에 나오는 다른 모험이 그렇듯 이것 역시 장소를 확정할 길이 없다. 사실 시칠리아의 메시나(Messina) 해협은 좁은 곳도 3km나 되니, 여기 묘사된 것처럼 활을 쏘아 반대편에 닿기엔 너무 넓다.

트리나키아 섬에서 태양신의 소들을 잡아먹다

이 부근에는 장애물이 촘촘히 있는지, 일행은 곧 태양신의 섬에 도착한다. 테이레시아스와 키르케가 공히 강조했던 트리나키아다. 한데 여기에 태양신의 이름이 약간 논란을 일으키는 방식으로 나와 있다. 태양신은 보통 헬리오스라는 이름을 갖고 있고, 헤시오도스에 따르면 그의 아버지는 휘페리온이다. 그런데 여기는 태양신이 '헬리오스 휘페리온'라고 나와 있다. '휘페리온'이란 말은 헬리오스의 아버지 이름으로 붙은 것일까, 아니면 그냥 태양신의 별칭일까? 아무래도 여기서는 후자인 듯하다. 사실 휘페리온이 헬리오스의 아버지라는 설은 어쩌면 태양신에게 붙었던 수식어를 설명하기 위해 나온 것일 수도 있다. '휘페리온'이란 말이 무슨 뜻인지 몰라서, 그걸 아버지 이름이라고 풀이했다는 것이다. 1권 설명에서 헤르메스의 수식어에 대해서도 그런 얘기를 했었지만, 사실 신과 관련된 많은 수식어들이 원래 무슨 뜻이었는지는 불분명하다.

오뒷세우스는 테이레시아스와 키르케의 권위를 빌려, 이 섬을 그냥 지나쳐야 한다고 주장한다. 하지만 벌써 일 년 전부터 반항하기 시

작한 에우륄로코스가 앞장서서 맞선다. 자기들이 너무나 지쳐 있다는 것이다. 그리고 밤을 바다 위에서 보내는 것은 안전하지 못하다는 보조논증에다가 다음날 아침에 바로 떠나면 된다는 일종의 타협안까지 덧붙인다. 이것 역시, 오뒷세우스가 좀더 확실하게, 이곳에서 잘못되면 영영 고향 갈 길을 잃는다고 하지 않고, 그냥 여기서 '가장 끔찍한 재앙'을 만날 수도 있다고 너무 약하게 말해서 생긴 일이라고 보는 학자도 있다.

오뒷세우스는 할 수 없이 동료들에게 큰 맹세를 시키고 상륙한다. 뭍에 오르면 가축떼에는 손을 대지 않고, 키르케가 준비해 준 양식만 먹겠다고 말이다. 하지만 그들이 상륙한 바로 그날 밤부터 폭풍이 불어서, 일행은 출항을 포기하고 배를 끌어올린다. 오뒷세우스는 이미 맹세를 시켰지만, 상황이 달라졌기 때문인지 다시 한 번 소들을 건드리지 말라고 다져 둔다. 이번에는 그 소들이 태양신의 것이라고 밝힌다. 그러나 역풍인 동남풍이 한 달이나 계속 불고, 결국 식량이 동나서 모두들 물고기나 새 따위를 잡으러 섬 안을 헤집고 다닌다.

이때 오뒷세우스는 신들의 도움을 청하러 외진 곳으로 가서 기도를 드리던 중 깜빡 잠이 드는데, 그 사이 에우륄로코스가 다른 이들을 선동한다. '모든 죽음 중에 굶어죽는 것이 가장 비참하다. 그러니 태양신의 소들 중 가장 훌륭한 것들을 몰아다가 먼저 신들께 제물로 바치고, 고향에 가면 태양신께 신전을 짓고 섬기겠다고 하자. 혹시 이 일 때문에 신들이 배를 부순다면 자기는 여기서 굶어죽느니 차라리 파선을 당하여 익사하는 쪽을 택하겠다' 등등. 앞에서도 보았지만 이 사

람은 다른 사람들이 혹할 만한 타협안을 잘 생각해 낸다. 다른 이들은, 이런 정도라면 신들도 양해하리라고 생각했는지, 아니면 '사나이답고 화끈하게' 결판을 내자는 생각이었던지, 모두 그 말에 찬성하여 소들을 몰아다가 잡고는 신들께 제물로 바친다. 그 중간에 보리를 뿌리는 부분이 있는데, 이미 식량이 떨어져서 보리 대신 나뭇잎을 뿌린다. 제물에 부을 술도 없어서 그냥 물을 붓는다. 하지만 이렇게 미리 신들을 달래려 애썼지만 결과적으로 아무 효과가 없었으니, 인간의 계산이 신들 사이에서는 통하지 않거나 아니면 대용품으로 드린 제사라서 신들의 마음을 사지 못했던 듯하다.

오뒷세우스가 잠이 깨어 다시 바닷가로 돌아갔을 때는, 이미 고기 익는 냄새가 퍼지고 있었다. 오뒷세우스는 신들이 자기들을 파멸시키기로 작정하고 자기를 잠들게 한 것 같다고 말하지만, 어떤 학자들은 오뒷세우스가 한 줌의 생존자를 데리고 집에 가봐야 원한만 커지리라고 생각해서, 그들 스스로 파멸하게끔 버려 두고 일부러 모습을 감췄었다고 해석하기도 한다. 그래도 작품 전체의 서사에서 시인 자신이, 부하들의 파멸은 오뒷세우스가 책임질 게 아니라고 강조하고 있으니, 그런 식으로 해석하는 것은 좀 무리가 있다.

한편 소를 관리하던 태양신의 딸은 아버지에게 가서 일어난 일을 알린다. 보통 태양신은 하늘의 눈으로, 모든 것을 본다고 알려져 있지만, 여기서는 보고를 받아야만 사태를 알 수 있는 것으로 해놓았다. 이제 태양신은 제우스를 찾아가서 징벌을 요구한다. 그 소들은 자기가 하늘로 올라갈 때나 내려갈 때나 자기를 기쁘게 해주었던 것이니,

그 피해를 보상해 주지 않으면 저승으로 가서 죽은 자들을 비춰 주겠다며 위협한다. 제우스는 분노한 태양신을 달래고 자기가 오뒷세우스 일행의 배를 부숴 보복해 주겠다고 약속한다.

여기서 오뒷세우스는, 신들 사이에서 일어난 일을 자기가 어떻게 알고 있는지를 설명한다. 칼륍소에게서 나중에 들었다는 것이다. 그러니 다른 모든 일에 대해서도 오뒷세우스가 어떻게 그런 것까지 알고 있는지 하는 의문이 생긴다면, 비슷하게 응수할 수 있을 것이다. 키르케, 또는 칼륍소가 가르쳐 주었다고. 더구나 신들과 멀리 떨어져 사는 칼륍소가 어떻게 신들의 일에 그렇게 밝은지 하는 질문에 대한 대답인 양, 헤르메스가 칼륍소에게 가르쳐 주었다는 말도 덧붙여 놓았다.

오뒷세우스가 바닷가의 동료들에게 닿았을 때는, 이미 신들이 보낸 전조가 나타나고 있었다.

> 가죽들이 기어 다니고, 고기조각들이 구운 것도 날 것도 꼬챙이에 꿰인 채로
> 음매 소리를 냈으며, 소가 내는 소리 같은 것이 울려났던 것이오.
> (12권 395~6행)

어떤 학자는 이 기이한 장면을, 오뒷세우스의 집에서 구혼자들이 잔치를 벌이다가 갑자기 웃음을 참지 못하는 장면과 연관 지어 설명한다. 두 경우가 다, 건드려서는 안 되는 가축들에 손을 대어 곧 파멸이 닥치게 상황이고, 그 전조가 나타난 장면이어서 비슷한 분위기로 되어 있다는 것이다. 물론 약간 차이가 있는데, 20권의 그 장면에서는

심리적인 분위기가 강하고 여기서는 환상적인 분위기가 강하다는 점이다.

오뒷세우스의 동료들은 거기서 엿새 동안 잔치를 벌이다가, 일곱째 날에 드디어 순풍이 불어서 배를 바다로 끌어낸다. 이렇게 오랜 동안 오뒷세우스 혼자만 고기에 손을 대지 않고 버틸 수 있었는지, 아니면 이왕 일어난 일이니 고기를 먹기는 했는지는 나와 있지 않다. 보통 오뒷세우스의 특성이 어떤 일을 하는 쪽 말고도 하지 않는 쪽으로도 나타나서, 그가 식욕을 참고 견뎠다고 보는 쪽이 우세하다. 정말로 오뒷세우스가 자제했다면 그는 대단한 인물이다. 같이 견디는 동지들이 있어도 소 떼의 유혹을 견디기 어려웠을 텐데, 다른 이들은 모두 고기를 실컷 즐기고 있는 판국에 혼자서 굶주림을 참고 있다니! 만일 오뒷세우스가 고기에 손을 댔다면, 결과를 놓고 볼 때, 책임은 그걸 잡자고 결의한 사람들에게만 있는 모양이다. 아니면 오뒷세우스는, 이제 곧 신들이 이들을 벌할 테니 어떻게든 상황이 달라지리라고 생각해서, 조금 더 버텼는지도 모르겠다. 사실 테이레시아스는 이들이 이 섬에서 금지된 음식으로 시험을 당할 것처럼 말했고, 그들이 닿자마자 역풍이 불었으니 그게 시험의 시작이었던 셈이다. 오뒷세우스가, 이미 이런 예언이 있었으니 시험을 이겨 내고 꼭 함께 고향으로 돌아가자고 했으면, 어찌어찌 부하들의 협조를 얻어 낼 수 있었을지도 모른다. 한데 저승에서 함께 예언을 들었던 부하들은 이미 죽은 걸까, 그들에게는 동료들에게 그 예언의 내용을 전할 겨를이 없었을까? 아니면 그걸 다들 알고 있어도 현실적인 굶주림 때문에 이성을 잃었던 것일까?

가장 가능성이 큰 것은 마지막 설명이다. 오뒷세우스 자신도, 인간들에게 수많은 재앙을 가져다주는 것은 위장(胃臟)이라고 선언할 것이다(이 '위장'gaster은 이 작품 내에서, 마치 『일리아스』에서 '분노'menis가 그랬듯, 사건들을 밀고 가는 추동력이라는 주장까지 있다).

그들이 난바다로 나가 육지가 전혀 시야에 들어오지 않을 때, 갑자기 세찬 돌풍이 들이닥친다. 밧줄들을 끊고 돛대를 쓰러뜨린다. 제일 먼저 희생된 것은 키잡이다. 하필이면 돛대가 쓰러지며 그의 머리를 쳐서 박살낸 것이다. 거기에 벼락까지 배에 떨어져, 그 서슬에 일행이 모두 바깥으로 튕겨나간다. 하지만 오뒷세우스는 어떻게 배 안에서 버티다가, 용골과 돛대를 묶어 타고 표류하게 된다. 한데 미친 바람이 그치자, 이번에는 남풍이 불어서 그를 다시 카륍디스와 스퀼라 쪽으로 밀어 간다. 이제 그의 '뗏목'에는 아무 조절 장치가 없으니 카륍디스 쪽으로 떠밀려 가는 게 당연하다. 아무래도 앞에서 키르케가 카륍디스의 위험을 자세히 언급해 둔 것은 오뒷세우스가 결국 그곳을 지나야 하기 때문인 모양이다. 그 소용돌이는 마침 물을 빨아들이는 중이다. 오뒷세우스는 자기 '뗏목' 위에 올라서서는 펄쩍 뛰어, 곁의 벼랑 위에 난 무화과나무 가지에 매달린다. 어디 올라설 데도 내리 디딜 데도 없어서 그대로 박쥐처럼 매달린 채, 소용돌이가 다시 자신의 탈 것을 내놓을 때까지 버틴다. 앞에서 이미 우리는 오뒷세우스의 수영 실력과 원반던지기 실력을 보았고, 방금 높이뛰기 실력을 보았는데, 거기 더하여 매달리기 능력을 선보인다.

그는 거의 저녁 무렵까지 거기 매달려 있었다는데, 이 소용돌이

가 하루에 세 번 물을 빨아들이고 세 번 뿜어낸다 했으니, 한 주기가 8시간이라면 최대 네 시간 정도 매달려 있었던 셈이다. 하지만 이건 우리가 계산한 것이고, 본문은 좀 모호하게 되어 있다. 그는, 재판관이 하루 종일 판결을 내리고 지쳐서 저녁 먹으러 갈 무렵까지 기다렸다는 것이다. 문제는, 이것이 소요시간을 말하는 것인지, 뗏목을 되찾은 시각을 말하는 것인지이다. 많은 학자들이 소요시간으로, 그러니까 하루 온종일(재판관의 근무 시간만큼) 매달린 것으로 해석한다. 이렇게 보는 학자들은, 하루 세 번 소용돌이의 방향이 바뀐다는 것은 여기서 별로 중요하지 않다고, 대단한 모순이 아니라고 말한다. 하지만 나로서는 위의 '퇴근시간'에 대한 언급을 시각(時刻) 표시로 보고 싶다. 오뒷세우스가 약 네 시간 매달렸다가, 하루 일과를 마칠 시간쯤에 뗏목을 되찾았다는 것이다. 이럴 경우 제기되는 문제는, 그러면 그 이전에 대충 몇 시쯤 파선이 되고 몇 시쯤에 소용돌이에 도착했는지는 말이 없다가, 갑자기 여기서 특정 시각을 적시하는 이유는 무엇인가 하는 것이다. '밤바다 여행'을 강조하는 나로서는 대답할 말이 있다. 칼륍소에게 가는 항해도 밤바다 여행이었다고 말이다. 아흐레 뒤의 일이긴 하지만, 오뒷세우스가 칼륍소의 섬에 도착하는 시간도 밤으로 되어 있다.(447행)

어쨌든 오뒷세우스는 용골과 돛대를 다시 찾아, 두 손을 노 대신 저으며 그곳을 벗어나는데, 다행히 스퀼라 쪽으로 밀려가지는 않았다. 여기서 오뒷세우스의 목숨을 구해 준 '뗏목'이, 배의 가장 위쪽까지 수직으로 서 있는 돛대와 배의 맨 밑바닥에 수평으로 누워 있는 용

골의 결합이란 점을 강조하는 학자도 있다. 이러한 수직-수평, 위-아래의 결합으로써 이 작은 탈 것은 어떤 전체성을 지니게 되는데, 이런 특성은 많은 구원의 장치에 공통된 것이다.

거기서 아흐레 동안 떠밀려 가서, 열흘째에 도착한 곳이 칼륍소의 섬이다. 이렇게 오랜 시간 동안 굶주렸는데도 살아남았다면 그는 정말 대단한 체력을 가진 사람이다. 특히 오뒷세우스가 태양신의 섬에서 쇠고기에 전혀 손을 대지 않았다면 더욱 그렇다. 물론 여기 나온 숫자들이 모두 오뒷세우스의 과장이라고 한다면 모든 것이 쉽게 해결되지만.

오뒷세우스는 칼륍소가 자기를 환대하여 잘 보살펴주었다고만 말하고 그 얘기는 어제 국왕 부부에게 했으니 되풀이하고 싶지 않다면서 이야기를 마친다. 하지만 칼륍소의 집이 어땠는지 따위는 우리나 알고 있지, 오뒷세우스의 이야기를 지금 듣고 있는 청중은 물론이고 알키노오스 부부도 듣지 못했다. 그러니 사실상 오뒷세우스가 이야기 분량을 조절하는 데 있어 가장 크게 고려하는 것은 우리 독자들인 셈이다.

Odyssey

Ⅲ. 귀향자

본인이 적극적으로 원했으면 성사될 수도 있었을 나우시카아와의 결혼을 물리치고, 오뒷세우스가 고향 이타케 섬에 도착하는 데서 작품의 후반부(13~24권)가 시작된다. '귀향자' 오뒷세우스가 '고향에서 겪는 모험' 이야기이다. 이 후반부의 앞쪽(13~17권 중간)에서는 이야기 진행이 매우 느리기 때문에, 어떤 학자는 이 부분이 『일리아스』의 전투 장면들과 같은 역할을 한다고 말하기도 한다. 이 느리게 흘러가는 부분이 결말을 지연하는 장치(retardation)로 쓰였다는 점에서다. 이야기가 너무 일찍 끝나는 것을 막기 위해 이런 부분을 넣었다는 말이다. 하지만 오뒷세우스가 어떤 이야기를 꾸며 내어 자신을 숨기는지, 다른 사람들은 어떤 삶을 살아 왔는지, 당시의 농가는 어떻게 꾸며져 있었고, 가축들은 어떤 식으로 행동하고 어떻게 보살펴졌는지, 들판의 가축지기들은 어떻게 살았는지 등을 살피면서 읽어 나가면, 또 그런 대로 여러 가지 잔재미를 느낄 수 있는 부분이다(이렇게 자연과 일상이 많이 묘사되기 때문인지, 『오뒷세이아』에는 『일리아스』에 비해 직유가 적은 편이다). 또 등장인물 각자가 들려주는 자기 이야기에는, 시인이 전체를 구성하는 데 사용하는 장치들도 들어 있고, 나중에 드러

날 의미들도 들어 있으니 이런 대목도 주목해야 할 것이다.

앞에서, 『오뒷세이아』가 세 부분으로 나뉘고 세번째 부분이 13권에서 시작된다고 했지만, 사실 그것은 넓게 보아 그렇단 뜻이었지, 12권과 13권 사이가 정말 그렇게 무 자르듯 딱 잘리는 것은 아니다. 사실, 그렇지 않아도 이 부근에서 이야기의 배경과 성격이 확 달라지니, 그런 식으로 나누면 전체를 하나로 이어 가는 데 좀 문제가 있었을 것이다. 그래서인지 『오뒷세이아』의 권 구분을 했던 옛 사람들(학자들은, 시인 자신이 직접 권들을 나누지는 않았던 것으로 보고 있다)은 오뒷세우스가 이야기를 마치는 장면, 그리고 스케리아를 떠나는 장면은 그 다음 권에 넣어 놓았다.

이제 작품 후반부에 들어섰으니, 전체 구조를 다시 한 번 훑어보자. 주인공이 고향에 도착해 있는 후반부 열두 권은 분량상 1 : 2로 나뉜다. 첫 부분은, 주인공이 자기 집으로 돌아가기 전, 들판의 돼지농장에서 상황을 살피는 내용으로 16권까지이다. 다음 부분은 주인공이 자기 집에 가 있는 내용으로, 나중에 보면 거기도 다시 분량상 1 : 1로 나뉘어 20권까지가 일종의 준비단계이고, 그 다음 21권부터 마지막 권까지가 그 동안 준비된 복수의 실행단계이다. 직접 작품을 읽는 분이라면 일단 여기서 16권 끝에 표시를 해 두고, 거기까지 나가는 것을 단기적 목표로 삼는 게 좋겠다.

13권에서 16권에 이르는 후반부 맨 앞 1/3은, 네 명의 등장인물이 여러 조합으로 나오면서, 그들이 한 장소로 점차 모여드는 식으로 리듬이 부여되어 있다. 13권에는 (이타케 장면만 보자면) 아테네와 오

뒷세우스만 나오고, 오뒷세우스가 돼지농장으로 가기 위해 준비한다. 14권에는 오뒷세우스와 돼지치기 에우마이오스만 나오고, 이들은 돼지농장에 있다. 15권은 아테네와 텔레마코스 장면, 오뒷세우스와 에우마이오스 장면, 텔레마코스 일행의 장면이 차례로 나오는데, 텔레마코스는 돼지농장으로 향하고 다른 두 사람은 농장에 머물러 있다. 16권에는 텔레마코스, 에우마이오스, 오뒷세우스가 모두 농장에 모이고, 아테네도 거기로 와서 중요한 역할을 한다. 그러니까 이 네 권의 중심 배경은 돼지농장이고, 13권은 농장으로 가기 전 준비 과정, 14권은 돼지농장에 먼저 모인 두 사람을 보여 주고, 15권에서는 돼지농장에 이미 와 있는 사람들과 곧 올 사람을 번갈아 보여 주고, 16권에서는 농장에 중요인물이 모두 모여 있는 것을 보여 주는 셈이다.

13권

오뒷세우스가 고향에 당도하다

「오뒷세우스와 아테네」 퓔렌부르그 (1741~1807)

아테네는 이타케의 바닷가에서 오뒷세우스를 만나 그에게 섬 사정을 설명한다. 하지만 이 그림에서는 여신이 그를 섬 안쪽까지 동행하는 것으로 그렸다. 왼쪽 끝에는 삼각돛을 단 배가 보인다. 집들은 허름하지만 가축은 꽤 많은 것으로 그려 놓았다.

13권의 내용은 크게 둘로 나뉜다. 전반부는 오뒷세우스가 스케리아를 떠나 이타케에 닿기까지의 일을 보여 준다. 후반부는 그가 이타케에 처음 도착해서 겪는 일들이다. 후반도 다시 둘로 나눠 볼 수 있는데, 우선 오뒷세우스가 목동 모습의 아테네를 만나 이야기를 나누는 장면, 그리고 아테네가 본 모습을 드러내고 나서 둘이 설전도 벌이고 계략도 짜고 하는 장면이다.

오뒷세우스가 스케리아를 떠나 고향으로 향하다

오뒷세우스가 말을 마쳤을 때, 모두들 그의 이야기에 매혹되어 조용히 있다. 알키노오스가 나서서 오뒷세우스에게 귀향을 다시 한 번 약속하는 한편, 원로들에게 오뒷세우스에게 세발솥과 가마솥을 하나씩 더 주도록 권한다. 이미 휴식 시간에 아레테가 제안했던 것이다. 그러면서 약간 마음에 걸리는 단서를 다는데, 자기들은 그것을 백성들 사이에서 모아 보충할 수 있다는 것이다. 혼자서는 그런 선물을 하기 힘들기 때문이란다. 시인은 이 땅이 매우 풍요로운 것으로 묘사했고, 알키노오스의 정원에서 과일이 철 가리지 않고 늘 열린다고 하지 않았던가! 그리고 아레테는, 각 원로의 집에 많은 보물이 쌓여 있다고 하지 않았던가! 알키노오스는 왜 이렇게 이기적이고 자기 백성들에게 인색한가? 하지만 이렇게 엄격하게 읽지 않고, 좀더 온건하게 읽는 방법도 있다. 오뒷세우스를 국가적인 손님으로 접대하여, 전체 시민이 함께 선물을 한다는 것이다. 한데 그러자면 시간이 걸리니까, 일단 원로들에게 준비되어 있는 것으로 선물하고 나중에 시민들이 그걸 벌충해 준다는 것이다.

그 다음 장면은 거의 전형적인 장면이다. 날이 밝자 원로들은 오뒷세우스가 타고 갈 배로 선물을 가져오고, 알키노오스가 그것을 잘 간수해 들인다. 모두가 식사를 하고, 제우스께 제물을 바친다. 데모도코스가 악기를 연주한다. 오뒷세우스는 어서 해가 지기를 기다린다. 보통 아침에 출항하는 게 인간들 사이의 관습이지만, 파이아케스 인들의 배는 제 갈 길을 알고 있다니, 오히려 하루를 잔치로 보내고 밤에

떠나기로 한 모양이다. 사실 이것이 환상계를 떠나 현실세계로 돌아가는 여정으로 적당하다. 앞에서 텔레마코스가 밤바다를 가로질러 필로스에 도착한 것도 그런 의미로 읽어야 할 것이다.

다른 작별에는 별 인사가 없었는데, 여기서는 마치 외교사절의 출발처럼 모든 것이 절차를 따라 자세히 묘사되고 있다. 저녁이 되자 오뒷세우스는 알키노오스에게 인사하고 축복한다. 아내와 자식들과 함께 행복하게 살기를, 백성들이 행복하기를. 알키노오스는 전령에게 술을 준비시키고, 헌주가 끝나면 곧 오뒷세우스가 출발하리라고 선포한다. 오뒷세우스의 마지막 말은, 처음 도착했을 때와 마찬가지로 아레테를 향한 것이다. 그는 왕비에게 술잔을 권하며 행복을 빈다. 아무래도 이 여성은 눈에 띄지 않으면서도 말없이 전체를 좌우하는 것 같다. 오뒷세우스가 드디어 출발하는 순간에 그녀는 하녀를 보내어, 그를 위해 이미 전날 받은 선물 궤짝과 음식들을 나르도록 한다. 그뿐 아니라 겉옷 한 벌과 웃옷 한 벌을 가져다주게 했으니, 왕비는 오뒷세우스에게 옷 세 벌을 선물한 셈이다. 이미 어제 궤짝에 한 벌을 넣었고, 이제 아무도 신경 쓰지 않는 듯하지만 오뒷세우스가 처음에 나우시카아에게 얻어서 지금 입고 있는 것 한 벌이 더 있다. 물론 시인이 이미 같은 선물이 주어진 것을 잊고, 그냥 전형적인 선물을 열거한 것일 수도 있다. 그를 위해 함께 배로 가져가는 '빵과 포도주' 역시 아무 의미 없는 전형적인 요소이기 때문이다. 오뒷세우스는 배에 타자마자 잠이 들어서, 잠 든 채로 고향 섬에 내려지니 이런 게 필요치 않다. 혹시 양식을 준비한 아레테도, 그것을 배에 받아 넣은 선원들도 이 항해가 얼

마나 걸릴지 짐작하지 못했던 것일까? 그보다는, 칼륍소도, 키르케도 오뒷세우스에게, 그리고 에우뤼클레이아도 텔레마코스에게 챙겨 줬던 길양식이니, 배에 오르는 장면이면 늘 나오는 전형적 요소라고 설명하는 것이 가장 자연스럽다. 한편 이 작별이 다른 작별과 유사한 점이 있다면, 결정적인 여성이라고 할 수 있는 나우시카아가 마지막 장면에는 보이지 않는다는 점이다. 그녀와는 이미 어제 저녁에 작별 인사를 나눴다.

오뒷세우스가 배에 오르자 선원들은 그에게 잠자리를 마련해 준다. 그가 죽음 같은 잠에 빠진 사이, 배는 마치 들판에 말 달리듯 바다를 질주한다. 배는 매보다도 더 빠르다. 오뒷세우스는 그 동안 겪었던 모든 것을 잊고 꼼짝 않고 잠들어 있다.

> …… 그들이 몸을 뒤로 젖히며 노로 짠 바닷물을 쳐올렸을 때,
> 부드러운 잠이, 깨지 않는 더없이 달콤한,
> 죽음에 가장 가까운 잠이 그의 눈까풀 위에 내렸다.
> …… 그로 말하면 전에는 남자들의 전쟁과 힘든 파도를 헤치느라고
> 마음속으로 실로 많은 고초를 겪었으나,
> 그때는 자신이 겪었던 모든 것을 잊고 꼼짝 않고 자고 있었다.
> (13권 78~92행)

새벽이 다가올 무렵 배는 이타케에 도착한다. 오뒷세우스가 여기서 잠드는 것은, 그가 이제 새로운 단계로 접어든다는 의미일 것이다. 스케리아에 처음 도착했을 때와 마찬가지다. 여기서 그 잠은 '죽음과

가장 가까운 것'으로 표현되어 있다. 이제 이전 존재는 죽고 새로운 존재가 되어야 할 것이다. 그는 여기서 모든 것은 잊은 것으로 되어 있는데, 이제 그는 일시적으로 자기 고향도 알아보지 못하게 될 것이다. 새로운 출발을 위해 하드디스크를 비웠다고나 할까.

이 작품 속의 포구들은 모두 좋은 조건을 갖춘 것으로 그려지는데, 파이아케스 인들이 오뒷세우스를 싣고 닿은 곳도 그렇다. 스스로 알아서 항해하는 배가 좋은 항구를 알아보고 들어선 것일까? 양쪽으로 가파른 바위 곶이 돌출해서 방파제 역할을 하고, 배들은 그 안으로 들어서면 묶어 주지 않아도 그대로 머물러 있을 정도다. 이러한 설정은 이 항해가, 작품 속 다른 항해들과 마찬가지로 일종의 식민 활동이 되게 한다. 오뒷세우스는 자기 고향을 재식민화해야 하고, 이 땅은 또 하나의 개척지인 것이다.

포구 안쪽에 올리브 나무가 한 그루 서 있고, 그 곁에 요정들에게 바쳐진 동굴이 있어서 요정들이 거기서 천을 짠다. 그 안에는 마르지 않는 샘과 돌 항아리들이 있고, 동굴의 입구도 남북 양쪽으로 나 있는데, 인간은 북쪽 입구로만 들어갈 수 있고, 남쪽 문은 신들만이 드나들 수 있는 곳이다. 이제까지 보아 온 바에 따르면 요정과 마주치기 좋은 곳이지만, 이제 현실의 세계로 들어서서 그런지, 요정은 나타나지 않고 대신 아테네 여신이 나타난다. 동굴이나 올리브나무는 현실적으로 큰 역할을 하지 않는데 여기 자세히 그려 놓은 것은, 시인이 실재하는 어떤 장소를 떠올리고 그것을 묘사해서 그런 것일 수 있다. 또 어쩌면 오뒷세우스가 깨어나면서 자기가 다시 환상계의 어떤 땅에 버려진 것

으로 혼동하게 하자는 것일 수도 있다. 물론 나우시카아의 섬과 비교하면, 바닷가의 올리브나무에 어떤 의미가 얹힌다. 이제 더는 야생의 올리브와 얽히지 않은 그것은 이곳이 인간의 땅임을 보여 주는 것이다. 동굴도 다소 역할이 없는 것은 아니다. 오뒷세우스의 재물들이 그 안에 숨겨질 것이므로.

파이아케스 사람들은 그 포구 안으로 배를 몰고 들어갔는데, 이 부분에는 그들의 배가 모든 것을 알았다고 되어 있지 않고, 그들 자신이 모든 것을 알고 있는 걸로 되어 있다. 그들은 일반적인 관행처럼 배를 해안에서 멀찍이 두고 작은 보트를 이용하는 게 아니라, 곧장 배를 몰아 절반이나 육지에 얹히게 한다. 선원들은 힘이 좋고 섬 사정에 정통하므로 아무 거침이 없다. 그들은 오뒷세우스를 자고 있는 그대로, 잠자리와 함께 들어서 모래 위에 눕힌다. 그런데도 오뒷세우스는 그걸 깨닫지 못하고 계속 자고 있었으니, 정말로 깊은 잠이다. 사실 며칠 동안 바다에서 시달렸으면 보통 이상으로 길게 자면서 회복해야 할 텐데, 오뒷세우스는 스케리아에서 회의와 잔치, 운동 경기에 참여하고 이야기를 들려주는 등 '외교활동'을 하느라고 그다지 많이 자질 못했다. 그런 현실적인 이유를 떠나서라도, 그는 이제 다른 단계로 들어섰으니 이렇게 잠든 상태로 옮겨지는 것이 낫겠다. 그는 스케리아의 포구에서 잠자리에 들었고 이타케에서 깨어나니, 어쩌면 자는 사이에 순간 이동을 해서 옮겨진 것처럼 느껴졌겠다. 그가 깨어나는 순간을 스케리아의 바닷가에서 잠드는 장면에 이어붙이면 그 섬에서 있었던 일들은 한바탕 꿈인 것으로 여겨질 수도 있을 것이다.

파이아케스 인들은 오뒷세우스가 받은 선물들도 내려서, 길에서 조금 떨어진 무화과나무 밑에 쌓아 둔다. 혹시나 주인이 깨기 전에 누가 그걸 발견하여 차지할까봐 그런 것이다.

그들이 이러한 조치를 해놓고 집으로 돌아가는 사이에, 이야기의 초점은 올림포스로 옮겨간다. 이와 같이 서사시 속의 인물이 이동하고 있는 사이에, 그 시간을 메우기 위해서인 것처럼 다른 사건이 잠시 끼어드는 경우는 종종 발견할 수 있다(가장 유명한 것은 『일리아스』 6권에서 헥토르가 성 안으로 향하고 있는 사이에, 디오메데스와 글라우코스가 마주쳐 갑옷을 교환하는 이야기가 들어간 것이다). 포세이돈은 제우스에게 불평한다. 파이아케스 인들이 자기를 전혀 존중하지 않고 오뒷세우스를 고향으로 데려다 주었을 뿐 아니라, 많은 재물까지 선물했기 때문이다. 제우스는 그에게 원하는 대로 벌을 내리라고 허락한다. 포세이돈은 그 배를 바다에서 부숴 버리고, 그들의 도시를 산으로 둘러싸겠다는 뜻을 밝힌다. 제우스는 이것이 너무 가혹하다고 생각했던지 타협책을 내놓는다. 그 배가 자기들 도시 가까이로 다가갔을 때 그걸 돌로 만들면 그 도시는 큰 산으로 둘러싸이는 셈이 되지 않겠냐는 것이다.

포세이돈은 스케리아 앞에서 기다리고 있다가, 배가 다가오자 그것을 손으로 내리쳐 바위로 만들고 떠나 버린다. 그러자 파이아케스 인들은 방금 돌아오던 배가 돌로 변한 것을 보고 놀라는데, 여기서 알키노오스가 옛 신탁을 기억해 낸다. 자기들이 누구나 집으로 데려다 주는 것에 대해 포세이돈께서 화를 내고 계시며, 언젠가는 호송에서

돌아오는 배를 부수어 버리고 자기들 도시를 큰 산으로 에워싸리라고 했다는 것이다. 그는, 이제 그와 비슷한 일이 이뤄졌으니, 그 다음 일까지 일어나기 전에 열두 마리 황소를 바쳐 신을 달래자고 제안한다. 어떤 허술한 신화책에는 이들의 도시가 산으로 둘러싸이고 말았다고 나오지만, 전체적인 분위기로 봐서는 별로 그럴 것 같지 않다. 이미 제우스에게 한 걸음 양보한 포세이돈이, 자신의 자손이 다스리는 이 땅에 그렇게 크게 해를 끼칠 것 같지는 않아서다.

이것이 우리가 파이아케스 인들에 대해 들은 마지막 이야기인데, 어떤 학자들은 여기에 역사상의 어떤 시대가 반영되어 있다고 보기도 한다. 왕이 있기는 하지만 원로회의를 이끄는 정도의 역할에 그치는 정치체제 때문이다. 대체로 뮈케나이의 강력한 왕권이 도리스 인의 도래와 더불어 사라지고, 각 지역이 작은 수장(首長)들의 지도 하에 살던 시기가 반영된 게 아닌가 하는 것이다. 나도, 시인이 살던 시대가 그런 식으로 반영되는 게 아주 불가능하지는 않다고 생각한다. 하지만 그런 종류의 정치체제는 꼭 눈으로 보아야 생각해 낼 수 있는 건 아니다. 그저 조상 때의 일, 또는 다른 지역의 사정을 듣거나, 그게 아니라도 여러 가지 정치제도를 생각해 본다면, 이런 상황을 떠올리는 게 그리 어렵지 않다. 그러니 '현실 반영설'은 너무 강한 해석이다.

나우시카아의 어머니 아레테의 지위에 대해서도, 그게 꼭 모권제의 잔영이라고 해야 하는지 모르겠다. 남성 중심 사회에서라도 어떤 현명한 부인이 있다면 이런 식의 권위를 누릴 수 있을 것이다. 겉으로야 물론 남성들이 모든 일을 결정하는 것 같다. 하지만 결과는 늘 그

부인의 의중대로다. 아레테도 오뒷세우스의 귀향을 위해 별다른 노력을 하는 것으로 보이지 않았다. 그녀가 약간 주도적인 발언을 하면 곧 남성들이 나서서 마치 주도권은 자기들의 것이라는 식으로 행동하고, 그녀는 그것을 그냥 두고 본다. 하지만 결국 오뒷세우스는 원하는 것을 얻었으니, 애당초 오뒷세우스가 그녀에게 탄원하고 이따금 그녀가 관심을 보여 준 것이 암묵적으로 이런 결과를 가져다 준 것이라 할 수도 있다. 오뒷세우스가 떠나기에 앞서 그녀에게 특별히 감사의 표현을 한 것은 이런 영향력을 꿰뚫어 본 탓이었을 것이다. 왕비는 자신만의 선물을 마련하여 그의 통찰력을 칭찬한 것이고.

여행의 의미 — 수많은 도시를 보고, 사람들의 마음을 안 영웅

이제 오뒷세우스가 여행을 마치고 고향에 닿았으므로 이 대목에서 그의 여행이 어떤 의미가 있는지 살펴보는 게 좋겠다. 가장 쉽게 부여할 수 있는 의미는 이것이 일종의 '성장소설'이라는 것이다. 확실히 오뒷세우스는 이 모험들을 통해 다른 사람으로 '성장'했다. 그런데 이와 관련이 있지만 완전히 같지는 않은 다른 해석이 있다.* 이 해석은 1권의 '서시'에 근거를 둔다. 거기서 오뒷세우스는 '수많은 사람들의 도시를 보았고, 그들의 마음가짐을 알았다'고 소개되었다. 이런 성격규정에 따르면 오뒷세우스의 여행은 여러 단계의 질서를 가진 여러 사회들을

---

* 이 부분은 내가 『고전은 서사시다』(『그리스 로마 서사시』로 2013년 재발간)의 2장에 썼던 것(86~9쪽)을 거의 그대로 옮겼다. 지금 이 대목에서 이 얘기가 필요한데, 굳이 달리 써야 할 필요를 느끼지 못해서다. 독자께서는 나의 게으름과 '자기 표절'을 용서하시기 바란다.

순방한 것이 된다(물론 그가 방문했던 곳 중 도시라고 할 수 있는 것은 라이스트뤼고네스 인들의 땅과 스케리아뿐이지만, '도시'라는 말을 조금 넓은 의미로 생각하자).

방문 순서를 무시하고 사회 조직의 정도와 손님 접대 수준을 기준으로, 질서가 낮은 곳부터 높아지는 순으로 정리하면 다음과 같다.

① 퀴클롭스들 — 서로 모이지 않음, 손님을 잡아먹음
② 라이스트뤼고네스 인들 — 모여서 회의함, 낯선 이를 공격하고 잡아먹음
③ 로토파고이 — 사회 조직 없는 듯함, 낯선 이에게 음식을 주어 고향을 잊게 함
④ 키르케 — 집안 살림을 잘 꾸림, 하녀들 있음, 손님에게 음식을 주어 돼지로 만듦
⑤ 칼륍소 — 아름다운 집에서 살고 있음, 하녀들 있음, 손님이 거의 오지 않음, 손님을 붙잡고 보내주지 않음
⑥ 아이올로스의 섬 — 풍요하고 평화로움, 손님을 잘 접대함, 아무와도 통혼하지 않고 자기들끼리 잔치하며 지냄
⑦ 파이아케스 인들 — 조직이 잘 된 평화로운 사회임, 손님을 환대함, 나그네에게 결혼을 제안함, 나그네를 고향에 데려다 줌

가장 밑바닥에 있는 것은 퀴클롭스들이다. 이들은 집안 살림은 나름대로 질서 있게 운영하고 있지만, 회의장도 법규도 없이 각자가 알아서 자기 집을 다스린다. 특히 폴뤼페모스는 남들과 어울리지 않

고 외따로 살며, 교제를 위해 찾아오는 이들을 잡아먹는다. 다음 단계에 라이스트뤼고네스 인들이 있다. 그들은 서로 모여 도시를 이루고 회의도 한다. 하지만 낯선 이를 죽이고 먹이로 삼는다는 점에서 퀴클롭스들과 별로 다르지 않다. 고의로 손님들을 해치려 하지는 않지만, 그들에게 로토스 열매를 주어 사람들 사이의 교류와 왕래 자체를 단절시키는 로토파고이가 그 다음 단계쯤 될 것이다(이들의 사회 조직 정도는 어느 수준인지 분명치 않지만, 로토스의 효력이 그렇게 강력하면 아무 조직도 없기 쉽겠다. 여기서는 그저 손님 접대만 기준으로 이 자리에 넣었다). 키르케는 집을 정리하고 유지하는 것이나 손님을 접대하는 데서는 그 위이지만, 그 손님들을 짐승으로 만든다는 점에서 여전히 제대로 된 교유와는 거리를 보인다. 칼륍소쯤 오면 모든 것이 질서 잡히고 거의 아무런 비문명적인 것이 없다. 하지만 거기서는 어느 정도 이상의 기술은 필요하지 않으므로, 기술 도구들은 숨겨져 있다. 또한 이 세계는 누구와의 교류도 없이, 헤르메스마저 찾기 싫어하는 외로운 곳에 고립되어 있다. 네 방향으로 흘러나가는 네 개의 샘이 상징적으로 보여 주듯 이곳은 자체로 완결된 또 하나의 세계이다. 남들과 통혼할 것 없이 자식들끼리 결혼시키고 잔치로 나날을 보내는 아이올로스의 섬과 (자족적이라는 점에서) 비슷한 데가 있다. 스케리아는 질서 잡힌 친절한 사람들의 도시이다. 하지만 이들도 외부인과는 친교가 없다. 그들의 활동도 한쪽으로 편중되어 있고 부드러움이 지나쳐서, 활기 있다기보다는 유약하다는 인상을 준다. 그들의 사회는 왠지 탈색되고 다소간 유령 같은 데가 있다.

이들 사회를 지나는 과정에서 오뒷세우스와 상대는 항상 서로가 얼마만 한 이해력과 분별을 갖췄는지 시험하고 평가한다. 직접 표현하진 않아도 자신이 어떤 사람인지 은연 중에 내비치고, 상대가 그것을 잡아내는지 살핀다. 그런 과정을 가장 잘 볼 수 있는 것은, 오뒷세우스가 스케리아에 도착해서 나우시카아와 만났을 때이다. 그는 전통적인 탄원 자세인 무릎 잡기를 피하고, 말로 탄원함으로써 일차적으로 신중함을 보여 주었다. 이어서 그는 상대를 자신이 델로스에서 보았던 대추야자나무 어린 줄기에 비유함으로써, 자신이 여러 곳을 여행했으며 신들께 경건한 사람임을 슬쩍 암시한다. 이에 화답하듯 나우시카아는 상대가 어리석어 보이지 않는다는 것을 두 번(6권 187, 258행)이나 강조해서 말한다. 한편 그녀는 사람들의 질시를 받지 않도록 오뒷세우스를 뒤떨어져 오게 하고는, 그가 혹시나 뒤처질까봐 수레를 늦춰서 몰아감으로써 그녀의 분별력을 우리와 오뒷세우스에게 보여 준다.

신중하게 상대를 시험하기는 나우시카아의 부모도 마찬가지이다. 그녀의 어머니 아레테는 낯선 이가 자신이 지은 옷을 입고 있는 것을 알아차렸으면서도 다른 손님이 모두 물러갈 때까지 내색을 하지 않는다. 그녀의 아버지는 딸이 손님을 얼른 집으로 모시지 않은 것을 나무라는 듯 말하고, 오뒷세우스는 얼른 선의의 거짓말을 지어 그녀를 옹호한다. 알키노오스는 오뒷세우스가 대단한 사람이라는 걸 느끼자, 자기 딸과 결혼하여 그 섬에 머무는 것이 어떤지 넌지시 권하면서도, 혹시 상대가 그 말에 부담을 느낄까봐 얼른 다른 데로 말을 돌리고

다소간 장황하게 다른 얘기를 한다. 오뒷세우스는 상대의 부담스러운 제안에 즉답을 피하고, 이야기 도중에 다른 여신들의 결혼 제안도 피했던 것을 들려줌으로써 간접적으로 사양을 표한다. 이 모든 일이 상대의 마음을 헤아리고 반응을 탐색하며 조심스럽게 진행되고 있다.

사실 이것은 가장 밑바닥 질서에 있는 폴뤼페모스와의 만남에서도 마찬가지였다. 외눈박이 괴물은 짐짓 상대가 배를 어디 두었는지 묻지만, 상대의 의도를 의심하는 오뒷세우스는 조심스럽게 자신의 배가 파선되었다고 거짓말로 넘어간다. 자기 이름을 숨기고 자신을 '아무것도 아닌 자'로 소개한 것도 마찬가지다. 일종의 마녀라고 할 수 있는 칼륍소가 사용하는 '마법'도 이런 종류의 것들이다. 여러 논거들을 제시하는 설득, '언어의 마술'이 바로 그녀의 무기인 것이다. 하지만 오뒷세우스는 거기에 넘어가지 않고, 그런 그를 두고 요정은 '진실로 교활하고 영리한 사람'(5권 183행)이라고 평가한다, 키르케가 그를 평하여 '가슴속에 마법에 걸리지 않는 마음을 갖고 있다'(10권 329행)고 했듯이.

우리는 앞으로 거지꼴로 집에 돌아온 오뒷세우스와 그의 아내 페넬로페 사이에서도 이런 탐색과 평가가 이뤄지는 것을 볼 것이다. 그 두 사람이 얘기를 나누는 부분은 항상 아슬아슬한 느낌을 주는데, 이는 그런 미묘한 탐색의 효과이다. 사실 오뒷세우스로서는 이런 탐색을 하지 않을 수 없었다. 거듭거듭 아가멤논과 같은 운명을 피해야 한다는 경고를 받았기 때문이다. 이제 여러 사회에서 여러 마음을 알아본 영웅은 무질서의 한계점에 도달한 이타케로 돌아와 모든 사람을

시험하고, 그것을 다시 질서 잡힌 사회로 재건할 것이다.

오뒷세우스의 모험들을 정리하고 그것에 의미를 부여하는 해석으로, 위에 보인 것만큼 여러 부분을 잘 설명하는 것은 드물다. 이와 맞설 만한 것으로는 앞에서 간간히 언급한 '식민 개척자의 시각' 정도이다. 이 설명법은, 모든 여정을 다 설명하기보다는 오뒷세우스가 만난 존재들 가운데 양 극단이라고 할 수 있는 폴뤼페모스와 파이아케스 인들만을 대비시키는 쪽이다. 이것은 근대 서구의 이른바 '탐험가', 이른바 '개척자'들이 '미개한' 세계에서 기대하고, 발견한(혹은 발견했다고 믿은) 두 극단, 즉 식인종과 황금시대의 대비이기도 하다(물론 폴뤼페모스 이야기에는 식인종과 황금시대가 섞여 있다). 이런 점에서 『오뒷세이아』가 기원전 8세기 희랍인의 식민 활동이라는 역사적 체험을 일부 포함하고 재현한다고 보는 학자도 있다(이와 유사하게 근대적 식민 활동의 체험이 반영된 문학작품으로 셰익스피어의 「폭풍우」Tempest가 꼽힌다).

오뒷세우스가 고향땅에서 아테네와 마주치다

파이아케스 인들의 희생제의 결과가 어떻게 되었는지는 영원히 알 수 없게 남겨 두고, 시인은 그들이 제단을 둘러싸고 기도를 드리는 장면에서 이타케로 초점을 옮겨간다. 오뒷세우스가 죽음 같은 잠에서 깨어난 것이다. 하지만 그는 그토록 그리던 고향을 알아보지 못한다. 아테네 여신이 그 주위를 안개로 감쌌기 때문이다. 그 이유는 여신이, 구혼자들이 죗값을 치를 때까지 아무도 그를 알아보지 못하게 하고, 그

에게 모든 것을 직접 알려주려 했기 때문이라고 되어 있다. 그러니까 여신의 목적은 두 가지다. 하나는 신들이 안개를 사용하는 일반적인 방식과 일치한다. 자신이나, 자신의 보호를 받는 사람을 타인의 시선으로부터 보호하자는 것이다. 반면에 여기 밝혀진 두번째 목적은 좀 특이한 것이다. 오뒷세우스가 직접 사물과 상황을 알아보게 두지 않고, 여신 자신이 모든 것을 하나하나 깨우쳐 주자는 것이다. 이런 '복잡한' 방법을 택하는 이유는 무엇인가? 오뒷세우스는 어디서나 잘 적응하는 사람이 아닌가? 더구나 여기는 그의 고향이다.

이 두번째 목적을 설명할 때도 층위를 나누어야 할 것 같다. 우선 등장인물로서 여신이 가진 의도다. 여신이 이러는 이유는, 상황이 너무나 엄혹하다는 데서 찾을 수 있다. 적들은 너무 강하고 많고 악의적이다. 그래도 여신은 오뒷세우스를 그들 속으로 침투시켜야 한다. 그러자면 그의 절대적인 신뢰와 복종을 얻어 두어야 한다. 그래서 지금 아무것도 모르는 그에게 여신이 인도자가 되려는 참이다. 백지 상태에서 정보를 얻어 가면서 그림을 채워 넣으면, 그는 여신의 능력을 신뢰하고 거기 의지하게 될 것이다. 용기와 확신을 가지고 그녀의 지시에 따를 것이다. 다른 층위는 상징적인 면으로, 등장인물보다는 시인의 의도와 관련되어 있다. 이 작품은 전체적으로 오뒷세우스의 성장과 이타케의 질서 회복이라는 틀을 따라 진행되고 있다. 그는 죽은 자, 아무것도 아닌 자, 표류자의 단계를 지나왔으며, 지금은 표류자는 아니지만 어딘지 모를 바닷가에 아무것도 모르는 자로 서 있다. 그가 한 나라의 왕으로 다시 서서 뒤집힌 질서를 바로잡으려면, 아직도 더 성

장해야 한다. 그래서 시인은 지금, 늘 젊은 영웅들을 보호해 온 여신을 새로운 영웅의 양육자로 내세우는 중이다.

오뒷세우스는 잠에서 깨어났지만, 길도 포구도 바위와 나무도 알아보지 못한다. 모든 것이 너무나도 낯설다. 물론 현실적으로도 이런 사태가 있을 수는 있겠다. 20년 사이에 고향 땅이 너무나 변해 버렸다면 말이다. 하지만 현대인들이 하듯이 옛 마을을 밀어 버리고 새 길을 내고 거대한 새 건물을 지어 대는 게 아니라면, 이렇게까지 못 알아보는 것은 좀 이상하긴 하다. 오뒷세우스는 자신이 낯선 땅에 버려진 것으로 착각하고 탄식한다. 그러고는 재물을 어디 숨겨야 할지 걱정한다. 파이아케스 인들이 그 재물을 내려놓는 장면을 보면, 그것들이 주인에게서 좀 멀리 놓인 게 아닌가 하는 인상을 주는데, 얼른 발견한 걸 보면 꼭 그렇지도 않은 모양이다. 그는 그 재물들을 차라리 스케리아에 그냥 남겨 두고 왔더라면 하고 후회한다. 나중에 그것을 찾으러 다시 거기를 방문할 수 있으리라고 믿는 듯하다. 그리고 약속대로 자기를 고향에 데려다 주지 않고, 이렇게 '낯선 땅'에 내려 놓은 것에 대해서 그들을 원망하고, 제우스께서 그들을 벌하시길 기원한다. 이 작품의 초반부터 거듭되는, 인간들의 '오해'의 한 사례이다.

오뒷세우스는 혹시 파이아케스 인들이 자기 재물을 조금이라도 훔쳐 내지 않았을까, 그것들을 헤아려 본다. 이 부분에는 오뒷세우스 자신이 맺어 두었던 '교묘한 매듭'에 대한 언급은 나오지 않는다. 계산이 맞는다는 것을 확인한 오뒷세우스는 그제야 고향이 그리워져서 바닷가에 나가 운다. 아이러니다. 자기 고향에 와서 그것을 그리워하다

니! 우리는 앞으로 페넬로페가 남편을 곁에 두고도 그를 그리워하며 눈물을 흘리는 것을 보게 될 것이다. 오뒷세우스가 이곳을 낯선 땅으로 생각하고 눈물짓는 것은 혹시 그 주변이 요정들이 다스리는 땅과 너무나 비슷해서일 수도 있다. 상황은 다시 칼륍소의 섬으로 돌아간 듯하다. 그러니까 지금의 이 단계는, 이야기 진행상 중요한 매듭들의 아무데로나 연결해도 되는 새로운 국면인 셈이다. 지금 여기서 오뒷세우스의 판단과 행동은 '아무것도 아닌' 데까지 내려갔던 사람의 의식 수준을 드러내 보여 주는 것이다. 이제 그는 이 바닥 상태에서 다시 왕의 수준까지 회복되어야 할 것이다.

이러한 오뒷세우스에게 아테네 여신이 나타난다. 그 여신이 자주 취하는 키 크고 아름다운 여인의 모습이 아니라, 통치자의 아들들이 자주 그러하듯이 귀여운 양치기 모습이다. 나우시카아가 왕의 딸이면서도 직접 빨래하러 나간 것처럼, 또 왕비인 헬레네와 아레테가 실을 잣고 페넬로페가 직물을 짜는 것처럼, 왕의 아들들도 직접 가축을 돌보던 시대다. 그는 '무장'을 잘 갖추고 있다, 두 겹 외투와 샌들과 투창까지.

오뒷세우스는 그를 보고 기뻐한다. 그는 우선 상대가 여자가 아니란 점에서 안도했을 것이다. 그 동안 그는 여자들을 너무나 많이 만나 왔다. 그를 잡아 두었던 요정들뿐 아니라 마지막에 만났던 '괴물'들인 세이렌, 카륍디스, 스퀼라까지도 모두 여성이었던 것이다. 그는 여기가 어디인지, 어떤 사람들이 사는 곳인지, 섬인지 대륙의 일부인지 묻는다. 소년 모습의 여신은 짐짓 사람을 놀리며 답을 뒤에 두고 좀처

럼 섬 이름을 대지 않는다. 이곳이 궁벽해 보이지만 사실은 장점이 많은 곳이라고, 여러 행을 소비하며 시간을 끌다가, 10행이 넘어가서야 이곳은 이타케라고 밝힌다. 오뒷세우스는 기쁨을 숨기고 거짓말로 자기를 소개한다. 앞으로 우리는 그의 '거짓말'을 여러 차례 보게 될 터인데, 지금 이것이 첫번째다. 매번 그의 자기소개는 그 상황에 맞춘 것으로, 그때그때 상대에게 보여 주고 싶은 모습을 꾸며 말한다. 어떤 학자는 이 소개 속의 오뒷세우스가 이 작품 안에 나오는 여러 오뒷세우스 중 하나라고 말한다. 우리는 여러 오뒷세우스를 알고 있다. 트로이아로 떠나기 전의 오뒷세우스, 트로이아의 전사인 오뒷세우스, 그리고 『오뒷세이아』의 오뒷세우스, 마지막이 오뒷세우스가 내세우는 이력 속의 거짓 오뒷세우스. 이 마지막 것이 그저 거짓일 뿐인가에 대해 보통 학자들은 그렇지 않다고 답한다. 이 모습은 어쩌면 오뒷세우스가 그렇게 되었기를 바랐던, 혹은 그렇게 될 수도 있었던 오뒷세우스의 모습이다. 물론 매번 그 모습들을 따라가면 전혀 다른 '『오뒷세이아』'가 구성될 것이다.

이 작품 내에서 진실과 거짓의 배분도 관심의 대상이다. 흔히 작품 후반부에 나오는 오뒷세우스의 자기 소개들은 거짓말인 것으로 여겨지지만, 실제로는 그 부분에 그의 경험이 더 많이 들어 있을 것이고, 오히려 앞에 나우시카아의 섬 사람들에게 해준 이야기가 거짓일 가능성이 높다는 주장도 있다. 이런 해석의 근거는, 알키노오스가 오뒷세우스를 가인(歌人) 같다고 한 구절(11권 368행)이다. 이런 가인들은 무사 여신들의 영감을 받아 노래하는 것으로 되어 있는데, 이 여신

들은 '진실처럼 들리는 거짓말을 많이 할 줄 알고, 또 원한다면 진실도 노래할 줄' 안다고 한다(헤시오도스, 『신들의 계보』 27~8행). 그러니까 무사 여신이든, 가객이든 진실처럼 들리는 거짓말이 우선이다. 『오뒷세이아』 후반부의 '거짓말'에는 진실이 들어 있고, 전반부의 '참된 이야기'에는 거짓이 들어 있다. 하지만 어느 쪽이든 완전한 거짓도 완전한 진실도 아니다.

오뒷세우스의 첫번째 거짓말 — 이도메네우스의 아들을 죽인 도망자

소년-아테네는 오뒷세우스에게, 이 유명한 섬을 모르다니 혹시 멀리서 온 것이 아니냐고 묻는데, 오뒷세우스는 거기서 실마리를 잡아 이야기를 시작한다. 자기는 이타케라는 이름을 크레테에서 들었고, 거기로부터 왔다는 것이다. 그는 자기 앞의 재물을 가리키며, 자기가 자식들에게도 같은 만큼의 재산을 남겨 놓고 왔다고 한다, 자신은 이도메네우스의 아들인 오르실로코스를 죽이고서 도망친 거라고. 스스로 살인자라고 밝히는 것은 오늘날에는 생각하기 힘든 일이지만, 옛날에는 고향을 떠난 사람이면 으레 살인을 저지르고 도망친 것으로 되어 있다. 그는 자기가 살인을 저지른 이유를, 상대가 트로이아 전쟁의 전리품을 빼앗으려 했기 때문이라고 설명한다. 사실 이런 주장은 의도를 지닌 것으로, 혹시 상대가 자기 재물을 빼앗으려 했다가는 같은 꼴을 당하리라는 암시일 수도 있다. 고향에 재산이 많다는 것과 아들들이 있다는 발언 역시 의도를 지닌 것으로 해석된다. 자신을 도와주면 재물로 사례할 수 있다는 암시와, 혹시 자신을 해친다면 고향에서 자

식들이 와서 복수하리라는 위협이 담긴 것이다.

오뒷세우스는, 결국 살인에 이른 그 불화에는 정치적인 이유도 있었다고 부연한다. 이 이야기 속의 '오뒷세우스'가 이도메네우스에게 시종으로 봉사하지 않고, 독자적으로 다른 사람들을 지휘했다는 점이다. 결국 '오뒷세우스'는 한 전우와 함께 밤중에 매복했다가 오르실로코스를 죽였고, 그 후 포이니케 인들을 찾아가 상당한 금품을 주고 다른 곳으로 옮겨 달라고 부탁했단다. 하지만 바람이 그들을 엉뚱한 곳으로 몰아 댔고, 밤중에 이곳에 도착해서 자기가 모래밭에서 잠든 사이에 그들은 재물을 내려 놓고 자기들끼리 고향인 시돈으로 떠나버렸다는 것이다(이 작품에서 포이니케 인들은 악덕 상인의 대표로서, 거의 해적 같은 존재들로 그려진다. 사람들 사이의 교류에 있어서 파이아케스 인들과 대척점에 놓인 자들이다. 하지만 이 첫 이야기 속에서는 그렇게까지 신뢰 없는 자들로 그려지진 않았다. 앞으로 우리는 그들의 험한 행동에 대해 많이 들을 것이다).

이 이야기를 듣자 소년-아테네는 미소 지으며 그의 어깨를 두드린다. 여신은 여기서 흔히 그녀가 취하는 키가 크고 아름다운 여인의 모습을 드러내고는, 신이라 해도 오뒷세우스를 이기려면 상당히 교활해야만 할 것이라고 평한다.

> 이렇게 그가 말하자, 빛나는 눈의 여신 아테네가 미소 지으며,
> 한 손으로 그를 쓰다듬었다. 이어서 그녀는 아름답고 크며,
> 훌륭한 수공예에 능한 여인의 모습을 하고는,

그를 향해 발언하여 날개 돋친 말들을 보냈다.
"설사 신이 그대와 만난다고 하더라도, 온갖 계략에서 그대를
이기자면, 그는 영리하고 교활해야 할 것이다.
가혹한 자여, 꾀 많은 자여, 계략에 싫증내지 않는 자여, 그대는
자신의 나라에 와 있으면서도, 그대가 마음속으로부터
좋아하는 기만과 교언을 그만두려고 하지 않는구나.
자, 영리함에 있어서는 우리 둘 다 능하니까, 그런 이야기는 이제
그만두도록 하자. 그대는 조언과 언변에 있어 모든 인간들 중에서
월등히 가장 뛰어나고, 나는 모든 신들 사이에서
계책과 영리함으로 명성을 얻고 있으니 말이다."(13권 287~299행)

여신은 그의 속임수를 즐겁게 받아들이는 것 같다. 그의 그러한 영리함이 여신이 그를 아끼는 이유이기 때문이다. 둘 사이의 긴밀한 관계는 같은 특성을 공유한 데서 나온 것이다. 한데 여기서부터 여신과 그의 피후견인이 주고받는 이야기는 전혀 화기애애하지 않다. 오히려 일종의 설전이 벌어지고, 약간의 과시와 경쟁심이 비친다. 여신은 우선, 자신이 그래도 오뒷세우스보다 더 우월하다는 것을 선언한다. 자신이 그를 항상 지켜 주었는데 그가 알아보지 못했다는 것이다. 사실 오뒷세우스가 그녀를 알아보지 못한 경우를, 우리는 스케리아 부근에서부터 여러 건 찾을 수 있었다. 스케리아 바로 앞에서 그가 파선 당해 헤엄칠 때 아테네가 파도를 약하게 해준 일, 그 섬에서 아테네가 소녀의 모습으로 그를 인도한 것, 그녀가 전령의 모습으로 스케리아 사람들을 회의장으로 불러 모은 것, 오뒷세우스가 원반을 던졌을

때 그녀가 인간의 모습으로 그 원반이 으뜸으로 멀리 떨어졌다고 확인해 준 것 등. 전에는 이렇게 뒤에서 움직이며 노골적으로 나서지 않던 여신이 지금 직접 모습을 드러낸 것은, 이제 말하자면 새로운 국면에 접어들었기 때문이다.

한편 아테네는, 오뒷세우스가 스케리아 사람들에게 사랑을 받은 것은 다 자기 덕이라고 일종의 공치사까지 덧붙인다. 그런 다음 본론으로 돌아가서, 지금 자신이 나타난 이유를 설명한다. 그에게 재물을 잘 감추게 하고, 앞으로 그가 집에 가서 얼마나 많은 고통을 겪어야 하는지 말해 주기 위해서란다. 물론 집에서 어떤 일이 벌어지고 있는지 알려 주는 것이 주된 목적이다. 하지만 그녀는 구체적인 상황을 가르쳐 주기 전에 우선 그에게, 그간의 여행 얘기를 숨기고 혹시 무슨 폭력을 당하더라도 묵묵히 참으라고 충고한다.

하지만 오뒷세우스는 그냥 본론으로 말려들어가지 않는다. 여신의 '우월성 선언'과 '공치사'를 그냥 지나치지 못한 것이다. 그는 일단 자신이 그녀를 알아보지 못한 적이 있다는 걸 인정한다. 그러면서 여신을 약간 비난한다. 트로이아에서는 잘 도와주더니 그 후로는 전혀 모습을 보이지 않았다고, 그래서 자기 혼자 힘으로 항해해 다녔다고. 그러고는 여신이 조금 전 한 말을 일부 반박한다. 그녀는 오뒷세우스가 도움을 받으면서도 몰랐다고 했지만, 자기는 그녀가 스케리아에서 안내해 준 것을 알고 있다고. 사실 이건 앞에 나오지 않았던 내용이다. 어쨌든 이런 구절을 보면, 그 시점에 오뒷세우스는 자기를 안내한 소녀가 여신이라는 것을 알아챘던 모양이다. 그러면서 오뒷세우스는 혹

시 지금도 그녀가 자기를 호리려는 게 아닌가 의심한다. 여기가 이타케라고 한 게 거짓말은 아닌지, 자신이 정말 고향에 닿기는 한 것인지.

신을 대하는 태도로서는 좀 불경스럽다 할 만한데도, 아테네는 이러는 게 오히려 좋은 모양이다. 여신은 그럴 줄 알았다는 듯이, 그가 그런 성향이기 때문에 불운 속에 그냥 버려 둘 수가 없다고 말한다. 다른 사람이라면 고향에 돌아오자마자 자식과 아내를 보러 갔을 텐데, 그는 아내를 시험해 보기 전에는 아무것도 알거나 듣고자 하지 않기 때문이란다. 하지만 오뒷세우스는 아직 이런 결의를 드러내 보인 적이 없다. 아마도 아테네의 뜻은, 오뒷세우스가 틀림없이 속으로 그런 생각을 가지고 있으리라는 걸 자신이 안다는 것이겠다. 그녀는 오뒷세우스의 이런 면을 알기 때문에 그를 더욱 좋아하고 도우려는 것이다. 그러면 오뒷세우스가 아내를 시험하기 전에는 다른 것을 알려 하지 않는다는 말은 대체 무슨 뜻인가? 아마도 그가 아내의 뜻을 가장 중요하게 여긴다는 뜻이리라. 사실 이 부분은 옛 학자들이 그냥 지우자고 했던 부분이고, 전체의 진행과정에서 너무 '튀는' 것이다. 우리가 넓은 이해심으로 받아들이자면 많은 것을 짐작하고 보충해야만 한다.

여기서 아테네는 약간 물러서서 자신을 변호한다. 오뒷세우스가 전우들을 다 잃고 혼자 귀향하게 되리라는 걸 자신은 이미 알고 있었지만, 아버지의 형제인 포세이돈과 싸우고 싶지 않아서 그냥 두었다는 것이다. 그러면서 이곳이 정말 이타케라는 것을 보이기 위해 눈앞에 있는 지형지물을 설명하기 시작한다. 지금 있는 이 포구는 바다의 노인 포르퀴스의 포구이다. 저기 올리브나무가 있고, 그 곁에 있는 동

굴이 오뒷세우스 자신이 요정들에게 제물을 바쳤던 곳이고, 저 산은 네리톤이다. 그러면서 여신은 안개를 흩어 버리고 풍경을 드러낸다. 그제야 오뒷세우스는 기뻐하며 자기 땅에 입을 맞추고, 요정들에게 기도를 드린다. 자신을 살리고 자기 아들을 번성하게 해준다면, 전처럼 선물을 바치겠다는 것이다. 여기서 오뒷세우스가 요정들에게 특별히 자기 아들에 대해 기원을 한 것은 의미가 없지 않다. 요정들의 역할 중 하나는 젊은이의 성장을 돕는 것이기 때문이다. 우리는 곧 오뒷세우스가 샘의 요정에게도 기원하는 것을 보게 될 것이다.

기도는 요정들에게 했지만, 대답은 곁에 있는 아테네가 한다. 그 일은 염려하지 말라면서, 재물을 동굴 안에 감추자고 한다. 그들은 동굴 속 숨은 구석에 그것들을 감춘 후, 올리브나무 아래 앉아 구혼자들에게 파멸을 안겨 줄 것을 궁리한다. 앞에 자세히 묘사되었던 동굴과 올리브나무가 각기 제 역할을 만났다. 여기서 아테네는 오뒷세우스에게 그 동안의 상황을 '브리핑'한다. 구혼자들은 삼 년 동안 오뒷세우스의 집에서 주인 노릇을 하며, 페넬로페에게 선물 공세를 펴고 있다, 페넬로페는 속으로는 오뒷세우스를 기다리고 있지만 겉으로는 구혼자들에게 희망을 주고 있다. 한데 이 말을 들은 오뒷세우스의 반응이 뜻밖의 것이다. 여신이 모든 것을 설명해 주지 않았더라면 자기도 아가멤논처럼 죽었으리라는 것이다. 아니, 아가멤논이 죽은 것은 기본적으로, 부정한 아내 탓이 아니었던가? 하지만 오늘날의 우리가 아이스퀼로스의 비극을 읽고서 클뤼타임네스트라에게 중점을 두는 것과는 달리, 옛날 사람들은 남자인 아이기스토스에게 더 중점을 두었던 모

양이다. 그러면 페넬로페가 아무리 남편에게 충실하다 해도, 돌아온 남편이 그 주변의 남자들에 의해 해를 입을 수 있겠다. 또한 여기서 오뒷세우스가 보인 태도가 '원칙적으로' 옳다는 점도 인정해야 한다. 남편과 아내 사이는 결혼이라는 인위적인 제도로 결속된 것이어서, 언제든지 관계가 끊어질 수 있고, 오래 집을 비운 남편이 귀환할 때 아내에게 전적으로 의존하는 것은 대단한 위험이 될 수 있다. 물론 오뒷세우스의 경우에는 페넬로페가 충실하기 때문에 예외인 상황이지만, 여기서 오뒷세우스는 일반적인 아내를 가진 일반적인 남편에게 적절한 방식으로 반응한 것이라 할 수 있다.

오뒷세우스는, 자신이 어떻게 하면 구혼자들을 징벌할 수 있을지 아테네 여신이 계략을 짜주기를 청한다. 그는 트로이아를 함락했을 때를 상기시킨다. 방금 여신과 영웅 사이에, 그동안 과연 신이 제대로 도와주긴 한 것인지, 도움을 주었을 때 제대로 알아보긴 한 것인지 약간의 신경전이 있었다. 하지만 트로이아 전쟁 때라면, 신은 도움을 주고 인간은 그것을 잘 알았던 것으로, 둘 다 아무 이견 없이 인정한다. 그러니 다시 협력체제로 들어가는 순간에 그 '좋던' 트로이아 시절을 떠올리는 것이 당연하다. 오뒷세우스는 그때처럼 여신이 곁에 서준다면, 상대가 삼백 명이라 해도 싸우겠다고 결의를 보인다. 이제 애초에 여신이 원했던 대로 영웅의 전적인 신뢰가 생겨났다. 하지만 여신은 곁에서 도울 뿐이다. 신이 직접 구혼자들을 없애 주는 것은 오뒷세우스도 기대하지 않고, 여신도 약속하지 않는다. 서사시의 신들은 늘 이런 식으로 행동한다. 결과는 인간 자신이 만들어 내는 것이다. 여신은

도움을 약속하면서, 구혼자 중에 피와 뇌수로 땅을 적시는 자도 있으리라고 사뭇 피해를 줄여서 예언한다. 우리가 앞으로 보게 될 복수극은 훨씬 더 끔찍한 것이 될 터이다.

그러면서 아테네 여신이 생각해 낸 방법은, 오뒷세우스를 늙은 거지 모습으로 바꾸어 누구도 알아보지 못하게 하는 것이다. 그녀는 오뒷세우스의 피부를 주름지게 하고 금발을 없애고 아름답던 눈은 흐릿하게 만들고, 몸에는 혐오스런 누더기를 걸쳐 주겠노라고 한다. 그러면서 먼저 충실한 돼지치기를 찾아가서 사정을 알아보라고 권한다. 그 사이에 자기는 스파르타로 가서 텔레마코스를 불러오겠다는 것이다. 사실 이 대목은 앞으로 나올 몇 권의 내용을 요약해서 예고하는 부분이다. 현대식으로 보자면 다시 '스포일러'요, 호의적으로 해석하자면 '서스펜스'를 일으키는 대목이다. 그리고 여기 처음 언급된 돼지치기 에우마이오스는 앞으로 작품 후반부의 약 1/3 동안 중심인물 노릇을 하게 될 것이다.

한데 지금 이 만남은 상당히 긴장된 것으로, 한 편이 되어 협력해야 하는 신과 인간 사이에 걸핏하면 다툼이 일어난다. 오뒷세우스는 자기 아들이 스파르타에 가 있다는 말을 듣고는 경악하여 따진다. 사정을 다 알고 있는 아테네가 왜, 아이를 유랑하며 고통을 겪게 만들고, 그 사이에 구혼자들이 집안을 먹어치우도록 허용했냐는 것이다. 아테네의 대답은 (이런 장면이면 자주 나타나는 되돌이 구성이 아니라) 병행형이어서, 질문의 차례대로 해명한다. 우선 텔레마코스에게 여행을 시킨 이유로서 우리가 앞에서 꼽아 보았던 것 중 하나를 내세운다. 그

가 명성을 얻게 하려고 그랬다는 것이다. 자신이 그를 직접 수행해서 아무 사고도 없었으며, 그는 지금 메넬라오스의 집에 평온하게 있다, 매복이 있지만 무사히 돌아올 것이다. 다음으로 구혼자들에 대해. '그의 살림을 먹어치우고 있는 구혼자 중 일부는 죽음을 당할 것이다.' 여기서도 여신은 결과를 아주 약화시켜 예언했다.

그러면서 오뒷세우스를 지팡이로 건드린다. 그는 방금 여신이 예고했던 모습으로 변한다. 여기서 지팡이가 사용된 것은, 키르케의 마법에 지팡이가 꼭 필요하다는 주장에 근거가 되어 준다. 우리가 이 권의 마지막에 보는 오뒷세우스의 모습은, 더럽고 찢어진 옷 위에 털 빠진 사슴 가죽을 걸치고 허름한 바랑에 지팡이를 갖춘 대머리 노인이다. 혹시 여신은 자기에게 대드는 이 버릇없는 피후견인에게 짓궂은 장난으로 일종의 복수를 한 것일까? 이 분장에서 중요한 것은 오뒷세우스가 거의 완전한 대머리가 되었다는 사실이다. 머리털이 있고 없고는 사람의 인상을 결정하는 데 중요한 역할을 하기 때문에, 사람들이 그를 알아보지 못한 가장 큰 이유가 이것이라고 생각하는 학자도 있다. 그리고 이런 특징 때문에 그는 놀림을 받기도 하고, 태양과 여름의 상징이 되기도 할 것이다. 그가 내세우는 가명(아이톤, '빛나는 사람')은 그의 외모에도, 그것이 상징하는 것에도 어울린다.

여기서 여신이 스파르타로 떠남으로써 이야기가 두 갈래로 갈라지지만, 일단 서술은 오뒷세우스를 따라간다. 우리는 여신의 행적을 15권에 가서야 알게 될 것이다.

14권

돼지치기의 오두막에서

「돌아온 오뒷세우스」 멜로스 출토 테라코타 판(기원전 460년 경)

가운데에 페넬로페가 수심에 잠겨 앉아 있고, 그녀의 뒤에는 텔레마코스로 보이는 청년과 소치기, 돼지치기로 보이는 인물들이 있다. 오른쪽에서 다가서는 인물은 늙은 거지 모습의 오뒷세우스로 보이는데, 본문에는 신체 접촉 장면이 없는데 여기는 여인의 팔목을 잡은 걸로 그렸다.

14권의 전체 시간대는 둘로 나뉘어 있다. 낮과 저녁이다. 낮에는 오뒷세우스가 에우마이오스에게서 현재 상황을 듣고 자기를 소개한다. 저녁에는 오뒷세우스가 트로이아 전쟁 때 있었던 일을 이야기해 주고 두툼한 외투를 얻어 덮는다.

여기서부터는 사건이 진행되기보다, 사람들이 서로 만나 탐색하고 상대를 떠보는 장면들이 주로 등장한다. (그래서 흔히 줄거리 요약에서 빠지거나, 한두 줄로 그냥 지나가곤 한다.) 빠른 진행에 익숙한 현대의 독자들에겐 지루하겠지만, 옛 청중들로서는 과연 오뒷세우스가 언

제 어떤 식으로 신분을 밝힐 것인지 상당히 긴장감을 갖고 듣는 대목이었을 것이다. 각 사람이 말하는 구절 하나마다 어떤 암시가 깔려 있을지를 생각하면서 읽는 것이 이 부분의 맛을 최대로 살려 느끼는 방법이다.

오뒷세우스가 돼지치기 에우마이오스를 찾아가다

오뒷세우스는 늙은 거지꼴로 돼지치기 에우마이오스를 찾아간다. 한데 조금 이상한 것은, 아테네가 오뒷세우스에게 에우마이오스를 찾아가라고 지시하는 것을 우리가 본 게 바로 앞 장인데도, 14권이 시작되면 오뒷세우스가 에우마이오스를 찾아가는 것은 아테네 여신이 지시했기 때문이라고 '지나치게 친절한' 설명이 또 한 번 나온다는 점이다. 이것은 아마도 가객이 어디서나 끊어도 다음에 공연을 시작하게 쉽게 하려는, 또는 청중이 중간에 들어오더라도 앞의 내용을 따라 잡아, 이어 들을 수 있게 하는 장치일 것이다.

오뒷세우스가 에우마이오스와 처음 마주치는 순간은 일종의 되돌이 구성으로 되어 있다. 먼저 오뒷세우스가 포구에서 산마루 사이 오솔길을 따라 걸어, 숲 우거진 장소로 들어간다. 오뒷세우스가 보니 에우마이오스는 바깥문간에 앉아있다. 여기까지 읽으면 바로 둘이 마주칠 것 같지만, 그 전에 우선 그 주변이 다시 그려진다. 말하자면 카메라는 우선 멀리서 오뒷세우스가 접근하는 것을 보여 준다, 다음으로 돼지치기를 클로즈업으로 잡았다가, 다시 멀리 빠져나가 돼지치기의 거처를 전체적으로 멀찍이서 잡는 것이다. 다시 초점이 돼지치기

에게 맞춰지기까지는 약 20행이 지나가야 하고, 둘이 마주치려면 다시 10행 정도 지나야 한다.

이런 식으로 진행하는 것은, 말하자면 옛 서사시들이 '하이퍼텍스트식' 구성으로 되어 있어서다. 지금 같으면 모니터의 첫 화면에는 골자만 추려 놓은 본문이 있고, 각 단어의 설명이 필요할 때마다 거기 마우스 포인트를 갖다 대면 새로 말풍선이 열리거나, 각 단어를 클릭해서 다른 화면으로 옮겨가게 되는데, 그렇게 새로 열릴 설명 구절이 옛 작품들에서는 그냥 노출되어 있는 것이다. 따라서 얼른 사건 진행만 읽고 싶은 사람에게는 묘사가 너무 많고 호흡이 느리다고 여겨질 것이다. 하지만 이것이 옛 사람들의 방식이니 거기 적응해야 한다. 사실은 영화에서도 이런 식으로 진행한다. 매 장면을 그림으로 떠올려서, 어떤 컷을 얼마나 오래 끄는지 생각해 보면 쉽게 이해될 것이다.

그 거처는 전망 좋은 곳에 자리 잡고 있으며, 건물 바깥에는 널찍한 안뜰이 조성되어 있다. 이 안뜰이 조성되었다는 것은 페넬로페도 라에르테스도 모른다고 되어 있으니, 이 돼지치기는 상당한 자율권을 누리는 모양이다. 그 안뜰은, 돌을 쌓아 담장을 만들고 그 위에 가시 많은 야생 배나무로 장애물까지 얹었으며, 그 바깥에는 참나무 말뚝을 박아 울타리를 두른 것이다. 거기에는 돼지우리 열두 개가 있어서 우리마다 암퇘지들이 쉰 마리씩 들어 있고, 수퇘지들은 밖에서 잠을 잔다. 수퇘지들은 구혼자들이 자꾸 살진 놈을 골라 잡아먹어서 지금은 삼백육십 마리로 줄어 있다. 그것들은 사나운 개 네 마리가 지키고 있다. 이런 묘사를 보면 이 거처 역시, 우리가 앞에서 본 여신들의

집처럼 일종의 완결성을 지니고, 또 태양과 연관이 있는 듯도 하다.

전체적으로 장면 묘사는 폴뤼페모스의 집을 그릴 때와 비슷하게 되어 있다. 여행자가 포구에 도착하는 장면들처럼, 새로운 집에 도착하는 장면들도 서로 비슷하게 되어 있는데, 이것은 우선 옛 시인이 기본적으로 반복에 의지하여 전체를 구성해 나가기 때문이다. 한편 이런 방식의 다른 이점이 있으니, 자칫 주제별로 흩어져 버릴 수도 있는 부분들을 이어 주어, 전체를 통일된 하나로 묶는다는 것이다. 우리는 인물들이 새로운 집에 도착하는 장면이 자세히 묘사된 것을, 환상 세계에서 세 번(칼륍소의 동굴, 폴뤼페모스의 동굴, 키르케의 저택), '중간계'에서 한 번(알키노오스의 궁전), 현실 세계에서 세 번(메넬라오스의 궁전, 에우마이오스의 집, 오뒷세우스의 저택) 보게 된다. 이상적인 귀족의 거처라고 할 만한 것이 네 번(메넬라오스, 알키노오스, 칼륍소, 키르케), 이상적인 농가에 가까운 것이 세 번(폴뤼페모스, 에우마이오스, 오뒷세우스)이다. 이 묘사들은, 주제별로 나눠진 세 부분에 하나 이상씩 들어 있다. 첫 부분 텔레마키아에 하나(메넬라오스), 둘째 부분 오뒷세우스의 모험에 넷(칼륍소, 알키노오스, 폴뤼페모스, 키르케), 셋째 부분 이타케에 둘(에우마이오스, 오뒷세우스)이다. 이들은 각 부분에서 공통점과 차이점으로 전체를 하나로 얽어 준다.

초점은 다시 일시적으로 돼지치기에게 맞춰진다. 네 마리 개에 대한 언급에서, 그것들은 돼지치기 자신이 기른 것이라고 하면서 자연스럽게 그에게로 얘기가 돌아간 것이다. 그는 다른 세 명의 동료들이 돼지를 몰고 나간 사이에, 혼자 거처를 지키며 신발을 만들고 있다.

여기까지 읽으면 '아하, 돼지치기가 모두 넷이구나' 생각할 텐데, 그 다음에 다른 사람이 하나 더 나온다. 네 번째 동료는 구혼자들이 잡아먹을 돼지를 이끌고 시내에 갔다. 이 네 명의 동료는 키르케의 네 시녀처럼 이 장소의 완결성을 강조하는 장치로 볼 수 있겠다.

이렇게 배경을 설명한 다음에 얘기는 다시 오뒷세우스가 에우마이오스에게 다가가는 대목으로 돌아간다. 먼저 개들이 오뒷세우스에게 달려든다. 그는 늙은 거지에게 걸맞은 태도를 취한다. 일부러 지팡이를 놓치면서 주저앉은 것이다. 그런 행동에 '신중하게도'라는 수식어가 붙어 있는 것은, 아마도 에우마이오스의 눈을 의식해서 그런 행동을 취했다는 뜻으로 보인다. 그것을 본 에우마이오스는 달려와 개들을 쫓고 노인을 구한다. 에우마이오스의 따뜻하고 동정적인 심성이 드러나는 대목이다. 그는, 노인이 개들에게 찢겨 죽었더라면 자기에게 큰 치욕이 되었으리라면서, 그렇지 않아도 자기는 주인 때문에 슬퍼하고 있으며 주인 아닌 자들을 위해 돼지를 치고 있다고 개탄한다.

> 노인이여, 하마터면 개들이 순식간에 그대를 찢어 죽일 뻔했소 그려.
> 그랬더라면 그대는 내게 치욕을 쏟아 부었을 것이오.
> 그러잖아도 신들께서는 내게 다른 고통과 탄식을 많이도 보내 주셨소.
> 신과 같은 주인을 위하여 슬퍼하고 괴로워하며, 나는 이곳에 앉아,
> 다른 사람들이 먹도록, 살진 돼지들을 치고 있소.
> 그런데 그분께서는 음식을 바라고,
> 다른 말을 하는 사람들의 나라와 도시를 떠돌아다니시겠지요.

만약 그분께서 아직도 살아서 햇빛을 보고 계신다면 말이오.
(14권 37~44행)

어떤 학자는 이 돼지치기가 이 대목에서 벌써 상대의 신분을 의심하고 있으며, 그가 혹시 오뒷세우스가 아닌가 해서 이렇게 주인 얘기를 입에 올리며 떠보고 있다고 해석한다. 하지만 늙은 거지를 보고서, 혹시 자기 주인도 이런 식으로 어디서 유랑 걸식하고 있는 게 아닌가 생각하는 건 별로 이상한 일이 아니다. 아닌 게 아니라 에우마이오스는 자기 주인의 처지를 걱정한다. 그러고는 오뒷세우스에게 안에 들어가서 음식을 먹자고 권한다. 그가 어디서 왔는지 어떤 일을 당했는지 들어 보자고.

늙은 거지가 오뒷세우스의 귀향을 확언하다

오뒷세우스가 감사를 표하자, 돼지치기는 나그네와 걸인은 모두 제우스가 보낸 것이니 접대해야 한다면서, 자기가 조금밖에 접대하지 못하는 것을 비웃지 말라는 식으로 답한다. 자기는 지금 젊은 주인들을 섬기느라고 소심해져 있다는 것이다. 그러면서 돌아오지 않는 원 주인을 그리워한다. 그가 있었더라면 자기에게 집과 땅을 주고 아내를 얻게 해주었으리라는 것이다. 어떤 학자는 이것이 에우마이오스가 오뒷세우스를 향해서 일종의 흥정으로 내놓은 조건이라고 해석하기도 한다. 자기의 협조를 바란다면 이 정도는 해주어야 한다는 것이다. 하지만 주인 또래의 노인을 보고서 문득, 주인이 이렇게 돌아와 자기가

얼마나 충실한지를 보면 이런 상을 내리지 않을까 하고 상상하여, 그걸 입에 올리는 것 역시 그렇게 이상한 일이 아니다. 그러면서 돼지치기는 우리가 텔레마키아에서 많이 보았던 텔레마코스의 태도와 비슷하게, 오뒷세우스의 귀향에 대해 절망하고 그가 죽었으리라고 포기하는 모습을 보인다.

자기가 낯선 이 앞에 감정을 너무 많이 드러냈다고 생각해서일까? 에우마이오스는 급히 밖으로 나가 새끼 돼지 두 마리를 가져다 잡아 굽고 오뒷세우스 앞에 내놓는다. 여기서도 그 과정이 몇 단계로 자세히 나와 있다. 먼저 신께 그 돼지를 바치는 의식을 치르고 전체를 불에 그슬어서, 고기를 잘게 썰어 꼬챙이에 꿰어 굽고, 그 위에 흰 보릿가루를 뿌린 다음 포도주와 함께 내어 놓은 것이다. 그러면서, 이게 하인들이 내놓을 수 있는 최상의 것이라고 겸양을 보인다. 여기서 화제는, 이 소박한 접대와 대비되는 구혼자들의 성찬으로 옮아간다. 살진 짐승은 다 구혼자들이 먹어치우고 있다는 말이다. 외지에서 온 사람이라면 여기 등장한 '구혼자'가 대체 누군지 알 수 없을 텐데, 에우마이오스는 의사소통하는 법을 제대로 익히지 못한 것인지 상대가 그걸 다 안다는 듯이 진행하고 있다. 한데 이상한 것은 오뒷세우스의 태도이다. 자기가 외지인으로 가장하고 있으면, 방금 말한 '구혼자'들이 대체 누구인지 물어야 할 텐데, 그저 가만히 듣고만 있다. 혹시 에우마이오스는 상대가 이곳 사정에 밝은 사람이리라고 짐작하고 일종의 시험으로 이런 말을 한 것이고, 오뒷세우스는 '바로 맞았소' 하고 침묵으로 시인한 것일까? 이런 식으로 읽으면 심리적 탐색이 매우 복잡한 것이

될 터이다. 하지만 계속 이런 식은 아니고, 전체를 듣고 있으면 점차 지금 상황이 어떤 것인지 드러나긴 한다.

돼지치기는 중간 중간 도덕적인 일반론을 섞으면서 진행한다. 제우스께서 정의를 지키신다는 것, 해적처럼 남을 해치는 자들에겐 두려움을 심으신다는 것 등. 하지만 구혼자들은 오뒷세우스가 죽었다고 확신하고, 구혼하면서 그의 재산을 마음껏 먹어 축내고 있다. 에우마이오스는 여기서도 그들이 누구에게 구혼하는지는 밝히지 않았다, 상대가 주인의 아내인지, 그의 (어쩌면 있을 수도 있는) 외동딸인지. 하지만 주인이 '죽었다는 걸 확신하고' 구혼한다면, 전체 문맥으로 보아 구혼 대상이 주인의 아내라고 추정할 수는 있다. 해석을 너무 복잡하게 하지 않기 위해서, 우리는 지금 이 대화의 밑바닥에 깔려 있을 수도 있는 은밀한 줄다리기는 좀 잊는 게 좋겠다.

얘기는 오뒷세우스의 재산으로 옮겨 간다. 이 재산목록은 말하자면 『일리아스』에 나오는 '배들의 목록'과 유사한 역할을 하는 것이다. 그의 재산은 부자 스무 명 것을 합친 것보다 더 많다, 육지에 소, 양, 돼지, 염소 떼가 각기 스물이나 있다. 한 무리가 몇 마리인지는 나와 있지 않지만, 태양신의 양떼가 한 무리 당 쉰 마리였고, 에우마이오스의 돼지우리에서 자는 암돼지들도 한 우리에 쉰 마리씩 들어간 것으로 보아, 오뒷세우스의 가축들은 종류별로 천 마리씩 있다는 뜻인 것 같다. 한편 이타케 섬 자체에는 이곳 말고, 염소 무리를 치는 곳이 있어서 거기도 염소 떼가 열하나가 있다니, 오백 마리 이상의 염소가 있는 셈이다. 에우마이오스가 날마다 가장 좋은 돼지를 하나씩 골라서 보

내는 것처럼, 거기서도 구혼자들에게 가장 살진 염소를 몰아다 주는 것으로 되어 있다.

오뒷세우스는 이런 얘기를 들으면서도 아무 보충 질문도 하지 않고 묵묵히 식사에 전념한다. 물론 시인은 그가 마음속으로 어떻게 하면 구혼자들을 처치할 것인지 궁리했다고 설명하지만, 남의 얘기를 들었으면 묻기도 하고 좀 호응하는 게 자연스럽지 않은가? 그는 먹는 것 이외에는 아무것에도 관심이 없는 진짜 거지처럼 보이고 싶었던 것일까? 오뒷세우스는 배가 차자, 다른 것부터 묻는다. '방금 당신이 말한 그 큰 부자는 대체 누구인가?' 늙은 거지 꼴의 오뒷세우스는 아마도, 에우마이오스가 자기 주인을 어떻게 생각하는지 더 듣고 싶은 모양이다. 한데 여기서 그의 질문이 조금 이상하다. '재물로 당신을 구입한 그 주인'이란 표현을 썼기 때문이다.

> 친구여, 자신의 재물로 그대를 산,
> 그대의 말처럼 그토록 부유하고 힘 있는 사람이 대체 누구요?
> (14권 115~6행)

에우마이오스는 자신이 주인집에서 태어났는지, 아니면 다른 데서 팔려 왔는지 전혀 언급을 안 했는데, 늙은 거지는 그가 구입된 노예라는 걸 어떻게 알았을까? 혹시 오뒷세우스는 자기가 에우마이오스를 잘 알고 있음을 암시한 걸까? 물론 노예들은 대개 부모 대(代)부터 한 집에 속하기보다, 중간에 다른 데서 구입된다고 하면 설명이 된다. 달리 설명하는 길은, 오뒷세우스가 여기서 슬쩍 상대를 높여 줬다고

보는 것이다. 상대에게 '대대로 노예'라고 하면 일종의 모욕이 되는 것처럼, 상대의 분위기로 보아 원래는 귀족인데 일이 잘못되어 지금 노예 생활을 하는 것 같다고 하면, 상대를 좀 높여 주는 게 되니 말이다. 물론 가장 쉬운 설명은 이것이, 아무 생각 없이 사용된 공식구라고 하는 것이다. 이런 무성의한 설명도 피하고, 너무 복잡해지는 것도 피하자면, 그저 '아무래도 당신은 구입된 노예로 보이는데, 당신을 사들인 그 분은 대체 어떤 분이오'라는 질문이 좀 축약되었다고 보는 정도다.

오뒷세우스는, 에우마이오스가 주인에 대한 정보를 더 많이 내놓으면, 혹시 자기가 그 주인에 대한 소식을 전해 줄 수 있을지도 모른다고 말한다. 자기는 많이 떠돌아다녔다는 것이다. 사실 이 마지막 표현은 오뒷세우스를 꾸며주는 유명한 수식어와 같은 의미를 지니고 있다. 그는 자신을 숨기면서도 은근히 드러내고 있다.

> 그대는 그가 아가멤논의 명예를 위해서 죽었다고 말했던가요?
> 내가 혹시 그런 사람을 알고 있을는지, 내게 말해 주시오.
> 아마도 제우스와 다른 불사의 신들께서는, 내가 그를 보았다는 소식을 전할 수
> 있을 것인지, 알고 계시겠지요. 나는 많이도 떠돌아다녔으니까요.
> (14권 117~120쪽)

돼지치기는 그 질문에 대한 답은 좀 뒤로 미루고, 먼저 늙은 거지가 자기 주인의 소식을 전할지도 모른다는 주장에 대해 한참 길게 논한다. 설사 당신이 어떤 소식을 전한다 해도 그 집 사람들은 믿지 않을

것이다, 대접 받고 싶어 하는 떠돌이들이 되는 대로 거짓말을 늘어 놓아 공연히 페넬로페를 괴롭히기만 한다, 당신도 외투와 웃옷을 얻으려고 그런 짓을 할지 모른다, 오뒷세우스는 죽은 것이 틀림없다. 한데 에우마이오스는 이러는 와중에 슬쩍, 자기가 고향의 부모님을 그리워하고는 있지만, 그분들보다는 오뒷세우스를 위해 더 슬퍼한다고 말함으로써, 자기가 정말로 이국땅에서 팔려 온 사람이라는 것을 내비친다. 그는 오뒷세우스가 처음에 쓴 표현을 놓치지 않고 잡은 것이다. 그러면서 늙은 거지가 애초에 제기한 중심 질문에도 짧게 답을 한다. 자기가 그리워하는 사람은 오뒷세우스이며, 자기는 그의 이름을 말하기도 조심스럽다는 것이다. 이 대답의 뒷부분은 자기가 왜 오뒷세우스의 이름을 이제야 대는지에 대한 해명이다.

늙은 거지는 오뒷세우스가 확실히 돌아오리라고 맹세한다. 그리고 그가 정말로 돌아온다면, 그 즉시 자기가 외투와 웃옷을 받게 해달라고 약속을 요구한다. 이 '외투'는 방금 에우마이오스가 사기꾼들을 비난하는 데서 떠오른 주제인데, 앞으로 한동안 계속 등장할 것이다. 늙은 거지는, 상대가 언급한 '외투'를 주제로 삼아서, 자기도 상대의 말을 민감하게 새겨듣고 있음을 과시했다.

이렇게 에우마이오스에게 지지 않고 응수하는 것에 더하여, 오뒷세우스는 『일리아스』에 그려진 아킬레우스에게까지 이 기회에 한 방 먹인다. 여기에 상당히 미묘한 기술이 이용된다. 늙은 거지가, 오뒷세우스의 귀환이 확정될 때까지는 자신이 아무것도 받지 않겠노라고 선언하는 대목이다.

그러나 그 전에는, 내가 비록 몹시 궁하기는 하지만 아무것도
받지 않을 것이오. 나는 가난에 양보하여 허언을 늘어놓는
그런 자는 하데스의 문만큼이나 싫으니 말이오.(14권 155~7행)

한데 이 표현은 『일리아스』 9권에서 아킬레우스가, 희랍군을 대표하여 자기를 달래러 온 오뒷세우스에게 썼던 것이다.

나는 그자가 하데스의 문만큼이나 싫소,
가슴속에 생각을 감추고 다른 말을 하는 자 말이오.
(『일리아스』 9권 312~3행)

그 상황에서 '속생각과 겉말이 다른 사람'은 아가멤논임이 분명하지만, 많은 학자들은 이 말이 오뒷세우스 자신까지 겨냥한 것으로 보고 있다. 한데 여기서 바로 그 표현을 오뒷세우스가 사용했다. 그러니 오뒷세우스는 이미 죽은 아킬레우스에게 '카운터펀치'를 한 방 날리고("나는 네가 암시한 그런 사람이 아니다."), 『오뒷세이아』 시인은 『일리아스』 시인을 조롱하는 셈이다.

늙은 거지는 오뒷세우스가 돌아오리라는 것을 제우스와, 지금 앞에 있는 식탁과, 오뒷세우스 집안의 화로를 증인으로 삼아서 맹세한다. 그는 오뒷세우스의 귀향 시기까지 못 박는다. 그가 이 달이 기울고 새 달이 차기 시작할 때 돌아와, 아내와 아들을 업신여긴 자들에게 복수하리라는 것이다. 여기에서 그가 사용하는 표현은 'lykabas'라는 것으로, 음력으로 한 달에서 다른 달로 넘어갈 때의 달 없는 어두운 밤

을 의미하는 것으로 해석된다. 이 표현을 태양신 숭배와 연관시켜서, 지금 오뒷세우스가 예고하는 귀향 시점이, 양력과 음력이 다시 맞아 들어가기 시작하는 만 19년 주기(메톤 주기)의 새로운 시작점이라고 하는 학자가 있는데, 나로서는 그 해석이 상당히 설득력 있다고 생각한다.

하지만 에우마이오스는 그의 장담을 전혀 받아들이지 않는다. 그러면서 자꾸 주인 얘기를 하여 자기를 괴롭히지 말라고 부탁한다. 하지만 정말 오뒷세우스가 다시 온다면 좋겠다는 소망은 감추지 않는다. 텔레마코스도 그랬지만, 이 집 사람들은 한편 절망하고, 한편 희망을 갖고 있는 모양이다. 에우마이오스가 사실은 늙은 거지의 신분을 꿰뚫어보고 있다고 해석하는 학자들의 입장에서 보자면, 여기서 돼지치기는 오뒷세우스를 좀더 자극하여 스스로 신분을 밝히게 하려는 것이고, 그러면서도 너무 오뒷세우스의 귀향에 대해 낙심한 것으로 보이면 충성심을 의심받을까봐 소망을 밝힌 것이라 할 수도 있겠다. 하지만 앞에 13권 끝에서 아테네 여신이 한 말을 믿는다면, 이런 해석은 근거가 좀 약해진다. 여신은 에우마이오스를 주인에게 충실하고 호의적인 인물로 소개했기 때문이다.

에우마이오스의 화제는 텔레마코스에게로 향한다. 자기는 지금 그 젊은이를 위해 슬퍼하고 있단다. 아버지 못지않은 인물이 될 소지가 보이는 그 준수한 젊은이가 무슨 생각이 들었는지, 아버지 소식을 찾겠다고 퓔로스로 가버렸기 때문이다. 그런데 구혼자들이 매복하여 그를 해치려 하니 걱정이 된다는 것이다. 하지만 그 일은 어찌 손을 쓸

수 없으니, 늙은 거지가 자기 얘기나 해주기를 바란다. 어디서 온 누구며, 부모는 누구인지, 누가 여기로 데려왔는지 등.

오뒷세우스의 두번째 거짓말 — 크레테 출신 카스토르의 서자

오뒷세우스는 자기 말이 진실이라는 걸 더는 우기지 않고, 자신의 신분을 꾸며 말하기 시작한다. 자기는 그런 얘기를 일 년이라도 할 수 있단다. 이 작품에는 등장인물들이 서로 자기 얘기를 들려주는 장면이 많이 나오는데, 후대의 많은 작품들이 그런 장면으로 구성되어 있으니, 혹시 『오뒷세이아』의 영향이 아닌가 의심이 든다. 예를 들자면, 『돈키호테』에서도 그런 특징이 보이고, 『데카메론』 같은 작품은 아예 이런 '이야기 들려주기'가 구성 원리로 사용되고 있다. 물론 오비디우스나 아풀레이우스 같은 작가들을 통한 간접 영향일 수도 있다.

오뒷세우스의 긴 이야기는 네 도막으로 나눠 볼 수 있다. 트로이아 전쟁 전에 자신이 어떤 인물이었는지, 전쟁 후에는 어떤 일을 행하고 겪었는지, 오뒷세우스의 소식은 어디서 어떻게 들었는지, 어떻게 이곳에 닿게 되었는지 등.

우선 전쟁 전의 이야기다. 그는 이번에도 자신이 크레테 출신이라고 꾸며 댄다. 그가 자꾸 자신을 크레테 출신으로 내세우는 것과 연관하여 설명할 것이 몇 가지 있다. 우선 그곳이 활로 유명한 지역이라는 점이다. 고대 지중해 지역에서 사용되던 활에는 두 가지가 있는데, 가장 널리 쓰이던 것이 로마글자 C자처럼 생긴 크레테 활이다(이것은 단일 소재로 만든 것이고, 다른 종류는 국궁처럼 복합複合궁이고 탄성이

훨씬 큰 오메가ω형 활이다. 후자는 굴곡이 두 개 있고 손잡이 부분이 휘어져 들어간 것인데, 헤라클레스의 특징적인 무기로 되어 있다). 그리고 『일리아스』 23권의 파트로클로스 장례식 기념 경기에서 활쏘기 우승자는, 전투 중에 활로써 크게 활약했던 테우크로스가 아니라, 크레테 출신 메리오네스다. 또 『일리아스』 10권에서 오뒷세우스가 야간 정찰을 나가면서 무구를 빌리는데, 그때 가져갔던 활도 크레테 출신 메리오네스의 것이다. 따라서 지금 여기서 오뒷세우스가 자신을 크레테 출신으로 내세우는 것은 활솜씨를 은근히 강조하며 자기 신분을 암시하는 것일 수 있다. 크레테와 연관된 다른 사안은, 이곳이 예로부터 거짓말쟁이의 땅으로 알려져 있었다는 점이다. 이런 평가는 원래 신약성서(「디도서」 1장 12절)에 소개된 것이지만, 우리에게는 '러셀의 역리(逆理)'라는 것으로 더 잘 알려져 있다. 어떤 크레테 사람이 '크레테 사람은 모두 거짓말쟁이다'라고 한다면 그 말의 진위가 어떻게 되는지 하는 문제다(이 말이 참이라면 이 말을 한 사람은 거짓말쟁이이므로, 그가 한 말은 거짓이 되어야 한다). 애당초 이 말은 기원전 6세기 크레테 사람인 에피메니데스라는 사람이 했던 것으로 알려져 있으나, 이미 『오뒷세이아』가 성립되던 시기에도 그런 말이 있었을 수 있다. 그렇다면 오뒷세우스는 자신의 이야기가 거짓이기도 하고 참이기도 하다고, 혹은 참도 거짓도 아닌 것이라고 암시하는 게 된다. 그의 이야기들의 성격에 걸맞고, 무사 여신들의 능력과도 일치하는 특성이다.

계속되는 그의 이야기다. 자기는 부유한 집안의 아들이지만, 어머니가 노예이므로 서자이다. 아버지인 카스토르는 자신에게 아주 잘

해주었지만, 그가 죽자 다른 아들들이 제비를 뽑아 재산을 나눠 갖고, 자기에게는 조금만 남겨 주었다. 하지만 자기는 부잣집 딸을 아내로 맞았는데, 그것은 자신이 유능해서다. 자기는 전쟁과 항해를 좋아했고, 들일이나 아이들 교육 따위는 별 관심이 없었다. 자기는 트로이아에 가기 전에 아홉 번이나 해적질에 나섰고 재산을 많이 얻었으며, 크레테 인들 사이에서 존경을 받았다. 트로이아 전쟁이 나자, 백성들이 자신과 이도메네우스에게 사람들을 인솔하라고 청했다. 자기는 평판이 신경 쓰여서 거절하지 못하고 전쟁에 갔다.

오뒷세우스의 자기 소개는 지난 번과 꽤 다르다. 목동-아테네를 만났을 때는, 자기가 한 차례 살인을 했었고, 앞으로도 그럴 수 있는 듯 말했었다. 하지만 이번에는 자기를, 귀족의 자제이긴 하지만 혈통이 아주 높지는 않은, 스스로 삶을 개척해서 살아 온 사람으로 꾸몄다. 이번에는 상대가 자기를 해칠 까닭이 없으므로, 자기도 위협적으로 살인자의 모습을 꾸며 댈 필요가 없다. 아마 이번에도 살인자라고 했다면, 돼지치기가 그를 그곳에 오래 머물게 하기가 부담스러웠을 것이다. 그리고 자기 어머니가 노예였다고 한 것은, 되도록 에우마이오스와 자신을 같은 수준으로 맞춰 주기 위해서인 듯하다. 한편 자신이 마지못해 전장으로 떠났다는 얘기는 오뒷세우스 자신에 대한 어떤 전승과 일치하는 것이다. 그는 전쟁에 나가지 않으려고 소와 나귀(혹은 말)를 한데 묶어 쟁기질하면서 미친 체하다가, 팔라메데스가 어린 텔레마코스를 그 앞에 앉히자 아이를 비켜 가는 바람에 제정신이라는 게 발각되었고, 할 수 없이 전장으로 떠난 것으로 되어 있다.

계속되는 오뒷세우스의 거짓 이력이다. 자기는 전쟁이 끝나고 10년 만에 집으로 돌아왔지만, 한 달만 집에 머물고는 다시 이집트로 떠났단다. 그의 동료들은 그곳을 약탈하고 여자와 아이들을 끌어왔지만, 결국 상대의 반격에 패하여 일부는 죽고 일부는 끌려가 강제 노동을 하게 되었다. 하지만 그는 왕에게 직접 탄원하여 목숨을 구했고, 칠 년 동안 거기 머물면서 재물을 모았다. 팔 년째에 어떤 교활한 포이니케 인에게 속아서 포이니케로 따라 나섰다. 거기서 다시 일 년을 머무른 후 그 포이니케 인이 함께 리뷔아로 가자 하여 떠났는데, 사실 그자의 의도는 그를 팔아 치우려는 것이었다. 하지만 그들이 크레테를 지나쳤을 때, 배에 벼락이 떨어져 일행이 모두 죽고 말았다. 그는 돛대에 매달려 아흐레 동안 떠돈 끝에 열흘째에 테스프로토이 인들의 나라에 도착했다. 그곳 왕 페이돈은 자기를 보살펴 주고 외투와 웃옷 등을 주었다.

이 '전쟁 후의 이력'은 오뒷세우스가 스케리아에서 들려준 이야기 속의 '이스마로스 해적질'과 유사한 데가 있다. 그 배경이 이집트로 설정된 것은 메넬라오스의 방랑과 유사하며, 칠 년 동안 머물고 다른 데로 떠난 것은 오뒷세우스 자신이 칼륍소에게 칠 년 묶여 있었던 것과 같다. 그를 팔아 치우려던 상인들이 벼락을 맞아 모두 죽고 혼자만 살아남는 장면은, 오뒷세우스 일행이 태양신의 섬을 떠나다가 파선당하는 장면의 묘사를 그대로 따왔다. 이렇게 오뒷세우스가, 다른 데서도 했던 얘기를 짜깁기하여 이야기를 지어 내는 것을 보면 스케리아 사람들에게 들려준 이야기도 얼마나 진실일지 좀 의심이 든다.

한편 이 후반부에 그려진 포이니케 인의 모습에 주목하는 학자도 있다. 이들은 현실 세계에서 마주치는 상인들 중에서 최악질들로, 아무 가책도 없이 온갖 사기와 속임수, 납치, 인신매매 등을 저지르는 것으로 되어 있다. 그래서 거래 대상 중 좋은 쪽 극단이, 무상으로 풍성한 선물을 안기는 파이아케스 인들이라면, 이 포이니케 인들은 나쁜 쪽 극단이라 할 수 있다. '중간계'에 속한 파이아케스 인들은, 환상계에서도 최악(폴뤼페모스)과 대비되는 반대쪽 극단이고, 현실계에서도 최악(포이니케 인들)과 대비되는 반대 극단인 셈이다.

늙은 거지의 이야기 세번째 부분. 그는 자기가 페이돈 왕의 집에서 오뒷세우스의 소식을 들었다고 주장한다.

> 그곳에서 나는 오뒷세우스의 소식을 들었소. 왕은 고향 땅으로
> 돌아가는 그분을 접대하고 환대했다고 말하면서,
> 오뒷세우스가 모은 모든 재물을 내게 보여 주었으니 말이오.
> …… 왕이 말하기를, 그분은 잎사귀가 높직이 달린 신적인 참나무에게서
> 제우스의 조언을 듣고자, 도도네로 갔다고 했소,
> 이미 오랫동안 떠나 있었으니 이타케의 기름진 나라로
> 어떻게 돌아갈 것인지, 즉 공개적으로 돌아갈 것인지, 아니면 몰래 갈 것인지.
> …… 왕은, 배가 바다에 끌어내려져 있고, 사랑하는 고향 땅으로 그분을
> 호송해 줄 전우들이 준비되어 있다고 맹세했소.(14권 321~333행)

이 부분은 전체적으로, 오뒷세우스가 스케리아에서 겪었던 일과 유사하게 되어있다. 환대, 재물, 호송자 등이 동일 요소이다. 다만 그가 신탁을 물으러 갔다는 것은, 그의 모험담 속에 나오는 테이레시아스와의 만남의 변형인 듯하다.

마지막으로 이야기 주제는 다시 늙은 거지 자신에게 돌아온다. 자기가 어떻게 이 돼지치기 오두막에 도착했는지이다. 페이돈 왕은 그를 오뒷세우스보다 먼저 떠나보냈다. 마침 배 한 척이 둘리키온으로 출발했기 때문이다. 그래서 왕은 이 사람을 둘리키온 왕인 아카스토스에게로 데려다 주라고 명했으나, 선원들은 그의 좋은 옷을 빼앗고 지금 걸친 누더기를 대신 주었다. 그들이 그를 꽁꽁 묶어 배에 남겨두고, 이타케의 바닷가에 내려 저녁을 지어 먹는 사이에, 그는 어찌어찌 줄을 풀고 바다로 미끄러져 내려갔다. 얕은 물에서 손으로 물을 밀쳐 가며 육지에 닿았고, 그들이 떠날 때까지 덤불 속에 숨어 있다가 이곳으로 온 것이다. 이 부분에도 다른 데 쓰인 요소들이 보인다. 악한 선원들은 앞에 나온 포이니케 상인의 변형이고, 탈출 후에 바다를 헤어나오는 장면은 카륍디스에서 빠져나오며 손으로 물을 밀치던 장면을, 그리고 덤불에 누워 숨어 있는 장면은 스케리아에 처음 도착했을 때를 닮았다.

그의 이야기를 들은 돼지치기는 전체적으로는 그의 역정(歷程)에 감동하지만, 자기 주인에 대한 내용은 믿지 못하겠다고 한다. 오뒷세우스는 트로이아에서 돌아오는 중 바람에 채어 가서 명성도 없이 사라졌다는 것이다. 그러면서 그는 전에 어떤 아이톨리아 인이 와서 자

기를 속인 것을 상기한다. 그 사람은 살인죄를 저지르고 떠돌아다니다가 그곳에 닿았는데, 자기가 오뒷세우스가 크레테의 이도메네우스 집에서 배를 수리하고 있는 것을 보았다며, 그가 곧 많은 재물을 가지고 전우들과 함께 돌아오리라고 공언했던 것이다. 에우마이오스는, 그에게 속은 이후로 더는 거짓말에 넘어갈 생각이 없으니, 거짓말로 자기 환심을 사려 하지 말라고 한다. 자기는 그가 손님이기 때문에 환대하는 것뿐이라고. 사실 오뒷세우스가 했던 얘기는 거의가 거짓말이니, 이런 반응도 일면 타당하다. 아이톨리아 인이 언급했다는 '살인죄'도 '크레테의 이도메네우스'도 오뒷세우스가 한 번 이상 써먹은 요소들이다. 하지만 오뒷세우스가 곧 돌아온다는 핵심 내용만큼은 진실인지라, 늙은 거지는 다시 내기를 제안한다. 주인이 돌아오면 자기에게 외투와 웃옷을 주고, 그게 거짓이라면 자기를 바위 벼랑에서 떨어뜨리라는 것이다. 외투에 대한 집착이 대단하다. 돼지치기는 자기가 손님을 접대해 놓고 나중에 죽이면 자기 평판도 나빠질 것이고, 제우스를 섬기는 데도 문제가 생긴다며 거지의 제안을 일축한다.

오뒷세우스가 거짓 회고담으로 외투를 얻어 내다

그들이 이런 이야기를 나누는 사이에 동료 돼지치기들이 돌아온다. 에우마이오스는 그들에게 오뒷세우스를 먼 데서 온 나그네로 소개하고, 수퇘지 중 가장 훌륭한 놈을 잡아 보자고 제안한다. 고생은 자기들이 하고, 구혼자들이 보상도 없이 그걸 먹어치우니 한 번 자기들도 즐겨 보자는 것이다. 어쩌면 이 대목에서 주인인 오뒷세우스는 속이 쓰

렸을 수도 있겠다. 주인이 집을 비우고 있는 사이에 하인들이 제멋대로 재산을 축내고 있기 때문이다. 하지만 그 와중에 자신도 접대를 받고 있으니 그럭저럭 양해는 될지 모르겠다.

돼지를 잡는 과정도 다시 자세히 그려진다. 화롯가로 그것을 끌어다가 머리터럭을 조금 잘라 불에 던지고 신들께 기도한다. 머리터럭은 돼지 전체를 대표하는 상징적인 헌물이다. 기도 내용은 주인 오뒷세우스가 얼른 돌아오게 해달라는 것이다. 에우마이오스는 주인이 죽었으리라고 포기했으면서도 한편으로는 여전히 미련이 남아 있는 게 분명하다. 곁에 있는 주인을 위해 기도하는 것은 한편 아이러니면서, 또 오뒷세우스를 기쁘게 하는 것이었으리라. 그런 다음 돼지를 몽둥이로 후려쳐서 죽인 후, 멱을 따고 그슬어서 부위별로 나눈다. 다시 부위별로 조금씩 고기를 떼어 내어 기름 조각 위에 얹고 보릿가루를 뿌려 불에 던진다. 두번째로 바치는 제물이다. 그런 다음 고기들을 잘게 썰어 꼬챙이에 꿰어 굽고, 빼내어 나무 접시에 쌓는다. 전체를 일곱 몫으로 나누어 한 몫은 요정들과 헤르메스를 위해 남겨 두고 나머지는 거기 있는 사람들이 한 몫씩 나누어 먹는다. 요정들은 들과 산에 사는 사람들에게 중요하고, 헤르메스도 양치기의 신이므로 이들과 관련이 있지만, 이 작품에서 이 신들은 이들이 의식하고 있는 수준 이상으로 중요하다. 요정들은 젊은이의 성장에 관련되어 있으며, 헤르메스는 이승과 저승을 오가는 전령이자 안내자이기 때문이다. 그러니까 이 돼지치기들은 자신들도 모르는 사이에, '젊은이' 텔레마코스와 '저승에서 온' 오뒷세우스의 수호자들에게 제사를 드린 셈이다. 에우

마이오스는 특히 돼지의 긴 등심을 오뒷세우스에게 특별한 선물로 준다. 신들의 몫은 신들께 태워 바치고 식사가 시작된다. 그러자 메사울리오스라는 하인이 빵을 나눠 주는데, 그는 에우마이오스가 페넬로페와 라에르테스에게 알리지 않고 자기 돈으로 사서 데리고 있는 노예이다. 그러니 에우마이오스는 나름대로 시골의 '왕'인 셈이다.

식사를 마친 후 모두들 잠자리에 들었는데, 그 밤은 특히 비가 내리고 추웠다. 오뒷세우스는 혹시 외투를 얻을 수 있을까 시험해 보려는 의도에서 이야기를 시작한다. 아무래도 오뒷세우스는 외투에 대한 집착이 있나 보다. 그리고 이런 '시험'은 이 작품 맨 앞의 서시에 나온 구절과 어울리는 행동이다, 사람들의 마음가짐을 알아보려는 태도이므로.

그는 자기가 술김에 이런 말을 하는 거라고 전제하고는, 트로이아에서 매복 나갔을 때 일을 회고한다. 이야기 전체는 되돌이 구성으로 되어 있어서, 자신이 그 시절처럼 젊고 강했더라면 얼마나 좋을까 하는 탄식으로 시작하여 같은 구절로 끝맺고 있다. 그 매복조에는 오뒷세우스, 메넬라오스, 그리고 자신이 함께 갔는데, 지휘권은 그들에게 있었고 자신은 세번째 인솔자였다고 한다. 성벽 밑의 덤불 속에 매복해 있는데, 그 밤은 눈이 내리고 방패에 얼음이 덮이는 매우 추운 밤이었다. 모두가 옷을 든든히 입고 나가서 방패를 덮은 채 편하게들 자는데, 자신만은 생각 없이 외투를 동료들에게 맡겨 놓고 나가서, 얼어 죽을 지경이 되었다. 그래서 곁에 있던 오뒷세우스에게, 자기는 아무래도 그 밤 안으로 얼어 죽을 것 같다고 말하자, 오뒷세우스가 꾀를 내

어 동료들에게 말했단다. 자기가 어떤 (전조가 되는) 꿈을 꾸었는데, 자기들이 아무래도 너무 멀리 와 있으니, 누가 아가멤논에게 가서 지원군을 더 보내 달라고 전해 주었으면 좋겠다고. 그러자 토아스가 얼른 일어나 외투를 벗어던지고는 배들 있는 곳으로 달려갔고, 자기는 그 외투를 입고서 그 밤을 견뎌 낼 수 있었다는 것이다. 늙은 거지는 회고담 마지막에 자기가 그때처럼 젊고 힘이 좋았으면 누가 자기에게 외투를 줄 텐데, 지금 이런 꼴을 하고 있으니 업신여긴다고 탄식한다.

그러자 에우마이오스는 상대의 뜻을 알아듣고, 호의를 약속한다. 그에게 옷도 주고, 다른 필요한 것도 마련해 주겠다고. 하지만 오늘밤만이다. 자신들도 외투는 한 사람에게 한 벌씩밖에 없기 때문이란다. 하지만 텔레마코스가 돌아오면, 그가 외투와 웃옷을 주고 어디든지 호송해 줄 것이라고 말한다. 이 외투와 웃옷은 늙은 거지가, 자신이 전하는 오뒷세우스의 소식이 참이라면 보답으로 달라고 요구했던 것이다. 그러니 에우마이오스는 말로는 그의 얘기가 거짓이라고 했지만, 실질적으로는 참이라고 인정한 셈이다, 다만 형편상 보답은 텔레마코스가 돌아온 뒤로 미루자는 식으로. 그는 아마도 텔레마코스가 늙은 거지가 전하는 얘기를 듣고 기뻐하리라고 생각한 듯하다. 물론 에우마이오스의 말을 그저, 텔레마코스가 호의적인 사람이고 재력도 있다는 뜻으로 새길 수도 있다.

이제 에우마이오스는 늙은 거지를 위해, 불 곁에 양과 염소 가죽을 여러 장 깔고 두툼한 외투를 덮어 준다. 하지만 저마다 외투가 한 벌뿐이라는 말과는 달리, 이 외투는 그가 예비용으로 하나 더 준비해

둔 것이다. 이렇게 따듯한 잠자리에서 오뒷세우스와 다른 젊은이들이 자는 사이에, 돼지치기는 바위 동굴에서 자는 돼지들을 돌보러 채비를 갖추고 나간다. 암퇘지들은 우리에서 잔다고 했으니, 동굴에서 자는 것들은 아마 수퇘지들일 것이다. 상당히 자율성을 누리는, 어찌 보면 주인의 눈 밖에 날 수도 있는 하인이지만, 자기 일에는 충실하다. 오뒷세우스는 그의 충실함에 속으로 기뻐한다.

15권

텔레마코스가 돌아오다

「**메넬라오스 궁정의 텔레마코스**」 장 자크 라그르네(1739~1821)

아버지의 행방을 찾아나선 텔레마코스가 메넬라오스의 궁정을 방문한다. 그는 아직 자기 신분을 밝히지 않은 상태에서 메넬라오스의 이야기를 듣다가 눈물을 흘린다. 헬레네가 들어와 그를 보고는 단번에 오뒷세우스의 아들임을 알아본다. 텔레마코스를 다독이는 청년은 네스토르의 아들 페이시스트라토스이다. 15권은 4권 이후에 한동안 보이지 않던 텔레마코스를 다시 보여 준다. 그는 아테네의 재촉을 받고 고향으로 향한다.

15권은 크게 세 부분으로 되어 있다. 우선 텔레마코스가 스파르타에서 퓔로스를 거쳐 이타케로 출발하는 부분, 중간에는 이타케에서 오뒷세우스가 자기 부모의 상황에 대해 듣고, 에우마이오스의 사연을 듣는 부분, 마지막에 텔레마코스가 이타케에 도착해서 에우마이오스에게로 향하는 부분 등이다. '텔레마코스-오뒷세우스-텔레마코스'로 짜인 되돌이 구성이라고 보면 되겠다. 앞에 말한 대로, 돼지농장으로

올 사람(텔레마코스)과 농장에 이미 있는 사람들(오뒷세우스와 에우마이오스)을 번갈아 보여 주며, 16권에서 그들이 모두 함께 농장에 모이는 과정을 보여 주는 게 15권의 역할이다.

날짜 계산이 맞지 않는다

15권의 앞부분은 13권의 끝에 이어진다. 우리는 13권 끝에서 오뒷세우스와 아테네가 헤어지는 것을 보고, 이어 14권에서 오뒷세우스가 에우마이오스의 오두막으로 찾아간 것을 보았다. 이제 두 갈래로 갈라진 이야기의 다른 쪽을 살펴볼 차례인데, 여기서도 '한편 그 사이에 아테네는~' 하는 식으로 되어 있지 않고, 오뒷세우스가 잠자리에 들자 여신이 움직이기 시작하는 것처럼 되어 있다. 한데 이 장면은 여신이, 자고 있는 텔레마코스를 찾아가는 것으로 되어 있어서, 마치 4권 끝부분으로 이어지는 것처럼 되어 있기도 하다. 물론 4권에서는 텔레마코스가 메넬라오스와 이야기를 나누는 동안 그 집으로 다시 잔치 손님들이 몰려드는 데서 스파르타 장면이 끝나고, 장면이 바뀌어 이타케에서 있었던 일들이 그려지기 때문에, 우리는 텔레마코스가 잠자리에 드는 것을 보지 못했다. 하지만 페넬로페가 아들을 걱정하다 지쳐 잠들고, 구혼자들 일부가 텔레마코스를 노리고 매복 나가서 잠자리에 드는 장면으로 텔레마키아가 끝났기 때문에, 여기서 텔레마코스가 자고 있는 것을 보면 바로 4권 끝부분으로 이어지는 듯한 느낌이 든다.

여기에 두 가지 문제가 있다. 하나는, 지금 만난 장면이 4권에 바

로 이어지는 다음날 새벽에 벌어지는 것일 수 없다는 점이다. 1권과 5권에 나온 신들의 회의가 같은 것이라고 하든 서로 다른 것이라 하든, 텔레마코스는 스파르타에 스무 닷새 이상 머문 게 되기 때문이다. 그런데도 마치 스파르타에서 보내는 두번째 밤인 듯 보이는 건 대체 무슨 이유에선가?

이와 연결된 두번째 문제는, 그렇게 시간이 흘렀다면 텔레마코스의 행동이 그의 발언과 맞지 않는다는 점이다. 4권에서 텔레마코스는 메넬라오스에게, 어서 집으로 돌아가야겠다고 했었다. 그런 그가 왜 그렇게 오래 거기 머물러 있는 것일까? 5권의 신들의 회의는 4권의 사건에 뒤이어 일어나는 것처럼 되어 있다. 그리고 지금 15권의 사건은 13권에 연결된 것 같다. 4권에서 13권 끝부분까지는 모두 해서 30일 정도 걸렸다. 시간을 이것보다 짧게 계산하는 방법이 하나 있긴 하다. 고대 서사시에서는, 동시에 일어난 일이라도 마치 시간적으로 이어져 일어난 것처럼 이야기하는 방식이 쓰인다는 점을 고려에 넣는 것이다. 그래서 1권과 5권에 나오는 신들의 회의가 사실은 같은 것인데 둘인 듯 다뤄졌다고 보면, 거기서 날짜가 좀 줄어든다. 그 경우, 아테네가 텔레마코스를 찾아간 것과 헤르메스가 칼륍소를 찾아간 것은 같은 날이 되고, 텔레마코스가 스파르타에 도착할 무렵에 오뒷세우스도 뗏목을 갖추어 칼륍소에게서 떠난 게 된다. 하지만 이렇게 계산해도, 겨우 닷새가 줄어들 뿐이다. 한 번 확인해 보자. 4권 중반까지 텔레마코스는 모두 다섯 밤을 잤다. 각각 이타케, 바다 위, 퓔로스, 페라이, 스파르타에서다. 한편 5권에서 오뒷세우스는 헤르메스가 방문한 지

닷새째에 뗏목을 완성하고 출항했다. 그러니까 아들이 스파르타에 도착한 날, 아버지가 칼륍소를 떠난 셈이다. 그러면 오뒷세우스가 무사히 항해한 18일과, 파선된 뒤에 헤엄치면서 보낸 이틀, 스케리아 해변에서 한 밤, 알키노오스의 궁전에서 두 밤, 파이아케스 인들의 배에서 보낸 한 밤, 에우마이오스의 오두막에서 보낸 한 밤 등, 도합 25일 동안 텔레마코스는 스파르타에 머무른 게 된다. 이렇게 긴 체류의 이유는 무엇인가? 어떤 학자는, '미인의 고장' 스파르타는 젊은이에게 매력 있는 곳이라고 설명한다. 그래도 우리가 4권에서 본 그의 결의(決意)에 비추어 이건 좀 이상한 일이다.

시간 연결과 관련된 다른 난점도 있다. 이번에는 며칠 단위가 아니라, 하루 중 몇 시쯤인지의 문제이다. 얼른 보기에 15권 초반은 13권 끝부분과 이어지는 것으로 보인다. 그렇다면 15권 초반은 오전 중의 좀 늦은 시간이거나 그 이후여야 한다. 13권 후반의 상황은, 파이아케스 인들의 배에서 잠이 든 오뒷세우스가 이타케 해안에서 깨어난 데서 시작되었다. 그가 깨어난 시간은 나와 있지 않지만, 해가 지고 나서 스케리아에서 출발하면서 곧장 잠이 들었으니, 다음날 아침에는 일어나는 게 정상이다. 그는 곧 양치기 소년 모습의 아테네를 만났고, 잠시 이야기를 나눈 후 함께 재물을 감추고 아테네와 헤어졌다. 거기서 여신이 바로 스파르타로 떠났다면 오전 중에 텔레마코스에게 도착해야 한다. 그런데 곧 보겠지만, 텔레마코스는 아직 잠자리에 있고, 그가 동료를 깨우자 상대방은 너무 이른 시간이라고 핀잔을 준다. 혹시 오뒷세우스가 바닷가에서 잠을 깬 게 아주 이른 시간이어서, 날이 다

밝기도 전에 아테네가 오뒷세우스와의 용무를 마치고 이타케를 떠났다고 해야 하나? 하지만 오뒷세우스가 양치기 소년을 만나고도 별로 놀라지 않는 것을 보면, 해 뜨기 전은 아니라고 해야겠다. 또 오뒷세우스가 에우마이오스를 만났을 때는 다른 돼지치기들이 다 일 보러 나간 시간이니, 아테네가 스파르타에 도착했을 때도 그 정도 시각이어야만 합당할 것이다. 그런데도 스파르타 시간이 한밤중, 또는 이른 새벽으로 설정되어 있다. 이것은 아테네 여신이, 말하자면 오뒷세우스가 잠자리에 들 때까지 '기다렸다가' 스파르타로 들어갔다는 뜻이다. 여신의 시간은, 우리가 조금 전까지 보던 오뒷세우스의 시간에 이어 붙여진 것이다. 서사시에서는 한쪽의 행동이 진행되는 사이에 다른 쪽 행동은 '얼어붙어' 있다.

그러니까 시인은 긴 단위로든 짧은 단위로든, 서로 다른 장소의 시간을 연결할 때 우리와는 다른 방식을 사용하는 것이다. 다시 날짜 문제로 돌아가자. 시인은 모든 난점을 무시하고, 텔레마코스가 마치 30일 정도나 메넬라오스의 집에 머물고 있는 것처럼 진행한다. 그러면서도 인물들의 태도를 보면, 마치 텔레마코스가 스파르타에 머무는 두번째 밤인 것처럼 되어 있다. 텔레마코스는 30일 동안 '얼어붙어' 있다가, 오뒷세우스가 돼지농장에서 잠자리에 들자, 자신도 잠자리에 들어 스파르타에서의 두번째 밤을 보내는 중이다. 그래서 15권 초반은 한편으로는 13권 끝과 연결되고, 동시에 4권 끝과 연결되는 것이다. 5권의 신들의 회의가 1권 초반의 것과 같은 것이기도 하고, 4권 끝과 연결되기도 하는 것과 마찬가지이다. 물론 당시의 청중들은 이야

기에 열중해서, 아니면 서사시가 늘 이런 식으로 진행하는 것에 이미 익숙해 있어서, 날짜가 얼마나 흘렀는지 크게 의식하거나 문제 삼지 않았을 것이다.

텔레마코스가 아테네의 지시에 따라 귀향을 서두르다

스파르타에 도착한 아테네는, 텔레마코스와 페이시스트라토스가 메넬라오스의 집 바깥채의 잠자리에 누워 있는 것을 발견한다. 텔레마코스는 잠들지 못하고 아버지에 대해 걱정하는 참이었다. 여신은 그의 머리맡에 서서 말한다. 이렇게 오래 집을 떠나 있으면 구혼자들이 그의 재산을 나눠 먹을 수 있으니 얼른 떠나라고. 그러면서 거짓을 꾸며 그의 마음을 급하게 한다. 구혼자들의 우두머리인 에우뤼마코스가 큰 선물을 주어서, 페넬로페의 친정식구들이 그녀더러 그와 결혼하라고 재촉하고 있다고. 그러면서 여신은 여자들 일반에 대한 불신을 심어 주고, 집에 돌아가면 재산을 스스로 관리하라고 충고한다. 여자는 항상 현재의 남자만 생각하기 때문에, 전남편이 죽고 나면 남편도, 그에게서 난 아이도 신경 쓰지 않는다고, 텔레마코스가 결혼하기까지는 하녀들 중 가장 믿음직한 이에게 재산 관리를 맡기라고.

지금 여신이 하는 얘기는 우리가 알고 있는 사실과도, 텔레마코스가 집에 가서 보게 되는 현실과도 일치하지 않는다. 따라서 여신이 거짓말을 하고 있는 셈이니, 이상하게 여기는 독자도 있겠다. 하지만 이 사건은 텔레마코스의 입장에서 보자면, 선잠을 자면서 꾸는 꿈이라고 해야 할 것이다. 따라서 텔레마코스가 잠에서 깨면 그것이 그저

자신의 걱정에서 나온 것인지 진실인지 다시 생각할 테고, 그 진실 여부는 큰 문제가 아니게 될 것이다. 설사 이것이 꿈이 아니라 진짜로 일어난 사건이라 해도, 고대적 관념에 따르자면 신은 항상 진실하지는 않기 때문에, 텔레마코스는 별 충격 받지 않고 그저 아테네가 선의의 거짓말을 한 걸로 해석할 것이다.

다음으로 여신은, 구혼자들 일부가 이타케와 사모스(사메)* 사이 해협에서 매복 중이지만, 신들이 그를 보호하니 걱정하지 말고 멀리 돌아서 밤에도 항해하라고 충고한다. 이어, 배가 이타케의 가장 가까운 해안에 닿으면 배와 동료들은 시내로 보내고, 텔레마코스 자신은 돼지치기에게 가서 밤을 보내되, 자신이 돌아왔다는 소식을 에우마이오스를 시켜 페넬로페에게 전하라고 명한다. 다시 스포일러다. 우리는 앞으로 사건 진행이 이대로 되는 것을 보게 될 것이다. 한 가지 중요한 사건만 빠졌다. 텔레마코스가 돼지치기의 오두막에서 아버지를 만나게 되리라는 사실은 여기 언급되지 않은 것이다.

여신이 떠나자, 아직 캄캄한데도 텔레마코스는 친구를 깨운다. 얼른 떠나자고 재촉하다가 약간의 핀잔을 듣는다. 날이 밝아 메넬라오스가 그들을 찾아오자, 텔레마코스는 자기들을 얼른 보내 달라고 청한다. 메넬라오스는 선물을 마차에 싣고 점심을 먹고 떠나라고 권한다. 그러면서 다른 일정을 제안한다. 그가 원한다면 헬라스와 아르고

---

* 이 섬의 이름은 지금 이 자리(15권 29행)와 4권의 두 군데(671행, 845행)에만 사모스로 되어 있고, 다른 곳에는 모두 사메로 되어 있다(여기 표시한 것은 희랍어 원문의 행수이고, 천병희 역에는 문장을 부드럽게 연결하기 위해 모두 한 줄씩 위로 옮겨져 있다).

스 중심부를 자신과 함께 여행할 수 있고, 여러 사람에게서 많은 선물을 받을 수 있다는 것이다. 우리는 방금 위에서 텔레마코스가 아주 오랜 시간 스파르타에 머문 것으로 계산했다. 하지만 이 장면을 보면, 마치 텔레마코스가 거기 도착한 다음날이거나 그 다음날 정도 된 것같이 보인다. 사실 이 장면은 4권 후반의 메넬라오스의 모험 회고담 부분 대신에 들어가도 무관할 것이다(거기서나 여기서나 모두, 손님이 잠에서 깨자 주인이 찾아오는 것으로 되어 있다). 물론 그러면 그의 모험과 오뒷세우스의 모험 사이의 유사성이 사라지고, 텔레마코스의 간접경험도 오뒷세우스의 경험과 멀어지게 될 터이니, 지금 이대로가 더 낫긴 하다.

텔레마코스는, 자신이 아버지를 찾아다니다가 자기도 죽거나 아니면 재산을 잃게 될까봐 걱정된다며, 왕의 제안을 사양한다. 메넬라오스는 헬레네와 메가펜테스를 동반하여 보물창고로 가서, 선물들을 내온다. 왕은 손잡이 둘 달린 잔을, 그의 아들은 술 섞는 은제 동이를, 왕비는 별처럼 빛나는 옷을 각기 들고 나선다. 메넬라오스는 특히 술 섞는 항아리가 헤파이스토스의 작품이며, 시돈 왕 파이디모스에게서 받은 것이라고 설명한다. 이미 4권에서 했던 설명이다. 예기치 않았던 것은 헬레네의 선물인데, 그녀는 자신이 직접 짠 이 의복을 결혼식 날에 신부에게 입히라고, 그 전까지는 어머니의 방에 보관하라고 건네준다.

사랑하는 아들이여, 나도 여기 이것을 그대에게 선물로 줄 것이니,

> 헬레네의 솜씨에 대한 이 기념품은, 바라고 바라던 그대의 결혼식 날,
> 그대의 신부가 입도록 하시오. 그때까지는 사랑하는 어머니 곁에,
> 방 안에 놓아두시오.(15권 125~8행)

이 부부는 선물을 주는 데서도 경쟁을 하는 듯하다. 일종의 포틀래취(potlatch)이다.

이 장면은 텔레마코스의 여행을 결혼과 연관시키고, 페넬로페의 지위를 안정적인 것으로 만드는 효과가 있다. 아테네 여신이 거짓말로 페넬로페에 대한 불신을 조장한 것과는 달리, 이 '좋은 저승'의 '여신'인 헬레네는 안티클레이아가 그랬듯 여성에 대한 신뢰를 강조한다. 이 작품 안에는 여기저기 어떤 긴장이 비친다.

그 다음은 전형적인 장면들로 되어 있다. 선물을 마차에 싣고, 격식에 따라 식사가 진행되고, 손님들이 마차에 오른다. 메넬라오스는 포도주와 황금잔을 가져다가 객들로 하여금 떠나기 전에 헌주하게 한다. 작별의 말도 꽤 길다. 오뒷세우스의 경우, 여러 번 작별이 있었어도 이런 과정은 다 생략되었다. 메넬라오스는 네스토르에게도 안부를 전한다. 이제 주도권은 텔레마코스가 쥐고 있는지, 이 인사에 대한 대답도 자기가 한다. 그러면서, 오뒷세우스에게도 메넬라오스의 환대를 전할 수 있었으면 좋겠다고 소원을 말한다. 그 순간 그 말에 대한 보증인 듯, 전조가 나타난다. 독수리 한 마리가 집에서 기르는 거위 한 마리를 채어, 이들 곁을 지나 오른쪽으로 날아간 것이다. 페이시스트라토스는 이 전조가 누구와 관련된 것인지 메넬라오스에게 묻는다. 고

대의 왕들은 사제의 기능을 갖고 있었으니, 이렇게 묻는 것도 이상한 일은 아니다. 왕이 답할 말을 생각하느라 잠깐 지체한다. 그 사이에 다시 기민한 그의 아내가 끼어든다. 오뒷세우스가 그 독수리처럼 돌아와 복수하게 될 것이라고, 어쩌면 벌써 집에 돌아와 있을지도 모르겠다고. 여기서 헬레네의 말은 '예언'(manteusomai)이라고 표현되어 있다.

> 그대들은 내 말을 들으셔요. 나는 불사의 신들이 내 마음에 불어넣어 주신 대로,
> 그리고 이루어지리라고 내가 생각하는 대로, 예언을 하겠어요.
> (15권 172~3행)

이 '저승 여신'은 아테네의 '스포일러'에서 빠진 부분(아버지의 귀환)을 채워 넣은 셈이다. 텔레마코스는 제우스께서 그것을 이뤄 주시길 축원하면서, 이 예언이 성취되면 자기가 헬레네를 여신처럼 공경할 것이라고 약속한다.

> 헤라의 크게 우레를 치시는 남편 제우스께서 제발 지금 그렇게만 해주셨으면! 그러면 나는 집에 가서도 그대를 신처럼 공경할 것입니다.(15권 180~1행)

이 부분에서는 제우스조차도 '헤라의 남편'으로 지칭되고 있어서, 전체적으로 여성의 주도권이 강조되고 있다.

올 때처럼 말들은 비현실적으로 빨리 달리고, 올 때처럼 도중에 길이 어둠에 싸여, 이들은 다시 페라이에서 디오클레스의 집에 머문다. 다음날 다시 선물을 받고 그곳을 떠난다. 올 때도 선물을 받은 것으로 되어 있는데, 합리적으로 하자면 어차피 돌아올 때 그 집에 다시 들를 터이니 선물은 나중에 챙겨 가기로 했겠지만, 같은 공식구가 사용되어 두 장면이 똑같아졌고, 선물도 두 번이나 받는 것으로 되어 있다.

그들이 퓔로스에 닿자 텔레마코스는 친구에게, 자기가 네스토르 노인의 접대를 피하여 얼른 귀국하게 도와달라고 청한다. 페이시스트라토스도 그 말이 타당하다고 여겨, 배로 가서 선물들을 내려놓고, 얼른 떠나라고 재촉한다. 그들이 도착한 것을 알면 노인이 바닷가로 달려 나올 터이니, 그때는 접대를 사양하기 힘들 것이기 때문이다. 아마 그 청년은 집에 가서 아버지께 상당히 야단을 맞게 될 것이다. 오뒷세우스는 가는 곳마다 분란을 남겨 놓고 떠나는 것으로 되어 있는데, 그의 아들도 비슷한 운명을 가진 모양이다. 좀 심술궂게 해석하자면, 메넬라오스의 집에서는 헬레네가 남편을 앞질러서 전조를 해석한 것 때문에 부부 사이에 갈등이 있을 테고, 퓔로스에서는 손님 접대를 소홀히 한 것 때문에 부자간에 갈등이 생길 것이다. 물론 오뒷세우스가 젊은 처녀 나우시카아의 가슴에 상처를 남기고, 스케리아 백성들을 가난하게 만들고, 그들의 훌륭한 배가 돌이 되게 하고, 멋진 항구가 망가지게 한 것, 그리고 앞으로 이타케의 젊은 인재들을 거의 전멸시키고, 자기 가족은 백성들의 원한 속에 그냥 남겨 둔 채로 다시 여행을 떠날

것과 비교하면, 이 정도는 큰 일이 아니다. 아들은 갈등을 일으키는 규모에 있어서도 아버지의 규모를 축소하고 있다.

텔레마코스가 떠나려는 순간, 의미심장한 사건이 발생한다. 출항 준비를 마치고 아테네께 기도하고 제물을 바치고 있는데, 먼 데서 한 사내가 이들에게 다가왔으니, 살인을 저지르고 아르고스에서 도망쳐 온 사람이다. 여기서 다시 하이퍼텍스트식으로 그의 이력이 펼쳐진다. 그는 멜람푸스의 후손이다. 그러면 다시 멜람푸스가 누구인지 설명해야 하니, 다른 하이퍼텍스트가 또 나온다. 하지만 많은 것을 생략한 설명이다. 우선 작품에 나온 대로 적고, 잠시 후에 해설하기로 하자. '멜람푸스는 퓔로스에서 아주 부유하게 살았는데, 그곳 왕 넬레우스와 불화하여 멀리 떠났고, 넬레우스는 그의 재산을 일 년간 압류했었다. 그는 왕의 딸 때문에 퓔라코스의 집에 잡혀 있었다. 하지만 결국 거기서 벗어나 퓔라케에서 소들을 몰고 본향으로 돌아왔고, 넬레우스의 딸을 형제의 아내로 데려갔다. 그 후 그는 아르고스로 가서 살았다.' 그 다음은 계보다. 멜람푸스는 두 아들을 두었는데, 한 아들 쪽으로 증손자 대까지 가서 암피아라오스가 태어났고, 그는 신들의 사랑을 받았으나 여인의 선물 때문에 테바이에서 죽었다. 멜람푸스의 다른 아들에게서는 폴뤼페이데스라는 뛰어난 예언자가 났고, 지금 텔레마코스에게 온 사람은 그의 아들 테오클뤼메노스이다. 그러니까 지금 찾아온 도망자는 멜람푸스의 증손자로, 전설적인 예언자 암피아라오스와 같은 항렬이다.

이 집안은 멜람푸스 때부터 놀라운 예언력으로 유명한 가문이다.

벌써 뛰어난 예언자가 세 명 언급되었고, 지금 등장한 테오클뤼메노스는 그 정도까지는 아니라도 상당한 예언자이다. 이 집안의 역사는 사실 지금 처음 소개되는 것이 아니다. 이미 오뒷세우스가 저승에서 만난 여성 중에 이 집안 여자가 있었기 때문이다. 거기 나왔던 페로라는 여인이, 여기 소개된 '넬레우스의 딸'이다. 그러니까 지금 이 소개는 11권에 나온 이야기와 서로 보충해 주고, 지금 이 장면을 오뒷세우스의 저승여행에 연결시키는 역할을 한다. 텔레마코스는 이미 메넬라오스의 '저승여행' 이야기를 들음으로써 그것을 간접 체험했지만, 지금 이 장면으로 해서 그것을 좀더 보충하게 되었다.

낯선 이는 일행에게 다가와, 엄숙한 격식을 취하며 텔레마코스의 신분을 묻는다. 청년은 자기 신분을 밝히는데, 다시 아버지의 운명을 포기한 것처럼 대답한다. 낯선 이는 자기가 씨족 중의 하나를 죽이고, 피살자의 강력한 친족들에 쫓겨 도망 중이라며, 자기를 배에 태워 달라고 탄원한다. 텔레마코스를 그를 받아들이고 곧 출항한다.

지금 이 사건은 이전에 전혀 예고되지 않은 것이고, 대체 무슨 의도로 여기 들어간 것인지 짐작하기 어렵다. 이렇게 자세히 소개하는 것을 보면 뭔가 큰 쓰임이 있을 법한데, 별로 그렇지도 않은 것 같다. 그래서 분석론자들은, 테오클뤼메노스 일화를 누군가가 나중에 끼워 넣었다고 보기도 하고, 혹시 이것이 『오뒷세이아』가 성립되기 이전에 있었던 원래의 이야기에서, 오뒷세우스가 고향에 돌아가기 위해 가장한 모습 아니었을까 하는 추정도 있다. 나로서는 테오클뤼메노스의 역할이 그렇게 작다고는 생각하지 않는데, 깊게 생각하지 않더라

도 일단 몇 가지 의미를 부여할 수 있겠다. 하나는 이미 말했다. 여기서 이 사람의 계보가 소개되면서 텔레마코스의 여행이 오뒷세우스의 여행과 닮은 것이 된다. 다른 의미로는, 이제 텔레마코스가 성인이 되어 다른 사람을 보호할 지위를 얻었다는 것이다. 그리고 아마도 가장 깊은 의미로는 이 사건이, 오뒷세우스를 무사히 고향으로 돌려보내기 위한 일종의 주술 역할을 한다는 것이다. 텔레마코스는 아버지의 행방을 찾아 이곳에 왔다. 그리고 타향에서 떠도는 사람 하나를 싣고 자기 고향으로 돌아간다. 이런 행동으로써, 역시 고향을 떠난 자기 아버지도 무사히 배에 실려 고향으로 돌아갈 수 있게 될 것이다. 비슷한 것끼리는 서로 영향을 주고받는다는 것이 고대의 믿음이다. 테오클뤼메노스의 중대한 역할 하나는 나중에 볼 것이다.

에우마이오스가 자신의 사연을 들려주다

텔레마코스 일행이 집으로 돌아오는 길은, 가는 길에 비해 좀더 자세히 소개되어 있다. 우리에게는 그다지 익숙하지 않은 지명들이 잇달아 나온다. 그리고 그가 항해하는 사이에 밤이 닥친다. 이번에도, 바다 여행 중이지만 '길이란 길은 모두 어둠에 싸이는' 것으로 표현된다. 텔레마코스는, 자기가 과연 매복을 피할 수 있을 것인지 염려하며 항해를 계속하고, 거기서 장면은 돼지치기의 오두막으로 옮겨간다. 오뒷세우스와 돼지치기는 저녁을 먹고 있는 참이다. 우리는 전날 오뒷세우스가 지어 낸 이야기로 외투를 얻어 덮고 자는 데까지 보았는데, 지금 여기 저녁을 먹는 장면이 나오니 '어라, 이날 하루 동안은 무얼 했

지?' 하고 생각할 수도 있는데, 사실은 그냥 하루만 지난 게 아니라 이틀이 지난 것이다. 텔레마코스가 잠에서 깨어 스파르타를 떠나고, 중간에 페라이에서 하루 밤을 보내고 퓔로스를 지나 지금 다시 바다에서 또 밤을 맞았기 때문이다. '그럼 이틀 동안 돼지치기의 오두막에서는 아무 일도 일어나지 않았나' 하는 의문이 생길 수도 있는데, 이 역시 시인이 이야기를 이어 가는 방법이, 동시에 일어난 일이라도 한 쪽의 일을 다 이야기하고, 거기에 이어서 다른 쪽 사건이 진행되는 식으로 되어 있기 때문이다.

식사 도중에 오뒷세우스는, 에우마이오스가 자기를 오두막에서 계속 접대할 것인지, 아니면 시내로 가라고 할 것인지 그를 시험한다. 그는 다시, 내일 오뒷세우스의 집에 가서 페넬로페에게 소식을 전하겠다고 예고한다. 그 계획 자체는 이미 에우마이오스가 반박한 바 있으니 별로 새로운 것은 아니고, 이번에 새롭게 추가된 생각은, 자신이 구혼자들과 어울리면서 그들의 시중을 들고 무엇이건 좀 얻어먹겠다는 것이다. 그러면서 오뒷세우스는 자신이 시중드는 일에 꽤 재주가 있다고 밝히는데, 우리는 앞으로도 몇 번 그가 짐짓 자신의 이런저런 재능을 뽐내는 것을 보게 될 것이다. 여기서 그는 헤르메스가 자신에게 은총을 베풀어서 그렇게 되었다고 내세운다. 이 신은 거지의 신이고, 신들의 사회에서 좀 낮은 신분으로 종종 다른 신의 시중을 드는 모습으로 그려지니, 듣는 사람들은 헤르메스의 그런 측면을 생각했겠다. 하지만 내가 보기에 시인은, 이 신을 내세움으로써, 저승에서 돌아온 사람으로서의 오뒷세우스의 면모를 강조하는 것 같다. 더구나 그

신은 거짓말의 신이기도 하니, 오뒷세우스의 가장과 염탐에 잘 어울린다.

하지만 에우마이오스는 화를 내며 그 계획에 반대한다. 구혼자들의 오만과 폭력이 하늘에 닿았기 때문에, 그 무리에 들어가겠다는 것은 죽자는 것이나 다름없다, 더구나 그들의 하인들은 늙은 거지와는 부류가 다른 사람들이어서, 젊고 잘 차려 입고, 잘 꾸몄으며 얼굴도 곱다, 그러니 그냥 이 오두막에 머무는 것이 좋다, 누구도 그를 귀찮게 여기지 않으며, 특히 텔레마코스가 돌아오면 그에게 외투와 웃옷을 주고, 그가 원하는 대로 어디로든 호송해 줄 것이다.

늙은 거지는 자기를 걱정해 주는 그에게 복을 빌어 준다. 자기의 그런 '무모한' 계획이 배고픔 때문인 양, 방랑과 배고픔이 가장 심한 고통이라고 토로한다. 이제 화제는 오뒷세우스의 가족들에게로 옮겨 간다. 그의 어머니 아버지가 지금 어떤 상태인지 하는 것이다. 그 질문에 대해 에우마이오스는, 되돌이 구성이 되게끔 역순으로 대답한다. 이런 방식은, 다뤄야 할 두 가지 주제 중에서 간단한 것을 먼저 짧게 지나가고, 자신이 길게 말하고자 하는 것을 뒤에 배치하여 마음껏 늘릴 수 있게 해준다. 우선 오뒷세우스의 아버지 라에르테스에 대한 짧은 보고다. 그는 아직 살아계시며, 돌아오지 않는 아들과 일찍 세상을 떠난 아내 때문에 괴로워하고 있다. 그 괴로움으로 그는 훨씬 더 늙어버렸다. 한편 오뒷세우스의 어머니에 대해서는 에우마이오스가 훨씬 애틋한 감정을 지니고 있다.

그녀는 자신의 영광스런 아들 때문에 괴로워하시다가,
비참하게 돌아가셨는데, ……
그녀가 온갖 괴로움에도 불구하고 아직 살아 계시는 동안에는,
그녀의 안부를 묻고 질문하는 것이 내게는 즐거움이었소.
그녀가 자신의 막내 딸 기품 있는 크티메네와 함께
나를 손수 길러 주셨기 때문이지요. 나는 그 딸과 함께
길러졌고, 그녀는 자기 딸 못지않게 나에게 잘해 주셨소.
우리 두 사람이 많이 사랑 받는 청년기에 이르렀을 때,
그들은 수많은 구혼 선물을 받고 딸을 사메로 보냈소.
그러나 나는 그녀가 외투와 웃옷 같은 좋은 옷들을
입혀 주시고, 발을 위해서는 샌들을 주시더니, 시골로 내보냈소.
그녀는 나를 정말 진심으로 사랑해 주셨소. (15권 358~370행)

자신을 길러 주신 분, 이 '양 어머니'에 대한 추억은, 또 다른 여성에 대한 회상으로 이어진다. 에우마이오스가 오뒷세우스의 집안에서 자랐다면 사내애들끼리 어울렸을 터이니, 어려서 오뒷세우스와 어떻게 지냈는지 얘기하는 게 당연해 보이는데, 그의 기억은 오뒷세우스보다는 그 집안의 막내딸인 크티메네에게 향해 있다. 안티클레이아는 그를 자기 막내딸과 함께 길렀고, 그에게 아주 잘해 주었다. 그리고 그들이 청년기에 다다르자, 딸은 사메로 시집보내고, 자기에게는 좋은 옷과 신발을 갖춰 시골로 보냈다. 우리는 이 회고담에서 어떤 희미한 아쉬움을 느낄 수 있다. 돼지치기는 자신과 함께 자란 처녀를 감히 아내로 원했던 것일까? 아마도 오뒷세우스가 자기 하인의 내력을 자세

히 듣기는 이번이 처음일 것이다. 거지꼴의 주인과 충직한 하인 사이에 거의 대등한 자격으로 우정이 싹트는 드문 순간이다.

이 회고담은 집안에 대한 걱정으로 끝난다. 자기에게 맡겨진 돼지농장 일은 탈 없이 잘 되어가고 있다, 하지만 페넬로페에게 좋은 일이라곤 전혀 일어나지 않는다, 구혼자들이라는 재앙이 닥쳤기 때문이다. 그러면서 얼핏 듣기에, 돼지치기가 주인댁에 뭔가 섭섭한 감정이 있는 것이 아닌가 의심할 만한 말을 덧붙인다. 하인들은 안주인과 얘기도 나누고 음식도 얻어먹고, 거기서 조금 남겨 시골로 가져가기를 바라는 법이라고. 혹시 페넬로페는 하인들에게 조금 인색했던 것일까? 그보다 페넬로페에게 유리하게 해석해 주자면, 구혼자들 때문에 페넬로페가 하인들에게 좀더 신경을 쓰고 따뜻하게 대하며, 이것저것 챙겨 줄 여유가 없어졌다는 뜻이 될 것이다. 하지만 에우마이오스가 좀 섭섭한 마음을 품고 있다고 해도 아주 이상할 것은 없다. 이 작품에는 신과 인간, 인간과 인간 사이에 약간의 긴장이 있다. 이런 긴장은 작중인물들을 하나의 추상적인 인물형으로 만들지 않고, 구체적으로 살아 있는 인간이 되게 해준다. 앞에서도 말했지만 페넬로페는 오로지 남편만을 기다리는 춘향이형 인물이 아니다. 마찬가지로 에우마이오스 역시, 자신을 버리고 오로지 주인께 충성하는, 계급 사회의 주인들에게만 이상적인 하인형이 아니다. 그는 주인의 통제권 밖에서 나름대로 자율성을 행사하고, 그저 주인의 처분에 만족하는 게 아니라 주인에게서 원하는 것도 있는, 현실의 인간이다.

에우마이오스의 어린 시절에 대한 회고담은 오뒷세우스에게, 그

의 출신에 대한 관심을 불러일으킨다. 에우마이오스는 아주 어려서 부모 곁을 떠나온 것 같은데, 대체 무슨 일이 일어났던 것인지 하는 것이다. 도시가 함락된 것인지, 아니면 가축을 지키다가 납치된 것인지. 에우마이오스는 밤이 기니 얼마든지 얘기를 할 수 있다면서, 자기 얘기를 풀어 놓는다. 그는 쉬리아 섬 출신이다. 에우마이오스는 오뒷세우스에게 그 이름을 들어 본 적이 있을 거라고 하지만, 사실 이곳이 어딘지는 알 길이 없다. 학자들 사이에서는, 희랍의 델로스 섬 인근, 시칠리아의 쉬라쿠사이 인근, 그리고 근동 지역이 후보로 꼽힌다. 그곳은 마치 낙원처럼 그려진다. '소도 양도 포도주와 곡식도 풍부하다. 기근도 없고 질병도 없다. 사람들은 노령을 맞아 고통 없이 죽는다. 자기 아버지는 크테시오스라는 사람으로 그곳 왕이다. 그곳에 포이니케 상인들이 왔는데, 자기 집에서 일하던 포이니케 여인이 그 중 하나와 눈이 맞았다. 그 여인은 시돈 출신으로, 해적들에게 잡혀서 이 집에 팔린 몸이었다. 그녀의 애인이 된 포이니케 인은 그녀를 고향에 데려다주겠다고 약속했다. 그녀는 그들과 약속을 정하여, 왕궁에서 재물을 훔치고 왕의 어린 아들을 데리고 배에 탔다. 하지만 항해를 시작한 지 일곱째 날에 그녀는 배에서 급사하고 말았으며, 상인들은 그를 라에르테스에게 팔아 치웠다.' 쉬리아에서 시돈으로 향하다가 이타케에 들르게 된 것을 보면, 쉬리아는 아무래도 지중해 서쪽에 있다고 하는 게 좋겠다.

오뒷세우스는 이 얘기를 듣고, 자신이 크게 감동했노라고 말한다. 하지만 우리로서는, 대체 어린아이가 이 사실들을 어떻게 알았으

며, 어떻게 아직까지 기억하고 있는지, 의문을 갖지 않을 수 없다. 이 대목에 의혹을 품는 학자들은, 여기서 오뒷세우스가, 자신이 그랬듯 에우마이오스도 마음대로 이야기를 꾸며 내도록 기회를 주었다고 본다. 이런 해석의 근거는, 오뒷세우스가 그의 이야기를 듣고 보이는 반응이, 그가 자기에게 보였던 반응과 똑같다는 점이다(오뒷세우스가 에우마이오스의 얘기를 듣고 감동했다고 하는 부분[15권 486~7행]은, 에우마이오스가 오뒷세우스의 얘기를 듣고 했던 말[14권 361~2행]을 아주 조금만 바꾼 것이다). 하지만 이렇게 '삐딱하게' 보지 않고, 모든 것을 사실로 믿어 주자면, 에우마이오스는 어려서부터 매우 영리하고 기억력 좋은 아이였던 모양이다(물론 하녀가 몰래 상인들과 약속을 정하는 장면은 아이가 보았을 리 없으니, 그 부분만큼은 상상력으로 채워졌다고 인정해야 한다). 어떤 학자는 오뒷세우스가 점차 가장(假裝)을 벗어 감에 따라, 이 섬 사람들도 일종의 가장을 벗게 된다고 해석한다. 마치 동화 속 공주가 잠들어 있는 동안 성 안의 모든 일이 정지되듯, 이 작품에서도 주인이 가장하고 있는 동안 그의 나라도 일종의 가장 상태에 있으며, 주인이 참 모습을 드러낼 때 다른 이들도 본 모습을 드러낸다는 것이다. 이런 해석에 따르면, 지금 돼지치기가 원래 부유한 왕국의 왕자였다는 게 확인되는 순간, 하나의 '가장'이 벗겨졌다고 할 수 있겠다. 우리는 특히 작품 마지막에, 오뒷세우스의 아버지 라에르테스의 '가장'과 그것의 벗겨짐을 보게 될 것이다.

방금 들은 돼지치기의 이야기들은 15권의 핵심이라 할 만한 것이다. 14권이 늙은 거지의 이야기로 채워져 있다면, 15권에서 비슷한

역할을 하는 것이 이 '돼지치기 왕자'의 과거사이다. 두 이야기 모두에 포이니케 상인들이 등장하고, 모두 사악하게 그려졌다. 이것은 지중해의 상권을 두고 경쟁하던 두 민족 사이의 적대감을 반영하는 것일 수 있다.

텔레마코스가 돼지치기의 오두막으로 향하다

이들이 얘기를 마치고 잠자리에 드는 데서 장면은 다시 텔레마코스에게로 넘어간다. 그 사이 텔레마코스는 바다를 건너 이타케에 도착했다. 앞에도 말했듯, 한쪽에서 시간이 오래 걸리는 사건이 진행되고, 그 사이를 다른 쪽의 대화 장면이 채우는 기법은 서사시에서 종종 발견되는 것이다.

배가 포구 안으로 들어서고 선원들이 식사를 마치자, 텔레마코스는 그들에게 먼저 시내로 떠나라고 명한다. 자신은 시골의 목자들에게 들러서 농토를 둘러보고, 저녁에 도시로 가겠다는 것이다. 그러자 젊은이의 피후견인이라고 할 수 있는 테오클뤼메노스가, 자신이 누구의 집에 머물러야 하는지 충고를 구한다. 텔레마코스는, 지금 자기 집은 손님을 접대하기에 적절치 않으니 에우뤼마코스의 집으로 가라고 말한다. 그러면서, 그가 이타케 인들 가운데에서 가장 뛰어나고 페넬로페와 결혼하기를 가장 열망한다고 덧붙인다. 이미 텔레마키아 부분에서 나왔었지만, 이 에우뤼마코스는 구혼자들의 우두머리 노릇을 하고 있다. 여기서 텔레마코스는 그냥 관습에 따라 나그네를, 인품이 좋은 사람은 아니지만, 어쨌든 가장 부유하고 권력이 큰 사람의 집으로

보내려는 것인 듯도 하다. 하지만 그의 '추천사'에서는 아이러니가 느껴진다.

> …… 나는 그대가 찾아갈 만한 다른 사람을
> 일러주겠소. 현명한 폴뤼보스의 빼어난 아들 에우뤼마코스 말인데,
> 지금 이타케 인들은 그를 신처럼 우러러보고 있소. 그는 그들 중에서
> 월등히 가장 뛰어난 사람일 뿐만 아니라, 나의 어머니와 결혼하고
> 나의 아버지의 명예로운 지위를 차지하기를 가장 열망하고 있기 때문이오.(15권 518~522행)

에우뤼마코스가 이 젊은이를 대하던 장면들을 생각하면, 너무 좋은 말들로만 되어 있다. 조금 강하게 해석하자면 그는, 겉으로는 에우뤼마코스의 현실적 권력을 인정하는 것처럼 꾸며 보이면서, 한편 이타케 사람들의 행태를 은근히 비웃고, 또 한편 테오클뤼메노스의 안목을 시험해 보려는 것일 수 있다. 그리고 혹시 텔레마코스가 여행 중에 이 도망자의 가문에 대해 들었다면, 그 집안 전래의 예언력을 시험해 보자는 의도까지 들어갔겠다.

하지만 그는 그러면서도, 제우스께서 그들에게 파멸을 내리실 것이라고 자기 소원을 덧붙인다. 그러자 독수리 한 마리가 비둘기를 잡은 채 오른쪽에서 날아와, 잡아 뜯은 깃털을 뿌리며 지나간다. 테오클뤼메노스는 그것을 보고, 텔레마코스의 가문이 이타케를 영원히 통치하게 될 것이라고 예언한다. 그 말을 들은 텔레마코스는 호의적인 예언에 대한 보답인지, 생각을 바꾸어, 그를 자기에게 가장 충실한 동료

페이라이오스에게 맡긴다. 자신이 돌아올 때까지 잘 대접하라는 것이다. 곧 그들은 헤어져, 다른 사람들은 노를 저어 도시 쪽으로 떠나고, 텔레마코스는 돼지치기의 농장으로 향한다.

16권

아버지와 아들이 상봉하다

「오뒷세우스와 텔레마코스」 뤼시엥 두세(1856~1895)

16권의 핵심은 텔레마코스가 아버지를 알아 본 사건이다. 그림 뒤쪽에 아테네 여신이 아름다운 여인의 모습으로 오른손에 지팡이를 들고 서 있고, 오뒷세우스는 멋진 장년 신사의 모습을 회복하였다. 아버지와 아들은 서로 포옹하고 입을 맞춘다. 오뒷세우스는 전통적인 도상에 따라 뾰족 모자를 썼다.

16권에서는, 각기 아버지와 아들을 중심으로 나뉘었던 두 흐름이 하나로 합류한다. 16권 내용은 세 부분으로 되어 있다. 텔레마코스가 돼지치기의 농장에 도착하는 부분, 아버지와 아들이 알아보는 부분, 이타케 시내의 상황과 거기 딸린 부분.

그 사이 돼지농장에서도 아침 식사가 준비되고 있다. 방금 텔레마코스 일행의 식사를 보았는데, 거기 이어지는 장면에 다시 아침이

준비되고 있으니, 서사시에서는 보통 동시에 일어난 일도 시간적 선후관계인 것처럼 표현되는 게 관행이지만, 그것이 아주 엄밀하게 적용되지는 않은 셈이다.

여기서 식사와 관련된 용어를 조금 설명해야겠다. 희랍 사람들은 대체로 하루에 두 번만 식사를 했던 것 같은데, 아침 겸 점심으로 먹는 것이 '데이프논'(deipnon)이고 저녁 식사가 '도르폰'(dorpon)이다. '아침밥'을 나타내는 말은 '아리스톤'(ariston)인데 이 단어는 『일리아스』 24권에 한 번, 그리고 지금 이 대목에 한 번, 이렇게 두 번만 나온다. 방금 본 텔레마코스 일행의 식사에는 '데이프논'(deipnon)이란 단어가 쓰여서, 천병희 교수께서는 그걸 '점심'으로 옮겼다. 한데 지금 이 대목에 '아침' 식사가 준비되고 있다니, 독자들로서는 혹시 시간이 점심에서 다시 아침으로 돌아가는 것인가, 아니면 이 '아침'은 그 다음날인지 혼란이 생긴다. 하지만 텔레마코스 일행의 식사를 가리키는 단어도 '아침밥'이라 옮길 수 있으니, 사실은 아무 문제도 없다. 한쪽은 밤새 항해해서 시장하니까 먼저 아침을 먹은 것이고, 돼지농장은 그보다 조금 늦게 먹는 것뿐이다(천병희 역의 15권 마지막 행도 약간 혼란을 일으킨다. 텔레마코스가 농장에 도착했는데, 거기서 돼지치기가 "자고 있었다"라고 되어 있기 때문이다. 그러면 그 전에 텔레마코스가 '점심'을 먹었는데, 농장까지 가는 사이에 밤이 지나고 다음날 새벽에 도착을 하는 것인지, 아니면 남들은 점심 먹을 시간인데 돼지치기는 아직까지 자고 있다는 뜻인지, 어리둥절해진다. 희랍어에는 과거 진행형이 따로 있지 않고 반과거imperfect를 과거 진행의 의미로도 사용한다. 한데 여기 반과거

형이 쓰여서 이런 번역이 나온 것이다. 바로 거기 이어지는 16권 초반에 '아침밥'이란 말이 나오니, 그 전에는 자고 있는 게 당연해 보여서 이렇게 옮기기 쉽다. 하지만 이 반과거는 반복의 의미로 보아서, '거기서 돼지치기가 잠을 자곤 했다'로 옮기는 게 문맥에 맞을 것이다. 그래서 15권 끝과 16권을 이어서 보면 이렇다. 텔레마코스 일행이 이른 아침식사를 한다—텔레마코스가 돼지치기의 숙소에 도착한다—돼지치기가 늦은 아침식사를 하고 있다).

텔레마코스가 에우마이오스의 오두막에서 처음으로 오뒷세우스와 마주치다

텔레마코스가 오두막에 도착하는 모습은, 오뒷세우스가 처음 이곳에 도착하던 때를 상기시킨다. 이번에도 새 인물의 등장에 개들이 반응한다. 이번에는 지난번과 달리 매우 호의적이다. 발소리를 알아듣고 꼬리를 흔든 것이다. 오뒷세우스가 먼저 그것을 알아보고, 누군가 아는 사람이 온다는 것을 에우마이오스에게 알린다. 여기서 오뒷세우스는 개들의 움직임에 매우 민감하다. 이로써, 그가 집에 도착하여 늙은 개 아르고스와 마주치는 장면이 준비되고 있다. 바로 그 순간 텔레마코스가 들어서고, 에우마이오스는 손에서 그릇을 떨어뜨리고 달려가 그에게 입을 맞춘다.

여기에 다시 '약간은 뒤집힌' 직유가 등장한다. 돼지치기가 텔레마코스를 맞이할 때, 외아들이 10년 만에 먼 땅에서 돌아오자 아버지가 반기는 것처럼, 그렇게 반가워했다고 되어 있기 때문이다.

마치 사랑하는 아버지가 십 년 만에 먼 나라에서
돌아온 아들을, 아버지의 속깨나 썩인
귀염둥이 외아들을 반기듯이,
꼭 그처럼 고귀한 돼지치기는 그때 신과 같은 텔레마코스를,
마치 죽음에서 벗어난 사람인 양, 얼싸안고 입맞추었다.
(16권 17~21행)

하지만 지금 십 년보다 더 긴 세월 뒤에 먼 땅에서 돌아와 곁에 있는 것은, 아들이 아니라 아버지 오뒷세우스이다. 죽음을 벗어난 사람도 오뒷세우스다. 물론 텔레마코스도 매복을 피하여 무사히 돌아왔으니, 이런 표현이 아주 안 맞는 것은 아니다. 그래서 이 직유는 '약간'만 뒤집혔다. 그리고 나로서는 텔레마코스가 죽음을 벗어났다는 말에서는, 그가 일종의 저승여행을 마치고 왔다는 측면을 강조하고 싶다. 어떤 의미에서 그도 죽음을 '겪고' 돌아온 사람이다.

이제 안부 인사를 주고받고, 낯선 이들끼리 서로 만날 차례이다.

젊은이를 맞아들이면서 돼지치기는, 그가 시골에 자주 오지 않는 것에 대해서 약간 나무란다. 혹시 구혼자들과 어울리기를 즐기는 게 아니냐는 것이다. 텔레마코스는 그를 다독이면서, 이곳에 온 목적을 밝힌다. 지금 집안 사정이 어떤지 에우마이오스에게 직접 들으려고 왔다는 것이다. 자기 어머니가 아직 궁전에 계시는지, 아니면 그 사이 새 결혼을 했는지. 앞에 계산해 본 것처럼, 우리로서는 그의 여행이 얼마나 걸렸는지 정확히는 알 길이 없는데, 짧게 잡으면 8일, 길게 잡으면 거기에 30일 정도를 더한 날 수이다. 물론 이 정도면 결혼식이 있

었다 해도 아주 이상한 시간은 아니다. 하지만 아테네 여신이 텔레마코스에게, 에우뤼마코스가 강력한 혼인 상대로 떠올랐다고 거짓으로 알린 지 겨우 나흘째이니, 그 사이에 결혼식까지 가지는 않았다고 보는 것이 온당하겠다. 텔레마코스로서는 그저, 자신이 거기 갑자기 찾아온 이유를 지어 내느라고 이렇게 말했을 것이다. 이제 젊은이는 이전처럼 순진하지 않고, 상대를 보아 적당하게 이야기를 지어 내는 오뒷세우스의 수준으로 접근하고 있다. 그리고 여기서 그는, '오뒷세우스의 침상이 버려져 거미줄이 덮였는지' 묻는데, 이런 표현은 마지막에 오뒷세우스 부부가 서로 알아보는 장면을 미리 준비하는 것으로 보인다.

에우마이오스는 페넬로페가 여전히 집에 머물러 괴로워하고 있다면서, 젊은이를 안으로 맞아들인다. 그가 가까이 오자, 오뒷세우스는 짐짓 겸양의 모습을 취하여, 일어나 자리를 내어 준다. 하지만 텔레마코스는 그의 나이를 존중하여 그 자리를 사양한다. 돼지치기는 어제 먹던 고기들로 식사를 마련한다. 텔레마코스는, 나그네가 어디에서 왔으며, 누가 그를 이리로 데려왔는지 묻는다. 에우마이오스는 자신이 알고 있는 정보를 요령껏 정리하여 전한다. 그는 크레테 출신으로 많은 도시를 떠돌아다녔고, 테스프로토이 인들의 배에서 도망쳤다고 한다, 그가 당신께 탄원하겠다고 하니 이제 그를 당신이 맡아라. 마지막에 탄원자라는 말을 덧붙이기는 했지만, 자기들끼리 있을 때와는 어조가 약간 다르다. 전에 그는 텔레마코스가 오면 아마 외투와 웃옷을 주고, 가고자 하는 데로 호송하리라고 하지 않았던가? 하지만 여기

서는 주인의 권리를 존중해서인지, 텔레마코스의 마음대로 처분하라고 한다. 호의적인 대우를 부탁하는 말도 없다. 오뒷세우스로서는 조금 섭섭할 수도 있었겠지만, 이것이 인간들의 일반적인 태도이니 탓할 것도 없다. 그리고 어쩌면 자기 아들이 나이 든 노예에게 사랑만 받는 것이 아니라, 권위까지 인정받는 것을 보고 오히려 흡족했을 수도 있다.

하지만 텔레마코스는, 테오클뤼메노스를 자기 집으로 맞아들이지 못하는 것과 비슷한 이유로 이 늙은 거지를 받아들이는 걸 꺼린다. 자기는 아직 완력이 충분치 못하고, 자기 어머니는 아직 재혼 여부를 결정하지 못하고 있기 때문이다. 한데 여기서 페넬로페의 재혼에 대해 백성들은 반대하는 것으로 소개된다.

> 나의 어머니께서는 마음속으로 망설이고 계시지요,
> 남편의 침상과 백성들의 평판을 존중하여
> 이곳에 나와 함께 머물며 집을 돌보실 것인지,
> 아니면 궁전에서 구혼하는 아카이아 인들 중에서 누구든지
> 가장 훌륭하고, 선물을 가장 많이 주는 남자를 따라가실 것인지 말이오.(16권 73~7행)

텔레마코스의 말이니 정말 그런지는 알 수 없지만, 보수적인 사회에서는 과부가 개가하지 않고 죽은 남편의 집을 지키는 것을 대체로 지지하거나, 어떤 경우에는 강요까지 하는 게 보통이니, 여기서도 그렇게 보는 게 옳겠다.

그래도 텔레마코스는 역시 에우마이오스가 예상했던 것처럼, 나그네에게 호의를 보이는 인정 많고 관대한 사람이다. 그는 늙은 거지에게 옷과 칼, 신발과 호송을 약속한다. 그러면서 다른 선택지도 하나 제시하는데, 원한다면 그가 농장에 머물러도 좋다는 것이다. 그러면 그를 돌보는 데 필요한 옷과 음식은 자기가 그리로 보내겠단다. 그는 다시 처음의 결론으로 돌아가서, 자신은 이 늙은 거지가 구혼자들에게로 가는 것에는 반대한단다. 그들이 교만하여 그를 조롱할 텐데, 자기는 그것을 막을 힘이 없기 때문이다. 그리고 그들이 워낙 숫자가 많아서, 아무리 강한 사람이라고 해도 혼자서는 대적하기 힘들다는 것이다.

그 말은 들은 오뒷세우스는, 네스토르가 텔레마코스에게 했던 것과 같은 질문을 던진다. 텔레마코스가 그들에게 스스로 굴복하는 것인지, 아니면 백성들이 그를 증오하는 것인지. 그리고 전혀 아무 물정도 모르는 사람인 것처럼, 다른 질문도 하나 덧붙인다. 텔레마코스가 혹시 자기 형제들을 원망하고 있는 것은 아닌지 하는 것이다. 그러면서 몇 가지 불가능해 보이는 소망을 피력한다. 첫째는, 자기가 젊었더라면 그를 도울 수 있었으리라는 것이다. 그 다음은 조금 더 강한 가정이다. 자기가 오뒷세우스의 아들이었더라면 하는 것이다. 마지막 소망은 아슬아슬하게 진실을 담고 있다. 오뒷세우스가 거지의 모습으로 돌아왔으면 좋겠다는 것이다. 이 말은 거의, 자신이 거지 모습으로 돌아온 오뒷세우스라면 좋겠다는 것처럼 들린다.

내게 기백이 있는 그만큼 내가 젊다면 좋으련만, 아니면 내가
나무랄 데 없는 오뒷세우스의 아들이거나, 아니면 오뒷세우스 자신이
거지로 돌아온다면 좋으련만! (16권 99~101행)*

그러다가 그는, 너무 진실에 가까이 다가갔다고 생각했는지, '그렇지만 희망은 남아 있다'고 덧붙여서 그것이 그저 불가능한 소원일 뿐임을 강조한다. 하지만 오뒷세우스는, 에우마이오스에게 곧 주인이 돌아온다고 공언하면서 무리해 보이는 내기를 제안했던 것처럼, 이번에도 좀 과격한 제안을 한다. 자기가 방금 소망한 그런 상황이 왔는데도 자기가 구혼자들을 처치하지 않으면, 누가 당장 자기 목을 쳐도 좋다는 것이다. 그 다음의 말도 상당히 격앙된 것이다. 자기가 혼자 싸우다가 다수에 제압되어 죽더라도, 구혼자들이 나그네를 학대하고 하녀들을 마음대로 희롱하고, 술과 음식을 먹어 없애는 걸 보느니 차라리 그렇게 죽는 게 낫겠다는 것이다. 그러다가 다시 위험스런 진실로 다가간다.

그런 못된 짓을 언제까지나 지켜보느니,
차라리 내 궁정에서 살해되어 죽고 싶소이다.(16권 110~1행)

---

* 101행은 옛날부터 지우자는 학자가 많았다. 그렇게 되면, 100행 마지막 부분은, 자기가 오뒷세우스였으면 좋겠다는 말이 된다. 이 구절을 그냥 두자는 학자들은, 늙은 거지가 100행까지 말해놓고, 너무 진실을 많이 드러냈다고 생각해서 문장 구조를 갑자기 바꾸었다고 본다. 그래서 '거지로 돌아왔으면 좋겠다'라고 덧붙였다는 것이다.

이런 말을 자신에 대한 비판이라고 생각했는지, 텔레마코스가 적극적으로 답변에 나선다. 백성이 자기를 증오하는 것도 아니고, 자기가 형제들과 불화한 것도 아니다. 그러면서 두번째 화제에 대한 보충 설명을 붙인다. 자기 집안은 대대로 외아들뿐이었다고. 여기서 이 집안의 혈통이 간략하게 정리되는데, 사건이 막바지에 다다르면 역사가 정리되는 것은 『일리아스』에서도 마찬가지였고, 나중에 헤로도토스가 많이 사용할 서술 방식이다. 우리는 이미 라에르테스까지는 알고 있으니, 여기서 더 얻는 정보는 그의 아버지가 아르케이시오스라는 것뿐이다. 이 외아들로 이어진 혈통에 뒤이어, 그는 자기 집에 모여든 구혼자들에 대해 개략적인 소개를 한다. 주변 섬들과 이타케 자체에서 뛰어난 자들이 와서 어머니께 구혼하며 자기 집 재산을 탕진하고 있다. 그런데도 어머니는 거절하지도 못하고, 결혼을 결정하여 상황을 끝내지도 못하고 있다. 그래서 그들은 그의 재산을 먹어서 축내고 있으며, 곧 그 자신도 갈가리 찢어 버릴 것 같다. 지금 여기 쓰인 구절은 1권에서 아테네가 멘테스의 모습으로 텔레마코스를 찾아왔을 때, 그가 멘테스에게 했던 말을 그대로 옮겨 놓은 것이다. 그러니 텔레마코스는 호의적인 나그네가 찾아올 때마다 이렇게 비관적인 보고를 하는 모양이다.

여기서 텔레마코스는 아테네가 그를 이리 보낼 때 지시했던 것을 이행한다. 에우마이오스더러, 페넬로페에게 가서 자기가 퓔로스 여행에서 무사히 돌아왔다고 전하라는 것이다. 그리고 소식을 전하면 얼른 돌아오고, 다른 사람들은 알지 못하게 하라고. 에우마이오스가 그

소식을, 손자의 여행에 대해 듣고 걱정이 되어 식음을 전폐하고 있는 노인 라에르테스에게도 전할까 물으니, 텔레마코스는 일단 그대로 돌아오라고 한다. 노인의 상태가 걱정스럽긴 하지만, 무엇보다 오뒷세우스가 돌아와야만 문제가 근본적으로 해결되겠기 때문이란다. 그러면서도 일종의 타협책으로, 페넬로페의 시중을 드는 가정부를 보내서 노인에게 소식을 전하라고 지시한다. 사실 에우마이오스에게 맡긴 이 임무는 별로 필요치 않은 것이다. 곧 다른 사람들이 텔레마코스의 소식을 페넬로페에게 전하기 때문이다. 이 심부름의 참된 목적은, 부자(父子)가 다른 사람의 개입 없이 상봉할 기회를 주는 데 있다. 따라서 에우마이오스의 역할은 자리를 비워 주는 것이다. 이제 그가 주연인 장면들은 다 끝났다. 앞으로도 그는 계속 나오겠지만 매우 작은 역할을 수행하는 조연이 될 것이다.

텔레마코스가 아버지를 알아보고, 앞일을 의논하다

돼지치기가 오두막을 떠나자 곧 아테네 여신이 나타난다. 그녀는 키가 크고 아름다운 여인의 모습을 취했는데, 오뒷세우스에게만 보이고 텔레마코스에게는 보이지 않는다. 하지만 이번에도 개들이 새로 나타난 존재에 반응을 보인다. 누군가 무서운 존재가 온 것을 알고는, 짖지도 못하고 낑낑대며 다른 쪽으로 달아난 것이다. 여신이 오뒷세우스에게 눈짓을 보내자, 오뒷세우스가 밖으로 나간다. 아테네는 오뒷세우스에게 이제 아들에게 신분을 밝히고, 둘이 같이 구혼자들에게 대항하라고 지시한다. 그러면서 황금의 지팡이로 그를 건드리자 오뒷세

우스가 변화하는데, 묘사를 보면 마치 바깥쪽부터 안쪽으로 변화되어 들어가는 것처럼 되어 있다. 우선 그의 옷들이 깨끗해진다. 다음으로 체격이 커지고 젊어진다. 피부는 거무스름해지고 볼은 팽팽해졌으며 턱에는 수염이 짙게 난다. 머리카락은 어찌 되었는지 나와 있지 않지만, 수염이 다시 난 것으로 유추하건대 아마 나우시카아를 만나 처음 목욕했을 때처럼 '히아신스 같은' 모습을 되찾았을 것이다.

이 모습으로 오뒷세우스가 안으로 들어가자, 텔레마코스는 혹시 그가 신이 아닐까 의심한다. 우리는 이미 스케리아에서도, 오뒷세우스를 본 사람들 가운데 혹시 그가 신이 아닌가 의혹이 일어나는 것을 본 적이 있다. 또 앞으로도 자기 집에 도착하여, 여러 차례 그런 의혹을 받는 걸 보게 될 것이다. 사실 이것이 작품 첫머리에 나온 '신과 같은' 오뒷세우스의 면모이다. 신이 자기를 숨기려고 마음먹으면 인간으로서는 전혀 알 길이 없다. 사람들 사이에 상대가 신일지도 모른다는 의혹이 생기는 것은, 상대가 일부러 본 모습을 조금씩 드러내기 때문이다. 오뒷세우스에게 의혹이 생기는 것도 아테네의 뜻에 따라 오뒷세우스의 본 모습이 조금씩 드러나기 때문인 것이다. 한편 텔레마코스는 놀라워하면서도, 그가 방금 밖으로 나갔던 나그네라는 것을 인정하는데, 아마도 변화된 모습과 그 전 모습이 서로 완전히 다르지는 않은 모양이다. 그는 오뒷세우스에게, 많은 제물을 바칠 터이니 자비를 베풀어 달라고 기원한다. 오뒷세우스는 자신이 아버지라는 것을 밝히고 아들에게 입을 맞추는데, 그의 눈에서는 눈물이 흐른다. 앞으로는 다시 보기 어려운 눈물이다. 텔레마코스는 여전히 상대가 신이

라고 생각하지만, 그래도 약간 양보해서 신이 변화시켜 이렇게 만들었을 수는 있다고 인정한다. 오뒷세우스는 바로 그 양보를 잡아서, 자신의 변화가 아테네 여신에 의한 것이라고 아들을 설득한다. 이미 그 여신의 도움을 받아 여행을 했기 때문일까? 아테네라는 이름이 나오자, 아들은 그를 아버지로 받아들인다. 우리는 아들이 아버지를 받아들인 다른 이유도 추정할 수 있다. 아마도 원래 나이보다 젊게 변화한 아버지의 모습에서 청년은 자기 모습을 보았을 것이다. 조금 전에 늙은 거지가 있었다. 그 사람은 갑자기 젊고 건장한 신사로 바뀌었다. 그 얼굴은 자신과 너무나 닮았다. 그는 자신이 아버지라고 주장한다. 청년은 그것을 받아들인다.

이들은 서로 부둥키고 우는데, 이 장면에서 다시 뒤집힌 직유가 등장한다.

> 그래서 그들은 새들보다도, 말하자면 아직 깃털도 나기 전에
> 농부들이 그 새끼들을 보금자리에서 잡아 간
> 바다독수리들이나 발톱 굽은 독수리들보다도 더 하염없이 소리 높여 울었다.(16권 216~8행)

이들은 새끼들을 잃은 독수리들같이 우는 것으로 되어 있다. 이들은 왕족이므로 독수리에 비긴 것은 그르지 않다. 하지만 새끼를 잃었다기보다는 새끼나 어미를 되찾은 셈인데 이렇게 반대 상황을 직유로 끌어다 썼다.

감정이 조금 진정되자 텔레마코스는 아버지에게, 어떻게 여기에

도착했는지 묻는다. 오뒷세우스는 13권 이후에 벌어진 일을 요약해서 들려준다. 자기는 파이아케스 인들의 배로 도착했다, 그들은 그를 자는 상태로 내려놓고 갔다, 여러 선물을 받아왔는데 그것은 동굴 속에 감춰져 있다, 아테네 여신이 이리 와서 아들과 함께 적들을 처치할 계획을 세우라고 했다, 등등. 전에도 말했지만 이런 부분은, 가객이 공연할 때 뒤늦게 도착한 사람들을 위해, 이야기를 연결해 주는 기능이 있다. 그러면서 오뒷세우스는 구혼자들이 얼마나 되는지, 어떤 자들인지를 묻는다. 그걸 알아야만, 둘이서 그들을 처치할 것인지, 다른 사람들의 도움을 구할 것인지 결정할 수 있기 때문이다.

텔레마코스는 둘이 그들과 맞선다는 첫 선택지에 놀라움을 표한다. 그들은 너무나 많고 강하기 때문이다. 여기서 텔레마코스는 구혼자들의 목록을 밝히는데, 마치 『일리아스』 2권의 '배들의 목록'과도 같다. 요약하자면 주변 섬들에서 모두 108명의 구혼자가 몰려들었고, 그밖에 시중꾼이 여덟 명, 그리고 전령과 가인 한 명이 이들과 함께 있다. 좀 중립적인 기능인이라고 할 수 있는 뒤의 두 명을 제외하고도 116명을 상대해야 하는 것이다. 시중꾼까지 빼도 108명이다. 그런 상황이니 아들은 아버지에게, 어디선가 도움을 구할 것을 생각해 보자고 한다. 하지만 달리 도움 얻을 데가 없으므로, 그들은 일단 아테네와 제우스를 협력자로 삼아, 집안으로 들어가 사태를 지켜보기로 한다.

우선 텔레마코스는 날이 밝는 대로 집으로 가서 구혼자들과 어울리고, 오뒷세우스는 나중에 늙은 거지의 모습으로 돼지치기와 함께 시내로 갈 것이다. 그러면서 오뒷세우스는 아들에게, 자기가 어떤 모

욕을 당하더라도 꾹 참고, 그저 좋은 말로 그걸 말리기만 하라고 지시한다. 오뒷세우스가 예상하는 모욕적 행동은 두 가지이다. 하나는 그들이 그의 발을 잡아 온 집안을 끌고 다니다가 문밖으로 끌어내는 것이고, 다른 하나는 물건을 던져 그를 맞히는 것이다. 여러 종류의 인간들을 접해 보아서일까, 오뒷세우스의 예측은 정확하다. 우리는 앞의 일이 위협의 형태로 등장하는 것을, 그리고 두번째 일이 세 번이나 시도되는 것을 보게 될 것이다. 하지만 그는 텔레마코스가 말려도 구혼자들이 듣지 않으리라고 보는데, 이는 그들의 운명의 날이 닥쳤기 때문이란다. 파멸할 사람들은 그 운명에 걸맞게 행동한다는, 나중에 아이스퀼로스에 의해 더욱 분명해지는 명제가 여기 제시되었다.

그리고 오뒷세우스는 다른 '전략'을 지시하는데, 이것이 나중에 시행 단계에는 아무 설명도 없이 변경되어서 논란이 되고 있다. 홀 안에 있는 무기를 어떻게 숨길 것인가 하는 문제이다. 자기가 아들에게 머리를 끄덕여 신호를 보내면, 아들이 무기들을 모두 집의 맨 안쪽으로 들여놓기로 한 것이다. 혹시 구혼자들이 무기가 어디 갔는지 물으면, 연기에 망가질까봐 다른 데로 치웠다고, 그리고 혹시 술이 과해서 구혼자들끼리 싸움이 날 수도 있어서 그랬다고 핑계를 대라는 것이다. 그렇지만 자기들 두 사람을 위해서는, 필요하면 쓸 수 있는 곳에 칼 두 자루와 창 두 자루, 그리고 쇠가죽 방패를 남겨 두기로 한다. 마지막으로 오뒷세우스는 아들에게, 자신이 돌아온 것을 아무에게도 알리지 말라고 명하는데, 특별히 라에르테스와 페넬로페, 그리고 돼지치기가 그 중에 거명된다. 앞의 두 사람은 끝까지 시험하는 것으로 되

어 있으니 별 문제가 없지만, 돼지치기에 대해서는 오뒷세우스가 중간에 생각을 바꾸는 걸 보게 될 것이다. 그러면서 오뒷세우스는 자기들 둘이서 여인들과 하인들의 태도를 시험해 보자고 제안한다. 아들은, 여자들에 대해서는 시험해 보는 게 괜찮지만, 공연히 남자 하인들을 시험하느라 들판으로 다니면 시간만 낭비하고 재산만 더 축나게 될 것이라고 반대한다. 그 일은 나중에라도 할 수 있다는 것이다. 사실 들판에 멀리 떨어져서 지내는 남자 하인들은 궁전에서 일어나는 일에 그다지 큰 영향이 없으므로, 그들의 충성도를 시험하는 것은 그리 급한 일이 아니다. 반면에 여인들은 바로 가까이에 있기 때문에, 일의 진척에 방해가 될 수도 있고, 최악의 경우 미리 정보를 알아 구혼자들에게 전하면 일을 완전히 그르칠 수도 있다. 주목할 것은, 여기서 여자들을 시험해 보자고 하는 게 젊은 텔레마코스라는 점이다. 실제로 텔레마코스는 나중에 구혼자들과 통정(通情)하고 있는 하녀들을 직접 처형하게 될 텐데, 이것을 두고 젊은이의 성적인 질시가 반영된 것으로 해석하는 학자도 있다.

오뒷세우스의 집에 텔레마코스의 귀향이 알려지다

지금 우리는 이야기가 세 가닥으로 갈라진 것을 보고 있다. 우선 오뒷세우스와 텔레마코스가 농장에 남아 있고, 에우마이오스는 시내를 향해 떠났다. 그리고 그 전에 텔레마코스를 내려놓은 배가 도시로 향하고 있었다. 초점은 여기서 그 배에 맞춰진다. 배가 포구로 들어가자, 텔레마코스의 동료들은 그가 스파르타에서 받아 온 선물을 클뤼티오스

의 집으로 옮겨 놓는다. 텔레마코스가 돼지치기의 오두막으로 가면서 테오클뤼메노스를 부탁해 놓은 그 집이다(텔레마코스의 부탁을 받은 페이라이오스가 바로 클뤼티오스의 아들이다). 그러고 나서 일행은, 텔레마코스의 지시가 있었던 것은 아니지만, 혹시 페넬로페가 걱정할까봐 자신들이 돌아왔다는 걸 왕비에게 알리게 한다. 그 소식을 가진 전령과 돼지치기가 길에서 마주쳤으니, 사실 돼지치기는 공연히 헛걸음질을 한 셈이다. 하지만 완전히 헛일을 한 것은 아니니, 페넬로페의 입장에서는, 그저 여행에서 돌아온 아들이 들판으로 갔다고 듣는 것과, 그 아들을 돼지농장의 오두막에 직접 맞이한 사람의 보고를 듣는 것은 다르기 때문이다. 에우마이오스는 임무를 마치고 곧 농장으로 돌아간다.

다시 구혼자들의 장면이다. 사실 구혼자들은 별로 독자의 관심대상이 아니고 서로 주고받는 얘기도 그다지 재미없기 때문에, 많은 요약에서 생략된다. 우리도 얼른 골자만 추리고 넘어가자. 여기서 이 집안 상속자를 죽이려는 저들의 의도가 더욱 분명해진다는 점만 강조해 두면 되겠다. 텔레마코스의 귀환 소식을 접한 구혼자들은 자기들끼리 회의를 연다. 매복 시킨 사람들을 다시 불러들이자는 논의가 오간다. 한데 어떻게 사정을 알았는지, 벌써 매복했던 자들이 포구에 들어와 배를 정리하는 게 보인다. 구혼자들이 포구로 나가고 거기서 매복자들이 합류하자, 안티노오스가 이들의 대표로 나선다. 자기들이 계속 망을 보고 바다를 순찰했는데 어떻게 빠져나갔는지 모르겠다며, 다시 텔레마코스를 죽일 길을 모색해 보자고 발의한다. 이제 자기들

의 음모를 텔레마코스가 알게 되면, 회의를 소집해서 그들을 추방할 수도 있겠기 때문이다. 구혼자들은 여론이 자기들에게 불리하다는 걸 의식하고 있다. 그러니 그를 시골에서나 길에서 잡아 죽이고, 재산은 적당히 나누고, 집은 페넬로페와 결혼하는 자에게 배당하자는 것이다. 이제 독자들은 텔레마코스가 집으로 안전하게 돌아올 수 있을지 걱정하게 되었다. 하지만 안티노오스는 구혼자들 다수의 지지를 받기 어렵다고 생각했는지, 다른 선택지도 덧붙인다. 혹시 그들이, 텔레마코스가 살아서 유산을 물려받는 쪽을 원한다면, 계속 이렇게 재산을 먹어치우지 말고 각자 돌아가서 선물 경쟁을 시작하자는 것이다. 그러자, 그나마 페넬로페의 호의를 얻고 있는 암피노모스가 나서서, 왕의 혈통을 끊는 것은 옳지 못하니 먼저 신들의 뜻을 물어보자고 제안한다. 신이 허락하신다면 자기가 앞장서서 텔레마코스를 죽이겠다는 것이다. 모두들 그 말에 찬성하고 일단 장소를 다시 오뒷세우스의 궁전으로 옮기는데, 이들의 이러한 결정은 결국 실행될 기회를 잃었는지 이후로 전혀 언급도 되지 않는다.

갑자기 등장인물이 많아져서 복잡해 보이는 이 부분은 4권의 뒷부분과 유사하다. 그래서 장면들도 여기저기 돌아가면서 마치 교차편집된 것처럼 나온다. 다음은 페넬로페의 차례다. 그녀는 전령 메돈을 통해서, 구혼자들이 아들을 죽이려 한다는 걸 전해 듣고, 구혼자들 앞에 나선다. 이 작품에서 페넬로페는 네 번 구혼자들 앞에 나오는데, 이미 1권에서 페미오스의 노래를 제지하느라 한 번 나왔고, 이번이 두번째이다. 마지막이 활쏘기 시합 때인데, 그 전에 세번째인 18권의 등장

이 가장 강렬한 것이 될 터이다. 그녀는 먼저 텔레마코스를 죽이자는 계획을 발의한 안티노오스를 통렬하게 꾸짖는다. 옛날 그의 아버지가 해적들을 돕다가 백성들의 노여움을 사서 죽게 된 것을 오뒷세우스가 말려주었는데, 그런 탄원자 관계를 무시하고 이 집을 괴롭히고 있기 때문이다. 안티노오스가 대답을 못하는 사이에, 다른 우두머리인 에우뤼마코스가 나선다. 텔레마코스에게 손을 댈 사람은 결코 없으리라는 것이다. 혹시 그런 자가 있으면 자기들의 창에 피를 흘리게 되리라고 장담한다. 사실 이 말은 본인으로서는 거짓말을 지어 댄 것이지만, 나중에 그대로 이루어질 것으로 일종의 '극적인 아이러니'가 되고 있다. 그러면서 그는 자기도 오뒷세우스에게 은혜를 입은 적이 있다고 밝히는데, 그가 어렸을 때 오뒷세우스가 그를 무릎에 앉히고 고기를 먹이고 포도주를 마시게 했던 것이다. 이런 과거의 기억들은 보통 『일리아스』에서 전사들이 쓰러지는 순간에 많이 등장하는 것으로, 이들 역시 곧 오뒷세우스에게 죽음을 당할 것이기 때문에 이렇게 꾸며진 것 같다. 이들이 등장하여 직접 보여 주는 언행만으로는 그들을 입체적 인간으로 만들기에 좀 부족한 것이다. 사람은 과거가 있어야, 남들과 구별되는 자신만의 음영(陰影)을 가진다. 여기서 그 그림자가 보충되었다. 그리고 이것도 주인이 돌아오면서, 고향 땅과 그곳 사람들이 '가장을 벗게 되는' 과정의 하나라고 해야 할 것이다. 그의 거짓 위로를 듣고 페넬로페는 물러난다. 그녀가 등장하는 장면의 결말이 거의 언제나 그렇듯이, 그녀는 이층으로 가서 오뒷세우스를 위해 울다가 아테네가 보내 준 달콤한 잠에 빠져든다.

다시 장면은 돼지농장으로 돌아간다. 돼지치기가 돌아갔을 때 텔레마코스와 오뒷세우스는 한 살바기 돼지를 잡아 저녁을 준비하는 참이다. 돼지치기가 돌아오는 낌새를 채고 여신이 다시 오뒷세우스를 늙은 거지의 모습으로 돌려놓는다. 텔레마코스는 시내의 동태를 묻고, 에우마이오스는 자신이 가다가 텔레마코스의 동료들이 보낸 전령과 마주쳤다는 것, 매복자로 보이는 자들이 포구로 들어온 것을 보았다는 것 등을 보고한다. 하지만 자신이 소외되었다고 느꼈는지, 그의 대답은 약간 퉁명스러워 보인다. 그의 대답을 듣고 텔레마코스가, 그의 주의를 피하여 아버지에게 미소를 보낸다. 아마도 자신이 매복을 피해 낸 것이 자랑스러웠던 모양이다. 돼지치기에게는 좀 안된 말이지만, 16권 시작에 이들은 아들과 아버지 같은 관계였다가, 이제 16권이 끝나는 마당에 관계가 달라졌다. 어쩌면 직유 속에 나오는 새끼 잃은 독수리는 돼지치기일지도 모르겠다. '새끼 독수리'이고 '아들'인 텔레마코스는 이제 돼지치기의 품을 벗어났다. 이들이 식사를 마치고 잠자리에 드는 것으로 16권이 끝난다.

작품을 함께 읽고 계신 독자라면 이제 또 하나의 이정표에 도착했을 것이다. 작품 구조에 대해 다시 반복하자면, 후반부 열두 권은 분량상 1:2로 나뉘고, 주인공이 들판에서 상황을 살피는 첫 부분은 16권까지였다. 물론 이것은 대체적인 나눔이어서, 앞에 12권과 13권 사이가 깨끗하게 나뉘지 않았던 것처럼, 여기서도 16권과 17권 사이가 동강 잘리는 것은 아니다. 17권 초반에 아직 주인공들은 들판에 있으며, 권의 중간쯤에야 자기 집에 도착하기 때문이다. 우리는 앞으로 주

인공이 자기 집에 와 있는, 후반부 둘째 부분을 살펴보게 될 터인데, 이 부분은 다시 분량상 1:1로 나뉘어 20권까지 일종의 준비단계고, 21권부터가 그 동안 준비된 복수의 실행단계이다. 따라서 작품을 직접 읽는 분이 다음으로 목표 삼아 나아갈 지점은 20권 끝 부분이다.

17권

오뒷세우스가 자기 집에 도착하다

「오뒷세우스와 아르고스」
부오나벤투라 제넬리Giovanni Buonaventura Genelli(1798–1868)
17권에는 드디어 오뒷세우스가 자기 집에 도착한다. 늙은 거지 모습의 그를 아무도 알아보지 못하지만, 늙은 개 아르고스가 알아보고 꼬리를 치다 죽는다. 본문에는 개가 똥더미 위에 누워 있는 것으로 되어 있지만, 이 그림에서는 그냥 바닥에 누워 있다.

17권은 분량상 1 : 2 정도로 나뉘고, 앞부분에는 텔레마코스의 귀가가, 뒷부분에는 오뒷세우스의 귀가가 그려진다. 이곳저곳으로 흩어졌던 주요 인물들이 이제 한군데로 모이는 것이다.

아침이 되자 텔레마코스는 시내로 떠난다. 언제나처럼 장비를 갖추는 모습이 그려진다. 나서면서 돼지치기에게 당부한다. 어머니가 자기 때문에 걱정할 것 같아 간다며, 늙은 거지를 시내로 데려다주라는 것이다. 자기는 찾아오는 사람을 다 받을 수가 없으니 다른 데로 보내라고. 어제 처음 그를 보았을 때와는 얘기가 다르다. 어제는, 자기가

옷을 갖춰 주고 원하는 데로 보내 주겠다 약속하면서, 혹시 그가 원한다면 계속 농장에 머물러도 좋다고 하지 않았던가! 에우마이오스로서는 혹시 자기 없는 사이에 늙은 거지가 귀공자에게 무슨 미움 살 짓이라도 했는가 싶었을 것이다. 그러자 오뒷세우스가, 이 갑작스런 계획 변경을 무마하듯 나선다. 자기로서도 시골보다는 시내가 나으며, 이미 나이 먹어서 남의 밑에서 지시를 따르기도 불편하다는 것이다. 다만 지금은 날이 차니, 볕이 좀 따뜻해지면 에우마이오스와 함께 시내로 들어가겠다고 한다.

텔레마코스가 집에 도착하다

그가 집에 도착하자 에우뤼클레이아가 눈물로 반기고, 다른 하녀들도 기쁘게 그를 맞는다. 이 장면은 오뒷세우스가 구혼자들을 처치한 후에 하녀들의 인사를 받는 장면처럼 되어 있다. 지금 텔레마코스는 말하자면 20년 만에 돌아온 아버지의 대역이다.

> 그를 월등히 맨 먼저 본 것은 유모 에우뤼클레이아였으니,
> 그녀는 정교하게 만든 의자들 위에 양모피를 펴고 있다가,
> 눈물을 흘리며 곧장 그에게 다가갔다. 그리고 참을성이 많은
> 오뒷세우스의 다른 하녀들도 그의 주위로 몰려들어,
> 그의 머리와 두 어깨에 입맞추며 그를 반겼다.(17권 31~5행)

그를 만나러 페넬로페도 나오는데, 그녀는 아르테미스와도 아프로디테와도 같이 보인다. 두 이미지가 다 잘 어울린다. 남자들을 거부

하고 집을 지켜 온 것은 아르테미스 같다. 하지만 매력으로 남자들을 떠나지 못하게 하는 면은 아프로디테 같다.

페넬로페는 그를 다시 보지 못할 줄 알았다며, 아들에게 여행 중에 있었던 일들을 낱낱이 얘기해 달라고 청한다. 하지만 아들의 반응은 꽤 냉정하다. 그는 어머니더러 자기에게 울음을 불러일으키지 말란다. 자기는 파멸을 간신히 벗어났단다. 하지만 이 말은 아버지를 만나 벅찬 감정을 추스르기 위한 것으로 보인다. 그가 구혼자들의 매복을 따돌리려 크게 마음을 졸인 것 같지는 않다. 물론 15권 뒷부분에는 일이 어찌 될지 걱정하는 것으로 되어 있기는 하지만. 그러면서 어머니에게 사무적인 '지시'를 내린다. 몸을 깨끗이 하고 시녀들과 함께 이층방에서 신들께 헤카톰베를 바치겠다고 서약하라는 것이다. 그 사이에 자신은 회의장에 가서 자기가 퓔로스에서 데려온 나그네를 집으로 청하겠다고 한다. 페넬로페는 할 말을 잃고 아들의 지시대로 행한다. 다시 한편으로는 아들의 성장이 대견하면서도 한편으로 서러웠을 것이다.

텔레마코스는 개 두 마리를 데리고 나서고, 아테네가 그에게 우아함을 쏟아 부어 사람들은 그를 보고 감탄한다. 2권에서 처음 회의장으로 나서던 장면의 재연이다. 그가 대대로 집안의 친구인 노인들과 이야기를 나누는 사이에, 페이라이오스가 테오클뤼메노스를 데리고 온다. 재미있는 것은 이 대목에 멘토르가 등장한다는 점이다. 하지만 텔레마코스는 자신과 함께 퓔로스로 갔던 멘토르는 아테네였다는 것을 알기 때문인지, 전혀 놀라지 않고 그를 대하고 있다. 페이라이오스

는 자기 집에 맡겨진 메넬라오스의 선물이 부담스러웠던지, 얼른 하녀들을 보내서 그것을 가져가라고 청한다. 하지만 텔레마코스는 자기가 지금 구혼자들 때문에 위험한 상태이니, 그 집에 그것을 그냥 두었다가 혹시 자기에게 무슨 일이 생기면 그것을 차지하라고 대답한다. 그리고 혹시 자기가 구혼자들에게 죽음을 안기면 그때 페이라이오스 자신이 직접 집으로 가져다 달라고 부탁한다. 이 대화를 들어 보면, 텔레마코스의 태도는 사뭇 비장하고 또 대담하다. 그가 다른 사람에게 구혼자들을 처치할 의사를 밝힌 것은 이번이 처음이다. 아마도 그들이 자신을 죽이려 했다는 걸 사람들이 아는 만큼, 자신이 이렇게 대응해도 부당하게 보이지 않으리라고 여긴 모양이다.

테오클뤼메노스를 집으로 데려간 다음에는 다시, 이 작품에 여러 차례 반복되는 접대의 격식이 나온다. 외투를 벗고, 하녀들의 시중을 받으며 목욕을 하고, 의자에 앉아 손을 씻고, 식탁이 차려지고 빵과 다른 음식이 차려진다. 하나 다른 점은 그들 맞은편에 페넬로페가 앉아 실을 잣는다는 점이다. 젊은이들이 메넬라오스의 집에 도착하여 접대를 받던 장면과 유사하다. 페넬로페는 다시 아들의 여행 이야기를 듣고자 하지만, 이번에는 조금 전의 실패를 의식한 듯 조심스럽게 접근한다. 자기는 지금 침실로 가려하는데 그곳은 오뒷세우스가 떠난 이후로 그녀가 늘 울어 버릇하는 곳이란다. 그러면서 구혼자들도 없는 지금이 좋은 기회인데, 아들이 아버지의 귀향에 대해 무슨 소식을 들었는지 분명하게 말하지 않는다고 슬며시 한탄을 끼워 넣는다.

그제서야 텔레마코스가 여행에 대해 보고한다. 자기는 우선 퓔로

스로 네스토르를 찾아갔다. 노인은 그를 아버지처럼 맞아 주었지만, 오뒷세우스의 생사에 대해서 아무 소문도 듣지 못했다며 그를 메넬라오스에게 보냈다. 그곳에서 그는 헬레네를 보았다. 메넬라오스가 그에게 용건을 묻기에 자기가 사실을 털어놓자, 그는 오뒷세우스가 옛날 같은 강력한 모습으로 돌아오면 구혼자들이 치욕적인 운명을 맞으리라고 말했다. 그러면서 그는 바다 노인에게서 들을 바를 전해 주었는데, 오뒷세우스가 요정 칼륍소에게 붙잡혀 있으며 배도 없고, 그를 실어다 줄 동료들도 없어서 오지 못한다고 했다.

여기서, 여행의 두번째 부분으로 들어서면서 그곳에서 헬레네를 보았다고 먼저 말한 것에 주목하는 학자도 있다. 이제 막 여자에 관심을 가질 나이인 이 청년에게, 온 세상을 떠들썩하게 했던 절세 미녀를 만난 것은 강렬한 기억으로 남았던 모양이다. 아버지 소식과 관련해서 요지만 간추리자면, 네스토르는 아무것도 모르는 상태였고, 메넬라오스의 말에 따르면 어떤 요정에게 잡혀 있다는 것이다. 하지만 중간에, 메넬라오스가 구혼자들에 대해 했던 말이 같은 구절로 길게 들어가 있어서, 마치 분량을 늘리려 넣은 것처럼 되어 있다. 어쩌면 이 청년이 구혼자들에 대해 갖는 강한 적대감이 그 '저주의 말'을 그대로 옮기게 했는지도 모르겠다(앞에서 4권을 요약하면서 인용했던, 사자의 은신처에 새끼를 뉘어 놓은 사슴의 비유이다).

청년이 말을 마치자, 그 곁의 예언자가 끼어든다. 메넬라오스가 완전한 진실을 아는 것은 아니며, 자기가 제우스와 식탁과 오뒷세우스의 화로를 증거로 삼아 확실히 예언하건대, 오뒷세우스는 이미 고

향에 도착해 있고 벌써 구혼자들에게 파멸을 안기려 계획하고 있다는 것이다. 이 예언자는 텔레마코스가 아버지와의 약속 때문에 전하지 못하는 진실을, 대신 전한 셈이다. 그러자 페넬로페는 이 예언에 기뻐하며, 그 말이 이루어지면 자신이 그를 잘 접대하고 큰 선물을 주리라고 약속한다.

오뒷세우스의 가족들이 이런 얘기를 나누는 사이에도 구혼자들은 원반던지기와 창던지기를 즐기고 있다. 한편 그들을 먹이기 위해 목자들이 사방에서 가축을 몰아오고, 전령인 메돈이 이들에게 식사 시간을 알린다. 그들은 양과 염소, 돼지와 암소 등을 잡는다.

오뒷세우스가 자기 집을 향해 출발하다

방금 본 구혼자들의 짧은 장면은, 큰 두 개의 장면을 절묘하게 이어 주는 장치이다. 아침에 오뒷세우스와 텔레마코스가 헤어졌다. 그래서 이야기가 둘로 나뉘는데, 말하자면 카메라는 우선 텔레마코스를 따라가서 그의 행적을 살펴보았다. 그리고 다음으로 농장에 남아 있던 오뒷세우스에게로 초점이 옮겨지는데, 그 연결부위에 구혼자들의 장면이 짧게 들어간 것이다. 구혼자들이 점심을 먹어야 하니 가축들이 필요하고, 그걸 시내로 몰고 가는 데 오뒷세우스가 따라나선다. 이렇게 해서 오뒷세우스가 등장하는 장면이 자연스럽게 시내 장면에 이어 붙게 되었다.

돼지치기는 그날 몫의 돼지를 몰고 시내로 들어가려는 참이다. 그는 마지막으로 다시 한 번 오뒷세우스에게, 혹시 농장에 남을 생각

이 없는지 묻는다. 누구는 오뒷세우스가 가는 곳마다 분란과 어려움을 남기고 떠난다고 보고, 사실 그런 면이 없지 않지만, 그래도 그는 매력 있는 사람으로 가는 곳마다 아쉬움을 남긴다. 칼륍소도 그랬고, 알키노오스도 그랬으며, 지금 에우마이오스도 그를 더 잡아 두고 싶어 하지 않는가! 어쩌면 영웅이 가는 길에는 자잘한 유혹들이 가로막는 것인지도 모르겠다. 돼지치기는, 젊은 주인의 뜻도 그렇고 나그네도 시내로 들어가기를 더 원하는 것 같아, 할 수 없이 그를 데려간다. 오뒷세우스는 자기도 분별이 있으니 알아서 하겠노라면서, 다만 길도 미끄럽고 하니 자신이 기댈 수 있는 지팡이 하나를 달라고 청한다.

그들은 도시 가까이에 다다라 아름다운 샘의 수조 곁을 지나간다. 거기는 요정들의 제단이 있고 길손들이 모두 제물을 바치는 곳이다. 묘사가 아름답다.

> 그들은 울퉁불퉁한 길을 걸어, 도시에 가까이 다가갔고,
> 아름답게 흐르는 한 샘물의 수조에 이르렀다.
> 시민들이 물을 길어가는 이 샘은,
> 이타코스와 네리토스와 폴뤽토르가 만든 것으로서,
> 샘 주위에는 물을 먹고 자라는 백양나무의 숲이
> 빙 둘러져 있었고, 높다란 바위에서 차가운 물이
> 흘러내리고 있었다. 그리고 그 맨 위에는 요정들의 제단이
> 놓여 있어, 모든 길손들이 그곳에서 제물을 바쳤다.
> (17권 204~211행)

이곳에서 그들은 멜란테우스(멜란티오스)라는 염소치기를 마주친다. 그는 돼지치기가 늙은 거지를 대동한 것을 보고 대뜸 욕지거리를 퍼붓는다. 자기 손으로 일해서 밥벌이를 하지 않고 쉽게 얻어먹으려는 자를 데려간다는 것이다. 그러면서 오뒷세우스의 집에 가면 구혼자들이 집어던진 발판에 맞아 갈비뼈를 다치게 될 것이라고 장담하며 위협한다. 이런 모욕에 뒤이어 그는, 지나가면서 오뒷세우스의 엉덩이를 걷어차지만, 오뒷세우스는 별로 타격을 받지 않는다. 다만 속으로, 이자를 몽둥이로 내리쳐 단번에 죽여 버릴까, 아니면 들어서 머리를 바닥에 처박을까 생각하지만, 결국 참고 만다. 그러자 돼지치기는 샘의 요정들에게 복수해 주십사고 빈다. 오뒷세우스가 돌아오게 해 달라고, 거드름이나 피우는 염소치기를 혼내주게 해달라고. 옛날에는 기원을 큰소리로 드리는 게 관행이었으니, 그도 돼지치기의 기도를 들었을 것이다. 그러자 염소치기도 그 못지않게 저주를 퍼붓는다. 자기가 언젠가 돼지치기를 먼 땅으로 보내 버릴 날이 오기를, 오뒷세우스가 돌아오지 못하는 것만큼이나 확실하게 텔레마코스도 아폴론에게 죽거나 구혼자들에게 죽기를.

마치 주인에게 충실한 쪽과 반역하는 쪽이 대리전이라도 치르는 듯한 모습인데, 그 싸움의 배경에 요정들의 제단이 있는 것은, 에우마이오스가 농장에서 특별히 요정들에게 제물을 바친 것과 연관시켜야 할 것이다. 젊은이의 성장과 관련이 있는 이 신격(神格)들 앞에서 특별히 텔레마코스가 언급되는 것도 흥미롭다. 그리고 텔레마코스는, 자기를 찾아오는 사람을 다 받아줄 수는 없다며, 거지를 그저 시내로

데려다 주라고만 했는데, 이 논쟁의 와중에 어느새 거지가 오뒷세우스의 집으로 가는 것이 기정사실이 되어 버렸다. 이 장면에서 멜란테우스의 역할은 오뒷세우스가 갈 곳을 정해 주는 것인지도 모르겠다.

염소치기는 오뒷세우스와 에우마이오스보다 먼저 도착해서 에우뤼마코스 앞에 앉는데, 그가 특히 그 염소치기를 아끼는 것으로 소개된다. 이어 염소치기가 구혼자들 가운데 식사를 하는 걸 보면, 그는 구혼자들과 거의 동렬로 여겨지는 모양이다. 사실 그럴 만도 한 것이, 18권에 보면 멜란토라는 하녀가 에우뤼마코스와 정을 통하고 있는데, 이 여인이 그의 누이이기 때문이다. 말하자면 그는 에우뤼마코스의 '처남'격이다. 그가 동료 하인에게 큰소리를 치고 거만하게 구는 데는 이런 권력이 배경으로 작용한 것이다.

오뒷세우스가 자기 집 문 앞에 서다

오뒷세우스와 돼지치기가 집에 도착했을 때, 거기서는 음악이 흘러나오고 있다. 주인의 귀환을 환영하는 분위기로 적합하지만, 그 음악은 페미오스가 구혼자들을 위해 연주하는 것이다. 늙은 거지는 거기와 본 적도 없는 척, 이것이 오뒷세우스의 집인 것 같다고 말한다. 주요 인물이 새로운 장소에 도착하면 늘 그곳의 모습을 묘사하는 시인이, 이번에는 오뒷세우스 자신의 입을 통해 그곳을 그린다. 집채들이 서로 붙어 있고, 담장과 흉벽이 안마당을 두르고 있으며, 잘 만든 문이 달려 있어서 누구도 업신여기지 못할 만한 멋진 집이다. 안에서는 고기 굽는 냄새가 풍겨 나오고 음악소리 낭자하다.

에우마이오스는, 둘이 함께 들어가지 말고 차례로 한 사람씩 들어가자고 제안한다. 아무래도 길에서 멜란테우스를 만나 비난 받은 것이 마음에 걸리는 모양이다. 하지만 오뒷세우스에게, 나중에 들어오긴 하되 너무 지체하지는 말라고 충고한다. 밖에 오래 있다가 누구 눈에 띄면 그가 물건을 집어던지거나 직접 칠지도 모르겠기 때문이다. 거지에게 뭔가 집어 던지는 사태는 이 작품에서 여러 사람에 의해 예고되었다. 오뒷세우스가 이미 텔레마코스에게 그런 일이 있더라도 모른 척하라고 충고했고, 멜란티오스도 그런 일이 있으리라고 경고했으며, 지금 여기 다시 에우마이오스의 입에서 나온 것이다. 이렇게 여러 번 예고되고도 그 일이 일어나지 않으면 오히려 이상할 것이다. 앞으로 우리는 몇 차례 그런 일을 볼 것이다. 오뒷세우스는 그런 일은 자주 겪어서 별로 걱정하지 않는다며, 오히려 배고픔이 사람을 더 비참하게 만들고 더 많은 일들을 일으킨다고 말한다.

…… 이들 고통들에 이번 고통이 추가될 테면 되라지.
그러나 배란 놈은, 인간들에게 수많은 재앙을 가져다주는 그 빌어먹을
배란 놈은, 일단 그것이 욕망을 품게 되면, 아무도 감출 수 없는 법이지요.
그리고 훌륭한 노 젓는 자리가 있는 배들이 선구를 갖추고, 추수할 수 없는
바다 위를 지나, 적군에게 재앙을 가져다주는 것도 다 그 배란 놈 때문이지요.(17권 285~9행)

이 발언은 앞에서 몇 번 강조했던 것이고, 앞으로도 여러 차례 등장하게 될 것이다. 인용문 둘째, 셋째 줄에 '배'라고 옮겨진 것은 『오뒷세이아』 속 사건들의 '추동력'으로까지 여겨지는 '위장'(胃臟, gaster)이다. 한데 단어의 앞뒤를 꾸며 주는 구절(oulomenen, he polla)은 『일리아스』 1권의 둘째 줄에서 '분노'(menis)를 꾸며 주던 표현(oulomenen, he myri)과 거의 같다. 이전 서사시에서 장엄하게 등장했던 표현이 여기 다소 우습게 쓰였다. 『오뒷세이아』 시인이 『일리아스』를 패러디했을 가능성이 높다.

이제 오뒷세우스는 본격적으로 거지 역할을 할 준비가 되어 있다. 그 다음은 아주 유명한 장면이다.

> 그때 개 한 마리가 누워 있다가, 머리를 들고 귀를 세웠으니,
> 그것은 참을성 많은 오뒷세우스의 개 아르고스였다.
> …… 지금은 주인이 떠나고 없는지라, 그 개는 돌보는 이 없이,
> 노새들과 소들의 똥 무더기 속에 누워 있었으니,
> …… 그곳에 아르고스 개는 벌레투성이가 되어 누워 있었다.
> 그러나 지금 그 개는 오뒷세우스가 곁에 있는 것을 알아차리고,
> 꼬리를 흔들어 대며 두 귀를 내렸으나,
> 자기 주인에게 더 가까이 다가갈 여력이 없었다.(17권 291~303행)

두 사람의 이야기를 늙은 개 한 마리가 귀를 쫑긋 세우고 듣는다. 이전에 아주 좋은 사냥개였던 아르고스다. 주인이 떠나고 나서는 돌보는 이 없이 버려져서, 지금은 노새와 소들의 똥 무더기 속에 누워 있

는 것이다. 그 똥들은 거름으로 쓰기 위해 집 앞에 쌓아 둔 것이다. 지금 벌레투성이로 거기 누워 있는 이 늙은 개는, 주인이 온 것을 알아차리고 꼬리를 흔들며 두 귀를 접었으나, 그에게 다가갈 기력까지는 남아 있지 않았다. 사실 에우마이오스의 오두막에서 개들이 인물의 등장에 반응하는 모습을 거듭 보여 준 것은 지금 이 장면을 위해 준비한 것이다. 『일리아스』 시인이 그런 것처럼, 『오뒷세이아』 시인도 같은 주제를 조금씩 달리하여 키워 가면서 마지막의 핵심적인 장면으로 향하고 있다.

그 개의 모습에, 아내 앞에서도 눈물을 흘리지 않는 이 영웅이 몰래 눈물을 닦는다. 그러면서 상대의 주의를 돌리려는 듯이, 이 잘 생긴 개가 사냥개인지 아니면 그저 과시용 개인지 묻는다. 에우마이오스는 그 개가 전에는 더 멋졌었다며, 아르고스가 옛날 사냥터에서 보였던 수색 능력을 칭찬한다. 하지만 주인이 떠나고 나서 하인들이 그 개를 돌보지 않았는데, 원래 하인들이란 주인이 집에 없으면 정직하게 봉사하지 않기 때문이란다. 인간은 예속 상태가 되면 미덕의 절반을 잃기 때문이다.

에우마이오스가 이런 말을 남기고 집으로 들어가는 순간, 늙은 개는 죽음을 맞이한다. 마치 주인이 돌아와서 더 이상 자기가 집을 지킬 의무가 없다는 듯이, 임무를 인계하듯이. 똥더미와 개가 주인의 권리와 어떤 관계가 있는지에 대해서는 앞에서 폴뤼페모스 장면에 설명했다.

오뒷세우스가 집안으로 들어가 구걸하다가, 매를 맞다

드디어 오뒷세우스가 자기 집으로 들어가는 순간이다. 여기서부터는 그가 어떻게 손님으로 자리 잡는지를 눈여겨 보는 것이 작품을 리듬감 있게 읽는 방법이다. 그는 구혼자들의 구박을 받으며 점차적으로 텔레마코스의 손님으로 자리를 잡아 간다. 이 과정은 동시에 텔레마코스가 주인으로 자리 잡아 가는 과정이기도 하다. 그는, 아버지를 처음 만났을 때 자신이 할 수 없다고 말한 그 역할을 제대로 해 나가고 있다. 특히 오뒷세우스에게 물건이 던져질 때마다, 아들이 어떻게 반응하는지를 보면 그 발전이 확연하게 느껴진다. 그래서 우리는 최종적으로, 오뒷세우스가 활쏘기 시합에서 과녁을 맞혔을 때 자기를 '텔레마코스의 손님'으로 규정하는 것을 보게 될 것이다.

돼지치기가 먼저 안으로 들어가자, 텔레마코스가 그를 기다렸다는 듯이 고갯짓으로 부른다. 돼지치기는 의자를 하나 집어 들고 그리 가서 앉는다. 뒤이어 오뒷세우스가 들어서서 문턱에 앉아 기둥에 몸을 기댄다. 텔레마코스는 돼지치기에게 음식을 푸짐히 집어 주며 오뒷세우스에게 갖다 주라고, 그리고 그 거지에게 구걸을 부추기라고 지시한다. 텔레마코스는 여기서, 자신이 전에 반대했던 일을 충동하고 있다. 오뒷세우스더러 각 사람을 시험해 보라는 것이다. 물론 그로서는 구혼자들 중 누구도 징벌을 면할 사람이 없다고 생각했겠지만, 그래도 오뒷세우스 자신이 직접 알아보는 게 확실할 것이다.

오뒷세우스는 일단 전달된 음식을 받아먹는다. 그 사이 가인이 노래하고 있다. 자기 집에서 하는 첫 식사의 분위기가 묘하다. 좋은 음

악을 들으며 문간에 앉아, 얻은 음식을 허겁지겁 먹는 누더기 차림의 주인. 노래가 끝나고 구혼자들이 떠들기 시작하는데, 다시 아테네 여신이 오뒷세우스에게 촉구한다, 구걸을 하면서 누가 올바르고 누가 무도(無道)한지 알아보라고. 여기서 아테네 여신이 그에게 '다가섰다'고는 되어 있지만 직접 형태가 묘사되지는 않았으니, 이 '아테네 여신'은 오뒷세우스의 마음속 생각일 수도 있다. 결국 이 구혼자 중에는 구원 받을 자가 아무도 없는 것으로 판명될 터인데, 그러면 왜 여신이 이런 시험을 시켰는지가 문제된다. 어쩌면 이것은 신이나 왕이 가장하고서, 사람들 중에 누가 선한 자인지 시험하러 다닌다는 민담의 주제가 끼어들어간 것일 수도 있다. 우리는 잠시 후에 구혼자들이 오뒷세우스에 대해, 혹시 그가 자기들을 시험하러 나타난 신이 아닌가 의심하는 장면을 보게 될 것이다.

오뒷세우스가 구걸을 시작하자 구혼자들은 그에게 조금씩 음식을 나눠 주면서, 그가 어디에서 왔는지 서로 묻기 시작한다. 그러자 멜란티오스가 대답한다(이 사람은 이 작품에서 두 가지 이름으로 소개되는데 대개는 멜란티오스라고 되어 있으니, 앞으로는 이 이름으로 적겠다). 그 거지는 돼지치기가 데리고 왔는데 자세한 것은 모르겠다고. 이 대목에서 구혼자들의 우두머리인 안티노오스와 돼지치기, 텔레마코스 사이에서 책임 공방이 벌어진다. 우선 안티노오스가, 거지를 데려온 것에 대해서 돼지치기를 꾸짖는다. 돼지치기는 여기에 반박한다. 예언자, 의사, 목수나 가인 같은 공적인 일꾼이 아니라면 누구도 낯선 이를 불러들이지 않는다고, 이 거지도 부른 사람이 없다고. 그는, 안티

노오스가 특히 자기에게 가혹한 것을 지적하면서, 하지만 페넬로페와 텔레마코스가 살아있는 한 자기는 그것을 개의치 않겠단다. 사실 여기서 돼지치기가 텔레마코스의 이름을 든 것은, 그에게 개입해 달라는 뜻이리라. 방금 거지에게 음식을 전하고, 구걸을 부추기라 한 것도 그 젊은이 아니었던가? 그러자 과연 텔레마코스가 나서서 안티노오스에게 빈정거린다, 마치 자기가 아버지라도 되는 양, 나그네를 내쫓도록 명령하고 있다고. 그러면서 안티노오스에게 권한다, 거지에게 뭔가 좀 주라고, 그는 자기 생각만 하고 남 주기를 싫어하니 그런 것을 생각해 본 적도 없을 거라고. 그러자 안티노오스는, 모두들 자기만큼씩만 주면 거지는 석 달 동안 오지 않으리라고 공언한다. 자기가 뭔가 많이 주었다고 뻐기는 것으로 오해할 수도 있는 이 말은, 그 다음 동작을 예비하는 발언이었다. 그렇게 말하면서 발판을 집어 들어 보였던 것이다. 하지만 그가 그것을 어떻게 사용하는지 보려면 조금 기다려야 한다.

그 사이 오뒷세우스는 구걸에 꽤 큰 성과를 거둔다. 바랑이 빵과 고기로 가득 차자, 그는 문턱으로 돌아가려다가 안티노오스에게 말을 건다. 그가 왕같이 보인다고, 그런 만큼 다른 사람보다 더 많이 줘야 한다고, 자기도 한때는 부유하게 살았고 많이 베푸는 사람이었다고. 이 부분부터 오뒷세우스의 세번째 거짓말이 시작된다. 지난번에 에우마이오스에게 들려주었던 것과 거의 같지만 마지막 부분이 약간 달라졌다. 자기는 제우스의 뜻에 따라 해적으로 나섰다가 지금은 파멸하였다. 이집트로 가서 처음에는 들판을 약탈하고 여자와 아이들을 끌

어오고 남자들을 죽였다. 하지만 시내에서 지원군이 와서 자기 일행을 죽이고 일부는 잡아서 강제노동을 시키려고 끌고 갔다. 자기는 마침 그곳에 손님으로 와있던 퀴프로스 통치자 드메토르에게 주어졌다. 그래서 고생 끝에 이렇게 이곳에 오게 된 것이다.

하지만 상대는 늙은 거지의 인생유전에 아무 감동도 받지 않았던지, 오히려 그를 위협한다. 자기 식탁에서 물러서지 않으면 다시 이집트로, 퀴프로스로 가게 될 것이라고, 다른 사람들이 음식을 많이 나눠준 것은 남의 재산이라고 무절제하게 퍼준 것일 뿐이라고. 그러자 오뒷세우스는 그가 외모와는 어울리지 않게 행동한다고 비난한다. 남의 것도 베풀 줄을 모르니 자기 것이라면 더 하리라는 것이다. 그러자 안티노오스가 화가 치밀어 발판을 집어 오뒷세우스의 등짝을 가격한다. 하지만 이번에도 그는 비틀거리지 않고, 말없이 고개를 저으며 자기 자리에 앉는다. 속으로는 상대의 재앙을 꾀하고 있다. 그러고는 거지다운 넋두리를 늘어놓는다. 앞에도 나왔던 이 작품의 '추동력', 위장(胃臟)에 대한 또 하나의 발언이다.

> 정말이지 소 떼든, 흰 양 떼든,
> 사람이 자기 재산을 위하여 싸우다가 얻어맞으면,
> 그때는 고통도 마음의 슬픔도 없는 법이오.
> 그러나 나는 인간들에게 수많은 재앙을 가져다주는, 이 빌어먹을
> 가련한 배란 놈 때문에, 안티노오스에게 얻어맞았던 것이오.
> (17권 470~4행)

사람이 재산을 위해 싸우다가 맞으면 고통도 슬픔도 없을 텐데, 자기는 지금 배고픔 때문에 매를 맞았다는 것이다. 인용문 끝에서 두 번째 줄은 앞에 언급했던 '『일리아스』 패러디'이다. 17권의 앞뒤에 이런 내용이 있으니, 이 권의 주제는 '거지 설움'이라고 해도 되겠다.

하지만 그냥 넋두리에 그치지 않고, 저주를 덧붙인다. 걸인들에게도 복수를 도와주는 신들이 있다면, 안티노오스가 결혼도 하기 전에 그에게 죽음을 내렸으면 좋겠다고. 걸인치고는 참 대담한 발언인데, 안티노오스는 거기에 다시 으르렁거린다. 조용히 먹든지, 아니면 다른 곳으로 가든지 하라는 것이다. 그렇지 않으면 다들 달려들어 그의 손발을 잡고 온 집 안을 끌고 다닐 거란 말이다. 이제 오뒷세우스가 예상했던 일들 가운데 하나는 벌써 이루어졌고, 다른 하나는 위협의 형태로 모습을 드러냈다. 그러자 다른 구혼자들은 그 말에 분개한다. 이 거지가 어쩌면 신일 수 있는데 그를 때리다니 파멸을 당할 것이라고, 신들은 여러 모습으로 도시들을 떠돌아다니며 인간들의 행실을 살피신다고.

20년 만에 집에 돌아온 아버지가 오히려 외부인에게 폭행당한 이 사건을 두고, 텔레마코스는 아버지의 지시대로 참으며 그저 고개를 저을 뿐이다. 그 역시 속으로 구혼자들에게 재앙을 꾀하고 있다. 조금 전에 오뒷세우스의 반응을 표현한 구절이 여기도 그대로 쓰였는데, 아버지와 아들이 같은 방식으로 행동하는 것이 전혀 이상하지 않다. 객이 주인을 치는 이 황당한 사건은 집안 깊은 데까지 전해진 모양이다. 페넬로페는 안티노오스가 급사하기를 기원하고, 늙은 하녀 에

우뤼노메는 아예 한 술 더 떠서, 그들 모두가 새벽이 오기 전에 죽어버리기를 소망한다. 하지만 페넬로페는 이들 전부가 파멸한다는 건 옳지 않다고 생각한 걸까? 그들 모두가 밉지만 안티노오스가 그 중 가장 못된 자라는 걸 지적한다. 여기서 페넬로페가 어떻게 남자들의 공간에서 일어나는 일을 알고 있는지 옛날부터 논란이 되었는데, 시인은 이따금 청중이 알고 있는 사실을 등장인물도 아는 것처럼 전제하고 진행하는 버릇이 있다는 걸 지적하는 학자도 있고, 혹시 집의 구조에 남자들의 방을 엿볼 수 있는 어떤 틈이 있는 것 아니냐는 추측도 있다.

페넬로페가 오뒷세우스에게 접견을 약속하다

페넬로페는 여기서 갑자기 에우마이오스를 불러, 늙은 거지를 자기에게 불러달라고 청한다. 그가 많이 떠돌아다닌 것 같으니 그에게, 오뒷세우스의 소식을 들었는지, 혹은 그를 직접 본 적이 있는지 물어보겠다는 것이다. 에우마이오스는 페넬로페가 그 거지의 말을 들으면 틀림없이 혹할 것이라고 단언한다. 자기가 사흘 밤 사흘 낮 동안 그를 자기 오두막에 잡아두었기 때문에 잘 안다는 것이다.

이 작품에서 시간 계산이 잘 맞지 않는다는 것은 이미 말했지만, 지금 이 말에서도 그렇다. 물론 우리가 오뒷세우스가 돼지치기의 오두막에서 잠자리에 든 것을 헤아려 보면 에우마이오스의 말이 맞다. 오뒷세우스가 도착해서 자기소개를 하고 외투를 얻어 입고 잔 것이 첫날 밤이고, 에우마이오스의 인생에 대해 듣고 잠든 것이 두번째 밤이며, 텔레마코스가 도착하여 에우마이오스가 시내로 심부름을 나왔

다가 다시 잠자리에 든 것이 세번째 밤이다. 하지만 텔레마코스를 기준으로 말하자면, 오뒷세우스가 오두막에서 처음 잠자리에 들고 나서 이 젊은이는 활동을 재개하였으며, 이타케에 닿기 전에 페라이에서 한 밤, 바다에서 한 밤을 보냈다. 그러니 오뒷세우스가 이타케에서 둘째 날과 둘째 밤을 보낼 동안 텔레마코스에게는 두 번의 밤이 지나간 것이다. 둘이 같이 돼지치기 농장에서 잔 밤은 오뒷세우스에게도 셋째 밤이고, 텔레마코스로서도 활동을 재개한 이후 셋째 밤이지만, 아들은 아버지가 이타케에서 잔 첫 밤이 지나고 활동을 시작했으니 시간이 맞지 않는다. 하지만 이 작품에서는 어차피 시간들이 서로 맞지 않으니, 다른 곳에서 일어난 일은 생각하지 말기로 하자.

에우마이오스는 자기가 늙은 거지의 이야기를 사흘 동안이나 들었어도 다 듣질 못했고, 자기는 그의 이야기에 마치 가인의 노래를 들을 때처럼 홀렸다고 한다. 그러면서 그에게 들은 얘기를 간추린다. '그 사람은 크레테 출신으로 아버지 때부터 오뒷세우스와 친구 관계이며, 이리 오는 도중에 테스프로토이 인들의 땅에 들렀었다. 거기서, 오뒷세우스가 살아서 가까이 와 있고, 곧 많은 보물을 가지고 돌아오리라는 말을 들었다.' 하지만 우리가 알기에 늙은 거지는 에우마이오스에게, 자기가 오뒷세우스와 친구 관계라는 말은 하지 않았었다. 이것은 나중에 페넬로페와 단둘이 있을 때 하게 될 이야기 내용이다. 어쩌면 시인이 다른 이야기를 생각하다가 실수로 넣은 구절일 수도 있고, 아니면 에우마이오스가 뭔가 잘못 기억하거나 자기 마음대로 각색한 것일 수 있다. 어쨌든 이 구절은 오뒷세우스가 이미 에우마이오스에게

들려준 이야기와, 그가 곧 페넬로페에게 들려줄 이야기의 중간에 놓인 것이다. 에우마이오스는, 늙은 거지가 페넬로페에게 오뒷세우스의 소식을 전하겠다고 했을 때는 반대하고, 자기도 그 말을 믿지 않는 듯이 말했었다. 하지만 그 사이에 마음이 바뀌었던지, 아니면 어떻게든 안주인의 슬픔을 덜어 주고 싶어서인지, 페넬로페가 오뒷세우스를 만나겠다는 것을 말리지 않고 거의 지지하고 있다.

에우마이오스의 말을 들은 페넬로페는 늙은 거지를 불러달라면서, 구혼자들이 집안 재산을 흥청망청 먹어치우는 것을 개탄한다. 하지만 오뒷세우스가 돌아오면 그때는 복수할 수 있으리라고 희망한다. 그 말이 끝나자마자 텔레마코스가 온 집안이 울리도록 재채기를 하고, 페넬로페는 이것을, 구혼자들이 모두 죽음을 당하리라는 전조로 해석한다. 그러면서 늙은 거지의 말이 사실이라면, 자기가 그에게 외투와 웃옷 같은 것을 상으로 주겠다고 선언한다. 오뒷세우스가 돼지치기의 오두막에서 했던 말은, 중간에 전달자 없이도 페넬로페의 마음에 전해진 모양이다. 누가 권하지 않아도 그녀가 먼저 나그네를 청하고, 그가 요구하지 않아도 자진해서 선물을 약속하니 말이다.

에우마이오스는 늙은 거지에게 가서 페넬로페의 뜻을 전한다. 그녀가 남편에 대해 묻고자 하는데, 전해 들은 말이 사실이라면 외투와 웃옷을 상으로 주리라고. 에우마이오스는 늙은 거지가 이 옷들에 집착했던 것을 기억하는지, 이것이야말로 그에게 가장 필요한 것이라고 덧붙인다. 음식은 다니면서 얻어 배를 채울 수 있지만, 옷은 누가 주기엔 너무 큰 물건이라고. 어쩌면 에우마이오스는, 자기가 오뒷세우스

에게 외투를 하루 밤만 빌려주었던 것에 대해 뭔가 변명을 하고 싶었는지도 모르겠다.

하지만 오뒷세우스는 이 초대에 신중하게 반응한다. 자기는 당장이라도 페넬로페에게 모든 사실을 전하고 싶단다. 그리고 자신은 오뒷세우스에 대해 잘 알며, 같은 노역을 견뎠단다. 오뒷세우스가 에우마이오스에게 들려준 첫 이야기, 그의 인생의 회고담만 기억하고 있으면, '어라, 그런 얘기도 나왔던가?'하고 생각할 수도 있다. 하지만 늙은 거지가 에우마이오스에게 들려준 두번째 이야기를 고려한다면, 그가 트로이아에서 오뒷세우스와 잘 알고 지냈다고 주장하는 것을 수긍할 수 있다. 늙은 거지는, 하지만 자기는 구혼자들이 두렵기 때문에 그렇게 할 수가 없다고 말한다. 방금도 자기가 억울하게 매를 맞는데, 누구도 그걸 막아 주지 못하지 않았던가! 그러니 페넬로페에게 해 질 때까지 기다리라고 하라. 자기는 춥기도 하니 불 곁에 앉아서 얘기를 하고 싶다는 것이다.

에우마이오스가 혼자서 페넬로페에게 돌아가자, 그녀는 늙은 거지가 누구를 두려워하는지, 아니면 너무 부끄럼을 타는 것인지 묻는다. 후자라면 거지로서 '소양'이 모자라는 것이다. 17권에는 거지로서 취할 합당한 태도에 대한 격언 비슷한 것이 많이 나온다. 텔레마코스도 오뒷세우스에게 구걸을 권하며, "염치(aidos)는 궁한 사람에게 좋은 동반자가 아니라고"(347행) 말했고, 페넬로페는 여기서 "부끄럼을 타면(aidoios) 좋은 거지는 못 된다"(578행)고 말한다. 이런 말들은 헤시오도스의 『일들과 날들』에 나오는 것으로, 이런 구절들에 의지해서

헤시오도스의 작품이 『오뒷세이아』보다 먼저 성립되었다고 주장하는 학자도 있다.

돼지치기는 여주인 앞에서 오뒷세우스의 결정을 옹호한다. 그는 오만한 사내들의 눈을 피하려는 것이다, 그러니 해 질 때까지 기다렸다가 만나는 것이 좋겠다. 페넬로페는 이 권고를 받아들인다. 말하자면 떠돌이 거지가 한 나라의 왕비에게 면담 시간과 장소를 지정한 셈이다. 좀 주제넘은 것 같기도 하지만, 누가 보기에도 합리적인 이유를 대고 있으니 페넬로페도 그대로 따를 수밖에 없다. 이로써 주도권은 오뒷세우스가 쥐게 되었다.

양쪽을 오가며 전령 노릇을 한 돼지치기는 텔레마코스에게 가서, 일단 작별을 고한다. 돼지들에게로 돌아가 봐야 하기 때문이다. 그는 젊은 주인에게 몸조심을 당부한다. 그리고 다시 제우스께서 구혼자들을 근절해 버리시길 기원한다. 이 권부터 구혼자들에 대한 저주가 점점 잦아지고 있다. 텔레마코스는 돼지치기를 만류하여 저녁을 먹고 떠나라고 한다. 그 말에 따라 식사한 후 돼지치기는 떠나고, 그의 뒤에는 춤과 노래 소리가 남아 있다. 이제 다시 저녁이다.

18권

페넬로페가 구혼자들에게 선물을 받아내다

「수심에 잠긴 페넬로페」 안젤리카 카우프만

18권에서 가장 중요한 사건은 페넬로페가 구혼자들 앞에 모습을 드러내고 선물을 요구한 일이다. 이 그림은 베틀 앞에서 수심에 잠긴 그녀를 보여 준다. 그의 발밑에 활이 놓여 있어서, 활쏘기 시합을 열지 말지를 놓고 고심하는 것처럼 보인다. 함께 그려진 개는 아르고스를 상기시킨다.

18권은 페넬로페가 구혼자들에게 선물을 요구하여 받아내는 것으로 유명한 권이다. 이 권의 장면은 크게 셋으로 나뉜다. 우선 오뒷세우스가 다른 거지 이로스와 대결하는 장면, 두번째가 페넬로페의 장면, 세 번째 부분은 다시 오뒷세우스가 봉변하는 장면이다. 마지막 것은 둘로 나뉘어, 우선 오뒷세우스가 하녀들과 마주치는 장면, 다음으로 또 한 번 발판으로 공격 받는 장면으로 짜여 있다.

오뒷세우스가 거지 이로스와 대결하다

이 소문난 잔치에 얻어먹으러 오는 거지가 하나뿐이라면 오히려 이상할 것이다. 오뒷세우스가 도착하고 나서 다른 거지가 하나 등장하는데, 그는 사실 이전부터 이 지역에 터 잡고 사람들의 잔심부름깨나 하던 자이다. 바로 식탐으로 유명한 아르나이오스인데, 그는 이로스라는 이름으로도 불리고 있다. 덩치만 크고 힘은 없는 자인데, 누가 시키는 대로 심부름을 다니기 때문에, 여신 이리스의 이름을 남성형으로 바꾸어 별명을 삼았다. 거지가 거지와 경쟁한다고 했던 헤시오도스의 말을 실천이라도 하려는 듯, 그는 오뒷세우스를 내쫓으려 한다. 그는 오뒷세우스에게, 누가 그의 발을 잡아 끌어내기 전에 떠나라고 위협한다. 오뒷세우스가 텔레마코스에게 미리 예고했던 봉변의 하나인데, 이것이 거듭거듭 등장하고 있다. 이로스는 이어서, 하지만 자기로서는 창피해서 그렇게까지는 하지 않을 테니 늙은 오뒷세우스가 얼른 먼저 사라지라고 요구한다.

오뒷세우스는 타협과 공존을 제안한다. 자기는 상대가 자기보다 더 많이 얻어먹는다고 질시하지도 않는다, 문턱은 두 사람이 다 앉을 만큼 넓고, 자기들은 모두 부랑자로서 앞으로의 운은 신에게 달려 있다. 그러면서도 상대가 주먹다짐으로 위협한 것을 맞받아서, 자기에게 도전하지 말라고 경고한다. 자기가 비록 늙었지만 상대를 제압할 힘은 있다고, 그리고 정말 그렇게 되면 이로스는 이 집으로 다시 돌아오지 못할 것이니 내일부터는 자기 생활이 더 편해질 거라고. 여기서 오뒷세우스는 이 집을 지칭할 때 '라에르테스의 아들 오뒷세우스의

궁전'이란 표현을 쓴다. 그는 앞으로도 페넬로페를 부를 때면 거의 언제나 '오뒷세우스의 부인'이라고 부를 것이다. 고대인들이 이름과 실재를 동일시한 것을 생각하면 오뒷세우스가 사용한 이런 호칭들은 일종의 주술이고, 거의 의식적으로 사용되었다고 보아야 할 것이다.

그러자 이로스는 오뒷세우스가 말 잘하는 것을 비꼬며, 자신의 젊음을 믿고 그에게 한판 붙기를 청한다. 이렇게 두 거지가 널찍한 문턱 위에서 다투는 것에 제일 먼저 주목한 사람은 안티노오스였다. 그는 마치 프로모터인 양, 구혼자들 사이에 일대 흥행 분위기를 조성한다. 자기가 지금 상을 내놓을 터이니, 이 싸움에서 이기는 사람이 그걸 차지하고, 다른 쪽은 앞으로 이곳에 얼씬도 못하게 하자는 것이다. 그의 예상으로서는 당연히 젊은 이로스가 이길 테니, 방금 자기와 감히 맞섰던 늙은 거지를 손 안 대고 쫓아 버릴 기회이다. 상으로 나온 것은, 기름과 피를 잔뜩 넣어 지금 굽고 있는 염소의 위장으로, 일종의 순대 같은 것이다. 위장을 채우기 위해 유리걸식하는 자들 앞에, 다른 위장이 상으로 걸렸다.

오뒷세우스는 짐짓 엄살을 부린다. 늙은 사람이 젊은이와 겨루는 건 무리이지만, 자기는 배가 고파서 어쩔 수 없단다. 배고픔이야말로 가장 못된 고통이니까. 이미 여러 차례 등장한, '거지로서의 오뒷세우스'의 표어 같은 말이다. 그러면서 오뒷세우스는, 누구도 이로스를 돕기 위해 자기를 공격하지 않겠다고 맹세하라 요구한다. 모두가 찬성하여 맹세를 마치자, 텔레마코스가 나서서 한 번 그것을 보증한다. 혹시 누가 오뒷세우스를 치면, 그는 여러 사람의 제재를 받으리라는 것

이다. 그러면서 자기가 주인이고, 구혼자들의 두 우두머리도 자기에게 동의한단다. 오뒷세우스가 완력을 보이려는 순간, 그의 아들은 그 기회를 이용하여 자기의 권위를 확립하려 한다. 그 아버지에 그 아들이다. 그는 자기 아버지의 승리를 확신하고 있다. 어제 아버지가 갑자기 변모하는 것을 보았으니 당연하다.

그러자 오뒷세우스는 누더기를 걷어 올리고 튼튼한 다리와 우람한 상체를 드러낸다. 아테네 여신은 그의 사지를 더욱 힘 있게 만들어 준다.

> 그러자 오뒷세우스가 입고 있던 누더기를 샅에다 매며,
> 크고 당당한 넓적다리와 넓은 어깨와
> 가슴과 억센 팔들을 드러냈다. 그리고 아테네가
> 가까이 다가서서, 백성들의 목자인 그의 사지를 더 힘 있게 해주었다.
> 그러자 구혼자들은 모두 크게 놀랐다.(18권 67~71행)

'신과 같은' 오뒷세우스가 일부나마 본 모습을 드러내는 순간이다. 이런 사태를 당하여 주변 사람들이 보이는 전형적인 반응은 놀라움이다(신이 모습을 드러내는 장면의 가장 대표적인 사례는 「데메테르 찬가」이다).

늙은 거지가 드러낸 예상 밖의 체격에 모두 놀라고, 이제 이로스가 큰 봉변을 당하게 되었다고 수군댄다. 이로스는 처음의 기세와는 달리, 겁에 질려 억지로 끌려나온다. 이 대결의 '주선자' 격인 안티노오스가 그를 향해, 불운에 시달려 온 노인과 겨루는데 왜 그렇게 떠느

냐고 비웃는다. 혹시 그가 패하면 그를 배에 태워, 모든 인간을 불구로 만드는 에케토스('붙잡아 둔다'는 뜻) 왕에게로 보내 버리겠다고 위협한다. 이 왕은 누구든 잡히면, 칼로 코와 두 귀, 그리고 성기를 베어 내어 개들에게 던져 준다는 인물이다. 거의 염라대왕처럼 묘사된 이 전설적인 왕은 앞으로도 몇 번 등장할 것인데, 그가 한다는 일은 먼 땅에서가 아니라 바로 이 집에서 일어날 것이다. 저승에서 온 사나이 오뒷세우스야말로 에케토스 같은 인물이기 때문이다.

그 말을 듣고 더욱 겁에 질린 채로 이로스가 나서고, 둘은 권투하듯 두 주먹을 세워들고 맞선다. 오뒷세우스는 멜란티오스를 만났을 때같이 고심한다. 한 방에 그의 목숨을 끊어 버릴 것인지, 아니면 그냥 쓰러지게 하는 정도에 그칠 것인지. 자기 신분이 드러나는 것을 피하자면 후자로 하는 것이 좋겠다. 둘은 말하자면 '크로스 카운터'를 주고받는다. 이로스가 오뒷세우스의 오른쪽 어깨를 치는 사이에, 오뒷세우스는 그의 귀 밑 목을 친 것이다. 이로스는 뼈가 부러져 입에서 피를 쏟으며, 먼지 속에 쓰러져 이를 갈며 발꿈치로 땅을 친다. 여기서 이로스가 오뒷세우스의 오른쪽 어깨를 친 것을 보면 혹시 그가 왼손잡이로 설정된 게 아닌가 하는 생각도 드는데, 그보다는 아마 지금 이 구절이 『일리아스』 따위에서 전투하는 장면의 공식구를 그대로 가져다 썼기 때문일 것이다. 고대의 전사들은 방패를 왼쪽에 메기 때문에 늘 오른쪽 어깨가 드러나 있고, 거기가 치명적인 약점이 된다. 그리고 이로스가 넘어지면서 땅을 발로 차는 장면은 나중에 구혼자들이 죽는 장면과 유사한 점이 있다. 그들은 땅 대신 식탁을 걷어차게 될 것이다.

사실 이 장면은 구혼자들이 당할 일을 미리 작은 규모로 보여 주는 것인데도, 그것을 알 리 없는 구혼자들은 이로스의 재난에 즐겁게 웃어 댄다. 그러자 오뒷세우스는 그 거지의 발을 잡아끌고 바깥으로 나가서, 떠나가도록 그에게 지팡이를 쥐어 주고 바랑을 챙겨 준다. 그 둘의 차림은 거의 같다. 오뒷세우스가 예상했던 재난은 이 이로스가 대신 당한 셈이다. 이로스를 상대하면서 오뒷세우스가 어느 정도로 힘을 쓸지 고심하는 장면도 이미 멜란티오스를 만났을 때 한 번 나온 것이다. 앞으로 그는 구혼자들 전체를 상대로 어떤 전략을 사용할지 고심하게 될 것이다. 서사시의 시인들은 비슷한 주제를 점점 키워 나가며 절정으로 다가가는 성향이 있다.

오뒷세우스가 다시 안으로 들어오자, 구혼자들은 오뒷세우스를 축복하여 제우스께서 그의 소원을 이뤄 주길 기원한다. 그러면서 자기들이 이로스를 곧 에케토스에게로 보내겠다고 다시 한 번 확인한다. 여기서 오뒷세우스는 좋은 조짐에 기뻐하는 것으로 묘사되어 있는데, 아마도 이들이 제우스께서 소원을 들어 주시리라고 한 말 때문일 것이다. 그들은 결국 자신들의 파멸을 기원하는 셈이다. 이 싸움을 주선한 안티노오스는 약속대로 염소 위장을 상으로 가져온다. 앞에는 위장 두 개 중 하나를 선택하게 해주겠다고 하더니, 그냥 자기가 가져다 준다. 한편 암피노모스가 빵 두 덩이를 가져다가 더해 주고 잔을 권하며, 오뒷세우스가 앞으로는 행복하기를 빌어 준다. 오뒷세우스는, 그나마 이 구혼자 무리에서 좀 나은 사람인 그가 파멸할 것이 안쓰러웠던지, 그에게 충고를 해준다. '나는 당신 아버지에 대해 좋은 평판을

들었다. 당신도 신중한 사람으로 보인다. 생명체 중에 인간보다 약한 것은 없다. 인간의 행복과 불행은 신들의 손에 달려서 어떻게 변할지 모른다. 나도 한때는 성공할 줄 알고 집안과 완력을 믿었었다. 사람은 무도해지면 안 된다. 구혼자들은 지금 못된 짓을 하고 있다. 이제 이 집 주인은 멀리 있지 않은데, 당신들은 그의 재산을 탕진하고 그의 아내를 업신여기고 있다. 그러니 주인이 오기 전에 떠나는 게 좋겠다. 그가 오면 유혈극이 벌어질 것이다.' 이 말을 들은 암피노모스는 기분이 좀 우울해지긴 했지만, 그냥 고개를 흔들며 제자리로 돌아가 앉았다. 아테네가 그로 하여금 운명을 피하지 못하게 했기 때문이다. 이런 것을 보면, 구혼자들이 모두 죽음을 당하는 것은, 그들이 모두 죽을죄를 지었다기보다는 거기서 그렇게 죽는 것이 그들의 운명이기 때문인 듯도 하다.

페넬로페가 구혼자들 앞에 나타나 선물을 요구하다

드디어 18권의 핵심적인 부분에 도달했다. 갑자기 아테네가 페넬로페의 마음 속에 이상한 생각을 불어넣는다. 구혼자들 앞에 모습을 드러내어, 그들의 마음을 희망에 들뜨게 하고 남편과 아들에게 전보다 존경을 받겠다는 것이다. 구혼자들이 희망을 갖게 하는 일이야 지난 3년 동안 줄곧 해온 것이니 별로 이상한 것도 없지만, 갑자기 남편과 아들의 존경을 받는다니? 더구나 남편이라니? 그녀는 남편이 돌아온 것을 알고 있단 말인가? 사실 이 부분과 나중의 활쏘기 시합에 대해 옛날부터 학자들 사이에, 혹시 현재의 모습으로 정리되기 전 원래의 이

야기에서는 부부가 짜고서 구혼자들을 몰살했던 것 아닌가 하는 추측이 있었다. 그런 식으로 보자면 그녀는 남편이 온 것을 알고 있고, 구혼자들을 최종적으로 처리하기 전에 그들에게서 최대한 이득을 얻어내자는 것이 된다. 물론 다른 방식의 설명도 가능하다. 이제 남편이 곧 돌아온다는 소식이 있으니, 남편이 돌아왔을 때 자기가 그저 손해만 보고 앉아 있었던 것이 아니라, 최대한 그것을 벌충했다고 내세울 만한 일을 하겠다는 것이다. 어쩌면 이것은 '현명한 아내'라는 민담적 요소가 끼어든 것일 수도 있다. 이 요소는 민담이 서사시로 바뀌는 과정에서 좀 약해져 있었다.

그러니까 페넬로페의 계획은 구혼자들에게 선물을 요구해서 받아내겠다는 것이다. 그녀는 까닭 없이 웃으면서 시녀인 에우뤼노메에게 말한다. 구혼자들이 밉긴 하지만 그들 앞에 나서고 싶은 마음이 갑자기 들었다고. 아들에게도, 말만 번지르르하게 하고 속으로는 재앙을 꾀하는 구혼자들과 어울리지 말라고 충고하고 싶다고. 하지만 사실 이 두 계획은 상충하는 것이다. 그녀가 나서면 구혼자들의 주의가 그녀에게로 쏠릴 텐데, 어떻게 아들에게 충고할 기회를 잡겠다는 것인가? 그리고 다음 장면을 보면 페넬로페는 아들에게 그런 충고를 하지도 않는다. 그래서 옛날부터 이 구절이 좀 이상하다는 지적이 있었다. 하지만 잠시 후에 그녀는 텔레마코스를 꾸짖는 것으로 말을 시작하니, 이것을 충고로 본다면 그럭저럭 앞뒤가 맞아들어가긴 한다.

에우뤼노메는 그녀의 계획에는 찬성하지만, 그녀가 너무 용모를 돌보지 않은 것을 걱정하여 우선 몸단장을 좀 하고 내려가라고 권

한다. 하지만 다음 말이 모호하다. 텔레마코스도 이제 수염이 나고 있으니, 그럴 나이가 되었단다. '그럴 나이'라니 무슨 뜻인가? 충고를 받을 만한 나이가 되었단 뜻인가, 아니면 수염이 날 만한 나이라는 뜻인가? 아니면 텔레마코스가 수염이 났으니, 이제 페넬로페가 오늘 같은 행동을 취할 때가 되었다는 것인가? 잠시 후에 보면, 오뒷세우스가 전장으로 떠나면서, 텔레마코스가 수염 날 때가 되면 어떻게 행동하라고 페넬로페에게 지시해 둔 것이 있다. 따라서 '그럴 나이'란 것을, '아들이 나이가 찼으니, 이제 남편의 당부를 실행할 시기'란 뜻으로 볼 수 있다. 한데 이렇게 보면, 에우뤼노메는 페넬로페가 지금 구혼자들 앞에 나서는 것이, 사실은 그녀가 밝히지 않은 다른 이유 때문임을 꿰뚫어보고 있는 셈이다. 아무래도 이건 너무 강한 해석이다. 우리로서는 앞의 두 가지 중에 택해야 할 텐데, '충고를 받을 만한 나이'라는 것은 좀 이상하니, 그냥 후자를 택하여 조금 약하게, 일종의 탄식으로 '이제 어느새 성인이 되었군요' 정도로 새기는 게 좋겠다. 그리고 여기서 언급된 '텔레마코스의 수염'이, 페넬로페로 하여금 오뒷세우스의 당부를 떠올리게 하는 계기가 되었다고 보면, 모든 요소들이 각기 제 역할을 하게 될 것이다.

하지만 페넬로페는 몸단장을 거절한다. 남편이 떠나간 후로 신들은 그녀의 아름다움을 망쳐 버렸다는 것이다. 대신 두 시녀를 불러 주어 그들과 함께 나갈 수 있게 해달라고 청한다. 존귀한 인물이 대중 앞에 나갈 때 아랫사람 둘을 동반하는 것은 이 작품에 자주 나오는 요소로, 텔레마코스의 경우에는 늘 두 마리 개가 그 역할을 했었다. 노파가

젊은 시녀들을 부르러 나간 사이에 아테네는 여주인에게 달콤한 잠을 쏟아 붓는다. 그리고 그 잠깐의 졸음을 이용하여 그녀를 놀랍도록 아름답게 만든다.

> …… 그 사이 여신 중에 고귀한 그분은,
> 아카이아인들이 보고 놀라도록, 그녀에게 불멸의 선물들을 주었으니,
> 여신은 먼저 그녀의 고운 얼굴을, 아름다운 화관을 쓴
> 퀴테레이아 여신이 카리테스 여신들의 사랑스런 무도장을 향하여 다가갈 때
> 바르는 것과 같은 불멸의 아름다움으로 씻어 주었다.
> 그런 다음 여신은 그녀를 더 크고 더 풍만해 보이게 했으며,
> 베어 낸 상아보다도 더 희게 만들어 주었다.(18권 190~196행)

지금 이 부분에는 『일리아스』 14권의 '제우스 속임' 장면에서 헤라를 묘사하는 데 사용된 것과 같은 표현들이 많이 동원되었다. 예를 들면 『일리아스』에서 헤라가 '암브로시아(ambrosia)로 몸을 씻어 내는(katheren)'(『일리아스』 14권 170~1행) 것처럼, 여기서 아테네는 페넬로페의 얼굴을 '불멸의(ambrosio) 아름다움으로 씻어 준다(katheren)'. 표현이 같은 만큼 목표도 같다고 보면 여기서 페넬로페는 구혼자들을 속여서 자기 목적을 이루러 나서는 셈이다.

시녀들이 들어서는 소리에 페넬로페는 선잠에서 깬다. 그녀는 그 부드러운 잠의 효과를 느끼며, 그와 같이 죽음도 부드럽게 찾아오기를 기원한다. 그러면 자기가 뛰어난 남편을 그리워하느라고 인생을

소모하지 않았으리라는 것이다. 여기서 페넬로페의 잠은 죽음과 비교되는데, 그와 비슷한 구절이 오뒷세우스가 스케리아 사람들의 배를 타고 이타케로 향할 때도 나왔었다. 오뒷세우스의 죽음 같은 잠이 다른 차원으로 넘어서는 것의 징표였다면, 지금 여기 나온 페넬로페의 잠도 그녀가 다른 차원으로 들어섰음을 나타내는 것일 수 있다. 그 차원은 이제까지의 슬퍼하는 과부의 수준에서 남자들을 휘두르는 여왕의 수준으로 나아가는 것일 수도 있고, 아니면 다시 오뒷세우스와 결혼하던 시절의 젊음으로 복귀하는 것일 수도 있다. 나중에 우리는 오뒷세우스의 복수극 전체를 일종의 축제로, 질서가 무너졌다가 다시 서는 과정으로 해석하게 될 터인데, 왕이 젊어지고 질서가 다시 서는 것처럼 왕비도 젊어지고 권위를 되찾는다. 그러니 여기서 페넬로페가 죽음 같은 잠으로써 들어서는 다른 차원은 결국 젊음과 질서 두 가지 다일 것이다. 앞에서 오뒷세우스의 가장의 벗겨지면서 다른 사람들의 '가장'도 벗겨진다고 했는데, 지금 이 순간 그녀의 '가장'이 벗겨지고 있다. 이는 동화 속 공주가 잠 깨는 순간과 같으니, 이런 이야기 틀에 페넬로페의 선잠이 그럴싸하게 맞아들어 간다.

하지만 남편과 아내의 동조(同調)에는 아직 한 가지가 더 남았다. 남편이 지금 거지 역할을 하는 것에 맞춰서 그녀 자신도 일종의 구걸 행위를 할 것이다. 그녀가 두 명의 시녀를 동반하고 구혼자들에게로 내려가자, 그들은 그녀를 보고 황홀해진다. 그들은 매혹되어 저마다 자기가 그녀의 남편이 되게 해달라고 기도한다. 하지만 그녀는 짐짓 그들을 무시하고 자기 아들을 꾸짖는다. 아들이 어렸을 때는 영민하

더니, 이제 성년이 되어서는 외모만 그럴싸하지 속생각은 그렇지 못하다는 것이다. 그녀가 꾸짖는 것은 그가 손님을 제대로 접대하지 않았다는 점이다. 그녀는 오뒷세우스가 방금 거지와 대결한 것을 두고, 손님이 자기 집에서 학대를 받고 무슨 안 좋은 일이라도 당하면 사람들 사이에 망신이 되리라고 걱정한다.

텔레마코스는 한편으로 그 비판을 받아들이고 다른 한편으로 자기를 변호한다. 조금 전 일에 대해 비난한다면 받아들이겠다, 자기는 이제 나름대로 생각이 있다, 하지만 모든 일을 다 절제 있게 대하지는 못한다, 구혼자들이 너무 그를 괴롭히기 때문이다, 그래도 방금 있었던 싸움은 나그네가 힘이 세어 제대로 잘 끝났다. 그러면서 텔레마코스는 대담한 소원을 발한다. 구혼자들이 이로스처럼 그렇게 제압되었으면 좋겠다는 것이다. 텔레마코스는, 시인이 여기에 이로스 일화를 집어넣은 뜻을 잘 아는 것처럼 발언한 셈이다. 다시 말하지만 이로스 일화는 구혼자들의 파멸에 대한 예고이고, 작은 모형(miniature)이다.

구혼자들은 페넬로페의 매력에 너무나 깊이 빠져들어 모자 사이에서 자기들의 운명이 거론되는 걸 전혀 주의하지 않았는지, 다른 얘기로 끼어든다. 에우뤼마코스가 나서서 페넬로페에게 아첨한 것이다. 다른 희랍인들이 그녀를 보게 된다면, 내일부터는 더 많은 구혼자들이 몰려들게 될 거라고. 하지만 그의 아첨은 좀 불길하다. 그냥 더 많은 구혼자들이 몰려들 뿐 아니라, 그들이 거기서 잔치를 하게 되리라고 했기 때문이다. 그러니 그녀의 아름다움에 대한 소문이 더 퍼지기 전에 얼른 자기들 중 하나를 선택하는 게 좋으리라는 협박일 수도 있다.

페넬로페는 다시 한 번 겸양을 보인다. 남편이 떠난 이후로 자신의 아름다움은 사라졌다, 그가 돌아온다면 자기 명성이 더 커질 것이지만, 현실은 온통 재앙뿐이다. 그러면서 그녀는 이제까지 누구도 알지 못했던 오뒷세우스의 '유언'을 밝힌다. 오뒷세우스는 전장에서 자기에게 무슨 일이 있을지 모르니, 일단 자기 없는 사이에 집을 지키며 부모님을 돌보되, 아들이 수염이 날 때가 되면 다른 사람과 결혼하여 이 집을 떠나라고 했다는 것이다. 이제 때가 되었으니, 자기로서는 내키지 않지만 새로 결혼하는 수밖에 없다, 한데 지금 구혼자들이 하는 행동은 풍습에 맞는 것이 아니다, 구혼하려면 원래 가축들을 몰고 와서 선물을 하는 법이지 이런 식으로 남의 살림을 먹어치우지는 않는다. 지금 이 구절을 보면 왜 페로라는 여성의 이야기가 두 번이나 나왔는지 알 수 있을 것 같기도 하다. 우리는 그녀의 이야기를 오뒷세우스의 저승여행에서, 그리고 텔레마코스가 필로스를 떠나려는 순간에 각각 한 조각씩 들었다. 멜람푸스가 페로에게 구혼한 자기 형제 비아스 때문에 고생을 하고, 결국 그 결혼을 성사시킨 이야기 말이다. 희랍의 결혼 풍습은 전거마다 달리 나와서, 어떤 데는 남자가 여자의 집안에게 신부값을 치르는 것으로 되어 있고, 어떤 데는 여자 쪽에서 남자에게 혼수를 해가는 것으로 되어 있다. 혹시 두 가지가 섞여서 행해졌을 수도 있는데, 여기서는 전자를 강조하고 있다. 페로의 이야기도 신부값 관습의 중요한 전거이다.

한데 이상한 것은 이 말에 대한 오뒷세우스의 반응이다. 그는 자기 아내가 새로 결혼하겠다고 선언하는데도, 걱정하기는커녕 오히려

기뻐한다. 이유는, 그녀가 속으로 다른 것을 생각하면서 상냥한 말로 그들을 호려서 선물을 끌어내고 있기 때문이란다. 오뒷세우스는 페넬로페의 속마음을 꿰뚫어보는 것일까? 아니면 자기가 그날 밤에 페넬로페와 만나기로 했으니, 그녀가 그 약속을 믿고서 이런 식으로 행동한다고 본 것일까? 어쨌든 이 구절은 '부부의 공모'를 믿는 학자들에게 근거로 사용되던 것이다.

구혼자들의 우두머리 중 하나인 에우뤼마코스가 얘기를 시작한데 이어, 이번에는 다른 우두머리인 안티노오스가 대답한다. 자기들이 선물을 가져오면 거절하지 말라는 것이다. 하지만 결혼해 주지 않으면 자기들은 이곳을 떠나지 않겠단다. 그 말이 끝나자 구혼자들은 저마다 전령을 보내 선물을 가져오게 하고, 곧 선물들의 목록이 이어진다. 그중에 특히 두 우두머리의 것이 맨 처음에 소개되고, 이것은 '태양신의 아내'에게 걸맞다. 안티노오스의 것은 열두 개의 황금브로치가 달린 아름다운 옷이다. 에우뤼마코스가 가져온 것은 호박알이 꿰인 황금 목걸이인데, 그 호박은 태양처럼 번쩍인다. 그밖에 다른 이들이 가져온 귀걸이, 목걸이 등이 언급된다. 시녀들이 그 선물을 이층으로 옮겨 가자, 구혼자들은 춤과 노래를 즐기면 저녁을 기다린다.

오뒷세우스가 하녀와 구혼자들에게 모욕을 당하다

17권의 두 부분이 지나갔다. 이제 세번째 부분이다.

저녁이 오자 집을 밝히기 위한 조명용 화덕이 세 개 준비된다. 하녀들이 거기에 마른 장작을 넣고 불을 피우는 것을 보고, 오뒷세우스

가 나선다. 자기가 그 일을 할 터이니, 하녀들은 왕비 곁에 가서 실을 잣거나 양모를 빗질하라고 권한다. 자기는 새벽까지 있어도 전혀 지치지 않을 텐데, 그것은 자기가 '참을성이 많기' 때문이란다. 지금 페넬로페와 단독 면담을 앞두고 있는 이 시점에, 오뒷세우스를 지칭하는 말들이 점점 노골적으로 나타나고 있다. 시인 자신도 그렇고, 오뒷세우스도 그런 표현을 자주 사용하는 것이다. 시인은 그의 하녀들을 '참을성 많은 오뒷세우스의 하녀'라고 표현하고 있으며, 오뒷세우스는 그들을 '오뒷세우스의 하녀들'이라고 부른다. 그러면서 오뒷세우스가 자신을 '많은 것을 견뎠다'고 묘사하고 있으니, 시인의 말과 오뒷세우스 자신의 말을 합치면 이상한 효과가 나타난다. 그가 자기는 오뒷세우스라고 선언하고, '나의 하녀들아'라고 부르는데, 정작 하녀들은 그걸 알아듣지 못하는 셈이다. 재미있는 아이러니이다.

이 말을 듣고 하녀들은 깔깔대고 웃는데, 특히 용모가 예쁜 멜란토가 그에게 심한 욕설을 퍼붓는다. 앞에서 이미 그녀가 멜란티오스의 자매라는 것을 말했다. 하지만 시인은 그런 식으로 노골적으로 관계를 밝히지 않고, 그녀가 돌리오스의 딸이라고만 하고 있다. 앞에서 멜란티오스 역시 돌리오스의 자식으로 되어 있으니, 두 구절을 비교하여야 이들이 남매 사이라는 것이 드러난다. 그리고 그녀는 구혼자의 우두머리 격인 에우뤼마코스와 동침하는 사이이다. 더구나, 이상하게도 이 집의 큰 원수들은 전부터 이 집안에 신세를 진 것으로 되어 있는데, 이 멜란토의 경우도 마찬가지이다. 페넬로페가 그녀를 친자식처럼 양육하고 특별히 귀여워해 주었던 것이다. 이 하녀는 자신의

미모와 은밀한 지위에 자신감을 얻어서인지, 주인을 알아보지 못하고 함부로 대한다. 혹시 돼지치기의 개들이 오뒷세우스에게 달려들던 것이 지금 그녀가 보이는 태도를 예고하는 것이었을까? 그녀는 오뒷세우스에게 정신이 나갔다고 욕을 하고, 대장간이나 다른 합숙소를 찾아가지 않은 것을 비난한다. 혹시 술에 취해서 그런 거냐, 평소에도 그런 것이냐, 아니면 이로스에게 이겨서 우쭐해 가지고 그런 것이냐 등등. 그러면서, 이로스보다 강한 누가 와서 피투성이로 만들어 쫓아내지 않게 조심하라고 쏘아붙인다.

그 다음에 나오는 오뒷세우스의 반응은 너무나 격렬하여, 독자들도 놀랄 지경이다. 거의 서사시의 점잖음(decorum)이란 원칙에 어긋나는 게 아닐까 의심이 될 지경이다.

> 이 개 같은 여인이여, 내 당장 저리로 가서, 그대가 한 말을 텔레마코스에게
> 일러바치리라. 그러면 그분은 당장 그대를 토막토막 잘라버리시겠지.(18권 338~9행)

이미 자신을 주인으로 선포한 것이나 다름없는 표현을 사용했기 때문일까? 아니면 이 여자가 구혼자들과 뭔가 관련이 있다고 의심해서일까? 혹시 그녀가 자기를 무시하던 멜란티오스와 친족인 것을 알고서 그러는 것일까? 그는 그녀를 개(kyon)라고 부른다. 아무래도 에우마이오스의 개들이 그녀의 모델인 모양이다(여기 나온 욕설은 『일리아스』에서 아킬레우스가 헥토르에게 퍼붓던 것[22권 345행]이다. 대영웅

들끼리 주고받던 표현이 『오뒷세이아』에서는 거지와 하녀 사이에 쓰이고 있다. 시인의 어떤 의도가 있다고 보면 더 재미있게 읽힐 것이다). 그러면서 오뒷세우스는 아직 자기 자신의 권위를 내세우지 않고 텔레마코스의 권위를 빌려 온다. 그 젊은 주인에게 알려서 그녀를 토막 내어 버리겠다는 것이다. 이제 구혼자들이 위협 삼아 사용하던 에케토스 왕의 관행이 '저승에서 돌아온 왕'의 입에 올랐다. 우리는 그 일이 다른 방식으로 이루어지는 걸 보게 될 것이다. 그리고 여기 욕설이 등장한 것은, 축제에서 자주 보이는 무질서의 한 표현이다. 우리는 페넬로페에게서도 비슷한 요소가 나오는 것을 보게 될 것이다.

너무나 무서운 기세로 맞받아치는 그의 서슬에 놀라 하녀들이 다 달아나 버리고, 오뒷세우스는 화덕들을 돌본다. 재 속에 묻혔던 불씨였던 사내에게 걸맞은 역할이다. 그리고 이 장면은 신년(新年)제에 자주 '헌 불'을 끄고 '새 불'을 마련하던 풍습과 연결시킬 수도 있다. 우리는 마지막에 이 집안에서 일종의 '신년제'가 행해지는 것을 볼 것이다. 한편 아테네는 구혼자들로 하여금 그를 모욕하도록 자극하여, 오뒷세우스의 원한과 복수심을 불러일으키려 애쓴다. 사실 이 구혼자들의 죄라면 '무전취식'과 '살인모의'뿐인데 그걸 이유로 경중 가리지 않고 백 명 넘는 사람을 전부 죽이는 것이 요즘 우리가 보기엔 좀 심하다. 아무래도 이들은 처음부터 여기서 죽을 운명이고, 신들은 오뒷세우스를 그 도구로 사용하는 것 같다. 이들이 신년제의 '희생물' 역할을 한다는 것은 나중에 다시 확인하자.

여신의 뜻에 따라서 에우뤼마코스가 오뒷세우스를 조롱하여 우

스개로 삼는다. 늙은 거지가 거기 나타난 것은 신의 뜻이 없지 않은데, 횃불의 빛이 그의 머리에서 나오는 것 같기 때문이란다. 머리카락이 하나도 없어서다. 이 구절은, 아테네가 오뒷세우스를 노인으로 변화시킬 때 그를 완전한 대머리로 만들었다는 추정에 근거가 되어 준다. 그리고 사람들이 그를 알아보지 못한 이유 중 가장 큰 것이 바로 이 점인 듯하다. 머리숱이 사람의 인상에 끼치는 영향이 어느 정도인지 우리는 경험적으로 알고 있다. 더구나 오뒷세우스는 페넬로페를 만나서 자기 이름이 아이톤('빛나는 자')라고 소개하니, 지금 이 구절과 잘 어울린다. 물론 어떤 학자들이 이 작품의 배경에 깔려 있다고 믿는 태양신 숭배도 이와 연관될 수 있다. 그리고 '오뒷세우스의 출현이 신의 뜻에 의한 것'이라는 말은, 모든 사실을 알고 있는 우리에게는 아이러니로 들린다. 에우뤼마코스는 자신도 모르는 사이에 진실을 발설하고 있다.

그러면서 에우뤼마코스는 짐짓 오뒷세우스를 고용할 의사가 있음을 밝힌다. 오뒷세우스가 받은 세번째 '채용 제안'이다. 에우마이오스도, 텔레마코스도 그에게 일자리를 주겠다고 했었다. 에우뤼마코스는 자기가 그에게, 담 쌓을 돌을 모으고 큰 나무 심는 일을 맡기려고 하는데, 품삯도 넉넉히 주고, 먹고 입을 것, 신발을 주겠단다. 하지만 그는, 이 늙은 거지가 자기 제안을 받아들이지 않으리라고 장담한다. 일은 하지 않고 그저 배만 채우려고 동냥질을 다닐 거란 말이다. 그 말을 받아서 오뒷세우스는 자기가 농사일에 익숙하다는 것을 과시한다. 한 번 시합을 해보자고 제안한다. 봄날 풀밭에서 낫을 들고 풀베기 시

합을 하든지, 아니면 소를 몰고 쟁기질 시합을 하든지 하자는 것이다. 여기 나오는 이 농사일 시합 묘사는 헤시오도스의 『일들과 날들』에 나온 묘사와 비슷한 데가 있어서 다소간 의혹을 불러일으키고 있다. 어떤 학자는 이 구절에 근거해서 『오뒷세이아』가 헤시오도스 이후의 작품이라고 주장하기도 하는데, 그 정도까지는 아니라도 이 부분이 뭔가 다른 전통에서 영향 받은 것이 아닌가 하는 학자들이 꽤 있다. 그리고 지금 이 부분은 봄을 배경으로 한 것이기 때문에, 오뒷세우스의 복수를 봄축제와 연결시키는 학자들은 이 대목이 봄의 분위기를 조성하는 데 큰 역할을 하는 것으로 보고 있다.

오뒷세우스는 농사일뿐 아니라 전투에도 자신이 있단다. 자기가 무장하고 나서면 사람들은 그를 선두대열에서 보게 될 거란 주장이다. 이 일은 이 작품의 맨 마지막에 실제로 일어난다. 오뒷세우스의 능력 과시는 상당히 대담한 예고로 끝난다. '에우뤼마코스는 이 늙은 거지가 먹을 것만 밝힌다고 비난하지 못할 것이다, 그는 자기가 강하다고 생각하고 있지만, 그건 지금 함께 있는 조무래기들 사이에서의 사정이고, 오뒷세우스가 돌아오면 그저 도망치기 바쁠 테니 그 때는 저 넓은 문도 좁게 느껴질 것이다.'

에우뤼마코스는 격분하여, 방금 멜란토가 했던 것과 같은 비난을 퍼붓는다. 이 거지가 이렇게 대담하게 지껄이는 것은, 너무나 성공적인 구걸로 술에 취해서거나, 평소에도 미쳤거나, 아니면 이로스를 이긴 후 승리에 도취해서 정신을 잃었다는 것이다. 하지만 뒤에 텔레마코스의 발언에는 구혼자들이 광기를 부리는 것으로 되어 있으니, 지

금 이 발언 역시 일종의 아이러니로 쓰인 것이다. 18권에는 아이러니가 두드러진다. 이제 에우뤼마코스는 오뒷세우스를 향해 발판을 집어던진다. 오뒷세우스가 예상했던 모욕이 다시 한 번 이루어지려는 순간이다. 하지만 오뒷세우스는 지난번 안티노오스에게서 받았던 공격에 학습되어서인지 이번에는 미리 대처한다. 좀 성격이 괜찮은 암피노모스 가까이로 피했던 것이다. 그 발판은 오뒷세우스 대신, 술 따르는 시동의 손에 맞는다. 나중에 본격적인 복수극에서 자주 나올 것처럼 여기서도 식사가 망쳐진다. 주전자가 바닥으로 떨어지고, 맞은 사람은 먼지 속에 뒤로 자빠져 신음한다. 이 예비적인 대결에서, 나중에 벌어질 사건이 작은 규모로 실행되고 있다. 오뒷세우스는 먼저 안티노오스와 '대결'했고, 지금 이 대목에서는 에우뤼마코스와 '대결'했다. 처음에는 약간의 물리적 피해를 입고 말로만 저항했다. 이번에는 꾀로써 공격을 예방했다. 오뒷세우스의 승리의 정도는 점점 커져 간다.

이 소동에 구혼자들은, 이 거지가 나타나는 바람에 잔치의 흥이 깨졌다고 투덜댄다. 그러자 텔레마코스가 나서서 그들을 비난한다. '술에 취해 광기를 부리는 것은 당신들이다, 이런 일이 일어난 것은 틀림없이 신이 부추긴 것이다, 이제 가서 잘 사람은 자라, 나로서는 누구도 내쫓지는 않겠다.' 그러자 구혼자들은 젊은이가 대담해진 것에 놀란다. 텔레마코스의 '가장'이 벗겨지면서, 신의 현현에 자주 그러하듯 주변 사람들이 놀란 것이다. 1권에서부터 계속 커 가는 이들의 놀라움은 이제 얼마 안 가서 그치게 될 것이다, 모두 죽을 테니까.

이 소란을 암피노모스가 수습한다. 텔레마코스의 말이 옳으니 앞

으로는 나그네도, 이 집안의 하인들도 학대하지 말기로 하고, 이제는 헌주한 다음에 각자 자러 가자는 것이다. 그러면서 오뒷세우스를 어찌 할 것인지도 제안하는데, 나그네가 텔레마코스의 집으로 찾아든 것이니 그냥 여기 남아서 텔레마코스의 보살핌을 받게 하자는 것이다. 구혼자들은 그의 제안에 따라 헌주하고 떠나간다.

어찌 보면 이 권에서 주요 구혼자들의 성격이 드러났는데, 그중 암피노모스는 뭔가 신의 도구로 사용되고 나중에 버려지는 것 같은 느낌을 준다. 동정심도 있고 합리성도 있지만 결국 거기서 죽음을 당하게 되기 때문이다. 그리고 여기서 잔치의 흥이 깨졌다는 발언이 나온 것은 일종의 '반복되면 점차 커가는 주제'의 성격을 지녔다. 우리는 손님-주인 관계를 무시한 잔치가 결정적으로 망가지는 모습을 마지막에 확인하게 될 것이다.

19권

부부가 심야에 대화를 나누다

「오뒷세우스와 페넬로페의 대화」 티쉬바인(1751~1828)

19권에서 페넬로페는 늙은 거지 모습의 오뒷세우스와 단 둘이 이야기를 나누게 된다. 그림 오른쪽 뒤편에 그려진 유모 에우뤼클레이아는 나그네의 발을 씻기다가 무릎의 흉터를 보고, 그가 돌아온 오뒷세우스라는 것을 알았다. 지금 그림에 그려진 상황은 유모가 발을 다 씻기고 나가는 순간인 듯하다. 그녀는 뭔가 비밀을 알고 있다는 듯한 표정으로 뒤를 슬쩍 돌아보고 있다.

이 권은 늙은 거지꼴의 오뒷세우스와 페넬로페가 면담하는 장면과 거기 이어지는 오뒷세우스의 발씻기 장면으로 유명하다.

전체적으로 이 권은 가족 구성원 사이의 만남들로 짜여져 있다. 먼저 아버지와 아들, 다음으로 주인과 하녀의 짧은 장면이 있고, 남편과 아내, 유모와 '젖아기', 다시 남편과 아내의 장면이다. 특히 후반부는 아슬아슬하고도 흥미진진한 부분으로, 나는 개인적으로 이 부분이 작품 전체에서 가장 완성도가 높은 부분이라고 생각한다. 의미심장하

고 유명한 구절들이 많이 나오니 주의 깊게 읽는다면 소득도 많을 것이다.

오뒷세우스 부자가 무기를 치우다

구혼자들이 떠나자 오뒷세우스는 텔레마코스에게 무기를 치우자고 한다. 이들은 이미 돼지치기의 오두막에서 그 문제를 논의했었다. 그때는, 텔레마코스가 구혼자들 있는 데서 그냥 그것들을 치우고, 누가 이유를 물으면 미리 준비한 핑계를 대기로 했었다. 하지만 여기서는 구혼자들이 자리를 비운 사이에 무기를 치우고, 나중에 누가 물으면 전에 준비했던 핑계를 대자는 쪽으로 바뀌어 있다. 이러한 불일치는 분석론자들이 즐겨 공격하는 대목이다. 단일론자로서는, 시인이 여기쯤에서 오뒷세우스가 한 마디 하는 것으로 꾸몄더라면 하는 아쉬움이 있다. 그러니까 오뒷세우스가, 상황이 처음 생각했던 것과는 다르니, 변명은 필요할 때까지 미루자고 말해 주었더라면 아무 논란도 일어나지 않았으리란 말이다.

오뒷세우스의 제안을 듣고 텔레마코스는 에우뤼클레이아를 불러, 여인들이 밖으로 나오지 못하게 해달라고 부탁한다. 텔레마코스는 미리 준비해 놓은 핑계를 이 유모에게 하는데, 재미있는 것은 이번이 아니면, 준비해 놓은 그 핑계는 아무 쓸모도 없게 된다는 점이다. 앞으로 누구도 그 무기에 대해 묻는 사람이 없기 때문이다. 텔레마코스는, 아버지가 떠난 이후로 그 무기들을 아무도 돌보지 않아서 연기에 상했다고 말한다. 그래서 이제 그것들을 불의 영향이 없는 곳으로

옮기겠다는 것이다. 유모는 청년이 이제 자기 재산을 지킬 생각을 하는 것을 기특하게 여기며, 그래도 누군가 불빛을 비춰 주어야 하지 않겠냐고 걱정한다. 그러자 텔레마코스는 자기가 상당히 엄한 사람인 양, 모습을 꾸며 낸다. 늙은 나그네가 그 일을 하리라고, 누구도 자기 빵을 먹으면서 게으름을 피우게 두지 않겠다는 것이다.

청년의 예상 외로 엄한 태도를 보고, 유모는 할 말이 없어 그냥 지시대로 따른다. 아무도 없는 가운데 아버지와 아들이 무장들을 나르는데, 아테네 여신이 황금 등불을 들어 그들에게 빛을 비추어 준다. 텔레마코스는 벽과 대들보, 서까래와 기둥들이 불빛처럼 환한 것을 보고는 놀라워한다. 어떤 신이 와 계신 모양이라고 한다.

> 아버지, 저는 지금 제 눈으로 큰 기적을 보고 있습니다.
> 아무튼 홀의 벽들과 아름다운 대들보들과
> 소나무 서까래들과 높다란 기둥들이
> 제 눈에는 활활 타는 불빛처럼 환하군요. 넓은 하늘에 사시는
> 신들 중에 한 분이 이 안에 와 계심이 틀림없습니다.
> (19권 36~40행)

신들은 일반적으로 밝은 빛과 함께 나타나고, 지금도 여신이 곁에 있는 게 사실이니, 청년의 추측이 틀린 것은 아니다. 오뒷세우스는 신의 이적을 처음으로 접하는 이 젊은이를 자제시킨다. 이것이 신들의 습관이니, 조용히 하고 더 묻지 말라는 것이다. 텔레마코스는 아직 아버지의 지도를 받아야 하는 수준이다. 오뒷세우스는 이어서, 자기

는 이곳에 남아 하녀들과 페넬로페를 시험하겠다며, 텔레마코스에게 먼저 들어가 자라고 명한다.

오뒷세우스가 페넬로페와 단독으로 면담하다 — 오뒷세우스의 네번째 거짓말

오뒷세우스가 홀에 혼자 남아 있을 때, 페넬로페가 나온다. 그녀의 모습은 텔레마코스를 맞이할 때처럼 아르테미스와 아프로디테에 비유된다. 하녀들이 그녀를 위해 불 가까이에 자리를 마련한다. 의자와 발판, 양모피가 자세히 그려진다. 하녀들은 홀을 치우기 시작한다. 먹던 음식과 식탁, 잔들을 치우고 화덕들을 정리하여 새 장작을 쌓아 넣는다. 그때 다시 멜란토가 오뒷세우스에게 쏘아붙인다. 이제 오뒷세우스를 편드는 텔레마코스는 없고, 자기를 사랑해 준 페넬로페만 있는 것에 용기를 얻은 걸까? 왜 여자들만 있는 곳에 맴돌고 있냐는 것이다. 또, 이제 밖으로 나가지 않으면 횃불에 얻어맞고 쫓겨나게 되리라 한다. 오뒷세우스는 아까와는 달리, 격한 욕설로 맞서지 않고, 처음 도착하여 안티노오스에게 구걸할 때와 비슷한 말로 조리 있게 대답한다. 왜 그렇게 자기에게 못되게 구는지, 혹시 차림새가 지저분하고 옷이 더럽기 때문인지, 아니면 자기가 동냥질을 하고 있기 때문인지. 그러면서 마지막 부분을, 사람들 누구에게나 닥칠 수 있는 불운과 연결시킨다. 자신도 한때는 부유했었다고, 그때는 누가 오든 후하게 베풀었다고, 하지만 제우스께서 그것들을 빼앗아 갔다고, 멜란토도 그 뛰어난 용모를 잃지 않도록 조심하라고. 그러면서 페넬로페가 그녀를 가혹하게 다룰 수도 있고, 오뒷세우스가 돌아와서 그럴 수도 있으며,

설사 오뒷세우스가 돌아오지 않는다 해도 그의 아들 텔레마코스가 이제 성인이 되었으니 그럴 수 있다고 경고한다. 여기서 오뒷세우스는 멜란토가 주인 몰래 뭔가 못된 짓을 하고 있다는 걸 암시하는데, 사실 이것은 오뒷세우스로서는 아직 알 수 없는 것이다. 그렇지만 이미 텔레마코스가 농장에서 여인들을 시험할 것을 제안했었고, 예쁜 용모의 젊은 여자가 유난히 못되게 구는 것을 보고 뭔가 있다고 느꼈을 수는 있겠다. 아니면 여기 말한 '못된 짓'이란 것이 그저 나그네를 구박하는 것 정도의 약한 뜻일 수도 있다.

한데 이번에는 페넬로페가 이 작은 소란에 격하게 반응한다. 어쩌면 지금 오뒷세우스가 없는 상황에서, 집안 단속의 주도권이 아들과 어머니에게 나뉘어 있어서 그런 것일지도 모르겠다. 자신이 우월하다는 걸 상대에게 확실하게 인식시키려면, 사람이 좀 가혹해지기 마련이다. 그녀는 하녀의 못된 짓이 자기 눈도 피하지 못했다면서, 멜란토가 죽음으로 대가를 치를 것이라고 선언한다. 그녀는 이미 하녀들에게, 이 나그네와 얘기를 나눌 것이라고 알려 놓았었기 때문이다. 그 말이 사실이라면 멜란토는 감히 여주인의 손님을 몰아내려 한 것이니, 주인의 권위에 도전한 것이 된다. 이제 에우뤼마코스가 새 주인이 되면 자기가 페넬로페보다 위에 있게 되거나, 적어도 그녀와 대등하게 되리라고 생각했던 것일까? 나중에 볼 이 복수극의 해석과 같은 선상에서 보자면, 페넬로페의 이 '욕설'은 조금 전에 본 오뒷세우스의 욕설에 상응하는 것이며, 축제에 자주 등장하는 관행을 반영한 것이라고 해석할 수도 있다.

페넬로페는 에우뤼노메에게 지시하여 나그네가 앉을 자리를 마련한다. 오뒷세우스가 자리에 앉자, 페넬로페가 질문을 던지기 시작한다. 매우 유명한 장면의 시작이다. 바깥에는 어둠이 내리고, 집안은 북적이던 소음을 벗어나 사위가 조용하다. 화로에 새로 지핀 불이 타닥거리며 온기와 빛을 보내고 있다. 이 조용하고 따뜻한 방 안에 귀부인과 늙은 거지가 마주 앉았다. 아직 한 쪽의 신분은 드러나지 않았지만, 부부가 20년 만에 마주한 것이다. 둘 사이의 분위기는 공감과 배려, 신뢰가 승하다. 나중에 복수가 끝난 다음의 냉랭하고 긴장된 장면에 비하여 훨씬 정감 있고 따스하다.

페넬로페의 첫 질문은 나그네가 누구며 어디에서 왔냐는 것이다. 우리는 이 질문을 이미 여러 차례 보았다. 폴뤼페모스도, 알키노오스도, 에우마이오스도 오뒷세우스에게 했던, 그리고 텔레마코스가 멘테스에게, 또 네스토르가 텔레마코스와 멘토르에게 했던 질문이다. 오뒷세우스는 페넬로페의 질문에 즉각 대답하지 않고 먼저 그녀를 칭찬한다.

부인, 끝없는 대지 위의 어떤 인간도 그대를 흠잡지는 못할 것입니다.
그대의 명성은 넓은 하늘에까지 닿았기 때문이지요.
마치 신을 두려워하며 수많은 강력한 인간들을 다스리고,
법을 준수하는 나무랄 데 없는 왕의 명성처럼 말입니다—
그 왕에게는 검은 대지가 밀과 보리를 넉넉히 가져다주고,
나무들은 열매들로 휘고, 작은 가축들은 어김없이 새끼를 낳고,

바다는 많은 물고기들을 베푸는데, 이 모든 것이 그의 훌륭한 통치
덕분이지요. 그리하여 백성들은 그의 밑에서 번영을 누리고 있지
요—
그러니 그대는 지금 그대의 궁정에서 다른 것은 무엇이든 내게 물어
보십시오.
그러나 나의 혈통과 고향 땅에 관해서는 묻지 말아 주십시오.
(19권 107~116행)

현재의 맥락과 상관없이 이 구절은 학자들의 주목을 받고 있다. 왕이 정의로우면 나라가 잘된다는 주장이 깔려 있기 때문이다. 이것은 이 작품 첫 부분부터 문제된, 행운-불운과 인간의 책임 문제와 연관되어 있다. 그리고 작품 마지막 1/4 정도에서 계속 헤시오도스의 구절과 유사한 것이 나오고 있는데, 이 구절 역시 그렇다. 공정한 판결을 내리는 지도자를 모신 땅이 번영을 누린다는 『일들과 날들』의 내용과 비슷한 데가 많아서이다. 『오뒷세이아』와 헤시오도스가 시대적으로 가깝기 때문에 바탕에 깔린 생각도 비슷하다고 설명하는 것이 가장 온당할 것이다. 비교를 위해 조금 인용해 보자.

이방인들과 토박이들에게 공정한 판결을 내리고
의로운 것에서 조금도 벗어나지 않는 자들은
도시가 번창하고 백성들이 그 안에서 꽃피어나지요.
그 나라에서는 평화가 젊은이들을 양육하고, 그들에게는

멀리 보시는 제우스께서 결코 비참한 전쟁이 일어나지 않게 해주십니다.
곧은 판결을 내리는 자들에게는 기근도 미망도 결코 따라다니지
않으며, 그들은 자신들이 돌보는 곡식으로 잔치를 벌이게 되지요.
그들에게는 대지가 풍족한 식량을 가져다주고, 산에는 참나무
바깥쪽에는 도토리가 열리고, 그 줄기에는 꿀벌떼가 들어 있소.
그리고 그들의 털북숭이 양떼는 양털을 잔뜩 지고 있소.
(『일들과 날들』* 225~234행)

다시 오뒷세우스의 발언으로 돌아가자. '페넬로페의 명성은, 훌륭하게 통치하여 나라를 번영하게 하는 왕의 명성처럼 하늘에까지 닿았다. 그러니 나의 혈통과 고향에 대해서는 묻지 말아 달라.' 여기서 '그러니'가 어떻게 성립되는지 분명치는 않지만, 페넬로페가 누리는 이런 행복과 대비하면 자신의 불행이 더 커지니, 고향을 상기시키지 말라는 뜻인 듯하다. 자기는 고통을 느끼고 혹시 눈물을 흘릴지도 모르고, 그러면 하녀들이 '또 술 취해 저런다'고 비난하리라는 것이다. 사실 이 논증은 꽤 효과적인 것이다. 페넬로페도 방금 멜란토가 오뒷세우스에게 그런 비난을 퍼붓는 걸 보았으므로, 그가 그런 비난을 부담스러워 하는 것을 이해하겠기 때문이다.

---

* 번역은 천병희 역을 조금 고친 것이다. 전체를 보실 분은 『신들의 계보』(숲, 2009)를 이용하시기 바란다.

페넬로페는 일단 상대의 신원을 알아내는 일은 뒤로 미루고, 자신이 그렇게 행복한 상태가 아니라는 것을 강조한다. 오뒷세우스가 말한 행복은 정치적인 것이었지만, 페넬로페는 여자로서 그보다 우선 자신의 외모에 대해 언급한다. '자신의 외모와 몸매는 남편이 떠나가던 날 이미 망가졌다. 남편이 돌아와 자기를 돌봐 준다면 명성은 물론 커질 것이다. 하지만 지금은 괴로운 상태다. 주변의 뛰어난 자들이 몰려와 구혼하면서 이 집 재산을 탕진하고 있다. 자신은 나그네나 탄원자에게도 주의를 기울이지 못하고 있다.' 여기까지는 이미 에우마이오스와 텔레마코스에게 들은 내용이다. 다음으로 그녀는 자기가 구혼자들을 속이기 위해 썼던 계략을 소개한다. '라에르테스를 위해 수의를 짜드려야 한다는 핑계로 3년 동안 낮에는 짜고 밤에는 풀면서 시간을 보내다가 하녀들의 배신으로 들키고 말았다. 그래서 강제에 의해 수의를 완성했으며, 이제 부모들은 결혼하라고 재촉하고, 아들도 재산이 사라지는 것을 못 마땅히 여기고 있다.' 이 구절들은 이미 2권에서 소개되어 우리가 다 알고 있는 내용이다. 하지만 오뒷세우스는 그 사정을 모르니 어디선가 들어야만 한다.

이렇게 자기의 곤경을 상세히 소개한 다음에, 그녀는 다시 처음 질문으로 돌아간다. 상대의 혈통과 고향을 다시 물은 것이다. 이제 페넬로페의 너무나 행복한 상태에 비교되어 너무나 비참한 자신의 처지를 말할 수 없다고 했던 오뒷세우스의 주장은 반박된 셈이다. 오뒷세우스는 여전히, 자기가 털어놓기는 하겠지만 이 얘기를 하면 자기가 더욱 고통스러워지리라고 주장하면서 이야기를 시작한다.

> 포도주 빛 바다 한가운데에 크레테라는 나라가 있는데,
> 아름답고 기름지며, 바다로 둘러싸여 있지요.(19권 172~3행)

이 구절은 모든 설명 구절(ekphrasis)의 표본이 된 것이다. 아무것도 모르는 상대에게, '이러저러한 이름으로 불리는 땅이 있다'고 시작하는 방식이다. 오뒷세우스는 크레테에 대한 '인문지리적' 정보를 제공하는 것으로 시작한다. '그 섬은 아름답고 기름지고, 도시가 아흔 개나 있고, 여러 언어가 사용되며 여러 민족이 섞여 사는 곳이다. 이곳에는 대도시 크놋소스가 있고, 거기서는 미노스가 다스렸었다. 이 미노스는 자기 아버지 데우칼리온의 아버지다. 데우칼리온은 이도메네우스와 자신을 낳았다.' 이것은 이제까지 그가 자신을 위해 지어 낸 혈통 중 가장 높은 것이다. 그가 꾸며 댄 자기 이름은 아이톤이다. '한데 이도메네우스가 트로이아로 떠나고 열하루째에 오뒷세우스가 그곳에 당도하였다. 그는 트로이아로 가다가 말레아 곶에서 폭풍을 만나 거기로 온 것이다. 오뒷세우스는 거기서 자신의 접대를 받으며 열이틀 동안 머물렀는데, 그 이유는 계속 북풍이 불었기 때문이다. 열사흘째에 바람이 잦아들어 오뒷세우스 일행이 출항했다.'

그가 이렇게 '참말 같은 거짓말'을 꾸며 대자 그녀는, 봄바람에 눈 녹아 물이 흐르듯 눈물을 흘렸다. 그녀는 남편을 위해 슬퍼하고 있었지만, 그 남편은 바로 옆에 있었으니 아이러니다. 오뒷세우스는 아내가 애처로웠지만, 그의 눈은 마치 뿔이나 무쇠인 것처럼 움직이지 않았고, 눈물도 전혀 흘리지 않았다. 오뒷세우스가 늙은 개 아르고스를

만났을 때와는 완전히 다른 반응이다.

페넬로페는 일단 눈물로 감정을 한 차례 쏟아내자, 상대가 진실을 말했는지 시험하기 시작한다. 그가 오뒷세우스를 보았을 때, 그가 어떤 옷을 입고 있었는지, 그가 어떠했는지, 그의 동료들은 어땠는지 하는 것이다. 늙은 거지는 이미 스무 해 전의 일이라 확실치는 않다고 전제를 깔아 놓고, 우선 오뒷세우스의 차림새에 대해 회상한다.

> 고귀한 오뒷세우스는 두 겹으로 된 자줏빛 양모 외투를 입고 있었습니다.
> 거기에는 황금으로 만든 브로치 하나가 달려 있었는데,
> 그 암쇠는 두 개였지요. 브로치의 앞 쪽은 예술품이었으니,
> 개 한 마리가 두 앞발로 얼룩덜룩한 새끼 사슴 한 마리를 잡고는
> 그것이 허우적거리는 것을 노려보고 있었습니다. 황금으로 만들어졌음에도,
> 개는 어린 사슴을 노려보며 목 졸라 죽이고, 그 사슴은 발을 허우적거리며
> 도망치려고 하는 광경을 보고는 모두 감탄을 금치 못했지요.
> (19권 225~231행)

이렇게 오뒷세우스의 자줏빛 외투와 황금 브로치, 거기 새겨진 문양을 설명하고는, 웃옷으로 넘어간다. '그의 웃옷은 마른 양파 껍질처럼 반짝이는 부드럽고 빛나는 것이었다. 자기는 그에게 청동 창 한 자루와 두 겹 자줏빛 외투와 가장자리를 댄 웃옷을 선물로 주었다.' 다

음으로 아이톤은 오뒷세우스 자신이 어땠는지는 건너뛰고, 그의 동료 중 전령에 대해 회상한다. '오뒷세우스는 자기보다 약간 연상인 전령 한 명을 대동하고 있었다. 그 전령은 어깨가 둥글고 피부색은 가무잡잡하고, 머리는 텁수룩했으며 이름은 에우뤼바테스였다.'

페넬로페는 이 말을 듣고 다시 한 번 슬피 운다. 집 떠나던 무렵의 남편 모습을 떠올렸기 때문이다. 오뒷세우스는 점차적으로 본 모습을 드러내어 가는데, 여기서 '젊음을 되찾은' 모습으로 그려졌다. 아직 물리적으로 그렇게 된 것은 아니지만 우리는 곧 물리적으로도 젊어진 그를 보게 될 것이다. 사실 지금 이 단계에서 오뒷세우스가 젊음을 되찾는 것은 언어와 상상력이 이룬 놀라운 성취이다. 오뒷세우스는 칼립소 못지않게 언어라는 마술에 능한 사람이고, 페넬로페의 상상력은 시간의 위력을 이기고 과거를 복원하는 놀라운 힘을 지니고 있다. 그리고 언어—상상—현실로 이어지는 이 단계적 성취는 우리가 『일리아스』에서도 발견하는 기술이다. 두 작품의 저자가 같은 시인인지 다른 시인인지, 다시 마음이 흔들리는 대목이다.

두번째 울음을 그친 페넬로페는, '아이톤'이 진실을 전해 주었으니 환대를 받으리라고 말한다. 그녀 자신이 바로 그 옷을 개켜서 전해 주었고, 바로 그 브로치를 달아주었기 때문이다. 여기 등장한 옷과, 짐승 문양이 새겨진 브로치는 나중에 희랍비극 작가들에게서 여러 가지로 변형되어 알아보기(anagnorisis) 장치로 등장할 것이다. 예를 들어 아이스퀼로스는 「제주(祭酒)를 바치는 여인들」에서 오레스테스가 짐승 무늬가 그려진 특별한 옷을 입고 있는 것으로 설정했고, 소포클레

스는 「엘렉트라」에서 오레스테스가 아버지의 인장 반지를 끼고 있는 것으로 꾸몄다. 에우리피데스는 「엘렉트라」에서 오레스테스가 어려서 사슴과 놀다가 다쳐서 생긴 흉터를 지닌 것으로 설정했다. 잠시 후에 나올 오뒷세우스의 흉터와, 방금 나온 사슴 문양을 교묘히 결합한 것이다.

늙은 거지는 그녀에게 더 이상 비탄하지 말라면서, 전에 에우마이오스에게 했던 얘기를 되풀이한다. 오뒷세우스가 살아서 아주 가까이에, 테스프로토이 인들의 나라에 와 있으며 많은 보물을 가져오리라는 것이다. 그 다음에 덧붙이는 것은 스케리아 사람들에게 했던 이야기의 일부로, 그 이후 누구에게도 하지 않은 것이다. 즉 오뒷세우스가 부하들을 모두 잃고 혼자 돌아오는 이유이다.

그러나 사랑하는 전우들과 속이 빈 배는,
그분이 트리나키아 섬을 떠나오다가, 포도주 빛 바다에서
잃고 말았습니다. 그것은 그분의 전우들이 헬리오스의 소를 죽인 까닭에
제우스와 태양신이 진노했기 때문이지요.
…… 배의 용골을 타고 있던 그분을 파도가 뭍에다,
신들과 가까운 친족간인 파이아케스 인들의 땅에 내던졌습니다.
그러자 그들은 그분을 신처럼 존경했고,
선물도 많이 주었으며, 그분을 무사히 집까지 호송해 주겠다고
자청했지요. 그리하여 오래 전에 오뒷세우스는 이곳에

와 있었을 것이나, 먼저 대지 위를 두루 돌아다니며
재물을 모으는 것이 더 이익이라고 그분의 마음에 생각되었던 것입니다.
...... 이렇게 테스프로토이 인들의 왕 페이돈이 내게 말했습니다.
(19권 273~287행)

오뒷세우스가 트리나키아 섬에 들렀을 때, 그의 전우들이 태양신의 소를 죽여서 제우스와 태양신이 노여워했다는 것, 그가 혼자서 파이아케스 인들의 땅에 닿았다는 것, 그들이 많은 선물을 주었다는 것, 그가 좀더 돌아다니며 재물을 모으려고 귀국을 늦췄다는 것, 그리고 이런 내용을 페이돈 왕에게서 들었다는 것 등이다. 칼륍소 부분을 뺀 오뒷세우스의 모험담 요약본에, 그가 왜 테스프로토이 인들 가운데 있는지 설명을 덧붙인 것이다. 여기서도 가장 많은 배를 잃은 라이스트뤼고네스 인들 이야기는 무시되고 있다. 그 다음 부분은 이미 에우마이오스에게 했던 이야기의 반복이다. '오뒷세우스를 귀향시키기 위해 배도 선원도 이미 준비되어 있다. 하지만 마침 둘리키온 가는 배가 있어서 왕이 자기를 먼저 보내 주었다. 왕은 오뒷세우스의 재물까지 보여 주었는데, 그것은 앞으로 십 대가 써도 충분한 양이다. 오뒷세우스 자신은 공개적으로 돌아올 것인지, 아니면 몰래 돌아올 것인지 신탁을 묻기 위해 도도네에 갔다. 이 말들이 진실이라는 것은 제우스와 이 집의 화로가 증인이 되어 줄 것이다. 오뒷세우스는 달 없는 날(lykabas) 안으로 돌아올 것이다.'

늙은 유모가 오뒷세우스의 발을 씻기다가 흉터를 발견하다

페넬로페는 나그네의 말이 정말 이루어지고, 그래서 그가 큰 상을 받기를 기원한다. 하지만 그녀는 불길한 예감을 갖고 있다. 자기 남편은 돌아오지 못할 것이며 나그네도 호송을 받지 못하리라는 것이다. 하지만 그녀는 자신이 할 수 있는 보답을 내리기 시작한다. 하녀들을 시켜서 나그네의 발을 씻기고 따뜻한 잠자리를 마련해 주라는 것이다. 그리고 아침에는 목욕하고 기름을 바른 후, 텔레마코스 곁에서 식사하게 해주겠다고 약속한다. 또 누구도 그를 못살게 굴지 못하리라고 확약한다. 가혹한 사람은 나쁜 평판을 얻지만 자신은 관대한 마음으로 명성을 얻고 싶다는 것이다.

하지만 나그네는 자기가 외투나 담요는 질색이라면서 사양한다. 에우마이오스의 오두막에서 외투에 집착하던 것을 생각하면 놀라운 일이다. 그때의 집착은 아무래도 짐짓 보여 주기 위한 포즈였나 보다. 나그네는 자신이 발씻기도 별로 즐기지 않으니, 젊은 여인이 씻는 것은 싫고, 혹시 노파가 씻겨 준다면 그건 거절하지 않겠다고 한다. 페넬로페는 그의 지혜와 신중함을 칭찬하며 에우뤼클레이아에게 발 씻기는 일을 맡긴다. 여기서 오뒷세우스의 가장이 거의 벗겨진 게 아닌가 의혹을 일으키는 발언이 나오는데, 페넬로페가 나그네를 가리켜 '주인과 같은 나이또래'라고 부른 데 이어, '오뒷세우스도 지금쯤 이런 손발을 갖고 있으리라'고 했던 것이다.

자, 사려 깊은 에우뤼클레이아여, 그대는 일어서서,

그대의 주인과 동년배인 이 분을 씻어드리도록 하셔요.
어쩌면 오뒷세우스도 지금쯤은 손발이 이러하시겠지요.
(19권 357~9행)

그녀에게서 나그네를 인계 받은 노파는, 독자들이 순간적으로 '이제 들켰구나'하고 생각할 만한 발언을 한다. 노파가 "아아, 내 아들이여"하는 탄식으로 말을 시작하는 데다가, 그 내용이 오뒷세우스를 향한 것이기 때문이다.

아아, 내 아들이여, 나는 그대에게 아무런 도움도 될 수 없구려! 확실히
제우스께서는 그대를 어떤 사람보다도 더 미워하셨어요.
(19권 363~4행)

그녀는 자신이 오뒷세우스에게 아무 도움도 되지 못하는 것을 탄식하고, 그가 제우스의 미움을 받았다고 단정한다. 그는 순탄한 노령과 훌륭한 자식을 소원하여 제우스께 많은 제물을 바쳤지만 귀향의 날을 잃었기 때문이다. 하지만 다음 순간 갑자기 2인칭 상대를 향하던 발언이 3인칭으로 바뀌어, 여기까지의 발언이 그 자리에 없는 상대를 향한 탄식이라는 게 드러난다. 시인이 청중을 놀라게 하는 대목이랄까? 노파는 나그네가 지금 당하는 고통을 자기 주인도 당하고 있으리라면서 슬퍼한다. 오뒷세우스도 낯선 나라의 궁전에서 여인들의 조롱을 받았을 거라고. 그래서 나그네도 젊은 여자들의 발씻기를 거절하

는 모양이라고. 하지만 자기는 그의 발을 씻기는 것이 싫지 않단다. 그러면서 오뒷세우스로서는 좀 걱정이 될 발언을 덧붙인다. 이 나그네만큼이나 오뒷세우스를 닮은 사람은 본 적이 없다는 것이다. 체격도 목소리도 발도 그렇단다.

> 고생에 찌든 수많은 나그네들이 지금까지 이곳에 왔지만,
> 그대처럼 그렇게 체격과 목소리와 발이 오뒷세우스를
> 닮은 사람을, 나는 아직 한 번도 본 적이 없었던 것 같아요.
> (19권 379~381행)

우리는 이와 비슷한 발언을 4권에서 헬레네와 메넬라오스가 했던 것을 기억한다. 텔레마코스가 여러 면에서 오뒷세우스와 비슷하다는 걸 지적할 때다. 오뒷세우스는 사람들이 그런 말을 자주한다고 능치고, 화덕에서 떨어져 앉으며 얼굴을 어두운 쪽으로 돌린다. 혹시나 그녀가 자기 흉터를 알아볼까 염려가 되었기 때문이다. 하지만 유모는 그 흉터를 알아보고야 말았다. 이 대목은 에리히 아우얼바하가 『미메시스』라는 유명한 책의 1장에서 분석해서 더욱 유명해진 장면이다. 이제 나그네의 다리에서 흉터가 발견되고, 늙은 거지의 모습으로 이 집을 찾아온 나그네가 사실은 20년 전에 집을 떠난 주인이라는 것이 밝혀지려는 순간, 시인은 매우 한가롭게도 그 흉터가 생긴 내력을 70여 행이나 줄줄이 늘어놓았기 때문이다. 아우얼바하는 이런 자세한 묘사 방식을, 구약성서 「창세기」의 아브라함이 이삭을 신에게 바치는 장면과 비교하면서, 희랍의 방식이 모든 곳에 조명이 비치고 모든 것

이 밝게 드러나는 방식이라고 주장했는데, 우리가 스케리아 사람들에 대한 부분에서 이미 지적한 것처럼 그의 주장이 반드시 옳다고는 할 수 없지만, 그래도 이 부분에 대한 좋은 분석으로 여전히 그 가치를 인정받고 있다.

우리도 시인을 따라서 오뒷세우스가 어쩌다가 그 흉터를 얻게 되었는지 살펴보도록 하자. 이 흉터는 오뒷세우스가 외할아버지 아우톨뤼코스('늑대 자체'라는 뜻)의 집에 갔다가 외삼촌들을 따라 나선 사냥에서 얻은 것이다. 이 아우톨뤼코스는 도둑질과 교묘한 맹세의 달인이었다. 헤르메스가 그런 기술을 주었기 때문이다. 그 아우톨뤼코스가 이타케의 딸 집에 왔을 때는 마침 딸이 아들을 낳은 참이었다. 에우뤼클레이아는 그의 무릎에 아이를 올려놓으며 이름을 지어 주기를 부탁했다. 그러면서 '이 아이는 많은 기도를 해서 얻은 아이(polyaretos)'라고 소개하는데, 유모는 아마도 이것이 아이의 이름이 되기를 원했던 것 같다. 하지만 외할아버지는 뜻밖의 이름을 제안한다. 자신이 여러 사람에게 화가 난 채로 왔으니, '노여워하는 자'라는 뜻의 '오뒷세우스'라고 부르자는 것이다. 그가 이 말을 하는 방식도 약간 주목을 받는다.

> 내 사위와 딸이여, 내가 말하는 이름을 이 아이에게 붙여 주도록 하여라.
> 나는 남자든 여자든 풍요한 대지 위의 많은 사람들에게
> 노여워하며 이리로 왔으니, 이 아이에게

오뒷세우스, 즉 '노여워하는 자'라는 이름을 붙여 주도록 하여라.
(19권 406~9행)

방금 에우뤼클레이아가 아기를 할아버지에게 보여 주었기 때문에, 우리는 얼핏 지금 이 대답이 향하는 '딸'이 바로 에우뤼클레이아 아닌가 하는 인상을 받게 된다. 사실 이 여인은 이 작품 속의 다른 노예들처럼 혈통 있는 집안 출신일 가능성이 높고, 또 라에르테스가 그녀를 좋아했었으므로 실제로 오뒷세우스의 어머니가 될 가능성도 없지 않았다. 그러니 에우뤼클레이아는 지금 어머니 자격으로 오뒷세우스를 집에 맞아들이는 중이다. 저승의 어머니는 파토스를 불러일으키기 위해서, 이승의 '어머니'는 그의 귀향을 완전한 것으로 만들기 위해서 필요하다.

다시 외할아버지의 발언으로 돌아가자. 아우톨뤼코스는 이어서, 아이가 청년기로 들어서면 외가로 보내라고, 그러면 자기가 재산 일부를 주겠다고 약속한다. 여기서 오뒷세우스의 이름 뜻이 나오고, 많은 부분에서 그의 행동이 신들의 미움을 받는 것으로 묘사되어 이 이름 뜻이 암시되고 있지만, 사실 이것은 민간어원설이다. 오뒷세우스의 이름 표기 방법은 10여 가지나 되는데, 아마도 인도유럽어가 아닌 듯하다는 것이 학자들의 중론이다.

이야기는 약간 건너뛰어 오뒷세우스가 청년기로 접어들게 되는 대목이다. 그는 외할아버지의 지시와 약속에 따라 외가를 찾아간다. 외할아버지와 외삼촌들이 그를 반가이 맞이하고, 외할머니의 애정도

그 못지않다. 그날을 잔치로 보내고 다음날 그들은 함께 사냥에 나간다. 사냥 장면은 아주 자세히 묘사되어 있다. 아우얼바하가 그런 주장을 했던 것도 무리가 아니다. 숲길과 골짜기, 비쳐드는 햇살, 사냥개들이 앞서고 외삼촌들과 오뒷세우스가 창을 들고 뒤따르고, 그러다가 멧돼지가 숨어 있는 덤불이 갑자기 자세히 거의 '인문지리적'으로 묘사된다. 그 덤불은, 오뒷세우스가 바다의 파도를 벗어나서 처음 잠들었던 올리브나무 그늘과 흡사하다. 바람도 햇빛도 비도 뚫을 수 없는 그런 곳이다. 멧돼지는 사람과 개의 기척을 듣고 달려나와, 털을 곤두세우고 눈에 불을 켠 채로 맞선다. 오뒷세우스는 아직 어리지만 열의를 가지고 맨 앞으로 나선다. 멧돼지가 달려들어 엄니로 그의 무릎 위를 찢는 순간, 오뒷세우스의 창이 그 놈의 오른쪽 어깨를 관통하여 목숨을 빼앗는다. 외삼촌들이 그 짐승을 수습하는 한편, 소년의 상처를 감싸고 주문을 외어 피를 멈춘다. 집에 가서는 그를 잘 치료하고, 좋은 선물을 주어 돌려보낸다. 집에 돌아온 소년은 부모님께 사냥과 부상에 대해 자세한 이야기를 전한다. 아름다운 일화다. 멧돼지가 쓰러지는 장면에는『일리아스』에서처럼, 전사가 쓰러지는 장면을 그대로 옮겨 왔다. 이 짐승은 마치 사람처럼, 방패가 가려 주지 못하는 최대 약점 오른쪽 어깨를 맞아 죽는다. 그리고 오뒷세우스는 어렸을 적부터 사람들에게 이야기하기를 좋아했던 모양이다. 그리고 그의 이름과는 달리, 친화력 있고 사랑 받는 아이였나 보다.

자, 장면은 다시 유모가 흉터를 발견하는 장면으로 돌아온다. 노파는 나그네의 다리를 받쳐 들고 씻기다가, 흉터에 손이 닿자 놀라서

다리를 놓쳐 버린다. 그 서슬에 대야가 기울고 물이 엎질러진다. 그녀는 기쁨과 고통을 동시에 느끼면서 눈에는 눈물이 가득한 채로, 울먹이며 겨우 말한다. "그대는 내 아들 오뒷세우스구려." 그러면서 페넬로페에게 사실을 알리기 위해 시선을 던지지만, 그녀는 전혀 알지 못했으니 아테네 여신이 그녀의 마음을 다른 데로 돌려 놓았기 때문이다. 아마도 곁에서 무슨 일이 일어났는지 전혀 알아채지 못할 정도로 어떤 생각에 몰두해 있었던 모양이다. 오뒷세우스는 얼른 노파의 목을 잡아 가까이 끌어당기고 말한다. '나를 키워 준 분이 왜 지금 죽이려 하는가? 나는 이십 년 만에 간신히 돌아왔다. 사실을 알았다면 그저 잠자코 있으라. 그렇지 않으면 구혼자들을 제압한 후에 다른 하녀들과 함께 죽일 것이다.' 사실 유모가 그의 정체를 누설해 버리면, 오뒷세우스로서는 구혼자들을 제압할 기회조차 얻지 못할 수도 있다. 물론 페넬로페와 유모 둘만 알고 있으면 큰 문제가 안 될 수도 있지만, 혹시 이들의 행동이 어색해져서 누가 눈치를 챌 수도 있지 않은가?

유모는, 자신이 확고하여 흔들리지 않으리라고 다짐한다. 그러면서 혹시 그가 구혼자들을 제압하고 나면, 자기가 이 집의 여인들 중에 누가 오뒷세우스를 업신여기는지 누가 죄 없는지 가르쳐 주겠다고 제안한다. 텔레마코스도, 남자들은 시험할 필요가 없지만, 여자들은 시험하자고 했었는데, 아무래도 이 집 여자들에게는 뭔가 잘못이 있는 모양이다. 하지만 오뒷세우스는 이 제안도 거절한다. 스스로 잘 살펴보고 하나하나 알아볼 터이니, 그저 잠자코만 있으라는 것이다. 그러자 평정을 회복한 유모는 물을 다시 가져오고, 그를 마저 씻겨 올리브

기름을 발라 준다. 그는 다시 불가로 다가앉으며 누더기로 흉터를 가린다. 흉터가 관련된 소동이 끝났다. 이제 오뒷세우스의 정체를 아는 사람이 둘이 되었다. 작품을 실제로 읽어보면, 유모는 오뒷세우스를 향해 호의와 애정만을 품고 있는데, 오뒷세우스는 그녀에게 너무 무섭고 가혹한 위협을 들이댄다는 인상을 받게 된다. 어쩌면 여기 등장하는 오뒷세우스의 위협도 축제에 수반되는 '욕설' 관행으로 설명해야 할지 모르겠다.

페넬로페가 꿈 풀이를 청하고 활쏘기 시합 계획을 밝히다

오뒷세우스가 다시 마주 앉자 페넬로페는 자신이 겪고 있는 고통을 호소한다. 낮에는 일을 하느라 잊고 있지만, 밤이 되면 온갖 근심이 몰려든다, 자기가 백성들의 평판을 의식해서 이곳에 계속 머물면서 아들 곁에서 남편의 집을 지킬 것인지, 아니면 지금이라도 선물을 많이 주는 구혼자를 따라 재혼해 나갈 것인지 마음이 오락가락하기 때문이다, 한데 아들은 아직 어릴 동안은 어머니의 재혼을 허락하지 않더니 이제 성년이 되고 나니, 구혼자들이 재산을 먹어치우는 것을 못마땅하게 여기며 어머니가 떠나 주기를 바란다. 이런 하소연을 하면서 그녀는 자신을 밤꾀꼬리에 비기는데, 이것 또한 뒤집힌 직유로 보아야 할 듯하다.

> 마치 판다레오스의 딸, 푸른 숲의 밤꾀꼬리가
> 새 봄에 우거진 나뭇잎들 가운데 앉아

곱게 노래를 부를 적에,
자주 곡조를 바꾸고 울림 많은 소리를 쏟아내며,
그녀가 전에 제토스 왕에게 낳아 주었으나 어리석게도
청동으로 죽이고만 사랑하는 아들 이튈로스를 위하여 슬피 울 때와
도 같이,
꼭 그처럼 내 마음도 두 갈래로 나뉘어 이랬다저랬다 하지요.
(19권 518~524행)

페넬로페로서는, 밤에 곡조를 자꾸 바꾸며 우는 새처럼 자기도 밤마다 생각이 바뀐다는 뜻으로 이런 비유를 들었지만, 하필이면 그 새가 자기 자식을 죽이고 슬퍼하는 것이어서 다른 함축이 들어간다(아에돈이란 여인이, 자식 많은 친족을 질투하여 그 아이 중 하나를 어둠 속에서 죽였는데, 밝은 데서 보니 죽은 것은 자기 외아들이었단다. 그래서 그녀는 새로 변하여, 자기 자식 이튈로스를 계속 부르고 다닌다고 한다). 아들을 계속 지키고 있어야 하는지를 고민하는 어머니가, 아들을 죽이고 새로 변한 여인과 자신을 동일시하는 셈이니, 이상한 아이러니가 생기는 것이다. 이런 비유에 현대적인 심리분석까지 끌어 들이면 사정은 더욱 복잡해진다. 혹시 그녀는 자기가 자식을 죽게 할까봐 두려운 걸까? 아니면 차라리 자식이 없었더라면 싶은 것일까? 한편 여기 봄날의 밤꾀꼬리가 등장한 것은 전체적인 분위기를 새 봄과 연결시키는 의미가 있다. 이에 대해서는 뒤에 다시 정리하겠다.

페넬로페는 한탄을 그치고, 자기가 근래에 꾼 꿈 이야기를 시작

하며, 그것을 풀어 보라고 부탁한다.

> 내 집에 거위 스무 마리가 있어, 이것들이 물에서 나와
> 밀을 먹고 있고, 나는 그것을 바라보며 마음이 즐거워졌어요.
> 그때 산에서 부리가 굽은 큰 독수리 한 마리가 내리 덮쳐, 거위들을 목을
> 모두 분지르며 죽였어요. 그리하여 거위들은 집 안에 무더기로
> 쌓여 있었고, 독수리는 고귀한 대기 속으로 올라가 버렸어요.
> 그러자 나는 꿈속인데도 소리 내어 울었고,
> …… 그때 독수리가 되돌아와서 용마루 위에 앉더니,
> 사람의 목소리로 이렇게 말하며 내 울음을 제지하는 것이었어요.
> '…… 거위들은 구혼자들이고, 나는 잠시 전에는 독수리였으나
> 지금은 그대의 남편으로서 돌아온 것이며,
> 모든 구혼자들에게 수치스런 운명을 지울 것이오.'
> 이렇게 그가 말하자, 꿀처럼 달콤한 잠이 나를 놓아 주었어요.
> 그래서 나는 집 안을 두루 살펴보다가, 내 거위들이 여느 때처럼
> 먹이통 가에서 밀을 쪼아먹고 있는 것을 보았지요.
> (19권 536~553행)

이 이야기는 설정이 분명치 않다. 인용문 첫머리에 거위들에게 먹이를 주는 장면이 그냥 꿈속의 사건인지, 아니면 현실의 사건인지 불분명하기 때문이다. 그녀가 꿈에서 깼을 때, 집 안에서 거위들이 여전히 먹이를 먹고 있었던 것으로 되어 있는데, 이것도 꿈이라면 페넬

로페의 꿈은 이중적인 꿈이다. 꿈속에서 한 번 잠을 깼는데, 여전히 다른 꿈속이었던 것이다. 그게 아니라면 페넬로페의 집에는 정말로 거위들이 있고, 그녀는 이따금 거위들에게 먹이를 주면서 흐뭇하게 바라보았던 것이 된다. 물론 사실이 이럴 수도 있지만, 이 경우 이 꿈의 심리적인 의미가 좀 약해진다. 꿈 속에서 거위들에게 먹이를 주었는데 이들이 구혼자들을 뜻한다면 그럴싸하지만, 현실에서 자주 거위들에게 먹이를 주는데 이들이 구혼자를 상징한다면 좀 이상하게 되기 때문이다.

그리고 페넬로페의 꿈에서 그녀가 먹이 먹는 거위들을 보면서 마음이 즐거워졌다(직역하면 '따뜻해졌다', iainomai)는 말이나, 거위들이 죽어서 슬퍼했다는 말은 여성의 허영심을 보여 주는 대목으로 지적되고 있다. 앞에서도 말했지만 페넬로페가 제 나름의 욕망을 가진 여성이었다면 이런 감정이 이해 안 될 것도 아니다. 어떤 학자는 이 꿈이 호메로스의 작품 전체에 나오는 일곱 개의 꿈 가운데 유일하게 사실적인 것이라고 주장한다. 욕망이 이성의 통제를 피해서 꿈에만, 그것도 변형된 채로 나타나기 때문이다. 하지만 내가 보기엔 다른 꿈들에도 정도가 좀 약하긴 하지만 그런 성향을 보이고, 특히 나우시카아의 꿈은 결혼에 대한 희망이 변형되어 나타난 것으로 해석할 수도 있지 않나 생각된다.

어쨌든 페넬로페가 듣고 싶은 것은, 꿈 속의 존재가 직접 해준 해몽이 맞다고 생각하는지 여부이다. 나그네는, 오뒷세우스 자신이 직접 그렇게 말했으니 그 해석이 맞을 것이라며, 그 해몽에 찬성한다. 그

러면서 구혼자들 전부가 죽음을 피하지 못하리라고 단언한다. 하지만 정작 페넬로페는 그 꿈을 믿지 않는다. 꿈은 해석하기 어렵다는 것이다. 그러면서 이후 아주 유명하게 된 두 가지 꿈의 문에 대해 말한다.

> 흩어지는 꿈의 문은 두 가지가 있는데, 그 중 하나는
> 뿔로 만들어져 있고, 다른 하나는 상아로 만들어져 있지요.
> 베어 낸 상아의 문으로 나오는 꿈들은
> 이루어지지도 않는 소식을 전해 주며 속이지요.
> 그러나 반들반들 닦은 뿔의 문으로 나오는 꿈들은,
> 사람들 중 누가 그것을 보든 간에, 반드시 실현되지요.
> 그러나 생각건대, 내 무서운 꿈은 그곳에서 나온 것 같지가 않아요.
> (19권 562~568행)

꿈이 나오는 문에는 둘이 있는데, 하나는 뿔로 만들어졌고, 다른 것은 상아로 만들어졌다. 상아 문으로 나오는 꿈은 거짓된 것이고, 뿔의 문으로 나오는 꿈은 반드시 실현되는 것이다. 학자들은 이런 믿음이, '상아'(elephas)라는 말이 '속이다'(elephairomai)와 유사하고, '뿔'(keras)은 '이루다'(kraino)와 비슷해서 생긴 게 아닌가 생각하고 있다. 이 구절은 나중에 베르길리우스가 『아이네이스』 6권에서 빌려다 쓰게 된다. 저승을 방문한 아이네아스가 마지막에 상아의 문을 통해 돌아오는 것으로 꾸민 것이다. 마치 주인공이 저승여행을 통해 얻은 지식이 거짓 꿈일 수도 있다고, 아니면 저승여행 자체가 한낱 몽상일 수 있다고 말하는 듯하다.

페넬로페는 남편이 돌아와 구혼자들을 처치한다는 꿈의 내용은 부질없는 것으로 놓고, 다른 계획을 밝힌다. 다음날이 되면 그녀는 예전에 오뒷세우스가 자주 그랬던 것처럼 열두 개의 도끼를 한 줄로 세워놓고, 그것을 화살로 꿰뚫는 사람과 결혼하겠다는 것이다. 여기서 화살로 도끼를 꿰뚫는다는 게 대체 어떤 것인지 고대부터 많은 논의가 있어 왔는데, 합리적으로 보이는 몇 가지 해석이 있다. 하나는 도끼들을 머리가 아래로 가게 하여 세워 놓고, 손잡이에 뚫린 구멍으로 화살이 통과하게 한다는 것이고, 다른 해석은 넓적한 양날이 있는 도끼를 자루를 땅에 박아 세워 놓고, 화살을 날려서 두 개의 날이 이루는 원에 가까운 공간을 통과시킨다는 것이다. 하지만 후자는 좀 쉬운 일로 보인다. 이것들보다 실행하기 더 어려워 보이는 방법으로는, 도끼머리를 자루 없이 날이 아래로 가게 땅에 박아 놓고, 화살을 날려서 자루 끼우는 구멍들을 통과하게 하는 것이다. 이 방법을 쓰려면 홀 바닥에 층이 있어서, 좀 높은 층에 도끼머리들을 박아놓고 낮은 층에서 활을 쏘아야 한다. 사실 도끼자루가 상당히 길지 않은 한, 앞의 방법들도 그냥 평평한 바닥에서 실천하기는 어렵다. 하지만 고대의 활 쏘는 자세는 일종의 '무릎쏴' 형식으로, 한쪽 다리는 무릎을 꿇고 다른 다리는 세운 채로 앉아서 쏘는 것이었다는 설명도 있으니(헤라클레스가 그 자세로 활을 쏘는 조각 작품이 남아 있다), 평평한 바닥에서라도 불가능한 것은 아니다. 한편 이런 합리적인 해석 말고, 좀더 민담의 원형에 가까운 해석이 있으니, 화살이 정말로 도끼날의 무쇠를 뚫고 지나간다는 것이다. 이 설명에 따르면, 애당초 오뒷세우스가 페넬로페와 처음 결

혼할 때 이런 시험을 통과했으며, 그가 사용한 활은 마법의 무기였단다. 그리고 이런 민담의 요소가 서사시로 변하는 과정에 끼어들어가, 이상한 시합 방식이 아무 설명도 없이 그냥 남게 되었다는 것이다.

오뒷세우스는 그녀의 계획을 듣자 주저 없이 찬성한다. 구혼자들이 활에 시위를 얹어 무쇠를 꿰뚫기 전에 오뒷세우스가 돌아오리라는 것이다. 이 말이, 바로 다음날 오뒷세우스가 돌아온다는 주장이라면 상당히 대담한 것이 될 텐데, 듣기에 따라서는 다른 사람들은 아무리 시도하더라도 그걸 이룰 수 없고 그들이 시험을 통과하기 전에 오뒷세우스가 도착하리라는 뜻으로 새길 수도 있겠다. 그러자 페넬로페는 이제 마음이 놓였는지, 나그네가 자기와 그 자리에 계속 있겠다면 밤새라도 그럴 수 있다고 말한다. 하지만 자기 말이 너무 과했다고 생각했던지 곧 '하지만 사람이 잠을 안 자는 것은 불가능하다'고 물러선다. 그러면서, 자기는 남편 떠난 후 슬픔의 자리가 된 침상으로 물러갈 터이니, 나그네는 집 안에서 자라고 말한다. 그녀는 곧 이층으로 올라가 남편을 그리며 울다가, 아테네가 호의로 보내 준 달콤한 잠에 빠진다.

20권

구혼자들의 죽음이 준비되다

「태양신의 소를 잡는 오뒷세우스의 부하들」 펠레그리노 티발디(1527~1596)

20권에서 구혼자들은 잔치 중에 기이한 일을 당한다. 갑자기 모두가 웃음을 터뜨리는데, 얼굴은 뻣뻣해지고 눈에는 눈물이 고이고 마음속에도 비통함이 가득하다. 고기에서는 피가 뚝뚝 떨어진다. 이 사건은 오뒷세우스의 부하들이 태양신의 섬에서 금지된 소 떼에 손을 댔을 때 일어난 일과 유사한 데가 있다. 거기서는 벗겨 놓은 쇠가죽이 꿈틀대며 우는 소리를 냈었다. 이 그림에도 사람들이 눈을 부릅뜨고 희번덕이고 있는 것이 불길한 느낌을 준다. 멀리 뒤쪽에는 태양신이 마차를 몰고 하늘로 올라가고 있다.

19권을 보면, 다음날이 밝자마자 구혼자들이 죽음을 당할것 같지만, 그렇게 일이 간단히 끝나지 않는다. 옛 청중과 오늘날의 독자들은 앞으로도 몇 권을 더 기다려야 구혼자들의 죽음을 볼 수 있다. 20권에는 우선 여러 가지 전조들이 나타난다. 그 많은 사람들이 쓰러지는 엄청난 사태가 아무 전조도 없이 이뤄질 수는 없을 것이다. 그리고 그 큰 일을 이루기 위해서 오뒷세우스 편에서는 다시 한 번 마음다짐도 해

야 하고, 신들의 호의적인 전조도 받아야 한다. 20권의 역할은 앞으로 있을 일들을 위한 준비를 하는 것이다. 이 권은 밤, 새벽, 아침으로 시간대가 나뉘어 있다.

오뒷세우스가 하녀들의 부정을 알고 마음을 다지다

오뒷세우스는 홀 안에서 자지 않고, 나그네의 자리인 주랑에 잠자리를 보고 누웠다. 그래도 잠자리가 아주 허술하지는 않아서 바닥에는 쇠가죽을 깔고 그 위에 양모피를 여러 장 폈으며, 에우뤼노메가 그 위에 외투를 덮어 주었다. 돼지치기의 오두막에서부터 계속 언급되던 외투가 일시적으로나마 주어진 셈이다. 하지만 오뒷세우스는 쉬이 잠들지 못하고, 어떻게 하면 구혼자들을 처단할 것인지를 궁리한다. 그때 구혼자들과 연애하고 있던 하녀들이 몰래 빠져나가면서 자기들끼리 시시덕대는 소리가 들린다. 순간 오뒷세우스는 자신이 거지로 가장하고 있는 것을 잊었던지, 이들을 당장 쳐 죽일 것인지, 아니면 오늘은 그냥 두고 지나갈 것인지 고심한다. 그때 그의 마음이 마구 짖어 댄 것으로 표현되어 있는데, 여기에서 쓰인 직유도 약간 뒤집혀 있다. 마치 새끼를 낳은 지 얼마 안 되는 암캐가 낯선 사람을 보면 자기 새끼들을 막아서서 사납게 짖어대는 것처럼, 그렇게 그 마음이 짖었다는 것이다.

…… 그의 마음은 안에서 짖어댔다.
마치 암캐가 모르는 사람을 보면 연약한 새끼들을

막아서며 짖어 대고, 그에게 덤벼들기를 열망하듯이,
꼭 그처럼 그의 마음은 그녀들의 못된 짓에 격분하여 안에서 짖어 댔다.(20권 13~6행)

여기서 오뒷세우스의 마음은, 이 집안의 하녀들을 지키려고 하기보다는 오히려 그들을 죽이려 하고 있으니, 이 직유는 뒤집힌 것이다. 하지만 더 넓게 생각하자면, 낯선 자인 구혼자들이 가장의 권한 아래 있는 연약한 존재(하녀)들을 농락하고 있어서 그가 막아서려는 것이라 해도 될 테니, 이 직유가 완전히 어긋난 것은 아니다. 물론 고대 서사시에서 직유는 한 부분만 맞으면 사용될 수 있으니, 이런 세부까지는 생각하지 않아도 된다.

여기서 오뒷세우스는 자기 마음을 달랜다.

참아라, 나의 마음아, 너는 전에 그 힘을 제어할 수 없는 퀴클롭스가
나의 강력한 전우들을 먹어치우던 날, 이보다 더 험한 꼴도
참지 않았던가! ……(20권 18~20행)

이 구절도 아주 유명한 것이다. 우선 오뒷세우스의 자기 분열을 보여 주는 것이고, 또 그가 퀴클롭스 사건을 얼마나 깊게 가슴에 새기고 있는지 보여 주는 말이기 때문이다. 그의 가슴은 짖어 댄다. 그리고 그 대상은 매우 '개 같은' 것이다. (여기 '더 험한 꼴'이라고 옮겨진 구절은 직역하면 '더 개 같은kynteron 일'이다.) 상황은 '짐승스럽고', 영웅 자신도 짐승이 될 위기에 처해 있다. '신과 같은' '참을성 많은' 오뒷세우

스는, 그 수식어에 걸맞은 자가 되기 위해서는 이 상황을 견디고 극복해야 한다.

이렇게 자신의 감정을 설득한 오뒷세우스는 다시 계략에 몰두한다. 여기서 그가 뒤척이는 모습은 좀 우스꽝스러운 직유로 묘사되어 있다. 그는 마치, 어떤 사람이 잡은 가축의 위장에 피와 기름을 잔뜩 넣어서 불 위에 돌리면서 빨리 익기를 기다릴 때처럼, 그렇게 뒤척였단다. 그러니까 오뒷세우스는 일종의 순대로 묘사된 셈이다. 그렇지만 여기서도 우리는 단순히 순대 자체만이 아니라, 전체적으로 이 직유에 나오는 다른 요소들도 모두 오뒷세우스에게 적용시켜야 할 것이다. 순대를 빨리 익히려는 사람의 조급함, 불 위에 얹힌 순대의 속 재료들이 들끓는 상황 등.

이렇게 오뒷세우스가 잠을 못 이루고 있는데, 아테네 여신이 여인의 모습으로 다가온다. 여신은 오뒷세우스를 꾸짖는다. 그는 이미 집에 돌아왔고 아내와 훌륭한 아들이 있는데, 무슨 걱정이 그렇게 많은지 하는 것이다. 마치 이미 모든 일이 다 해결되었다는 듯한 태도다. 혹시 모든 것을 신에게 맡기라는 뜻일까? 오뒷세우스는 두 가지 걱정거리를 밝힌다. 하나는, 자기가 혼자서 어떻게 그 많은 구혼자들을 처치할까 하는 것이다. 다른 하나는 이보다 더 중요한 일인데, 그들을 다 죽이고 나서 어디로 도망칠 수 있을까 하는 것이다. 여신은 그 '어떻게'와 '어디로'에는 직접 답하지 않고, 그저 자신의 능력과 충실성을 강조한다. 자기가 더 할 수 없이 뛰어난 전우로서 온갖 노고에서 그를 지켜 주고 있으니, 아무리 적이 많아도 이겨 낼 수 있다는 것이다. 여

신은 페넬로페가 입에 올렸던 것과 같은 내용의 경구(警句)를 이용하여 그를 설득한다. 밤새 자지 않는 것은 고통스러운 일이니, 얼른 잠을 자라는 것이다.

이 집 부부는 서로 돌아가면 자기로 한 것인지 오뒷세우스가 잠드는 순간 페넬로페가 깨어난다. 그녀는 다시 울면서, 아르테미스께 자기를 죽여 달라고 기원한다. 그녀가 기원하는 다른 선택지도 있다. 죽음이 아니라면 폭풍이 자신을 낚아채어, 오케아노스가 바다와 섞이는 곳에 던져 버렸으면 하는 것이다. 그러면서 다시 직유를 동원한다. 이 권에는 다른 권에 비해서 직유가 많다. 판다레오스의 딸들이 폭풍에 채여 간 것처럼 자기도 그랬으면 좋겠다는 것이다. 이들은 부모를 잃고 고아가 되었지만 아프로디테가 좋은 음식으로 길러 주었고, 헤라는 미모와 슬기를, 아르테미스는 아름다운 몸매를, 아테네는 온갖 솜씨를 가르쳤는데, 아프로디테가 이들에게 좋은 혼인을 마련하러 제우스를 찾아간 사이에 폭풍의 정령이 그녀들을 낚아채어 복수의 여신에게 시녀로 주어 버렸단다(19권에 나온 판다레오스의 딸 아에돈 이야기와는 별도로 발전한 이야기인 듯하다). 마치 그들처럼 자신도 폭풍에 실려가 버렸으면 좋겠다고 한다. 이 직유의 중간에 나온 판다레오스의 딸들에 대한 묘사는 아마도 페넬로페 자신의 자질과 운명을 다른 사람에 빗대어 그린 것인 듯하다. 자신도 신들의 도움으로 좋은 신부감으로 성장하였지만, 제대로 된 결혼 생활도 해보지 못하고 남편을 잃었다고 말이다. 한데 이제 남편보다 못한 다른 사람을 따라가야 하는 신세이니, 차라리 그 전에 자신이 어디로 사라져 버렸으면 하는

것이다. 그러면서 그녀는 자신이 자면서도 나쁜 꿈에 시달린 것을 한탄한다. 그 밤에도 어떤 이가 자기 곁에, 군대를 데리고 전장으로 떠날 때의 남편 모습으로 누워 있는 듯했다는 것이다. 이번에도 그녀는, 거위들을 먹일 때처럼 마음이 따뜻해졌는데, 그것이 꿈이 아니라 현실이라고 여겨졌기 때문이다. 이 작품에서 페넬로페가 오뒷세우스의 도착을 언제 알아챘는지는 예부터 논란이 되어 왔는데, 요즘의 대세는, 페넬로페가 아직 확실하게는 아니지만 무의식적으로 남편이 왔다는 걸 알거나, 적어도 그가 곧 오리라는 걸 느끼고 있다고 보는 것이다. 이 꿈도 그런 무의식의 반영이라 하겠다. 문 앞에서 자고 있는 나그네가 자기 남편이라는 것을 무의식적으로 감지하고, 그가 바로 자기 곁에서 자는 듯 느꼈다는 것이다. 그런 그녀가 의식의 수준에서는 남편의 귀향을 완전히 포기하고, 차라리 죽기를 원하고 있으니 아이러니하다.

한편 잠깐 잠이 들었던 오뒷세우스도 이러한 아내의 탄식을 듣는다. 아내가 남편의 존재를 곁에 느끼듯, 남편도 아내를 곁에 있는 듯 느끼는데, 그녀가 자기를 알아보고 머리맡에 다가선 것 같은 생각이 들었던 것이다. 사실 새벽에 자기 침실에 있는 여인이 문을 뚫고 꽤 멀리 바깥에 누운 사람에게까지 들리게 기원을 하지는 않았을 테니, 이렇게 아내의 기척을 느끼는 것은 마음이 통해서일 것이다. 오뒷세우스는, 그가 나우시카아에게 축원했던 '한 마음의 배우자'를 갖고 있는 셈이다.

이제 그는 잠자리를 정리하고 손을 들어 제우스께 기원한다. 자

신을 고향으로 인도한 것이 신들의 뜻이라면, 집안사람 누군가를 통해 길조의 말을 주시고, 바깥에서도 다른 전조가 있게 해 달라고. 그러자 우선 구름 사이에서 우레가 울린다. 외적인 전조이다. 다음으로 집안일을 하던 여인에게서 길조의 말이 나온다. 그녀는 구혼자들이 먹을 곡식 가루를 빻느라 잠도 자지 못하고 그때까지 일을 했던 것이다. 그녀는 맑은 하늘에서 우레가 울리는 걸 듣자, 구혼자들이 오늘 먹는 것이 마지막 식사가 되기를 기원한다. 바깥에서 그 말은 들은 오뒷세우스는 기뻐한다.

마지막 아침이 준비되다

이제 날이 밝아 사람들이 움직이기 시작한다. 하녀들은 화로에 불을 지피고, 텔레마코스는 채비를 갖추고 나와 에우뤼클레이아에게 나그네를 잘 대접했는지 묻는다. 어머니가 이따금 가치 없는 사람을 대접하고, 대접할 만한 사람은 그냥 보내는 경우가 있어서 걱정이 된다는 것이다. 아무래도 이 집안에도 세대 갈등이 있고, 또 에우마이오스가 걱정하며 약간 불평했던 대로 정말 페넬로페가 지쳐서 제대로 처리하지 못한 일들이 있는 모양이다. 에우뤼클레이아는 페넬로페를 두둔한다. 오뒷세우스가 음식과 포도주를 원하는 만큼 먹었으며, 하녀들이 잠자리를 잘 보아 주었다는 것이다. 물론 침상을 거절해서 바깥채에서 자긴 했지만. 사실 이것은 유일하게 오뒷세우스의 신분을 알고 있는 두 사람이 서로 상대는 사실을 모르리라고 생각하고서 나누는 대화이다. 재미있는 아이러니다.

나그네 대접에 대한 걱정을 던 텔레마코스는 회의장으로 가고, 에우뤼클레이아는 하녀들에게 집안을 정리하게 한다. 물을 뿌려 홀을 쓸고 의자에 깔개를 펴고, 식탁을 잘 닦고 동이와 술잔을 잘 부시고, 일부는 샘에 가서 물을 길어오게 한다. 곧 구혼자들이 도착할 것이다. 그러면서 덧붙이는 말이 의미심장하다. 그날이 '모든 사람을 위한 잔칫날'이라는 것이다. 얼핏 들으면 이 말이 '오늘은 구혼자들이 죽을 날'이라고 하는 것 같지만, 학자들은, 다른 구절들로 보아 실제로 이 날이 축제일이기도 한 것으로 보고 있다. 그러니 유모의 표현은 중의(重義)적이다.

사람들은 물을 긷고, 장작을 패고 모든 것을 준비한다. 이제 구혼자들이 그날 잡아먹을 가축들이 도착한다. 맨 먼저 돼지치기가 살진 돼지 세 마리를 몰고 들어서며, 오뒷세우스에게 인사한다. 구혼자들이 이제 그를 높이 보는지, 아니면 여전히 업신여기는지 묻는다. 오뒷세우스는 그 오만한 자들을 신들이 벌주기를 기원한다.

다음으로 염소치기 멜란티오스가 들어온다. 그는 염소들을 몰고 두 명의 목자를 대동하고 있다. 그는 오뒷세우스를 보자마자 대뜸 시비를 건다. 왜 다른 데로 가지 않는지, 자신과 한 번 주먹다짐을 할 것인지 하는 것이다. 오뒷세우스는 그의 말에 아무 대답도 하지 않고 머리를 흔들 뿐이다.

세번째로 새로운 인물이 등장한다. 소치기 필로이티오스이다. 그에게도 염소들이 있는지, 그는 암소 한 마리와 염소들을 몰고 왔다. 이 사람은 이타케에 있지 않고 뭍에 있다가 배를 타고 건너온 것이다. 그

는 잠시 후에 오뒷세우스의 동지가 될 사람으로, 처음 등장하는 순간부터 좀 과하다 싶은 수식어가 붙어 소개된다. 소치기에 불과한 그에게 '백성들의 우두머리'라는 표현이 쓰인 것이다. 물론 에우마이오스에게도 이런 표현이 사용된 바 있다. 이 소치기는 돼지치기에게, 저 나그네가 누구인지 묻는다. 아무래도 풍채가 통치자 급인 것 같다고. 그러고는 대답을 기다리지 않고 직접 오뒷세우스에게 인사를 건넨다. 지금은 불행을 겪고 있지만 앞으로는 행복하라고 축복한다. 그러면서, 늙은 거지 꼴의 오뒷세우스를 처음 만났을 때 에우마이오스가 그랬듯이 당장, 지금은 떠나고 없는 주인을 떠올리고 한탄한다. 살아 있다면, 지금 보는 나그네처럼 어딘가를 떠돌 것이고, 죽었다면 그의 명복을 빌 수밖에 없다. 사실은 이 소치기도 오뒷세우스에 대한 추억이 있다. 그가 케팔레니아에서 소를 지키게 된 것은, 어렸을 적에 오뒷세우스가 그렇게 지시했기 때문이다. 이 추억은 구혼자들에 대한 미움으로 연결된다. '그 소들이 지금 번성하고 있는데, 주인이 아니라 엉뚱한 객들을 위해 그것을 끌어다 주어야 한다. 그 객들은 주인의 젊은 아들도 무시하고 신들도 두려워하지 않으며, 남의 재산을 나눠 가질 궁리만 하고 있다. 자신은 진작 짐승들을 몰고 다른 데로 떠나고 싶었지만, 아직도 주인이 돌아올 희망을 간직하고 있기에 버텨 내고 있다.'

아마도 이 소치기의 말은 오뒷세우스가 고향에 돌아와 처음으로 접한, 자신의 귀향에 대한 긍정적인 기대일 것이다. 에우마이오스도, 텔레마코스도, 페넬로페도 모두 그의 귀향을 포기한 것처럼 말했었다. 이런 발언도 오뒷세우스에게는 좋은 전조다. 그는 소치기의 지혜

와 분별력을 칭찬하고, 다시 주인이 곧 돌아온다는 것을 맹세하여 말한다. 벌써 세번째 하는 맹세다. 그 소치기가 여기 있는 동안 오뒷세우스가 돌아올 것이고, 그는 구혼자들이 맞아죽는 것을 보게 되리라는 것이다. 에우마이오스와 페넬로페는 거의 같은 말을 듣고 믿을 수 없다는 반응을 보였는데, 이 소치기는 상당히 적극적이다. 그는 그 말이 이루어지기를 축원하고, 그때가 되면 자기가 힘을 보태 크게 도움을 줄 것이라고 장담한다. 에우마이오스도 이 단순하고 긍정적인 사람의 영향을 받은 것일까? 돼지치기도 곁에서 오뒷세우스가 돌아오기를 기원한다. 오뒷세우스는 잠재적 조력자 두 명을 확보했다.

오뒷세우스가 다시 공격을 당하고, 테오클뤼메노스가 환상을 보다

이제 오뒷세우스 편의 모습을 보고 났으니, 이번에는 구혼자들 차례다. 구혼자들은 모여서, 어떻게 하면 텔레마코스를 없앨 것인지를 의논하고 있다. 그러자 이들에게도 전조가 나타나는데 독수리 한 마리가 비둘기를 잡은 채로 그들의 왼쪽에서 다가온 것이다. 방향에 대한 고대의 의미 부여에 따르면, 이것은 불길한 조짐이다(오른쪽, 왼쪽은 각 사람에게 상대적인 것이 아니라, 각기 동, 서를 가리키는 말이다. 오른쪽은 길하고, 왼쪽은 불길한 것으로 되어 있다). 그러자 암피노모스가 이것을 보고, 자기들의 계획이 제대로 이뤄지지 않으리라며, 그냥 잔치나 생각하자고 말한다. 그 제안에 따라 구혼자들은 집 안으로 들어가서 짐승들을 잡고 굽는다. 오뒷세우스의 하인들이 그들의 식사준비를 돕는다.

텔레마코스는 일부러 오뒷세우스를 문턱 옆에 앉히고, 그를 위해 탁자와 의자를 준비해 준다. 음식을 마련해 주고 포도주를 주며, 공개적으로 보호를 약속한다. 혹시 구혼자들이 그를 모욕하고 다치려 하면 자기가 막아 주겠다는 것이다. 이 집은 오뒷세우스의 집이며, 주인이 아들 텔레마코스를 위해 준비해 놓은 것이라고. 이제 그는 온전한 주인의 역할을 떠맡았다. 그러면서 이 젊은 주인은 구혼자들에게 점잖게 충고한다. 다툼이 일어나지 않게 욕설과 주먹다짐을 삼가라는 것이다. 이 대담한 발언에 모두가 놀란다. 안티노오스는 이에 지지 않으려는 듯 빈정거린다. 자기 동료들에게, 텔레마코스가 자기들을 위협하기는 하지만, 제우스께서 자신들의 계획을 허락지 않으셨으니 그냥 참자는 것이다. 자기들이 그를 죽이려 했다는 것을 상당히 대담하게 인정한 셈이다.

이들이 안에 있는 동안, 전령들이 신들께 바칠 제물들을 이끌고 거리를 지나간다. 사람들은 아폴론의 원림에 모여든다. 이 날은 아폴론의 축제일이기 때문이다. 여러 학자들이 이 날이 새로운 달이 시작되는 것을 기념하는 날이라고 보고 있으며, 특히 이것이 새해가 시작되는 시점이라고 강하게 해석하는 학자도 있다. 가장 강한 해석은 이것이 새해 첫 달을 기념할 뿐 아니라, 19년의 주기가 지나서 새로이 양력과 음력이 맞아들어가는 주기가 시작되는 날이라고 보는 것이다. 하지만 지금 이 섬의 유력 인사들이 다 이 집안에 머물러 있는데, 어떻게 종교축제가 시작될 수 있는지 의문을 갖는 학자들도 있다. 이에 대해서는 여기 모인 사람들은 미혼의 젊은이들로서 아직은 그렇게까지

사회적 의무를 지지 않고, 이들 말고도 자기 가족 중에 종교행사에 나갈 만한 다른 형제들이 많이 있다고 반박할 수 있겠다. 2권의 회의 장면에 보면, 아이귑티오스라는 노인에게 아들 형제가 넷인데, 하나는 오뒷세우스와 함께 떠나서 돌아오지 않았고, 하나는 오뒷세우스의 집에 와 있으며, 나머지 둘은 생업에 종사하는 것으로 되어 있다. 그러니 정상적인 활동을 하고 있는 다른 사람들이 종교행사를 주관해도 큰 문제는 없을 것이다. 그리고 여기 행진하고 있는 제물은 '헤카톰베'로 되어 있는데, 원래의 뜻은 '희생제물 100마리를 바치는 제의'이지만 그냥 몇 마리를 바치는 것도 그렇게 부를 수 있다. 여기서 굳이 이 단어가 사용된 것은 지금 오뒷세우스의 집에 모여 있는 구혼자들의 숫자가 100에 가깝기 때문일 것이다. 우리는 이들의 죽음이 일종의 축제 희생이 되는 것을 볼 것이다.

오뒷세우스는 텔레마코스의 배려 덕택에 남 못지않은 음식을 즐기고 있었지만, 여기서 그에게 마지막 모욕이 가해진다. 그 모욕은 구혼자 중 하나가 행한 것이지만, 시인은, 오뒷세우스로 하여금 원한에 사무치게 만들려는 아테네 여신의 계책 때문이라고 설명한다. 그 악역을 맡은 자는 크테십포스라는 사람으로 엄청난 부자이다. 그는 오뒷세우스가 다른 이들과 똑같은 몫을 누리고 있으니, 자신도 그에게 접대 선물을 주겠다고 선언한다. 그러면 오뒷세우스 자신도 그것을 하인이나 하녀에게 선물로 줄 수 있을 거라면서. 그러고는 광주리에서 소의 다리 한 쪽을 집어들더니 오뒷세우스를 겨냥해 던진다. 이런 투척 사건은 이미 두 번 있었고, 오뒷세우스는 이제 그런 짓에 대

응할 마음 준비가 되어 있다. 그는 머리를 슬쩍 움직여 그것을 피하고 분노를 숨기며 차가운 미소를 짓는다(문학사에서 최초로 나타난 냉소 sardonic smile이다). 쇠다리는 그를 빗나가 벽에 부딪고 만다.

이 세번째 투척 사건에 이어지는 말싸움은 좀 길고 별 의미도 없어 보인다. 하지만 다음 장면을 위해 없으면 안 되는 것이다. 좀 참고 살펴보자.

방금 자신을 이 집의 주인으로 선언한 텔레마코스는 이 사태에 대해, 그 다리가 빗나간 것을 다행으로 여기라고, 그것이 나그네를 맞혔더라면 크테십포스 자신도 자기 창에 맞아 죽었으리라고 일갈한다. 그러면서 다시 한 번 자신이 이제 성인이 되었음을 선언한다. 이제 자기는 어린애가 아니니 이 집에서 함부로 행동하지 말아라, 지금 당신들이 재산을 분탕질하는 것을 참는 것은 혼자서 다수를 막기 힘들기 때문이다. 그는 또 자기가 구혼자들이 자기 목숨을 노리고 있다는 알고 있음도 밝힌다. 그의 자기 묘사는 자학적이다. 차라리 그들이 자기를 죽였으면 좋겠다는 것이다. 자기 집에서 나그네를 학대하고 하녀들을 마음대로 끌고 다니고 있기 때문이다. 어떤 학자는 이렇게 텔레마코스가 구혼자들의 악행을 고발할 때마다 하녀들에 대한 발언이 나오는 것을 두고, 이제 성에 관심을 갖기 시작하는 젊은이의 질투심이라고 해석하기도 한다.

그러자 아겔라오스라는 이가 유화적인 발언을 한다. 우선 구혼자들에게, 나그네도 하인들도 학대하지 말라고 충고한다. 그러면서 텔레마코스에게도 충고를 보낸다. 혹시 오뒷세우스가 돌아올 희망이 있

다면 계속 자기들이 여기 있게 두어도 상관없겠지만, 이제 그가 돌아오지 않는다는 게 분명하니, 어머니에게 구혼자 중 가장 낫고 가장 선물을 많이 주는 사람과 결혼하라고 말하라는 것이다. 그러면 텔레마코스는 아버지의 유산을 혼자 즐기게 될 것이란 말이다. 이 말은 약간 모순된 듯도 하면서, 어찌 보면 그렇지 않은 것으로 해석할 수도 있을 것 같다. 사실 오뒷세우스가 돌아올 가능성이 있다면 구혼자들은 이 집에 머물면서 피해를 끼치면 곤란하다. 그러니 이들이 계속 머물러 있는 것은 주인이 죽었다고 믿어서다. 따라서 아겔라오스의 말은, 자기들은 계속 머물 테니, 텔레마코스가 아버지의 귀향 가능성을 저울질해서 결단을 내리라는 것이다. 그가 어머니의 결혼을 추진하지 않으면, 자기들이 이 집 재산을 먹어치우는 것은 전적으로 텔레마코스 책임이란 말이다.

그러자 텔레마코스는 자신이 어머니에게 결혼을 권하고 있다고 주장한다. 하지만 어머니 본인의 의사에 반해서 강압적으로 그녀를 쫓아내는 것은 자기로서는 두려운 일이라, 그렇게는 할 수 없다는 것이다. 이제까지 우리는 페넬로페의 재혼에 대해서 페넬로페 자신과 텔레마코스의 상반된 발언들을 여러 차례 들어왔다. 텔레마코스는 자기에게 우호적인 사람들에게는, 어머니가 얼른 재혼하기를 원하는 것처럼 말한다. 반면에 자기에게 적대적인 사람들 앞에서는, 결정은 어머니의 권한이고 자기로서는 그녀의 뜻을 존중할 수밖에 없다고 말한다. 아마도 텔레마코스 자신도 어떤 게 옳은지 갈팡질팡하는 것 같고, 아마도 가장 좋기로는 어머니는 계속 아버지를 기다리고 구혼자들이

이 집을 떠나 주는 것이리라. 그렇지만 어머니가 떠나는 것과 구혼자들이 재산을 먹어 없애는 것, 두 가지 나쁜 일 중 하나를 선택하라 하면 다시 망설일 수밖에 없을 것이다. 반면 페넬로페는 텔레마코스와 자기 친정 식구들이 얼른 재혼하라고 압박한다고 말한다. 이것은, 자기 때문에 집안 재산이 줄어들고 있다는 부담감에서 하는 말일 것이다. 실질적으로 작품 내에서 그녀에게 어서 재혼하라고 독촉하는 친척은 그려지지 않는다.

이 장면은 다소 지루하게 느껴질 수도 있다. 젊은이가 자신을 성인이자 이 집안의 관리자로 선포한다. 한 구혼자가 그 말을 비웃듯이 도발적인 행동을 한다. 젊은이가 강하게 반발한다. 다른 구혼자가 유화적인 태도를 보이면서, 은근히 잘못을 이 집 식구들에게로 몰아간다. 젊은이가 어머니와 자신을 변호한다. 별 내용도 없다. 하지만 이 장면은 그 다음 장면을 끌어내기 위해서 필요하다. 다음 장면이 매우 큰 전조가 되는 장면인데, 그것을 위해서는 어떤 계기가 필요하기 때문이다.

텔레마코스는 자신이 어머니를 강제로 쫓아내는 일이 일어나지 않기를 기원하며 말을 마친다. 그러자 돌연 구혼자들 사이에서 웃음이 터져 나오고, 그들은 그것을 그칠 수가 없다. 시인은 아테네 여신이 그 웃음을 일으켰다고 설명하는데, 사실 그런 설명이 없더라도 이 그로테스크한 장면은 누구 눈에나 신의 개입으로 보일 만한 것이다.

그들은 그때 남의 것 같은 얼굴로 웃었고, 그들이 먹는 고기에서는
핏방울이 떨어졌으며, 그들의 두 눈에는 눈물이 가득 고였고,
그들의 마음은 비탄을 품고 있었다.(20권 347~9행)

웃노라 하지만 그들의 얼굴은 일그러져 있다. 그들이 먹는 고깃덩이는 이미 익힌 것인데도 핏방울이 떨어진다. 눈에는 눈물이 가득하고 울고 싶은 생각이 가득하다. 여기에 이들 눈에는 들어오지 않는 다른 측면이 예언자 테오클뤼메노스에 의해 드러난다.

그대들의 머리와 얼굴과 밑의 무릎은 밤으로 싸여 있구나.
비명이 타오르고, 뺨은 눈물에 젖었으며,
벽들과 아름다운 대들보들은 피로 흩뿌려져 있구나.
현관과 안마당은, 암흑을 향하여 에레보스로 달려가는
유령들로 가득 찼구나. 해는 하늘에서
사라지고, 사악한 안개가 달려와 뒤덮고 있구나.(20권 352~7행)

이것은 예언자가 본 환상이다. 그의 눈에는 구혼자들의 온몸이 어둠에 둘러싸인 것으로 보인다. 그들의 뺨은 눈물로 젖은 듯 보인다. 그들 주위에서는 비명소리가 '타오른다'. 놀라운 표현이다. 홀의 벽과 대들보는 피로 흩뿌려져 있다. 그는 이미 복수극이 끝난 뒤까지 보고 있다. 예언자의 시야는 홀 안에 한정되지 않는다. 바깥에는 떼 지어 어두운 서쪽으로 떠나가는 유령들이 보인다. 하늘에선 해가 사라지고 음산한 안개가 사방을 뒤덮고 있다. 그는 모든 죽음의 전조들을 생생

하게 보고 듣고 느낀다. 내가 보기엔, 지금 이 환상을 보고 전하는 것이 이 인물의 핵심적인 역할이다. 그는 거의 이 발언을 하기 위해서 이 집까지 온 셈이다.

한편 이 예언자의 정체와 집안 배경을 알 리 없는 구혼자들은, 그의 말을 새로운 기분 전환의 계기로 받아들이고 다시 유쾌하게 웃기 시작한다. 에우뤼마코스가 사건을 진전시키는 발언을 한다. 최근에 도착한 나그네들은 모두 제정신이 아니란다. 누가 그를 다른 곳으로 데려다 주란다. 그가 가는 곳이 바로 밤이라고 조롱하면서. 그러자 테오클뤼메노스는 자신에게는 눈과 귀와 두 다리가 있다고, 더욱이 가슴속에는 현명한 지각이 있다면서, 호송자 제안을 뿌리치고 자기 발로 떠난다. 그가 남긴 마지막 말은, 오만한 구혼자들 중 누구도 재앙을 벗어나지 못하리라는 예언이다. 이 예언은 이 권 처음부터 여러 번 반복되어 온 전조의 절정이다.

이 집을 떠난 예언자는 처음에 머물렀던 페이라이오스의 집으로 돌아가 환대를 받는다. 이 대목을 보면, 애초에 테오클뤼메노스가 그 집에 머물렀던 것도 지금 여기까지 내다 본 설정이 아닌가 싶다. 도망자 신세인 그가 대담하게 진실을 말할 수 있었던 것도, 죽음의 전조로 가득한 새 거처를 망설임 없이 박차고 나올 수 있었던 것도, 모두 이렇게 돌아갈 곳이 있기 때문이다.

하지만 구혼자들은 거듭되는 경고에도 눈멀고 귀먹은 것처럼 반응한다. 예언자가 떠나자, 그들은 젊은 주인을 화나게 하려고 오히려 그를 떠들썩하게 비웃는다. 그 중 하나는, 텔레마코스에게 아무 득도

되지 않고 음식만 축내는 저 나그네들을 시켈리아로 팔아 치우자고 제안하기까지 한다. 이 제안은 여러 번 반복된 에케토스 왕 위협과 유사한데, 사실 아무 이득도 주지 않고 재산을 먹어치우기는 구혼자들이 더 심하므로, 지금 이 제안은 자신들이 당할 일에 대한 예고의 의미가 있다. 이들의 대표격 인물이 나중에 에케토스의 고문 비슷한 일을 당하게 될 것이다.

하지만 젊은 주인은 이런 빈정거림을 흘려들으며 때를 기다린다. 한편 페넬로페 역시 구혼자들의 말이 잘 들리는 곳에 자리 잡고서 홀 안의 동정을 살피고 있다. 이 여주인도 뭔가 결정적인 일이 벌어질 때가 다가오고 있다고 느끼는 모양이다. 시인은, 지금 구혼자들이 잔치를 벌이고 있지만, 이제 곧 여신과 한 강력한 사나이에 의해 차려진 다른 만찬에 초대 받게 되리라고 예고하면서, 그 이유는 그들이 먼저 못된 짓을 꾸몄기 때문이라고 선언하고 이 '전조의 권'을 마친다.

21권

활쏘기 시합

「활 쏘는 오뒷세우스」 테오도르 판 툴덴(1606~1669)

활쏘기 시합에서 도끼들이 어떻게 놓여 있었는지는 논란거리인데, 이 그림에서는 자루 구멍이 위로 가게 세운 것으로 했다. 오뒷세우스는 약간 층이 진 바닥의 아래층에서 허리를 굽힌 채 활을 쏘고 있다. 희랍에는 한쪽 무릎을 땅에 대고 다른 다리를 세운 채로 쏘는 자세가 있었으므로, 이런 불편한 자세를 취할 필요는 없었다. 본문에는 오뒷세우스가 의자에 앉아서 활을 쏘는 것으로 되어 있다.

19권에서 예고된 활쏘기 시합은 20권의 준비단계를 거쳐 이제 이 권에서 실행되게 된다.

나의 충고에 따라 작품을 함께 읽는 분이라면 이제, 미리 표시해 놓은 것 중 마지막 표지에 도착했을 것이다. 작품 구조에 대해 다시 반복하자면, 후반부 열두 권은 분량상 1 : 2로 나뉘고, 주인공이 들판에서 상황을 살피는 첫 부분 네 권은 16권까지였다. 주인공이 자기 집에

와 있는 둘째 부분 여덟 권은, 다시 분량상 1 : 1로 나뉘어 20권까지 일종의 준비단계가 지나갔다. 여기부터 마지막 권까지는 그 동안 준비된 복수의 실행단계이다.

한편 이 마지막 단계도 다시 둘로 나누어 볼 수 있다. 21~22권은 활쏘기 시합과 그 뒤처리에 할애된다. 21권 내내 활쏘기 시합의 준비와 구혼자들의 실패, 오뒷세우스의 참여를 허용할 것인지에 대한 논쟁, 그리고 마침내 오뒷세우스의 참여와 성공이 보여지고, 22권에서는 그 여세를 몰아 구혼자들을 살육하는 장면이 펼쳐진다. 작품 전체의 정점에 해당되는 곳이니, 이렇게 묘사가 자세하고 장면이 길어졌다(『일리아스』에서 21~22권에 아킬레우스의 대활약과 헥토르와의 마지막 대결이 놓인 것과 같은 꼴이다). 23~24권은 각각 아내와의 만남, 아버지와의 만남으로 되어 있다. 다시 작품에 표시를 해 놓고 읽을 분은 22권 끝에 표지를 붙여 놓고 진행하면 되겠다.

페넬로페가 활을 가져다가 구혼자들에게 과제를 내놓다

이제 페넬로페는 활쏘기를 위해 활을 가지러 간다. 이 부분부터는 아테네 여신의 개입이 두드러진다. 마치 행사 주관자인 듯 싶다. 여신은 페넬로페의 마음속에 활과 도끼를 가져올 생각을 넣어 준다. 그녀는 이층의 자기 방에서 열쇠를 꺼내어 멀리 떨어진 곳간으로 간다.

> 그래서 그녀는 집 안의 높다란 계단을 올라가서
> 튼실한 손에 보기 좋게 구부러진 열쇠를 쥐니,

아름다운 그 청동 열쇠에는 상아로 된 자루가 박혀 있었다.
(21권 5~7행)

여기서 열쇠를 쥔 페넬로페의 손이 '튼실한'(직역하자면 '두툼한' cheiri pacheie) 것으로 묘사되어 있어서 약간 논란을 불러일으킨다. 아름다운 여인의 손이 두툼하다니? 하지만 학자들은, 옛날 여인들의 미덕 중에 반드시 꼽히는 것이 일을 잘하는 것이었기 때문에, 체격이 크고 일 잘하는 여인의 손이 튼실하다고 해서 흠이 될 것은 없다고 설명한다. 가늘고 섬세한 손가락을 아름답다고 여기는 것은 낭만적 개념이라는 것이다. 하지만 사실 이것은 공식구이기도 하다. 우리는 『일리아스』 21권 '신들의 전투'에서, 아테네 여신의 손이 '두툼한' 것으로 그려진 것("억센 손으로"cheiri pacheie, 『일리아스』 21권 405행, 희랍어 원문은 403행)을 발견할 수 있다. 거기서 여신은 그 두툼한 손으로 아레스에게 돌을 던져 쓰러뜨리니, 그 대목에서는 매우 적절하게 쓰였다. 이런 점을 생각한다면 지금 여기서 시인은 페넬로페가 '죽음을 가져다주는 손'을 지녔다고 암시하는 것일 수 있다. 얼핏 보기에 '엉뚱한' 공식구를, 적절하게 사용한 예라고 하겠다.

그 곳간에는 이 집안의 많은 보물과 무기들이 비장되어 있다. 활과 화살도 거기 놓여 있었는데, 중요하게 쓰일 물건이 자세한 묘사를 받는 옛 방식에 따라서, 혹은 아우얼바하 식으로 설명하자면 '모든 곳에 조명이 비치는' 옛 희랍인의 이야기 방식에 따라서, 이 무기들의 유래가 자세히 설명된다. 그것들은 에우뤼토스의 아들 이피토스가 그에

게 준 것이다. 이 사람은 오뒷세우스가 멧세네에서 만나 사귄 이로서, 두 사람은 그곳에 각기 사업차 갔다가 마주쳤었다. 오뒷세우스는 멧세네 사람들이 이타케에서 양 삼백 마리를 탈취해 가버렸기 때문에, 아직 소년이지만 지역 대표로서 그것을 되찾으려고 간 것이고, 이피토스는 암말 열두 필을 잃어버리고 그것을 찾으러 왔던 것이다. 여기서 짐승들의 숫자는 이 작품에서 자주 그런 것처럼 한 해의 날 수와 달 수에 가깝게 맞춰져 있다. 하지만 이피토스는 그 후에 그 일 때문에 죽게 된다. 그가 헤라클레스를 찾아 갔을 때, 헤라클레스가 그를 손님으로 맞아 놓고는 말들이 탐나서 살해했던 것이다. 이 일화에서는 희랍 최대의 영웅인 헤라클레스가 아주 음험한 인물로 그려지는데, 이것은 『일리아스』에서 아킬레우스가 그를 모범으로 삼은 것에 대한 일종의 비판이 아닌가 싶다. 어쨌든 그건 나중 일이고, 그 이피토스를 만났을 때 그는 유명한 궁수였던 자기 아버지 에우뤼토스에게서 물려받은 활을 오뒷세우스에게 선물로 준다(이 에우뤼토스는, 오뒷세우스가 8권에서 희랍 최고의 궁수들을 꼽을 때 언급했던 인물이다). 오뒷세우스는 이피토스에게 보답으로 칼과 창을 주었다. 하지만 그 후 그들은 서로를 접대할 기회를 얻지 못했으니, 앞에 말한 것처럼 헤라클레스가 이피토스를 죽여 없앴기 때문이다.

이렇게 좋은 활을 얻었지만 오뒷세우스는 그것을 전쟁터에 가져가지 않았고, 그래서 지금 이렇게 곳간에 남겨진 것이다. 오뒷세우스가 활을 트로이아로 가져가지 않았다는 설명은 『일리아스』와 『오뒷세이아』의 차이에 대한 해명이다. 앞으로 우리는 오뒷세우스가 대단한

명궁으로서, 활로 수많은 적들을 쓰러뜨리는 걸 보게 될 텐데, 이것은 『일리아스』에 나온 오뒷세우스의 모습과는 상당히 다른 것이다. 거기서 오뒷세우스는 그저 창을 사용하지 활은 전혀 사용하지 않는 것으로 나오기 때문이다. 『일리아스』에서 활을 사용하는 사람들은 대체로 그다지 멋지지 않은 모습으로 그려지는데, 가장 대표적인 사례가 파리스이고, 두 군대 사이에 이루어졌던 일시 휴전을 깨뜨린 사람도 활을 잘 쏘는 판다로스로 되어 있다. 희랍군 진영에서는 아이아스의 배다른 아우 테우크로스가 활을 잘 쏘는 것으로 되어 있는데, 그도 늘 형의 방패 뒤에 숨었다가 얼른 나와서 쏘고는 다시 숨는 것으로 그려져서 별로 영웅적인 모습이 아니다. 『일리아스』 23권에서는 앞으로 『일리아스』의 범위 밖에서 일어날 일들이 암시되며, 그래서인지 영웅들도 전투 장면에서와는 좀 다른 모습을 보이기 때문에 거기에 오뒷세우스가 활쏘기에 나올 수도 있겠건만, 활로써 겨루는 사람은 테우크로스와 메리오네스뿐이다. 다만 『일리아스』의 다른 권들이 다 완성된 다음에 덧붙여진 것으로 보이는 10권에서만, 오뒷세우스가 야간 정찰을 나갈 때 활을 지니고 가는 것으로 그려져 있다. 물론 거기서도 그 활을 사용하는 장면은 나오지 않는다. 『일리아스』 10권은 여러 면에서 『오뒷세이아』와 연관이 있는 것으로 알려져 있는데, 활을 지닌 오뒷세우스의 모습도 그런 공통점의 하나이다.

이와 같이 '노출된 하이퍼텍스트'식으로 활을 자세히 묘사하고 나서, 다시 이야기는 페넬로페가 곳간으로 접근하는 데로 돌아간다. 그녀는 튼튼한 문짝의 구멍에 열쇠를 꽂아 빗장을 풀고, 그것을 연다.

여기서 문짝들은 마치 황소가 울부짖듯 소리를 내며 열리는데, 어떤 학자는 이 짧은 직유가 아무 의미 없이 쓰인 게 아니라, 구혼자들의 운명과 깊게 관련된 것으로 해석한다. 그들은 오뒷세우스가 나중에 포세이돈에게 드릴 제물들의 상징이라는 것이다. 우리는 아가멤논이 만찬 석상에서 '마치 황소처럼' 죽었다는 증언을 기억한다. 이제 구혼자들에게 죽음을 가져올 활이 들어 있는 방의 문이 황소 울듯 열리고, 구혼자들은 아가멤논이 그랬든 만찬 자리에서 황소처럼 죽을 것이다. 그것은 늘 황소를 제물로 받는 포세이돈을 위한 제물의 예고가 될 것이다.

문이 열리고 그 내부가 묘사된다. 페넬로페가 높직한 마루에 올라서자, 거기는 궤짝들이 놓여 있고 그 안에는 향기로운 옷들이 들어 있다. 활은 벽에 박힌 나무못에, 활집에 싸인 채로 걸려 있다. 페넬로페는, 활집에서 그 활을 꺼내는 순간 갑자기 설움이 복받치는지 울음을 터뜨린다. 하지만 울음이 그치자, 그녀는 활과 화살이 그득한 화살통을 들고 구혼자들이 있는 곳으로 들어간다. 시녀들이 도끼가 들어 있는 상자를 들고서 그 뒤를 따른다.

페넬로페는 기둥 곁에 서서 말을 시작한다. 우선 구혼자들이 그동안 먹고 마시며 이 집을 괴롭힌 것을 비난한다. 그러면서 자신을 상품으로 제시한다. 이제 오뒷세우스의 활에 시위를 얹어서 화살로 열두 개의 도끼를 꿰뚫는 사람이 있으면 자신이 그를 따라갈 것이라고 선언한 것이다. 그러면서도 그녀는 이 집을 떠나고 싶지 않는 마음을 계속 내비친다. 이 집은 자신이 결혼하여 들어온 집이고, 아름답고 온

갖 살림으로 가득하며, 꿈에도 잊지 못할 곳이다.

이제 그녀는 에우마이오스를 시켜서 활과 도끼를 옮기도록 한다. 여기서 도끼는 계속해서 '무쇠'라고 표현되고 있어서, 혹시 이것이 자루 없는 도끼머리만을 의미하는 게 아닌가 하는 느낌을 받게 된다. 떠나고 없는 주인의 물건들을 보고서, 돼지치기도 소치기도 눈물을 흘린다. 그러자 안티노오스가 이 비감한 분위기를 마땅치 않아 하며, 나서서 그들을 꾸짖는다. '그렇지 않아도 페넬로페가 슬퍼하고 있는데 하인들까지 그러면 어쩌자는 것이냐?' 말이야 맞는 말이다. 그는 그들에게, 활은 여기 두고 부정 타지 않게 물러서라고 명한다. 그가 보기에, 지금 자기들 앞에 놓인 이 과제는 이뤄 내기 어려운 것이 될 듯하다. 여기서 그는 자신이 어렸을 때를 회고한다. 그는 어려서 오뒷세우스를 직접 보았는데, 지금은 그와 같은 사람이 없다는 것이다. 이미 우리는 16권 마지막 부분에서, 에우뤼마코스가 어렸을 때 본 오뒷세우스를 회고하는 것을 보았다. 이제 오뒷세우스가 모습을 드러낼 때가 다가오자, 그의 젊은 시절을 떠올리는 사람들이 점점 늘어난다. 사실 이것은 늙은 왕이 젊음을 되찾는 과정으로 볼 수 있다. 이야기가 전체적으로 사실적인 색조로 되어 있기 때문에 오뒷세우스가 당장 물리적으로 젊음을 되찾을 수는 없지만, 사람들의 회고와 상상 속에서 그 '기적'이 이루어지는 셈이다.

하지만 안티노오스도 말은 그렇게 하면서도, 자기가 그 과업을 이뤄 낼 수 있다고 믿고 있었다. 여기서 시인은 나중에 일어날 일을 밝힌다. 그런 자신감에 맞는 일이 일어나기는커녕, 그는 오뒷세우스의

화살에 쓰러지는 첫 희생자가 되리라는 것이다. 전체적으로 도덕적인 어조를 가진 이 서사시의 성격에 맞게 그 이유도 덧붙여지는데, 그가 오뒷세우스를 업신여기고 다른 사람들도 그렇게 하도록 부추겼기 때문이란 것이다. 우리라면 텔레마코스 살해를 모의한 것이 더 큰 죄라고 보기 쉬운데, 시인으로서는 오뒷세우스를 모욕한 것이 더 큰 죄라고 여기는 듯하다.

텔레마코스가 먼저 활쏘기를 시도하다

이제 구혼자들이 활쏘기를 시작할 참이니, 청중이나 독자로서는 누가 제일 먼저 활을 쏠 것인지에 관심이 쏠릴 텐데, 그 첫째는 의외의 인물이다. 바로 텔레마코스가 여러 사람 앞에 나선 것이다. 그는 일단 말하자면 '주최측 발언'을 한다. 늘 비관적인 포즈를 취해 온 그는 이번에도, 자기를 어리석은 인물로 규정한다. 어머니가 다른 남자를 따라 집을 떠나겠다는데, 자신은 오히려 기쁜 마음이 들어 웃었다는 것이다. 이 말은 아마도, 텔레마코스가 우선 안티노오스의 말에 실소했고, 그 웃음이 혹시 의혹을 살까봐 설명으로 내세운 게 아닌가 싶다. 사실 그로서는 어머니가 이런 시합을 제안하리라는 것을 미리 듣지 못했으니, 어쩌면 여기서 당황했을 법도 하다. 하지만 여기서 그는, 어젯밤에 자기 부모가 단 둘이 만났을 때 이미 어머니가 아버지의 신분을 확인했고, 거기에 힘입어 지금 페넬로페가 계략으로 구혼자들을 함정에 빠뜨리려는 것이라고 추측했을 수 있다. 그런 데 생각이 미쳤다면 아마도 슬그머니 웃음이 나왔을 것이다. 그러니 그 웃음을 변명하는 게

안전하겠다. 그리고 방금 자신을 이 집의 주인으로 선포한 그로서는 자기 어머니에게 주도권을 맡기기보다는, 이 시합도 자신의 주관 하에 있다고 주장하는 게 일관성이 있겠다.

여기서 그는 옛 학자들 사이에 상당한 비난을 불러일으킨 발언을 한다. 자기 어머니를 '상품'으로 소개한 것이다.

> 자, 구혼자들이여, 여기 상품이 그대들 앞에 나타났소.(21권 106행)

물론 이 말은 방금 페넬로페가 썼던 표현(21권 73행)이니, 그걸 인용한 거라고 해도 된다. 하지만 그 다음 말이 좀 껄끄럽다. 이만한 여자는 그 주변 어디에도 없다는 것이다. 이렇게 자기 어머니를 '상품화'한 것에 대해, 어떤 학자들은 텔레마코스가 여기서 마치 경매 장사꾼 같다고 평을 했었다. 하지만 지금 그는 구혼자들의 주의를 자신에게서 다른 데로 돌리기 위해 애를 쓰고 있는 것으로 보인다.

그러면서 그는 구혼자들에게 시합을 회피하지 말라고 마치 사회자같이 권고한다. 하지만 얼른 무대에서 물러나서 다른 이들에게 중심 자리를 물려주지 않고, 계속 그 자리를 차지하고 있다. 자기가 먼저 활을 시험해 보겠다는 것이다. 이 대목에서 텔레마코스의 의중이 무엇인지 의혹이 생길 수도 있다. 혹시 자신이 성공한다면 어머니는 이 집을 떠날 수 없다고 선언하려는 것인가? 그러면 여기에 '오이디푸스 콤플렉스'가 약하게나마 드러난 것인가? 하지만 독자들의 의혹은 그 다음 텔레마코스의 발언에 의해 해소된다. 자신이 그 과업을 이룬다면, 자기가 아버지와 대등한 인물이라는 것이 확인된 셈이므로, 어머

니가 다른 이와 재혼한다 해도 슬퍼하지 않으리라는 것이다. 그러니까 그는 자기가 한창 때의 아버지만큼의 수준에 이르렀는지 확인하고 싶은 것이다. 이 작품의 뒷부분이 그의 성인식 역할을 하고 있으니, 당연히 있을 수 있는 시도이다.

그는 외투와 칼을 벗어 놓고 먼저 도끼들을 세운다. 우선 홀의 바닥에 도랑을 곧게 파고 거기 도끼들을 박아 넣고는 흙을 다진다. 청년이 전에 한 번도 해본 적 없는 일을 망설임 없이 척척 해내는 것을 보고는 다들 놀란다(앞에도 말했지만, 놀라움은 신이 나타났을 때 주변 인간들의 전형적인 반응이다. 이것은 텔레마코스의 '신적인' 모습이 드러나는 순간이고, 그의 '가장'이 벗겨지는 대목이다). 그러고 나서 문턱으로 가서 우선 활에 시위를 얹으려 시도한다. 사실 이 과업은 두 단계로 되어 있어서, 화살을 날리는 것은 나중 일이고, 우선 활 몸체에 활줄을 걸어야만 한다. 우리 국궁과 마찬가지로 여기 나오는 활도, 줄의 탄성을 유지하기 위해, 보관할 때는 활의 몸체와 줄을 분리해 두었다가, 사용할 때 줄을 걸어서 쓰는 것이다. 한데 활 몸체가 워낙 빳빳한 것이어서 거기 줄을 걸려면 상당한 힘과 기술이 필요하다. 지금 텔레마코스가 그 첫 단계를 시도한 것이다. 그는 세 번이나 활을 굽히려 시도하지만 매번 실패한다. 이런 세 번 시도와 세 번 실패는 고전 작품에 거의 상투적으로 등장하는 주제이다. 우리는 이미 오뒷세우스가 저승에서 어머니를 만나 포옹하려는 장면에서 그것을 보았다.

텔레마코스가 네번째로 시도하려 할 때 오뒷세우스가 개입한다. 눈짓으로 만류한 것이다. 시인은 여기서 오뒷세우스가 막지 않았더라

면 이번에는 젊은이가 성공했을 것이라고 말하여, 이제 이 젊은이가 거의 아버지의 전성기 수준에 도달했음을 보인다.

> 그는 네번째로 힘껏 당겨, 이제 마침내 시위를 얹었을 것이나,
> 오뒷세우스가 그를 향해 턱을 젖히며, 그의 열성에도 불구하고 그를 제지했다. (21권 128~9행)

여기서 오뒷세우스가 턱을 젖혔다(ananeuo)는 것도 재미있는 대목이다. 희랍인의 몸짓 언어가 수천 년 동안 변하지 않았다는 증거이기 때문이다. 희랍인들은 현대에도 이런 몸짓을 쓴다. 긍정의 뜻일 때는 우리처럼 고개를 아래로 끄덕이지만, 부정의 뜻일 때는 우리가 하듯 고개를 좌우로 젓지 않고 뒤로 까딱하고 젖히는 것이다.

한데 텔레마코스가 여기서 성공했다면, 한 번 얹은 시위를 벗기지는 않을 테니 다음 차례인 구혼자들은 한 단계를 거저 넘어서게 될 뻔했다. 어쩌면 오뒷세우스가 정말 걱정한 것은 바로 이것이었을 수도 있다. 어쨌든, 이 실패에 대해 텔레마코스는 다시 자학적으로 논평하지만, 그게 좀 심하다고 생각했는지 약간의 유보를 붙인다. 자기는 아무래도 앞으로도 약골이 될 것 같다면서, 혹시 아직 좀 어려서 그런 건지도 모르겠다는 것이다. 이제 그는 구혼자들에게 기회를 넘긴다.

구혼자들이 활시위 얹기에 실패하고, 오뒷세우스가 하인들에게 신분을 밝히다

이 결정적인 순간은 주도권 다툼으로 점철되어 있다. 구혼자들이 모두 평등하다면 시합 순서를 의논하거나, 적어도 제비뽑기를 거치는

게 마땅할 텐데, 이번에는 안티노오스가 주관자로 나선다. 그는, 시종이 술을 따라주는 자리부터 오른쪽으로 돌아가며 활을 쏘라고 지시한다. 다른 사람들은 평소에도 그의 주도권을 인정하고 있었던지, 그냥 그의 지시에 군말 없이 동의한다. 그래서 제일 먼저 활을 당기게 된 것이 레오데스라는 예언자(thyoskoos, 점술가)이다. 사실 그들은 방금 젊은 텔레마코스가 시위 얹기를 시도하는 것을 보았으니, 그 일이 쉽지 않다는 것을 알았을 것이다. 이런 경우엔 뒤에 나서는 것이 아무래도 유리할 것 같다. 앞에 누군가가 성공하면 그가 하는 행동을 잘 관찰하여 따라할 수 있기 때문이다. 앞에 누가 성공한다고 해서 거기서 시합이 끝나는 걸로 정해 놓은 건 아니니, 남보다 먼저 성공하기를 서두를 필요도 없다. 이런 경우에는 제일 약한 사람이 제일 먼저 떠밀려서 나서기 쉽다. 지금 앞에 나서는 레오데스는 평소부터 다른 구혼자들과 약간 거리를 두고 있었던 사람으로, 그들의 행동을 좋지 않게 생각하던 이였다. 어쩌면 그가 안티노오스에게 '찍혀' 있었기 때문에 제일 먼저 나서도록 지목된 것인지도 모른다.

레오데스는 활시위를 얹으려고 애를 쓰다가 지쳐 포기하고, 다른 사람에서 순서를 넘긴다. 그는 자기가 실패했으니 다른 모든 이도 실패하기를 바라는 듯, 불길한 예언을 한다. 이 활이 많은 사람의 목숨을 앗아갈 것인데, 이제까지 가졌던 희망을 잃느니 그렇게 한꺼번에 죽는 것이 더 낫겠다는 것이다. 그러면서 다른 사람들도 모두 실패할 터이니, 페넬로페로 하여금 그냥 가장 많은 선물을 주는 사람과 결혼하도록 하자고 제안한다. 그러자 이 시합의 주관자를 자임하고 있는 안

티노오스가 그를 꾸짖는다. '자기가 실패했다고 해서 그런 끔찍한 예언을 늘어놓는 것은 옳지 않다, 당신이 힘이 없었을 뿐이다.' 그러면서도 그는 아무래도 활에 문제가 있는 것으로 생각했는지, 멜란티오스를 시켜서 활을 데우고 거기에 비계를 발라서 어떻게 좀 유연하게 만들어 보려고 한다. 하지만 그 다음 사람들도 모두 시위를 거는 데 실패하고 만다. 그래서 이제 두 사람, 안티노오스와 에우뤼마코스만 남은 상태이다.

여기서 갑자기 초점이 다른 쪽으로 옮겨간다. 소치기와 돼지치기가 바깥으로 나가는데 오뒷세우스도 그들을 따라 밖으로 나온 것이다. 이상한 일 아닌가? 지금 주인댁의 운명이 결정될 판인데 그걸 끝까지 보지 않고 중간에 나가다니? 혹시 100명 넘는 사람이 실패하는 것을 보고 활쏘기가 성공가능성이 없다고 생각해 흥미를 잃은 걸까? 그보다, 지금 이 장면은 시간적으로 다시 돌아가서, 에우마이오스가 활과 도끼를 옮겨 놓고 눈물을 흘리던 대목과 연결시켜야 할 것이다. 그러니까 그들은, 울려면 밖으로 나가라는 안티노오스의 명령에 따랐던 것이다. 하지만 이 장면을, 안티노오스의 명령에 바로 이어지는 시간대에 붙이기는 곤란하다. 오뒷세우스가 두 사람의 충성심을 확인하고 자기 신분을 드러내기에는 시간이 좀 촉박하기 때문이다. 그 순간은 텔레마코스가 도끼들을 세우는 참이었다. 텔레마코스는 도끼들을 정렬하자마자 시위 얹기를 시도하는데, 그때쯤에는 오뒷세우스가 그 자리에 있어야 한다. 텔레마코스의 네번째 시도를 막아야 하기 때문이다. 그러니, 만일 안티노오스가 나가라고 하자마자 두 하인이 나갔

다면, 오뒷세우스는 황급히 따라 나가 두 사람과 얘기를 나누고 급히 들어와야 한다. 그 시간을 확보하려면 텔레마코스가 아주 천천히 움직여 줘야 하는데, 그는 매우 능숙하게 준비했다고 하지 않았던가!

그러니 이 장면은 안티노오스의 명령에 뒤이어지는 것이긴 해도, 시간적으로 바로 거기에 연결해서는 안 되고, 그저 그 후의 어딘가로 연결해야겠다. 아마도 텔레마코스의 시도 바로 뒤에 일어난 일로 보는 게 제일 나을 것이다. 그러면 이 장면을 거기 넣지 않고 여기 넣은 이유는 무엇인가? 아마도 시인은 지금 이 장면을, 유력한 두 후보가 막 시도하려는 순간에 넣음으로써 일종의 긴장을 부여하려고 했던 것 같다. 청중과 독자가 이제 이 시합이 어떻게 될 것인가 결과를 보고 싶어 하는 순간에, 그것을 뒤로 미루고 지연시키는 것이다. 그리고 이렇게 해도 공연을 듣는 사람들은 별로 이상한 점을 느끼지 못했을 것이다. 사실 우리도 이 장면이 영화화되었다면, 구혼자들 장면 중간에 잠깐 바깥 장면을 끼워 넣어도, '어, 저 사람들은 왜 하필 지금 밖으로 나가지?' 하는 의문을 갖지 않고, 그냥 '실내에서 벌어지는 사건과 동시적인 일을, 이어 붙여서 보여 주나 보다' 하는 정도로 생각할 것이다.

오뒷세우스는 하인들을 따라잡아 물음을 던진다. 혹시 지금 오뒷세우스가 돌아온다면 그를 도울 것인지, 아니면 구혼자들을 도울 것인지? 그러자 비교적 단순한 사람인 소치기가 먼저 대답한다. 오뒷세우스가 돌아오기를 기원하면서, 그렇게 되기만 하면 그를 도와 자기 힘을 보여 주겠다는 것이다. 돼지치기 역시 오뒷세우스의 귀환을 기원한다. 그러자 오뒷세우스는 자기 신분을 밝히고, 앞으로 그들에게

줄 상을 언급한다. 에우마이오스가, 자기 주인이 돌아오면 받기를 원했던 바로 그것들, 즉 아내, 재산, 집이다. 그뿐 아니라 오뒷세우스는 그들에게 거의 정치적인 약속을 한다.

> 만약 어떤 신이 내 손을 통해 당당한 구혼자들을 제압하시게 되면,
> 나는 그대들 두 사람에게 아내를 구해 주고, 재산을 주고,
> 내 집 가까이 집을 지어 줄 것이며, 앞으로 그대들은 나에게는
> 텔레마코스의 전우이자 형제가 될 것이다.(21권 213~6행)

그들은 앞으로 가까운 집에 살며, 텔레마코스에게 '형제' 격이 될 것이다. 이것은 메넬라오스가 오뒷세우스에게 해주고 싶다던 것과 비슷한데, 앞의 경우보다 정서적 유대가 더 많이 강조되었다. 이들은 '확장된 가족'을 이루게 된다. 이 작품에서 오뒷세우스가 자신의 본 모습을 드러내는 순서는, 상대와 오뒷세우스 사이의 상호의존성과 관련이 있다. 서로를 필요로 하는 정도가 강한 데서부터 알아보기가 이루어진다는 것이다. 처음에 그를 알아본 것은 아들이었다. 아들과 그는 서로를 필요로 한다. 아들은 미래의 지위를 확보하기 위해서, 아버지는 과거의 지위를 회복하기 위해서다. 마지막에 그를 알아보는 것은 아버지다. 오뒷세우스로서는 사실 늙은 아버지에게 기댈 일이 없다. 아버지는 전적으로 아들에게 의존하는 상태다. 그래서 그와의 알아보기는 맨 뒤로 미뤄진다. 아내도 끝에서 두번째로 밀려 있다. 핏줄로 연결된 부자 관계와 달리, 부부 사이라는 것은 일종의 계약 관계인 만큼, 서로 간에 아주 의존적이지는 않다. 하지만 페넬로페의 지위에서 가

장 중요한 것은 '오뒷세우스의 아내'라는 점이므로, 그녀가 남편에게서 완전히 독립적인 것은 아니다. 이 양끝 사이에 놓인 사람들이 유모 에우뤼클레이아와 지금의 두 하인이다. 유모는 거의 '어머니'이기 때문에 텔레마코스 다음에 놓였다. 정말로 중간인 존재들이 지금의 이 두 사람이고, 이들은 양쪽에 놓인 가족들에 싸여서 '넓은 의미의 가족'으로 변한다. 그들은 질서 있는 환경과 품위 있는 삶을 위해 오뒷세우스를 필요로 하고, 오뒷세우스는 구혼자들을 제압하기 위해 이들의 도움이 필요하다. 지금 이 자리에 이들과의 알아보기 장면이 놓인 이유이다(독자들은 이렇게, 같은 종류의 사건들이 어떤 리듬에 따라 배치되었는지 확인하면서 전체를 읽어 나가면, 긴 작품들을 비교적 쉽게 읽어낼 수 있을 것이다).

독자들은 이런 설명에 약간 의문을 가질 수도 있다. 충직한 돼지치기가 너무 뒤로 밀렸기 때문이다. 그토록 많은 지면을 차지했고, 텔레마코스를 그렇게 사랑하는 사람, 오뒷세우스와 그렇게 교감한 사람이 이렇게 뒤늦게, 별 중요 등장인물도 아닌 소치기와 함께 주인의 정체를 알게 된 이유는 무엇인가? 이는 다 그의 독립성 때문이다. 그는 주인이 없는 동안 많은 자유를 누렸고, 주인이 영영 돌아오지 않는다 해도 별로 잃을 게 없는 사람이다(물론 주인집이 완전히 망해 버리면 곤란하긴 하다). 그러니 조심스런 오뒷세우스로서는 그의 충성심을 확인했다 하더라도, 결정적 순간이 올 때까지 자기 정체를 알리지 않는 게 낫다고 판단했을 것이다. 한편 에우마이오스의 생각이 어떤 것인지 추측해 본 학자도 있다. '그는, 자기 주인과 연배도 비슷하고 모습

도 닮은 데가 있는 이 사람의 정체를 진작부터 의심하긴 했다. 그러나 본인이 오뒷세우스가 아니라고 계속 주장하니, 설사 그가 주인이더라도 스스로 주인이라고 선언할 때까지는 굳이 자신이 먼저 나서서 본 모습을 캐지 않는 쪽으로 마음먹었다.' 나로서는 에우마이오스가 이런 계산을 했다고 보기보다는, 오뒷세우스 자신이, 상대가 어떤 예감을 가지면서도 확신을 하지는 못하도록 일부러 모호하게 행동했다고 보고 싶다. 그러니까 돼지치기의 입장은 페넬로페의 입장과 비슷하지 않나 하는 것이다. 무의식적으로 주인이 돌아온다는 것을 느끼면서, 또 나그네가 주인과 유사한 데가 많다는 것을 느끼면서도 모든 것이 확실해질 때까지는 결론을 미루는 것이다. 우리는 이런 태도를 이미 메넬라오스에게서도 보았었다.

오뒷세우스는 두 하인에게, 자기가 돌아온 주인이라는 물리적 증거를 제시한다. 무릎의 흉터이다. 사실 에우뤼클레이아가 발을 씻길 때 그 흉터가 그렇게 자세히 묘사되었던 것은 지금 이 긴박한 순간에 시간을 절약하려는 것일 수도 있다. 그런 묘사는 시간이 넉넉한 밤 시간에 여유 있게 미리 해놓는 게 더 낫다. 한데, 오뒷세우스가 흉터라는 증거를 이제야 내놓는 것은 좀 비현실적인 듯도 하다. 자신이 돌아온 주인이라면 먼저 증거를 보여 주고, 자신을 도울 때 어떤 상을 줄 것인지는 나중에 언급하는 게 당연하지 않을까? 어찌 보자면 이 순서는 하인들의 입장을 고려한 것일 수 있다. 그들에게는 상대가 정말 돌아온 주인인지보다, 그가 자기들에게 무엇을 해줄 수 있는지가 더 중요하겠기에 말이다. 그러나 우리로서는 오뒷세우스의 하인들이 이렇게까

지 타산적이라고 보고 싶지는 않다. 그보다는 어쩌면 여기쯤 와서는 물리적 증거가 그다지 중요하지 않아서일지도 모른다. 소치기는 이미 나그네가 왕 같은 풍모를 지니고 있음을 인정했다. 돼지치기도 그에게서 심상찮은 기색을 느꼈다. 그런 그가 자신을 돌아온 왕으로 선언했다는 사실은 그 자체로 이미 큰 무게를 지닌다. 물리적 증거는 부차적인 것이다.

그들은 오뒷세우스를 얼싸안고 눈물을 흘리고 입을 맞춘다. 이제 오뒷세우스의 신분을 아는 사람이 모두 네 명이 되었다. 오뒷세우스는 하인들을 진정시키고, 누구 눈에 띄기 전에 차례로 안으로 들어가자고 제안한다. 그러면서 오뒷세우스는 자기 계획을 알려준다. 구혼자들이 자기에게는 활에 손을 대지 못하게 할 터이니, 에우마이오스가 활을 들고 홀을 건너와 자기 손에 그것을 건네라는 것이다. 그런 다음 여자들에게, 문을 잠그고 밖에서 무슨 소리가 들리든 나오지 말라고 전하라 명한다. 한편 소치기 필로이티오스에게는 바깥 대문에 빗장을 지르고 줄로 묶으라고 명한다.

그러고서 그가 안으로 들어가자, 에우뤼마코스가 활을 이리저리 데우는 중이다. 그러니까 바깥에서 벌어진 사건은 활쏘기를 시도할 사람이 둘만 남은 시점과 에우뤼마코스가 그것을 집어 들고 준비하는 시점 사이에 일어난 것처럼 끼워 넣어져 있다. 서사시에 많이 있는, 동시진행 사건을 순차적인 것처럼 묘사하는 방법이다.

에우뤼마코스는 시위를 얹으려고 애를 써보지만 일이 뜻대로 되지 않는다. 그러자 그는 탄식한다. 세상에 여자는 많이 있으니 이번 결

혼 기회를 놓치는 건 별로 대단치 않은데, 다만 자신들이 오뒷세우스보다 못하다는 게 원통하다는 것이다. 듣고 있는 페넬로페로서는 자존심이 상할 일이다. 그러자 유일하게 아직 시도하지 않은 안티노오스가 다른 제안을 한다. 오늘은 축제일이니 활을 그냥 놓아 두고, 내일 아폴론께 제물을 바친 다음에 다시 시험해 보자는 것이다. 아마 자기도 그 일을 이룰 자신이 없었던 모양이다. 다른 사람들은, 이미 한 번 실패했는데 내일 다시 기회가 주어진다니 반대할 이유가 없다. 그래서 다들 찬동하고 헌주로써 그날의 행사를 마치려 한다.

오뒷세우스가 활쏘기에 나서다

이 순간 오뒷세우스가 나선다. 그는 구혼자들 모두에게, 특히 에우뤼마코스와 안티노오스에게 간청한다. 그는 우선, 그들이 내일은 성공할 것이라고 일종의 축복을 보내는 듯 말한다. 얼른 듣기에는 축복 같지만, 구절을 자세히 보면 그렇지도 않다. 내일 아침에 신(神)께서 자기가 원하는 사람에게 승리를 줄 거라고 했기 때문이다. 실상 내일 아침이면 구혼자들은 모두 죽어 있을 것이고, 승리를 누리는 것은 오뒷세우스일 터이다. 그러면서 그는 자기도 활로 자신을 시험해 보고 싶다고 말한다. 자신이 제대로 먹지도 못하고 떠도는 사이에 기력이 쇠했는지 그대로인지 보겠다는 것이다. 그러자 그들은 모두 화를 냈는데, 혹시 나그네가 성공할까 두려웠기 때문이란다. 구혼자들도 에우마이오스나 페넬로페처럼 나그네의 신분에 어떤 의혹을 느끼고 있었던 모양이다. 사실 오뒷세우스의 가장은 점차 벗겨지는 것처럼 되어

있는데, 구혼자들 앞에서는 이미 이로스와 대결할 때 뜻밖의 탄탄한 체격과 힘이 드러남으로써 그의 정체가 일부 밝혀졌던 셈이다.

여기서 오뒷세우스의 갑작스런 돌출로, 이 작품 가운데 가장 복잡한 장면이 펼쳐지게 된다. 동시에 여러 사람이 나서서 서로 다투는 양상을 보이기 때문이다. 우선 이번에도 역시 이 행사의 '주관자'인 안티노오스가 나서서 오뒷세우스를 꾸짖는다. 그는 나그네의 무분별을 비난하고, 그가 술에 취해서 그런 행동을 한 것으로 몰아붙인다. 그러면서 켄타우로스 에우뤼티온이 페이리토오스의 결혼식에서 술에 취해서 못되게 굴다가 귀와 코가 잘린 예를 들며, 그를 에케토스 왕에게로 보내 같은 벌을 받게 하겠다고 위협한다. 이 작품에서 몇 차례 등장하는 위협이다. 어떤 의미에서 이것 역시 뒤집힌 직유와 같은 성격의 것이다. 남의 결혼식에 와서 술 취해 난동을 부리는 것은 구혼자들이다. 우리는 신체훼손의 이 위협이 구혼자들을 대표해서 그들의 '종' 멜란티오스에게 일어나는 것을 보게 될 것이다.

여기에 페넬로페가 개입함으로써 주도권 쟁탈전이 다시 전개된다. 그녀는 일단 아들의 뜻을 존중해서인지, 오뒷세우스를 '텔레마코스의 손님'이라고 지칭한다. 그런 손님을 모욕하는 것은 옳지 않은 일이라는 것이다. 그러면서 오뒷세우스를 옹호하는 뜻에서, 그의 야심이 그리 지나친 것이 아니라고 대신 변명해 준다. '나그네가 활에 시위를 얹는다고 해서 나를 아내로 삼을 것은 아니며, 그도 그런 희망을 품고 있지 않다, 그런 걱정은 하지 말라.' 하지만 짓궂게 보자면 이것은 나그네를 위한 발언이 아니라, 자신을 위한 발언인 것 같다. 혹시 나그

네가 과업을 이룬다 하더라도 자기는 그를 따라가지 않겠다는 것 아닌가? 혹시 페넬로페는, 나그네가 이미 선포된 이 시합의 규칙을 빌미로 결혼권리를 주장할까봐 두려웠던 것일까? 사실 여기에는 아이러니가 있다. 오뒷세우스야말로 유일하게 이 경기에서 승리할 능력을 갖춘 사람이다. 그를 거부하는 것은 사실상 그 누구도 따라 나서지 않겠다는 말이다. 그래서 어떤 학자는 여기서 페넬로페의 굳은 결의를 찾아낸다. 나우시카아의 집에서는 손님에서 신랑감으로 지위 변경이 아주 쉬운 상황이었지만, 여기서 페넬로페는 그런 일을 허용할 생각이 없다. 집과 아내를 되찾겠다는 오뒷세우스의 의지 못지않게, 남편을 되찾겠다는 페넬로페의 의지 역시 강력하다.

그러자 에우뤼마코스가 나선다. 그는 귀족의 자존심을 바탕으로 페넬로페에게 일종의 지원을 보내는 동시에, 그녀의 뜻에는 반박한다. '나도 나그네가 페넬로페를 데려가리라고는 생각지 않는다. 하지만 혹시 그가 성공하면 자기들에게는 수치가 될 것이다. 옛 남편에 비하면 상대도 되지 않는 인물들이 구혼한다고 나섰다가 공연히 떠돌이 거지에게 망신만 당했다고.' 이 말을 반박하면서, 페넬로페는 이 기회에 그동안 쌓인 원한을 해소한다. '남의 집을 업신여기고 먹어치웠으니 당신들은 이미 명성을 얻을 길이 없다, 그리고 나그네가 성공한다해도 당신들에게는 치욕이 아니다, 그는 체격도 좋고 자기 혈통도 좋다고 주장한다, 그러니 그가 성공한다면 나는 그에게 좋은 옷과 신발, 무기를 주어 원하는 곳으로 보내 줄 것이다.'

이런 대거리가 오가는 사이에, 이번에는 텔레마코스가 나선다.

확실히 주도권 쟁탈전의 양상이다. 활에 대해서는 자기에게 전폭적인 권한이 있으며, 설령 자기가 활의 소유권 자체를 나그네에게 넘긴다 하더라도 누구 하나 반발할 수 없다는 것이다. '그러니 어머니는 안으로 들어가서 여자들의 일이나 돌보시라. 이 집의 주인은 나다.' 이런 장면에서 매번 그랬듯이, 페넬로페는 아들의 말에 놀라 자기 방으로 돌아가고, 남편을 그리며 울다가 잠이 든다. 그녀가 깨어났을 때는 모든 상황이 종료되어, 마치 구혼자들은 거기 온 적도 없었던 듯이 홀이 정리되어 있을 것이다.

이제 돼지치기는 사전 약속에 따라, 활을 가져다 오뒷세우스에게 전해 주려 한다. 그러자 구혼자들은, 그대로 활을 가져다주면, 그가 혼자 있을 때 자기 개들에게 먹히리라고 위협한다. 나중에 오두막을 기습하여 그를 난도질해서 개들의 먹이로 만들겠다는 뜻이리라. 그러자 돼지치기는 겁을 먹고 활을 내려놓는다. 아무래도 그는 소치기만큼 대담한 사람은 못되는 모양이다. 그러자 이번에는 텔레마코스가 그를 위협한다. 자신 아닌 다른 사람에게 복종하면, 그를 돌로 쳐서 들판으로 내쫓을 수도 있다는 것이다. 어려서부터 정을 나눈 사람치고는 상당히 가혹한 말인데, 오뒷세우스가 유모를 위협했던 것을 보면 이 집안 사람들은 다소 모진 데가 있는 모양이다. 아니면 이 젊은이는 아버지의 계획을 직접 듣지는 않았어도 짐작으로 알아채고, 혹시나 구혼자들이 돼지치기와 오뒷세우스의 관계를 알세라 일부러 엄한 척 과장한 것일 수도 있다. 하지만 방금 젊은이가 자기 권위를 내세운 참이니, 그런 엄한 모습을 꾸미는 것이 구혼자들에게는 가소롭게 보일 수 있

겠다. 그래서인지 텔레마코스는 여기서 다시 어린애같이 순진한 모습을 더 꾸며 낸다. 자기가 힘만 있다면 구혼자들을 모두 혼내어 돌려보냈을 텐데 힘이 없다고 탄식한 것이다. 늘 약한 모습을 꾸며 보이는 이 젊은이의 트릭에 속아서 구혼자들은 유쾌하고 웃고, 그 틈을 이용해 돼지치기는 활을 오뒷세우스에게 전한다. 어쩌면 텔레마코스가 틈 날 때마다 자기가 힘이 없다고 자인해 온 것은 모두 이 상황을 위해 준비했던 것일지도 모르겠다.

이제 말로 다투는 장면은 다 지나갔다. 여기서부터 행동들이 빨라지기 시작한다. 돼지치기는 에우뤼클레이아에게 가서, 텔레마코스의 명령이라면서 여자들의 방을 잠그고 아무도 나오지 못하도록 하라고 지시한다. 사실 오뒷세우스는 돼지치기 자신이 직접 잠그도록 시켰지만, 그는 유모를 통하는 것이 더 낫다고 판단한 모양이다. 그리고 유모가 오뒷세우스의 신분을 안다는 사실을 모르니, 텔레마코스의 이름을 팔았을 것이다. 한편 소치기는 밖으로 나가 문에 빗장을 지르고 밧줄로 문들을 묶는다.

그가 안으로 들어갔을 때, 오뒷세우스는 활을 이리저리 돌리면서 만져보고, 벌레 먹은 데는 없나 살펴보는 중이다.

> …… 그는 벌써 활을 사방으로 돌리며
> 만지작거리고 있었고, 주인이 떠나고 없는 동안 혹시 벌레들이
> 뿔들을 갉아먹지 않았을까 하고, 여기저기를 점검하고 있었다.
> (21권 393~5행)

이런 모습을 보고 구혼자들은, 그가 활을 좋아하고 정통한 것 같다고 수군거린다. 이들이 서로 속삭이는 얘기 소리 중에는 일종의 전조 역할을 하는 것도 있는데, 오뒷세우스가 시위를 얹는 능력을 가진 만큼만 행운을 누렸으면 좋겠다는 것이다. 그에게 엄청난 축복을 내리는 발언이다. 활을 다 살펴본 오뒷세우스는 마치 가인이 수금에 현을 얹듯이 힘들이지 않고 쉽게 시위를 얹는다. 그가 시위를 튕기자, 그것은 제비가 노래하듯 감미롭게 노래한다.

그가 오른손으로 잡고 시위를 시험해 보자,
시위가 감미롭게 노래하니, 마치 제비 소리와도 같았다.
(21권 410~1행)

하지만 이것은 이상한 표현이다. 제비는 그다지 아름답게 노래하는 새가 아니다. 그래서 학자들은 이 직유가 소리 자체보다는 봄 분위기를 조성하기 위해 동원되었다고 본다. 곧 있을 복수극은 봄 축제와 같은 것이고, 그것을 위해서는 제비가 돌아와야 한다. 지금 이 직유로 그 조건이 일부 충족되었다. 우리는 앞으로 다른 제비가 실물로 나타나는 것을 보게 될 것이다.

한편 오뒷세우스가 쉽게 첫 단계를 통과하는 것을 보고 구혼자들은 좌절한다. 그러자 밖에서 제우스가 우레를 쳐서 징조를 보낸다. 이제 분위기는 다시 20권('전조의 권')으로 돌아갔다. 오뒷세우스는 화살을 집어 든다. 그것을 시위에 먹여서 앉은 채로 도끼들을 겨냥한다.

> 그는 의자에 앉은 채 그대로 그 화살을
> 줌통 위에 얹고는, 시위와 오늬를 당겨 똑바로 겨누고 쏘아,
> 첫번째 자루 구멍부터 도끼들 중 어느 하나도 놓치지 않으니,
> 청동이 달려 묵직한 화살이 그것들을 모두 꿰뚫고 지나갔다. (21권 419~422행)

시위를 떠난 화살은 열두 도끼의 자루를 하나도 놓치지 않고 전부 꿰뚫고 나간다. 다른 부분에는 모두 그냥 '도끼' 또는 '무쇠'라고 되어 있는데, 여기 한 군데만 '자루 구멍'(steileie)이라는 말이 쓰였다. 그래서 보통은 이 구절에 의거하여 오뒷세우스가 도끼 자루에 뚫린 구멍을 통해 나가도록 화살을 날린 것으로 해석한다(하지만 여전히 도끼 머리를 뚫고 지나갔다고 해석하는 학자들이 있다. 사실은 'steileie'라는 단어는 고전기에 겨우 세 번 사용 예가 있을 뿐이고, 그것도 모두 '자루 구멍'이 아니라 그냥 '자루'라는 뜻으로 쓰였다. 하지만 호메로스에서는 '자루'라는 뜻으로는 대개 중성명사 steileion을 쓰고 있고, 지금 이 구절의 뜻을 통하게 하려면 여성 명사 steileie는 '자루 구멍'이어야만 한다고 보는 것이다). 사실 이것이 오뒷세우스의 자세를 설명하는 가장 쉬운 길이긴 하다. 그는 의자에 앉은 채 화살을 날렸으니 '무릎 쏴' 자세와 높이가 비슷할 테고, 홀 바닥에 층이 있다고는 나와 있지 않으니 그냥 평평한 것으로 보고, 도끼들은 머리가 아래로 가게 정렬되어 있으며, 그 도끼들의 자루 구멍이 사람이 앉아 겨냥하는 높이 정도라고 하면 모든 것이 설명된다.

과제를 완수한 오뒷세우스는 먼저 텔레마코스에게 축하를 보낸

다. 자신이 그의 손님으로서 주인에게 수치를 안기지 않았다는 것이다. 구혼자들이 욕한 것과는 달리, 자신은 여전히 예전의 힘을 유지하고 있다는 것이다. 여기까지는 남의 집에 의탁한 나그네의 모습을 가장하고 있던 그가, 다음 순간 갑자기 다른 모습을 보인다. '이제 아카이아 인들을 위해 만찬을 준비할 시간이다, 이제 곧 춤과 수금으로 다른 놀이를 즐기자, 그것이 잔치의 절정이다.' 그러면서 텔레마코스에게 눈짓으로 신호를 보낸다. 그러자 아들은 칼과 창을 갖추고 그의 곁에 자리 잡고 선다.

22권

구혼자들이 죽음을 당하다

「구혼자들을 처단하는 오뒷세우스」 존 플랙스먼

구스타프 쉬바브의 『고전적 고대의 이야기들』에 삽화로 실렸던 그림이다. 구혼자들은 식사하던 개인용 식탁을 방패 대신 들고 맞서고 있으며, 오뒷세우스의 뒤쪽 문밖에는 텔레마코스가 무구를 가져오는 게 보인다. 쓰러진 자들 중에 목에 화살을 맞은 것은 가장 악질적인 인물 안티노오스로 그는 첫 화살에 죽었다. 등에 창에 맞은 자는 암피노모스로 오뒷세우스에게 달려들다가 텔레마코스에게 죽었다.

22권은 두 부분으로 나뉘어 있다. 전반부에는 오뒷세우스가 구혼자들을 살육하고, 후반부에서는 집안을 정리하는 한편, '부역자'들을 처단한다. 앞부분의 전투는 다시 셋으로 나뉘어, 활을 사용한 전투-투창전투-찌르기 창을 이용한 근접전의 차례로 진행된다. 뒷부분에는 제의적인 요소가 많이 등장한다.

오뒷세우스가 구혼자들의 우두머리들을 쓰러뜨리고, 오뒷세우스 일행이 무장을 갖추다

오뒷세우스는 누더기를 벗어던진다. 이로스와 싸울 때 누더기를 걷었던 것이 부분적으로 본 모습을 보인 것이라면, 이번에는 온전한 본 모습을 드러낸 것이다. 그는 활과 화살통을 들고 문턱 위로 뛰어올라간다. 발 앞에 화살들을 쏟고는, 이제 누구도 맞힌 적 없는 표적을 찾겠노라고 선언한다. 그러면서 안티노오스를 겨냥한다. 우리로서는 믿을 수 없게도 이 사람은 이 순간에 오뒷세우스에게 주의를 기울이지 않고, 포도주를 마시려는 참이었다. 아니, 늙은 거지가 자기들도 이루지 못한 일을 이루고, 갑자기 이 집의 젊은 아들이 그의 곁에 가서 서는 사태가 놀랍지도 않았단 말인가? 혹시 놀라운 심사를 술로 달래려 했던 것일까? 화살이 그의 목을 꿰뚫자, 그는 쓰러지면 잔을 떨어뜨린다.

그러나 오뒷세우스는 그의 식도를 겨누어 화살로 그것을 맞혔다.
그리하여 화살 끝이 그의 부드러운 목을 곧장 뚫고 나오자,
그는 한쪽으로 쓰러졌고, 그의 손에서
잔이 떨어졌다. 그러자 당장 그의 콧구멍에서
사람의 피가 세차게 분출하는 가운데, 그는 갑작스레 발로
자기 식탁을 걷어차 음식을 땅에 쏟아 버렸고,
그리하여 빵과 구운 고기가 더러워지고 말았다.(22권 15~21행)

콧구멍으로는 피를 뿜고 발로 식탁을 걷어차 음식들을 땅에 쏟는다. 먹고 마시는 장면으로 가득한 이 작품은, 그 절정에 그 잔치가 망

가지는 모습을 그리고 있다. 흙바닥으로 빵과 구운 고기가 떨어져 먼지 속에 나뒹군다. 거의 '슬로우 모션'이 쓰였다.

이 부분에는 분석론자들의 비난을 받는 구절이 많이 등장한다. 그런 구절들을 챙기면서 진행하자. 이 갑작스런 사태를 맞아 구혼자들이 보이는 반응도, 학자들 사이에서 많은 의심을 받았다. 그들이 보인 첫 반응은 반격을 하자는 것이다. 그들은 우왕좌왕하며 벽을 살피고 방패나 창이 있는지 찾는다. 적당한 무기가 없자, 그들은 화를 내며 오뒷세우스를 꾸짖는다. 그가 가장 뛰어난 젊은이를 죽였으니, 이제 죽음으로 죄값음을 하리라는 것이다. 한데 그 다음에 나오는 설명이 일관성이 없다. 구혼자들이 이렇게 꾸짖은 것은, 오뒷세우스가 실수로 안티노오스를 죽였다고 생각해서란다. 그렇다면 그 전에 그들이 창과 방패를 찾은 것은 과잉반응이다. 물론 이것을 모순이 아니게끔 해석해 줄 수도 있다. 이 자리에 있던 여러 사람이 서로 다른 반응을 보인 걸로 해석하는 것이다. 그러니까 일부는 이것이 실수든 아니든 강력하게 대응해야 한다고 생각하고, 일부는 그냥 실수라고 믿거나, 그렇게 믿는 척하면서 오뒷세우스를 달래려고 하는 것이다. 물론 구혼자들이 마치 한 사람처럼 똑같은 생각을 가지고 있다고 보아서, 그들이 처음에는 본능적으로 무기를 찾다가, 그것이 없자 다른 방책, 또는 다른 태도를 취한 것이라고 해도 안 될 것은 없다. 문맥상으로는 후자를 취해야 하는 것으로 되어 있다.

이에 대한 오뒷세우스의 대응은 매우 사납다. 그는 우선 간접적으로 자신이 오뒷세우스라는 것을 밝힌다. 이름은 대지 않고 그냥 1인

칭을 써가며 구혼자들을 비난한 것이다.

> 이 개 같은 자들아, 너희는 내가 트로이아 인들의 나라에서
> 다시는 집에 돌아오지 못할 줄 알고, 내 가산을 탕진하고
> 강제로 여자 하인들과 동침하고,
> 내가 아직 살아있는데도 내 아내에게 구혼했다.(22권 35~8행)

그러면서 그들이 하늘의 신들도 후대도 두려워하지 않았으니, 모두 파멸하리라고 위협한다. 사실 이 부분에는 구혼자들이 모두 죽으리라는 예고가 시인 자신의 말로 거듭 주어지고 있다. 오뒷세우스가 처음 활을 쏘기 위해 화살을 집어들 때, 그 화살통에 있는 살들을 곧 구혼자들이 맛보게 되어 있다든지, 그들이 오뒷세우스가 오발했다고 생각할 때, 그들은 자신들 모두 위에 죽음이 드리웠다는 것을 모르고 있었다든지 하는 것들이다.

오뒷세우스의 위협어린 발언을 듣자, 구혼자들은 모두 공포에 사로잡혀 도망칠 길을 찾으며 주위를 두리번거린다. 교활한 에우뤼마코스만이 여전히 말로 오뒷세우스를 현혹하려 애쓴다. 그는 가정법으로 말을 시작한다. '당신이 정말 오뒷세우스라면……' 그러면서 모든 책임을 죽은 안티노오스에게 돌린다. '그는 사실은 페넬로페와의 결혼이 아니라, 왕이 되어 나라를 차지하는 것을 목표로 삼았었고, 매복으로 텔레마코스를 죽이려던 것도 그의 계획이었다.' 물론, 자신에게 스무 명을 주면 자기가 매복해 있다가 텔레마코스를 없애겠다고 한 것은 안티노오스이므로, 이 말이 완전히 거짓은 아니다. 책임을 죽은 자

에게 돌린 에우뤼마코스는 이제 보상을 제안한다. 그동안 자기들이 먹고 마신 것은 백성들에게 거둬서 모두 보상하고, 각자 소 스무 마리 값과 청동, 황금을 얹어 주겠노라고 약속한다. 그에 대한 오뒷세우스의 대답은, 『일리아스』에서 자기 시신을 돌려주라는 헥토르에게 했던 아킬레우스의 대답만큼이나 싸늘하다. 그들이 전재산과 유산 전체에 다른 것을 얹어 준다 해도 죽음을 피할 수 없을 것이란 말이다. '너희에게는 두 가지 길밖에 없다. 맞서 싸우느냐 도망치느냐 하는 것이다. 하지만 적어도 일부는 죽으리라.' 시인은 그들이 모두 죽게 되어 있다고 확언했지만, 주인공은 시인만큼의 확신은 없는 모양이다.

그 말에 다른 사람들은 모두 낙심하지만, 에우뤼마코스는 나름대로 대장 노릇을 끝까지 수행한다. 칼을 들고 식탁을 방패삼아 한꺼번에 달려들어서, 오뒷세우스를 문에서 밀쳐내고 시내로 달려가 도움을 청하자고, 다른 사람들을 선동한 것이다. 역시 '널리 싸우는 자'라는 이름에 어울리는 태도다. 그는 자기가 앞장서서 실천에 나서는데, 행운은 그의 기세만큼 크지 않았던지 다음 희생자는 다름 아닌 그 자신이다. 오뒷세우스가 날린 화살이 그의 가슴을 꿰뚫자, 그는 칼을 떨어뜨리며 식탁 위로 고꾸라진다. 음식과 잔을 바닥으로 떨어뜨려 그 동안 잔치를 즐기던 것에 죄값음을 한다. 대장이어서 그런지 쓰러져서도 상당히 발버둥을 치는데, 의자를 걷어차서 넘어뜨리기까지 한다. 잔치에 사용되던 도구 일습을 망가뜨리는 형국이다.

다음으로 서열 3위라고 할 수 있는 암피노모스의 차례다. 그는 칼을 들고 문 앞의 오뒷세우스에게 달려들었지만 텔레마코스의 창에 등

을 맞고 쓰러진다. 청년의 첫 전과이고, 이것으로 그의 성인식이 마무리되는 것 같다. 하지만 청년은 창을 회수하다가 공격을 당할까봐, 그대로 물러선다. 그는 아버지 곁으로 가서 자기가 아버지와 자신을 위해 무장을 가져오고, 소치기와 돼지치기에게도 무장을 가져다주겠다고 제안한다. 이 구절 역시 논란이 있어 왔는데, 16권에 부자가 작전을 논의할 때는 자기들의 무장은 남겨 놓고 다른 이들 것만 숨기자고 했었다. 한데 19권에서는 이전의 논의를 잊었는지 그냥 모든 무장을 곳간으로 옮기고, 지금 다시 거기서 자기들의 무장을 되가져오겠다는 것이다. 물론 사람이 살다보면 처음 계획을 잊을 수도 있고, 순간적으로 계획을 변경할 수도 있다. 그리고, 19권에서 두 사람이 동시에 생각이 바뀌는 건 좀 이상하지만, 어쨌든 텔레마코스로서는 자기 아버지가 현명하기로 소문 난 사람이니 그의 판단에 아무 이의 없이 따랐을 수 있다. 한데, 무장을 남겨 두지 않은 것은 그렇다 치더라도, 소치기, 돼지치기가 자기들 편이라는 것을 텔레마코스는 어떻게 알았을까? 때때로 시인은 청중이 아는 것을 등장인물에게도 그대로 전이시키는 기법을 사용하고 있으니, 어쩌면 그런 것은 의문의 대상도 되지 못할 수 있다. 물론 만병통치약은 '눈치로 알았다'이겠다.

이제 텔레마코스는 무기들이 있는 방으로 가서 네 벌의 무장을 옮겨 온다. 사실은 이것도 거의 있을 수 없는 일이다. 영웅들의 무장은 매우 무거운 것이기 때문이다. 쇠가죽 일곱 장을 겹쳐 썼다는 아이아스의 방패는 좀 특별한 것이니 논외로 하더라도, 지금 여기 등장하는 방패도 쇠가죽 넉 장을 겹친 것이라 하니 방패 네 벌만 해도 큰 짐인

데, 투구 네 개, 창 여덟 자루까지 한 사람이 나른다는 것은 거의 있을 수 없는 일이다. 물론 영웅시대 인물들은 보통 사람들보다 월등히 힘이 센 것으로 되어 있으니, 텔레마코스가 거기 근접하는 힘을 지니고 있다면 큰 문제는 없겠지만……한데 그 사이에 두 하인은 무엇을 하고 있었나? 무장도 없이 주인 곁에서 응원을 하고 있었던 것일까? 그리고 구혼자들은 왜 젊은이가 혼자 맨 몸으로 무장을 가지러 가는 것을 막지 못했나? 혹시 그쪽으로 다가가면 먼저 화살에 맞을까봐 두려워했던 것일까? 의혹을 품자면 끝이 없지만, 쉽게 해결하는 방법도 있다. 무기가 있는 방은 오뒷세우스 곁을 지나야지 접근할 수 있는 곳이므로 구혼자들은 텔레마코스를 막을 수가 없었고, 두 하인은 좀 멀리 있어서 얼른 무기를 가지러 가자고 부를 수가 없었다고 말이다. 물론 시인 자신이 그렇게 말한 것이 아니니 확신할 수는 없다. 하지만 독자들은 대개 상황을 보아 머릿속의 그림을 계속 수정해 가면서 작품을 읽기 마련이니, 이렇게 생각해서 안 될 것도 없겠다.

오뒷세우스는 아들의 제안을 수락한다. 그러면서 그가 돌아올 때까지 화살이 충분할지 걱정한다. 아들은 곧 무장 네 벌을 들고 돌아온다. 아무래도 힘이 엄청난 장사인 모양이다. 아들과 두 하인이 무장을 갖추고 오뒷세우스 곁에 선다. 오뒷세우스는 화살이 남아 있는 동안은 그것으로 적들을 하나씩 쓰러뜨리다가, 화살이 동나자 무장을 걸친다.

그러나 활을 쏘는 주인에게 화살이 다 떨어지자,

그는 잘 지은 홀의 문설주에다, 환히 빛나는 측벽에다
활을 기대 세워 놓고는, 그 자신은
네 겹으로 된 방패를 어깨에 메고,
강력한 머리에는 말총장식이 달린 잘 만든 투구를 쓰니,
투구 장식이 위에서 아래로 무시무시하게 흔들렸다.
그러고 나서 그는 청동으로 무장한 두 자루의 강한 창을 집어들었다.(22권 119~125행)

오뒷세우스의 무장 장면이 『일리아스』 전사의 무장 장면과 흡사하게 되어 있다. 방어무기인 정강이받이와 가슴받이, 그리고 칼만 빠졌다. 몸방패를 걸치고 투구를 쓰고 창을 드는 순서도 제대로 따랐다. 이제 본격적으로 『일리아스』식 전투가 시작될 것이다.

구혼자들이 무장을 갖추고, 정규전이 벌어지다

이제 좀더 조직적인 살육이 벌어질 찰나에 다른 상황이 전개된다. 집안의 배신자라고 할 수 있는 멜란티오스의 기여에 힘입어 구혼자들도 무장을 갖추게 되었기 때문이다. 그 정황은 다시 약간 느슨한 '지형묘사'로 시작된다. 이 집의 구조가 어떻게 되어 있는지는 이해하기가 상당히 어렵게 되어 있는데, 일단 벽에 샛문이 있어서 바깥 복도로 통해 있단다. 그 문은 오뒷세우스의 명에 따라 돼지치기가 지키고 있다. 구혼자들 중에 이제 지휘관 노릇을 하는 것은 아겔라오스('백성을 이끈다'는 뜻)이다. 그는 누가 샛문으로 나가서 구조를 요청하는 게 좋겠다고 제안한다. 하지만 이 집 구조에 밝은 멜란티오스가 반대한다. 밖으

로 나가는 문이 오뒷세우스가 자리 잡고 있는 곳에 너무 가까워서 통과할 수 없다는 것이다. 대신 그는 자기가 무기 두는 곳을 알고 있으니 거기서 무장을 가져오겠다고 제안한다. 그 방으로 통하는 틈새가 있어서 그는 그리로 해서 무장을 가지러 간다. 건물의 벽들이 촘촘하게 짜여 있지 않다면 충분히 가능한 일이다. 어쩌면 환기를 위한 일종의 창문인지도 모르겠다.

한데 이번에도 무장을 나르는 방법이 상당히 비현실적으로 되어 있다. 멜란티오스는 텔레마코스보다 힘이 더 좋았던지, 방패 열두 벌, 창 열두 개, 투구 열둘을 한꺼번에 날라 온 것이다. 그 동안 내가 문제 있다고 지적한 모든 구절들에 대해 그렇듯이, 이 구절도 예부터 지우자는 의견이 많았다. 하지만 『오뒷세이아』 자체가 신화적이고 환상적인 분위기 속에 진행되고 있으므로, 너무 현실적인 문제를 들이대면 곤란하다는 주장도 있다. 사실 현실적으로 생각하자면 적어도 두 번에 나누어서 나르는 게 더 나을 것이고, 더 현실적으로 하자면 아예 처음부터 여러 사람이 갔으면 아무 문제가 없었다. 내가 보기에 이런 비현실적인 운반 방법이 쓰인 것은, 나중에 그가 다시 한 번 무기 창고를 방문할 때 그 목표를 더 두드러져 보이게 하려는 것이다. 이 하인은 라에르테스의 낡은 방패를 가지러 갔다가 붙잡히기 때문이다. 그것은 잠시 후에 보자.

구혼자들이 갑자기 어디서 무장을 얻어다가 걸치는 것을 보고 오뒷세우스는 크게 놀란다. 그렇지 않아도 적들이 수적으로 우세여서 걱정이었는데, 이제 대등한 무장까지 갖췄으니 이들을 어떻게 당해낼

것인가? 물론 사실적으로 생각하자면 멜란티오스가 무장을 가지러 간 사이에 오뒷세우스 쪽이 우세한 무장을 이용해서 적들의 숫자를 상당히 줄여 놓았어야 마땅한데, 시인은 그것이 당연해서 그런지 아무 말도 하지 않는다. 앞에서도 말했지만, 옛 서사시에서는 두 가지 사건이 동시에 일어나는 것을 묘사하는 방법이 아직 없어서, 한 일이 일어나는 동안 다른 일은 일시적으로 '얼어붙어' 중지되는 것처럼 되어 있다. 하지만 텔레마코스가 무장을 가져온 사건과, 멜란티오스가 같은 일을 한 사건은 동시에 일어난 것이 아니다. 만일 그랬다면 그 둘은 도중에 마주쳤을 것이다. 가장 현실적으로 보자면 텔레마코스와 멜란티오스가 아주 짧은 시간 간격을 두고 같은 창고를 방문했다고 해야 할 것이고, 또 무장을 가져오자마자 오뒷세우스가 그것을 입은 것은 아니고, 화살이 떨어질 때까지는 하던 대로 화살 공격을 퍼부었으니, 오뒷세우스 일행이 정규전으로 나올 무렵에는 멜란티오스의 무기 보급이 완료되었을 수도 있겠다.

오뒷세우스는, 아무래도 여인 중 하나가 무장을 가져다주었거나 멜란티오스가 그랬을 것 같다고 말한다. 그러자 텔레마코스는 책임을 자신에게로 돌린다. 자기가 문을 잠그지 않고 그냥 돌아와서 그런 일이 벌어졌다고. 사실은, 그 창고도 자물쇠가 있는 듯하니, 텔레마코스가 거기 갈 때 열쇠는 어떻게 가져갔는지도 의문이다. 상당히 묵직한 물건인데 말이다. 페넬로페는 창고에 갈 때 다시 이층으로 올라가서 열쇠를 챙기지 않았던가! 물론 나중에 창고를 방문하기 위해서 일찌감치 열쇠를 챙겨 두었다고 하면 된다. 그리고 무거운 짐을 한꺼번에

나르느라 문을 다시 잠글 생각을 하지 못하고 열쇠를 그냥 창고에 두고 왔을 수 있다. 그러면 멜란티오스의 작업은 매우 수월해진다.

텔레마코스는 이번에는 자신이 직접 가지 않고 돼지치기를 파견한다. 가서 문을 잠그고, 누구의 소행인지 지켜보라는 것이다. 사실 이것도 좀 비현실적인 행동이다. 지금 한 사람이 아쉬운 판국인데, 누구 짓인지 파악하라고 '전 병력'의 1/4을 파견한단 말인가! 물론 문을 잠그는 게 필요하긴 하다. 하지만 다음 상황을 보면 적들도 이제 열두 명 정도로 줄어 있는 듯하니 누가 무장을 더 가지러 간다고 예측하기는 어렵다. 이 부분은 매우 비현실적으로 되어 있다.

한데 일이 되느라고 그러는지 멜란티오스가 다시 창고로 돌아간다. 그것을 본 돼지치기가 오뒷세우스에게 배신자의 신원을 알리고, 그를 죽일지 아니면 잡아올지 묻는다. 오뒷세우스는 이쪽 일은 자기들 둘이 책임질 터이니, 소치기와 돼지치기 둘이서 멜란티오스를 사로잡아 공중에 매달아 두라고 지시한다. 한편 멜란티오스는 문 앞에 두 사람이 숨어 노리는 것도 모르고 안에서 투구 하나와, 더께 앉은 라에르테스의 방패를 들고 나온다. 둘이 달려들어 그를 잡아 공중에 매달고, 에우마이오스가 그를 조롱한다. 거기서 밤을 새고 새벽을 맞이하게 될 것이라고. 임무를 마친 둘은 문을 잠그고 오뒷세우스에게로 돌아간다. 여기서 멜란티오스는 단 한 사람분의 무장을 챙기러 왔다가 붙잡혔다. 지난번에 지나치게 무거운 짐을 나른 것을 생각하면 아주 이상하게 배분한 셈인데, 나로서는 이것이 두번째에 가지러 온 물건의 중요성을 부각시키는 장치가 아닌가 생각한다. 물론 현실적으로

보자면 멜란티오스가 처음에는 자기 무장은 생각을 안 했다가, 나중에 자기도 무장을 갖추는 게 좋겠다고 생각해서 자기 몫을 가지러 왔던 것으로 생각할 수는 있겠다. 어쨌든 이런 이상한 중량 배분에 의해 두번째 물건이 부각되는데 그것은 다름 아닌 라에르테스의 낡은 방패이다. 그러니까 그 방패로 해서 이 하인은 '늙은 왕'의 대역이 된다(『일리아스』에서 파트로클로스도 아킬레우스의 무장을 빌려 걸치고 그의 대역이 되었었다. 그가 제우스의 아들 사르페돈까지 쓰러뜨린 것은, 그가 말하자면 '아킬레우스'이기 때문이었다). 이제 우리는 그가 난도질되는 것을 볼 것이고, 늙은 왕 라에르테스는 반대로 회춘하는 것을 보게 될 것이다. 메데이아가 펠리아스에게 약속했던 것처럼, 한 '늙은 왕'이 토막나서 다른 늙은 왕이 젊음을 되찾는다.

자, 이제 다시 정규전의 시작이다. 간밤에 오뒷세우스가 다음날의 일이 걱정되어 뒤척이고 있을 때, 아테네 여신이 나타나 그를 꾸짖었다. 하지만 이제까지 그녀는 전혀 모습을 보이지 않았다. 활은 아폴론의 소관이기 때문일까? 이제 정식 전투의 꼴을 갖추자, '전쟁의 여신'이 모습을 드러낸다. 오뒷세우스 쪽의 네 사람은 문턱 위에 섰고, 구혼자들은 홀 안쪽에 서 있다. 아테네는 멘토르의 모습을 하고 오뒷세우스에게 다가간다. 오뒷세우스는 그가 아테네일 거라고 생각하면서도, 일단 그의 외양에 따라 멘토르로 보고 인사를 건네며 자기들을 도와달라고 부탁한다. 오뒷세우스는 그를 본 지 이미 20년이나 되었고, 아테네가 그의 모습으로 아들을 동행했던 것은 알지 못한다. 혹시 그가 그 사이에 사람이 달라졌을 수도 있는데, '의심 많은' 오뒷세우스가 그

를 당연히 자기편으로 간주하는 것은 역시 독자의 지식을 등장인물에게 옮겨 주는 시인의 수법이 적용된 것이라고 보아야 할 것이다. 물론 지금 문이 굳게 잠긴 상태에서 갑자기 없던 사람이 나타나니, 당연히 그가 여신이라고 짐작하여 이렇게 반가이 맞이했을 수는 있겠다.

한편 구혼자들은 갑자기 나타난 멘토르에게 고함을 지르고 꾸짖는다. 다시 그들의 지도자로 부상한 아겔라오스가 대표로 나선다. 이 싸움에서는 자기들이 이길 터이니, 나중에 오뒷세우스 부자를 죽이고 나면 멘토르도 죽이겠다는 것이다. 그리고 그의 재산도 빼앗고 집안을 풍비박산으로 만들어 처자식도 제대로 살지 못하게 하겠다는 것이다. 이런 위협을 듣자 아테네는 더욱 강한 어조로 오뒷세우스를 부추긴다. 트로이아에서 만 구 년 동안 싸웠고, 계략으로 그 도시를 함락한 사람이 자기 집에 돌아와서 구혼자들 앞에서 위축되어 있냐고 비난한 것이다. 그러면서 자신이 어떻게 돕는지 보라고 말하는데, 그 다음 행동은 우습게도 제비의 모습으로 변하여 천장 서까래에 가서 앉는 것이었다.

> 이렇게 말했으나, 그녀는 아직은 그에게 결정적 승리를 완전히
> 주지는 않고, 여전히 오뒷세우스와 그의 영광스런 아들의
> 힘과 열화 같은 용기를 시험해 보려고 했다.
> 그래서 그녀 자신은 제비와 같은 모습을 하고는
> 연기에 그을린 홀의 천장으로 날아올라가 그곳에 앉았다.
> (22권 236~240행)

물론 여기서도 여신이 직접 인간의 모습으로 적을 쓰러뜨린다든지 하는 것은, 영웅이 자력으로 자기 지위를 지키는 멋진 모습에 흠으로 작용할 것이다. 그보다는 갑자기 사람이 사라지고 새가 나타남으로 해서 신이 자기를 돕는다는 확신을 주고, 그럼으로써 간접적으로 용기를 북돋는 게 더 효과적일 것이다. 한편 여기 동원된 제비의 모습은, 오뒷세우스의 활이 제비처럼 노래한 것과 연관 깊은 것으로, 봄이 오고 있음을 보여 주는 장치이기도 하다. 직유는 이제 현실로 변했다.

이 작은 『일리아스』 식 전투가 시작되는 순간에 『일리아스』 식 목록이 나타난다. 아겔라오스가 이끄는 구혼자들의 목록이다. 멜란티오스가 무장을 열두 벌 가져왔으니 열두 명 이상이 남아 있을 텐데, 우선 소개되는 것은 다섯뿐이다. 이들은 아겔라오스와 함께 동료들을 부추긴다. 말하자면 '중간 보스'급인 모양이다. 아겔라오스가, 멘토르는 허풍만 떨고 떠나 버렸으니 자기들이 이기리라면서, 우선 여섯이 먼저 창을 던지자고 제안한다. 그들이 창을 던지지만 아테네의 개입으로 그것들이 모두 빗나가고 만다. 다음은 오뒷세우스 쪽 차례다. 『일리아스』 식으로 오뒷세우스가 동료들을 격려하고, 일제히 창을 던지라고 명한다. 그들은 창은 각각 목표를 맞히고 쓰러뜨린다. 그 중 둘은 앞에 소개된 '중간 보스'이다. 죽음의 묘사는 아주 자세하지는 않지만 그래도 약간은 『일리아스』 식이다. 희생자들은 이빨로 땅바닥을 깨물고 죽는 것으로 되어 있다. 오뒷세우스와 동료들은 앞으로 내달아 창을 회수한다. 『일리아스』에서도 무장할 때는 창을 두 개 들고 나가는 것으로 되어 있고, 싸울 때 보면 창이 하나뿐인 것처럼 행동하는 경우가 많

은데, 여기서도 그런 식으로 되어 있다. 물론 창이 여분이 있어도 혹시 나 적들이 그 창을 뽑아 사용할까봐 회수한 것일 수는 있다. 다시 구혼자들의 차례다. 일제히 날아가는 창을 이번에도 아테네가 흩어 놓지만, 텔레마코스가 손목을 가볍게 맞고, 에우마이오스의 어깨로도 창이 스치고 지나간다. 다시 오뒷세우스 쪽이 차례. 네 개의 창은 다시 네 명을 쓰러뜨린다. 방금 두 사람을 다치게 했던 인물이 둘 다 쓰러진다. 그 중 하나는 20권에서 오뒷세우스에게 쇠다리를 던졌던 크테십포스이다. 소치기는 그를 쓰러뜨리고, 이것이 오뒷세우스에게 던졌던 쇠다리에 대한 보답이라고 조롱한다. 『일리아스』에서 자주 보이던 전형적인 장면이다.

이렇게 양 쪽이 두 차례씩, 도합 네 번의 창던지기를 이용한 원거리 전투가 벌어진 후, 이번에는 찌르기를 중심으로 하는 근접전이다. 오뒷세우스와 텔레마코스의 공이 언급되는데, 특히 후자가 좀더 자세히 묘사되어, 아무래도 시인이 이 젊은이의 '데뷔전'에 상당히 신경을 쓰고 있는 것 같은 인상을 준다. 『일리아스』에서 자주 그런 것처럼 부상 부위와 죽는 모습이 모두 그려져 있다.

> 텔레마코스는 에우에노르의 아들 레오크리토스의 옆구리 한복판을
> 창으로 찔러, 청동으로 그것을 꿰뚫었다.
> 그러자 그자는 앞으로 고꾸라지며 온 이마로 땅바닥을 쳤다.
> (22권 294~6행)

이 단계에서 갑자기 아테네 여신이 개입한다. 여신은 아이기스

를 높이 쳐든다. 그러자 구혼자들은 정신이 산란해져서 이리저리 우왕좌왕하기 시작한다. 이 장면을 그냥 심리적인 것으로 해석하자면, 구혼자들은 자기들이 던진 창은 계속 빗나가는데, 상대의 창은 매번 100% 적중률을 보이니 갑자기 겁에 질려 혼란된 것이겠다. 이들의 모습은 직유를 통해 그려지는데, 이 직유 역시 봄의 분위기를 조성하는 것이다. 이들은 마치, 봄날에 윙윙대는 등에가 덤벼들자 암소떼가 흩어지는 것처럼 그려진 것이다. 이들이 짐승에 비유된 것은 일종의 희생으로 바쳐지는 이들의 죽음에 걸맞다. 반면에 오뒷세우스의 동료들은 작은 새들을 내리 덮치는 독수리들에 비유된다. 『일리아스』에서 첫 전투가 벌어지기 전, 여러 개의 직유가 중첩되어 장대한 효과를 낳았던 것처럼, 여기서도 연속된 두 개의 직유로 제법 엄혹한 분위기를 만들었다.

무차별 살육이 벌어지는 와중에 레오데스가 달려나와 오뒷세우스의 무릎을 잡고 간청한다. 활쏘기 시합에 처음 나섰던 바로 그 사람, 말하자면 이 무리의 '왕따'다. 자신은 이 집 하녀들에게 못된 짓을 한 적이 없고, 다른 사람들이 그런 짓을 하면 말렸던 사람이다, 자기는 예언자이고 아무 잘못도 없이 여기서 죽게 되었다. 하지만 그가 '예언자'라고 말한 것이 오히려 오뒷세우스의 비위를 상하게 하고 말았다. 오뒷세우스는 상대가 자기 귀향을 막아 달라고 기도했을 것이라며 그를 칼로 친다('예언자'라고 옮겨진 말thyoskoos의 원뜻은 '제물을 돌보는 자'이다. 제물을 바치고, 나중에 그것을 살펴서 점을 치는 직책인데, 여기서 오뒷세우스는 제물 바친 것에 중점을 두고 그를 비난한 것이다). 그는

아직도 뭐라고 말을 하는 순간에 목이 베이고 만다. 이런 '블랙 유머'는 『일리아스』에서도 사례를 찾을 수는 있지만, 나중에 오비디우스가 『변신이야기』에서 적극적으로 사용하게 될 것이다. 그는 아마도 이 장면의 영향을 받은 듯, 결혼식에서 벌어지는 난투극을 두 차례 그려 놓았는데, 하나는 페르세우스가 안드로메다를 얻기 위해 실내에서 싸우는 장면이고, 다른 것은 테세우스 일행이 켄타우로스들과 싸우는 이야기이다. 특히 후자는, 오뒷세우스가 자신도 활을 쏘아 보고 싶다고 했을 때 구혼자들이 들먹거린 일화이니, 아무래도 오비디우스에게 영감을 주었기 쉽다. 그리고 여기서 구혼자 하나 정도는 살려 두어도 괜찮지 않나 싶은 대목인데 오뒷세우스가 그냥 처단하는 것은, 그가 한창 전투의 열기로 달아오른 아킬레우스처럼 거의 분노의 신 역할을 하고 있어서일 것이다. 이 '전투'에서 죽은 사람의 이름은 모두 열하나다. 임시 지휘관이었던 아겔라오스는 언제 죽었는지 잘 두드러지지 않는데, 사실은 접근전이 시작되는 순간 오뒷세우스에게 죽었다. 그의 이름이 나오지 않고 아버지 이름으로 소개되었기('다마스토르의 아들', 22권 293행, 20권 321행) 때문에, 원문을 읽어도 모르고 지나가기 쉽다. 일반적으로 큰 인물은 큰 인물에게 죽는 것으로 되어 있는데, 그는 '지휘관'답게 오뒷세우스에게 죽었다.

이제 살육은 거의 끝났다. 방금 레오데스가 살려 주기를 간청하다가 죽은 것이 일종의 패턴으로 제시된 것인 양, 그 다음엔 두 번의 간청이 나오고 이번에는 둘 다 설득에 성공한다. 그리고 그들은 사실 '정치적 중립'을 지켜 온 기능인이다. 우선 문학사상 두번째로 유명

한 가객 페미오스(가장 유명한 가객은 스케리아에 있던 맹인 데모도코스다). 그는 샛문 곁에 서서, 제단 쪽으로 피할까, 아니면 오뒷세우스의 무릎을 잡을까 고심하다가 후자를 선택한다. 그는 수금을 내려 놓고서 오뒷세우스의 무릎을 잡고 탄원한다. 자신이 가인이며 신에게서 노래를 배웠다고, 앞으로도 그를 위해 노래할 수 있으며 이 자리에 와 있는 것은 구혼자들이 억지로 시킨 것이라고, 텔레마코스도 그것을 증언해 줄 수 있다고. 그러자 텔레마코스가 그의 말을 보증한다. 그에게는 잘못이 없으니 놓아 주라고. 그러면서 전령인 메돈도 어려서부터 자기를 돌보아 주었으니 살려 주라고 덧붙인다. 그러자 메돈 역시 숨어 있던 장소에서 달려나와 텔레마코스의 무릎을 잡고 간청한다. 오뒷세우스가 구혼자들에게 화가 났다고 해서, 자기에게까지 무기를 휘두르지는 말게 해달라고. 그에 대한 대답은 오뒷세우스가 한다. 텔레마코스가 그를 살렸다고, 선행이 악행보다 나은 것이니 다른 사람에게도 전하라고, 그리고 가인과 함께 밖으로 나가서 안마당에서 일이 끝나기까지 기다리라고. 그러자 목숨을 건진 두 사람은 밖으로 나가서 제우스의 제단 곁에 가 앉는다. 여기서 텔레마코스가 다른 사람을 살렸다는 것도 눈여겨 보아 둘 대목이다. 그는 다른 이들의 생사여탈권을 쥔 위치에 올라섰다.

오뒷세우스가 집안을 청소시키고, 불충한 하녀들과 하인을 처형시키다

오뒷세우스는 혹시 살아남은 자가 있는지 살펴보지만 모두가 육지로 끌려나온 물고기들처럼 죽어 있다. 여기서 그 물고기들이 태양빛에

죽었다고 표현된 것은 오뒷세우스와 태양신 숭배를 연결시키는 학자들에게는 반가운 것이리라.

> 그는 그 수많은 자들이 모두 피와 먼지 속에
> 누워 있는 것을 보았다, 마치 어부들이 코가 많은 그물로
> 잿빛 바다에서 만을 이루고 있는 바닷가로 끌어내 놓은 물고기들처럼.
> 물고기들은 모두 바다의 짠 파도를
> 그리워하며 모래 위에 쏟아져 쌓여 있고,
> 태양은 빛을 비추어 그것들의 목숨을 빼앗아 버린다.
> (22권 383~8행)

또한 이 직유는 신을 알아보지 못한 자들이 당하는 종류의 징벌을 제대로 소개했다. 이와 연관하여 우리가 떠올릴 수 있는 일화는 '호메로스의 찬가' 중 「디오뉘소스 찬가」이다. 디오뉘소스를 노예로 팔아치우려던 해적들이 돌고래로 변하고 말았다는 이야기다. 디오뉘소스를 알아보지 못한 자들처럼, 지금 '신과 같은' 오뒷세우스를 알아보지 못한 자들도 물고기가 되고 말았다.

이제 오뒷세우스는 텔레마코스를 시켜서 에우뤼클레이아를 불러오게 한다. 그녀는 21권에서 에우마이오스가 지시했던 것에 따라, 아직도 문을 잠그고 실내에 머물러 있다. 그녀가 홀로 들어갔을 때, 오뒷세우스는 시신들 틈에서 피투성이가 되어 소 잡아먹은 사자처럼 서 있었다. 에우뤼클레이아는 시체들을 보고 환성을 올리려 한다. 하지만 오뒷세우스가 그것을 제지한다. 죽은 자들 앞에서 뽐내는 것은 불

경스러운 짓이라는 것이다. 구혼자들은 신들이 내린 운명과 자기들의 못된 짓 때문에 죽었단다. 이 작품의 첫 부분부터 문제된 것이다. 여기서 신들이 내린 운명은 인간의 행동이 불러온 결과와 일치하고 있다. 어쩌면 이것이 이 작품의 윤리적 결론인지도 모르겠다. 그리고 여기서 오뒷세우스가 에우뤼클레이아의 환호성을 막은 것도, 죽은 자에게 예의를 갖추는 첫번째 사례로 주목을 받고 있다. 『일리아스』에서 거의 짐승의 수준까지 갔던 아킬레우스가 다시 인간으로 복귀하고 우애를 적에게까지 확장하듯이, 이 대목의 오뒷세우스도 탄원자까지 처단하던 분노의 화신에서 안정을 되찾아 관용으로 돌아섰다고 보아야 할 것이다.

하지만 그는 살아 있는 자들에게는 여전히 가혹하다. 그는, 19권의 발 씻는 장면에서 자신이 사양했던 것을 요구한다. 하녀들 중 누가 자신에게 충실한지 말해 달라는 것이다. 그때는 자신이 직접 알아보겠노라 했었고, 16권에도 텔레마코스에게, 자기가 하녀들을 하나씩 시험해 보겠다고 했었지만, 이제 상황이 달라져서 계획을 변경한 모양이다. 에우뤼클레이아는 하녀 쉰 명 중에 열둘을 고발한다. 그러면서 이 기회에 자신의 원한도 함께 털어놓는다. 그들은 이 유모도 페넬로페도 존중하지 않았다는 것이다. 한데 그녀는, 텔레마코스가 근래에야 성년이 되었으므로 페넬로페는 그가 여자들을 통솔하는 것을 허용하지 않았다고 덧붙인다. 여기서 갑자기 텔레마코스 얘기를 한 것은 좀 이상한데, 혹시 오뒷세우스가 그 중에 텔레마코스의 애인이 있을까봐 걱정할지 몰라 미리 밝히는 것인지도 모르겠다. 아니면 조금

약하게 해석해서, 이런 탈선에 대해 텔레마코스는 '지휘책임'이 없다는 뜻일 수도 있다(사실 이런 해석도 썩 흡족하진 않으므로, 이 부분 끝의 몇 행은 삭제해야 한다는 주장이 여러 학자에게서 나왔었다. 실제로 전해지는 사본들 가운데 이 부분이 누락된 것도 있다).

그러면서 유모는 자기가 페넬로페에게 가서 모든 것을 알리겠다고 한다. 하지만 오뒷세우스는 그녀를 말린다. 그보다는 방금 지목한 하녀들을 불러오라는 것이다. 그녀가 명을 이행하러 간 사이에, 그는 아들과 두 하인을 불러 할 일을 지시한다. 먼저 시신들을 밖으로 나르고 하녀들이 들어오면 같이 그 일을 하도록 시키라고, 그리고 의자와 식탁들을 깨끗이 닦게 하라고, 그 일이 끝나면 하녀들을 마당 으슥한 구석으로 데려가서 칼로 죽이라고. 오뒷세우스는 여기서, 그녀들이 구혼자들과 몸을 섞었다는 것을 자신이 알고 있음을 밝힌다. 이제까지 누구도 그것을 입 밖에 내어 분명하게 말한 것은 아니지만, 텔레마코스도 에우뤼클레이아도 그 사실을 바탕에 깔고 이 여자들을 비난했던 것으로 보인다.

그러는 동안 하녀들이 들어와 통곡한다. 아마 자기들의 애인 시신을 보고 슬퍼서, 또 자기들의 운명을 예감하고 무서워서 그랬을 것이다. 그들은 시신을 밖으로 날라 주랑 밑에 포개어 쌓는다. 그리고 의자와 식탁을 젖은 해면으로 닦아 내고, 텔레마코스와 소치기, 돼지치기는 홀 바닥의 흙을 삽으로 긁어 낸다. 하녀들이 흙을 밖으로 나른다. 이렇게 집 안이 다 정리되자, 텔레마코스는 그녀들을 안마당의 원형 건물과 울타리 사이 좁은 골목으로 몰아넣는다. 그렇지만 그는 아버

지의 말을 그대로 따르지 않고, 다른 처형 방식을 생각해 낸다. 그녀들에게 칼로 주는 깨끗한 죽음은 어울리지 않는다는 것이다.

> …… 그는 이물이 검은 배의 밧줄 한 끝을 주랑의 큰 기둥에다
> 잡아매고, 다른 끝을 원형 건물 꼭대기에 던져 감아
> 팽팽히 잡아당겼다, 누구도 발이 땅에 닿지 않도록.
> 마치 날개가 긴 지빠귀들이나 비둘기들이
> 보금자리로 돌아가다가 덤불 속에 쳐 놓은 그물에 걸려,
> 가증스런 잠자리가 그들을 맞을 때와도 같이,
> 꼭 그처럼 그 여인들은 머리를 줄지어 두었고,
> 그들이 가장 비참하게 죽도록 모두의 목에는 올가미가 씌어져 있었다.(22권 465~472행)

한데 그가 여기서 택한 방법이 어떤 것인지는 분명치가 않다. 그는 밧줄 한 끝을 원형건물 꼭대기에 감고, 다른 끝을 주랑의 큰 기둥에 걸어 팽팽히 당겼고, 여자들의 발이 땅에 닿지 않게 했단다. 그러면 긴 밧줄에 중간중간 고리를 만들어 여인들의 목에 걸고 전체를 잡아당긴 것 같다. 아니면 긴 밧줄을 가로 방향으로 매고, 거기에 따로 만든 올가미 열두 개를 세로방향으로 묶어서 매달았는지도 모르겠다. 물론 전자가 더 그럴싸하다. 사실 후자를 택한다면 이 방법은 좀 이상한 것이 될 텐데, 일단 지붕꼭대기에서 주랑 기둥으로 줄을 묶으면 전체적으로 주랑 쪽으로 기울어서 균형이 잘 맞지 않을 것이다. 물론 주랑은 천장이 높아서 기둥도 높고, 그 곁의 원형건물은 좀 낮은 것이어서 지

붕 높이도 낮다고 하면 평형의 문제는 없어진다. 그리고 아무리 밧줄이 튼튼하고 여자들이 몸무게가 별로 안 나간다 해도, 하나의 밧줄에 열두 명을 매다는 것은 사실 좀 무리이다. 그래서 어떤 학자들은 이 처형 방식이, 축제 때 신에게 바치던 인형을 매다는 것과 비슷하다는 것을 지적한다. 인형이야 무게가 안 나가니 그런 식으로 매달아도 아무 문제가 없는데, 이걸 인간에게 적용했기 때문에 문제가 되었다는 말이다. 이런 관점에서 보자면 이 하녀들은 일종의 인신희생이다. 아마도 원래는 신들에게 인간을 바쳤겠지만, 문명화된 시대에는 그 대신 인형을 매달게 되었는데, 여기서 말하자면 옛 방식으로 되돌아간 것이다.

이 '복수의 권'에는 직유가 상당히 많이 등장하는데, 지금 이 장면에도 하나가 나왔다. 이 여인들은, 마치 지빠귀나 비둘기들이 보금자리로 돌아가다가 새 그물에 걸린 것처럼 그렇게 걸려서 버둥거리다가 죽었다는 것이다. 나로서는 이 직유가, 아직 성년에 이르지 못한 청소년들이 하던 '밤의 사냥'법이라는 것을 강조하고 싶다. 창을 이용하는 것이 성인들의 사냥법이라면, 그물을 사용하는 사냥법은 젊은이들에게 특유한 것이다. 이제 텔레마코스가 성년의 문턱에 들어서는 순간에 마지막으로 그 사냥법을 사용한 것이 이 처형인 셈이다.

그 다음은 멜란티오스를 징벌할 차례다. 실내에서 '정규전'이 펼쳐지기 직전에 사로잡혀 공중에 매달려 있던 이 염소치기는, 그 동안 하인들을 위협하느라 몇 차례 언급되었던 방식으로 처형된다. 칼에 두 손, 두 발과 코, 귀가 베였던 것이다. 한데 특이한 것은 그의 성기까

지 베어져 개들에게 던져졌다는 사실이다. 이것은 앞에서 안티노오스가 이로스를 위협할 때(18권 87행) 입에 올렸던 벌이다. 나로서는 '늙은 왕의 대역'인 멜란티오스에게 가해진 이 형벌이, 토지의 생산력을 되살리기 위한 희생의 의미가 있다고 해석하는데, 이로스가 받은 위협과 멜란티오스가 실제로 당한 일 사이에는 느슨하지만 어떤 연결이 있다. 이런 식이다. '왕 오뒷세우스는 거지로 가장했다—같은 거지인 이로스에게 사지절단의 위협이 가해진다—염소치기가 늙은 왕의 방패를 차지하여 왕의 대역이 된다—염소치기가 사지절단을 당한다.' 그러니까 한 왕(오뒷세우스)에게 거지(이로스)라는 연결고리를 통하여 사지절단의 위협이 가해지고, 그 위협은 방패를 통해 다른 왕(라에르테스)이 된 인물(멜란티오스)에게 현실화된다는 것이다. 옛 일화들에는, 토지의 생산력과 왕의 건강이 동일시되는 사례가 많이 발견되고, 왕이 죽으면 그의 생산력을 온 나라에 나누기 위해 시신을 나누어 매장하기도 했었다. 신라의 첫 왕인 박혁거세가 다섯 조각으로 나뉘어 묻혔다는 이야기도 마찬가지 의미일 것이다. 또 남성의 성기는 토지에 생산력을 전해 줄 수 있는 것으로 되어 있다. 로마 장군 킨킨나투스가 나라의 부름을 받았을 때, 그는 자신의 생산력을 땅에 전하기 위해 나체로 밭을 갈고 있었다고 한다. 우리는 이제 늙은 왕의 회춘과 토지의 왕성한 생산력을 보게 될 것이다.

멜란티오스가 어느 시점에 죽었는지는 확실히 나오지 않는데, 아마도 과다출혈로 얼마 안 있어 죽었을 것이다. 여기서 오뒷세우스가 가명으로 썼던 '빛나는 자' 아이톤과 '검은 자' 멜란티오스의 대결은

끝났다. 어떤 학자는 이것을 여름과 겨울의 싸움으로 해석하기도 한다. 이제 겨울이 지나고 새 봄이 다가올 것이다.

하녀와 하인의 처형이 끝낸 이들이 안으로 들어가자, 오뒷세우스는 에우뤼클레이아를 시켜서 유황을 가져오게 한다. 그것을 태워 집을 정화하겠다는 것이다. 유황연기는 예로부터 정화의식을 치르는데 사용되었다. 그리고 페넬로페도 부르라고 한다, 다른 하녀들을 데리고 내려오라고. 오뒷세우스는 매번 에우뤼클레이아의 제안을 사양하지만 조금 지나면 그녀의 제안에 따르는 경향을 보인다. 페넬로페를 보자는 것도 마찬가지이다. 한데 이번에도 유모는 다른 제안을 한다. 페넬로페가 싫어할지도 모르니, 오뒷세우스가 누더기를 벗고 좋은 옷을 입는 게 어떠냐는 것이다. 거지로서 오뒷세우스가 일종의 강박관념을 가졌던 주제다. 하지만 이번에도 오뒷세우스는 유모의 제안을 사양하고 먼저 불을 요구한다. 유황과 불을 가져오자, 그것으로 집의 여러 건물과 안마당을 정화한다. 유모는 그 사이 하녀들을 홀로 부른다. 여인들은 횃불을 들고 나와 주인을 에워싸고 반가워하며 머리와 어깨, 손에 입을 맞춘다. 오뒷세우스는 그들을 알아보고 울음을 참기 힘들다. 이제까지 감정을 절제해 온 주인이 이제야 귀향을 감정적으로 누리는 형국이다.

이제 복수극의 가장 중요한 대목은 지나갔다. 작품을 직접 읽는 독자들도 이제는 크든 작든 모든 표시를 다 지나왔다. 21권 끝부분부터는 호흡이 굉장히 빠르기 때문에 이정표에 언제 닿을지 하는 생각은 거의 떠오르지도 않았을 것이다. 복수를 마무리하는 두 권을 보자.

23권

페넬로페가 남편을 알아보다

「페넬로페를 깨우는 에우뤼클레이아」 안젤리카 카우프만

홀에서 살육이 벌어지는 동안 페넬로페는 자기 방에서 잠이 들어 있었다. 에우뤼클레이아는 그녀를 깨워, 오뒷세우스가 돌아와서 구혼자들을 모두 처단하였다고 알린다.

이제 가장 긴장된 순간은 지나갔다. 아내가 남편을 알아보는 장면이 23권의 핵심이다.

에우뤼클레이아가 페넬로페에게 남편의 도착을 전하나, 페넬로페가 믿지 않는다

에우뤼클레이아는 안주인을 부르기 위해 이층방으로 올라간다. 그녀는 페넬로페를 깨우며, 오뒷세우스가 돌아왔고 구혼자들을 모두 죽였다는 것을 전한다. 이런 경우 여자의 반응은 기쁘면서도 믿을 수 없다는 것이어야 마땅하지만, 페넬로페의 경우 기쁨은 전혀 비치지 않고

오로지 의심뿐이다. 그 동안, 좋은 소식에 기뻐하다가 결국 낙망한 경험이 너무 많아서일까? 혹은 텔레마코스가 다른 사람들과 있을 때 늘 그랬던 것처럼, 이 여인도 늘 비관의 포즈를 취하던 것이 아예 버릇이 되었기 때문일까? 그녀는 에우뤼클레이아가 실성했나 보다라고 반응한다.

> 사랑하는 아주머니, 아마도 신들이 그대를 실성케 하셨나 보군요.
> …… 어째서 그대는 마음이 슬픔으로 가득 찬 나를 놀리려고
> 그런 허튼 소리를 하시며, 나를 꼭꼭 묶고 내 눈까풀을 에워쌌던
> 달콤한 잠에서 나를 깨우시는 거여요?
> 나는 오뒷세우스가 그 이름조차 입에 담기 싫은 사악한 일리오스를
> 보시려고 떠나가신 뒤로, 한 번도 이렇게 푹 자 본 적이 없어요.
> (23권 11~19권)

자신은 남편이 전장으로 떠난 이후로 이렇게 깊이 자 본 적이 없는데 그걸 깨웠다고 꾸짖는다. 혹시 다른 사람이 그랬더라면 야단을 맞았을 텐데, 노인이라서 그냥 둔다는 것이다. 여기서 페넬로페가 깨어난 '깊은 잠'은 지나간 세월을 의미한다고 해도 되겠다. 공주가 잠들어 있는 동안 성 전체가 잠든 것처럼, 남편이 없는 동안은 왕비는 깊은 자신의 처소로 물러나 있었고, 섬 전체는 일종의 수면상태에 잠겨 있었다. 이제 왕이 돌아오면서 왕비도 '돌아온다'. 지금 이 장면은, 오뒷세우스가 고향땅에 닿아 '죽음처럼 깊은' 잠에서 깨어나는 장면과 짝을 이룬다고 하겠다. 그리고 여기서 페넬로페가 이 노파를 좀 부당하

다 싶을 만큼 가혹한 말로 비난하는 것은, 흉터 발견 장면에서 오뒷세우스가 이 노파를 상당히 험한 말로 위협했던 것에 상응한다. '구걸'과 활쏘기 시합과 그 후의 사건까지, 부부는 서로 의논하지 않아도 행동이 동조(同調)되어 있다.

에우뤼클레이아는 사람들의 업신여김을 받던 그 나그네가 바로 오뒷세우스라고 밝힌다. 그러면서, 사실적으로는 어떻게 그걸 알게 되었는지 알 길 없는 정보를, 근거로 덧붙인다. 텔레마코스도 아버지가 와 있다는 걸 알고 있었지만, 구혼자들에게 응징할 때까지 숨긴 거라고. 우리는, 누구도 에우뤼클레이아에게 그런 얘기를 하는 것을 본 적이 없다. 물론 이런 경우에 만병통치약은 '눈치로 알았다'이다. 다른 만병통치약은, 독자가 아는 것은 결국엔 등장인물도 알게 된다는 것이다. 사실 여기서 에우뤼클레이아가 페넬로페의 신뢰를 얻는 것만 목표로 삼는다면, 자기가 어젯밤에 발을 씻기다가 오뒷세우스의 흉터를 발견했다는 사실을 밝힐 수도 있었다. 하지만 그러면 왜 그걸 숨겼는지도 설명해야 하고 말이 길어진다. 아마도 그래서 다른 근거를 댔을 것이다.

노파가 이렇게 말하자, 결국 페넬로페는 그녀의 말을 받아들이고, 노파를 얼싸안으며 눈물을 흘린다. 그러면서 오뒷세우스가 어떻게 구혼자들을 응징했는지 말해 달라고 부탁한다. 하지만 유모도 그저 소리만 들었으니 자세한 정황은 알 길이 없다. 자기들은 닫힌 문 안에서 불안에 떨고 있었을 뿐이다. 나중에 텔레마코스가 와서 자기를 불러서 나가 보니, 오뒷세우스가 시신들 가운데 사자처럼 피투성이로 서

있었단다. 그러면서 노파는, 페넬로페가 그 모습을 보았더라면 아마 마음이 따스해졌을 거라고 한다. 페넬로페가 꿈 속에서 거위들을 보면서 느꼈던 감정이다. 지금 구혼자들의 시신은 문간에 쌓여 있고, 오뒷세우스는 집안을 유황으로 정화하고 있다, 불을 크게 피워 놓고 페넬로페를 부르라고 자기를 보냈다. 그러면서 노파는 페넬로페더러 마음의 기쁨을 향해 가자고 권한다. 그동안 많은 고생을 했다고. 드디어 오뒷세우스가 귀국하여 악한 자들을 응징했다고.

한데 페넬로페는 오뒷세우스가 노파에게 했던 충고와 같은 말로 대응한다. 환성을 지르며 뽐내지 말라는 것이다. 그러면서 다시 비관의 자세로 돌아간다. 유모가 말한 것은 사실이 아니며, 어떤 신이 구혼자들의 교만과 악행에 분노하여 그들을 죽였다는 것이다. 사실 이것은 몇 번 돌출했던 적 있는, '떠돌며 인간들을 시험하는 신' 주제가 다시 등장한 것이다. 그러면서 페넬로페는 구혼자들의 죄과를 다시 꼽아 본다. 그들은, 찾아오는 누구도 존중하지 않았기 때문에 불행을 당한 거라고. 하지만 오뒷세우스는 어디선가 목숨을 잃었을 거라고. 페넬로페가 이십 년이나 기다려온 사건을 받아들이는데 이렇게 조심스러운 까닭은 무엇인가? 혹시 그녀는 차라리 그 동안의 생활이 더 나았다고 생각하는 것인가? 어떤 학자는, 페넬로페가 이미 나그네의 정체를 눈치 채고 있었지만, 그가 젊은 시절의 모습을 다시 보이지 않는 한 그를 오뒷세우스로 인정하지 않으려고 했다고 해석한다. 그녀가 활쏘기 시합을 연 이유도 바로 그것이라고. 이미 세월이 20년이나 더 흘렀지만, 그래도 여전히 그 시절과 같은 힘과 기술을 보여야만 자기 남편

으로 인정할 수 있다는 것이다. 사실 여기서 에우뤼클레이아가, 그 나그네가 페넬로페가 부과한 과업을 이루었다고 미리 말했으면 페넬로페의 태도가 조금 누그러졌을지도 모르겠다. 어쩌면 페넬로페가, 어떻게 나그네가 구혼자들을 물리쳤냐고 물을 때 원했던 답이 바로 그것이었을 수 있다. '활쏘기 시합을 통해서'라고. 하지만 100명 넘는 젊은이들을 혼자서 죽인다는 건 힘이 지나치다. 이건 인간이라기보다는 신의 능력에 가깝다. 그 사람이 피투성이 사자 모습으로 서 있다는 것도 의혹을 불러일으킬 수 있다. 오뒷세우스의 통치는 아버지 같은 것이었다고 모두들 증언하지 않았던가? 지금 자기 백성들 중 엘리트들을 거의 몰살한 이 존재는 아버지 같은 왕이 아니다. 죄된 인간들을 징벌하는 신이 나타났거나, 아니면 뭔가 묘한 재주를 지닌 사기꾼이 나타나서 사람들에게 환각을 일으킨 것 같다. 그러니 페넬로페의 반응도 이해 못할 바는 아니다.

유모는 이제야 자신의 발견을 증거로 내놓는다. 자신이 어젯밤 발을 씻기다가 멧돼지에게 찢긴 흉터를 발견했다는 것이다. 하지만 오뒷세우스가 자기 입을 막고 말하지 못하게 했기 때문에 이제야 말하는 것이다, 그게 사실이 아니라면 자기를 죽여도 좋다. 이런 맹세를 우리는 이미 돼지치기의 오두막에서 주인이 하는 것을 보았다. 옛 서사시에서는 많은 일들이 되풀이해서 일어난다. 그제야 페넬로페는 약간 양보한다. 아래층으로 가기는 하지만, 첫째 목적이 오뒷세우스를 보기 위해서가 아니라 '아들에게 가기 위해서'다. 그러면서 구혼자들의 시체와 그들을 죽인 사람도 보자고 덧붙인다. 하지만 내려가는 사

이에 그녀는 속으로 사랑하는 남편을 만나면 어떻게 대할 것인지 생각한다. 멀리 떨어져 서서 질문을 던질 것인지, 아니면 다가가서 입을 맞출 것인지.

> 이렇게 말하고 그녀는 이층방에서 내려갔다. 그리고 그녀는 마음속으로
> 몇 번이나 곰곰이 생각해 보았다. 떨어져 서서 사랑하는 남편에게 물어 보아야
> 할지, 아니면 가까이 다가서서 그의 머리와 손을 잡으며 입 맞추어야 할지.(23권 85~7행)

여기서 페넬로페가 새로 질문 던질 생각을 하는 것은 아마, 어제 나그네를 보고도 자기가 그를 남편이라고 알아보지 못했으므로, 이번에도 자신이 그를 외모로는 확실하게 알아볼 자신이 없어서일 것이다. 그러니 다시 처음부터 그의 이름과 고향을 물어 확인하거나, 아니면 어떤 수수께끼를 내거나, 혹은 그 동안 어떻게 지냈는지, 지난밤에 했던 얘기 말고 제대로 된 사연을 물어서, 어쨌든 상대의 신분을 확인하겠다는 것이리라. 한편 여기 '사랑하는 남편'이란 표현이 쓰인 것에 대해서는 약간의 논란이 있다. 이것이 그녀의 생각을 표현한 것(주관적 표현)인지, 아니면 그냥 시인이 쓴 표현(객관적 표현)인지 하는 것이다. 이것이 그녀의 속생각이라면, 그녀는 에우뤼클레이아의 말을 받아들여서 '내 사랑하는 남편이 드디어 돌아왔구나'라고 생각한 것이고, 이것이 시인의 표현이라면 '사실은 그녀의 사랑하는 남편이지만,

아직 그녀는 확신하지 못하는 남자'를 짧게 줄여서 이렇게 적은 것이고, 그녀 자신의 판단은 아직 확정되지 않은 게 된다. 사실 두 가지 다 가능성이 있다. 우선 시인이 아직 그녀가 완전히 확신한 것으로 그리지는 않았으므로, 이건 그냥 객관적으로 쓴 표현이라고 보아도 된다. 한편 그녀가, 만에 하나 진짜 남편이 아닐 경우를 대비해서 겉으로는 나그네가 남편이 아니라고 주장하고 있지만, 속으로는 거의 확실하게 그가 남편이라고 믿고 있다고, 그러니까 이것은 그녀의 속생각이라고 해도 말이 된다. 둘 중 어느 쪽인지를 굳이 정해야 한다면 나로서는, 이 집안 식구들이 자주 '공식 입장'과는 다른 속생각을 가지고 있었던 것으로 보아, 아무래도 '주관적 표현설'이 가능성이 더 크지 않을까 생각한다. 하지만 이렇게 모호한 채로 두는 것도 괜찮지 않나 한다. 그러면 이쪽도 저쪽도 모두 함축할 수 있기 때문에, 여러 해석 가능성이 열린다. 독자들의 적극적인 개입을 촉구하는 기법이고, 이것이야말로 시인의 의도일지도 모른다.

페넬로페가 오뒷세우스를 만나지만 알아보지 못하고, 수수께끼를 내다

페넬로페는 홀로 들어서자, 오뒷세우스의 맞은편 벽 가에 앉는다. 그녀는 아무래도 멀리 떨어져서 질문을 던지는 쪽으로 결정한 모양이다. 속으로는 다정하게 다가가 입 맞추고 싶었지만, 오랜만에 만난 남편이 낯설어서 생각과 달리 행동하게 된 것일까? 오뒷세우스는 기둥 곁에 앉아서 눈길을 아래로 향한 채, 아내의 말을 기다린다. 하지만 그녀는 그를 보면서도 확신할 수가 없다. 한 순간 그가 남편인 듯도 했다

가, 다시 보면 험한 옷을 걸친 그가 남편이 아닌 듯했다.

> 그러나 그녀는 하도 얼떨떨하여 아무 말 없이 그저 앉아 있기만 했다.
> 그녀는 그의 얼굴을 들여다보고 한순간 비슷한 점을 찾아냈는가 하면,
> 다음 순간 그를, 더러운 옷을 입은 그를 알아보지 못하곤 했다.
> (23권 93~5행)*

보다 못해 텔레마코스가 개입한다. 아들은 우선 어머니의 쌀쌀맞은 태도를 나무란다. 왜 곁에 앉아서 질문이라도 던지지 않는지, 왜 그렇게 멀리 떨어져 앉아 있는지. 스무 해 만에 집에 돌아온 남편을 이렇게 대하는 여자는 세상에 없을 것이라고, 그녀의 마음은 돌보다 단단하다고. 어디서 많이 들어 본 평가이다. 그렇다. 13권에서 아테네가 오뒷세우스에게 했던 말이다. 다른 사람이라면 그렇게 오래 걸려 돌아왔다면 당장 집으로 달려가 아내와 아이를 보았을 것이라고, 하지만 오뒷세우스는 아내를 시험하기 전에는 믿지 않으려 한다고. 그 남편에 그 아내다.

페넬로페는 아들의 비난에 정신이 든 듯, 자신이 너무 얼떨떨해서 말을 제대로 할 수가 없고, 그를 마주 바라보기조차 힘들다고 토로한다. 하지만 이 사람이 정말 오뒷세우스라면 자기들 두 사람만이 알

---

* 천병희 역은, "그녀는 줄곧 두 눈으로/ 그의 얼굴을 빤히 쳐다볼 뿐, 여전히 그를 알아보지 못했으니/ 그가 몸에 더러운 옷을 입고 있었기 때문이다."로 되어 있다. 이 번역은 94행 마지막 단어를 esidesken으로 읽은 것이고, 나의 번역은 êisken으로 읽은 것이다. 이쪽을 택하면 '한순간 ~ 다음 순간 ~'(allote men, allote de)이라는 대조를 살릴 수가 있다.

고 있는 증거가 있다고 덧붙인다. 그러자 오뒷세우스가 미소를 지으며 아들에게 말한다. 자기가 더러운 옷을 입고 있어서 페넬로페가 업신여기고 남편으로 인정하지 않는다며, 방안으로 들어가서 자기를 시험하면 잘 알 수 있으리라는 것이다. 여기서 부부는 아들을 매개로 의사를 표현하고 있다. 너무 오랜만에 만나 서로 어색한 부부의 태도를 잘 표현했다. 한데 오뒷세우스가 한 마지막 말은 무슨 뜻일까? 그 의미가 분명치는 않지만, 아마도 자기가 비밀의 침대를 증거로 내세울 수 있다고 암시하는 것 같다. 이렇게 서로 알아보는 문제를 차후로 미루고서, 오뒷세우스는 갑자기 다른 화제를 꺼낸다. 친척이 많지 않은 사람을 하나만 죽여도 고향을 떠나 도망자가 되기 쉬운데, 자기는 뛰어난 젊은이들을 그렇게나 많이 죽여 놓았으니, 앞으로 어떻게 할지 생각해 보자는 것이다. 사실 이것은 오뒷세우스가 간밤에 잠 못 들고 뒤척이며 걱정했던 두 가지 문제 중 하나이다. 그때 아테네는 도움을 약속했었지만, 지금 그녀는 어디로 갔는지 자취도 없다. 그리고 사실 여신이 확언한 것은 여럿을 상대로 싸울 때 자신이 도움이 되리라는 것뿐이었다.

오뒷세우스의 걱정에 비해 젊은이의 대답은 천진하다. 사람들이 말하기를 누구도 오뒷세우스와는 지략을 겨룰 수 없다니, 아버지가 결정하면 거기 따르겠다는 것이다. 이 젊은이는 거의 불가능해 보이던 복수를 이룬 것에 너무 낙관적인 태도를 가지게 된 것일까? 그에게는 아버지를 믿는다는 것 외에는 아무 다른 방책이 없다. 그러자 오뒷세우스는 기이한 제안을 한다. 일단 구혼자의 친척들이 사건을 알

아채지 못하게, 결혼식 잔치로 위장하자는 것이다. 모두들 목욕을 하고 옷을 갖춰 입고, 하녀들에게도 의상을 입히고, 가인의 수금 반주에 맞춰 다들 즐겁게 춤을 추자는 것이다. 이렇게 시간을 벌어서 시골로 간 다음엔, 소문이 시내로 퍼져도 어떻게 대응할 수 있으리라는 것이다. 그래서 다들 그의 제안에 따른다. 그들이 춤추는 소리는 집 밖까지 울리고, 지나가는 사람은 페넬로페가 결혼식을 올리는 것으로 생각하여, 그녀가 남편의 집을 끝까지 지키지 못한 것을 탄식하기도 한다.

여기서 조금 전까지 피바다였던 홀이 갑자기 춤과 음악으로 넘쳐나는 것은 기이하지만, 나로서는 이것이 축제의 일환이고 왕과 왕비의 새로운 결혼식에 걸맞은 것이라고 생각한다. 사실 그냥 사람들을 속이자면 하녀들이 일부러 의상을 갖출 필요까지는 없었을 것이다. 물론 갑자기 밖에서 누가 들어오는 경우에 대비하자는 것일 수도 있지만, 그런 식으로 하자면 음식상까지 준비해야 할 것이다. 사실 오뒷세우스가 과녁을 뚫고 나서 '이제 잔치의 절정을 즐기자'고 한 것은, 구혼자들을 처단하는 문제는 물론이고 더 나아가 지금 벌어지는 이 과정까지 염두에 두고 한 말이 아닌가 싶다. 춤과 음악은 잔치의 절정(21권 429~430행)이기 때문이다.

때아닌 춤판이 벌어지고 있는 사이, 오뒷세우스는 에우뤼노메의 도움을 받아 목욕을 하고 품위 있는 옷을 걸치고 나선다. 아테네 여신은 그에게 아름다움을 쏟아 붓고 그를 더 크고 체격 좋아 보이게 만들었다. 그의 머리에는 이전의 대머리 상태와는 다르게 히아신스 꽃 같은 고수머리가 흘러내린다. 이렇게 우아함 넘치는 모습을 갖춘 오뒷

세우스는 아내의 맞은편에 가서 다시 앉는다. 그러고는 그녀를 나무란다. 조금 전에는 아들을 통하여 간접적으로만 그녀를 비난했지만, 이번에는 직접 그녀를 상대하는 것이다. 페넬로페는 정말 무뚝뚝한 여자라고, 이십 년 만에 돌아온 남편을 이런 식으로 맞이하는 여자는 달리 없을 것이라고. 이렇게 직접 아내를 나무라는 장면을 두고 어떤 학자는 짓궂게도, 오뒷세우스가 이제 더러운 거지에서 부유하고 매력적인 귀족으로 복귀하였으므로 자신감이 생겨서 그런 거라고 설명하기도 한다. 그러면서 그는 짐짓 에우뤼클레이아를 향하여 잠자리를 보아 달라고 부탁한다. 아내가 자기를 남편으로 인정하지 않으니 혼자서라도 자겠다는 것이다.

그러자 페넬로페도 지지 않고 맞받아친다. 이상한 것은 당신이다, 나는 잘난 체하는 것도 아니고, 업신여기는 것도 아니며, 당신의 변화에 놀라지도 않는다, 당신이 떠날 때의 모습을 잘 기억하고 있기 때문이다. 그러니 오뒷세우스는 20년 전에 떠나갈 때의 모습으로 변화하였고, 페넬로페는 그것을 알아본 모양이다. 하지만, 달리 보자면 지금 상당히 멋진 모습을 회복했지만 이십 년 전의 그 모습은 아니라는 뜻일 수도 있다. 내가 여러 가지 해석 가능성을 내놓는 것에 대해 짜증을 낼 독자가 있을지도 모르지만, 아우얼바하의 주장과는 달리 모든 것이 이런 식으로 여러 해석 가능성을 열어 놓고 있다. 나로서도 어쩔 수 없는 일이다.

그러면서 페넬로페는 방금 오뒷세우스가 에우뤼클레이아에게 했던 부탁에 찬성하는 것처럼 말한다. 오뒷세우스가 직접 지은 신방

밖에 그를 위해 침상을 내다가 펴라는 것이다. 사실 이것은 오뒷세우스를 시험하기 위한 수수께끼였고, 시인 자신이 '시험'이라는 단어를 사용하고 있다.

"어쨌든, 자, 에우뤼클레이아여, 그이가 손수 지으신 훌륭한 신방 밖에다,
저분을 위하여 튼튼한 침상을 펼치세요."
이런 말로 그녀는 남편을 시험했다. (23권 177~181행)

오뒷세우스는 그 말을 듣자 화를 내며, 누가 자신의 침상을 옮겼는지 묻는다. 신 아닌 사람으로서는 그럴 수가 없다, 그것은 자신이 직접 만든 것으로, 마당에 자란 올리브나무를 땅에 박힌 채로 하나의 기둥을 삼아서 만든 것이기 때문이다. 여기서 그 침상을 만든 경위가 자세히 그려진다. 거의 흉터 발견 장면만큼이나 자세한 묘사고, 직접화법 속에 들어간 '노출된 하이퍼텍스트'다.

…… 우리 안마당에는 잎사귀가 긴 올리브나무
한 그루가 한창 무럭무럭 자라고 있었는데, 그 줄기는 기둥처럼 굵었소.
그 나무 둘레에다 나는 돌들을 서로 밀착시키며 방을 짓기 시작했고,
드디어 그것이 다 완성되자 그 위에다 훌륭하게 지붕을 씌우고,
튼튼하게 짜 맞춘 단단한 문짝들을 달았소.
그러고 나서 나는 잎사귀가 긴 올리브나무의 우듬지를 자르고,
밑동을 뿌리에서부터 위로 대충 다듬은 다음, 청동으로 그것을

훌륭하고 솜씨 있게 두루 깎고 먹줄에 따라 똑바르게 하여,
그것을 침대기둥으로 만들었소, 송곳으로 곳곳에 구멍을 뚫어서.
그것에서부터 시작하여 나는 침상을 다듬어 나갔고, 마침내 완성했소. (23권 190~9행)

마당에 아주 굵게 자란 올리브나무가 있었다. 자신은 그 둘레에 돌을 쌓아 방을 꾸몄고, 지붕과 문짝을 만들었다. 올리브나무를 대충 다듬어서 똑바로 깎고는 그것을 다리 하나로 삼아 침상을 짰다. 금과 은과 상아를 써서 정교하게 장식하고 자줏빛 쇠가죽 끈으로 받침을 만들었다.

오뒷세우스는 이런 특징을 제시하며, 지금은 그것을 누가 베어 옮겼는지 알 수 없다고 말한다. 그러자 페넬로페는 온몸의 힘이 빠지는 느낌이 든다. 그녀는 남편에게 달려가 끌어안고 머리에 입을 맞춘다. 그에게 화내지 말라고 말한다. 하지만 그녀의 이유 설명은 좀 폭이 넓은 것이다. 자기들에게 슬픔을 보낸 것은 신이라고, 자기들이 함께 청춘을 즐기는 것을 신들이 시기한 탓이라고. 이렇게 모호한 말로 시작해서 자기가 그를 얼른 인정하지 않은 이유를 설명한다. 자기가 그를 보는 순간 곧장 받아들이지 않은 것은, 혹시나 누가 자기를 속이지 않을까 늘 걱정해 왔기 때문이라고. 그러면서 그녀는 헬레네를 예로 든다. 그녀도 어떤 신이 부추기지 않았다면 그렇게 낯선 남자와 동침하지 않았을 거라고. 한데 그 중간에 들어 있는 말이 좀 얄궂다. 헬레네도 만일 희랍인들이 자기를 다시 고향으로 데려올 줄 알았더라면

떠나지 않았으리라는 것이다. 그 사건에서 비롯되어 자기들이 헤어져 있게 되었으니 결국 그들의 고통은 신의 탓이라는 것이다.

이 발언에는 몇 가지 문제가 있다. 가장 큰 문제는, 자기들이 어떤 신 때문에 고통을 당했다는 것과, 자기가 누구에게 속을까봐 두려워했다는 것이 서로 잘 붙지 않는다는 점이다. 얘기가 제대로 되려면, 신이 헬레네를 속였듯이 자기도 어떤 신에게 속는 게 두려웠다든지, 아니면 적어도 헬레네가 신에게 속은 것처럼 자기도 신과 비슷한 인간에게 속는 것이 두려웠다든지 해서, 어떻게든 신이라는 고리가 사용되어야만 한다. 물론 페넬로페는 논리학자가 아니니 그저 생각나는 대로, 이미지로 연결시킨 것일 수도 있다. 이런 구절에 대해서는 노상 지워 버리자는 주장이 있기 마련인데, 이 구절을 지켜 내려는 학자들은, 지금 페넬로페가 헬레네를 예로 들어 자기를 방어하려 하면서도, 그녀를 비난하고 싶지 않아서 신을 끌어들였고 그러다 보니 논리가 흐트러졌다고 설명한다.

그리고 헬레네의 가출 이유에 대한 설명도 조금 이해하기 어렵다. 위의 논리를 따르자면 헬레네는 어떤 신에게 부추김을 받았는데 그 결과가, 사랑의 열정에 넘어간 것도 아니고 도덕적인 판단이 흐려졌다는 것도 아니고, 누구도 자기를 다시 고향으로 데려오지 못하리라고 잘못 판단한 것이라니, 페넬로페가 가장 중시하는 것은 지적인 판단 착오(미래에 대한 잘못된 예측)인 셈이다. 그러면 (논리가 잘 연결되는 것은 아니지만) 페넬로페가 피하려는 것도 사랑의 열정이나 도덕적 실책이라기보다, 미래에 대한 예측 실패이다. 사실 이것은 여성주

의 쪽에서 접근한 페넬로페의 성격과 잘 어울리는 말이다. 그녀는 무작정 자기 욕구를 억누른 것도 아니고, 사회가 부과하는 도덕률을 그저 받아들인 것도 아니고, 단지 사실 판단에서 실수를 하지 않으려 했던 것이다.

그러면서 그녀는 오뒷세우스가 한 말이 옳다는 것을 다시 한 번 확증한다. 그 침대에 대해서 아는 것은 부부 두 사람 외에는, 친정에서부터 자기를 따라온 악토르의 딸뿐이라고, 그 증거를 대니 자기가 설득될 수밖에 없다고. 여기서 '악토르의 딸'이 누구인지는 의견이 엇갈리는데, 그냥 지금 그녀의 침실을 돌보는 에우뤼노메라는 해석도 있고, 다른 의견으로는 에우뤼노메의 전임자라는 해석도 있다. 후자를 택하면 지금 세상에 그 침대의 비밀을 아는 사람은 부부뿐이니 이 증거가 더욱 확실한 것이 된다. 다른 사람이 그것을 알고 있으면 이 나그네에게 누설했을 가능성도 있으니 말이다.

한데 어떤 학자는 지금 이 수수께끼가 제시되고 답이 주어지는 방식을 두고, 이 작품 전반에서 여성들이 남성들보다 우월한 것으로 나오는데 이 장면에서도 그렇다고 해석한다. 페넬로페가 오뒷세우스에게 수수께끼도 아닌 척, 현재 침대가 움직일 수 있는 것처럼 말해서, 그로 하여금 화를 내며 답을 말하게 했다는 것이다. 하지만 나로서는 오뒷세우스가 '방으로 가서 자기를 시험하게끔 하라'(113행)고 한 것이라든지, 유모에게 침상을 펴달라고 한 것 등이 자신이 비밀의 침대에 대해 알고 있다고 암시한 것이라 보고 싶다. 어쩌면 오뒷세우스는 아내에게 어서 그 수수께끼를 내라고 촉구한 것일지도 모른다. 물

론 오뒷세우스가 화를 낸 것만큼은 페넬로페에게 넘어간 거라고 할 수 있다. 그는 혹시 아내가 자기들 둘만 아는 비밀을 누군가에게 누설한 게 아닌가 생각했을 수도 있는데, 절제 잘하기로 소문난 오뒷세우스의 감정을 폭발시켰으니 그 점만큼은 페넬로페가 남편을 이긴 셈이다. 어쩌면 이것은 간밤에 화롯가에서 만났을 때 자신이 눈물을 흘리는데도 진실을 숨기고 자기를 그대로 울게 내버려 둔 야속한 남편에 대한 약간의 보복인지도 모르겠다.

페넬로페의 능력을 아주 높이 보는 학자들은, 지금 이 장면이 그녀의 진면목이 드러나는 대목이라고 평가한다. 그녀는 이제까지 남자들의 계략에서 배제되어 왔다. 그녀에게는 그저 간헐적으로 파편화된 정보들만 주어졌고, 그녀는 그저 남자들이 짜 놓은 틀에 따라 움직일 수밖에 없었다. 이제야 그녀는 모든 정보를 다 가지게 되었다. 그것을 이용하여 그녀는 남자들을 마음껏 조종한다. 텔레마코스가 한 번, 오뒷세우스가 두 번 화를 냈던 것도, 도무지 통제할 수 없는 여성의 등장에 남성들의 초조함이 노출된 것이다. 재미있고 유익한 분석이다.

그리고 어떤 학자는 아직도 침대의 올리브나무가 살아 있다고 해석하는데, 나로서는 좀 심한 해석이 아닌가 싶다. 지붕까지 만들었다니 실내에서 빛을 받기는 힘들 것이고, 우듬지를 치고 줄기를 다듬어서 먹줄을 넣어 곧게 했다니, 나무 줄기에도 많은 손상이 갔을 것이다. 이 작품에 등장하는 여신들이 나무 숲을 갖고 있으며, 동방의 무서운 여신들도 나무와 연관이 있는 것으로 되어 있지만, 그래도 이 작품이 사실적인 틀을 유지하고 있는 만큼 '살아있는 침대'설은 따르기 어렵

다. 그저 나중에 침대가 된 나무를 자세히 묘사해서 그것이 자연상태에서 어땠는지를 그려 둔 것이, 이 나무를 '여신의 나무'로 만들어 주는 장치가 아닐까 하는 정도다(물론 나무 줄기가 기둥 정도라면 높이도 상당할 터이니 그 위로 지붕을 덮기는 좀 어렵다. 따라서 중간에 지붕을 뚫어서 그 위로 가지가 나오게 만들면, 나무가 살아 있을 가능성도 있다. '우듬지를 쳤다'는 것이 가지를 어느 정도까지 정리한 것을 가리키는지가 문제이다).

한데 왜 페넬로페는 남편의 신원을 확인하기 위해 수수께끼라는 또 하나의 장치를 동원한 것일까, 활쏘기 시합만으로는 부족했던 것일까? 어떤 학자는, 활쏘기 시합이 부부 사이의 사적인 관계를 확인하기에는 너무 공적인 사건이라서라고 설명한다. 그것은 오뒷세우스가 여전히 예전의 힘과 기술을 유지하고 있다는 것, 그가 여전히 '아카이아 인 중 으뜸'임을 확인하는 장치일 뿐이라는 것이다. 그것은 왕으로서의 자격은 될지 몰라도, 이 여인의 남편이라는 것을 확증하는 장치는 될 수 없다고. 페넬로페와의 알아보기가 이 자리로 미뤄진 것에 대해서도 같은 설명이 주어진다. 사적인 애정과 신뢰를 확인하기 위해서는 다른 경쟁자들이 다 제거된 다음의 내밀한 분위기가 필요하다는 것이다. 그래서 지금 가장 내밀한 가구, 침대가 문제되었다. 땅에 굳게 뿌리박힌 그것은 부부간 신뢰의 상징이다.

오뒷세우스 부부가 잠자리에 들다

이제 서로에 대해 확신하게 된 부부는 끌어안고 눈물을 흘린다. 이들

의 모습은 직유로 표현되는데 이 직유 역시 뒤집힌 것이다. 페넬로페가 남편을 보고 반가운 마음은, 배가 파선되어 바다에서 겨우 살아난 사람이 육지에 닿을 때의 심정과 같은 것으로 되어 있기 때문이다.

> 마치 바람과 부푼 파도에 떠밀리던 잘 만든 배가
> 포세이돈에 의하여 산산이 부서져서 바다 위를
> 헤엄치고 있던 자들에게 육지가 반가워 보일 때와도 같이—
> 몇 사람만이 잿빛 바다에서 뭍으로 헤엄쳐 나오고,
> 그들의 몸에서는 온통 짠 바닷물이 줄줄 흘러내린다.
> 그들은 재앙에서 벗어나 반가워하며 육지에 발을 올려놓는다—
> 꼭 그처럼 그녀에게는 남편이 보기에 반가웠다.(23권 233~9행)

여기 표현된 것은 오뒷세우스가 당한 일이다. 그런데 그것이 오뒷세우스를 맞이하는 부인의 심정을 묘사하는 데 쓰였다. 혹시 시인은 부부가 서로 마음이 잘 맞는 사이라는 것을 이런 식으로 밝힌 것일까? 그렇다면 페넬로페 역시 남편처럼 '항해'를 했고, 파선된 상태에서 육지를 찾았던 것이다. 어쩌면 남편이 무사히 귀환할 수 있었던 것은, 아내 쪽에서도 그를 간절히 찾고 있었기 때문이다. 오뒷세우스는 나우시카아를 처음 만났을 때, 마음이 일치하는 부부('homophroneonte', 6권 182행)야말로 큰 축복이라고, 그런 복을 얻기를 축원했었다. 지금 부부가 만나는 이 대목에 같은 단어는 아니지만 비슷한 의미를 가진 수식어('thymarea', 23권 232행)가 페넬로페에게 붙어 있다.

이들이 너무 오래 슬퍼해서, 보통 때 같았으면 밤이 지나고 새벽이 닥쳤겠지만, 아테네 여신이 밤과 새벽을 각기 서쪽과 동쪽에 잡아두고 시간을 끈 것으로 되어 있다. 『일리아스』에서 헤라 여신이, 불리한 희랍군을 위해 해를 급히 지게 만든 것에 비견되는 사건이다. 오뒷세우스의 복수극을 해와 달의 주기가 일치하는 사건과 연결시키고 싶은 나로서는, 이 밤이 동짓날 밤이고, 마침 음력으로도 그믐이라고 하고 싶다. 하지만 전체적으로 이 축제가 봄과 연결된 것이기도 하니, 그런 해석은 너무 욕심을 많이 부린 것일지도 모르겠다.

한데 울음을 그친 오뒷세우스가 아내에게 하는 첫마디는 페넬로페에게 다소간 좌절을 주는 것이다. 그들은 아직 고난의 끝에 닿은 것이 아니며, 자기는 아직 할 일이 있다는 것이다. 그러면서 그는 먼저 변명처럼 테이레시아스의 권위를 빌려, 그 할 일이란 것이 자기 마음대로 하고 말고 결정할 수 없다는 걸 밝힌다. 하지만 그 일이 무엇인지 다 밝히지 않고, 잠자리에 들자고 제안한다. 페넬로페는 잠은 언제라도 잘 수 있으니 하던 말을 마저 하라고 조른다. 오뒷세우스는 그녀의 재촉에 약간 곤혹스러워하지만, 그 할 일이란 것이 무엇인지 숨기지는 않는다. 그 내용은 우리가 이미 11권에 들은 것이다. 테이레시아스는 그에게 노를 들고 떠나서, 바다를 모르고 소금을 먹지 않는 사람들에게 이르기까지 여행하라고 명했다, 그를 만난 사람이 노를 곡식 까부르는 키로 착각하는 것을 보면 그것이 징표이다, 그러면 그 노를 땅에 박고 포세이돈에게 숫양, 수소, 수퇘지 한 마리씩을 제물로 바치고 집으로 돌아가서, 다른 신들께는 헤카톰베를 바쳐야 한다, 그 후에는

그에게 부드러운 죽음이 바다로부터 와서, 안락한 노령을 보내고 있는 그를 죽게 할 것이다, 그 주위의 백성들은 행복하게 살 것이다. 그 말은 들은 페넬로페는 그래도 오뒷세우스가 행복한 노령을 보내게 된다는 것에 안도를 표한다.

그 사이 두 노파가 잠자리를 마련하여, 둘은 옛날 그대로 놓인 침상으로 간다. 사실 그 앞에 이루어진 대화는 어딘가 조용한 곳에서 둘만이 나눈 것 같은 분위기지만, 앞에서부터 따져보면 이들은 이제까지 홀에 머물렀어야만 한다. 그렇다면 다른 사람들이 음악을 울리고 쿵쿵대며 춤을 추고 있는데, 한 쪽에서 얼싸안고 울다가 부부가 얘기를 나누는 것이 좀 어색하게 된다. 그러니 가짜 결혼식의 춤판은 한 번 언급되고 당분간은 잊히는 모양이다.

지금 우리가 다다른 장면(296행까지)이 헬레니즘 시대부터 원래 작품의 끝이라고 알려졌던 곳이다. 하지만 그 바로 앞 장면에 '그들이 ~한 반면(men)'이란 표현이 들어 있고, 그 다음 장면이 '한편(de)'이라는 말로 연결되어 있어서, 다른 문제는 차치하고 문법적으로도 그 사이를 나눌 수 없다는 주장도 있다. 나로서는 그 다음의 여러 장면들이 꼭 있어야 하는 것이라고 생각하여, 거의 지금 전해지는 그대로가 완성형태가 아닌가 생각한다.

부부가 침실로 물러가자, 춤을 추던 사람들도 춤을 그치고 쉬러 간다. 그러니 이 춤이 밤새 계속되지 않은 것만 보아도, 구혼자들의 친척을 따돌리고 시간을 벌자는 것은 거의 핑계이고, 원래의 목적은 오뒷세우스 부부의 재결합을 축하하는 것인 듯하다.

한편 오뒷세우스 부부는 침실에서 사랑을 나누고, 이야기를 나눈다. 얘기 내용은 이제까지 나온 작품 내용의 요약이다. 페넬로페는 구혼자들의 분탕질 속에 견뎌 낸 일들을 이야기한다. 오뒷세우스는 자신의 모험을 모두 이야기한다. 그 내용은 키코네스 인들에게 가서 해적질 한 것, 로토스 먹는 사람들을 만난 일, 퀴클롭스에게 잡혔다가 빠져나온 사건, 아이올로스에게 환대를 받고 고향 앞까지 왔다가 좌절한 사건, 라이스트뤼고네스 인들에게서 함대를 잃은 일, 키르케의 계략에 넘어갈 뻔한 일, 저승에 가서 테이레시아스와 전우들과 어머니를 만난 일, 세이렌, 카륍디스, 스퀼라, 헬리오스의 섬에서 동료들을 잃은 일, 칼륍소에게 잡혀 있던 것, 파이아케스 인들에게서 존경을 받고 많은 선물을 얻어 돌아온 일 등이다. 한데 그 중에는 그가 하지 않은 일도 하나 언급된다. '떠다니는 바위'다. 합리적으로 보자면 오뒷세우스는 아마 그쪽으로 갈 수도 있었지만 가지 않았다고 말했을 텐데, 그냥 이름만 말하고 가느라고 얼핏 들으면 거기도 지나간 것처럼 되어 있다. 그리고 우리로서는 상당히 주의를 기울였던 요소가 하나 생략되었다. 바로 나우시카아라는 인물이다. 물론 그녀와의 만남은 파이아케스 인 일화의 일부이니, 실제로는 오뒷세우스가 페넬로페에게 얘기를 했는데 시인이 여기 간추려 말하느라고 빠뜨렸다고 생각할 수도 있다. 그리고 완전히 빠진 경험이 있으니, 이 모험들 전에 있었던 10년 간의 전쟁 이야기이다. 아마도 『오뒷세이아』의 시인은 『일리아스』의 내용을 다루고 싶지 않았던 모양이다.

오뒷세우스는 얘기를 마치고 잠에 빠진다. 아테네 여신은 그가

충분히 잤다고 판단한 시점에 새벽이 오게 만들고, 오뒷세우스는 깨어나 아내에게 당부한다. 그 동안 둘 다 고생이 많았지만, 일단 그가 귀향하였으니 이제 그녀는 재산을 돌보라고, 자기는 아버지를 뵈러 시골로 가겠다고. 구혼자들이 먹어치운 만큼의 재산은 자신이 다른 데서 약탈해다 보충할 것이며, 다른 사람들이 보상도 할 것이라고. 여기서 독자들은, '그러면 페넬로페 혼자서 그 엄청난 학살의 뒷감당을 어떻게 하란 말인가' 하고 생각할 텐데, 오뒷세우스의 다음 말이 그 문제를 다룬다. 날이 밝으면 사건의 소문이 퍼질 터이니, 페넬로페는 시녀들을 데리고 이층방에 앉아 누구를 보지도 말고 누구와 말을 나누지도 말라는 것이다. 사실 이것으로 문제가 해결될지는 의문인데, 페넬로페는 아무 이의도 제기하지 않고, 오뒷세우스도 더 이상 언급하지 않는다. 아마도 그녀는 여자들의 영역에 머물러 있어서 무슨 일이 일어났는지 전혀 모르고 있었던 것처럼 가장하고 계속 묵비권을 행사하라는 것일 텐데, 아닌 게 아니라 페넬로페는 정확하게 어떤 일이 일어났는지 보지도 못했고 전혀 듣지도 못했다. 그녀는 오뒷세우스가 활을 쏘려고 허락을 구하는 단계에 홀에서 물러나서, 모든 것이 깨끗하게 정리된 시점에 그곳으로 돌아갔다. 그리고 바깥에 쌓인 시체는 보지도 못했을 터이니, 혹시 그 동안 겪은 모든 일이 꿈이고 구혼자들은 온 적도 없었던 게 아닐까 생각했을 수도 있겠다. 물론 피투성이로 험한 옷을 걸친 채 서 있는 오뒷세우스를 보았으니, 이게 꿈이 아니고 그간의 일도 꿈이 아니며, 자기가 자는 사이에 뭔가 큰 유혈사태가 있었다는 것은 알았겠지만. 그러니 그녀로서는 아무것도 모르는 상태로

그냥 있는 게 나을 것이다. 모든 것은 남자들이 꾸민 일이고, 그녀의 소관 밖이다.

우리가 페넬로페를 보는 것은 이것이 마지막인데, 이렇게 중요한 인물로서는 상당히 조용한 퇴장이다. 어쩌면 24권의 두번째 저승 장면이 필요한 것은 페넬로페를 위해서이기도 할 것이다. 우리는 거기서 그녀에 대한 칭찬을 한 번 더 듣게 된다.

아내에게 이런 지침을 주고 나서, 오뒷세우스는 일어나 무장을 갖추고 아들과 두 하인을 깨운다. 이들이 무장하고서 집을 나서자, 아테네는 그들을 어둠으로 싸서 얼른 도시 밖으로 데려간다.

24권

구혼자 가족과 화해하다

VLYSSE se faict reconnoistre à son Pere, qui l'entretient de quelques fruicts particuliers de son iardin, & luy remet en memoire, Que les plaisirs les plus innocens sont ceux qui se prennent à la campagne, loing du tumulte des villes.

「아버지를 포옹하는 오뒷세우스」 테오도르 판 툴덴

복수를 끝낸 오뒷세우스는 교외의 농장으로 가서 아버지를 만난다. 그는 아버지에게 무릎의 흉터를 보이고, 아버지가 자신에게 주었던 나무들의 목록을 증거로 제시한다. 아들이 돌아온 것을 확인한 아버지는 쓰러지려 한다. 아들이 그를 부축한다. 그림 오른쪽에는 라에르테스의 하인들이 농장을 돌보고 있다.

24권은 두 부분으로 되어 있다. 앞부분은 죽임 당한 구혼자들의 영혼이 저승에 가는 이야기이다. 뒷부분은 오뒷세우스가 교외로 나가서 아버지를 만나고, 거기 찾아온 구혼자들의 친척들과 전투를 벌이는 내용이다.

우리는 17권에 오뒷세우스가 자기 집에 들어간 순간부터 이제까지, 모든 등장인물이 한 장소에 모여 있는 장면들을 보아 왔다. 물론

페넬로페의 방이라든지, 구혼자들이 모여 있는 홀의 바깥이라든지, 구석에 있는 창고라든지 하는 식으로 넓은 집의 한쪽 구석으로 장면이 이동한 경우는 있지만, 대체로 모두가 한군데에 모여 있었다. 이제 오뒷세우스 일행이 집을 나섰으니, 이제 두 군데서 벌어지는 사건을 '교차편집'해서 보여 줄 가능성이 생겼는데, 앞에도 말한 것처럼 페넬로페는 다시 등장하지 않기 때문에 오뒷세우스의 집으로 얘기가 돌아갈 일은 없다. 한데 이 대목에서 전혀 예상치 않았던 데로 이야기가 뻗어나간다. 바로 저승이다. 이제 이야기는 산 사람들과 죽은 사람들의 세계로 나뉘어 전개되는 셈이다.

구혼자들의 혼령이 저승에 도착하여 아가멤논과 아킬레우스를 만나다

보통 '두번째 저승담'(deuteronekuia, 또는 second Nekyia)으로 불리는 이 장면은, 영혼의 인도자인 헤르메스가 구혼자들의 혼령을 이끌고 저승으로 떠나는 데서 시작된다. 나는 이 장면이, 축제 때 죽은 혼령들이 불려 와서 대접을 받고는 떠나는 장면과 관련이 있다고 생각한다. 우선 헤르메스의 지팡이가 상당히 강조된다. 사람들을 재우기도 하고 깨우기도 하는 지팡이다.

> 한편 퀼레네의 헤르메스는 구혼자들의 혼백들을 밖으로 불러냈다.
> 그는 손에 아름다운 황금 지팡이를 들고 있었으니,
> 바로 이 지팡이로 그는 자기가 원하는 사람들의 눈을
> 감기기도 하고, 자는 사람들을 다시 깨우기도 하는 것이다.

그것으로 그는 혼백들을 몰아 데리고 갔고, 혼백들은 찍찍거리며 따라갔다.
마치 박쥐들이, 덩어리를 지어 바위에 높다랗게 매달려 있다가
그 중 한 마리가 아래로 떨어지면, 불가사의한 동굴 맨 안쪽에서
찍찍거리며 날아다닐 때와도 같이,
꼭 그처럼 혼백들은 찍찍거리며 그와 동행했고 구원자 헤르메스는
앞장서서 그들을 곰팡내 나는 길을 따라 아래로 인도했다.
(24권 1~10행)

헤르메스는 혼령들을 집 밖으로 불러내어, 그 지팡이로 몰면서 데리고 떠난다. 그들은 박쥐처럼 찍찍대며 따라간다. 아주 인상적인 장면이다. 많은 문화권에서, 사악한 인간들이 죽어서 박쥐로 변한다는 믿음이 있는데, 그것이 반영된 표현일 수 있다. 그리고 베르길리우스는 『아이네이스』 6권에서 저승의 입구에 큰 나무가 있고 거기에 꿈들이 주렁주렁 매달려 있는 것으로 그려 놓았는데, 혹시 이 대목의 영향을 받지 않았나 싶다. 그들은 오케아노스의 흐름과 레우카스 바위 곁을 지나, 태양신의 문과 꿈들의 나라를 지나서 수선화 핀 들판에 도착한다. 저승의 그림이, 11권에서 오뒷세우스가 그려 보인 것보다 좀 더 구체적이다. 이런 그림은 『아이네이스』에서 더욱 확장되고 더욱 자세해질 것이다.

하지만 초점은 새로 도착한 혼령들이 먼저 와 있던 자들과 만나는 것에 있지 않고, 우선 이미 그곳에 있는 자들끼리 나누는 대화에 있다. 먼저 소개되는 것은 아킬레우스 일행으로, 이미 11권에 저승에서

도 늘 함께 다니는 것으로 되어 있는 파트로클로스, 안틸로코스, 아이아스 등이다. 이들에게로 아가멤논의 혼령이 수심에 싸인 채 다가온다. 아킬레우스가 먼저 그에게 말을 건다. 그의 과거 영광을 찬양하며 현재의 상태를 동정하는 말이다. 그는 트로이아 앞에서 수많은 희랍군을 지휘했었다, 하지만 누구도 피할 수 없는 죽음을, 그것도 너무 일찍 맞아 이곳으로 왔다, 차라리 트로이아에서 죽었더라면 성대한 장례식을 받고 아들에게 큰 영광을 주었을 것이다. 마치 아가멤논이 방금 죽어서 거기 도착한 것같이 대하고 있다. 바로 이런 점 때문에, 예부터 이 대목은 누군가 나중에 끼워 넣은 것이니 지우자는 의견이 많았다. 사실 전체 작품 중 어딘가에 한 군데 후대에 가필된 데가 있고, 그것을 꼭 찾아내야만 한다면, 여기가 되기 쉽다. 그렇지만 호메로스는 이야기의 마지막에 시작점으로 돌아가는 성향이 있기 때문에, 여기서도 트로이아 전쟁이 끝나고 나서 바로 있었던 일로 돌아가는 것이 그 경향과 어울린다고 할 수 있다. 이 작품은 『일리아스』와 오뒷세우스의 귀향 사이에 일어난 일들을 채워 넣는 데 관심이 많으니, 작품이 거의 끝날 시점에 와서 못 다 채운 공백들을 메우는 것이 그리 이상할 것도 없겠다. 그리고 사실 지금 나오는 이야기는 11권에서 오뒷세우스가 직접 하기에는 좀 껄끄러운 데가 있다. 자신과는 직접 관련이 없는, 아킬레우스와 아가멤논 사이의 대화이기 때문이다. 게다가 11권에는 이미 충분히 많은 얘깃거리들이 있었다. 이런 주제는 뒤로 돌리는 게 이야기 밀도를 고르게 하는 데 유리하다.

아킬레우스의 인사를 받은 아가멤논은 오히려 복을 상대에게로

돌린다. 트로이아에서 죽은 게 정말 큰 복이라는 것이다. 그 이유는 우선, 그의 시신을 차지하기 위해서 많은 사람들이 싸우다 죽었다는 점이다. 여기서 아가멤논은 『일리아스』 17권에 나온, 파트로클로스의 시신을 둘러싼 전투 비슷한 것을 잠깐 묘사한다. 아킬레우스는 먼지 속에 누워 있고, 전사들은 온종일 거기서 싸웠다, 제우스가 폭풍을 보내지 않았더라면 그 싸움은 끝나지 않았을 것이다. 다음은 아킬레우스의 장례식이 어떻게 진행되었는지에 대한 보고다. 이런 대화 내용은 구혼자들의 장례를 대신하는 의미가 있다. 죽음 뒤에 의당 따라 나오는 장례를, 옛날에 있었던 다른 장례에 대한 보고가 대신하는 것이다. 희랍군들은 아킬레우스의 시신을 날라다가 더운 물과 연고로 씻겼다, 동료들은 눈물을 흘리며 머리카락을 잘라 바쳤다, 테티스가 자매들과 함께 나타났다, 바다에서 불가사의한 울음소리가 나서 모두들 공포에 질렸다, 그들은 도망치려 했지만 네스토르가 만류하며, 테티스 일행이 다가오는 것이라고 말했다, 테티스의 자매들은 아킬레우스의 시신을 둘러싸고 울었고 그에게 불멸의 옷을 입혔다, 아홉 명의 무사 여신들이 만가를 불렀다, 도합 17일 동안 인간과 여신들이 함께 울었다, 18일째에 아킬레우스의 시신을 화장했다, 소와 양이 제물로 바쳐졌고, 시신은 연고와 꿀에 잠긴 채 불태워졌다, 동료들이 무장을 하고 장작더미 둘레를 돌았다, 다음날 아침에 남은 뼈를 수습하여, 물 타지 않은 포도주와 연고 속에 넣었다, 테티스가 헤파이스토스의 작품인 황금 단지를 주어 거기에 아킬레우스와 파트로클로스의 뼈를 함께 담아 섞었다, 바닷가의 튀어나온 곳에다가 큰 무덤을 쌓았다, 그 후

에 테티스가 신들에게서 받아 온 상품을 내걸고 기념경기를 열었다. 이렇게 해서 아킬레우스는 죽어서도 큰 명성을 누리게 되었다. 이 장례식 묘사는 거의 『일리아스』 23권의 파트로클로스 장례식 같다. 아마도 『일리아스』에 그려진 그 장례식은, 원래는 아킬레우스의 장례식 묘사였던 것을 옮겨다가 바꾼 것일 테고, 그 작품에는 나오지 않는 아킬레우스의 장례 대용일 것이다. 지금 이 부분도 학자들의 의혹을 사고 있는데, 특히 무사 여신이 아홉 명으로 소개된 것은 호메로스의 서사시 다른 부분에는 나오지 않는 것이고, 오히려 헤시오도스 전통에 가까운 것이다. 이 구절에 대한 다른 설명 방식도 있는데, 무사가 모두 아홉뿐이라는 것이 아니라 9는 원래 시인이 좋아하는 숫자라서 여기 들어간 것이고, 거기 모인 아홉 명의 무사 여신 모두가 울었다는 뜻인데, 이 구절을 잘못 이해해서 후대에 '무사 여신은 다 합쳐서 9명뿐'이라고 생각하게 된 것이란 설명이다.

여기서 아가멤논은 자신의 신세로 화제를 돌린다. 자기는 전쟁을 이겨 냈지만 그래 봐야 큰 득이 안 되는 것이, 집으로 돌아가자마자 아내에게 죽었기 때문이다. 한데 이들이 이렇게 이야기를 나누는 사이에 구혼자들의 혼령들이 도착한다. 아가멤논은 그 중에 있는 암피메돈을 알아본다. 전쟁 전부터 알던 사이다. 그는 암피메돈이 왜 거기 왔는지, 함께 온 훌륭한 젊은이들은 어쩌다 함께 오게 되었는지 묻는다. 바다에서 풍랑을 만난 것인지, 가축을 약탈하다가, 혹은 자기들 도시와 여자들을 지키다가 육지에서 죽은 것인지. 11권에서 오뒷세우스가 아가멤논을 만나 물었던 것과 같은 질문이다. 구송시의 관습에 따

라 그냥 같은 공식구를 사용했다고 볼 수도 있지만, 나로서는 이것이 약간 아이러니를 담은 대목이라 본다. 11권에서 아가멤논은 부정한 아내 때문에 죽었지만, 여기서 구혼자들은 남의 아내를 차지하려다가 죽었기 때문이다. 말하자면 '실패한 아이기스토스'들이 도착한 것이라고나 할까? 여기 완전히 반대 상황에 처한 인물들이 같은 질문에 답하는 것이 재미있다.

아가멤논은 혹시 상대가 자기를 기억하지 못할까봐 그러는지, 자기들이 옛날에 어떤 사이였는지 다시 자세히 언급한다. 자신은 오뒷세우스를 재촉하러 이타케에 갔을 때 암피메돈의 집에 머물렀다, 그때 오뒷세우스를 설득하느라 한 달이나 걸렸었다. 그러자 상대도 자기가 그 일을 기억한다면서, 어떻게 죽게 되었는지 자기들 입장에서 전한다. 아가멤논이, 20년 전에 한 집안 가장인 것으로 기억하는 상대라면 거의 오뒷세우스와 동갑이니, 구혼자치고는 상당히 나이 먹은 축이다. 그가 전하는 주된 내용은 페넬로페의 옷감짜기 계략으로, 이미 2권의 회의 장면에 구혼자 대표인 안티노오스가 보고한 바 있고, 19권에서도 페넬로페 자신의 입으로 늙은 거지 모습의 오뒷세우스에게 전해진 것이다. 이렇게 앞에 나온 구절들이 그대로 쓰여서, 이 마지막 권은 많은 학자들의 의심을 사고 있는 것이다.

다시 약간만 반복하자면, 페넬로페는 결혼을 거절하지도 않고 결정을 내리지도 않으면서, 시아버지의 수의를 완성할 때까지 기다려 달라 하고는 삼 년 동안이나 낮에는 짜고 밤에는 풀고 하면서 시간을 끌다가, 어떤 하녀가 일러바쳐서 들통 나고 말았다. 그래서 압박에 못

이겨 억지로 그것을 완성했다. 여기까지는 앞에 두 번 나온 내용인데 거기에 구혼자의 시각에서 약간 변형을 주었다.

> 우리는 오랫동안 떠나고 없던 오뒷세우스의 아내에게 구혼을 했소.
> 그러나 그녀는 우리에게 죽음과 검은 운명을 궁리하면서
> 그 가증스러운 결혼을 거절하지도 않았고, 끝내려고도 하지 않았소.
> …… 그리하여 그녀는 자신의 의사에 반해서 마지못해 그것을 완성하지 않을 수
> 없었소. 그러나 그녀가 해 또는 달과도 같은 큼직한 천을 다 짠 뒤에,
> 그것을 빨아서 그 겉옷을 우리에게 내보였을 때,
> 바로 그때 어떤 사악한 신이 어디선지 오뒷세우스를
> 돼지치기가 살고 있던 가장 멀리 떨어진 시골로 인도하셨소.
> …… 그러고 나서 그는 교활하게도 아내를 시켜 구혼자들 앞에다
> 활과 잿빛 무쇠를 갖다 놓게 했소.(24권 125~168행)

우선 페넬로페가 처음부터 구혼자들에게 죽음을 안기려는 의도를 갖고 있었다는 구절이 덧붙었고, 그녀가 완성한 천이 '해 같고 달 같은' 것이었다는 표현이 새로 들어갔다. 우리는 이런 표현을 '좋은 저승' 두 군데서 접한 적이 있다. 메넬라오스의 집과 알키노오스의 집이 그런 광채로 가득했던 것이다. 그러니 오뒷세우스의 귀향을 태양신 숭배와 연결시키려는 시도가 상당히 그럴 듯하다.

그 다음의 얘기는 오뒷세우스의 귀향에 대한 구혼자들 나름의 정리이다. 정확한 정보를 어떻게 얻었는지, 우리가 13권 이후에 본 내용

이 고스란히 들어 있다. 혼령은 모든 것을 아는 것일까? 아킬레우스가 자기가 죽은 다음의 일이나 아가멤논의 죽음에 대해서 잘 모르는 것을 보면, 죽은 자라고 모든 것을 알고 있지는 않은데, 역시 여기에서도 만병통치약인 '짐작'을 끌어들이거나, '독자가 아는 것은 등장인물도 알게 된다'는 규칙을 끌어들여야 하겠다. 물론 이런 요약이, 뒤늦게 공연 자리에 도착한 사람에게는 이야기를 따라가는 데 도움이 되었을 것이다.

위의 인용문에서 생략한 부분까지 넣어서 암피메돈의 정리를 요약하면 이렇다. 페넬로페가 옷감을 완성했을 때, 어떤 신의 도움으로 오뒷세우스가 나타났다, 그는 먼저 돼지치기가 있는 먼 시골로 갔다, 오뒷세우스의 아들도 퓔로스에서 오는 길에 거기로 갔다, 거기서 둘이서 음모를 꾸민 후 텔레마코스가 먼저 집으로 돌아오고, 오뒷세우스는 돼지치기의 인도를 받아 누더기를 걸친 늙은 거지의 모습으로 왔다, 누구도 그를 알아보지 못하고 그에게 욕설을 퍼붓고 물건을 던졌는데 그는 꾹 참았다, 제우스가 그를 일으키자 그는 텔레마코스와 함께 무구들을 감추고 문을 잠갔다, 아내를 시켜 활쏘기 시합을 열게 했다, 자기들은 활에 시위를 얹을 수가 없었다, 오뒷세우스가 활쏘기를 시도하려 할 때 자기들은 반대했으나 텔레마코스가 활을 주라고 명령했다, 오뒷세우스는 쉽게 시위를 얹어 무쇠를 꿰뚫었다, 그는 문턱에 올라서서 안티노오스를 쏘아 죽였다, 이어서 다른 사람들에게도 화살을 날려 무수히 죽였다, 오뒷세우스 일행은 신의 도움으로 구혼자들을 홀 안 이리저리 몰며 닥치는 대로 죽였다, 그래서 자신들의 시

신은 지금 오뒷세우스의 홀 안에 누워 있고, 가족들은 그것을 모르고 있어서 죽은 자의 당연한 권리가 무시되고 있다.

결국 이 대화의 주제는, 죽은 자가 받아 마땅한 제의인 셈이다. 아킬레우스의 화려한 장례와, 아가멤논의 초라한 죽음, 구혼자들의 비참한 죽음과 장례 받지 못함 등. 여기서는 오뒷세우스가 페넬로페와 공모하여 활쏘기 시합을 연 것으로 되어 있다. 물론 구혼자들로서는 그런 의심을 했을 수도 있겠는데, 어떤 학자들은 이것이 지금 형태를 갖추기 전 원래의 '오뒷세우스의 귀향담'의 내용이었을 것이라고 추정하기도 한다. 그리고 시인이 상당히 공을 들인 '정규전' 부분은 이 요약에서 아주 소략하게 줄어들어 있다.

이 이야기를 들은 아가멤논은 자기 옛 친구의 심정은 헤아리지 않고, 자기 입장에서 논평을 가한다. 자기와는 달리 오뒷세우스가 현숙한 아내를 갖고 있어서 행복하다는 것이다. 아가멤논의 이런 평가에 의해 일련의 '으뜸 꼽기'(Priamel)가 구성된다. 아킬레우스는 아가멤논이 복되다고 했다. 살아서 큰 권력을 누렸기 때문이다. 하지만 아가멤논은 아킬레우스가 더 복되다고 했다. 전장에서 죽어 훌륭한 장례를 받는 것이 더 낫기 때문이다. 여기까지는 헤로도토스에서도 볼 수 있는 행복론이다. 하지만 마지막에 더 큰 복이 꼽아진다. 전장에서 살아남아 정숙한 아내가 기다리는 집으로 돌아가는 것이 최고이다! 『오뒷세이아』 시인은 11권에서 그랬던 것처럼, 다시 『일리아스』의 최대 영웅을 동원하여 자신이 내세우는 가치를 높인 것이다.

그러면서 아가멤논은 페넬로페의 명성이 앞으로 영원하리라고

예언한다. 신들께서 그녀를 위해 노래를 지어 줄 것이기 때문이다. 아마도 시인은 지금 자기가 하고 있는 이 노래가 신들에게서 온 것이라고 주장하고 싶은 모양이다. 아가멤논은 오뒷세우스와 비교할 때 자기 신세는 비참하다면서, 자신의 아내에게는 가증스런 노래가 주어질 것이라고 예언한다. 후세의 평가에 대한 이런 관심을 우리는 『일리아스』의 헬레네에게서도 볼 수 있다(하지만 『오뒷세이아』에 나오는 헬레네는 좀 다른 모습이어서 좀더 동방의 무서운 여신에 가깝고, 자존심이 더욱 강하다).

여기서 페넬로페에 대해 언급된 것이 그녀에게는 위안이 될 것이다. 스무 해 동안 남편을 기다려 온 그녀가 23권 뒷부분에서 너무나 조용히 퇴장했기 때문이다. 사실 그녀는 남편 못지않은 의지력과 인내심, 그리고 놀라운 기억력을 가진 인물이다. 여기서 아가멤논은 그녀를 주제로 한 노래가 있으리라고 하는데, 이 『오뒷세이아』가 바로 그런 노래이다. 하지만 이 작품 제목에는 그녀의 남편 이름이 들어가 있다. 어떤 학자는, 여기 이 언급이 페넬로페의 위력과 남편에 대한 잠재적인 위협을 보여 준다고 평가한다. 앞에서도 말했지만, 결혼은 인위적인 장치이기 때문에, 혈연처럼 자동적으로 충실함을 보장해 주지 않는다. 오뒷세우스와 페넬로페의 알아보기가 그렇게 뒤로 미뤄진 데는 이런 이유도 작용했다. 오뒷세우스는 수많은 위험을 빠져나왔지만, 자기 집에 도착해서 단 한 사람 때문에 그 동안의 수고가 헛일이 될 수도 있었던 것이다. 그 여인은 남편의 귀환과 관련해서만 위협이 되는 것이 아니라, 후대에 남을 노래와 관련해서도 그렇다. 『오뒷세이

아』는 '『페넬로페이아』'가 될 수도 있었던 것이고, 여기에 그것이 암시되었다.

이 '두번째 저승담'은 후대에 가필된 것이 아닌가 하는 의심을 많이 받아 왔고, 삭제해야 한다는 주장에 시달려 왔다. 하지만 나로서는 몇 가지 이유에서 이 부분이 여기 있어야 한다고 믿는다. 하나는 앞에서도 말했듯이, 이 부분이 죽은 자들이 떠나는 장면을 보여 주기 때문이다. 축제에는 죽은 자들이 초대되어 대접을 받고는 다시 쫓겨나는 것이 일반적인 관행이다. 많은 경우 요란스런 소음과 불꽃놀이가 거기 수반되는데, 이 작품에서는 살육 뒤의 춤과 음악이 그 역할을 했다. 또 하나의 이유는, 이 대목이 이 후반부에, 다른 두 큰 부분에도 나타나는 '저승여행' 주제를 반복해 준다는 점이다. 첫째 부분인 텔레마키아에는 텔레마코스의 '저승여행'이 있었다. 밤바다를 건너 '좋은 저승'인 메넬라오스의 궁전을 방문한 것이다. 둘째 부분에는 오뒷세우스의 이야기 속 저승여행이 있었다. 세 큰 부분에 같은 요소가 등장한다면 부분들이 서로 묶인 하나가 되는 데 유리할 것이다. 그래서 셋째 부분에는 지금 여기 저승여행이 있다. 다른 두 큰 부분에 모두 들어 있었던 다른 요소도 있으니, 바로 아가멤논 집안과 오뒷세우스 집안의 대비이다. 지금 여기서 그 요소가 반복되면 작품의 통일성에 도움이 될 것이다. 더구나 11권에서 아킬레우스와 헤라클레스를 동원해서 삶을 찬양했던 것과, 여기 아킬레우스와 아가멤논을 동원하여 성공적 귀환을 찬양하는 방식이 흡사하니, 혹시 이 부분이 누군가의 가필이라면 그 가필자는 참 대단한 눈썰미를 가진 사람이다.

물론 몇 가지 문제가 있다. 여기 그려진 저승이 11권과는 다르다는 점이다. 저승의 인물들은 피를 마시지 않고도 서로 이야기를 나눈다. 아가멤논과 아킬레우스는 서로 처음 만나는 듯 대하고 있다. 그렇지만 설명이 안 될 것도 없다. 11권의 저승은 오뒷세우스가 자기 입장에서 이야기한 것이고, 지금 그려진 것은 시인 자신(혹은 무사 여신)의 판본이라고 하는 것이다. 이야기가 갑자기 끊겨서 다른 데로 갔다는 점, 즉 오뒷세우스의 출발과 도착 사이에 이 부분이 들어갔다는 점도 의심을 사고 있는데, 거기에 대해서는 『일리아스』에서 자주 쓰인 관행으로 설명이 가능하다. 즉, 시간이 많이 걸리는 일이 진행되고 있으면 그 사이에 다른 일이 보고되는 관행이다. 지금도 오뒷세우스가 도시를 떠나 아버지의 농장에 도착하기까지 시간을 지금 이 이야기가 메운 것이다.

오뒷세우스가 농장에 도착하여 아버지를 만나다 — 오뒷세우스의 다섯번째 거짓말

이제 작품의 마지막 대목이다. 이야기는 산 자들에게로 향한다. 23권 끝부분에 도시를 떠난 오뒷세우스 일행은 이제 라에르테스의 아름다운 농원에 도착한다. 이곳은 라에르테스 '자신이' 노력으로 획득한 것이라니, 아마도 원래 황무지인 것을 노인이 애를 써서 지금처럼 아름답게 가꾼 것 같다. 새로운 장소에 도착하는 장면을 그릴 때 자주 그렇듯이, 시인은 등장인물로서는 알 수 없는 '인문지리적'인 정보들을 섞어 가면서 그 장소를 소개한다. 거기에는 라에르테스의 집이 있고, 그

것을 빙 둘러서 하인들이 사용하는 오두막들이 있다. 하인들 중에는 시켈리아 출신의 노파가 있어서 그를 보살핀다.

여기 도착하자 오뒷세우스는 아들과 하인들에게, 들어가 식사를 준비하라 이르고, 자신은 아버지를 시험하겠노라면서 따로 나선다. 오뒷세우스가 농원을 돌아다니는 동안 하인들은 눈에 띄지 않았는데, 그들은 모두 울타리 쌓을 돌을 모으러 간 참이다. 이들을 인솔한 것은 돌리오스라는 노인인데, 같은 이름이 멜란티오스의 아버지로 소개되었었다. 학자들은 보통 이 두 사람이 동명이인인 것으로 보고 있지만, 같은 사람으로 보아도 상관없지 않은가 하는 견해도 있다. 못된 자식의 아버지가 좋은 사람이면 안 된다는 법은 없기 때문이다. 한데 이렇게 보면, 이 노인과 그의 다른 자식들은 자기 가족 둘을 죽인 사람들을 위해 전투까지 하는 게 되고, 큰 아이러니가 된다. 나로서는 멜란티오스가 라에르테스의 대역으로 죽었다고 생각하고 있기 때문에, 그가 라에르테스와 조금이라도 더 관련이 있는 것이 좋다. 즉 멜란티오스가 라에르테스의 심복의 아들이라는 쪽이 더 끌린다. 하지만 그렇게 되면 오뒷세우스는 너무 위험한 선택을 하는 것이다. 아버지를 만나기는 해야겠지만, 원수의 소굴로 뛰어드는 격이기 때문이다. 어쨌든 시인은, 죽은 하인 멜란티오스가 여기 나오는 이 돌리오스의 아들인지 아닌지 불분명하게 해서, 독자들에게 어떤 긴장감을 주려 했던 것으로 보인다.

오뒷세우스가 아버지를 마주쳤을 때, 노인은 혼자서 어떤 나무 주위의 흙을 파고 있었다. 여기서 그 노인의 남루한 입성이 자세히 묘

사된다. 헝겊을 덧대 기운 옷을 입고, 정강이에는 쇠가죽 각반을 댔는데 이 역시 다른 가죽으로 기운 것이다. 손에는 장갑을 끼고 머리에는 염소가죽 모자를 썼다. 이런 차림의 이유는 그가 슬픔을 품고 있어서라고 되어 있다. 이 말이 바로 앞에 나온 모자를 설명하는 것이라면 염소가죽 모자가 슬픔을 표현하는 것이라는 다른 근거를 찾아야 하는데, 그보다는 전체적으로 노인이 이렇게 남루한 차림을 하고 있는 것은 아들을 잃은 슬픔 때문이라고 보는 것이 좋겠다. 물론 여기에도 텍스트를 고쳐 보려는 시도들이 많이 있다.

오뒷세우스는 아버지의 늙고 초라한 모습을 보고는, 배나무 밑으로 가서 혼자 눈물을 흘린다. 그러면서도 아버지를 어떻게 대할 것인지 숙고한다. 보통 하듯이 달려가 끌어안고 입 맞추고 자신의 경험을 모두 이야기할 것인지, 아니면 먼저 아버지를 시험해 볼 것인지. 이 장면은 페넬로페가 남편을 어떻게 맞을 것인지 고심하는 장면과 평행한 것이다. 오뒷세우스는 후자로 결정하고, 노인에게 다가가 우선 그의 정원을 칭찬한다. 과일나무와 채소들이 모두 잘 가꿔져 있다고. 이 칭찬은, 잠시 후에 오뒷세우스의 복수극에 대한 해석에서 다시 보겠지만, '왕의 죽음'과 부활에 수반되는 토지의 풍요성을 일부 보여 준다.

> 노인이여, 그대는 정원을 가꾸는 솜씨에는 부족한 점이 없는 것 같구려.
> 정원은 잘 가꾸어져 있고, 초목이든, 무화과나무든,
> 포도나무든, 또 올리브나무든, 배든, 채소든,

그대의 정원에는 잘 가꾸어져 있지 않은 것이 한 가지도 없으니 말이오.(24권 244~7행)

그러면서, 반면에 노인 자신은 그렇게 잘 가꿔져 있지 않다고 조롱한다. 비참하게 늙은 데다 몸도 돌보지 않고 옷도 허름하다는 것이다. 그러면서 그를 종으로 생각하는 듯 빈정거린다. 이렇게 부지런한데도 주인이 그를 돌보지 않는다고, 노인이 체격이나 용모는 왕 같다고, 목욕하고 잘 먹고 부드러운 잠자리에서 자야 할 사람 같다고, 노인이라면 더욱 그러하다고. 그러면서 이것이 누구의 농원인지, 노인이 누구의 하인인지 묻는다. 또 자신이 이곳이 어디인지 잘 모르는 것처럼 꾸민다. 이타케라고는 들었지만 그 말을 해준 사람을 믿을 수가 없다는 것이다.

그러면서 그는 다시 자기의 인생을 꾸며 내어 들려준다. 먼저, 오뒷세우스를 만난 적이 있다고 주장한다. 전에 자기 집에 찾아온 사람을 접대한 적이 있다, 그는 이타케 출신으로 아르케시오스의 아들인 라에르테스의 아들이라고 했다, 자기는 그를 후히 대접하고 여러 선물을 주었다. 여기서 그는 선물들의 목록을 읊는다. 황금 일곱 탈란톤, 은 동이 하나, 외폭 외투 열두 벌, 깔개 열두 장, 겉옷과 웃옷 열두 벌씩, 그리고 아름답고 솜씨 좋은 여인 네 명 등. 사실 이런 선물은 파이아케스 인들에게서조차 받은 적이 없다. 오뒷세우스는 시골 노인을 상대로 엄청난 허풍을 늘어놓고 있는 셈이다. 자신이 이제는 훌륭한 옷을 입고 있으니 거기 걸맞게 귀인 행세를 하기로 마음먹은 모양이다.

라에르테스는 그 말에 눈물을 흘리며 대답한다. 아들은 죽었고, 나라는 구혼자들의 손아귀에 들어갔다는 것이다. 이곳은 이타케가 맞지만 이 나라는 오만한 자들의 수중에 들어갔다, 당신의 선물은 다 소용없게 되었다, 오뒷세우스가 살아 있을 때 왔다면 당신은 큰 선물을 받고 잘 대접을 받은 다음에 호송을 받았을 것이다. 이렇게 신세를 한탄하고는 노인은 상대가 자기 아들을 만난 것이 언제인지 묻는다. 그러면서 다시, 그 아들이 물고기 밥이 되었거나, 짐승과 새의 먹이가 되었으리라고 탄식한다. 역시 22권의 큰 죽음이 있은 후의 권이라서 그런지, 장례에 대한 언급이 많이 나온다. 노인은 자기들이 아들에게 수의도 입히지 못하고 그를 위하여 애곡하지도 못했으며, 오뒷세우스의 아내도 자기 남편을 위해 울지도, 눈을 감겨 주지도 못했다고 원통해한다. 그러면서 관심을 상대의 신원으로 돌린다. 처음 만난 사람에게 늘 하는 질문이다. 그대는 누구며 어디서 왔는가, 그대의 도시는 어디고 부모님은 어디 계시는가, 누가 당신을 이리 데려왔으며, 배는 어디 정박했는가?

오뒷세우스는 여기서 다시 자신의 신분을 꾸며 말한다. 이 거짓말에는 '솔직하게 털어 놓겠다'는 보증까지 붙어 있다. 그는 알뤼바스 출신이고, 폴뤼페몬('매우 부유한'이란 뜻)의 아들인 아페이다스('아낌없음'이라는 뜻) 왕의 아들로서, 이름은 에페리토스('잘 다툼'이란 뜻)이다, 자기는 시카니아에서 표류해서 이리 왔다, 배는 멀리 시골에 정박해 있다, 오뒷세우스를 만난 지는 오 년이 되었다. 그러면서 오뒷세우스의 운명을 한탄한다. 그가 떠날 때 길조가 있었는데, 이제 다시 만나

선물을 주고받을 기회가 사라졌다고. 이 말을 듣자 노인에게 다시 슬픔이 몰려와서, 노인은 먼지를 움켜쥐고 자기 머리에 뿌린다. 『일리아스』 24권에서 헥토르를 잃은 프리아모스의 모습과 같다.

그것을 보고 감동한 오뒷세우스는 아버지에게 달려들어 얼싸안고 입을 맞춘다. 자신이 오뒷세우스이며, 이미 구혼자들을 죽여 응징했다고. 하지만 아버지는 믿지 않는다. 오뒷세우스의 거짓말이 지나치게 효과적이었나 보다. 그는 확실한 증거를 요구한다. 오뒷세우스는 우선 무릎의 흉터를 보이며 그것의 유래를 설명한다. 아우톨뤼코스의 약속에 따라 선물을 받으러 외가에 갔다가, 파르나소스의 멧돼지에게 입은 부상의 자국이라는 것이다. 이런 외적 증거 외에도 페넬로페에게 보였던 것과 같은 '기억의 증거'도 덧붙인다.

> 자, 저는 또 잘 가꾸어진 동산에서 전에 아버지께서 제 몫으로 주셨던 나무들도 말씀드리겠습니다. 저는 아직 어린아이로서 아버지를 따라 정원을 거닐면서, 아버지께 무슨 나무든 다 달라고 간청했지요. 그리고 우리가
> 나무들 사이를 지나갈 때, 아버지께서는 그것들의 이름을 일일이 말씀해
> 주셨지요. 아버지께서는 제게 배나무 열세 그루와, 사과나무 열 그루와, 무화과나무 마흔 그루를 주셨지요. 그리고 포도나무도 쉰 줄이나 제게 주시겠다고 약속하셨는데, 그것들은 각기 다른 시기에 수확하게 되어 있지요. 그리고 제우스의 계절들이 위에서 묵직하게 내리누르면,

거기에는 온갖 종류의 포도송이들이 주렁주렁 매달렸지요.
(24권 336~344행)

자신이 어려서 아버지에게 청해서, 아버지가 준 나무들을 꼽는다. 배나무 열세 그루, 사과나무 열 그루, 무화과나무가 마흔 그루였으며, 나중에 주기로 약속한 포도나무도 쉰 줄 있었다, 그것들은 각기 다른 시기에 수확할 수 있는 것이었다. 이 말을 듣자, 페넬로페가 그랬던 것처럼 노인의 몸에서 힘이 빠진다. 아들을 껴안으며 정신을 잃는다. 오뒷세우스는 노인이 숨이 끊어지려는 것을 겨우 부축한다. 여기서 하마터면 오뒷세우스는 아르고스를 잃은 것처럼 아버지도 잃을 뻔했다.

사실 이 시험에 대해서는 비난이 많았다. 왜 공연히 노인을 놀라게 했냐는 것이다. 이전에 했던 거짓말들은 다 나름대로 이유가 있었지만, 지금 이 거짓말은 아무 목적도 없는 것이라고. 이에 대한 답이 몇 가지 있는데, 하나는 이것이 패턴에 따른 행동이란 설명이다. 오뒷세우스는 자기와 관련된 사람을 만나면 늘 그에게 자기를 거짓으로 소개하는 것이 버릇이고, 다른 장면들이 모두 그렇게 구성되었으므로 여기서도 자동적으로 그렇게 구성했다는 것이다. 물론 이런 것이 구송시의 구성법이기는 하다. 그것은 늘 반복적인 구절들, 반복적인 장면들로 구성되어 있다. 하지만 이런 식으로 보면 시인은 그냥 자동 기계가 되고 만다. 우리가 이제까지 본 바에 따르면 시인은 멀리까지 내다보고 전체의 골격을 짜는 사람이니, 이런 설명만으로는 부족하다. 다른 설명은, 오뒷세우스의 거짓말들이 그의 네번째 면모를 구성한다

는 것이다. 오뒷세우스에게는 네 가지 모습이 있다. 하나는 트로이아로 떠나기 전의 젊은 모습이다. 그것은 사람들의 기억 속에, 특히 페넬로페의 기억 속에 있다. 다른 하나는 『일리아스』에서 보여 준 영웅전사의 모습이다. 다른 것은 여기 『오뒷세이아』에서 보여 준 방랑자, 귀향자의 모습이다. 마지막 것이 오뒷세우스의 거짓 이력 속에 나오는 모습인데, 이것은 오뒷세우스가 자신의 운명이 이런 것이었을 수 있었다고 상상해 보는 모습이다. 오뒷세우스는 그 모습을 기회가 있을 때마다 바꾸어 보았다. 지금 여기서 다시 한 번 그런 기회를 잡은 것이다. 이렇게 생각하면 그의 거짓말이 그다지 이상하지 않다. 그리고 우리는 라에르테스가 아들을 위해서 슬퍼하고 있다는 사실을 간접적으로만 전해 들었지, 그 슬퍼하는 모습을 직접 본 적은 없다. 한데 지금 여기서 오뒷세우스가 거짓말을 늘어놓음으로써, 노인의 슬퍼하는 모습이 직접 우리 앞에 보여졌다. 거짓말의 효과이다.

노인은 의식이 돌아오자, 자기가 신들의 존재를 믿게 되었다고 말한다. 구혼자들이 오만의 대가를 치렀기 때문이다. 이제 작품이 끝날 때가 되어, 신들의 정의를 인정하는 사람이 나왔다. 어쩌면 주제의 되돌이 구성이라 할 것이다. 하지만 노인은 구혼자들의 친척들이 보복해 올 것을 걱정한다. 오뒷세우스는 이제 시간을 충분히 벌었다고 생각해서인지, 아니면 아테네의 도움을 믿어서인지 노인에게 걱정하지 말라고만 한다.

이들이 노인의 거처로 돌아갔을 때, 거기서는 식사가 준비되고 있다. 그 사이 라에르테스는 노파의 도움을 받아 목욕을 한다. 그가 목

욕을 마치고 기름을 바르고 아름다운 외투를 걸치자, 목욕 장면이면 자주 나오는 장치가 동원된다. 아테네 여신이 그에게 힘을 넣어주고 전보다 더 크고 우람하게 만들어 준 것이다. 그를 보고, 신과 같은 모습에 아들이 놀란다. 노인은 그 말을 받아, 제우스와 아테네와 아폴론의 이름으로 '과거 사실에 반대'되는 소원을 빈다. 자신이 젊어서 네리코스를 함락할 때 같은 모습으로, 오뒷세우스가 구혼자들을 물리치는 데 있었더라면 좋았겠다는 것이다. 하지만 이제 곧 노인에게 이 소원이 거의 성취될 순간이 올 것이다. 나는 이 장면이 멜란티오스의 '대리 죽음'이 이뤄 낸 효과라고 생각한다. 그 효과의 극적인 대비를 위해서, 이 노인은 먼저 누구보다 처참한 모습으로 등장해야만 한다. 그리고 그 효과의 다른 측면은 이 아름다운 농원이 보여 준다고 믿는다. 특히 오뒷세우스가 아버지의 선물 중 하나로 꼽은 포도나무들은, 저마다 다른 시기에 수확이 가능한 것이다. 그것은 이 농원을 나우시카아의 집처럼 일종의 '좋은 저승'처럼 만들어 주는데, 이 역시 늙은 왕의 회춘에 수반되는 대지의 회복을 보여 주는 것으로 해석할 수 있다. 한편 여기서 우리는 오뒷세우스의 마지막 거짓말이 필요했던 또 하나의 이유를 발견한다. 이 놀라운 포도나무들은 오뒷세우스가 읊은 '나무들의 목록'에 나왔다. 그리고 그 목록은 그의 거짓말의 지나친 효과를 무마하기 위해 도입되었다. 그러니 거짓말이 없었다면 이 목록은 등장할 계기를 잃었거나, 아니면 다른 방식으로 제시되어 이만큼 깊은 인상을 주기 힘들었을 것이다.

다시 농장의 오두막으로 돌아가자. 이들이 막 음식에 손을 대려

고 하는 순간에 돌리오스 노인과 아들들이 들어선다. 여기에서야 드러나는 것이지만, 시켈리아 출신의 노파는 돌리오스의 아내고, 그 아들들을 낳은 어머니였던 것이다. 만일 멜란티오스가 이 집 아들이라면 라에르테스는 사면초가인 셈이니, 독자들로서는 이 돌리오스가 멜란티오스의 아버지가 아니었으면 싶을 것이다. 그 하인들은 오뒷세우스를 보고는 깜짝 놀란다. 오뒷세우스가 그들에게 음식을 권하자, 돌리오스는 달려와 그의 손을 잡고 입을 맞추며, 자신들이 그를 기다리기는 했지만 가능성은 기대하지 않았다고, 페넬로페가 혹시 그의 귀향을 모르고 있다면 그녀에게 소식을 전하겠다고 말한다. 오뒷세우스가 그를 만류하여 앉히자, 그의 아들들도 그에게 다가와서 인사를 드린다.

구혼자들의 친척들이 농원으로 몰려오다

한편 시내에서는 구혼자들이 모두 죽었다는 소식이 퍼져 나간다. 사람들은 각자 자기 가족의 시신을 찾아다 묻고, 다른 곳에서 온 자들의 시신은 어부들이 배에 실어 옮긴다. 장례가 대충 끝나자, 사람들은 회의장에 모여 어찌할지를 논의한다. 먼저 안티노오스의 아버지 에우페이테스('잘 설득하는 사람'이란 뜻)가 나서서 복수를 선동한다. '오뒷세우스는 전에 훌륭한 젊은이들을 데리고 전장에 가서는 다 잃었다, 돌아와서는 고향의 가장 뛰어난 이들을 또 죽였다, 그가 본토로 도망치기 전에 가서 복수하자, 그렇지 않으면 후세 사람들에게 수치를 얻게 될 것이다, 이렇게 사느니 차라리 죽고 싶다.' 하지만 이때 전령인 메

돈과 페미오스가 나타남으로써 분위기가 반전된다. 메돈은 자신이 홀 안에서 멘토르의 모습으로 나타난 신을 보았다고 증언한다. 그 신은 오뒷세우스를 격려하고, 때로는 홀 안으로 돌진해서 구혼자들을 쫓아버렸다, 그들이 그렇게 많이 죽은 것은 그 신 때문이다. 이 말을 들은 사람들은 공포에 사로잡힌다.

그러자 2권의 회의 때도 텔레마코스 편을 들었던 노인 할리테르세스가 일어선다. 그는 과거도 미래도 알고 있는 예언 능력을 지닌 사람이다. 그는, 이런 일이 일어난 것은 거기 모인 사람들 자신의 탓이라고 지적한다. '당신들은 내 말도, 멘토르의 말도 듣지 않았다, 당신들의 아들들이 어리석은 짓을 할 때도 막지 않았다, 그러니 보복하겠다고 오뒷세우스를 찾아가는 것은 옳지 않다, 거기 갔다가는 오히려 화를 자초하게 될 것이다.' 이제 메돈의 증언에서 촉발된 신에 대한 두려움뿐 아니라, 정의의 문제까지 그들의 복수를 막으러 나선 셈이다. 하지만 이 현명한 충고에 설득된 사람은 소수뿐이다. 다수는 에우페이테스의 충동질에 따라 무장을 갖추러 달려간다. 그들이 다시 집결하자, 선동자 에우페이테스가 그들을 인솔한다. 그는 이제 돌아오지 못할 참이다.

장면은 바뀌어 올륌포스다. 이 부분에서는 『일리아스』적인 전투가 벌어지려는 순간이어서 그런지, 『일리아스』에서 자주 쓰는 수법을 쓰고 있다. 인간의 장면과 신들의 장면이 교차되는 것이다. 아테네가 제우스에게 묻는다. 사람들 사이에 전투를 일으킬 것인지, 화해를 시킬 것인지. 제우스는 5권 초반에 아테네에게 했던 것과 같은 말로 대

답한다. 이제 작품이 끝날 때가 되니, 다시 시작 부분으로 돌아간다. 일종의 되돌이 구성이다. 제우스는 아테네에게, 오뒷세우스가 돌아와 복수한다는 것은 아테네 자신이 꾸민 일이니까 뜻대로 하라고 대답한다. 혹시 제우스는 구혼자들이 떼죽음을 당한 게 별로 마음에 들지 않았던 것일까? 그러면서 그는 자기가 딸에게 너무 퉁명스럽게 대했다고 생각했던지, 자기 생각을 내놓는다.

> 고귀한 오뒷세우스가 구혼자들에게 복수를 하였으니, 그들로 하여금
> 제물을 바쳐 굳은 맹약을 맺게 하고, 그가 언제까지나 왕이 되게 하여라.
> 그리고 우리는 아들들과 형제들에 대한 살육을 잊게 해주자꾸나.
> 그리하여 그들이 이전처럼 서로 사랑하고
> 그들에게 부와 평화로 충만하게 하여라.(24권 482~6행)

이제 사람들끼리 맹약을 맺게 하여, 원한을 잊고서 이전처럼 서로 사랑하게끔 만들어 주자는 게 핵심이다. 어떤 학자는 이것이 인류의 정신사에서 대단히 중요한 발상이라고 평가한다. 이전까지 끝없는 피의 보복이 잇달았는데, 여기서 그것을 단절하고 맹약으로 평화를 세우고 있기 때문이다. 하지만 맹약이 이루어지려면, 앞으로는 어떤 제도적 장치를 통해 갈등을 해결할 것인지 먼저 결정이 되어야만 할 것이다. 그런 제도가 등장하는 것을 보려면 우리는 아이스퀼로스의 「자비로운 여신들」까지 기다려야 한다. 사실 아이스퀼로스는 『오뒷세이아』에서 큰 영향을 받은 것 같다. 그리고 이것이 인간 정신사의 큰 발전이라는 평가를 받아들인다면, 『오뒷세이아』의 시인은, 『일

리아스』 마지막 권에서 아킬레우스가 보여 준 아량을 그의 '새로운 영광'이라 표현했던 다른 시인(혹은 자신의 젊은 시절)과 거의 같은 지점(마지막 권)에서 거의 같은 일을 하고 있는 셈이다.

사실은 아테네도 같은 생각을 하고 있었다. 그래서 그녀는 최고신의 이런 제안을 기쁘게 받아들이고, 올림포스에서 지상으로 뛰어내린다. 하지만 그 사이에 인간들은 자기들의 방식으로 일을 해결하려 하고 있다. 다시 오뒷세우스가 있는 농원의 오두막이다. 그는 돌리오스의 아들 하나를 내보내, 혹시 누가 다가오고 있는지 살피게 한다. 구혼자의 친족들이 몰려오자, 농원에 있던 사람들은 모두 무장을 갖춘다. 오뒷세우스 일행이 네 명이고 돌리오스의 아들들이 여섯이다. 거기에 노인인 라에르테스와 돌리오스까지 나서서, 모두 열둘이 되었다. 시인은, 사태가 심각하여 노인들까지 무장을 갖췄다고 설명하고 있지만, 내가 보기에 이것은 라에르테스의 회춘을 보여 주는 또 하나의 증거이다. 그리고 일행이 모두 열둘이 된 것은, 이 작품을 태양신 숭배와 연결시키려는 시도와 잘 맞는다. 그들은 한 해의 열두 달의 표상이다.

이들이 밖으로 나가자 아테네는 멘토르의 모습으로 접근한다. 오뒷세우스는 그를 보고 기뻐하며, 텔레마코스에게 이 남자들의 싸움터에서 가문에 수치가 되지 않도록 행동하라고 충고한다. 이제 텔레마코스의 성인식이 완결될 참이다. 그는 이미 22권에 기록된 것만으로도 세 명을 쓰러뜨린 어엿한 전사다. 아들이 아버지의 말을 명심하겠다고 다짐하자, 곁에서 할아버지가 기뻐한다. 자기 앞에서 아들과 손

자가 용맹을 다투게 되었기 때문이다. 거기에 노인까지 나섰으니, 그럴 기력이 있다는 것만 해도 집안의 기쁨이긴 하겠다. 이제 오뒷세우스 집안의 과거, 현재, 미래가 한 자리에 나란히 섰다. '나무들의 목록'으로 이 집안의 재산이 정당하게 대물림된 것, 오뒷세우스 외에는 누구에게도 권리가 없는 것으로 확인되었다. 그것들은 텔레마코스에게 상속될 것이다. 과거에서 현재, 미래로 이어지는 그 연면한 줄기가 지금 물리적 형상으로 눈에 보이게 나와 섰다, 그것도 세 세대 모두가 강건한 청장년의 모습으로.

한데 아테네 여신은 제우스와 합의한 것과는 달리, 전투를 재촉한다. 라에르테스에게 신들께 기원하고 창을 던지라고 격려한다. 그에게 용기를 불어넣어 준다. 노인은 아테네께 기원하고 창을 던져 에우페이테스를 맞힌다. 창은 투구를 꿰뚫고 그를 쓰러뜨린다. 그가 쓰러지는 모습은 『일리아스』에 자주 등장하는 구절로 되어 있다.

> 그러자 그는 위대한 제우스의 딸에게 기도하고 나서,
> 그림자가 긴 창을 번쩍 쳐들어 지체 없이 던졌다.
> 그는 에우페이테스를 맞혀 청동 면갑이 달린 투구를 꿰뚫었다.
> 투구가 창을 제지하지 못하자, 청동이 그것을 그대로 꿰뚫었던 것이다.
> 그러자 그는 쿵하고 쓰러졌고, 그자 위에서는 무구들이
> 요란하게 울렸다.(24권 521~6행)

이 작은 전투에 이런 구절을 쓴 것은 시인의 유머가 아닐까 싶다. 노인끼리의 전투라는 것도 우스꽝스러운데, 거기에 동원된 것이 영

웅시대의 공식구들이라니! 이어서 오뒷세우스와 텔레마코스가 달려들어 적들을 치는 순간, 아테네 여신은 그들을 제지한다. 아니, 여기서 그치게 할 것이면, 라에르테스를 부추긴 이유는 무엇인가? 나는 이것도 왕의 회춘을 보여 주는 장치라고 생각한다. 화의가 이뤄져야 하긴 하지만, 그 전에 라에르테스가 젊음을 회복한 것을 확실하게 보여 주어야 하는 것이다. 나로서는 이것이, 이 많은 사람이 이 농원에 모여든 주된 이유라고 생각한다.

전투를 그치라는 아테네의 고함에 공포가 사람들을 사로잡고, 모두들 무기를 손에서 놓친다. 그들은 도시로 달아나려 몸을 돌린다. 전사로서의 본능 때문일까? 오뒷세우스는 다시 퇴각하는 적들에게 달려든다. 하지만 제우스가 그 앞에 벼락을 던져 막는다. 『일리아스』 8권에서 디오메데스가 반격하려다가 당한 것과 비슷한 일이다. 아테네는 오뒷세우스를 타이른다. 제우스께서 정말 노여워하시기 전에 다툼을 그치라고.

> 이렇게 아테네가 말하자, 그는 복종하였고 그의 마음은 즐거웠다.
> 그런 다음 여신은 양편 사이에 맹약을 세웠다,
> 아이기스를 가진 제우스의 딸, 팔라스 아테네가.
> 그녀는 모습에서나 목소리에서나 멘토르와 흡사했다.
> (24권 545~8행)

이것이 지금 전해지는 『오뒷세이아』의 마지막 부분이다. 끝의 두 행은 이미 다른 곳에 나왔던 공식구이다. 특별한 기교를 부리지 않고

전통적인 구절로 차분하게 끝났다.

신들의 회의로 시작한 이 서사시는 신들의 개입으로 마무리되었고, 그 결과는 앞에 두 신이 합의한 대로 사랑과 부와 평화이다. 하지만 어쩌면 이런 결말에 조금 실망할 독자도 있을지 모르겠다. 대 서사시의 결말치고는 좀 싱겁게 느껴지지 때문이다. 옛 학자들도 그렇게 느꼈던 모양이다. 그래서 앞에 본 대로, 여기가 원래의 끝이 아니라고 주장하는 사람도 있었고, 구송시 전통에서는 이렇게 될 수밖에 없다고 변호하는 사람도 있었다. 후자의 예를 하나 들어 보자면, 옛 가객이 처한 상황은 『천일야화』의 화자인 세헤라자드의 상황과 유사했다는 것이다. 물론 이야기를 재미없게 했다고 곧장 죽음을 당하는 건 아니다. 하지만 그러면, 말 그대로 밥줄이 끊긴다. 그래서 가객은 늘 다음 이야기를 예고하면서, 사람들의 호기심을 잔뜩 키워 놓은 상태에서 하루의 공연을 마친다는 것이다. 그런 식으로 오랜 세월 지나다 보니, 이 전통에서는 이야기를 이어가는 방식만 발전하고 이야기를 끝맺는 방식은 별로 발전되지 않았단다. 그 결과가 현재와 같은 끝맺음이라는 것이다.

어쩌면 이것은 모든 서사시에 공통된 운명인지도 모른다. 어떤 학자는 서사시의 특징으로, 온 세상 모든 것을 담으려는 시도를 꼽는다. 그 학자는 서사시의 후예로 현대 장편 소설을 꼽는데 이 장르에서도 마찬가지 현상이 나타난다고 한다(이것이 야심적인 독서가들까지 좌절시키는 '세계 명작'들의 특성, 즉 지루함의 근원이다). 하지만 온 세상을 작품 안에 넣는다는 것은 결국 성공할 수 없는 시도이다. 그래서

이 두 장르는 처음부터 실패를 예정하고 있는 셈인데, 그 과정에서 생겨난 것이 세상 모든 것에 대한 상세한 묘사이고, 처음 설정된 웅장한 구도에 비해 다소 초라한 결말이다(물론 장편소설들이 모두 얘기 중간에 그냥 끝나는 건 아니다. 아주 멋지게 끝나는, 혹은 에필로그 따위를 이용하여 완결감을 주면서 끝나는 작품들도 있다).

『오뒷세이아』가 완결감을 주면서 끝나자면 마지막 장면은 어떤 것이 좋을까? 아마도 오뒷세우스가 새로운 여행을 떠나는 것으로 일단 이야기를 끝날 수 있을 듯하다. 이 여행은, 이미 11권에서부터 예정되어 있었고, 23권에서 오뒷세우스가 아내에게 예고한 것이다. 그래서인지 후대의 많은 문인들이 오뒷세우스의 새로운 여행에 대해 그렸다. 물론 이 여행들은 테이레시아스가 명한 것은 아니다. 많은 작가들이 오뒷세우스에게서 여행의 충동, 새로운 것에 대한 갈망을 보았다. 그래서 그들은 이 서사시에서 예고된 것을 넘어, 더 넓은 세상으로 그를 보냈다. 테니슨의 시 「율리시즈」에 그려진 것이 바로 그러한 태도이고, 단테의 「지옥편」에 나온 것이 바로 그런 여정이다. 니코스 카잔차키스는 아예, 호메로스의 『오뒷세이아』 22권 끝에다 자기가 만든 이야기를 갖다 붙였다. 구혼자들의 시체들 사이에 사자처럼 서있던 사내가 그 후 새로운 여행에 들어가는 것이다. 이렇게 새로운 이야기들을 촉발하는 것이 고전적 작품들의 특성이다. 그 새로운 이야기들은 다른 기회가 있으면 보기로 하고, 우리의 여행은 여기서 한 단락을 짓는 게 좋겠다.

복수극에 대한 한 가지 해석—봄 축제에서 질서가 다시 서다

이제 글을 마치기 전에, 오뒷세우스의 복수극에 대해 내가 가진 해석을 다시 정리해 보겠다. 앞에서부터 간간이 말했던 것을 다시 훑어보는 것이니 별로 대단한 일은 아니다.

나는 이 복수극을 하나의 축제로 본다. 오뒷세우스에게 죽은 구혼자들은 일종의 희생으로 그 숫자 108(16권 245~253행)은 헤카톰베의 숫자에 근접하게 설정된 것이다. 구혼자들과 정을 통한 하녀들과 불충한 염소치기 멜란티오스도 일종의 제물로 바쳐진 셈이다. 복수가 행해진 날은 실제로 아폴론의 축제일이고(20권 156행 등), 아마도 새 달이 시작되는 날인 듯하다. 그리고 이 축제는 봄이 다가오는 것을 축하하는 의미도 있는 듯한데, 우리는 봄 분위기를 보여 주는 여러 장치들을 보았다. 오뒷세우스가 안티노오스에게 제안한 농사 경쟁도 그렇고, 페넬로페가 자신을 봄날의 밤꾀꼬리에 비긴 것도, 오뒷세우스의 활이 제비처럼 운 것, 아테네 여신이 제비의 모습으로 방 안의 서까래에 앉아 있는 것, 구혼자들이 봄날 등에를 피하는 소떼와 비교된 것 등도 그렇다.

축제에는 잔치가 수반되기 마련인데, 사실 그 동안 잔치를 가장 질탕하게 즐겨온 것은 구혼자들이었다. 그들은 아무 값도 치르지 않고 술과 고기를 넘치도록 누렸다. 또 운동경기와 춤, 노래로 여흥을 즐기면서, 하녀들과 정도 통해 왔다. 여기서는 구혼자들의 부도덕함을 보여 주는 장치로 사용되었지만, 이 하녀들에게 나타난 '음탕함'은 토지의 생산성을 위해 여러 축제에 허용되는 것이다. 이런 축제에서는

흔히 질서가 일시적으로 역전(逆轉)되기 마련인데, 가장 뚜렷한 것이 거지꼴을 한 왕이다. 외부인들이 집안을 차지하고 잔치를 벌이는 동안, 집주인은 누더기를 걸친 채 문간에 앉아 있다. 아울러 오뒷세우스의 이런 행동은 제의적 구걸로 해석될 수도 있다. 이제껏 구혼자들을 피하던 페넬로페가 갑자기 대중 앞에 나와, 구혼 선물을 요구하는 것에도 같은 의미를 부여할 수 있다. 왕이 거지가 되었으니, 왕비도 거기에 맞춰 행동하는 것이다.

축제는 죽은 자들이 일시적으로 산 자의 영역으로 초대되는 계기이기도 하다. 그래서 이 작품에도 죽은 자들이 나타나는데 가장 뚜렷한 것은 바로 주인공 오뒷세우스이다. 그는 모든 사람에 의해 죽은 것으로 간주된다. 그의 귀향은 말하자면 '죽은 자의 귀환'이다. 그뿐 아니다. 테오클뤼메노스가 보는 환상 속에도 죽은 자의 행렬이 나타난다. 24권에서, 죽은 구혼자들의 영혼이 저승으로 떠나는 장면은 말하자면 축제가 끝나고 영혼들이 원래의 처소로 돌아가는 것에 해당된다.

하녀들 열두 명이 같은 밧줄에 목 매달리는 기이한 처형 방식은 풍요를 불러오기 위해 나무에 인형을 매달던 방식이 옮겨 온 것이다. 이 여인들은 일종의 인신희생이다. 염소치기 멜란티오스는 늙은 왕의 대역으로, 그의 사지절단은 풍요를 위해 생산성을 배분하는 장치일 수 있다. 이 '대역'의 수난의 효과로 노쇠한 라에르테스가 강건하고 우아한 모습을 되찾는다. 그는 과거의 힘을 회복하여 심지어 전장에서 적을 쓰러뜨리기까지 한다. 아름답게 번성하는 것으로 그려진 그의 과수원도 이런 제의의 결과로, 생산력을 회복한 대지의 풍요를 보여

준다. 복수가 이루어진 뒤 그 유혈의 장소를 요란한 음악과 춤이 채운 것은 축제의 정점인 '신성한 결혼식'(hieros gamos)을 위한 것이다.

축제는 성년식의 기회로 이용되는 경우가 많은데, 이 복수극은 텔레마코스의 성년식을 완결 짓는 역할을 한다. 그는 2권에서 대중 앞에서 눈물을 흘리는 미성년자였다. 하지만 이 시점에는 거의 아버지와 같은 수준에 도달하여, 활시위를 얹는 데 성공하기 직전까지 갔었다. 그는 점차적으로 자신을 집안의 주인으로 선언하고 거기 걸맞게 행동해 나간다. 그는 복수 장면에서 처음으로 전투에 참가하고 처음 적들을 죽인다. 많은 사회에서 처음 적을 쓰러뜨리는 것이 어른되기의 한 관문이다. 그의 여행은 이러한 통과의례의 첫 단계였다. 이 여행에서 그는 성년식의 주요 요소 중 하나인 '목욕' 대접을 받는다.

그 밖에도 구혼자들을 처치한 다음 집안을 청소하고 정화한 것도 많은 축제, 특히 신년제에 공통된 요소이다. 이 작품은 신년제적 요소가 두드러지는데, 특히 태양의 회귀와 관련된 요소들이 많이 등장하는 것으로 보아, 그냥 신년제가 아니라 해와 달의 주기가 새롭게 일치하는 새로운 시대의 시작을 기념하는 축제를 바탕으로 삼고 있는 듯하다. 늙은 거지가 오뒷세우스의 귀환일로 못 박은 '달 없는 날'(lykabas)이라는 것이 이런 해석의 근거이다.

물론 시인이 축제 진행표를 앞에 두고 거기 맞춰 작품을 썼다고 주장하는 것은 아니다. 세상 어떤 작가도 그런 식으로 작품을 도식적으로 만들지는 않는다. 다만, 질서가 무너졌다가 회복되는 과정에 대한 어떤 잠재된 '진행표'가 시인에게도, 축제를 행했던 사람들에게도

마음 밑바닥에 공통적으로 깔려 있었던 것이 아닌가 하는 생각이다. 우리는 다른 많은 예술 작품에서 비슷한 현상을 찾아낼 수 있다(영화 속에 그런 사례가 있는 것은 '흥행에 실패한' 나의 책, 『신화와 영화』에서 언급한 바 있다).

글을 마치며

지금까지 우리는 『오뒷세이아』 전체를 돌아보았다. 그 과정에서 몇 가지 강조되었던 것을 돌이켜 보자. 이 책이 무엇보다도 강조한 것은 작품의 구조와 통일성이다. 구조와 관련해서는 서로 구별되는 단위들이 나뉘는 마디, 또는 매듭들이 강조되었다. 전체는 분량상 1 : 2 : 3으로 나뉘고, 각 부분은 다시 1 : 1 또는 1 : 2로 나뉘고 하는 것들이다. 작품을 직접 읽을 사람들은 이런 마디들에 주목해야 전체적인 '지도'를 가지고 길을 잃지 않을 수 있고, 각 마디가 이정표이자 작은 목표가 되어, 지루하게 않게, 포기하지 않고 읽을 수 있다. 한편 이렇게 부분들이 나뉘는 것만 강조하면 전체가 어떻게 하나로 이어질지가 문제되는데, 이 대목에서 통일성을 제공하는 요소들이 제 역할을 하게 된다. 그래서 우리는 큰 세 부분이 세 개의 주제를 분담하면서도 여러 요소에 의해 통일된 전체를 이루게끔 짜인 것을 보았다. 특히 첫 부분인 텔레마키아는 전체를 하나로 묶어 주는 역할을 하고, 텔레마키아에서부터 되풀이 등장하는 소주제들도 마찬가지 기능을 해준다. 그렇게 반복된 요소들 가운데는, 밤바다 여행, 여러 '저승'들, 잔치, 결혼, 트로이아 전몰자 명단, 아가멤논 집안 이야기 같은 것이 있었다.

이렇게 구조와 통일성을 강조하는 것은 단일론 진영의 특징이다. 또 하나 이 책에서 단일론적 입장을 보인 게 있다면, 평범한 독자들이 가질 수 있는 소박한 질문에 답하기를 시도했다는 점이다. 그 '소박한' 질문이란 것들이 사실은 분석론자들이 늘 문제 삼아 온 것이기도 하다. 분석론자들은, 이런 문제 구절들로 보건대, 이 작품이 여러 시인의 창작 결과가 엉성하게 편집된 것이라고 주장해 왔다. 그래서 이런 주장들에 응수하기 위해, 어색해 보이는 장면이라든지, 앞뒤가 맞지 않는 듯한 내용, 이해하기 힘든 대목들을 어떻게 설명할지 모색해 보았다. 예를 들면 오뒷세우스가 자기 모험을 이야기해 주는 장면에서, 사건 속 당사자로서는 도무지 알 수 없는 내용을 그가 어떻게 알고 이야기했는지 하는 문제나, 오뒷세우스와 그의 아들이 구혼자들의 무기를 치우는 대목에서 처음 작전과 달리 실행하면서 아무 설명도 없는 것 따위를 어떻게 이해할 것인지 등이다.

특정 부분이 원래 작품에 속한 것인지 후대의 가필인지에 대한 논쟁도 몇 군데서 소개했다. 24권 첫 부분 '두번째 저승담'이 대표적인 것이다. 사실 현대의 독자에게는 이런 논쟁이 있다는 게 좀 이상하게 여겨질 수도 있는데, 옛날 책이란 것이 오늘날처럼 인쇄되어 나온 것이 아니라 손으로 써서 전해지는 것이었기에 이런 일이 있는 것이다. 어떤 사람이 책을 읽다가 여백에 한 구절 써넣으면, 그것을 보고 새로운 사본을 만드는 사람은 그 구절을 본문 속에다 적어 넣게 되고, 몇 세대 지나면 원본에 없던 그 구절은 아예 본문 속에 정착하게 된다. 그래서 어떤 사본에는 나오고, 다른 사본에는 나오지 않는 구절이나

일화가 있으면, 그런 대목은 나중에 끼워 넣어진 것이 아닌가 의심을 사기가 쉽다. 분석론자들은 되도록 많은 의심스런 구절들을 '적발'해 내려 하고, 단일론자들은 되도록이면 전해지는 구절들을 옹호하려 한다. 이 책에서도 단일론적 입장에서 가능한 데까지 의심들을 해소하는 쪽으로 설명을 시도해 보았다.

서사시의 기술에 대해서도 여기저기서 언급되었는데, 특히 '되돌이 구성'은 직유나 대화 같은 작은 단위에서뿐 아니라, 작품 초반과 후반의 상응으로 전체적인 통일성 부여 장치로도 쓰이고 있다. 우리는 작품 맨 마지막에 등장할 인물(에우뤼클레이아, 라에르테스 등)과 주제들(인간의 운명과 개인의 책임 문제, 아가멤논 집안과의 비교 등)이 작품 초반에 이미 소개되고 준비되는 것을 발견한다.

되풀이되면서도 한 목표를 향해 점점 뚜렷해져 가는 주제들도 있었는데, 새로운 인물에 대한 개들의 반응 같은 것이 그렇다. 에우마이오스의 개들은 오뒷세우스가 늙은 거지꼴로 나타나자 그를 공격하고, 텔레마코스가 다가오자 꼬리를 치고, 아테네가 나타나자 무서워 도망친다. 이 모든 발전의 끝에는 20년 만에 돌아온 주인을 기억하고 반기다 죽는 충견 아르고스가 있다. 좀 끔찍하지만 멜란티오스의 처형에서 절정에 달하는 '사지절단'이란 주제도 그렇다. 이 끔찍한 형벌은 거지 이로스에게, 불충한 하녀 멜란토에게, 그리고 늙은 거지꼴의 오뒷세우스에게 위협으로 주어졌다가, 마지막에는 불충한 염소치기이자 '대리 왕'인 멜란티오스에게 실행된다. 잔치가 점차 망쳐지는 과정도 비슷하게 반복되다가, 구혼자의 두 우두머리가 화살에 쓰러지면서 상

을 뒤엎고 음식들을 땅에 쏟는 것으로 마무리된다. 반복되면서 커가는 요소 중 하나는 결혼이란 주제이다. 우선 전체 작품이 페넬로페의 새로운 결혼을 배경으로 삼고 있으며, 텔레마코스가 방문한 메넬라오스의 집에서는 이중의 결혼식이 진행되고 있었다. 또 오뒷세우스는 칼륍소에게 남편이 되어 달라는 요구를 받고 있었으며, 오뒷세우스가 도착한 나우시카아의 섬도 그녀의 결혼식을 준비, 또는 기대하는 분위기로 가득했다. 오뒷세우스의 이야기 속에서 아이올로스의 섬에서 결혼이 중요한 요소로 쓰인 것도 그런 맥락에서 의미 있는 것이다. 결국 이 모든 계열의 끝에는 오뒷세우스와 페넬로페의 '신성한 결혼식'이 놓여 있다. 메넬라오스의 집—칼륍소의 동굴 주변—나우시카아의 집과 정원—라에르테스의 과수원으로 연결되는 아름답고 번성하는 집과 농토의 이미지도 이런 커 가는 계열의 하나로 보아도 될 것이다. 텔레마코스가 구혼자들을 향하여 점차 과감하고 확신에 찬 태도를 보이는 것도 이 계열과 병행한 것으로 볼 수 있다. 반면에 구혼자들이 오뒷세우스에게 가하는 반복적 공격은 점차로 효과가 약해지는 쪽으로 그려져 있다.

서사시 시인이 사용하는 시간 연결법도 몇 번 지적되었다. 동시에 진행되는 사건을 그리는 방법이 쓰이지 않아서, 애초에는 텔레마코스에게 아테네가 방문하는 것과, 칼륍소에게 헤르메스가 찾아가는 일이 동시에 결정되었는데도, 후자를 위해서는 새로운 회의가 필요했다. 텔레마코스의 여행과 오뒷세우스의 여행이 동시에 진행되게 하는 방법이 쓰이지 않고, 아들이 스파르타에 머무는 사이에 아버지가 여

행을 하는 것으로 꾸몄다. 그래서 급히 집으로 가겠다던 젊은이가 따져보면 꽤 여러 날 타지에 머무는 것처럼 되기도 했다. 13권에서는 아테네와 오뒷세우스가 헤어져서 각기 자기 갈 길을 가는데, 돼지농장의 일을 먼저 얘기하고, 그쪽 시간에 맞추느라고 아테네 여신의 시간은 낮(13권 끝)에서 다음날 이른 새벽(15권 초반)으로 약간 건너뛰기도 했다.

시인이 이따금 앞일을 예고하여 기대를 갖게 하는 기법을 사용한다는 것도 몇 차례 언급되었다. 오늘날의 관점에서 보면 일종의 '스포일러'지만, 이것은 옛 사람들이, 예기치 않은 사건이 일어나는 데서 깜짝 놀라는 것보다는, 예고된 사건이 과연 일어날 것인지, 또 어떻게 이루어질 것인지 긴장하고 기다리는 데서 즐거움을 찾았기 때문이다. 또 이따금 당연히 일어날 일을 뒤로 미룸으로써 긴장감을 조성하는 수법도 언급되었다. 오뒷세우스의 어머니 혼령이 곁에 와 있지만, 테이레시아스와의 '공무'가 끝날 때까지 조금 기다려야 했다든지, 활쏘기 시합이 절정에 달했을 때 오뒷세우스와 두 하인이 밖으로 나간다든지 하는 것들이다.

이따금 시인이 지나간 일들을 정리하여 앞 부분을 못 들은 사람도 이야기를 따라갈 수 있게 배려한다는 점도 지적되었다. 텔레마코스가 어머니께 자신의 여행에 대해 보고하는 장면이나, 오뒷세우스가 아내에게 지난 일들을 다 얘기해 주는 장면 같은 것들이다. 이런 장면에는 화자가 나름대로 강조하고 생략하는 대목들이 있어서, 각 사람의 성격이나 감정, 그가 고려한 효과 등도 암시적으로 드러내 준다.

서사시에 자주 이용되는 기술 중 하나인 직유와 관련해서는, '뒤집힌 직유'가 많이 강조되었다. 특정인이 느끼는 감정이 그 자신보다는, 오히려 그를 관찰하는 다른 사람의 감정에 걸맞게, 또는 그 감정이 향하는 대상에 더 어울리게 그려진 것 등이다. 예를 들면, 뗏목이 파선되어 익사의 위기에 처했던 오뒷세우스가 육지를 발견하였을 때 그의 기쁨이, 병으로 죽어가던 아버지가 되살아났을 때 아들이 느끼는 기쁨과 같은 걸로 그려진다든지, 남편을 맞이한 페넬로페의 기쁨이, 파선 당한 뱃사람이 육지를 발견했을 때의 기분과 비교된다든지 하는 것 등이다. 이런 뒤집힌 직유가 많이 사용된 것은, 이 작품이 질서가 역전되었다가 바로 잡히는 과정을 보여 주기 때문이라고 설명했다.

다소 기이한 이야기들을 설명하기 위해서 인류학의 개념을 원용한 경우도 있는데, 포틀래취(potlatch), 화물 숭배(cargo cult) 등이 그런 것이다. 이 작품은 민담에서 서사시로 변형된 것으로 여전히 민담의 요소들을 담고 있어서, 그런 것도 나올 때마다 지적되었다. 키르케를 만날 때 나왔던 '마법 대결', '조력자의 등장'이라든지, 식인 거인 라이스트뤼고네스 사건에 등장하는 '샘가에서 만난 소녀', '식인 괴물인 집주인' 등의 요소들, 나우시카아와 만날 때의 '낯선 이와의 결혼' 주제, 그리고 페넬로페의 속임수에 들어 있는 '남편의 수의', '현명한 아내' 주제, 무쇠를 뚫는 화살 등이 그런 것이다.

제의나 종교와 관련된 내용도 자주 언급되었다. 저승여행, 공감주술, 전조와 예언 따위다. 축제, 특히 신년제와 관련된 희생 바치기, 제의적 구걸, 제의적 음탕함, 신성한 결혼식, 성년식 등에 대해서는 이 작

품의 결말부에 대한 해석에서 자세히 정리했다. 그 밖에도 특히 주인공들이 겪는 저승여행이 많이 강조되었는데, 이는 『오뒷세이아』가 일시적인 불안정에서 안정을 회복하는 과정, 무질서에서 질서를 되찾는 과정을 보여 주기 때문이다. 그리고 그 바탕에는, 질서와 안정을 위해서는 일단 무질서와 불안정의 극단까지 가야 한다는 믿음이 암묵적으로 깔려 있는 듯하다. 사실 이것은 흔히 통과의례에서, 이제 신분 변화를 겪게 된 사람이 일시적인 '무소속' 상태, 일시적인 '죽음'에 처하는 것과 유사성이 있다. 그래서 오뒷세우스는 '아무것도 아닌' 존재가 되고, 죽은 것으로 간주되고, 벌거숭이 표류자, 늙은 거지의 단계를 거치는 것이다.

하지만 이 '죽음'은 삶을 위한 것이다. 삶이야말로 시인이 이 작품을 통해 높이려 했던 가치이다. 『일리아스』와는 다른 강조점이다. 『일리아스』가 문제 삼은 것은 언젠가는 죽어야 하는 인간의 운명이었다. 이 피할 길 없는 '인간조건'에 처하여 영웅들은 자신들에게 허용된 유일한 불멸의 수단인 명성을 추구하여 전장으로, 죽음으로 돌진한다. 반면에 『오뒷세이아』에서 가장 큰 가치를 두는 것은 생존과 귀환이며, 거기 필요한 덕목은 인내와 절제, 그리고 지혜이다. 시인은 이 점을, 저승의 아킬레우스와 헤라클레스까지 동원하여 인정하게 한다.

한편, 『일리아스』가 인간과 신들을 비교하는 데 반해, 이 작품은 인간들 사회의 여러 단계를 비교하고 그 중 어느 것이 가장 바람직한지를 따져 본다. 시인이 이상으로 놓는 사회는 퀴클롭스나 라이스트뤼고네스 인들의 야만적인 사회도 아니고, 메넬라오스의 궁정이나 아

이올로스의 섬, 또는 스케리아처럼 편안하지만 어딘가 나른하고 무기력한 사회도 아니다. 그가 이상으로 삼는 것은 혼란에서 회복된 현실 세계, 질서가 바로 잡힌 이타케다. 여러 수준의 사회를 둘러본 영웅은 그 경험을 바탕으로, 혼돈 상태에 빠져 있는 자기 고향을 '재(再) 식민화'한다.

이 작품은 '전후'(戰後) 문학이라 할 만한 것이다. 이제, 무명(無名)의 소박한 행복보다 불멸의 명성을 앞세우던 영웅들은 모두 트로이아 전장에서 사라져 버렸다. 참을성과 지혜로 살아남아, 무너진 집안과 고향을 회복하는 것이 새 시대 인간들의 과제이다. 확실히 이것은 『일리아스』 영웅들의 야심과 격렬한 감정, 선 굵은 결단에 비해, 규모가 작아진, 좀더 평범한 인간들의 세계이다. 하지만 이것이 훨씬 보편적이고 일반적인 상황이다. 우리는 전쟁이라는 일시적 특수 상황보다는 이런 일상적 환경에서 평생을 보내기가 더 쉽다. 『오뒷세이아』는 좀더 정상적이고 더 자주 만날 수 있는 상황을 배경으로 택했다.

더구나 이 작품 마지막에 다시 선 질서는 단순한 과거의 복원이 아니다. 넓은 세상을 둘러보고, 온갖 종류의 고난과 온갖 유형의 인간들을 겪고 온 영웅은 마지막에 새로운 질서로 한 단계 올라선다. 피의 복수의 악순환을 끊고 우의에 기초한 평화를 확립하기 때문이다. 이 작품에는 예부터 전해 온 전통적 요소, 고대의 지혜도 담겨 있지만, 청동기 문명 말기의 혼란과 암흑기의 모색을 뚫고 지나와, 새로운 시대를 맞은 지중해 인들의 경험과 반성 또한 담겨 있다.

더 읽을 책들

『오뒷세이아』는 『일리아스』와 더불어 호메로스의 작품이라고 전해진다(저자 문제는 이 책 앞 부분 '들어가기 전에'를 참고하시기 바란다). 따라서 같은 장르, '같은' 시인의 이 두 작품은 참고 문헌의 범위가 상당 부분 서로 겹칠 수밖에 없다. 그러니 지난 번에 『일리아스, 영웅들의 전장에서 싹튼 운명의 서사시』에서 했던 얘기를 다시 하고, 그때 언급했던 책들 대부분을 다시 들어 보이는 수밖에 없다. 독자께서는 나의 '상습적인 자기 표절'을 양해하시기 바란다.

『일리아스』와 마찬가지로 『오뒷세이아』도 작품 자체를 소개하는 책은 청소년용 몇 가지를 제외하고는 국내에 나온 적이 없고, 이번에도 추천할 책이 거의 없다. 조금 범위를 넓혀서 호메로스의 두 서사시가 생겨난 배경을 이해하는 데 도움 될 것을 꼽자면, 피에르 비달나케의 『호메로스의 세계』(이세욱 옮김, 솔, 2004)가 있다. 이 책은, 자신이 처음 어린이용 신화집에서 두 서사시의 내용을 접하고 처음 직접 작품을 대했을 때 어떤 인상을 받았는지에서 시작해서, 이 서사시들이 어떻게 만들어지고 전해졌는지, 그 내용은 어떤 것인지, 어떤 점에 주목해야 하는지 차근차근 들려준다. 중간 중간 인용도 많은데, 불어 번

역에서 다시 옮긴 것이라 때때로 원전과는 좀 멀어졌지만, 천병희 역과 비교하는 것도 재미있을 것이다. 단테와 라신으로부터 보들레르와 데렉 월코트에 이르기까지 호메로스의 영향을 받은 작가들이 소개된 것도 우리 교양의 범위를 넓히는 데 도움이 된다.

좀 넓은 범위를 다룬 책 중에 『오뒷세이아』(그리고 『일리아스』)를 다룬 부분이 제법 되는 것으로, 『그리스인 이야기』(앙드레 보나르, 책과 함께, 2011)의 제1권(김희균 옮김)을 들 수 있다. 대중적인 문체로 서민적 시각에서 이야기를 풀어나가는 점이 이채롭다('서민적'이라는 게 무슨 뜻인지는, 저자가 아킬레우스보다 헥토르를 더 칭찬하는 듯한 대목에서 느낄 수 있을 것이다). 작품에서 직접 인용된 내용도 꽤 되는데, 저자가 자기 식으로 옮긴 것을 다시 옮긴 것이어서 내가 기준으로 삼는 천병희 역과는 많이 다르다. 원문과 다르다고 내치기보다, 직역에 가까운 번역과 어떤 차이가 있는지 살피면서 읽는 게 좋을 것이다.

위의 둘은 분량도 적고 내용도 평이한 것이지만, 호메로스를 다룬 부분의 분량이 상당하면서도, 매우 깊이 있고 전문적인 논의를 보여 주는 책이 근래에 나왔다. 『초기 희랍의 문학과 철학』(헤르만 프랭켈, 김남우·홍사현 옮김, 아카넷, 2012)이 그것이다. 여기 소개하는 대부분의 글은 『오뒷세이아』를 읽기 위한 준비로, 혹은 당장 작품을 읽을 수 없는 사람들이 개략적인 지식을 얻기 위해 읽을 수 있는 것이지만, 프랭켈의 글은 정말로 '더 읽을' 것, 심화된 논의로, 작품 내용을 잘 아는 사람이 아니면 따라가기 좀 어려울지도 모르겠다. 이 책은 고전기 이전 상고시대(Archaic age)까지의 희랍 문학과 철학을 전반적으

로 정리한 것인데, 대단한 명저로 꼽히는 책이고 번역도 훌륭하니 서사시에 대한 부분 말고도 다른 부분들 역시 큰 도움이 될 것이다. 특히 서정시에 대한 부분은 국내에 아직 제대로 소개되지 않은 작품들을 많이 인용하고 있어서, 일종의 희랍 서정시 선집으로 이용할 수 있다. 수준 높은 독자들이 갖춰 두고 거듭 참고할 만한 책이라 하겠다.

본문에서 이따금 『오뒷세이아』에 나오는 것과는 다른 판본의 이야기가 전해진다고 했는데, 그 이본(異本)들에 관심이 있는 분들은 『아폴로도로스 신화집』(강대진 옮김, 민음사, 2005)을 보시기 바란다. 한데 이 책은 희랍 영웅들의 이야기를 계보를 따라가면서 정리해 놓은 것이라서, 어찌 보면 정연하지만, 또 어찌 보자면 지루할 수도 있겠다. 그림이 많이 들어 있지만 어린이용은 아닌 신화집을 원한다면 강대진과 이정호 교수가 함께 쓴 『신화의 세계』(한국방송통신대학교출판부, 2011)를 참고하시기 바란다. 한 가지 문제는 일반서점에서는 이 책을 구할 수 없다는 점이다. 그래서 희랍 신화의 핵심을 담아, 그림을 많이 넣은 책(강대진, 『옛사람들의 세상 읽기, 그리스 신화』, 아이세움, 2012)을 따로 만들었다. 분량이 적어서 얼른 볼 수 있고, 특히 그림들의 제목만 소개한 게 아니라 세부적 의미까지 상세히 설명하였으므로 독자들이 다른 그림들을 '독해'하는 데도 꽤 도움이 될 것이다..

신화를 깊이 있게 공부하려는 사람에게는 이진성 교수의 『그리스 신화의 이해』(아카넷, 2004)를 추천한다. 국내에 나온 희랍 신화·신화학에 대한 가장 짜임새 있고, 깊이 있는 책이다. 희랍 도기 그림을 참고해 가면서 관련 신화를 확인하고 싶은 분께는, 토머스 H. 카펜터

의 『고대 그리스의 미술과 신화』(김숙 옮김, 시공사, 1998)를 권한다. 물론 희랍 신화 전반을 다루고 있지만 희랍 신화에 대한 모든 책이 그러하듯이, 마지막 부분에는 트로이아 전쟁과 오뒷세우스의 귀환에 대한 장들이 있고, 그림 자료가 풍부하게 실려 있다. 그림이 좀 작고 흑백으로 인쇄되어서 그렇지, 그림 숫자와 설명의 수준으로는 국내에 나온 책 중 가장 앞길이다.

희랍 미술 전반에 대해 공부할 분에게는 다그마 루츠의 『그리스 미술, 어떻게 이해할까?』(노성두 옮김, 미술문화, 2008)를 권한다. 아름다운 복원도들을 통해 희랍의 유적들이 원래 어떤 모습이었을지를 보여 주는 것이 장점이다. 비슷한 책으로 더 깊이 있는 것은 존 그리피스 페들리의 『그리스 미술 : 고대의 재발견』(조은정 옮김, 예경, 2004)이다. 이 역시 유적들의 평면도와 복원도 등이 충실하다.

희랍 문학 일반에 대한 책으로는 앞에 소개한 『그리스인 이야기』 말고도, 마틴 호제의 『희랍문학사』(김남우 옮김, 작은이야기, 2005)가 도움이 될 것이다. 혹시 이 책이 너무 딱딱하고 내용이 너무 소략하다 싶은 분은, 정혜신의 『그리스 문화 산책』(민음사, 2003)을 보면 좋다. 희랍 문화의 중요한 대목들을 몇 꼭지로 나누어서, 희랍인이 '자유'에 큰 의미를 두었다는 관점에서 풀어 주고 있다. 특히 국내에 아직 번역이 나오지 않은 작품의 내용들도 일부 번역해서 소개하고 있다는 게 또 하나의 장점이다. 거기서 로마 문학까지 나가고 싶은 분은, 시오노 나나미 외 여러 사람이 함께 쓴 『문학의 탄생 : 고대 그리스 로마 문학』(이목 옮김, 웅진지식하우스, 2009)이 좋다. 그림이 많고 설명이 간략해

서 부담 없이 읽을 수 있는 책이다. 이디스 해밀턴의 책 두 권 『고대 그리스인의 생각과 힘』(이지은 옮김, 까치, 2009)과 『고대 로마인의 생각과 힘』(정기문 옮김, 2009)은 고전적인 두 문명의 여러 면모를 문학에 중점을 두어 소개한 책으로, 부피가 그리 크지 않아 얼른 보기 좋다. 저자의 독특한 관점과 개성적인 문체가 특별한 즐거움을 주는데, 거기 실린 원문 번역들은 너무 많이 축약된 것이어서 나로서는 좀 아쉽다. 전자의 경우 번역의 질을 문제 삼는 사람도 있는데 그것은 따로 검토할 문제이고, 일단 목차를 훑어보는 것만으로도 도움이 될 것이다.

서사시 쪽으로 좀더 공부하고 싶은 사람이라면, 강대진의 『그리스 로마 서사시』(북길드, 2013)가 조금 도움이 될 것이다. 그 책의 첫째, 둘째 장은 사실 여러분이 들고 있는 이 책과 그것의 자매편인 『일리아스』 해설서의 출발점이 된 글이다. 따라서 이미 '확장판'을 갖고 계신 분에게 이 부분은 좀 싱거울 것이고, 서사시 전반의 그림을 마저 채워 주는 것은 그 다음 장부터일 것이다. 서사시뿐 아니라 시라는 장르 전반을 훑어보고 싶은 분은 김헌 박사의 『고대 그리스의 시인들: 살림지식총서 118』(살림, 2004)을 이용할 수 있다. 100쪽 이내의 부담 없는 분량에, 아직 국내에 제대로 소개되지 않은 작품들의 번역도 꽤 들어 있다. 그 중 다수가 앞에 소개한 프랭켈의 책과 중복될 텐데, 두 책의 번역을 비교하는 것도 재미있는 독법이 될 것이다.

참고 문헌이라 할 것은 아니지만, 『오뒷세이아』에서 영감을 얻은 다른 작품들을 소개하자면, 테니슨의 시 「로토스 먹는 사람들」(Lotoseaters)과 「율리시즈」를 대표로 내세울 수 있겠다. 그리고 단테

의 『신곡』 「지옥편」 26곡에 나오는 '오뒷세우스의 마지막 항해'도 매우 유명한 것이니 함께 찾아보면 도움이 될 것이다. 단테는 오뒷세우스가 키르케의 섬을 떠난 다음에 집으로 향하지 않고 세상 끝을 향하여 여행하고, 단테가 보게 될 수반구(水半球)의 연옥산을 본 후 큰 파도에 휩쓸려 죽은 것으로 꾸몄다. 오뒷세우스의 인생 후반을 아예 다르게 꾸민 것을 보고 싶은 사람은 앞에서도 언급한 적이 있는 니코스 카잔차키스의 『오뒷세이아』를, 그리고 다른 시대의 다른 주인공을 내세워 오뒷세우스식 모험을 변주한 것을 볼 분은 제임스 조이스의 『율리시즈』를 읽으면 되겠다(사실은 조이스의 책은 난해하기로 소문나 있어서 나로서도 추천하기가 마음에 걸린다. 아마도 전문가의 도움을 받지 않고 혼자서 읽기는 무리일 것이다).

마지막으로 희랍 역사에 대한 책들. 사실 나로서는 『일리아스』의 경우에도 역사 문헌은 추천하기가 망설여졌다. 작품 배경이나 성립 연대나 모두 역사서가 별로 도움이 되지 않는 먼 과거이기 때문이다. 그리고 서사시에 그려진 것 같은 전쟁이 실제로 있었는지부터가 의문시되고 있다. 『오뒷세이아』의 경우에는 역사와 더 멀어지는데, 이 작품은 어떤 사실(史實)에 기초했을 가능성이 거의 없기 때문이다. 그보다는 훨씬 모호한 민담의 세계가 이 작품에 더 가깝다. 하지만 『일리아스』의 경우에 그랬듯 이번에도 일종의 완결성을 위해서, 전에 언급했던 책들을 다시 소개한다. 희랍의 역사에 대한 개설적인 책으로는 『고대 그리스의 역사』(토마스 R. 마틴, 이종인 옮김, 가람기획, 2003)가 많은 칭찬을 받고 있다. 『고대 그리스사』(앤서니 앤드류스, 김경현 옮김,

이론과실천, 1991)는 지금 서점에서 구할 수 없게 되었는데, 도서관에는 대개 소장되어 있으니 찾아보시면 이 역시 큰 도움이 될 것이다. 한편 이런 번역서들을 보면서 우리나라 저자가 쓴 글이 있으면 더 좋지 않을까 하는 생각을 누구나 하게 되는데, 다행히 근래에 그런 책이 하나 출간되었다. 이미 2005년에 작고하신 김진경 교수의 유작, 『고대 그리스의 영광과 몰락』(안티쿠스, 2009)이 그것이다. 부제가 '트로이 전쟁부터 마케도니아의 정복까지'로 되어 있는 것에서 알 수 있듯이, 이 책은 역사 기록이 미치는 못하는 먼 옛날까지 고고학의 성과에 기대어 살피고 있으며, 마지막 부분에는 희랍 문학사까지 간략하게 돌아보고 있어서 일종의 문화사 개론서 역할을 할 수 있게 되어 있다. 꼭 『오뒷세이아』와 연관 짓지 않고도, 희랍에 대한 전반적인 바탕 지식을 갖추고자 하는 분에게 좋은 자료가 될 것이다.

그 밖에 희랍적 사유의 발전과 그 특징에 대해서는 에릭 R. 도즈의 『그리스인들과 비이성적인 것』(양호영·주은영 옮김, 까치글방, 2002), 브루노 스넬의 『정신의 발견: 희랍에서 서구 사유의 탄생』(김재홍·김남우 옮김, 그린비, 2020)이 중요한 책으로 꼽히고 있다.

여기 언급한 것 중에는 다소 어려운 책도 있지만, 지금 이 책을 찾아 읽을 정도까지 온 독자라면 충분히 소화해 낼 수 있으리라 생각한다. 독자들의 교양과 지식의 수준이 날로 높아지길 기원한다.

찾아보기

【ㄹ】

【ㅁ】

【Ⅲ·Ⅵ】

【Ⅷ】

【IX · ㅊ】

【ㅋ】

【ㅌ】

【ㅍ】

【ㅎ】